中华文学的最高成就 终生受益的传世经典

唐诗宋词元曲鉴赏

宋 涛 主编

第三卷

辽海出版社

人南渡

贺铸

兰芷满汀洲，游丝横路。罗袜尘生步，迎顾。整鬟颦黛，脉脉两情难语。细风吹柳絮，人南渡。

回首旧游，山无重数。花底深朱户，何处？半黄梅子，向晚一帘疏雨。断魂分付与，春将去。

【赏析】

这是一首书写寂寞的心曲，这寂寞由词人邂逅一位美女而引起，深层来源则是词人政治抱负无法施展的怨愤。

"兰芷满汀洲，游丝横路"，发端二句，词人描绘了一幅美丽清新的春景图。沙洲边的兰芷香草生机茂盛，横塘路上游丝飘荡，词人身处如此清幽舒雅的环境中，忽然见到一位缓舒婀娜的美女正迎面走来。"罗袜尘生步"这句是巧改了曹植《洛神赋》中"凌波微步，罗袜生尘"的文字，将女子轻盈曼妙的步态和温柔超凡的身姿刻画得形象生动，与前两句的景色描写相结合，营造出一种缥缈神幻的意境。

美女"整鬟颦黛"，娇羞妩媚，她的眉目让词人深感二人心中都有着千万句脉脉含情之语，可是不知到底有何在阻隔，竟使二人难诉情肠。微风吹拂着柳枝，伊人南渡，在漫天飞舞的柳絮中消失了倩影，令词人倍感失望、落寞和哀伤。

词的下阕追想旧事，"回首旧游，山无重数。花底深朱户，何处"，写词人自从与美女分别后，终日思念，不得释怀。他一次次地回首远眺旧地，可惜"山无重数"，无情遮蔽他的视线；而香闺居所里，美人早已不知去向。此处语意双关，表面是写追求美人不可得，实际亦是在抒发自己空有一番抱负，却被重重阻力所碍，充满理想却郁郁不得实现的苦闷和压抑。

贺铸《青玉案》一词中那句"一川烟草，满城风絮，梅子黄时雨"家喻户晓，这里他再次用到"梅子"这个意象，"半黄梅子"点明时节已是暮春，这样的时节自会让人生出伤春之意，更何况词人又遇到这等难以排遣的心事，伤心之情自然更加深重。"向晚一帘疏雨"又加了一层凄凉寒意，词人难抑一腔无奈之情，只好把寂寞的断魂交给春带去，情无归宿的悲哀溢于言表。

贺铸写词，历来清幽深沉，善于把情和景有机地统一，且多使用象征，尤其是"香草美人"的象征艺术。这首词的上半阕就很好地体现了这些特点。词人将自己的理想比喻成曼妙的仙女，将对理想的追求幻化成对美人的渴慕，深情动人。

薄幸

贺铸

淡妆多态，更的的频回眄睐①。便认得琴心先许，欲绾合欢双带。记画堂风月逢迎，轻颦浅笑娇无奈。向睡鸭炉边，翔鸾屏里，羞把香罗暗解。

自过了烧灯后，都不见踏青挑菜。几回凭双燕，丁宁深意，往来却恨重帘碍。约何时再。正春浓酒困。人闲昼永无聊赖。厌厌睡起，犹有花梢日在。

【注释】

①的的（dídí）：明白，昭著。晱睐（miǎnài）：晱，斜着眼看；睐，往旁边看。

【赏析】

琴是一种高雅的乐器，嵇康在《琴赋序》中说："众器之中，琴德最优。"古人常以琴瑟合奏，因二者声音和谐悠扬，所以琴瑟又常被寄寓美好爱情，如《诗经·郑风》中有言："琴瑟在御，莫不静好。"琴又是才子佳人传情达意的媒介，如西汉时期司马相如奏了一首《凤求凰》，卓文君就听出了琴中求偶之意，二人互生爱慕，私奔至成都。

在贺铸的这首《薄幸》中，男女主人公亦是由琴而相识，由琴而生情。"淡妆多态，更的的频回晱睐"，发端两句，极言男主人公所中意的女子美貌。她虽是淡妆亮相，却挡不住天生的妖媚风姿，男子被女子的美丽所吸引，而女子也深会其意，频频眨动那明媚的双眼，回首斜眸，暗送秋波。二人一见钟情，于是"便认得琴心先许"，以琴代言，互诉情肠，倾心相许，"欲绾合欢双带"。

从"记画堂风月逢迎"一句可以看出，二人的恋情有了进一步的发展。他们在一个风朗月清的夜晚相约相会，女子"轻颦浅笑"，娇柔曼妙的神态让男子喜爱得难以自禁。由开头的"记"字可知，这是出自男主人公的回忆。能将幽会的情景和女子一颦一笑都记得如此清晰，足见这次约会给他留下的印象之深刻。

"向睡鸭炉边，翔鸾屏里，羞把香罗暗解"是二人欢会后成就好合的描写。寥寥数语，将男女情事写得委婉含蓄、意味无穷。"睡鸭"、"翔鸾"表面是写暖炉的形状和屏风的绣纹，但这两个词同时传达出了男女主人公此时所行之事。这种表达可以见出词人写作手法的高妙。也正是因为二人有过这样亲密的肌肤之亲，才使得男子对女子的爱和想念更加深刻，难以忘怀。

下阕写男子对情人的思念，先是回想"自过了烧灯"节后，又期待"踏青"和"挑菜"两个节日可以再见情人，但是所有的期盼最终都化成了泡影。"几回凭双燕，丁宁深意，往来却恨重帘碍"是说男子一次又一次地想办法再见一次女子，告诉她自己的浓情爱意，可总是阻碍重重，无法实现愿望。男子遂无奈地感叹："约何时再。"

"正春浓酒困。人闲昼永无聊赖。厌厌睡起，犹有花梢日在"四句一气贯通，描写男子因无法见到情人而心情落寞，百无聊赖下昏昏沉睡，待到醒来时发现都已经"花梢日在"了。

词的语言清丽婉约，通达晓畅，意境深情委婉，所述之情秾丽缠绵。词人不仅塑造了一位多情忠贞的男主人公形象，更塑造出了一位大胆追求爱情和幸福的女主人公形象，显得真实又含人情味。

伴云来

贺铸

烟络横林，山沉远照，迤逦①黄昏钟鼓。烛映帘栊，蛩②催机杼，共苦清秋风露。

不眠思妇，齐应和、几声砧杵。惊动天涯倦宦，骎骎^③岁华行暮。

当年酒狂自负，谓东君、以春相付。流浪征骖^④北道、客樯南浦。幽恨无人晤语。赖明月、曾知旧游处，好伴云来，还将梦去。

【注释】

①逦迤（lǐyǐ）：曲折绵延。②蛩（qióng）：蟋蟀。③骎骎（qīn）：马跑得很快的样子，此处形容岁月流逝之快。④骖（cān）：本义指驾在车前两侧的马，这里作动词用，有驾驭、驱遣的意思。

【赏析】

《伴云来》调寄《天香》，以秋夜的凄冷景色渲染思妇与倦客浓浓的相思之情。

"烟络横林，山沉远照，逦迤黄昏钟鼓"三句，借黄昏之景烘托渲染倦客的思乡之切。氤氲的烟云薄雾笼罩着树林，远山在晚霞的照映下渐渐消沉，钟鼓声迤逦传来，提醒旅人已近黄昏。这样宁静昏暗的暮色之景，使羁旅他乡的旅人产生了欲早归家的迫切心情，将乡愁渲染得十分浓重。

"烛映帘栊，蛩催机杼，共苦清秋风露。不眠思妇，齐应和、几声砧杵"六句是对旅人心情的描写。帘幕之后，烛光幽幽，夜静无人，唯有蟋蟀陪伴着他。蟋蟀因秋寒而苦苦嘶叫，词人因思乡夜不成眠，真是"共苦清秋风露"。词人赋予蟋蟀人的感受，其实是为了陪衬自己，将凄冷苦闷的心境更深刻地表现出来。词人已经愁不能眠了，偏偏又听到外边妇女们为征夫捣衣的敲砧声，一腔愁苦自然更加难以抑制。

"惊动天涯倦宦，骎骎岁华行暮"，词人有感于倦客生涯，时光如白驹过隙，美好的青春年华匆匆流逝，如今人生已行至暮年，不禁心生万般感慨。这一句承上启下，使全词结构严密完整，不显突兀。

"当年酒狂自负，谓东君、以春相付"，下阕开头紧接上句，词人开始了对自己人生的回忆和叹惋。想当年自己年少轻狂，认为自己会实现一番宏伟事业，并自负地以为东君会给以全力的支持。无论词人是把"东君"看作日神还是春神，所寄托的都是最虔诚的信任，词人相信自己的能力加上东君的帮助，前途定会一片光明。

但事与愿违，他非但没有得到施展抱负的机会，反而是数十年漂泊无定、屡遭贬谪、驱南遣北、居无定所，岁月和青春在流浪奔波中消磨殆尽。词人表面是埋怨"东君"不给自己帮助，实际上是直指当朝君主不识英雄，不给自己施展才华的机会。词人满腔的雄心壮志，满腹的牢骚愁怨，想找一个知己倾诉，却无人可寻，因而只好无奈地感叹："幽恨无人晤语"。

"赖明月、曾知旧游处，好伴云来，还将梦去"几句，余情娓娓，词人内心极度地无助悲苦，最终只能寄情于曾经见证过他与心爱之人共度良宵的明月，希望明月能送美人乘云归入自己的梦中，欢会之后，再托明月将她送回。词人的想象大胆夸张，但却是一番无奈之情，心酸之感。

贺铸的词常将婉约与雄健完美合一，此词上阕写秋景和羁旅之愁，柔情绵绵，悲恸动人；下阕写自己人生的落寞失意，笔力雄健，悲情壮美。

梦相亲

贺铸

清琴再鼓求凰弄，紫陌屡盘骄马鞚。远山眉样认心期，流水车音牵目送。

归来翠被和衣拥，醉解寒生钟鼓动。此欢只许梦相亲，每向梦中还说梦。

【赏析】

作为一首描写恋情的词作，《梦相亲》因句句情真意浓，所以常被认为是词人的自叙。

词的上阕主要叙述男主人公狂热爱慕着一位女子，并且通过各种方式表达爱意，极尽办法进行追求。"清琴再鼓求凰弄"，男主人公想到司马相如曾在卓王孙家宴时弹奏了一首《凤求凰》，以表达对卓文君的爱慕之情，卓文君在屏幕后听到此曲，会意了司马相如的求偶之意，遂有了后来两人私奔蜀地的爱情故事。于是男主人公也抚弄瑶琴，鼓奏一曲《凤求凰》，希望心爱的姑娘能领会其中的爱慕之意，与自己结为好合。

"紫陌屡盘骄马鞚"中的"紫陌"本指京城郊外的道路，文人常将其用于诗作，代指繁华享乐的人世。词中的男子为了能够见到梦寐以求的姑娘，屡次在姑娘途经紫陌时盘旋于车子的周围，欲得到佳人的顾盼。

男子如此痴情，如此热烈地追求心爱之人，一次又一次制造机会，想得到姑娘的注意，这一切功夫总算没有白费，"远山眉样认心期，流水车音牵目送"，这两件事让男主人公看到了希望。

"远山眉"常用来形容女子的美貌，《西京杂记》中就用"文君姣好，眉色如望远山"来形容卓文君貌美。刘克庄《求凰曲》中也有"可怜茂陵渴，犹画远山眉"之句。以与卓文君有关的典故来形容女主人公的美貌，这正好与词的第一句相呼应，说明男子暗暗将自己与佳人比作司马相如和卓文君那样美满的伴侣。

男子从姑娘秀美的蛾眉上会出了她的心意，知道姑娘对自己已有了好感，二人的感情也有了进展，可遗憾的是佳人不能停留，二人无法互诉情肠，一眼流连之后，便要匆匆作别。听着佳人香车离去的声音，男子只能伫立目送，直到目不能及，香车消失在远方。

这样的结局使男主人公心中充满了落寞，失恋的苦痛难以排解，只好"归来翠被和衣拥，醉解寒生钟鼓动"，欲借酒麻痹心中的愁闷，但是"借酒消愁愁更愁"，渐渐地越喝越多，直到酩酊大醉，回到家中连外衣也无力脱去，拥着被子倒在床上，不省人事。待到酒醒时，夜已至深，寒气袭人，男子心中的凄凉孤寂之感也就越深。

"此欢只许梦相亲，每向梦中还说梦"，结尾二句表现了男主人公刻骨铭心的苦痛。他想尽办法也不能与心爱的人在一起，最终只能把这份感情寄托在梦里，希望能在梦里与佳人热恋欢会，可就算是这样，竟还时常"梦中说梦"，这更加衬托出男主人公的一片痴心。

词人的创作独具匠心，上阕写男子对女子的单方相思，写他想尽办法赢取佳人的秋波凝视，虽未有结果，但是充满了希望，富有生趣。可是下阕却将希望变成了无限的失望，男子心中的抑郁排遣不尽，失恋的苦痛甚至令他变得精神恍惚，可见情之深纯。

贺铸虽为才子，可是长相丑陋，有"贺鬼头"之称，而且官场上几经周折，甚不如意。人生所面对的岂止是求偶之难，自己理想愿望都不得实现；心中的苦痛岂止是失恋之愁，更多的还是壮志难酬的愤懑——男主人公的遭遇正是词人心境的表现。

小重山

贺铸

花院深疑无路通。碧纱窗影下，玉芙蓉。当时偏恨五更钟。分携处，斜月小帘栊。
楚梦冷沉踪。一双金缕枕，半床空。画桥临水凤城东。楼前柳，憔悴几秋风。

【赏析】

梦境是古时文人墨客经常书写的对象。在现实之中，人生不如意十之八九，因而梦境就成为了弥补现实缺憾的工具。在梦中，人们可以摆脱生活中的种种羁绊制约，尽情享受花好月圆。然而，梦醒之后，人们还要去面对现实中的一切苦恼。巨大的心理落差，以及希望长久沉浸梦中而不醒与终将清醒的矛盾，就构成了写梦之词的悲剧意蕴。

《小重山》以恬淡笔调抒写浓郁深情，从梦里贪欢写到梦醒憔悴，描绘出梦与现实的巨大反差，以及身处于这种反差之中且反复为此煎熬的人的情状。

词的上阕书写人在梦中深夜里相见幽会，晨曦时不舍分离的情景。"花院深疑无路通。碧纱窗影下，玉芙蓉"，描写了一出深夜寻人的场景：男子潜入幽深的小院，怀疑无路可走，却柳暗花明，在窗影之下，看到了心上人那如同芙蓉般美丽的玉面。

此句有两处值得玩味。一是"疑"字用得很妙，既写出了梦中男子在曲径深幽的花园中迷失方向而导致的狐疑感受，又暗示了男子奔赴幽会时，在巨大的不安之下生发出的急切、焦虑心情。二是以"芙蓉"形容女子的美丽动人，暗含来历。白居易在《长恨歌》中写杨妃"芙蓉如面柳如眉"，词人沿袭了这一用法，以"玉芙蓉"三字概括了美人的风神。

欢会的时光总是特别短暂，转瞬之间，夜已泛白，分离的时刻在万般的不情愿中还是到来了。词人吟道："当时偏恨五更钟。分携处，斜月小帘栊。""恨"字足以概括人的心境。在道别的地方，不解风情的月光偏偏斜照在窗栊上，衬出一片凄凉。这一句的妙处在于营造出一种亦梦亦实的氛围。"当时"二字是关键，既点出了梦里分离的时间，又是以回忆的语气道出，更表现出离别的碎人心肠。

梦终究会醒，醒来以后仍是满心凄凉。"楚梦冷沉踪。一双金缕枕，半床空。"描写了梦外现实的苍凉境况。"楚梦"源出于楚怀王梦会神女的典故，喻指词上阕所描写的梦境。纵然梦中有千般风华，醒后与人相对的，也只不过是冰冷的绣枕和一张空床罢了。物已在，人无踪，个中苦涩唯有当事人可知。

恋人分离，伤痛总是两人承担。"画桥临水凤城东。楼前柳，憔悴几秋风。"写的是作者想象中爱人独处的情状。自己远在天涯，而所爱之人正在城东桥上孑然伫立，楼前的杨柳陪伴着她，秋风吹过，柳枝飘扬，映衬出她的一身憔悴。

先写梦，后写醒，梦加重了醒后的孤寂悲戚，醒则加深了主人公对梦里欢会的留恋。词人在写梦境时，全用实笔；写梦醒后的情景，却转写主人公对情人的想象，因此虚中见实，实中又有虚，笔法巧妙。

减字浣溪沙

贺铸

秋水斜阳演漾金，远山隐隐隔平林。几家村落几声砧。

记得西楼凝醉眼，昔年风物似如今。只无人与共登临。

【赏析】

贺铸一生历经人生起落，在创作上诗、词、文兼工，其诗词作品或直抒胸臆，或委曲传情，都深挚婉转而富有气度，体现大家风范。

《减字浣溪沙》一词，论名气不如《鹧鸪天》（重过阊门万事非）和《青玉案》（凌波不过横塘路），但是却极好地体现了贺铸写词情感纯熟、内蕴丰厚的特点。词作词作笔法虚实相间，语言深婉密丽，由展现词人登高远眺之景发端，引出离别后的凄苦和对旧人的怀念。通过眼前之景与回忆之景的对比，表现"无可奈何花落去，似曾相识燕归来"的惆怅心境。

"秋水斜阳演漾金，远山隐隐隔平林"描绘出一片流光溢彩的景象：斜阳映照在秋水上，金色的光辉与微微起伏的波浪相融会；一片片树林平展向前延伸，和远方隐隐横亘的山峦相谐。随后"几家村落几声砧"，赋予静谧的景色一丝生气。星星点点的村落分布在辽阔的大地上，单调的砧杵捣衣之声，隐隐约约，断断续续。声与色形成动静对照，颇有意趣。

上阕三句，在表现视听之余，蕴涵了深切的情感。秋水、斜阳、远山、平林、村落、砧声，与词人心中情感结合并加以外化，在伤心人的笔下，深秋晚景被赋予浓重的抒情性，尽管下阕才揭示出词人郁郁寡欢的症结所在，但是，无论是景色的选择，还是气氛的渲染，都体现出词人的心境，并为全词预设了一个情感和心理的基调。

下阕抒发词人的凄凉心境和对过往生活的思念。"记得西楼凝醉眼，昔年风物似如今"展现了词人过往生活的欢乐与尽兴。西楼之上，酒酣耳热，醉眼蒙眬中，曾凝望"昔年风物"。而今物还在，人已非，无处话凄凉。曾经的一切并没有大的改变，只是没有了那个相伴的人，于是，当前风物映入眼帘，过往欢乐现于心幕，昔日的惬意尽皆化作今日的愁思。

"只无人与共登临"，点出了今昔不同之所在，道出了伤心的缘由，是全词的词眼。由此，上阕中所写景物皆成为词人内心感触喷薄而出的铺垫，与下阕抒情相连，既赋予了词作丰富的"味外之旨"，又将词人的一片伤心剖白得动人心魄。

古代的词论家往往对这首词赞赏有加，如陈廷焯评曰："只用数虚字盘旋唱叹，而情事毕现，神乎技矣。"他又说："贺老小词，工于结句，往往有通首渲染，至结处一笔叫醒，遂使全篇实处皆虚，最属胜境。"

观此词下阕，在短短两三句中，词人通过"记得"、"只无"打通今昔时间脉络，使人心神穿梭于不同时间，却又身处同一空间，面临相似景物，恍惚不知今夕何夕。结尾一句，猛然点醒，道出郁结所在，由虚入实，余韵袅袅，曲意深幽。可见陈廷焯此言，实为确评。

南柯子

仲殊

忆旧

十里青山远，潮平路带沙。数声啼鸟怨年华，又是凄凉时候在天涯。

白露收残月，清风散晓霞。绿杨堤畔问荷花：记得年时沽酒那人家？

【赏析】

仲殊早年生活放纵，后弃家为僧。这首《南柯子》写他出家后云游途中的见闻，通过对内心感受的描写，表现他游离世俗和佛门之间的矛盾心态：一方面遁入空门，另一方面却未能对尘俗忘情。

词分上下两阕，每一阕都以景语开头，情语收结，其中又能景中含情，情中带景，两相交融，浑然一体，既充分表现出词人的才情，又能从中感受到他精神上脱俗的一面，以及性情中恋世的一面。

"十里青山远，潮平路带沙"一句是景语。下一句"数声啼鸟怨年华，又是凄凉时候在天涯"是情语。青山远在十里之外，此刻词人正行走在有沙子的路上，从"潮平"二字可知，这条路临着江水，因而多少有些潮湿。有山有水，视野也开阔，词人却孤身一人行走于其中，这就为景物染上了一丝空寥荒寂之感。

紧接着，词人听到了鸟鸣声，在这样空旷的环境中，鸟的啼鸣使他格外清晰地意识到自己的孤单处境。仲殊弃家而遁入空门，有家难回，天下之大，无一处是归宿，故对自己如浮萍一般的漂泊命运心生慨叹。"天涯"二字，流露出沉重的孤寂感。可见，在云游四方的过程中，词人感受到的不是"行到水穷处，坐看云起时"（王维《终南别业》）的惬意和适怀，而是"断肠人在天涯"（马致远《天净沙·秋思》）的寂寞与凄凉。

一抒心怀之后，下阕又转入写景："白露收残月，清风散晓霞。"此时正是夏季，清晨草叶上的点点露水送走了天边的残月，清风徐徐吹散东方的朝霞。如此舒畅的风景里，词人仍是踽踽独行，孤独的旅途中，无人作陪，只能"绿杨堤畔问荷花"，站在植满杨柳的堤岸边，与池中的荷花对话。

问花一事，已足见词人天真率直的性情。而堤边满是垂杨，词人却偏偏钟情于水中荷花，联系荷花出淤泥而不染的清洁品性，便可知其用意所在。词人虽不能忘情于世间尘劳，也容易陷入伤感惆怅之中，但毕竟心中仍有超拔的追求，因此，他才将洁净清新的荷花引为知音，并问它："记得年时沽酒那人家？"这一句，既延续"问荷花"的情趣，又以"沽酒"、"人家"等词，将词境拉入寻常而活泼的生活场景中。

词以问句作结，生动而别致。整首词蕴涵着词人任意随性的性格，不拘一格的个性，以及如行云流水一般的才情，从容自然，收放自在。

诉衷情

仲殊

宝月山作

清波门外拥轻衣，杨花相送飞。西湖又还春晚，水树乱莺啼。

闲院宇，小帘帏。晚初归。钟声已过，篆香才点，月到门时。

【赏析】

仲殊这首写景小词，即兴而作，写得空灵而有风致，不见痕迹，颇有唐诗"羚羊挂角，无迹可求"（宋代严羽《沧浪诗话》）的意境。苏轼就曾评价仲殊作诗填词"皆操笔立成，不点窜一字"，足见其才情高妙，气度天然。

词题为"宝月山作"，可见这首词是仲殊住在杭州宝月寺期间所作。开篇"清波门"句，指明地点。清波门南倚吴山，为游赏胜地。又因它位于西湖东南，故以"清波"命名。词人写"清波门外拥轻衣"，虽是实写城门之名，"清波"二字却显出清风徐徐，湖中涟漪阵阵的美好景致。"拥轻衣"写风将衣角吹得鼓胀起来，人仿佛在衣服和清风的簇拥下往前走，透露出春日暖融的讯息。

"杨花相送飞"，描写柳絮漫天飞舞的景象。词人用"相送"二字，衬出飞絮的缱绻多情。首句无一字写"风"，微风吹送、和暖熏人的气息却无处不在，词笔着实巧妙。

"西湖又还春晚，水树乱莺啼"一句，写词人在西湖边所见之景。"春晚"二字，点明此时正是暮春时节。"水树"写出江南之春特有的景致。西湖之畔，水雾氤氲，连树木都更显妖娆多姿。树枝间，又有群莺乱啼。草长莺飞之景，悦人耳目；春光之盛，也足以怡人心怀。

上阕词人单挑出"春风"、"莺声"来写西湖晚春，形象地描绘出一幅杂乱却蓬勃的画面。下阕则写山寺的幽静，以"闲"字起头，写"院宇"深深，"帘帏"静垂的情景。"晚初归"，说明这一景象是词人从山下的热闹乍入山间深幽之时所见。

次句"钟声已过，篆香才点，月到门时"尤具妙境。因是"晚初归"，所以此时寺庙敲的是晚钟。以前句"闲院宇，小帘帏"之清寂相称，越发显出钟声的清澈辽远。"香"也是寺庙中常见之物。词人归寺之时，听闻晚钟悠扬，又见寺中香雾缭绕，淡烟留痕，此情此景，虽是信手拈来，却自成境界。"月到门时"四字，写月亮初上，突显出山寺之高。词人身在高处，又与月亮比肩而行，必然心境如洗。

结尾处，月光的清辉与晚钟、香雾交融为一体，有声，有味，有色，且毫无雕琢痕迹，"透彻玲珑，不可凑泊"（严羽语）。

水龙吟

晁补之

次韵林圣予惜春

问春何苦匆匆，带风伴雨如驰骤。幽葩①细萼，小园低槛，壅②培未就。吹尽繁红，占春长久，不如垂柳。算春常不老，人愁春老，愁只是、人间有。

春恨十常八九，忍轻辜、芳醪③经口。那知自是，桃花结子，不因春瘦。世上功名，老来风味，春归时候。纵樽前痛饮，狂歌似旧，情难依旧。

【注释】

①葩（pā）：花。②壅（yōng）：用土或肥料培在植物根部。③醪（láo）：醇酒。

【赏析】

词一起笔，"问春何苦匆匆，带风伴雨如驰骤"，似是言春愁春恨，但实际上整首词抒写的却是解愁之理。首句"问春"，表达世人常有的惜春之情。"何苦"二字，体现出恨春早归之情。"带风伴雨"四字，直接引出下文："幽葩细萼，小园低槛，壅培未就。"一夜风雨过后，园中落了满地还未长大的小花。

寻常写惜春，多写开到极盛的花被风吹雨打，凋落成泥，以极盛至极衰，突显春逝之后的残败景象，由此渲染愁情恨意。此处却写"细萼"小花，由春意未炽便已凋零，言自然无常之理，同时也暗暗呼应后文所写人生之"春归"，以示老大无成之恨。

"吹尽繁红，占春长久，不如垂柳"一句，开始翻出新意。"吹尽繁红"四字，不露消沉意味，反而经由下文"占春"之语，表现出一种生命自然起落的兴味和理趣。春意在此处消了，又会在彼处长久，因此恼春、惜春都大可不必。这是从景物描写上暗示自己的想法。下句"算春常不老，人愁春老，愁只是、人间有"则直抒己见，点明春愁的来源，表达放适自然的生命意绪。用语浅显，词意却显得婉转多姿。

春永远都会再来，因此永远都不会老去，人以为春会老而兀自生愁，只是因为心中有愁而投射于景物罢了。由此，词人将愁绪归结于人，再次为后文叹惋人生暮年、一事无成埋下伏笔。

下阕再来一层转折：先写"春恨"，后解此恨。"春恨十常八九，忍轻辜、芳醪经口"，即使不因春而生愁，人间之恨事亦常在，内里心事遇外在残景，只能借酒浇愁。"那知自是，桃花结子，不因春瘦"，桃花消瘦，并非因为春意凋残，而是为了孕育出秋天的果实。此处呼应前文"春常不老"之意：世人皆因花瘦而感伤，却不知花开花谢本是平常。

但是，尽管词人明了个中道理，却仍免不了慨叹："世上功名，老来风味，春归时候。纵樽前痛饮，狂歌似旧，情难依旧。"其实，人们何尝不知道春来春去乃自然之理，只是难抑心中愁苦悲情罢了。人生得失盛衰，亦如春之来去，虽是平常道理，人身处其

宋词鉴赏

中，却难以看透。词人叹息青春不再，功名未成，人生浮沉，此情想要消除，谈何容易。

这首词不同于一般惜春的作品，借惜春之意来表达人生易逝的感慨，而是反其道而行之，以惜春无用之理来表达暮年之悲叹，显得十分别致。

迷神引

晁补之

贬玉溪，对江山作。

黯黯青山红日暮，浩浩大江东注。余霞散绮，向烟波路。使人愁，长安远，在何处。几点渔灯小，迷近坞。一片客帆低，傍前浦。

暗想平生，自悔儒冠误。觉阮途穷，归心阻。断魂素月，一千里、伤平楚。怪竹枝歌，声声怨，为谁苦。猿鸟一时啼，惊岛屿。烛暗不成眠，听津鼓。

【赏析】

由"贬玉溪，对江山作"，可见这是词人在遭到贬谪之时所作。词中流露出浓郁的悲怆情怀，抒发了一种"人生长恨水长东"的深沉感慨。

起句"黯黯青山红日暮，浩浩大江东注"为全词奠定了雄壮而渺茫的基调。一言"黯黯"，一言"浩浩"，两个叠词的运用，将"青山"在"红日"余晖下所呈现出的沉郁苍茫的景象，以及江流的浩荡开阔，描摹得相当有气势。

"余霞散绮，向烟波路"，写晚霞如锦缎一般铺展在浩浩江水之上，随着烟波一起"东注"，词人的目光和思绪也随着东逝的流水抵达渺不可及的远方。"使人愁，长安远，在何处"一句，突兀地出现在景物描写之后，但情感的流向却自有脉络可循。"余霞"本不可能随着江水一同东去，但在词人眼里，因大江东去，片刻不休，所以笼罩着整个江面的残阳似乎也就跟随着流逝不已。这是词人将无尽心事投射于外物的结果。

李白曾有"长安不见使人愁"句，词人此处化用其意，表达自己远离京师的不甘与失意。此时词人被贬至信州（今江西省境内），触目所见异地之景，不由得伤情感怀，嗟叹不已。

"几点渔灯小，迷近坞。一片客帆低，傍前浦"两句，仍写景物，与前文相比却有变化。从"红日暮"至"渔灯小"，说明词人徘徊感怀时间之长。"几点"与"一片"相衬，既写出暮色渐浓的情境，又点染出江上景象的迷离。

词人上阕运用"景——情——景"的结构手法，使景与情浑然交合，也使得景物与景物之间层次分明，各具特色。下阕则以"暗想"二字起首，嗟怀身世。"暗想平生，自悔儒冠误"，语言极沉痛，而有愤慨之意。词人本想以读书致仕，有所作为，却偏偏为功名所误，一生羁旅漂泊，碌碌无为，因而说出"儒冠误"这种愤然之语。

下句"觉阮途穷，归心阻"承接"儒冠误"而来，继续抒发自己为仕途所绊，无法随心所欲的悲哀之情。《晋书·阮籍传》记载："（阮）时率意独驾，不由径路，车迹所穷，辄恸哭而反。"此句"阮途穷"即用这一典故，表达穷途末路之叹。为官职所阻，无法归京，无法在仕途上有所为，词人心中苦闷可想而知，故接下来以"断魂"二字起句。

此时，"素月"已经升起，词人独对江山，遥望"平楚"（即平林，因丛生之树远望如平地而得名），对月思乡，而故乡巨野（今山东境内）尚远在千里之外，因此只能以"断魂"来形容。

"怪竹枝歌，声声怨，为谁苦"一句，将愁苦之情渲染得更加深入。《竹枝歌》是四川民歌，歌咏当地人情和男女恋情，调子明快宛转。自唐代刘禹锡始，文人多有改编之作。此刻，在词人听来，这一曲《竹枝歌》声声都是怨情和苦楚。歌声其实并不凄苦，觉其"苦"的是人。人在孤身之时，听到"猿鸟一时啼"，都会心生凉意。这正是以有情之眼视物，则物皆有情。

"惊岛屿"写岛屿被猿啼鸟鸣声惊动，实则写人被惊动之深。因受了惊，又惹起思绪，所以"烛暗不成眠"，夜深难寐，只望着昏暗的烛光出神，直到听见江岸传来船只开航的"津鼓"声。至此，凄凉之意又添一层。

末尾三句，皆从听觉入手，将词人夜眠时所闻所感，状写得密致转曲。整首词反复摹写词人遭贬之后寓居玉溪江畔，触景而生的怨苦之情，写景细致，直言其情，而情景又能交替互生，融合为一，极具艺术感染力。

临江仙

晁补之

信州作

谪宦江城无屋买，残僧野寺相依。松间药臼竹间衣。水穷行到处，云起坐看时。
一个幽禽缘底事，苦来醉耳边啼？月斜西院愈声悲。青山无限好，犹道不如归。

【赏析】

晁补之在信州贬所所作的词中，这首《临江仙》算是很特别的一篇。不同于以沉郁之语言悲怆情怀的其他词作，此词化用前人诗句，以清淡之语，言愤然之意。语成天然，而意出言外。

"谪宦江城无屋买，残僧野寺相依。"起句点出贬谪生活境况。虽是"谪宦"却决不至于"无屋"，此句以夸张的笔墨鲜明表现出词人孤寂落寞的境遇和心态。"残僧野寺"四字，进一步加重了贬谪生涯凄凉荒僻的意味。

"松间药臼竹间衣"，"松"、"竹"二字，颇具隐逸情趣。词人于松林间捣药，在竹林间穿行，似乎真要与自然融为一体，但从下句"水穷行到处，云起坐看时"可知，词人虽行坐于水云之间，心却不在其中。

这一句化用王维名句"行到水穷处，坐看云起时"，语序一变，意蕴便全然不同。王维诗句中，"水穷"、"云起"皆无心所至，无意而观，其中包含诗人恬然自适的怀抱。而在晁词中，水已穷，步伐却未止；云已起，而"坐看"之人却无心观赏。

词人似写归隐之趣，实则暗含自讽之意，将自己本不欲归隐而被迫贬谪荒僻之地，以及欲在贬所享受归隐之乐而不得的矛盾心情，表现得相当曲折。下阕"一个幽禽缘底事，苦来醉耳边啼"一句，延续了这种曲折的手笔。词人不说自己听见"幽禽"鸣啼，而说它非要来自己耳边啼叫，惹起无限感怀。

词人在"耳"字之前用一"醉"字，是故意用反语表白复杂心绪：想长醉不醒而不得，更何况幽禽之啼在"月斜西院"之后"愈声悲"，于是词人只能在清醒中被幽禽鸣声所挟，被不尽心事所苦。

"青山无限好，犹道不如归"，沿用范仲淹《越上闻子规》诗句，既总括全词主题，也是对上阕矛盾心情的一种解答。范诗中的"归"是指戍边将士的归乡之心，晁词中却指自己思归朝廷之心。在范诗中，风景秀美的越地不能留住将士们的心；在晁词中，无限好的山水也不能阻止词人回京师的渴盼。两者内蕴不一，而归情相同。晁词化用范诗字句，用意上却全无痕迹，足见词笔高超。

洞仙歌

晁补之

泗州中秋作

青烟幂处，碧海飞金镜。永夜闲阶卧桂影。露凉时，零乱多少寒螀①，神京远，惟有蓝桥路近。

水晶帘不下，云母屏开，冷浸佳人淡脂粉。待都将许多明，付与金尊，投晓共流霞倾尽。更携取胡床上南楼，看玉做人间，素秋千顷。

【注释】

①寒螀（jiāng）：寒蝉。

【赏析】

词写中秋月夜之景，其词情之旷达，气象之雄阔，可与苏轼词比肩。篇中多化用前人诗文或前朝典故，而又能与月夜的主题融合无际，显得风姿摇曳而思致浑然。

起笔处状写月升的景象，出语不凡："青烟幂处，碧海飞金镜。""青"、"碧"、"金"三字，造成一种色调上的强烈对比，突显天幕的清澈疏朗。在无边无垠的天际，从遮蔽着月亮的云影中，"飞"出了一轮"金镜"。将圆月比作一面闪耀着金色光辉的镜子，既表现其明亮，又显示其皎洁。用一"飞"字，将月光瞬间洒遍大地的景象描写得动态十足。

"永夜闲阶卧桂影"一句，写地上看月之人在庭院阶前信步闲走，流连于美好的月色，不忍离去。"卧桂影"既指桂树在月光照射下，于庭前投下树影，又指月中桂树随着月光的铺泻，在人间留下光影。寥寥三字，蕴涵现实之景与神话之境，亦实亦幻，美不胜收。

词人沉浸于美景之中，浑然不觉"露凉"。在这清寂的时刻，耳边"零乱多少寒蛩"。寒蝉的鸣叫声声入耳，越发显出月夜的静谧冷寂，而身在其中的词人，心境亦孤冷凄清，由此引发"神京远，惟有蓝桥路近"的慨叹。

唐传奇中有书生裴航蓝桥遇仙人的故事，裴航为与仙人结为夫妇而接受寻找玉杵捣药的考验，后来月宫中的玉兔也被他的诚心打动，下凡帮助他捣药。"蓝桥路近"即用这一典故，表示月亮离人很近之意。"神京远"写当下处境，似是消沉之语，但接下来立刻以一句"惟有蓝桥路近"冲淡沉郁气氛。值此中秋之夜，月与人相伴，便已足够，没有必要为了那些尘俗之事伤神烦心。词人生命暮年旷逸绝尘的心境，由此句可窥一二。

李白有"却下水晶帘，玲珑望秋月"的诗句，将水晶与月光并置，中间以"玲珑"二字点缀，营造出柔美、晶莹、透彻的氛围。词人在下阕起始处，化用李白诗句，以一句"水晶帘不下"，写月光朗照室内的景象。卷起水晶帘子，打开云母屏风，月光照进来，"冷浸佳人淡脂粉"，照在佳人脸上，和着轻抹淡扫的脂粉，流转生姿。

"待都将许多明，付与金尊，投晓共流霞倾尽"一句，写筵席上饮酒赏月的情景，思路却显得新颖奇崛。词人沐浴在美妙的月光下，恨不得将如银的光辉和着酒一起饮下，颇有李白"举杯邀明月"的豪兴，却多了一分婉转清雅。"投晓"二字，暗示词人准备通宵达旦欣赏月色，品饮美酒，以免辜负这大好的月夜。

然而，即使"共流霞倾尽"，词人也仍觉得不够尽兴，因此有了下句"更携取胡床上南楼，看玉做人间，素秋千顷"，他想如古人那样，携着胡床登上高高的南楼，从高处俯视笼罩在月光之下、像玉一样的人间，欣赏大地上无垠的清秋素妆。

整首词先写庭中望月，次写宴集赏月，末写高处俯瞰月夜之景，既写出月色之美、月光之形，还写出月的神韵风骨，其中又饱含人对月的喜爱流连。细笔摹写处，文字精致华美，词情豪逸壮阔。

临江仙

晁补之

绿暗汀州三月暮，落花风静帆收。垂杨低映木兰舟。半篙春水滑，一段夕阳愁。
灞水桥东回首处，美人新上帘钩。青鸾无计入红楼。行云归楚峡，飞梦到扬州。

【赏析】

《全宋词》选入此诗时，将它编入晁补之词目，但其作者究竟是谁，学界尚存疑虑。这首《临江仙》写春愁，也抒发羁旅在外的游子之乡愁，摹景细致，传情生动。

词首交代时间、地点，为整首词铺开场景。"绿暗汀州三月暮，落花风静帆收"，"绿"本是春日特有的颜色，浅绿的嫩叶，鲜翠的绿茵，清澈的碧波，但词人着一"暗"字，立刻使画面染上迷离暗沉之色。明净的春景尚且使人生愁，何况眼前一片烟草衰迷的景象？"落花"后添上"风静"二字，使纷纷扬扬的花瓣收敛了所有姿致和声响，变得无声而沉静，这就更加衬托出江岸的清寂幽冷。

"帆收"二字，点出主人公羁旅在外的处境，下句"垂杨低映木兰舟"，具体写舟船停靠在江边的场景。至此，词中无一字写舟中游子，游子的孤寂心绪却弥漫于字里行间。"垂杨低映"四字，隐隐带出主人公的愁思。船在垂杨深处停靠，船上的人看着这些牵扯行人的长长柳枝，心中别愁和独自在外的孤苦可想而知。

"半篙春水滑，一段夕阳愁"正是这种愁苦心境的写照。这是一个对仗句，以"半篙"对"一段"，"春水"对"夕阳"，不仅形式工整，而且贴合自然，使情融于景中，不露痕迹。"一段"用来形容无形之"愁"，恰到好处，说明"愁"并非毫无由来，而是遇景而生的。

此时残阳斜照的昏暗之景，正与首句"绿暗"相照应，足见词人笔致之细密。下阕转入回忆，看似重起一笔，实则均承接上阕末的"愁"字而来。"灞水桥东回首处，美人新上帘钩"一句，写主人公回忆当日离别场景。灞水桥是唐代著名的送别之地，李白就有"年年柳色，灞陵伤别"的词句，此处用以借指主人公与家人别离的地点。

他想起自己离开之时，走出很远再回头，佳人仍旧倚在窗边，帘幕高卷，痴痴怅望。当时初见便已心痛，如今孤身在外，每每想起这一情景，更是难抑心中酸楚。想归而不得归，想用书信寄托相思，却是"青鸾无计入红楼"，从中可见游子羁旅生涯之苦，以及不得自由身的深深无奈。一腔思念之情无处倾诉，亦无法排解，只能寄希望于梦境。

"行云归楚峡，飞梦到扬州"一句，是对这种情感的升华。过去相守的日子已经消逝于时间的洪流，但游子的内心却始终对此念念不忘，因此想要"飞梦"去寻找往日快乐美好的记忆，以纾解自己的相思之情。

全词以游子对"梦"的期待结束，在词意上留下了无尽的回味。游子的愁有没有解？"飞梦"之后，他是沉浸于回忆不可自拔，还是更深刻地体味到梦境与现实的落差？词人并未给出答案。这首词写景言情均精巧婉妙，不着愁语，而愁意之复杂难言，却含纳于其中。

风流子

张耒

木叶亭皋下，重阳近，又是捣衣秋。奈愁入庾肠，老侵潘鬓，谩簪黄菊，花也应羞。楚天晚，白蘋烟尽处，红蓼水边头。芳草有情，夕阳无语，雁横南浦，人倚西楼。

玉容知安否？香笺共锦字，两处悠悠。空恨碧云离合，青鸟沉浮。向风前懊恼，芳心一点，寸眉两叶，禁甚闲愁。情到不堪言处，分付东流。

【赏析】

张耒作为"苏门四学士"之一，作诗著文皆可圈可点，深得其师苏轼赏识。与其文风的汪洋澹泊和诗风的平易通俗不同，张耒的词作风格十分艳丽，且长于抒情，文字细腻，情意缠绵，属典型的婉约词路。此篇《风流子》，题材不出游子思妇的老套，却写得别致生姿、风流高远。

　　南朝诗人柳恽《捣衣诗》中有"亭皋木叶下，陇首秋云飞"之句，此词首句"木叶亭皋下，重阳近，又是捣衣秋"既用柳恽其句，也用其意，但经张耒一番经营，却自有其神韵。词人先将清秋的萧条景物点染出来，再写重阳佳节临近，思妇捣衣，寄于游子，暗示离别之遥、之久。如此一来，便将秋意与离愁结合起来，使情与景交融为一体。

　　下句直接言愁，却多用典故表现，使词意婉转曲折。"奈愁入庾肠，老侵潘鬓，谩簪黄菊，花也应羞"，"庾肠"是用六朝时期庾信羁留北朝不得南归的典故，"愁入庾肠"，极言离愁深重。"潘鬓"指中年白头。西晋潘岳《秋声赋序》中有"晋十有四年，余春秋三十有二，始见二毛"之语，后世遂以"潘鬓"言早生华发。"老侵潘鬓"一句，犹言人因愁而白头。

　　"谩簪黄菊，花也应羞"，应脱胎于苏轼《吉祥寺赏牡丹》中"年老簪花不自羞，花应羞上老人头"一句，但意味却大不相同。苏诗流露出幽默、调侃、旷达的意趣，此词却以"谩簪"二字，劝白头人莫戴黄花，只恐被花嘲笑，流露出一种悲凉的况味。

　　接下来重新回到景物描写上。"楚天晚，白蘋烟尽处，红蓼水边头"，天色向晚，白蘋洲和红蓼渚笼罩在烟水之中。"芳草有情，夕阳无语，雁横南浦，人倚西楼"一句，历来为评家注目。"芳草"与"有情"，"夕阳"与"无语"，是将景语与情语杂糅，景语平常，但因添了情语，而显摇曳多姿；且用在上阕末尾，词意一顿，便有浑然不尽之意。

　　芳草、夕阳仍与离愁相关，人见芳草萋萋而起离愁，见残阳如血而生别恨，这都是诗词中惯用的意象，但在词人妙笔之下，却别具韵致。"雁横南浦，人倚西楼"，乍见亦寻常，人倚楼，是因相思，这也是诗词中常见之景，但与前面"芳草"、"夕阳"句结合来看，"人倚西楼"的画面便蕴涵了无限情思：见芳草而生情，万种离愁别绪涌上心头，却只能面对天边的余晖默然无语。

　　更兼"雁横南浦"，一横一立，相映成景。入秋之后，大雁南飞，人却不得归，隐约点出遗恨之意。下阕以问句开端："玉容知安否？"游子倚靠西楼，遥想远方玉人，想知道她如今是否安好。承接上阕之景，融景入情，笔力甚健。

　　"香笺共锦字，两处悠悠"一句，将一种相思、两地情意表现得亲昵缠绵。"空恨碧云离合，青鸟沉浮"，写二人分离，信音难递之恨。"空"字将恨的程度再深入一层。恨既徒劳，而又有徒劳之恨，真是"此恨绵绵无绝期"。

　　词人极写愁之绵密后，又以"向风前懊恼"一句，想象思妇之情状，深婉入情。末句"情到不堪言处，分付东流"，不着激越之语，却将全词情感渲染得越发浓厚。上阕是见夕阳而无语，此处则是"不堪言"，不是不说，而是太过复杂，不知该如何诉说，也是因离愁太深，不忍说，也不敢说。"分付东流"四字，一如李煜"问君能有几多愁，恰似一江春水向东流"词意。李词言家国怅恨，感慨遥深；而此词结句言离愁，亦有情深难尽的慨叹。

还京乐

周邦彦

禁烟近，触处浮香秀色相料理。正泥花时候，奈何客里，光阴虚费。望箭波无际。迎风漾日黄云委。任去远，中有万点相思清泪。

到长淮底。过当时楼下，殷勤为说，春来羁旅况味。堪嗟误约乖期，向天涯、自看桃李。想而今，应恨墨盈笺，愁妆照水，怎得青鸾翼，飞归教见憔悴。

【赏析】

由"禁烟"、"箭波"、"黄云"的意象，可知此词当作于寒食节前。"禁烟近，触处浮香秀色相料理"写寒食节近之春色，词人行到之处，到处香气浮溢、色彩鲜艳，交相逗引着词人的心绪。"禁烟"点明寒食节气，"触处"一词，《诗词曲语词汇释》解释为"犹云到处或随处也"。"相料理"，即相互帮衬、相互排遣，这里写春味与春色相互帮衬，春天的气息迎面扑来。

"正泥花时候，奈何客里，光阴虚费"，正是春色热闹时候，怎奈独居于馆舍之中，白白浪费了美好的春光。"泥花"就是泥于花、与花相泥的意思，"泥花时候"，就是与春花纠缠之时，犹言春色正浓之时。春色正浓，春意正盛，词人却心忧独居，然而此亦是无奈何之事。

"望箭波无际。迎风漾日黄云委"拉出远景，写关陕地区特有的宏阔景观。水波健行、无一瞬淹留，风起云涌，沙尘飞起，云色如黄，日色摇漾。"箭波"写水波流动之迅速，犹如飞箭；"黄云委"用谢灵运《拟魏太子邺中集》"河洲多沙尘，风卑黄云委"的诗句，描写关西风起沙尘的景色，直引起下三句"任去远，中有万点，相思清泪"。

水波、黄沙皆去远，水风之间，有词人万点清泪，无数相思。"中有万点相思清泪"写万点清泪寄托相思，多化用前人诗句：杜甫《得广州张判官叔卿书，使还以诗代意》"却寄双愁眼，相思泪点悬"，李贺《金铜仙人辞汉歌》"空将汉月出宫门，忆君清泪如铅水"，苏轼《江城子》"欲寄相思千点泪，流不到，楚江东"。词人化用这些诗词，而能熔铸这些诗词意境于一体。

下阕起首"到长淮底。过当时楼下，殷勤为说，春来羁旅况味"，与上阕结句相连。水波去远，相思清泪，到长淮底。"过当时楼下"是词人的想象，词人希望向心爱的女子殷勤地诉说自己早春羁旅长安的景况和情味，可是"堪嗟误约乖期，向天涯、自看桃李"，误了相聚之期，只留得天涯断肠人，空忆后园桃李春光。"桃李"，用江淹《咏美人春游诗》"不知谁家子，看花桃李津"及古诗"见他桃李发，思忆后园春"的意境，咏叹无奈的相思，表现时空相违的悲情。

叙述回忆，抒发怨念之后，词人的思绪终于回到当下，"想而今、应恨墨盈笺，愁妆照水，怎得青鸾翼，飞归教见憔悴"。反思今时，顿生万分愁苦，笔墨盈笺，却不得青鸟相渡，将芳信送给远方的憔悴之人。

词写羁旅况味，又写怀人深情。描摹景物色彩鲜明，状写相思之人，把情感放进跳跃的想象当中，境界开阔，意味深长。俞平伯《论诗词曲杂著》认为此词"笔力之劲直透纸背"，非是妄评。

解连环

周邦彦

怨怀无托。嗟情人断绝，信音辽邈。纵妙手、能解连环，似风散雨收，雾轻云薄。燕子楼空，暗尘锁、一床弦索。想移根换叶，尽是旧时，手种红药。

汀洲渐生杜若。料舟移岸曲，人在天角。谩记得、当日音书，把闲语闲言，待总烧却。水驿春迥，望寄我，江南梅萼。拼今生，对花对酒，为伊泪落。

【赏析】

以"解连环"为题写婉曲回环的相思之情，十分贴合。在此词中，周邦彦将对旧日情人的回忆和今时的细腻情感糅合在一起，回环反复，缠绵曲折，颇有"弦泉幽咽"之境界。词句依托《解连环》的牌子，巧妙地引典故入词，脱胎换骨，颇得江西诗派作法。

开篇直写出强烈的情绪和将要吟咏的主题："怨怀无托。嗟情人断绝，信音辽邈。"悲怨的心情无处寄托，只得嗟叹自己与往昔的情人情意断绝、音信不通。一般来讲，词的开头就抒情，如果笔力不够，后文将难以铺张，故不是一般写法。但此处词人先将怨愤至极的情绪抛出，既能迅速抓住读者心思，也便于后文情思的转折。

"纵妙手、能解连环，似风散雨收，雾轻云薄"，连环难解，非人力可为，就算有妙手能解得了连环，也难解往日深情——男女相悦，总是藕断丝连，好比雨停风息之后，仍有轻轻的云雾残留、缭绕。"解连环"巧托词牌名，用《战国策·齐策六》的典故："齐君王后当国，秦遗齐玉连环，使解之。君王后引椎碎之，而谢使者曰：'谨以解矣。'"以连环之难解，衬托"妙手"之神奇，又反衬情爱之难解。

词人沉湎于对旧情的怀念，"燕子楼空，暗尘锁、一床弦索"，故人已逝，孤魂也已不再，层层灰积，掩盖了弦索器乐的光泽。"燕子楼空"，用白居易《燕子楼三首并序》中盼盼挂念旧爱而不嫁、独守空楼十余年的典故，燕子楼是盼盼重情的象征，此楼尚空，可见人事变幻；"暗尘锁"，锁的是"一床弦索"，"暗尘"，喻尘土遮蔽了光彩，使之灰暗。写这样的破败景象，接续前言连环难解，衬托出词人胸中的无奈和凄清。

"想移根换叶，尽是旧时，手种红药。"想想庭中草木，绿叶蜕换，然一眼望去，竟满是当年同情人亲手栽种的芍药花。"移根换叶"谓移植，用谢灵运《塘上行》"幸有忘忧用，移根托君庭"的诗句；"红药"即芍药花，见证旧时爱情，引起词人今日之相思。上阕结尾此句，仍是触今怀旧，追忆感伤之语。

"汀洲渐生杜若"用屈原《九歌·湘君》"采芳洲兮杜若，将以遗兮下女"和谢朓《怀故人诗》"汀洲有杜若，可以赠佳期"的诗句，"杜若"是一种香草，这里用所见之汀洲渐渐生出杜若，来表达心中情意的萌动。"料舟依岸曲，人在天角"写两人相隔的是天涯海角的距离。"舟依岸曲"，出自陆倕《以诗代书别后寄赠诗》"归舟随岸曲，犹闻歌棹音"的诗句;"天角",犹言天涯海角。

"谩记得、当日音书,把闲语闲言,待总烧却。水驿春迴,望寄我,江南梅萼",由相隔之远,又忆起当日互通音信之时的那些书信,虽想烧毁以了思念,总还是不舍。水路驿上,又觉春意,盼望此时,可收到情人的一枝梅花,送我江南春色。"江南梅萼",用《太平御览》引盛弘之《荆州记》中陆凯赠范晔梅花与"折花逢驿使,寄与陇头人。江南无所有,聊赠一枝春"诗的典故,表达对情人芳信的无端期待。抒发这种无望之望,是周邦彦词的典型作法之一。

结句"拼今生,对花对酒,为伊泪落"又是酣畅的抒情,与上阕开头"怨怀无托"的迷茫相比,情感发展到了拼却此生、为君一醉的高潮。"对花对酒,为伊泪落"是将花、酒、人纳入了统一的生命体验,是词人无奈相思之情已入绝境的最后迸发,也是词人脆弱而美丽的心灵的真情咏唱。

词从情中写出景,又在景中设情,浑融一体,仅在无端联想中,亦见真情流露。词人用意象,极尽缥缈幻想之能,又丝丝入人心扉,回环往复,终能归一。在周邦彦词中,是意象缥缈的极致。

满江红

周邦彦

昼日移阴,揽衣起,春帷睡足。临宝鉴,绿云撩乱,未忺①妆束。蝶粉蜂黄都褪了,枕痕一线红生玉。背画栏、脉脉悄无言,寻棋局。

重会面,犹未卜。无限事,萦心曲。想秦筝依旧,尚鸣金屋。芳草连天迷远望,宝香薰被成孤宿。最苦是、蝴蝶满园飞,无心扑。

【注释】

①未忺(xiān):不高兴、不愿意。

【赏析】

词的抒情主人公是一位相思成疾的闺阁女子,词人代女子言相思之情,描摹物象、勾画神态有细腻婉转的风格。

起首几句写女子春睡方足,"昼日移阴,揽衣起,春帷睡足。临宝鉴,绿云撩乱,未忺装束"。房中日影移换,可见时辰已晚。女子磨磨蹭蹭披起衣裳,行至妆镜之前,看见自己云发蓬乱,衣装未整,却春心慵懒,无心打点。

"昼日移阴"点明时间,"移阴"即日影的移动,见《吕氏春秋·察今》篇"故审堂下之阴,而知日月之行";"春帷"以闺阁中的帷幕指代帷中之人;"绿云"是对古代女子乌黑秀发的美称,典出杜牧《阿房宫赋》"绿云扰扰,梳晓鬟也"的句子。在这几句中,词人巧用《诗经·卫风·伯兮》"自伯之东,首如飞蓬。岂无膏沐,谁适为容"的诗意,暗示女子因为情人不在而不愿梳妆,实是相思之故。

"蝶粉蜂黄都褪了,枕痕一线红生玉",脂粉妆扮的艳丽颜色都因春睡而消退,脸颊上的一线枕痕，红中仍留有白皙的光泽。"蝶粉蜂黄"指当时宫中时兴的妆扮，化用李商隐《酬崔八早梅有赠兼示之作》"何处拂胸资蝶粉，几时涂额藉蜂黄"的诗句；"红生玉"以红玉比喻女子白里透红、粉嫩光泽的肌肤，典自葛洪《西京杂记》对美人赵飞燕和女第昭仪"二人并色如红玉，为当时第一"的评价。

此处承接上句、开启后句，都是写女子睡起的情态，不过前句偏重传神态，这两句偏重描形貌，后三句偏重表情性。"背画栏、脉脉悄无言，寻棋局"，通过写背靠栏杆、无语出神的动作细节，影射女子心中情绪的波动。"脉脉悄无言"，用《古诗十九首》"盈盈一水间，脉脉不得语"的诗句，已经引出情人不得相会的故事了，"寻棋局"又化用晋代《子夜歌》"明灯照空局，悠然未有期"的诗意，以棋局的无期，暗示相会之无期。这样暗暗写来，为下阕抒情做了铺垫。

"重会面，犹未卜。无限事，萦心曲"终于道出主题。想要再见面，还不知要到何时，心中的无限思绪，久久萦绕在心头。写会期"未卜"，用李昌符《寄栖白上人》"相逢应未卜，余正走嚣氛"的诗句；说是"无限事"，其实只有一个情字，化用白居易《琵琶行》"低眉信手续续弹，说尽心中无限事"；接着继续用音乐表达心绪之难缠，低眉信手，弹出一曲萦心绕梁的哀歌。

"想秦筝依旧，尚鸣金屋。芳草连天迷远望，宝香薰被成孤宿"，秦筝依旧环绕在闺帷之内，而知音者已然远行。芳草连天，迷蒙难见，每每入夜，宝香熏罢锦被，可怜独宿人。"芳草连天"，写景境界开阔，然亦是情语，阮阅《诗话总龟》曾引陈智夫梦中所作"野花临水数枝恨，芳草连天千里情"的诗句，非但是"情"，还有"恨"意。这样的诗句，景为情生，亦使情深。

末三句"最苦是、蝴蝶满园飞，无心扑"，情到无奈处，便融归无情的自然。蝴蝶翩翩飞舞，本是春季乐景，但满园飞蝴蝶，则非乐景，亦非常景。词人的情感，幽咽至深，至末句出此异象，是情到深处，已入幻境矣。

这首《满江红》，写女儿形态，擅于捕捉最有意味的瞬间；写相思情感，擅于运用迷幻而亲切的意象。且全词押入声韵，读起来顿挫低沉，一股抑郁之气油然而生。

瑞鹤仙

周邦彦

悄郊原带郭，行路永，客去车尘漠漠。斜阳映山落，敛余红犹恋，孤城阑角。凌波步弱，过短亭、何用素约。有流莺劝我，重解绣鞍，缓引春酌。

不记归时早暮。上马谁扶，醒眠朱阁。惊飙动幕，扶残醉，绕红药。叹西园已是花深无地，东风何事又恶？任流光过却，犹喜洞天自乐。

【赏析】

据孙虹《清真事迹新证》，此词作于宣和二年（公元 1120 年）十月间，次年，周邦彦去世。词作写时光流逝中作者自身迷茫、恍惚的精神状态，颇有谶语之意味。

起三句"悄郊原带郭。行路永，客去车尘漠漠"，写城外苍凉景貌。郊野环绕城郭之外，渐与之近，行路漫漫，车去攘起一阵沙尘。"斜阳映山落，敛余红犹恋，孤城阑角"三句，引情入景。远山映斜阳，落暮虽冷，犹流连于亭台栏杆角落。"敛余红"巧用韩偓《三忆》"敛笑慢回头，步转阑干角"的诗句，用人的情貌写余晖的"不忍"和"留恋"。

"凌波步弱。过短亭、何用素约。有流莺劝我，重解绣鞍，缓引春酌"写抒情主人公弱体逐风，游过小亭，看见处处鸣啼的黄莺，仿佛冉冉春意劝他暂停脚步，缓饮一席春宴。"凌波步弱"本是形容舞女无力行进的娇媚情态，这里以舞女的情态写自己老迈体弱、不胜足力的样子，笔法新奇。

"流莺"指黄莺，描摹其往来无定的活泼形态，沈约《三月三日率而成章诗》有"开花已匝树，流莺复满枝"的诗句；"流莺劝我"，则是化用了白居易《三月二十八日赠周判官》诗中"柳絮送人莺劝酒，去年今日别东都"的句子；"春酌"即春日饮宴之事，是春日闲适之象，陶渊明《读山海经》诗即有"欢然酌春酒，摘我园中蔬"的诗句，表现这种淡然而丰满的春日情感。

"不记归时早暮。上马谁扶，醒眠朱阁"，写春酌归去、睡醒之后恍惚迷蒙的情绪。酒醒之后，朱阁之上，已不记归来何时，又是谁人将自己扶上绣鞍。

"惊飙动幕。扶残醉，绕红药。叹西园已是花深无地，东风何事又恶"写一阵惊风，吹动幕帘，颇醒困倦，倚着残存的醉意，行绕于园中芍药花间，感叹这美好如西园的庭院，已经到了花丛满枝、看不到地面的时节了，春意扰人，竟至于此。"红药"即芍药，常作男女之情的见证，此处兼代春情。

"西园"用张衡《东京赋》"岁惟仲冬，大阅西园"的典故，曹魏时期邺都上林苑有西园，是文期酒会之所；"东风"用李商隐《无题》诗"相见时难别亦难，东风无力百花残"中的意象，东风无力，则百花凋残，今东风愈强，花则愈深。这几句写西园春花盛景，将为结句之哀情作铺垫。

"任流光过却，犹喜洞天自乐"，由春日胜景想到时光流逝亦在白驹过隙之间，于己而言，是无奈之事，而仅能游于仙山，以寻不得已之乐，多么令人感伤。李白《古风》有诗曰"逝川与流光，飘忽不相待"，正是"流光过却"之意，"却"，陆德明《经典释文》："本亦作隙。隙，孔也"，"过却"词义，类似"白驹过隙"。"洞天"是道教中仙人的居所，这里写道教的洒脱，反衬真情纠结的不可解。

从情感、内容上讲，这首词物境丰满，意境渺然。入于有，出于无，终归于迷蒙混沌、不得胜言。从结构上看，也体现出了周词一贯层次分明、取象精到的特点。

尉迟杯

周邦彦

离恨

隋堤路。渐日晚、密霭生深树。阴阴淡月笼沙，还宿河桥深处。无情画舸，都不管、烟波隔前浦。等行人、醉拥重衾，载将离恨归去。

因思旧客京华，长偎傍疏林，小槛欢聚。冶叶倡条俱相识，仍惯见、珠歌翠舞。如今向、渔村水驿，夜如岁、焚香独自语。有何人、念我无聊，梦魂凝想鸳侣。

【赏析】

此词抒写离恨。词人之所以突出一个"恨"字，不仅仅在于感慨不断的离别折磨人心，更从一次次送人和被送中体悟到了羁旅行役的不易和人生沉浮的悲凉。不能掌控自身命运的怨怼袭上心头，化出无限恨意。

思路上，仍是从具体情境拓展思绪，生发感喟。开头点出长堤话别的场面，由于古时长堤修于城外，往往成为送别的场所，久而久之，它也成为了诗词中象征离别的固有意象。"渐日晚、密霭生深树。阴阴淡月笼沙，还宿河桥深处"，天色渐晚，浓浓的雾霭笼罩着堤坝上的树木。惨淡的月光铺在岸边沙地之上，词人寄身一叶扁舟，停留在河桥之下。

"无情画舸，都不管、烟波隔前浦。等行人、醉拥重衾，载将离恨归去"写出了具体的离别情景。无情的画舫不去理会那笼罩水面的烟波，待到送别的人醉酒入眠之后，带着那背负着满腔离恨的人渐渐远去。其实，真正无情的，不是那冰冷无意志的画舫，而是人躲不开、逃不掉的命运。词人深知抱怨时运于事无补，只好把满腹的委屈发泄在那艘画舫上。

人影已经远远不见，但回忆却在脑中愈加明晰。"因思旧客京华，长偎傍疏林，小槛欢聚。冶叶倡条俱相识，仍惯见、珠歌翠舞"正是词人对旧有生活的回顾，头一句化用杜甫"每倚北斗望京华"诗意，随后的"偎傍疏林"、"小槛欢聚"和"珠歌翠舞"都是词人京华生活的内容。"冶叶倡条俱相识"写的则是词人和歌伎的交往。

往事如过眼云烟，一去不复返。而今词人只得自己品尝孤独。"如今向、渔村水驿，夜如岁、焚香独自语"写出一种孤寂感和封闭感。在依傍水边的小渔村中，面对漫长如岁的夜晚，词人与香烛对坐，喃喃低语，陪伴他的只有烛光下映出的昏黄影子。"有何人、念我无聊，梦魂凝想鸳侣"，这是词人思绪的展开，他期盼着有人能够体会到他的百无聊赖而不可得，只能让自己的心魂再一次回到梦中人的身边。

本词运笔极为恬淡，读来仿佛声声叹息。词人挥毫之间，各种意象渐次而出，引领读者在一个个场景中穿梭。然而贯穿全篇的，自始至终仍是那一股如泣如诉的伤情。

蝶恋花

周邦彦

月皎惊乌栖不定，更漏将残，辘轳牵金井。唤起两眸清炯炯。泪花落枕红绵冷。

执手霜风吹鬓影。去意徊徨，别语愁难听。楼上阑干横斗柄，露寒人远鸡相应。

【赏析】

此词妙处有二，一是以男女二人在离别中的心境为切入点，体现了"一种相思，两处闲愁"的零落；二是词人通过罗列意象的手法，从侧面拼接，多角度渗入，塑造了处于憔悴煎熬中的主人公形象。

"月皎惊乌栖不定，更漏将残，辘轳牵金井。""月皎惊乌栖不定"的意思是乌鸦因为皎洁的月光而不安，难以入眠。"更漏"是古代用来计时的一种器具，随着水滴的漏下体现时间的流逝，"更漏将残"意为水快要漏光，一夜又将过去。"辘轳"是井边用来汲水的滑车，人在清晨时要来井口打水，滑车发出声响，预示着一天的开始。词人连用三个意象，简洁明确地勾勒出了时间的演进。

辘轳转动打水的声音，也唤醒了深闺中的女子。"唤起两眸清炯炯。泪花落枕红绵冷"，一双明眸清澈有神、玲珑晶莹。红绵包裹的枕上泪痕点点，又湿又冷。眼睛之所以是"清炯炯"的，是因为整夜被泪水冲刷。而浸透了泪水的绵枕，好似女儿破碎的心一般，不能回到原来的样子了。将上阕五个意象连接，即能清晰地再现词人所写情事：一位美丽动人的女子为离别之情所苦而独自泪流到天明。

随后词人转换视角，以即将远行的游子的眼睛，来见证这场令人心碎的分离。"执手霜风吹鬓影"是男子对赶来为自己送别的女子的印象，如霜般凄冷的风吹拂着她的鬓发，憔悴而使人哀怜。男子心怀去意，却又难舍难分，因而几度徊徨。离别的话语包含至深的真情，搅动心中愁绪翻滚。

词人没有再具体写男子狠心放手、迈步启程的那一瞬，而是越过了很长一段时间。"楼上阑干横斗柄"说的是夜空之中，北斗星横斜低落，仿佛就在楼顶之上不远。"露寒人远鸡相应"则意味着一夜又尽，清晨的露水寒冷如霜，人渐行渐远，只有早上打鸣的公鸡与人相呼应，更衬托出一片寂寥冷清。

词人将别前的暗自心伤、别时的难分难舍以及别后的孤独寂寞巧妙贯穿起来，只截取极富代表性的片段进行描写，给予人极大的想象空间。词人在意象选择上也独有匠心，赋予物以人性，通过物的动作来映衬人心的失落和难安。

点绛唇

周邦彦

伤感

辽鹤归来，故乡多少伤心地。寸书不寄，鱼浪空千里。
凭仗桃根，说与凄凉意。愁无际。旧时衣袂，犹有东门泪。

【赏析】

词人从汴京回归故里，感到物是人非，过往的青葱岁月一去不返，曾经的伙伴天各一方，昔日的爱人不知何在。伤心之余，吟词一首，寄托对故旧的牵念和对世事境迁、人生如梦的感喟。

首句词人以归来的辽鹤自比，并化用了《搜神后记》中的一个典故：辽东人丁令威学仙千年，化鹤而归，落在城门华表柱上，有少年欲射之，鹤飞起徘徊于空中曰："有鸟有鸟丁令威，去家千岁今来归。城郭如故人民非，何不学仙冢累累。"遂高上冲天。化身辽东鹤的丁令威千年还乡，深感"人民非"，此心情和词人吻合。多年不见，故乡已满是伤心之地，令词人感到无处容身。

"寸书不寄，鱼浪空千里。""鱼浪"的用法，可以参照古诗《饮马长城窟行》中："呼儿烹鲤鱼，中有尺素书。"此句描绘了词人有话难说、有书难寄的绝望。词人希望倾诉、叙旧的那些人早就杳无音信，"空千里"形象地诠释了词人为什么"寸书不寄"。

欲见之人难以得见，满心凄凉急于与人倾吐，词人终究找到了一个能够听他说话的人。"凭仗桃根，说与凄凉意"中的"桃根"，借用了王献之《桃叶歌》的诗意。王献之爱妾桃叶有一妹，名为桃根。词人如此化用，暗指听他诉衷肠的人乃是当年情人的姊妹。

然而，倾吐之后，心中愁绪没有丝毫消解，"愁无际"三字，表现了词人当时的身心状态。本欲一吐为快，但"到底意难平"，内心郁结仍是"剪不断，理还乱"。故乡不再是那个故乡，故人不再是那些故人，曾经的快乐永远无法重温，时光不能回溯，最好的年华只能存在于记忆之中。

"旧时衣袂，犹有东门泪"写黯然销魂之意，将情感推向极致。词人看到她的旧时衣物至今犹在，内心情感无法抑制，除了泫然泪下之外，再也说不出任何话语。古乐府《东门行》曰："出东门，不顾归。""东门"在古典文学中是带有浓厚悲伤色彩和感伤意蕴的送别之所，被赋予"一去不返"的定性。词人在这里化用，足以体现他仿佛认命一般，对于那些离去的人和事不抱任何希冀与期待了。

这一首《点绛唇》，寥寥数语，低回往复，将人的情感层层深化，如同伤心人的泪水一般，源源不断地流淌而出，令人久久不能释怀。全词结构圆润，首尾暗合，围绕"伤心"情旨组织，章法严密，语淡情浓。

玉楼春

周邦彦

桃溪不作从容住，秋藕绝来无续处。当时相候赤阑桥，今日独寻黄叶路。

烟中列岫青无数，雁背夕阳红欲暮。人如风后入江云，情似雨余粘地絮。

【赏析】

古时有刘晨、阮肇入天台山采药，遇到仙女，同住数年而归的典故。词人从这个典故获得灵感，回忆往事，抒发了有情人分离之后不得再见的无奈和哀怨。全词对仗精工，语言隽秀，用意深远，表意灵活。

"桃溪不作从容住，秋藕绝来无续处"，意指词人轻易地与有情人分离却再难得见，流露出深深悔意。"桃溪"是刘、阮二人和仙女相遇的地点，而"桃溪不作从容住"暗指词人当初面对一段天人结合般的好姻缘却没有珍视，因而未能得以长久。"秋藕绝来无续处"，以藕断不能再续合比喻词人再也无法挽回和那女子的关系，再也不能找回自己丢掉的爱情。

第二句选取了"赤阑桥"与"黄叶路"两个意象对比今昔，同时对应着前一句的离合。两者本是同一地方，而称谓不同。但对应之意明显。"赤"字，谕示春意盎然，以暖色调烘托，"当时相候"也点出了时间。所以"当时相候赤阑桥"写的是曾经情人相约携手，在桥上观景赏春的恬谧。

然而，两人分离之后，还是那个地方，不过季节由春变秋，色调由赤变黄，人也从成双成对变成了孑然一身。"今日独寻黄叶路"，词人踏着萧瑟的落叶徐徐前行，蓦然回首，往事已不可追。词人以色调、时令的反差衬托人心境的不同，营造了分离前后截然不同的词中世界。

寻寻觅觅，希望能够找到昔日的种种余留，但是词人看到的，只是薄暮中连绵的山峦，远远望去，一片淡青色，如泼墨一般。夕阳西下，染得水天之间一片血红，山峦、夕阳、暮色，广袤的天地横亘在这个孤独落魄的人之前，如同人破碎的心扉。日落了还会有日出的时刻，暮色会被晨曦驱散，山峰随着四季的变动而有规律地变换着外衣，时间向前奔涌，却又让万物在其间无限轮回，只有词人逝去的美好年华，再也回不来了。

"人如风后入江云，情似雨余粘地絮"，比喻人的离散如同一阵风那样没入江里云间，而留在心头的绵延情思，就像那雨天过后黏在地上的柳絮一般，久久难以揭除，并且会伴随着长久而刻骨的疼痛。

结尾让词的境界得以升华，把词人的往昔之忆和今昔之感上升到了哲学思考的层面，深刻揭示了处于命运中的人们分分合合的乖违与无稽，以及人情的难以消解。

夜飞鹊

周邦彦

河桥送人处，良夜何其？斜月远堕余辉。铜盘烛泪已流尽，霏霏凉露沾衣。相将散离会，探风前津鼓，树杪参旗。花骢会意，纵扬鞭、亦自行迟。

迢递路迥清野，人语渐无闻，空带愁归。何意重经前地，遗钿不见，兔葵燕麦，向斜阳、影与人齐。但徘徊班草，欷歔酹酒，极望天西。

【赏析】

周邦彦词作，写离别者极多，词人一生坎坷流离，对于"离别"有着独特而深刻的情感体验和哲学思索，每每入词，则化为恬淡而富有深意的语句，叩击着人们的心灵，并给身处迷茫中的人们一点启迪。

《夜飞鹊》一词，详细地回顾了词人经历的一次送别。道出了送行人面对即将踏上未知前路的友人，内心里充溢的不舍、担忧和哀愁，以及送别以后的恍惚之感。

"河桥送人处，良夜何其？斜月远堕余辉"，点出了词人送别的情境。"斜月远堕余辉"既是表明了夜色将尽，时间之早；又衬托出一片凄凉孤寂的氛围：夜深及此，来给友人送别的，除了词人之外，也就只有那即将消逝的月亮了。这一句词，写词人在凌晨时分来到河桥之上，为早早启程的朋友送上最后一程。

"铜盘烛泪已流尽，霏霏凉露沾衣"也是写时间之早。立在铜盘之上的蜡烛业已燃尽，朝露沾湿了人的衣服，留下丝丝凉意。然而，此时此刻，感到微冷的，又何尝不是人那背负着别离的心。

终于还是要起行了。"相将散离会，探风前津鼓，树杪参旗。""相将"乃"就要"之意；"津鼓"是古时用来报时的更鼓；"参旗"指天空中的参旗星。全句意为：就要散席道别了，报时的更鼓已经响起，空中的参旗已经落到树梢，天色即明，人将上路。

然而真的没有不舍吗，连坐下的马儿都自有灵性，领会到了主人心中的五味杂陈。"花骢会意，纵扬鞭、亦自行迟。"即便主人扬鞭纵马，马儿却好似有意放慢了脚步，应和着人情感的纠结。

远去的身影渐渐消失不见，离别的话语也渐次消散而为人不闻，留下的人怀着满腔愁绪，在不舍得凝望过后，只得转身归去，等待着下一次离别的不期而至。

随后，词人从回忆中走入现实，旧地重游的他思绪万千。"何意重经前地，遗钿不见，兔葵燕麦，向斜阳、影与人齐。""何意"二字，道出了词人的惊叹与失落，本欲回顾过往，却再也找不回一丝熟悉的气息。"遗钿"原指妇人遗落的饰物，亦指送别时落下的东西。"兔葵燕麦"指野草野谷一类。这一句的意思是：怎知道旧地重游，当初离别时的遗物已经消逝不见，空余一片野草野谷，在夕阳之下，它们拉长的影子，近乎和人影一般长。体现了今昔相隔之久，喻示了旧人杳无音信，再难得见。

如今只剩下词人一个了，无可奈何的他只好徘徊于丛木之间，自酌自饮，唏嘘感叹，抬头仰望遥远的天边，暗暗祝愿旧人一切都好。

周邦彦被称为"词中老杜"，其词浑厚，既源自他深厚的运笔功力，又蕴涵着他含蓄反复的情思。描摹事物详尽真实，构思安排精巧得当。感情基调沉郁顿挫，句式语言婉转细腻。词中内涵，不经反复品读，则难寻其踪。

芳草渡

周邦彦

昨夜里，又再宿桃源，醉邀仙侣。听碧窗风快，珠帘半卷疏雨。多少离恨苦。方留连啼诉。凤帐晓，又是匆匆，独自归去。

愁顾。满怀泪粉，瘦马冲泥寻去路。谩回首、烟迷望眼，依稀见朱户。似痴似醉，暗恼损、凭阑情绪。淡暮色，看尽栖鸦乱舞。

【赏析】

此词回忆往事，寄托离恨。风格浑雅，语调顿挫，铺叙开阖跌宕，描写精工有致，以意象缩结全篇，错落有致。

词人采用倒叙手法，起笔先回忆昨夜情事，"昨夜里，又再宿桃源，醉邀仙侣。""桃源"二字指的是刘晨、阮肇与仙女相会之事。王松年《仙苑编珠》云：刘、阮"采药于天姥岑，迷入桃源洞，遇诸仙"。词人说"又再宿桃源，醉邀仙侣"，既暗指他与所会之人相熟，又体现了二人把酒言欢、共赴醉乡的快乐。

"听碧窗风快，珠帘半卷疏雨"则是对二人交欢的描写，词人并没有渲染这一过程的欢乐，而是神游其外，以"快风"、"疏雨"意象暗示了欢乐的时光转瞬即逝，令人忧郁痛苦的分离即将到来。

"多少离恨苦。方留连啼诉"，绝望的离别总会来临，为离恨所苦的人们只能不断地徘徊流连，执手啼哭。有千言万语想要倾诉，感觉好像方才开口，却已到别时。"凤帐晓，又是匆匆，独自归去"，清晨的微风吹动了幔帐，又一次，词人匆匆起身更衣，踱步离去。

还是忍不住回头凝望，见她早已泪流满面，乱了一脸妆容。词人此时心乱如麻，更不忍再看她那带着无助、哀怨和无尽企盼的双眸。她的目光如同一根根细针直刺词人心中最为脆弱柔软的角落。于是词人只得跨上他的瘦马，落荒而逃，马蹄溅起泥点，奔向注定要踏上的归途。

已经走得很远了，词人依旧难以忘怀她的泪眼，再次远远回眸。"谩回首、烟迷望眼，依稀见朱户"，清晨的薄暮迷乱了他的眼睛，但那曾给他留下无数美好回忆的地方仍旧映入眼帘。

至此，词人的回忆告一段落，他在恍惚间回到现实，感到如梦如幻。"似痴似醉，暗恼损、凭阑情绪"，写出词人回忆往事所带来的暗自神伤。他独倚斜栏，任由心绪荡漾，回忆让他如痴如醉，暂且抚慰了他孤苦无依的内心。但是，梦醒以后，但愿长醉不愿醒的恼恨瞬间充斥身心，令人感到沧桑憔悴。

"淡暮色，看尽栖鸦乱舞"两句，使得全篇情感得以升华，词人凭栏远眺，暮色早已悄悄降临，乌鸦争相寻找栖息的枝梢，顿时叫声一片。词人此时暗自忖度，顿觉自己孑然一身，四海飘零，无处容身。把景色的苍凉和人心绪的悲哀融合在一起，使悲哀的心情与永恒的景物一起，获得了更开阔的词境。

虞美人

周邦彦

灯前欲去信留恋。肠断朱扉远。未须红雨洗香腮。待得蔷薇花谢便归来。
舞腰歌板闲时按。一任旁人看。金炉应见旧残煤。莫使恩情容易似寒灰。

【赏析】

离别前夜，情人的独语往往令人心碎。这首《虞美人》，以男主人公的视角和口吻，书写了离别之前男女二人依依不舍的情态，表达了矢志不渝的爱情宣誓，塑造了纵然飘零不偶、沉沦下僚也绝不辜负对方的痴情男女形象。

首句写出了临别之际男主人公欲走还留，女子肝肠寸断的情境。引出后文情人间的喁喁话别。这一句，定下全篇的情感基调，开启了整首词的语义空间，划定了词的想象边界。

"未须红雨洗香腮。待得蔷薇花谢便归来"出自杜牧《留赠》"不用镜前空有泪，蔷薇花谢即归来"，是男主人公对女子做出的刻骨铭心的承诺。纵观中国古典文学史，极少有远行的男子在离别之际愿意给送别的情人告知归期，一方面是因为路途遥远，命运无常，因而无法把握；另一方面则出于隐隐的厌旧之意，期待着不远的未来会有新的风流韵事。而本篇中的男主人公，在临行之际毅然承诺，相比那些流于空泛而又不切实际的安慰，自有千钧分量。

"舞腰歌板闲时按。一任旁人看"这句揭示了词中女子的身份，同是沦落之人，彼此间的相互温暖更显得珍贵异常。男主人公并非狭隘小人，他站在女子角度，设身处地为之着想。嘱咐道，闲时不妨歌舞依然，以供他人欣赏，也好维持生计。

然而，男子何尝不会忧心，于是不乏妒意地补充："金炉应见旧残煤。莫使恩情容易似寒灰。"你看在火炉中还有没烧尽的残煤呀，你不要让这旧时的情谊如同这煤灰一般彻底冷却。男子此言是以残煤自比，希望女子不要因为"新煤"的添入，就让这残煤彻底冷却，碎裂成灰。足见男子用情之深。

词人对离别之人心态的把握十分精准，词中男子的话语既有如山誓言，又有隐隐担忧，衬出丰满形象。语言生动，比喻精当，入情入理。

长相思慢

周邦彦

夜色澄明，天街如水，风力微冷帘旌。幽期再偶，坐久相看，才喜欲叹还惊，醉眼重醒。映雕阑修竹，共数流萤。细语轻轻。尽银台、挂蜡潜听。

自初识伊来，便惜妖娆，艳质美盼柔情。桃溪换世，鸾驭凌空，有愿须成。游丝荡絮，任轻狂、相逐苹萦。但连环不解，流水长东，难负深盟。

【赏析】

周邦彦此词从情人重逢写起，回顾了男女双方从相识到分离的过程。结构回环往复，笔法变化多端，抒情纡徐委婉，感情基调开朗，词境层层深入，写景、叙事、抒情完美融合。

"夜色澄明，天街如水，风力微冷帘旌"一句交代了二人重逢的情形。在一片澄明的夜色中，如水的月光铺满街道，微冷的清风拂动着门帘旌旗。好像老天早就知道将会有不平凡的事情发生似的，一切竟然如此曼妙。

两人终于相遇了，但并没有一眼便认出。"幽期再偶，坐久相看，才喜欲叹还惊，醉眼重醒。"彼此间久久凝视，突然想到了曾经那相熟的样貌，惊喜万分，连早已带有几分醉意的眼波也顿时变得明亮如初。这一句里词人用"欲叹还惊"和"醉眼重醒"两个短语生动形象地描摹出重逢之人又惊又喜的情态。

曾经的情感压在心底，长久的分离非但没有使它熄灭，反而因彼此的相思而变得更加炽热。"映雕阑修竹，共数流萤。细语轻轻。尽银台、挂蜡潜听。"重逢的两人在小楼上携手并立。那精美的雕栏，如松的翠竹，此时此刻成为映衬二人的背景。他们数那飞舞在夜空中的萤火虫，互相倾吐着对彼此的思恋，时间仿佛凝滞，只有银盘和蜡烛聆听到了他们的话语。

词人不知今夕何夕，随着飞扬的思绪，回到曾经初识她的时候。"自初识伊来，便惜妖娆，艳质美盼柔情"，那时的她妖娆多姿，惹人怜爱。她风姿艳丽，眼波琉璃，温柔多情。面对如此佳人，词人自然不能自矜，"桃溪换世，鸾驭凌空，有愿须成"写出了他心中的祈望。"桃溪换世"借用刘晨、阮肇入天台山与仙女相遇共居的典故，"鸾驭凌空"借用萧史、弄玉结为夫妇、乘凤凰飞去的传说，"有愿须成"则暗示了词人和女子的爱情也如前两则典故那样修成正果。

"游丝荡絮，任轻狂、相逐苹萦"一句暗示了二人遭遇的不幸。两个人都无法掌控自身的命运，只能像那飘荡的轻丝、柳絮，为轻狂的风儿追逐，各自游向未知的远方。然而他们的心性并未被坎坷的命运吞噬，他们的誓言依旧坚贞如初，"但连环不解，流水长东，难负深盟"，重逢后的两人再次念起了当初的盟誓，如紧扣的连环和东流的春水一般，生生不息，留存永世。词人将自己的爱情理想在这首词中进行了剖白和诠释，表达了他对纯真爱情的渴望。

关河令

周邦彦

秋阴时晴渐向暝。变一庭凄冷。伫听寒声，云深无雁影。
更深人去寂静。但照壁孤灯相映。酒已都醒，如何消夜永！

【赏析】

词中书写孤寂感受,这种孤寂可能出于人生失意、官场沉浮或是情路坎坷。词人身处萧瑟之中,满怀愁绪难以排遣自解,只好化作笔下种种景观意象,作为内心情感的外在表现。

"秋阴时晴渐向暝。变一庭凄冷。"交代了所处季节。"向暝",变得昏暗之意,点出天色渐晚。"秋阴时晴渐向暝"写出了深秋节气,天色阴沉,白天格外短暂,暮色渐浓,一片昏暗。"变一庭凄冷"交代了词人所处地点乃是一所庭院。凄清寒冷,既是天气给人带来的身体感受,也是此时人的心境的写照。

"伫听寒声,云深无雁影",词人独自矗立在庭院中间,感受灌注身心的寒冷。"伫听寒声"点出词人站立如佛久久不动,意绪延展,所谓"听寒",既是感受秋意悲凉,又是品味内心萧瑟。寒风凛冽,吹过耳畔,不觉间黯然销魂。仔细分辨,方才觉得远方大雁的哀鸣隐约传来,如泣如诉,急忙翘首相望,但见云层重重弥漫铺排,寻不得一丝雁影。伫立庭中的词人,在向远方无尽延展的天际面前,显得如此渺小,如此单薄。

入夜,一切归于寂静,方才的寒声早已消散。"更深人去寂静。但照壁孤灯相映。"这里"人去"二字值得品读,本就孑然一身的词人,却要说"人去",无从得知词人笔下的所去之人是谁,只知道此时的他,身处陋室,真正陪伴他的,只有一盏孤灯,以及孤灯映照在壁上的影子。

"酒已都醒,如何消夜永!""但愿长醉不愿醒"是词人此时最恰切的心态,然而,酒意终究还是消去,无法浇灭内心积压如山的愁绪,词人环顾四周,茫然无措,不知如何渡过这漫漫长夜。

词表面是在描写环境,但字字皆是词人内心的抒写。周济在《宋四家词选》中评价此词"淡永",可谓一语中的。平淡的语调、平常的景物,却化作无限隽永的意境,直指人灵魂深处的孤独。

虞美人

李廌

玉阑干外清江浦,渺渺天涯雨。好风如扇雨如帘,时见岸花汀草涨痕添。

青林枕上关山路,卧想乘鸾处。碧芜千里思悠悠,惟有霎时凉梦到南州。

【赏析】

词人轻倚栏杆,远眺天涯,只见清江之畔,烟雨迷蒙,远天之处,渺渺不可见。首句着一"玉"字,写出栏杆在雨中的洁净感和微微凉意。"天涯"二字,则隐含羁旅漂泊之意,同时也引出下文的怀人之思。

然而,词中并没有直接进入思情的表达,而是接着描写景状。"好风如扇雨如帘,时见岸花汀草涨痕添"一句,以巧妙的文思,描写主人公倚栏所见,细腻、寂静、优美,十分契合后文的情感。

"玉阑干外清江浦，渺渺天涯雨"连用两个比喻，先将无形的风比喻成有形的扇子，写风成片逐层刮过的景象，突出风的柔和与旖旎。后将雨比喻成珠帘，主人公在栏杆内看雨，雨正如阑干上所挂的帘幕一般。这个比喻一方面写出雨滴的形状，另一方面也表现出整场雨的外观，非常精当。

"好风如扇雨如帘，时见岸花汀草涨痕添"中，关于"岸花汀草"的描写，着力点仍在"雨"上。岸边洲上的花草，在雨中鲜翠欲滴，雨停了又下，水刚退了，又涨起来，因此谓"涨痕添"。如此纤细入微的描写，表现出雨景的曼妙葱茏，令人心旌摇荡。

"青林枕上关山路，卧想乘鸾处"转写梦中怀人。"青林"句化用杜甫诗句。杜甫听闻李白流放夜郎时，曾心忧如焚，写下著名的《梦李白》二首。其中有一句"魂来枫林青，魂返关塞黑"。"枫林青"指李白所在西南之地，"关塞黑"指杜甫当时所在秦陇之地，分别对应此句的"青林"和"关山"。杜甫写梦魂往返于两地，是为了表达他对李白深深的牵挂之情。此处词人化用杜诗之意，也是为了表现梦中思忆的情意。"卧想"点出回忆的具体内容。"乘鸾"常用来比喻成仙，此句"乘鸾处"是指游玩之处。二人相携出游已成往事，如今只能在梦里追寻离人踪影。

"碧芜千里"可当成此刻雨中实景，亦可当作主人公时常凝望之景。芳草萋萋的景象，极容易触动主人公的忧思，故在"碧芜"后接"思悠悠"三字。可惜思念只是徒劳，就连魂入梦乡，也不一定梦到相聚的欢乐。

最后，"惟有霎时凉梦到南州"是主人公对自己日有所思，夜有所梦，却梦而不得的喟叹。"霎时凉梦"四字，点染出人物忧伤、失落的心绪，与烟薄雨淡的景物氛围十分相衬。"惟"字既体现主人公的遗憾和不满，也蕴涵着无奈的宽慰之情：既遗憾于好梦不多、不长，又因为总算还有"霎时"的好梦而感到宽慰。

雨中风景于词中尽得体现，清淡、邈远、疏朗融入其中，词人极言雨中怀人的情感，却不露愁苦痕迹，将思情与雨景结合得浑然如一。

洞仙歌

阮阅

赠宜春官妓赵佛奴

赵家姊妹，合昭阳殿。因甚人间有飞燕？见伊底，尽道独步江南，更江北、也何曾惯见。

惜伊情性好，不解嗔人，长带桃花笑时脸。向尊前酒底，得见些时，似恁地、能得几回细看？待不眨眼儿觑着伊，将眨眼底工夫，剩看几遍。

【赏析】

"赠宜春官妓赵佛奴"，顾名思义，官妓便是专门侍奉官员的妓女。唐宋时期官员之间的宴集，通常都有官妓从旁歌舞助兴。因官员多是文人，官妓为了迎合文人的风雅追求，往往多才多艺，且多有精通琴棋书画之人。此词所写"赵佛奴"，便是一位容貌极佳、能歌善舞的官妓。

　　词虽是文人所作，却并无"风雅"之气。词中多用俚俗口语，将赵佛奴的美貌和词人对她的迷恋写得生动鲜活，较之温厚醇正、香艳旖旎的雅词，显得直率活泼，别有一番风味。

　　开头用汉成帝妃子赵飞燕姊妹的典故，以赵飞燕的貌美善舞，暗示官妓赵佛奴有过之而无不及的容貌和才华。因二人皆姓赵，所以这一比较显得十分贴切。

　　"合昭阳殿"一句，似是词人为赵佛奴的地位和处境感到惋惜，实则从不同角度极言其美。像这样的女子，本应在宫殿里当一位雍容的贵妃，而不是生为官妓取悦于人。

　　"因甚人间有飞燕？"为什么民间会有飞燕？言下之意是以飞燕之姿容才情，流落于民间实在太可惜。这一句是对前句的不同表达和深化。"因甚"二字，语气真率，扼腕叹息之意表露无遗。

　　"见伊底，尽道独步江南"，下句写别人对赵佛奴的评价。见过她的人，都说她风华绝代，江南之地无人能及。然而词人却认为"更江北、也何曾惯见"，岂止独步江南，即使江北地区，又有几人比得过她？毫不吝惜的赞美直接引出下阕词人对赵佛奴的钟爱。

　　下阕先写赵的性情："惜伊情性好，不解嗔人，长带桃花笑时脸。""惜"字表现怜惜、爱惜之意。赵佛奴不仅貌美，而且性格好，见人总是一脸笑容，因此格外惹人怜爱。"桃花"二字，既写她笑容明艳，又突出其容颜娇美。

　　"向尊前酒底，得见些时，似恁地、能得几回细看？"筵席之上，词人因被她吸引，连酒都顾不上喝，生怕漏掉她的一举一动，一颦一笑。此句写词人痴迷之情，后一句则将这种痴迷再加深一层："待不眨眼儿觑着伊，将眨眼底工夫，剩看几遍。"前面说自己顾不上喝酒，此处则说连眼睛都舍不得眨，为的是将眨眼的时间用来看她，以夸张的笔墨极言自己的迷恋。

　　这两句没有一字描写赵佛奴，全从侧面烘托其美，效果却比直言更好，不仅达到了赞美的目的，而且富有情趣。口语的运用，使整首词显得俗白、亲切，尤其是"底"、"因甚"、"恁地"这些方言俚词的加入，更将词人不加掩饰的语气刻画得声闻在耳。

眼儿媚

阮阅

　　楼上黄昏杏花寒，斜月小栏干。一双燕子，两行征雁，画角声残。
　　绮窗人在东风里，无语对春闲。也应似旧，盈盈秋水，淡淡春山。

【赏析】

　　宋代文人多作赠妓之词，这与宋代文士与歌妓交往甚密有关。同时也因为词"本来是歌筵酒席之间，交给那些美丽的歌伎酒女去传唱的歌词。"（叶嘉莹《唐宋词十七讲》）当时的文士作词，一般都是应歌伎之邀，因此多为赠妓而作。又因文人与歌伎多为萍水之交，聚散于转眼之间，所以词中多抒写离愁别绪，相思情怀。

阮阅罢钱唐幕官之后，因与当地一名官妓分离而作此词，以寄托思念之情。词的上阕写自己倚栏所见所感，下阕则在想象中描摹对方愁思，颇如李清照《一剪梅》（红藕香残玉簟秋）词中"一种相思，两处闲愁"之意。

"楼上黄昏杏花寒，斜月小栏干"一句，写词人登楼倚栏所见。由"黄昏"、"杏花"、"斜月"组成的画面，微微带出冷寂的气氛。登楼望远，已经容易勾起愁意，何况此时又天晚近黄昏。更兼"杏花寒"，尚是"乍暖还寒时候"，冬寒未消，春暖未到，最易扰乱心绪。斜月如钩，悄悄挂在天边，可以想见，天色将暮未暮之际，倚栏远眺的词人情绪之低落。

"一双燕子，两行征雁"进一步衬托出自己的孤凄。目睹伤情之景后，再辅以耳闻悲音。画角是一种乐器，来自西羌，一般用于军队之中，因发音高亢，常用来警昏晓、振士气。在诗词中，"画角"常用来表示悲伤凄凉之情。如南朝梁简文帝《折杨柳》诗曰："城高短箫发，林空画角悲。"秦观著名的《满庭芳》词更有"山抹微云，天连衰草，画角声断谯门"之句。此处"画角声残"也起到渲染词人悲苦心情的作用。

上阕纯以景物写出，情致却有绵绵不尽之势。下阕言情，但并不直言道来，而是借助场景和人物情态来表现。"绮窗人在东风里，无语对春闲"一句，写女子独立于春风之中，默然无语的场景。词人不写女子身姿容貌如何曼妙，而借写"窗"之绮丽来形容"人"之秀美，手法巧妙。"绮窗"二字，好似一个镜头，对准窗外女子的身影，将她的美和淡淡的忧愁一同摄入。

接着，镜头拉近，"盈盈秋水，淡淡春山"是对她面容的描写。只见她如画的眉目，脉脉含情。"也应似旧"四字，点明这一连串场面都出自词人的想象和揣测，从而回到词首倚栏沉思的情景中，使整首词的情感流变显得完整而密实。

感皇恩

赵企

别情

骑马踏红尘，长安重到。人面依然似花好。旧欢才展，又被新愁分了。未成云雨梦，巫山晓。

千里断肠，关山古道。回首高城似天杳。满怀离恨，付与落花啼鸟。故人何处也？青春老。

【赏析】

悲、欢、离、合四字是这首词的核心，词人虽然不在语言上多作雕饰，却将情感写得一波三折，跌宕起伏，故而感人至深。

先写重聚之喜。"骑马踏红尘，长安重到。人面依然似花好"，诗词中刻写聚散无常，多写重游故地、物是人非之慨，但词人却写自己重回京城，故人安好，欣喜之情表现得十分真实。

次写临别之悲。一句"旧欢才展，又被新愁分了"，用语浅白，直言离愁，将"天涯流落思无穷，既相逢却匆匆"（苏轼《江城子·别徐州》）的失落和痛苦写尽。"新愁"一词，对照"旧恨"，写出别情的反复无尽。接着用"云雨梦"代指相聚尽欢的愿望，以"巫山晓"言无情的现实，"未成"二字，点出聚合之短暂，离别之难免。

再写别后思念。"千里"极言此去之远，"关山"则是"远"的具体表现，同时也包含了难度之意，暗示今后重逢之难。词人在边地古道中踽踽独行，心中尚留恋着繁华的京城和京城里的故人，因此有"断肠"之叹。

"回首高城似天杳"一句，仍写留恋之情。"高城"指京城，"似天杳"的比喻一方面体现出关山古道特有的辽阔苍茫之景，另一方面也是词人心中所感。行至此处，京城已远在天际，故人也已杳不可及，去国之恨与离别之恨已交融并生，由此，下文自然而然引出"满怀离恨"之语。

此恨无可排解，只能"付与落花啼鸟"。杜甫有"感时花溅泪，恨别鸟惊心"（《春望》）的诗句，言花鸟感时恨别，实则是将人物情思投射于物。此处词人将离恨寄托于落花啼鸟，看似是解愁，实际是愁上加愁。见花残而忧心岁月空逝，相会无期，及至相见，恐怕亦是面目全非；闻鸟啼而惊觉孤身羁旅，前途漫漫，不知何时才能归去。

"故人何处也？青春老"，此句收尾，将前文所述凄苦孤独的感受蕴涵于一问一答之中，尽数道出别离带给人的痛苦。词人远行千里，与故人隔着难以飞度的关山，音讯必定是隔绝的。离开时，故人尚在京城为自己送行；当分别日久，怎知故人会不会离开京城，去向何处？即使她依旧留在京城，等候自己归来，自己却不知何日是归期。即使有再会的一日，恐怕也会"纵使相逢应不识，尘满面，鬓如霜"（苏轼《江城子·乙卯正月二十日夜记梦》），"夜阑更秉烛，相对如梦寐"（杜甫《羌村》）。

从"人面依然似花好"到"青春老"，词情上是一大转折，先喜后忧的叙述顺序，既突出喜之不易，也突出忧之深沉。词从男女别情着手，抒发的却是深刻的人生无常之感，笔力透彻，词境浑融。

蝶恋花

谢逸

豆蔻梢头春色浅。新试纱衣，拂袖东风软。红日三竿帘幕卷，画楼影里双飞燕。
拢鬓步摇青玉碾。缺样花枝，叶叶蜂儿颤。独倚阑干凝望远，一川烟草平如剪。

【赏析】

谢逸是典型的婉约词人，他的词如其名，风韵飘逸，不沾脂粉香泽，尤其是闺怨词，写得温婉含蓄，深具花间派遗风。这首《蝶恋花》写闺怨，却不着一字言幽怨之意，情感表达十分曲折。

"豆蔻"一句，写"春色"刚至，豆蔻梢头新生的花苞颜色尚"浅"。此时春意还未成熟，正如闺中少女的年华。首句用"豆蔻"隐喻闺中人的芳龄，可以想见少女如花一般含苞待放的娉婷和羞涩。

天气渐渐回暖，因此少女"新试纱衣"，"纱"字点出新衣的质地，少女穿着薄纱，"拂袖东风软"，柔软的东风吹动她长长的袖。此处用一个"软"字，既点出东风的慵懒和软，也表现出少女所穿纱衣质料之软。她站在那里，长袖在暖风中缓缓飘舞，其袅娜多姿的倩影，令人心折。

"红日三竿帘幕卷，画楼影里双飞燕"一句，写少女起床卷帘所见。从她睡到"红日三竿"才起床这一细节可以猜测，少女也许长夜难眠，所以天亮之后昏睡不起；也许她早早醒来，在床上百无聊赖地辗转反侧，直到日上三竿，不得不起来，才懒懒下床。无论哪一种情况，都可见出少女的寂寞。

起床之后，她走到窗边，将重重帘幕卷起，却见画楼的阴影中，有一双燕子飞过。燕子双飞，衬出人的形单影只。由此，闺怨情怀已暗暗溢出。词人虽未描写少女的心情，但她独倚窗边，对景伤情的模样，却如在眼前。

下阕并未承接上阕末句所见之景，抒发情感，而是继续围绕少女的行动进行叙述。"拢鬓步摇青玉碾。缺样花枝，叶叶蜂儿颤"二句，写少女盛装打扮。她对镜细细将鬓发收拢，在发髻里插上青玉步摇，戴上精致而罕见、上缀蜂儿的花枝。词人对头饰的描写，重点在于突出其华丽、摇漾微颤的特点，由此活现出美人的盈盈之姿。

诗词中写闺中怀人，一般写女子"首如飞蓬"（《诗经·伯兮》）、"懒更妆梳"（杜安世《鹤冲天》），以表现幽居独处，无人眷赏的遗恨与哀怨。而此词却写少女精心打扮，表现她盼归的心情。一样的情怀，不同的描写，收到的效果也不一样。"不梳妆"言其独居等候之久，想念之深，心境之怨苦；而"盛妆"则符合少女天真的心性，也将怨情描写得不露痕迹。

少女之所以盛妆，是为了等待远方的人归来，由此引出末句"独倚阑干凝望远，一川烟草平如剪"，凝望处，没有归人的身影，只看见一川烟草，如剪刀剪过一样平坦无垠。萋萋"烟草"暗示游子不归之意（《楚辞·招隐士》云"王孙游兮不归，春草生兮凄凄"）。从盼归到无人归，由希望到失望，一扬一抑，将少女的怨怀描写得更加细腻深刻。词人不直说人未归，也不直写少女哀怨失落的心情，而用她倚栏所见之景收尾，使词境变得广阔，情思显得绵长。

菩萨蛮

谢逸

暄风迟日春光闹，葡萄水绿摇轻棹。两岸草烟低，青山啼子规。

归来愁未寝，黛浅眉痕沁。花影转廊腰，红添酒面潮。

【赏析】

全词开篇即写春日景致，选取主人公出游场景进行描绘。

"暄风迟日春光闹"，写春风熏暖，日长慵懒，春色灿烂。"暄"、"迟"、"闹"三字，将暖意融融、草长莺飞的春日胜景描写得很到位。"葡萄水绿摇轻棹"，主人公在水上舟中游览岸边风景。舟棹轻摇，春水如葡萄酒一般，澄清、温润如玉，水波随着舟桨轻轻漾动时，令人心醉神迷。

明代汤显祖《牡丹亭》中，杜丽娘见大好春光时，不由得道出"锦屏人忒看得这韶光贱"之语，表现她眼见春色如许，而自己年华虚度的慨叹。此词首句铺写春景之盛，亦是为了引出主人公心底的愁绪。"两岸草烟低，青山啼子规"，写主人公乘舟所见所闻。但此时景物的基调已脱去前文的热闹，而以"草烟低"、"啼子规"表现她心境的黯然。

江岸青草茂盛葱茏，山间子规"不如归去"的鸣啼，均指向游子不归之意。主人公触目所见，耳中所闻，使她心中离愁顿生，思念之情一经生发，便绵绵不尽。以至于"归来愁未寝"，直到游玩归家后，愁绪也一直无法平息，导致入夜难寐。

"黛浅眉痕沁"一句，通过对主人公眉间妆痕残留这一细节的描写，表现出她愁绪缠身，疲惫懒怠的心绪。辗转反侧，难以入眠的情况下，她索性起身，捧酒独饮，期望借酒消去心中愁意。"花影转廊腰"，巧妙摹写月光起初照在花上，投下淡影，随即渐渐移至回廊拐角处的过程，不仅暗示时光的流逝，而且花影又与下句"红添酒面潮"相映衬。

主人公独饮独醉，酒后的面庞红艳若花。这里暗指她心事重重，难消酒意。"红添"二字，似状写花之红添上醉颜，"酒面"则揭示此红非彼红，隐含酒难消春愁之意。这一处描写细致入微，曲笔传情，可见词人言情表意的婉约风致。

言难言之情，却出之以轻浅笔致，这是词人特具的逸致词风。整首词婉转而贴切地传达出闺中女子难言的怨怀伤情，是传统闺怨词的典型代表。

江神子

谢逸

杏花村馆酒旗风。水溶溶，飏^①残红。野渡舟横，杨柳绿阴浓。望断江南山色远，人不见，草连空。

夕阳楼外晚烟笼。粉香融，淡眉峰。记得年时，相见画屏中。只有关山今夜月，千里外，素光同。

【注释】

①飏（yáng）：飞扬。

【赏析】

谢逸过黄州时，曾在关山杏花村驿馆墙上写下这首《江神子》，因抄录者众多而名噪一时。

唐代杜牧《清明》诗中"借问酒家何处有，牧童遥指杏花村"一句流传甚广，后世多有酒家取名"杏花村"。此词开端"杏花村馆"便是据杜牧诗化用而来，"酒旗风"则来源于杜牧《江南春》"千里莺啼绿映红，水村山郭酒旗风"一句。

正值暮春时节，作者行走于郊外，看到迎风招展的酒旗和杏花村酒馆，周围一片"水溶溶，飏残红"的景致：日照之下，江水溶金，奔流不息；微风之中，落红飘坠，轻扬不止。以流水寄托思致，因残红触发愁绪，但这一切都蕴藏于景物描写中，并不外露。

"野渡舟横，杨柳绿阴浓"，仍写作者行走中所见之景。"野"字突出荒凉的意境。舟自横，无人渡，寂寥空阔；岸边杨柳却浓荫如盖，兀自茂盛，正是不知愁。这一句与前句两相对应，江流之中，一叶空舟；落花凋残，柳荫却浓密。在孤身一人羁旅在外的作者眼中，这些景物都是引起内心波动的因素。因而下句便直抒胸臆，"望断江南山色远，人不见，草连空"，点出怀人之情。

"望断"极言眺望之远，遥望之久。然而，江南之山绵延起伏，烟色弥漫，根本看不到尽头，自然也就无法如作者所愿，看到他所怀念之人的身影。视线所及，只有一片连天衰草。春夏之交的草色应是葱翠的，但是作者的心境却孤苦而伤感。

远望之下，思念之情不仅没有消解，反而愈发堆积。于是作者只好向回忆里寻求安慰。"夕阳楼外晚烟笼。粉香融，淡眉峰。记得年时，相见画屏中"，皆写过往场景。作者忆起此去经年，曾与她在画屏内相见。当时斜阳晚照，画楼笼罩在雾霭轻烟中，显得美好轻灵，如梦如幻。而她就在身旁，他闻着她身上的脂粉香气，看着她淡妆之下秀美的蛾眉，心醉神折。

最后从梦幻般的回忆跌入现实，作者怅望眼前连绵不绝的山峰，想象着"只有关山今夜月，千里外，素光同"，二人虽相隔千里，但今日关山之月，和她遥望的月亮，该是同一轮吧？其中暗含宽慰自解之意。自从别后，音讯隔绝，路远难至，相见之日遥遥无期，离别之苦难以言表，故只能以此聊作慰藉。

谢逸这首词与他写闺怨词的深婉手笔不同，虽也有婉曲含情的景物描写，但总体来说叙述较为直白，以手写心，本色出之，不作雕饰，因而显得真挚万分。

卜算子

谢逸

烟雨幂①横塘，绀色②涵清浅。谁把并州快剪刀，剪取吴江半。

隐几岸乌巾，细葛含风软。不见柴桑避俗翁，心共孤云远。

【注释】

①幂（mì）覆盖，遮盖。②绀（gàn）色：红青色，即微微带红的黑色。

【赏析】

谢逸一生不仕，隐居终生。本词写隐逸情怀，多脱自他人诗句，却自成高致，很能表现谢逸的文才和心志。

"烟雨幂横塘，绀色涵清浅"，写烟雨濛濛之时，横塘水清澈浅碧，在雨中时不时泛出绀色。此句用语清逸，造境空灵。

"横塘"本指江苏吴县西南一条著名的古堤，贺铸写过著名的《青玉案》："凌波不过横塘路，但目送、芳尘去"，范成大也有"年年送客横塘路"（《横塘》）的诗句，曾巩在《城南》一诗中则写过"雨过横塘水满堤"的句子。可见"横塘"这一意象在诗词中多有出现。谢逸此处借"横塘"胜景，旨在烘托隐居之所的脱尘去俗。

"谁把并州快剪刀，剪取吴江半"出自杜甫诗句"焉得并州快剪刀，剪取吴淞半江水"。杜甫本意是赞扬友人所绘山水，此处谢逸化用，则是为了写"横塘"之美。此句意为：仿佛用并州出产的锋利剪刀，将吴江一半的美景剪了过来。在作者笔下，小小一口水塘显得风姿绰约，如诗如画。美好清幽的隐居环境，从侧面烘托出隐逸的恬然风致。

"隐几岸乌巾，细葛含风软"一句，写作者头戴乌巾，身穿细葛衣的姿态。前半句同样出自杜诗："隐几萧条戴鹖冠"（《小寒食舟中作》），"锦里先生乌角巾"（《南邻》）。杜甫的《南邻》诗写住在他家南邻的一位隐士，"乌角巾"点明隐士的布衣身份。谢逸借用其意，亦移用杜甫诗中安贫乐道的隐士之风。后半句出自杜甫《端午日赐衣》，言皇帝所赐衣物质地之柔软，此处借写隐士穿着，便流露出飘逸之态。

"不见柴桑避俗翁，心共孤云远"，表明真隐士的风骨。"柴桑避俗翁"是指东晋隐士陶潜，"孤云"则与"避俗"相呼应。陶潜诗中有"孤云独无依"之句，是以"孤云"比喻脱离世俗、一无依傍之人。"心共孤云远"，特意点出一个"心"字，是为了表现隐士心志高远、心无所依亦无所牵绊的状态。"远"字则扩大了整首词的境界。作者虽身处小小"横塘"，心却如天边孤云一般，自由自在，高洁而洒脱。

谢逸在词中自表隐居生活中物我如一的适意情怀，语出尘外，无一丝俗世烟火气息，体现出他不为尘俗功利所缚的恬远心性和通脱怀抱。

雨中花

朱敦儒

岭南作

　　故国当年得意，射麋上苑，走马长楸。对葱葱佳气，赤县神州。好景何曾虚过，胜友是处相留。向伊川雪夜，洛浦花朝，占断狂游。

　　胡尘卷地，南走炎荒，曳裾强学应刘。空漫说、蟠蟠龙卧，谁取封侯。塞雁年年北去，蛮江日日西流。此生老矣，除非春梦，重到东周。

【赏析】

　　朱敦儒是宋代词史中一位不可多得的天才，纵观其词，不难概括出他的词主要可分为三个时期：早期浮华艳丽；中期慷慨激昂，恰似几分东坡文风；晚转向闲适安然、文风明白晓畅。这首《雨中花·岭南作》正位于中期向晚期的过渡阶段。

　　"故国"二字，透露出词人对往昔的无限回忆。"射麋上苑，走马长楸"这两句则交代了作者活动的内容和地点：在广袤的上林苑附近射打猎物，伴着宫殿两旁的楸木树遛马散步。作者采用用典和纪实的手法，再现当年涉猎郊游、热闹非凡的盛况。朱敦儒早年步入仕途，所以曾经历过一段锦衣玉食、社交广泛的上层阶级生活。

　　"对葱葱佳气，赤县神州。好景何曾虚过，胜友是处相留。"这四句流露出少年俊迈之气，表现出词人早年的得意景状。处处都是"好景"、"胜友"，一个锦帽貂裘的英气少年形象跃然纸上。"向川雪夜，洛浦花朝，占断狂游"，无论"雪夜"还是"花朝"，他都能在众人之中脱颖而出，占尽风头。这三句笔法连贯，犹如奔流江海一泻而下。

　　下阕感情遽然有变，与上阕内容形成鲜明的对比。"胡尘卷地，南走炎荒"谈及金兵南下之事，当时，战火蔓延，词人被迫逃往南方躲避战乱。"曳裾强学应刘"一句，叙述词人南下之后，寄居于权贵门下，屈身门客，勉强度日。"应刘"指的是建安诗人应场、应璩兄弟与刘桢，因他们当时依附曹氏一族，故有此比。"曳裾"二字最为生动，将作者谦卑、隐忍负重的姿态表现得很形象。国破家亡的打击已令他满腹忧愁，如今更如寄生虫般过活，词人心中定有千般无奈、万般辛酸。

　　"空漫说、蟠蟠龙卧，谁取封侯。"词人身在朝廷，但他并非贪享富贵的平庸之辈，他有自己的思想和见解，也想为国尽忠。但当时朝野上下奸佞当道，词人满腔的抱负无处施展，因此充满怀才不遇、报国无门的感伤。这句当中作者拿"卧龙"举例，大有暗讽意味，意即纵然是有超世之才的人，也无法为这样的朝廷建功立业。

　　"塞雁年年北去，蛮江日日西流。"这两句将全词的悲痛之情推向高潮，在作者看来，现在的自己远不如"塞雁"、"蛮江"活得轻松自在，大雁可以随季迁徙，江流可以日夜奔流，唯独自己，欲归而不得。

　　"此生老矣，除非春梦，重到东周。"随着时间的流逝，自己已日渐老去，再重返故国显然已是难上加难，只好依托梦境，将自己带回那个魂牵梦萦的故国。这两句以乐景衬哀情、逻辑紧密，抒发一种无可奈何又悲痛欲绝的情感，感人至深。

水调歌头

朱敦儒

淮阴作

当年五陵下，结客占春游。红缨翠带，谈笑跋马水西头。落日经过桃叶，不管插花归去，小袖挽人留。换酒春壶碧，脱帽醉青楼。

楚云惊，陇水散，两漂流。如今憔悴，天涯何处可销忧。长揖飞鸿旧月，不知今夕烟水，都照几人愁。有泪看芳草，无路认西州。

【赏析】

朱敦儒创作的词语言自然而不失文雅。在这首词中，上阕写词人年轻时与友人骤马游春的情景，基调活泼简洁。下阕抒发词人深沉的国家之痛，基调沉重、苍劲有力。两阕的连接十分巧妙，天衣无缝。

"当年五陵下，结客占春游。"上阕前两句描述词人对往事的回忆，再现了词人当年春游时的情景。出游地点在五陵，词人巧用借喻的手法，用"五陵"借指自己的故乡洛阳。五陵是西汉五位皇帝的陵墓，距离当时的首都长安不远，很多豪门子弟居住于此地，生活奢侈浪费。词人此处借五陵豪奢的风气来表现风流潇洒的男子形象，十分贴合。"结客"一词借鉴引用了《乐府诗集》中《结客少年场行》一诗，同样是写少年游乐，词人用古人字句，却抒发自己独特的感情抱负，给人耳目一新之感。

"红缨翠带，谈笑跋马水西头"，此二句简短地描述词人与朋友同游并骑马奔腾的情景，游人们的神态在词人笔下惟妙惟肖。词中"落日"透露游人归途的时间已是夕阳西下。"插花"二字描绘了游人当时的情态：他们头戴鲜花，经过桃叶渡。"不管插花归去，小袖挽人留"，词人为了强调人物的出场，把"小袖"作为主语放在"不管"之后，运用了倒装的手法，表达当时美人相邀的真挚感情，为下阕抒情埋下了伏笔。

"换酒春壶碧，脱帽醉青楼。"上阕结尾描写词人饮酒时的豪放和酒酣后"脱帽醉青楼"的不羁，生动而贴切。当此之时，词人与友人春游的雅兴已达到了高潮。下阕前两句，读起来给人以沉重之感，表达词人难以放下的相思之情。"楚云惊"、"陇水散"都化用他人诗句意象，表现词人对青楼女子的恋恋不舍。"惊"和"散"二字用得极其夺目："惊"说明作者受到了震撼，"散"则显示出词人内心的哀怨和忧愁。

"如今憔悴，天涯何处可销忧"两句，直抒词人无奈、哀痛的绝望之情。"如今憔悴"四字并不突兀，而是在前三句的铺垫之下，自然而然地抒发出词人累积到极致的情感。

"长揖飞鸿旧月，不知今夕烟水，都照几人愁"，词人为自己的思念所苦，满心哀愁无人倾诉，只能把得知故人消息的希冀寄托在"飞鸿"身上。"都照几人愁"一句，说明词人将他的个人感情升华到对家国的感情，并意识到个人与民族所面临的悲剧，极尽沉痛哀郁。

"有泪看芳草，无路认西州。"这两句引用古事，把对人的情思寄托给眼之所见的漫无边际的芳草。借景抒情的手法，凝聚了全词的忧伤，将悲痛之情推向了高潮。

水龙吟

朱敦儒

放船千里凌波去，略为吴山留顾。云屯水府，涛随神女，九江东注。北客翩然，壮心偏感，年华将暮。念伊、嵩旧隐，巢、由故友，南柯梦，遽如许！

回首妖氛未扫，问人间、英雄何处？奇谋报国，可怜无用，尘昏白羽。铁锁横江，锦帆冲浪，孙郎良苦。但愁敲桂棹，悲吟《梁父》，泪流如雨。

【赏析】

在宋词史上，词风最似辛弃疾的莫过于朱敦儒，这首《水龙吟》就很显著地体现出这一点。全词豪放刚健，表达出报国无门的愤慨，洋溢着悲壮沉重的感情。

"放船千里凌波去，略为吴山留顾"，首句意境辽阔、深远。乘船游于山野之间，放眼望去，碧波万里，然而，纵使眼前风光迤逦，也激不起作者任何兴趣，因为他并非寄情于山水、放浪于形骸，所以他只是略略扫了一眼吴山而已。一个"略"字，表达了作者无心留恋山水的心情。

"云屯水府，涛随神女，九江东注。"，"屯"指屯集，"水府"指的是古代主管水的官名，这句话的意思是云朵屯集在水府周围，预示着将有一场暴风骤雨来临，波涛汹涌的江水随着水神滚滚东去，最后无数条河流汇在一起，奔腾着、翻滚着、一起涌向大海。前后衔接紧密巧妙，按时间顺序进行描写，且又对仗工整，读起来朗朗上口。

作者开篇用大量篇幅状景，其意在抒情，由"北客翩然，壮心偏感，年华将暮"三句开始便转入了对情感的描摹。作者将自己形容成"北客"，漂流在外，心中还有报负和志向没有完成，岁月却在脸上刻上了皱纹。"年华将暮"一句显出几分黯然神伤。这三句正与曹操的"烈士暮年，壮心不已"诗句同意，但表现的情感不同：曹诗是慷慨激昂，此词却充满悲凉的年华之叹。

"念伊、嵩旧隐，巢、由故友，南柯梦，遽如许！"作者回忆起旧时相识，想起曾经的点点滴滴，一切宛如南柯一梦，不过浮云而已。

"回首妖氛未扫，问人间、英雄何处？"下阕开头以"回首"二字作引，对苍天发问，用反问的语气发出愤愤不平之音。侵略者肆意猖狂，无情的铁蹄践踏着广袤的中原之地，面对此情此景，中原竟无力反击。作者既愤慨国家危急之季没有一个英雄能够力

挽狂澜救国救民，又渴望时事造出真正的英雄，治国安邦。一语双关，发人深省。

"奇谋报国，可怜无用，尘昏白羽"，诸葛亮纵然足智多谋却也无法保住刘氏江山。这三句中，作者仍然寄托了一种请缨无路之感。紧接着作者又写道："铁锁横江，锦帆冲浪，孙郎良苦。"这里采用用典的方法，将作者想要讲的道理藏在历史典故当中。三国时期的东吴之主凭借着激流险峻的长江和长长的铁链，以为这样就可保万事之基业，但最后终究没有抵挡得了西晋的攻击而败下阵来。这里暗指作者对南宋统治者安心于半壁江山，浑然不觉危机的忧虑。

这六句极具针对性，对仗规整、说服力极强，而作者真正的意图就是以古为鉴，告诫朝廷不要安于现状。

"但愁敲桂棹，悲吟《梁父》，泪流如雨。"这三句是全词的结束语，一切作者所想、所慨都只能化作手里的船桨，敲出一声接一声空灵凄婉的声响。"愁"字在前，奠定整个感情基调，"悲"字则衔接"愁"，层层推进感情。最后词人无可奈何，只能把胸中所有的悲愤都化作泪水，呜咽吟唱《梁父吟》。此三句基调辽阔、大气磅礴，表达了作者为国担忧的深切情怀。

念奴娇

朱敦儒

插天翠柳，被何人、推上一轮明月？照我藤床凉似水，飞入瑶台琼阙。雾冷笙箫，风轻环佩，玉锁无人掣。闲云收尽，海光天影相接。

谁信有药长生，素娥新炼就，飞霜凝雪。打碎珊瑚，争似看、仙桂扶疏横绝。洗尽凡心，满身清露，冷浸萧萧发。明朝尘世，记取休向人说。

【赏析】

"插天翠柳，被何人、推上一轮明月？"高耸入云直冲向天的翠柳几乎要够得着皎洁的月亮。作者笔触极其夸张，将这种奇崛的景象用问句道来：不知是谁推了翠柳一把，让它直耸月宫？如此一来，更给景色增添了几分神秘和瑰丽，且营造出一种清婉、美妙的气氛。

"照我藤床凉似水，飞入瑶台琼阙。"词人的写作角度开始转变，上写天空中的明月，下写月光洒满床铺，空间感十足，一仰一俯，自然衔接。银亮的月光洒在床上，似凉水一般给人以寒意。词人惬意之中觉得自己仿佛飞入月宫，看见琼台仙阁。此句笔法浪漫奇崛，给人以无穷的想象。

作者飞入琼台仙阁之后，又臆想出一系列所见所感，"雾冷笙箫，风轻环佩，玉锁无人掣。"白蒙蒙的雾笼罩着整个月宫，增添几分迷离之感，沉郁顿挫的箫声若隐若现、可远可近，微风徐来，环佩之音叮当作响。作者运用一些悠远，冷清的意象，如"雾"、"笙箫"、"环佩"、"玉锁"等，极力打造一个冰清玉洁、与世隔绝的仙境。在作者看来，月宫是个极清净、神秘的处所，既没有天兵天将把守，又没有玉锁把门。"闲云收尽，海光天影相接。"等云朵散去之后，又呈现出"海天相接"的光辉胜景，令人痴倒。

词人在下阕开头又用问句开篇，前后呼应，"谁信有药长生，素娥新炼就，飞霜凝雪。"与上阕不同的是，这是个设问句。作者自问自答，对于谁有长生不老药这一问题，给出了自己的回答。他认为，所谓不老药，不过是嫦娥新炼制的凝霜而已，而非传说中的玉兔捣药。这也体现了作者立意上的标新立异。

"打碎珊瑚，争似看、仙桂扶疏横绝。"被石崇斗富时打碎的那株枝繁叶茂的名贵"珊瑚"，远远没法跟月宫中玲珑的桂树相提并论。"横绝"二字生动形象地突出月宫桂树的不同凡响、超凡脱俗。

"洗尽凡心，满身清露，冷浸萧萧发。"作者之前所有的铺叙都是为了抒发内心的感受，此三句一语中的，是全词的主旨句。"洗"字意在表明作者的心志，脱去尘世的外衣，给心灵以洗礼。但作者的心态和志向都是压在心里的一个梦，"明朝尘世，记取休向人说。"这种隐逸脱俗情怀恐怕尘世之人无法理解，自然也不必向外人道来。语意深沉，感慨痛切。

减字木兰花

朱敦儒

刘郎已老，不管桃花依旧笑。要听琵琶，重院莺啼觅谢家。
曲终人醉，多似浔阳江上泪。万里东风，国破山河落照红。

【赏析】

用典是古诗词中较为常见的写作手法，以典入词，会使词作意蕴丰富、庄重典雅。朱敦儒这篇《减字木兰花》就将用典这一手法发挥到炉火纯青、登峰造极的境地。

开篇"刘郎已老，不管桃花依旧笑"即用典故。"刘郎"指的是刘禹锡，刘禹锡写《重游玄都观》时，已双鬓斑白，回想当年被贬出长安，如今又辗转回到长安，便用几分戏谑、几分调侃的意味言道"前度刘郎今又来"。而朱敦儒创作这首词时也已到了垂暮之年，且境遇与刘禹锡有几分相似，也是被贬漂流在外，所以借"刘郎"暗喻自己，流露出伤感之情。

下句"不管桃花依旧笑"出自崔护的《题都城南庄》，这句诗自从崔护道出之后，曾被多位诗人、词人改用或借用。此处词人想表达的是，不管桃花是不是迎风招展、笑脸相迎，时间都会悄悄地夺去人的青春。前后两句链接巧妙，语序倒装，娴熟凝练，言近而旨远。

"要听琵琶，重院莺啼觅谢家。""谢家"指的是谢秋娘家，谢秋娘是唐代名妓，琴棋书画样样精通，词人百无聊赖之际想听听琵琶，身边却没有一个会弹奏的人，百般无奈只能到妓院里去听。

"曲终人醉，多似浔阳江上泪。"这两句紧承上阕而来，听完婉转迂回的曲子，词人不禁老泪纵横。"多似浔阳江上泪"这句是用白居易的"座中泣下谁最多，江州司马青衫湿"诗句。当年的白居易听完琵琶女的深情弹奏，感慨自己与她同是天涯沦落人，词人听曲子时，难免想到自己的遭际，因此黯然神伤。笔法含蓄婉转，引人遐思。

"万里东风，国破山河落照红"一语道破词人伤为何事，泪为谁流。夕阳的余晖洒在河面上，泛起波光粼粼的红光，词人看着眼前国破山河的残景，听着凄凉空灵的琵琶，终究是"夕阳无限好，只是近黄昏"。"落照红"生动形象地写出日薄西山、余光万丈的景象，提高了作品的表现力和感染力。词人抒情言志，表明心迹，内涵深远。

词中每一处用典都恰到好处，于相似之处融入词人自己的情感，收放自如，收到入木三分、掷地有声的效果。

采桑子

朱敦儒

鼓浪矶

扁舟去作江南客，旅雁孤云。万里烟尘，回首中原泪满巾。
碧山对晚汀洲冷，枫叶芦根。日落波平，愁损辞乡去国人。

【赏析】

金兵南下，举国混乱之际，词人在避难的途中途经彭浪矶，作此词。词中有"扁舟"、"旅雁"、"孤云"、"枫叶"、"芦根"等字样，烘托出一种离愁别绪、羁旅相思的气氛。

"扁舟去作江南客，旅雁孤云"，词人独自乘着一叶扁舟流离辗转于江南一带，一种孤独沉郁的感情油然而生。他的耳边传来南飞大雁急促的阵阵嘶鸣，头顶上一朵朵孤独的闲云漫无目的地在空中飘荡，作者不禁感时伤怀多生忧思。开篇写悲景，为后文抒悲情埋下伏笔，同时也将读者立刻带入一个色彩黯淡的寂寥世界。

"万里烟尘，回首中原泪满巾"直抒胸臆，"万里"一词着眼广阔，给人以大气、开阔之感，"烟尘"与上句的"旅雁"、"孤云"遥相呼应，沿袭其凄凉悲怆的笔调。词人踏上眼前这条未知的旅程，一路颠沛流离，回头看看风雨飘摇的故乡国土，一切都弥漫在滚滚沙尘中，斑驳婆娑、绵延不绝，令他忧从中来、老泪纵横。

整个上阕融写景抒情为一体，写作角度由作者所见转移到所感，且景与情联系紧密，上下句大致可理解为因果关系，词人正是见了眼前的景，才触动了心底那根爱国的心弦。

"碧山对晚汀洲冷，枫叶芦根。"下阕词人转换描写角度，日近西山时分，小船已行驶到江渚汀州，从白日到傍晚，极言时间的漫长，渲染出词人这一路上纠结复杂的心情。两岸绵延不绝的山岭不再是白日里耀眼的鲜绿，却多了几分深沉的碧绿，江岸边芦苇丛生、杂草丰茂、落叶飘零，一派冷清萧瑟的景象。词末一"冷"字既客观陈述傍晚的寒气袭来，更突出此时此刻词人落寞的内心状态。

"日落波平，愁损辞乡去国人"收束全词，太阳慢慢收起光芒，江面也渐渐平静下来，词人将破碎的山河景象置于黯淡的残光中，这样平和的景象更平添几分凄惨。词人用对比的手法，突出羁旅漂泊的悲惨心情，一种至深的爱国之情跃然纸上。

采桑子

朱敦儒

一番海角凄凉梦，却到长安。翠帐犀帘，依旧屏斜十二山。

玉人为我调琴瑟，颦黛低鬟。云散香残，风雨蛮溪半夜寒。

【赏析】

首句"凄凉"二字简单扼要地奠定了全诗的感情基调，使全诗笼罩了一层浓厚的悲凉色彩。

"一番海角凄凉梦，却到长安"，日有所思，夜有所梦，词人终日魂牵梦萦的汴京终在梦里得以相见。当年中原失陷，词人南下避难，自此与故乡分隔两地，词人在一个举目无亲的地方梦回故乡，这既令他兴奋激动，又使他感伤怀念。细品"却"字，似有意外惊喜之意，纵然是多年未见其模样，但故乡的风采依旧留在心中。

"翠帐犀帘，依旧屏斜十二山。"词人看到眼前的故乡依旧如同往昔，幔帐和珠帘交相掩映的居室华美而优雅，就连帐子的颜色都是记忆里一抹艳丽的绿，珠帘也还闪烁着犀角那样晶莹剔透的乳白，古朴的屏风仍然开着十二扇，逶迤斜立。词人用大量笔墨修饰和点缀，意在点明都城昔日的繁华，而看今朝，一切已经荡然无存，表达一种深刻的历史沧桑感和对故国的无限追思。

上阕这两句恰是对梦境的描述，自然巧妙，给人以身临其境之感。过阕继续描写京城繁华生活，与上阕不同之处在于，此处转而写人。"玉人为我调琴瑟，颦黛低鬟。""玉人"即歌伎舞女，美丽的女子用纤细的玉指为"我"调试琴瑟管弦。只见伊人眉如柳、眼若杏、含情脉脉、顾盼生姿，她轻抚手中乐器，声音回荡、婉转迂回、风流旖旎，销魂摄魄。这里所描述的正是上层士大夫们平日所参加的宴乐，以及宴会上人们享受的姿态和缥缈之音，呈现出一派奢华景象。

朱敦儒早期便经历过这样富贵安逸的生活，所以有感而发，感触颇深。尾句"云散香残，风雨蛮溪半夜寒"将一切美好都打碎。梦醒了，发现眼前只有凄冷的风雨和潺潺的溪流，顿觉寒气逼人。当梦境消逝的时候，只有直面现实，词人将繁华的"汴京"同眼前的"海角"荒蛮之地作比较，反衬梦境与现实的差距之大，感时伤怀，抒发词人一腔感伤和寂寥。

卜算子

朱敦儒

旅雁向南飞，风雨群相失。饥渴辛勤两翅垂，独下寒汀立。

鸥鹭苦难亲，矰缴忧相逼。云海茫茫无处归，谁听哀鸣急！

【赏析】

在朱敦儒的词作中，这是一首少有的纯粹托物言志的词。此词全篇描述大雁，由大雁落单离群，写到它饥寒交迫的境况，这一步步落难的境地影射了词人自己的飘零经历。

"旅雁向南飞，风雨群相失。"夏去秋来，大雁排着整齐的队列向南方迁徙，或许是因为羁旅劳累，或许是因为风雨交加的糟糕天气，一只大雁与群雁分离。这是作者眼中所见之景。时值中原沦陷，江山岌岌可危，词人一路南逃，羁旅途中看见失群的大雁，不禁触景生情，再联想起自己辛苦遭逢的人生际遇，一时感慨万千。

"饥渴辛勤两翅垂，独下寒汀立。"这只失群的大雁长途跋涉，实在饥渴难耐，再也没有力气挣扎起来，连翅膀也不听使唤地垂落在身体两侧，孤苦无依地伫立在寒冷的小岛上。词人用叙事的口吻将事情的经过娓娓道来，引人入胜。这两句中，词人描述出大雁饥寒交迫的惨状，"垂"字生动形象地描写了大雁精疲力竭的憔悴模样。后句中的"寒"字又刻画出大雁无依无靠的孤独状态。

这首词脱离上阕写景下阕言情的窠臼，下阕也仍然写大雁，一叙到底，是一首纯粹的咏物词。"鸥鹭苦难亲，矰缴忧相逼。"物以类聚、人以群分，寄居于汀渚的孤雁与常居于此地的鸥、鹭实在难以相处，虽然身为同类，但鸥鹭并没有对大雁表现出丝毫友好和宽容。"矰"指专门射鸟的箭，"缴"指箭上的绳子。由于体力不支，它根本无法飞高，自然就成了猎人眼中的目标，可以置它于死地的矰、缴时时刻刻危及着它的生命。

词人由地写到天，又下及上，除增强空间感外，更写出孤雁无依无靠、立于天地之间，却无立锥之地的困厄境遇。结尾两句"云海茫茫无处归，谁听哀鸣急"更着力续写孤雁之悲苦，天地之大，云海茫茫，却没有安身之地，寸断肝肠的嘶鸣回荡在空中却没人在意、没人倾听。这两句将全词的哀婉和悲戚推向高峰。

朱敦儒将隐喻的手法运用得十分娴熟，在这首词中，他将自身的忧患借失群的大雁表达出来，毫无矫揉造作之感。失群的大雁就好比词人自己，背井离乡独自南逃，同时又暗示了正处于颠沛流离中的广大北宋民众。

相见欢

朱敦儒

金陵城上西楼，倚清秋。万里夕阳垂地大江流。

中原乱，簪缨散，几时收？试倩悲风吹泪过扬州。

【赏析】

这首词写词人登楼抒怀，非抒儿女情长缠绵悱恻之怀，更不是填英雄气短惋惜之膺，而是抒发词人心系国家命运的大爱无疆之情。

词人开篇交代时间地点，"金陵城上西楼，倚清秋"。一个清秋之日，词人登上了金陵城的西门楼。这两句平铺直叙，语言直白易懂，词人开门见山地叙述自己所处的环境和具体位置，一个"倚"字形象地写出词人居高临下、凭栏眺望的姿态。

"万里夕阳垂地大江流"，这是词人登临所见。日薄西山，万丈红光垂直射在广袤的大地上，作者用夸张手法以"会当凌绝顶，一览众山小"之势，状眼前胜景，给人大气磅礴之感。滔滔而下的流水夹着泥沙、挟着石子滚滚东流，一去不复还。太阳、大地、江流这些都是盛大景象，词人又在这些景之前加上"万"、"垂"、"大"等形容词来修饰，营造出一种波澜壮阔、气魄宏伟的氛围，读来令人心潮澎湃。

"中原乱，簪缨散，几时收？"朱敦儒是一位爱国词人，在他后期的每一首词中，几乎都贯穿着爱国之心声。回首中原，仍是一片混乱的场面，战场厮杀、妇孺啼哭，人们纷纷向南逃生以求活命，这水深火热的中原何时才能收复？这是词人真正所关心的问题，他身在异乡，却日日思念自己的国土，对收复失地的渴望溢于言表。

大诗人杜甫早有言"万里悲秋常作客，百年多病独登台"。词人在开篇就已点明季节是秋季，这绝非虚笔，尾句"试倩悲风吹泪过扬州"便与首句遥相呼应，构成首尾连贯的严谨结构。

词人在这句话里融入了强烈的主观色彩，因为"风"是自然界客观存在的，没有主观意识和感情，词人在"风"字前面加了"悲"字，寄托自己的情绪感情，将风拟人化，含蓄而委婉地表达悲伤之情。扬州是当时北宋与金兵作战的前线，这表明词人心中时时刻刻挂念祖国，想把自己的满腔热血抛向战场，情真意切，感人肺腑。

由登楼到抒悲情的过度，非但不突兀，反而水到渠成，从整体来看，词人背井离乡、辞国去都，独自登上高楼，望着眼前夕阳的余晖洒在无垠的土地上，河面上泛起的点点苍茫，秋日里草木凋落的萧条模样，这一切都自然而然地使作者想起远方山河破碎的故国，抒发了词人强烈的亡国之痛和深切的爱国之情。

鹧鸪天

周紫芝

一点残红欲尽时，乍凉秋气满屏帷。梧桐叶上三更雨，叶叶声声是别离。
调宝瑟，拨金猊①。那时同唱鹧鸪词。如今风雨西楼夜，不听清歌也泪垂。

【注释】

①金猊（ní）：猊，即狻（suān）猊，传说中的一种猛兽。金猊，指狻猊形状的铜制香炉。

【赏析】

周紫芝喜欢晏几道的词，因此多有模仿。这首《鹧鸪天》不仅在写作手法和词境上与小晏词相近，而且题材也是晏几道写得最多的"忆别歌女"主题。

词从室内环境写起，"一点残红欲尽时，乍凉秋气满屏帷"，点染出清寂的氛围。夜阑人静时分，油灯将枯，灯火将残，"残红欲尽"，夜晚也即将过去，而人尚未入睡，室内满是"乍凉"的"秋气"。"乍凉"是人对周围环境的感受，"满屏帷"则进一步强化了人对"凉"的体认。凉意本是一种看不见摸不着的东西，人之所以感觉满室生寒，是因为人满怀凄凉愁绪。

"梧桐叶上三更雨，叶叶声声是别离"写室外的秋雨，但实际上仍从室内男主人公的角度进行描写。深夜的秋雨敲打在梧桐叶上，好比敲打在主人公心里，一声声皆唤起他对"别离"的感伤。对于深夜未眠，满怀愁绪的主人公而言，这三更的雨声不仅加重了他对"秋凉"的感受，更从听觉上加深了他心底的凄清和悲凉。

"调宝瑟，拨金猊"一句，承接"别离"二字，自然过渡到对往事的追忆。一"调"一"拨"，写过去相聚之时，主人公曾与她一起抚琴调瑟，一起拨动炉中的燃香，使满室生香，暖意融融。"那时同唱鹧鸪词"，"鹧鸪"常被当作男女爱情的象征。在这样美好的氛围中，二人一起唱起吟咏爱情的曲词，那时的情景，亲密而快乐，令人难以忘怀。

由以上两句可见，女子的身份是一名歌女。末句以"如今"开启今昔对比。"风雨西楼夜"呼应上阕所描写的环境和景状，将往日的欢乐与今时今日的寂寞凄凉进行对比，从而引出"不听清歌也泪垂"的慨叹。过去，主人公听到歌女所唱"清歌"，曾因其感人肺腑而潸然泪下，如今，不仅无"清歌"可听，而且又因回忆往昔欢聚景象而牵扯出更多的孤寂情怀，故曰"泪垂"。这里的"泪"既为过去不可追回而流，更为今日之愁苦而流。

词人围绕"风雨西楼夜"落笔，先摹写整体环境，写景不忘烘托悲愁情绪；次写主人公身处西楼回望往事，极言往日之欢；最后词情停顿于"如今"，在往日欢聚的对比下，进一步叙说主人公深切的怀念和对当下处境的喟叹。结构层次分明，而感情绵延悱恻，贯穿全词始末，工整疏密中见摇曳。

醉落魄

周紫芝

江天云薄，江头雪似杨花落。寒灯不管人离索。照得人来，真个睡不着。

归期已负梅花约，又还春动空飘泊。晓寒谁看伊梳掠。雪满西楼，人在阑干角。

【赏析】

"江天云薄，江头雪似杨花落"，这首怀人词开篇即勾勒出一个壮阔而迷蒙的背景，借以烘托和突出人物的行动和情感。本词的主人公是一位羁旅天涯的游子，"江天云薄"是他漂泊途中所遇风景。此时正是暮冬时节，云层堆积，几欲压顶，江天一色，大雪纷飞，游子在茫茫雪地里踽踽独行，周围环境的广阔与人的渺小形成对比，为这场旅途渲染出一种凄清孤独的气氛，从而为下句引出游子的思归之情进行铺垫。

"寒灯不管人离索。照得人来，真个睡不着"，写游子住宿江边旅舍夜深难寐的情景。"真个睡不着"一句，将游子的心理用口语写出，显得亲切鲜活。词人不直接写游子因思念难以入睡，而是将他的一腔别绪思怀都归罪于"寒灯"，怨灯无情，照得人愁情遍生，辗转难眠。这看似是痴语，实际上游子因"离索"而起的寂寞和苦恨固然不能怨旅舍孤灯，但也并非决然无关。在落寞的游子眼中，这盏灯不仅照出他的孤单，更映衬出他内心的寒冷，故词人以"寒灯"来形容，"寒"不是对"灯"的描写，而是游子心理感受的写照。

"归期已负梅花约，又还春动空漂泊"，游子对"归期"的想象紧接上阕"睡不著"而来，他在异乡的深夜里，回想起过去与女子约定的"归期"，联想到如今"已负梅花约"的事实，心情自然十分愧疚。而这种愧疚又与他对自身"漂泊"处境的无奈紧密相连，一方面他已辜负了曾经的约定，另一方面却还要继续漂泊，不知何时才是归期。

由此，他便自然而然想到远方的闺人等待自己的情景。"晓寒谁看伊梳掠"，如今她一定还在信守着那个"梅花开时归来"的约定，每日清早，在侵晓的寒意里梳妆打扮。"谁看"意即无人看，点出女子的孤独，又因这一场景出自游子的想象，因此也间接表现了游子对她的歉疚和怜惜。

"雪满西楼，人在阑干角"，"雪满"一句，呼应首句"江头雪"，因游子身在雪中，因此想象闺人那边也大雪纷扬，同时，"雪"这一景象也与"梅花约"相契合。游子想象闺中佳人在大雪之中倚楼怅望，苦苦等候他的归来。这种想象更加深了他的相思，也更加重了他归去的渴望，更衬托出他不知归期的无奈和焦灼心情。

词中两次出现"寒"字，一次是写游子孤宿旅舍时的"寒灯"，另一次是游子想象中的"晓寒"，一写游子内心的孤寒，一写思妇感受到的早寒；一写现实中的夜晚，一写想象中的清晨。词人用两个"寒"字进行对照，将游子和思妇各自的别愁离恨描写得既共通又独立，笔法新颖、含蓄而细致。

生查子

周紫芝

春寒入翠帷，月淡云来去。院落半晴天，风撼梨花树。
人醉掩金铺①，闲倚秋千柱。满眼是相思，无说相思处。

【注释】

①金铺：门环的底座。此处代指门。

【赏析】

晏几道的《生查子》"金鞭美少年"词，写一位闺中人对丈夫的思念，寥寥几笔，通过环境描写烘托出浓厚的相思情意。周紫芝此词与小晏词题材相似，不同之处在于此词在景物描写和人物描写方面着墨更多，因此少了小晏词的蕴藉，而多了一分直白。如"满眼是相思，无说相思处"一句便是直抒胸臆，连用两个"相思"，将女子的思念表现得十分直露，却不失辗转悱恻的意味。

"春寒入翠帷，月淡云来去。院落半晴天，风撼梨花树。"上阕将室内和室外的景致结合起来描写，其中隐含着主人公的愁思。"春寒"是室外的寒气，"翠帷"则通往室内，用一"入"字，将内外联系起来，且"翠帷"暗示了女主人公的存在，春寒进入闺房，由此引出闺中人的春愁，显得水到渠成。

"月淡"一句是对夜色的描写。此时月色淡雅，云时而散开，时而聚拢，使月亮的光芒明暗交替，故有"院落半晴天"的说法。"风"应算上阕的文眼，正是风将春寒吹入翠帷，吹得云朵漂移，遮挡明月，使院落中月影移动，更吹得满地梨花，使女主人公为之神伤。

"人醉掩金铺，闲倚秋千柱"，下阕起始就拈出"人醉"二字，表明上阕因景而起的愁绪无处排解，只能以酒浇之，可见上下阕情意贯通，毫无滞涩。"醉掩"和"闲倚"这两个动作，表现出闺中人无以遣怀、百无聊赖的心情。先是掩门，后又去倚靠秋千柱，她的种种行为举止无不流露出"满眼是相思，无说相思处"的无奈和悲愁。

正因为无处诉说相思，所以她才会一下子掩门，一下子痴倚秋千，坐立难安。"满眼"概括上文所写景色，闺中女子看到了满眼的春景，却只感觉到满怀的相思，触目所见，无不勾出她心底的怀念。词人没有具体描述"相思"的内容，只是择取几种具有代表性的景物和人物行为，烘托一种无可摆脱的愁情苦思。整首词写得轻灵丽质，风韵初成，虽有对小晏词的模仿，却也有词人自己的独特文笔风格。

踏莎行

周紫芝

情似游丝，人如飞絮。泪珠阁定空相觑。一溪烟柳万丝垂，无因系得兰舟住。
雁过斜阳，草迷烟渚。如今已是愁无数。明朝且做莫思量，如何过得今宵去？

【赏析】

周紫芝作词，不事雕饰，不落窠臼，常有新颖手法，文字流畅浅淡，却能表达丰厚、多层次的情感。《踏莎行》一词，很能体现以上特色。

开篇即与众不同，引人注目。"情似游丝，人如飞絮"，寥寥八个字，不描写景物，也不叙述离别之事，然而景色、环境、事情、人物皆含于其中，且将人物因离别而生的感叹表现得十分贴切自然，用笔之精巧，令人赞叹。

"游丝"、"飞絮"点明时令：暮春时节。"情"是指别情，也可指双方的脉脉情意，"情如游丝"这一比喻体现出"情"的缠绵牵连，有"情丝难断"的意思，暗示离别的艰难。"人如飞絮"，表明人如飞絮一般漂泊不定，羁旅四方，这也点明了此次分别的理由。

概括离情之后，词人再转头叙述离别情景。"泪珠阁定空相觑"，两个人眼含泪珠，定定地看着对方。"空"字既表现出二人的无语之状，又暗含一种难言的无奈。离别终将到来，再怎么相对也无法挽留，次句"一溪烟柳万丝垂，无因系得兰舟住"即是对这种无奈的具体描写。

"烟柳"呼应前面的"飞絮"，"溪"和"兰舟"说明离别的地点在水边。水边的柳树垂下千万条丝绦，却系不住即将出发的兰舟，可见任何想要挽留的心情都只是徒劳，这就将离别的心情用倒叙的手法表现出来，使离情得到了层层强化和深入。

"雁过斜阳，草迷烟渚"，下阕首句写景，承接上阕的离别情景而来，写兰舟出发、离人远走之后，岸上人所见景色。此时正是黄昏时分，暮色沉沉，烟霭弥漫，大雁飞过如血残阳，草色凄迷，连接天际，一派昏沉愁惨的景象，更兼人已不在身边，因此引出下句"如今已是愁无数"。

这句话将离愁描写得十分直白，却与前句所言景色相契合，"无数"表现出愁之深苦，直接接续末句"明朝且做莫思量，如何过得今宵去"。词人想要表达的意思是，主人公孤单一人，不知该如何熬过以后的漫漫长日，但说法却相当新颖别致：先不要去思量明日该如何度过，而应先想想如何度过今宵。前一句的"思量"后省略了"如何过"，后句的"如何过"前则省去了"思量"二字，这种写法将"明朝"与"今宵"联结起来，更突出了主人公心中离愁和思念的无边无际，使词的结尾具有十足的余味。

临江仙

周紫芝

送光州曾使君

记得武陵相见日，六年往事堪惊。回头双鬓已星星。谁知江上酒，还与故人倾。

铁马红旗寒日暮，使君犹寄边城。只愁飞诏下青冥。不应霜塞晚，横槊看诗成。

【赏析】

从题目"送光州曾使君"可以看出，这是一首送别词，写作者送别一位姓曾的友人赴任光州。"使君"是对州郡长官的称谓，自汉朝、唐朝以来一直沿用。

词以"记得"二字开篇，先回忆往日相聚。"记得武陵相见日"，作者回想起他与友人当年在武陵（今湖南省常德市）相见的日子，那时是多么地快活，然而弹指间，"六年往事堪惊"，离上一次分别已过去了六年，这些年里，他与友人各自都经历了不少事，从"堪惊"一词中可知，这"六年往事"的滋味必定是酸楚难言的，因为此次再相见时，"回头双鬓已星星"，两人鬓上都已添了白发。"回头"有猛然回过神的意思，意指作者对头白一事感到猝不及防，其中暗含着深深的哀叹之情。

原本作者还希望能和久别重逢的朋友好好聚上一聚，"谁知江上酒，还与故人倾"，不料立刻就要分别。"谁知"表现出作者对离别这件事难以预料、难以置信的心情。这里的"江上酒"是指饯别之酒，"倾"字写出把酒道别的纵情，惜别之意和忧伤之情尽在其中。

因友人是去光州赴任，而光州在今河南潢川，在南宋是边防要地，所以作者下阕针对曾使君的边塞生活展开了想象。"铁马红旗寒日暮，使君犹寄边城"，"边城"点出上句描写的壮阔景象所在地点。残阳之下，战马奔驰，旌旗猎猎，作者想象这样一幅令人热血沸腾的边塞图景，必定教友人流连忘返，甚至"只愁飞诏下青冥"，担心朝廷那边传来召回京城的旨意。

"不应霜塞晚，横槊看诗成"，面对雄奇壮美的塞外风景，友人还有赋诗赞叹咏唱的兴致，可见他对边塞生活的热情。换个角度来想，这正是作者对友人此去光州守边的勉励和祝福之语。作者想象他不愿归来，是劝勉他能在边境建立功业，表现出作者与友人之间深厚的情谊。

词中几乎不言别愁，且下阕流露出昂扬的气势，使这首《临江仙》与一般的送别词大异其趣。但从上阕对过往的相聚和别离的回忆中可知，作者与这位友人所经历的分别并不仅仅是这一次，这样一来，将过去、现在两种时间层次重叠起来，再加入对将来的想象，就大大增加了别情的厚重度，使整首词显得真切感人。

眼儿媚

赵佶

玉京曾忆昔繁华。万里帝王家。琼林玉殿，朝喧弦管，暮列笙琶。

花城人去今萧索，春梦绕胡沙。家山何处，忍听羌笛，吹彻梅花。

【赏析】

作为一位亡国的君主，宋徽宗赵佶因工于书画，文采斐然，故常被后人拿来与南唐后主李煜相比较。他与李后主一样，在亡国被俘之后，也写有不少抒发亡国之痛的词作，《眼儿媚》即是他被金兵俘至北方以后的作品。词中概括了北宋灭亡的史实，抒写了亡国之君对故国的思念，感情沉痛而悲凉。

"玉京曾忆昔繁华"，回忆北宋都城汴京往昔的繁华。一个"曾"字，点出昨是今非的事实。徽宗年间，汴京"金翠耀目，罗绮飘香"，"花光满路，何限春游；箫鼓喧空，几家夜宴"（孟元老《东京梦华录》），可以说是旖旎奢华一时，然而，那些繁华转眼间已成历史，如今只能教人空叹"万里帝王家"。

"万里"二字，暗含赵佶眼见江山残破不堪，尽落他人之手的凄然心情。国破家亡，一朝"帝王"沦为俘虏，此时再回望故国，自然生出"独自莫凭栏，无限江山"（李煜《浪淘沙令》）的怅恨。

"琼林玉殿，朝喧弦管，暮列笙琶"一句，是对往昔奢华帝王生活的回忆。当时赵佶任用奸臣，以民脂民膏建成延福宫和艮岳：前者由五座宫殿组成，极尽奢豪工巧；后者则是以从南方运来的奇花异石为原材料，模仿杭州凤凰山而建的宫苑。"琼林玉殿"应专指以上二处。"朝喧"、"暮列"写宫中宴会昼夜不歇的盛况。当时无论君臣，皆纵溺于宴飨欢乐，声色之悦，这是导致国破家亡的直接原因。此处赵佶的回忆，固然有留恋之意，但更多的应是失落和自悔之情。

当时的十大夫多写有抒发亡国之情的作品，一般都表现出对被俘君王的忧心和怀念。而作为被俘的君王，赵佶词中流露出来的痛楚和悲哀则比士大夫们更切肤，更沉重。"花城人去今萧索，春梦绕胡沙"，从"繁华"到"萧索"，道尽了失去故国的无奈和凄凉。花城已经残破，人去城空，但身在"胡沙"之地的赵佶，仍时常在梦中见到那时京城的春色。

然而梦醒之后，只能叹问"家山何处"，梦境与现实的巨大落差令他心神俱碎，此时偏偏又听到异国的"羌笛"之声，更激起了他心底的悲恨。"梅花"是乐曲名，原为汉乐府二十八横吹曲之一，自唐代以后，流传范围日广，李白的诗作《青溪半夜闻笛》中就有"羌笛梅花引"的诗句。作者身处异国，又是亡国囚徒的身份，听闻此曲，有感于归国的渺然无期，心情自然无比沉痛。"忍听"二字，即表现出作者不忍卒听却不得不听的凄楚感受。

相比李煜词的率真、激越和不事雕饰，赵佶词则显得精炼、清丽，含蓄不露，但其中因亡国而生的痛楚和慨叹却是相同的，因此千古之下，仍具有难以磨灭的艺术感染力。

燕山亭

赵佶

北行见杏花

裁剪冰绡，轻叠数重，淡著胭脂匀注。新样靓妆，艳溢香融，羞杀蕊珠宫女。易得凋零，更多少无情风雨。愁苦。问院落凄凉，几番春暮。

凭寄离恨重重，这双燕，何曾会人言语。天遥地远，万水千山，知他故宫何处。怎不思量，除梦里有时曾去。无据。和梦也新来不做。

【赏析】

"北行"是指宋徽宗赵佶亡国被俘北上途中，这首《燕山亭》是他在北行中途见杏花有感而作，词中借杏花的盛放和凋零，寄寓自己的身世和命运之悲慨，情真意切，以长调写来，更显百转千回，折人心魂。

"裁剪冰绡，轻叠数重，淡著胭脂匀注"，写杏花的外形，着笔细致，将每一朵杏花都比喻为冰雪般的丝绸，被人裁剪出一层层花瓣，再均匀地染上淡淡的胭脂色彩，极言花朵的巧夺天工。

"新样靓妆，艳溢香融，羞杀蕊珠宫女"，写杏花的神态。"靓妆"接上句"胭脂"，将盛放的杏花比作一位妆容美艳，散发出醉人香气的女子，她的美丽，连天上蕊珠宫里的仙女都无法与之相比。

以上两句，用绮丽的文字描写杏花精致可人的姿态和艳丽绝伦的容貌，为下文由盛转衰的叙述奠定了悲凉的基调。"易得凋零，更多少无情风雨"，杏花再美，也总有凋零之时，在作者笔下，这种凋零不仅是自然之理使然，更是因为"无情风雨"的摧残。此处赵佶以杏花自况，暗示自己从一国之君沦为阶下囚的处境。在被押送往北国的途中，他见杏花而自怜身世，认为自己正如被风雨蹂躏的杏花一般败落凋残、凄凉难堪。

"愁苦"二字，既言杏花惨淡景象，也表现出看花之人的怜惜和自苦之情。"问院落凄凉，几番春暮"，是作者愁苦之下的发问，与李煜"问君能有几多愁，恰似一江春水向东流"（《虞美人》）一样，皆言愁之深广无际。但李煜词是自问自答，以春水喻愁；而赵佶词则有问无答，以"几番春暮"来表现"愁苦"和"凄凉"的反复和无休无止，未曾脱离前文描写杏花的语境。

"凭寄离恨重重，这双燕，何曾会人言语"，下阕从杏花的凋零生发开来，转入抒写自身感恨。作者想要凭借途中这对南来的双燕传递重重离恨，但转念一想，燕儿又怎会懂得人的语言？这一句话暗含深意：既然无法期待燕子给故国寄去自己的千言万语，那么，从此以后还有谁能"凭寄"？

一路北行，"天遥地远，万水千山"，故国就这样渐行渐远，消失在身后的漫漫长途中。"知他故宫何处"，既是伤情之语，也包含有作者的愤愤之情。自此以后，遥望故国而不见，欲寄音讯而不得，因此"怎不思量，除梦里有时曾去"，只能去梦里寻求故地的踪迹。然而，刚刚在梦中得到稍许慰藉，却不料"和梦也新来不做"，接下来连梦都做不成了。由见"双燕"而升起"凭寄"的希望，到知道双燕不通人语的失望，再到因梦而重新升起慰藉的希望，最终到连梦也做不成的绝望，层层转深，将失去故国的哀戚感描述得绵长而凄绝，感人至深。

喜迁莺

李纲

晋师胜淝上

长江千里，限南北，雪浪云涛无际。天险难逾，人谋克壮，索虏岂能吞噬！阿坚百万南牧，倏忽长驱吾地。破强敌，在谢公处画，从容颐指。

奇伟！淝水上，八千戈甲，结阵当蛇豕①。鞭弭周旋，旌旗麾动，坐却北军风靡。夜闻数声鸣鹤，尽道王师将至。延晋祚，庇烝②民，周雅何曾专美。

【注释】

①豕（shǐ）：猪。②烝（zhēng）：众多。

【赏析】

从"晋师胜淝上"即可看出，此词是李纲依据淝水之战的历史本事而作的咏史词。所谓咏史词，一般都是借史寓今，以评点历史来寄寓作者对今日时事的思考，此词也不例外。李纲在当时的南宋朝廷属于坚定的主战派，因此，他所作咏史词，无不表达了他抗击金朝，恢复山河的主张，气势恢宏而沉雄。

淝水之战是历史上一场著名的以少胜多的战役，东晋军队以八万精兵胜前秦百万大军，这场胜利千百年后仍激动人心，因此吟咏此次战役的诗词很多。南宋时期，在朝廷偏安一隅，任金兵侵占北方大片河山的情况下，淝水之战就更令有志于恢复大业的人闻之热血沸腾，跃跃欲试。叶梦得的《八声甘州》词就表现出他愿效法东晋谢家，挥师抗敌，谈笑间平定北方的豪情壮志。

李纲的这首《喜迁莺》写得波澜壮阔，起伏有致。首句"长江千里，限南北，雪浪云涛无际"，描写战争环境。分隔南北的长江天堑，波涛滚滚，一望无际，是晋军阻挡外敌的天然屏障。"天险难逾，人谋克壮，索虏岂能吞噬"一句，概括地写出东晋军队胜利的客观和主观双方面原因。从客观上来看，长江天险，难以逾越；从主观上来讲，晋朝宰相谢安及指挥军队的谢家子侄有胆有识，有勇有谋，因此，北方的前秦无法成功侵吞东晋土地。

"阿坚百万南牧，倏忽长驱吾地"，"阿坚"指前秦皇帝苻坚，他率领百万雄军，挥师南下。"倏忽"二字，表现出前秦军队出兵之突然，以及来势之猛烈。这一句描写是为了突出下一句中谢安的从容镇定。"破强敌，在谢公处画，从容颐指"，据说，当时前线战场东晋胜利的消息传回朝廷时，谢安正在与人下棋，看完战报后，便将它扔到一边，不露声色地继续下棋，直到客人忍不住问他，他才轻描淡写地答了一句："小儿辈遂已破贼。"由此足见他的镇定自若。

下阕先以"奇伟"开篇，既收结上阕对谢安的刻画，也开启下文对这场战役的奇伟之处的着重描写。"淝水上，八千戈甲，结阵当蛇豕"，在淝水之上，当时的东晋大将谢玄指挥八千精锐兵士，涉渡淝水，与前秦军队决一死战。"鞭弭周旋，旌旗麾动，坐却北军风靡"，只见将帅旌旗猎猎，指挥这八千勇士与强敌周旋，使前秦军队望风而逃。甚至"夜闻数声鸣鹤，尽道王师将至"，奔逃途中，众人风声鹤唳，丧魂失魄，据说苻坚遥望淝水之畔的八公山，竟将山上的草木都看作东晋整肃端容的军队。

"延晋祚，庇烝民，周雅何曾专美"，末句总结并赞美这场战役。作者认为，淝水之战延长了东晋的国运，庇护了广大的民众，就连《诗经·小雅》所颂扬的周宣王中兴周朝的功业都不能夺去它在历史上的伟大地位。

词中虽然只叙述淝水之战的过程和功绩，并没有追昔抚今的慨叹，但与李纲其人联系起来，便能从中读出他对南宋皇帝赵构的期望，并希望自己能辅助君主以武力抗击金朝，完成复兴宋室的大业。

六幺令

李纲

次韵和贺方回金陵怀古，鄱阳①席上作。

长江千里，烟淡水云阔。歌沉玉树，古寺空有疏钟发。六代兴亡如梦，苒苒惊时月。兵戈凌灭。豪华销尽，几见银蟾②自圆缺。

潮落潮生波渺，江树森如发。谁念迁客归来，老大伤名节。纵使岁寒途远，此志应难夺。高楼谁设。倚阑凝望，独立渔翁满江雪。

【注释】

①鄱（pó）阳：临鄱阳湖，治所在今江西省波阳东。②银蟾：指月亮。因传说月中有蟾官，故有此称。

【赏析】

金陵怀古词，后人多以王安石《桂枝香》为绝唱。李纲的《六幺令》，在艺术上和思想深度上皆不如前者，但贵在直抒抱负，将自己磊落的怀抱和坚定的节操表现出来，虽是怀古，实则评点现实，呈现出一个政治家的坚决立场和高远志向。

词和贺铸韵，但贺铸原词不存，所以无从比较。词序谓"鄱阳席上作"，当指李纲在宋室南渡初期贬谪途中，路经鄱阳所作。"长江千里，烟淡水云阔"，先点出金陵古都所处地势。长江奔腾而下，烟波浩渺，水面宽阔无际，构成金陵城的一道天险。这一有利的地理条件使金陵成为六朝古都。

然而奔腾不息的江水也尽数带走了金陵历朝历代的繁华。"歌沉玉树，古寺空有疏钟发"，"玉树"指《玉树后庭花》曲，为南朝君主陈后主所制。王安石《桂枝香》词中即有"至今商女，时时犹唱，《后庭》遗曲"的句子，以《后庭》曲表亡国哀音。此处"歌沉玉树"与之同义。六朝的历史在这一曲亡国之音中消逝了，而金陵城的古寺仍在敲响疏宕浑成的钟声，仿佛在慨叹着古今兴亡。

"六代兴亡如梦，苒苒惊时月"，当年的兴亡至今已苒苒数百年，一个"惊"字，表现出时光飞逝带给人的惊心之感。"兵戈凌灭。豪华销尽，几见银蟾自圆缺"，月圆了又缺，缺了又圆，亘古如此，而金陵城却在岁月中经历着无数战火，销尽了过往的繁华。

以上皆是对金陵历史的怀想和感叹，下阕转入描写眼前实景。"潮落潮生波渺，江树森如发"，鄱阳湖与长江相通，因此词的首句联想到"长江千里"，而此处的"潮生潮落"则写鄱阳湖水的起伏。看着眼前烟波渺茫无际，江边的树木森然繁茂的景致，作者不禁叹息"谁念迁客归来，老大伤名节"，作为一名遭到贬谪的"迁客"，他哀叹自己不被理解而遭受排挤的遭遇，以及老大之时尚未确立名节的命运。言辞之中，对当下处境的愤懑之情显露无遗。

尽管如此，作者仍然坚定不移地表明心迹："纵使岁寒途远，此志应难夺。"即使身陷困顿，目标遥不可及，这份为国为民的抗战志向也永远不会更改。"高楼谁设。倚阑凝望，独立渔翁满江雪。"末尾写自己在高楼之上倚阑凝望，看到寒江之中渔翁独钓。这一形象取自柳宗元的诗句"孤舟蓑笠翁，独钓寒江雪"（《江雪》），将一腔报国热血收结得高洁清远，寄寓了作者坚守节操、不改志向的怀抱，表明他不愿与奸佞者同流合污的追求。

烛影摇红

廖世美

题安陆浮云楼

　　霭霭春空，画楼森耸凌云渚。紫微登览最关情，绝妙夸能赋。惆怅相思迟暮。记当日、朱阑共语。塞鸿难问，岸柳何穷，别愁纷絮。

　　催促年光，旧来流水知何处？断肠何必更残阳，极目伤平楚。晚霁波声带雨。悄无人、舟横野渡。数峰江上，芳草天涯，参差烟树。

【赏析】

　　安陆在今天的湖北省境内，浮云楼即浮云寺楼，杜牧曾写有《题安州浮云寺楼寄湖州张郎中》一诗："去夏疏雨余，同倚朱栏语。当时楼下水，今日到何处？恨如春草多，事与孤鸿去。楚岸柳何穷，别愁纷若絮。"廖世美此词即本于杜诗，但化用得痕迹全无，堪称妙笔。

　　"霭霭春空，画楼森耸凌云渚"，前句写登楼时的季候和天气，后句写浮云楼雕梁画栋的形态以及高耸入云的姿态。词人在春雨蒙蒙的时节登楼远眺，见远处云气缭绕，不由得想起杜牧当年登楼所赋诗句，故称叹"紫微登览最关情，绝妙夸能赋"，"紫微"指代杜牧，因杜牧官至中书舍人，而中书省在唐代又被称为紫微省，故有杜紫微之称。词人遥想杜牧登楼时情之所至，发而为诗的才情，夸赞其登楼诗作得绝妙，也暗示自己此番登楼赋词之才。

　　"惆怅相思迟暮"，呼应上句"登览最关情"，引出下句相思追忆之情。"记当日、朱阑共语。塞鸿难问，岸柳何穷，别愁纷絮"，这几句化用杜牧诗句，刻写离愁与相思。犹记得当日与人共倚朱阑，细诉衷肠，如今却人去无踪，杳无音讯。"塞鸿难问"即代表音信不通。人一旦离去，便只留下江岸边的杨柳，空惹愁思，这份别愁离恨，正如纷纷扬扬的柳絮一般，数不尽，也道不尽。

　　"催促年光，旧来流水知何处？"此句化用杜牧诗中"当时楼下水，今日到何处"一句，添"催促年光"四字，更突出时光如流水东逝，物是人非的怅然，更显别恨之深。

　　"断肠何必更残阳，极目伤平楚"，极目远眺，只见平野连天，春草萋萋，早已黯然神伤，肠断心碎，又何必再添"残阳"这一凄楚之景，使人更加难堪？这一句化用杜牧"芳草复芳草，断肠还断肠。自然堪下泪，何必更残阳"（《池州春送前进士蒯希逸》）诗句，脱去杜诗中的清丽浅近，显得更加辗转反复，凄凉悲怆。

　　"晚霁波声带雨。悄无人、舟横野渡"，接近黄昏时，雨停初霁，江边停靠着无人野舟，周围悄无人声，只有江上的波涛声喧响，其中似乎还夹杂着雨声。这一景象渲染出一种寂寥、萧索的氛围。

　　"数峰江上，芳草天涯，参差烟树"，第一句用钱起《省试湘灵鼓瑟》中"曲终人不见，江上数峰青"诗句，表现江面的辽阔寂静；第二句用苏轼《蝶恋花》中"枝上柳绵吹又少，天涯何处无芳草"词句，暗示别情之苦；第三句用杜牧《题宣州开元寺水阁阁下宛溪夹溪居人》中"惆怅无因见范蠡，参差烟树五湖东"诗句，隐含别后的惆怅和孤寂心情。

词人不仅处处用他人诗句，而且能化为己用，用他人境界而能自成境界，足见其文笔高妙，才情超拔。

南宋

如梦令

李清照

常记溪亭日暮，沉醉不知归路。兴尽晚回舟①，误入藕花深处。争渡，争渡，惊起一滩鸥鹭②。

【注释】

①回舟：乘船而回。②鸥鹭：泛指水鸟。

【赏析】

在南宋黄昇《花庵词选》中，此词题为"酒兴"。这是《漱玉词》中流传最广的小令之一，记叙了李清照年少时与好友一起泛舟游湖、流连忘返，又因酒醉迷途、误入荷塘的经历，鲜明地呈现出李清照少女时代的生活状态和情趣志向。

"常记溪亭日暮"，"常记"二字是时常记起的意思，说明这是一首忆昔词，且表明了词人对往昔生活的极度留恋。"溪亭"不是泛指某个临溪亭台，有人认为是指济南城西某地的地名，关于此有宋代苏辙的诗《题徐正权秀才城西溪亭》为证，此诗作于苏辙在济南任职期间，溪亭是名医徐正权的私人园林；也有人认为溪亭是济南名泉溪亭泉，词人原籍章丘明水，距济南不远，溪亭泉是济南七十二名泉之一，李清照年少时有可能曾去此地泛舟游湖。"日暮"二字点明具体间，并照应下文的"晚"字。

"沉醉不知归路"，此句一语双关，既言明因酒而醉，以致迷途；又是指风景醉人，词人才会流连忘返，直至日暮时分还未归家。所以，"不知归路"既有因酒醉难辨方向之意，也表达出了词人不想离去的心情。

前两句并未写景，但通过词人的情状，已从侧面衬托出溪亭景色的迷人。

"兴尽晚回舟，误入藕花深处。"等到游兴渐尽，天色已晚，晚归的游人借着蔼蔼暮色准备划船回家，不知不觉中，竟然发现小舟早已闯入曲港横塘深处、红莲翠荷之中。一个"误"字，道出了词人发现走错路时诧异的心情，又含有一股掩饰不住的好奇与惊喜之意；一个"深"字，描摹出湖中荷叶茂密、莲花盛放的样子。

前文已言"兴尽"，后文中俨然又是一副兴致浓浓的情状。"争渡，争渡，惊起一滩鸥鹭。"发现误入歧路，舟中少女急于寻找出路，手忙脚乱地奋力摇桨，一时之间，摇橹声与嬉闹声响成一片，惊飞了在沙滩上栖息的水鸟。一连两个"争渡"，写出主人公紧张的动作，也表现出她焦急的心情，回应前文中的"晚"字；惊飞的水鸟把紧张氛围推至高潮，又自有一股舒畅淋漓之味；同时，词语连用还赋予这首小令明快的节奏感，使其更具感染力。

李清照没有刻意写景，只是选择了游玩过程中的几个片段，就勾勒出了一幕日暮晚归图：少女在溪亭轻歌高吟、皱眉浅笑，色调浅而静；在落日余晖中荡舟荷塘，色调浓而闹。整幅画面宛若水墨风景，起于"常记"二字，情调悠然平淡，如倾诉家常，止于满滩水鸟惊飞啼鸣、冲向夜空的喧闹景象，言辞到此为止，意境却无尽延伸。

整首词篇幅虽然有限，但内容极为丰富；词人用明白如话、不事雕琢的语言，描写出了如画的风景；同时，这首词还蕴涵着充沛的感情，刻画出了李清照早期的生活情趣，展现出词人健康、开朗、欢乐的心境，把她对自然的沉醉、对生活的热爱、对自由的向往悉数表达出来，毫无斧凿痕迹。

如梦令

李清照

昨夜雨疏①风骤。浓睡不消残酒。试问卷帘人，却道"海棠依旧"。知否，知否，应是绿肥红瘦②！

【注释】

①疏：稀疏。②绿肥红瘦：绿叶茂盛，红花凋残的样子。

【赏析】

"一问极有情，答以'依旧'，答得极淡，跌出'知否'二句来，而'绿肥红瘦'无限凄婉却又妙在含蓄，短幅中藏无数曲折，自是圣于词者。"这是清代黄蓼园在《蓼园词选》中对李清照这首词的评价，恰恰道出了其中妙处。李清照精造句，善遣词，巧用字，整首小令三十余言无一难字，平白浅近，却让人回味无穷。

"昨夜雨疏风骤"，首句回忆昨夜风雨大作的情况，也交代前情，"风雨"是本词缘起，引出后文词人与卷帘人的对话。后人对"雨疏风骤"四字向有争议，学者周汝昌认为"疏"字有疏放疏狂之意，也有人认为是雨点稀疏、狂风紧密之意，另有学者独辟蹊径，指出"疏"、"骤"二字乃互文用法，写出了风雨时大时小、时疏时骤的情状，更贴合暮春时节风雨交加的实况。

起句恰如骤雨劈空而来，呈现出突兀而起的姿态，紧承而来的"浓睡不消残酒"一句又作收势，两句跌宕起伏，在节奏上取胜。另外，这句采用了倒装手法，词人之所以"浓睡"不醒，是因为"不消残酒"，将结果前置，正是为了突出睡梦沉沉，以致不知院中花草经风雨摧残后的情状。

早晨醒来后，醉意、睡意皆已消散，词人回想起昨晚的风雨，不由得担心庭院里的花草是否安好。于是"试问卷帘人"，一个"试"字格外动人，把她小心翼翼、惴惴不安的心态诉出。词人心知经过一夜风雨，海棠肯定不堪蹂损而残红狼藉，她不忍心亲眼见此景象，又怀着侥幸的期待，于是忐忑着"试问"。她害怕听到海棠凋零的消息，又关心花事，这种曲折心理因一"试"字得以再现，词人的神情口吻宛在眼前。

词人极为忐忑，但卷帘人却似不懂她的心事，"却道"二字写出了卷帘人的漫不经心。关于"卷帘人"的身份，一说是侍女，一说是词人的丈夫赵明诚，未有定论。面对词人的探询，卷帘人随口应答："海棠依旧！"李清照微微嗔怒，连声道出："知否，知否？应是绿肥红瘦！"卷帘人的浑然无觉与词人情急的纠正相映成趣，有鲜明的戏剧效果。

"绿肥红瘦"指院中海棠在风雨的摧残下，叶多花少、绿浓红浅。清人王士祯在《花草蒙拾》里评此句"人工天巧，可谓绝唱"。一般来说，肥瘦二字很难营造出诗情画意，但词人却在这四字上套用了多种辞格，包括通感、借代、对比、拟人、摹色、衬托等，以鲜明的颜色和形态给人以极大的视觉冲击，直把腐朽化为神奇。

后人对这首词评价极高，称它有人物、有情节、有对白、有情绪，鲜明的人物形象呼之欲出，情节连贯又时而跳脱，若非有生花妙笔，恐难驾驭。全词并无怪字险字，语淡情深，极尽传神之能事，把词人的惜花爱花之情、惜春伤春之意表露得丝丝入扣，写出闺阁之中女子的细腻情怀，于淡淡忧愁之中，又有娴雅之态。

怨王孙

李清照

湖上风来波浩渺，秋已暮、红稀香少。水光山色与人亲，说不尽、无穷好。
莲子已成①荷叶老②，清露洗、蘋花汀草。眠沙鸥鹭不回头，似也恨、人归早。

【注释】

①成：成熟。②老：凋残。

【赏析】

但凡以秋天为时令背景的诗词，大多写秋思、秋愁、秋怨，初秋的寒露、暮秋的凝霜、恼人的秋风秋雨、萧索的衰草枯藤、瑟瑟的倦柳枯荷、冷冷的寒江暮湖、长鸣的残虫孤雁，俱是文人墨客笔下最常见的构成秋天的意象。李清照这篇写于早期的作品却与之大相径庭，她性格中拥有与自然共鸣、伴天地起舞的活泼与朝气，所以连原本萧瑟的暮秋湖色在她眼中也显得蓬勃可爱。

这幅晚秋湖景由一个远镜头开始："湖上风来波浩渺，秋已暮、红稀香少。"

在高远的天空下，一片辽阔而旷远的湖水泛起微澜，秋色已深，远远望去，只见池塘里的红莲早已衰萎，昔日空气里浓郁的荷香也淡薄了许多。词人起笔即勾勒出开阔的湖景，不落俗套，有豁达大气之美。湖水、秋风、波澜、稀落的荷花，前三句中的意象本来也泛着冷秋的韵致，但在词人眼中，却是一派令人怦然心动、忍不住想去亲近的山光水色，故而发出"水光山色与人亲"之语，此风景之妙、之好，竟然是"说不尽"，道"无穷"的。

"一切景语皆情语"，上阕中的景色以"红稀香少"概之，本来格调凄清，但词人却以"好"字定位，可见她心情十分轻松且惬意。

下阕把词人闲适而旷达的心境抒发得更为酣畅。首先镜头从远景被推至近景："莲子已成荷叶老，清露洗、蘋花汀草。"这三句是对湖面风光的细节刻画：荷叶虽然已经凋残，但放眼看去，江面尽是饱满的莲子。两岸的水草、沙渚上的蘋花都经过了清露的洗涤和滋润，它们与丰盈的莲蓬一起摇曳，显示出充实的质感，又不失含翠凝碧的生命力。以上意境已显示出浓厚的秋意，但在词人的巧妙勾勒下，不仅不见萧条情致，反而暗暗显露出秋天会带来的成熟与丰收的喜悦。

景色如此美好，令人流连，但游人却不得不离去。词人没有直接表达内心的不舍，而是以极其委婉含蓄的手法，借鸥鹭不愿意让自己离去来表达心声："眠沙鸥鹭不回头，似也恨、人归早。"在沙滩上休憩的鸥鸟白鹭扭转着脖颈不肯回头，似乎在怨恨游人太早离去，以至于不肯理睬归去的人。

上阕后三句与下阕后三句明显采用了移情手法。所谓"以我观物，则物皆着我之色彩"，即将情感寄托于景、物。李清照把自己的主观感情倾注于客观景物，在她的笔下，山水主动与人相亲，花草水鸟都在留客，万千情愫都在一"亲"一"恨"当中。

李清照字字都在写景，但句句都是情语。这首作品描述的秋色极为特别，没有伤感，也没有凄楚，反而平添一股意气，多出一份益然。李清照作为一名女性词人，却能摒除凉、薄、苦、硬的萧瑟秋景，把暮秋景色写得又暖又浓，又甜又柔，让这个万物凋零的季节多了三分生气，七分温柔，实在难能可贵。

浣溪沙

李清照

淡荡①春光寒食天，玉炉②沉水③袅残烟，梦回山枕隐花钿④。
海燕未来人斗草⑤，江梅已过柳生绵⑥。黄昏疏雨湿秋千。

【注释】

①淡荡：柔和而舒缓。②玉炉：香炉。③沉水：沉香。④花钿：用金片镶嵌成花形的首饰。⑤斗草：竞采百草、比赛优胜的游戏，古代流传于女孩子之间。⑥绵：此处指柳絮。

【赏析】

寒食节别称"冷节"，据传是为了纪念春秋时晋国文人介子推，本为祭日，有冷食、祭扫的风俗。这个节日又被称为"百五节"，因为它在夏历冬至后的一百零五日，即四月伊始，春之末梢。这个时节是被和风煦日哺育出来的，正好踏青赏红，所以古人又有寒食节游玩赏春的习俗。

这个时节适合赏春，也容易引发伤春之情。春光难留，让人无可奈何，词人李清照就陷入了惆怅的情绪中。

上阕中的时间是寒食节的白昼，地点是室内。"淡荡春光寒食天"说明春光正好，但词人没去游玩。后文的"玉炉"、"沉水"意象说明她此时正在家中，装满沉香的玉炉残烟缭绕乍隐乍现。"梦回山枕隐花钿"，她慵懒地卧在床上，刚刚梦回，惺忪地挪动身体，发髻上的花钿在凹枕上轻轻摇晃。这一派室内景致不乏温馨，又弥漫着无聊和慵懒的氛围。

下阕中词人的视角发生了转换，从室内移向户外。"海燕未来人斗草，江梅已过柳生绵。"春风早已送暖，燕子却迟迟未归，正是斗草簪花的好时候；江梅花期过了，只有纷纷扬扬的柳絮四处飞舞。以上景象已显示出寥落之意，词人又承接一笔，拉出一幕更让人神伤的情景："黄昏疏雨湿秋千"。不知不觉就到了黄昏时分，丝丝春雨带来缕缕轻愁，庭院中的秋千湿漉漉的，空荡荡的，来回飘荡，无所依托。

"黄昏疏雨湿秋千"一句流传甚广，这是"秋千"意象第二次出现在李清照的作品里。此时，词人已经褪去"蹴罢秋千"后"倚门弄青梅"的活泼与青涩，少女伤春之情渐增，添了雨季特有的湿润。后人多把其中"湿"字看作动词，如清代黄蓼园在《蓼园词选》中说此字"可与'细雨湿流光'、'波底夕阳红湿''湿'字争胜"，有视觉与心理的双重通感，熨帖人心。另有学者取"湿"为形容词，认为词人用"黄昏、疏雨、湿秋千"构成了"隐喻语言结构"，用三个并列意象营造出了安静寂寥的氛围。两种说法各有千秋，足见词作的多义性和丰富性。

收官处虽是写静景，却容易勾出想象：若天气晴朗，秋千架旁当有少女玩闹。可在黄昏疏雨中，湿漉漉的秋千静静垂挂，无人驻足无人光顾。此处暗成对比，有虚实相生之感，隐隐绘出词人感伤的心情。

词人看到了春景的美好之处：斗草之乐，柳枝生绵；也看到了美的流逝：江梅已过，春已黄昏。以上矛盾而微妙的心境俨然是少女心曲，道出她的伤春情怀，表达惜春爱春的情意。

浣溪沙

李清照

髻子伤春懒更梳，晚风庭院落梅初。淡云来往月疏疏①。
玉鸭熏炉②闲瑞脑③，朱樱斗帐④掩流苏。通犀还解辟寒无？

【注释】

①疏疏：形容月光稀疏，时有时无。②玉鸭熏炉：鸭子形状的熏炉。③瑞脑：名贵的香料，又称龙脑。④斗帐：覆斗形的帐子。

【赏析】

古时少女十五岁后要行及笄之礼，梳髻发。从首句中"髻子"二字推知，这当是年轻的李清照待字闺中时的作品。上下两阕，分别绘制出少女夜晚伤春图和深夜怀人图，两个场景各具特色，又都画面清丽，缭绕着淡淡的忧伤，烘托出词人孤独寂寞的心情。

"髻子伤春懒更梳"，词人已行过及笄之礼，本来应该把头发梳成发髻，但因伤春情绪缭绕心怀，故而懒得梳妆打扮。《花草粹编》中"懒"作"慵"字，更有百无聊赖的味道。"伤春"二字乃上阕眼目，也奠定了全词感伤、空寂的情调。"晚风庭院落梅初"，"晚"字交代时间，"风"字点明天气，"庭院"引出地点，"落梅初"交代时令，每个字皆有所指，更见词人炼字技巧。正是春寒料峭的时候，晚风轻轻吹过庭院，梅花盛放的时节已经过去，刚刚呈现出残落之状。"淡云来往月疏疏"，夜空中淡云来来往往，月亮在云朵中不时穿行，把稀稀疏疏的月光洒落人间。

上阕主要写景，"晚风"、"落梅"、"淡云"、"疏月"等意象逐一而出，共同渲染出幽静而凄清的环境。这种环境又有主人公"懒"散的心态，"伤春"的情怀作为背景，更添伤感的意味。

下阕词人的视角已经从庭院移入室内，并从描写自然景物转到描写闺房内的物品。"玉鸭熏炉闲瑞脑，朱樱斗帐掩流苏。"室内，玉制的鸭形香炉内放着瑞脑，但香料并未被点燃，而是闲置一旁；织着朱红的樱桃图案的帐幕低垂下来，如同斗形，又被五颜六色的流苏掩映着。此处一个"闲"字颇有韵味。李清照的词中多次出现"瑞脑"、"沉水"、"沉香"等意象，说明她对熏香极为钟爱，但在此时，她已把香料填满熏炉，却没有点燃，应点而未点，则充分反映出词人对周围的事物没有兴趣，打不起精神的萎靡情态。这种萎靡之状，既因为上阕中的"伤春"所致，更因为"通犀还解辟寒无"。

据五代后周王仁裕撰写的《开元天宝遗事》记载："开元二年冬，交趾国进犀一株，色黄如金。使者请以金盘置于殿中，温然有暖气袭人。"即说犀牛角能散发热量，有辟寒的效果。但词人却以"还"、"无"二字表达疑问语气，表明她对温暖的渴望。引申开来，李清照渴望得到的，当然不是一只实实在在的辟寒犀角，而是一个可以温暖她凄冷心灵的爱人，一段可以带给她温暖慰藉的爱情。词人固然希望天气的寒冷可以被驱散，更期望有人帮她消除心境的凄冷。上阕中描写的凄清庭院以及下阕香断床空的室内环境，都是在为尾句蓄势，以表达她对感情的渴望。

景是落寞的，情是疏淡的，词人寓情于景，在首句中以"懒"字表明行动慵懒，更写出心境寂寥，随即由近及远、由人及物、由景及情，体现出她作为一个词人的精湛技巧，而如泣如诉、如怨如慕的情感，则出于她身为女子对敏感内心的细致描摹。词中虽有伤感之意，却能做到哀而不怨，把淡淡的情愫置于景中物里，格外动人。

减字木兰花

李清照

卖花担上，买得一枝春①欲放。泪②染轻匀，犹带彤霞晓露痕。

怕郎猜道，奴面不如花面好。云鬓斜簪，徒③要教郎比并④看。

【注释】

①春：指花朵生机盎然，十分娇艳。②泪：露珠。③徒：只、但。④比并：比较。

【赏析】

宋徽宗建中靖国元年（公元1101年），礼部侍郎赵挺之的三子赵明诚，迎娶了礼部员外郎李格非的女儿李清照。郎才女貌，门当户对，两人又热衷于吟诗赋词，研究文物金石，乃天作之合。这首《减字木兰花》就写于婚后不久，大胆地表现新婚燕尔之乐，爱情带给人的喜悦和甜蜜在词中自然流露，不加掩饰。在崇尚保守、重视礼教的封建社会，这算得上惊世骇俗之举，词人独立自由、不畏世俗的个性也得以展现。

宋朝时，每到花季，常有卖花郎肩挑花担走街串巷。李清照与赵明诚一起出门，恰好遇到卖花人，遂于"卖花担上"，"买得一枝春欲放"。"春欲放"三字具体概括花朵之美，其后"泪染轻匀，犹带彤霞晓露痕"则从细节皴染花的娇美鲜艳。花瓣上犹然带着早晨的清露，晶莹剔透，滚动闪烁，像美人的泪珠，给鲜花添了几分朝霞微绽般的娇羞。这两句生动形象地写出花之美、之艳、之俏，既表达出词人的惜花爱花之情，更与下阕中人物之美、之艳、之俏交相辉映。

上阕写买花、赏花，以花拟人；下阕写戴花、比花，以人比花。

"怕郎猜道，奴面不如花面好。"买花的时候，丈夫一直站在旁边微笑，词人心中一动：在他眼里，自己的容貌会不会被这花朵比下去？于是，年轻娇俏的词人顿生调皮的念头，并付诸行动："云鬓斜簪，徒要教郎比并看。"她把花枝斜着簪于发鬓，含笑问道："你瞧，是这花美，还是我美？"

词中未写赵明诚如何回答，而戛然收于此处，却比付之于明白的文字更显丰富有味，引人遐思。

全词妙趣横生，写出年轻词人活泼俏皮的形象，也显示出她与赵明诚的新婚生活甜蜜幸福。古语有云"女为悦己者容"，此处李清照对花生妒，与花比美，既出于年少的好胜意气，也是婉转的表白，说明她十分在意丈夫对自己的看法，希望对方看在眼里的，恰是自己最美的一面。

满庭芳

李清照

小阁藏春，闲窗锁昼，画堂无限深幽。篆香①烧尽，日影下帘钩。手种江梅渐好，又何必、临水登楼。无人到，寂寥浑似②，何逊在扬州。

从来知韵胜，难堪③雨藉，不耐风揉。更谁家横笛④，吹动浓愁。莫恨香消雪减，须信道、扫迹⑤情留。难言处，良宵淡月，疏影尚风流。

【注释】

①篆香：指盘香。②浑似：完全像。③堪：承受。④横笛：汉横吹曲中有《梅花落》。⑤扫迹：扫除干净，不留痕迹。

【赏析】

咏梅作品在诗词中屡见不鲜。梅花以其傲然独立、遗世清香成为无数文人墨客笔下被歌咏的对象，其雅致清高的风韵为后人道尽。

李清照早年生活幸福、夫妻恩爱，词作多以思夫共乐为题，但后期经历了丈夫去世、靖康之变，生活和精神上都受到了巨大的打击，词作中开始渐渐融入了对悲凉身世的慨叹和对坎坷命运的嗟怨。这首《满庭芳》一词就是李清照借咏梅来暗喻自己，生发凄凉悲咽之感。

"小阁藏春，闲窗锁昼，画堂无限深幽"，春意、昼景皆被"小阁"、"闲窗"阻隔在外，"画堂"中徒有"无限深幽"。"小阁"乃词人所居闺阁，"小"字突显玲珑精致；"闲"字写出"窗"内的闲静、安谧；"画堂"是与"小阁"相连的厅堂，因"春"、"昼"皆被"锁"，故而偌大的厅堂更显得幽静黯然。开篇由作者所居环境引入，"藏"字和"锁"字将环境的"深幽"静谧一语道出，为下文奠定了"深幽"的情感基调。

"篆香烧尽，日影下帘钩"，"篆香"是古代一种高级的盘香，"篆香烧尽"暗示白昼即将消失；"日影下帘钩"是日暮之象。此两句指此时天已暗沉，已近黄昏。由"篆香"二字推演，可知词人生活条件优裕，与愁情形成对照。

"手种江梅渐好，又何必、临水登楼"，词意突转，词人的视线由屋外自然景色转入昔日所种江梅。"渐好"二字既表现江梅正茁壮成长，更显词人心情由"深幽"而"渐好"的迹象。她的心情得到安慰，因而轻叹"又何必、临水登楼"。"临水登楼"本就是排遣寂寞、抒发愁绪的行为，词人因见"手种江梅渐好"，情绪得到宽慰，故而无需如此，但是寂寥孤独并未完全消散，故言"无人到，寂寥浑似，何逊在扬州"。何逊是南朝梁诗人，出身贫寒，仕途不顺，迷恋梅花，曾作有《扬州法曹梅花盛开》一首留世，借梅花标榜人格，高洁自持。李清照面对梅花，不禁想到何逊，既是欣赏他对梅花的讴歌，更是感慨他身世的不济，从而生出知音知己之感。直

言"寂寥"更是将词人内心深处的情感坦陈而出，虽因"手种江梅渐好"而无需"临水登楼"，但其"寂寥"却仍难以彻底排遣，由此想到"东阁官梅动诗兴，还如何逊在扬州"（唐杜甫《和裴迪登蜀州东亭送客逢早梅相忆见寄》）。

下阕承情而来，直指梅花风韵，"从来知韵胜，难堪雨藉，不耐风揉"，"韵胜"直接表白梅花的高洁气韵，"从来"领起，更添长久永恒之意，但是即使是如此"韵胜"之梅，终究十分娇弱，难以忍受风雨的摧残蹂躏。"藉"、"揉"在此皆为摧损的意思，相互对举，写梅花傲然独立但难耐践踏的命运。

"更谁家横笛，吹动浓愁"，词人见梅想梅而哀梅，想到《梅花落》的曲调，过渡自然流畅。横笛一曲《梅花落》，凄楚哀婉，"愁"意尽显。"浓"字点缀，更将此"愁"涂抹得浓郁沉重，难以排解。笛曲随风而逝，梅花随扫而减，但是情依旧，意长留，"莫恨香消雪减，须信道、扫迹情留"。"莫恨"起笔，道出词人的自我慰藉，"香消雪减"是梅花渐稀、美好渐逝之景，但"须信道"转笔，意境转宕，"扫迹情留"在此韵味深长。虽然香消了、雪减了，痕迹也在扫除中荡然无存，但是情却长留。

"难言处，良宵淡月，疏影尚风流"，承前"情留"而来，暗夜里，月淡星稀，梅花疏朗的身姿在月色的映衬下"尚风流"。"难言处"三字做领，将自然风景与词人情感合二为一，复杂惆怅之情尽在这"难言"二字里，"可意会，不可言传"。"疏影"二字化自林逋"疏影横斜水清浅，暗香浮动月黄昏"而来，梅花的优美横斜、俊俏风流于此尽显无疑。

鹧鸪天

李清照

寒日萧萧上琐窗①，梧桐应恨夜来霜。酒阑更喜团茶②苦，梦断偏宜瑞脑③香。秋已尽，日犹长。仲宣怀远更凄凉。不如随分尊前醉，莫负东篱菊蕊黄。

【注释】

①琐窗：窗棂上装饰着连锁形的图案，名琐窗。②团茶：是一种压紧茶，宋人偏爱饮此茶。③瑞脑：一种熏香的名称，也叫龙脑，即冰片。

【赏析】

家国之痛酿造思乡之情，李清照远离家园，流寓异地，眼前是萧瑟秋景，难免见景伤情，欲醉酒忘忧，又添酒后愁情。

"寒日萧萧上琐窗，梧桐应恨夜来霜。"秋日时节，寒气逼人，萧萧秋意逐渐显现，透过窗扉，只见夜幕降临，霜花落下，梧桐更显凋敝。"萧萧"一词直接点明秋季萧瑟凛冽，也写出心境的萧萧意味。"上"字写出缓慢上移的动态过程，在此句"日上琐窗"中，写日光慢慢升高，而词人能如此细致地观察到这渐升的过程，暗暗道出了她无聊寂寞的境况。"梧桐更兼细雨，到黄昏、点点滴滴"，梧桐意象本来就暗含萧瑟意味，又兼"夜来霜"，倍添孤独和凄凉。

"酒阑更喜团茶苦，梦断偏宜瑞脑香"，"酒阑"为饮酒将尽时；"团茶"是解酒用的茶饼；"瑞脑"亦名"龙脑"，是女子闺阁中常用的一种熏香。这两句的意思是：酒醉后更喜欢饮苦涩的团茶来解酒，梦醒来后更偏爱馨香的瑞脑弥漫。"团茶"为解酒而喝，苦涩难耐，量越大苦味越重，词人在此却"更喜团茶苦"，可见其酒醉程度很深，只有极苦的茶方能解酒；"瑞脑"为熏香所用，味道极为清淡，一般不易察觉，但是此时词人却"偏宜瑞脑香"，从侧面显出自己清冷寂寥的心情。"喜"和"宜"作对衬表达，以乐景写哀情，更显喜景的忧伤，哀情的凄凉。

"秋已尽，日犹长。仲宣怀远更凄凉。""秋尽"时分，本是夜长征兆，词人却感"日犹长"，此"日"不仅是对白昼的关照，更是对岁月年华的影射，作者因为孤单，方感时间过得很慢，度日如年。"犹"字更将此难耐之情涂抹得浓郁难遣、幽怨凄楚。"仲宣"指王仲宣，即东汉末年著名的文学家王粲，位列"建安七子"，仕途坎坷，郁郁不得志，曾书《登楼赋》生发壮志难酬的感慨，还有远离家乡思念亲人的感情。此时李清照借景思人，不禁想到王粲，"凄凉"之情由此升起，着"更"字点缀，顿显情之难耐。

最后，词人笔锋一转，由上面的哀情撤出，接续超脱的意境："不如随分尊前醉，莫负东篱菊蕊黄。""不如"将全篇的意境宕开，"萧萧"、"凄凉"之意随着"不如"二字逐渐消散。"随分"即随意，词人要表达的是：不如在此对酒畅饮，不要辜负了这"采菊东篱下，悠然见南山"的大好情致！"莫负"和"不如"对应，承接旷达心境。表面看来，此结语两句是词人的超凡语，实则暗含深深的悲凉，李清照无计可施，只能借酒消愁，自我慰藉。无尽的苦楚和思念只能如饮酒似的一饮而尽，无处排遣。

萧瑟的秋景中蕴涵着萧萧的心情，悠长的白昼间寄寓着凄凉的心境，有景色烘托，又借古人悲慨，皆为抒发个人内心的怨愁。幽微的语词、凄清的语调，共谱成这一曲幽怨的作品。

点绛唇

李清照

蹴①罢秋千，起来慵整②纤纤手。露浓花瘦③，薄汗轻衣透。
见客人来，袜刬④金钗溜。和羞走。倚门回首，却把青梅嗅。

【注释】

①蹴（cù）：踩，踏。②慵整：慵懒地收拾、整理。③花瘦：指花瓣凋零稀少的样子。④袜刬（chǎn）：即刬袜，指不穿鞋，只穿着袜子往来行走。

【赏析】

女子初见心上人，往往羞中带怯、怯中带痴，其微妙复杂的心情常常只可意会难以言传，《点绛唇》一词却把此境写活，道出了少女情窦初开的样子。

"蹴罢秋千，起来慵整纤纤手"，"罢"字直接点明女子此前一直在轻荡秋千，惬意随性至极；"蹴罢"将荡秋千的动景终止，转入静景描摹。女子坐在秋千上，随风忽上忽下，罗衣轻轻在风中飘荡，仅以"美"字难以描述。兴致告罄，女子起身轻拍素手。"慵整"一词极为考究，女子当时颇感疲惫，于是从秋千上走下，随意地收拾一下自己的衣装，拂平身上不整之处。"慵"字尽显她彼时慵懒随性。"纤纤手"承接，以"纤纤"状细指，添优美娇柔。仅此两句，即将少女倦极后不愿动弹的形象刻画得惟妙惟肖。

"露浓花瘦，薄汗轻衣透"，此句直指时间：春季；地点：花园。早春时节，纤细的花朵上还沾着晶莹的露珠，女子从秋千而下，一身薄汗，连轻衣都被浸透了。这两句借景写人，"露浓花瘦"写花上露沾，"薄汗轻衣"指少女衣衫汗透。露如薄汗，花似少女，两景并置可相辉相应。此外"浓"既是对"露"的形容，也是对少女"薄汗"的喻指；"瘦"既写"花"之纤细，也比出女子娇柔。

上阕凝笔于女子"蹴罢秋千"，下阕转笔于女子"见客人来"。"见客人来，袜刬金钗溜"，突有"客人"进入花园，女子仓皇逃去，连鞋子都顾不上穿，松散着头发着刬溜去。"袜刬"指她仅穿了袜子；"金钗"写出她头发凌乱、金钗下坠的样子；"溜"字十分灵动，可爱逃匿之感顿生。"袜刬金钗溜"五字连用，既将女子仓乱逃去的形象勾勒出来，更暗暗传达出女子的青春洋溢——只有少女"见客人来"，才会如此仓皇，不知所措。下阕开篇以女子"溜"景引入，趣味横生，为抒情作铺垫。

"和羞走。倚门回首，却把青梅嗅"，"走"指疾步快走，少女"见客人来"后，面带羞涩疾步离去，但是她并非就此一去不回头，而是倚靠门扉，偷偷回首观望客人，假以嗅青梅来掩饰自己。"倚门"显其慵懒，"回首"有含羞但又渴望看见的微妙心理，一个"却"字转承，将女子借由"嗅青梅"来偷看客人的羞怯一笔晕开。就整个下阕统观，细摹女子"见客人来"后的形象，虽未直言客人何人何象，但是由女子"和羞走"的动作可以断定来客当是一位风度翩翩的少年，女子见后有心动之感，才会在疾步走后仍"倚门回首"，一顾三盼。

上阕以静描景，下阕以动画人，动静结合，情景交融，描画出少女突遇心仪男子，怦然心动的反应，可爱而不失矜持，羞怯而不忘含情，具体生动，天真烂漫。明代沈际飞赞誉道："片时意态，淫夷万变，美人则然，纸上何遽能尔？"

玉楼春

李清照

红酥肯放琼苞碎，探著南枝开遍未。不知酝藉几多香，但见包藏无限意。
道人憔悴春窗底，闷损阑干愁不倚。要来小酌便来休，未必明朝风不起。

【赏析】

梅花刚到花期，未尽开放，宛若凝脂的花瓣像裹着暖玉，花形美好。含苞待放的梅花里不知蕴藏着怎样的芬芳，也不知藏着多少难言的心事。词人没有接写梅花怒放的景致，却转瞬从含苞写到将败，转折突兀，让人莫名而又好奇。李清照这首《玉楼春》，除咏梅外，还包蕴无穷意味。

"红酥肯放琼苞碎，探著南枝开遍未"，"红酥"指梅花的花瓣酥软红艳，有令人垂涎之形；"琼苞"指花苞之容，琼莹容姿，含苞待放；"开遍未"是对南枝花开放情况的提问，也即对梅花未开情况的婉转表达。这两句的意思是：嫣红的花瓣包裹琼姿花苞，南枝花至今仍未开遍。其中"肯"字用得极为玩味，指情愿，花朵含苞本是自然现象，"肯"字融入词人的主观情感，是以花喻己，隐含无悔情意。"碎"字结句，零碎混乱间自有一颗自主自愿的心，接续"开遍未"的疑问，问中即答，写梅花娇羞待放。

　　词人在描画梅花含苞的姿容后，进而再以设问承接。"不知酝藉几多香，但见包藏无限意"，"酝藉"与"包藏"同义，两相对照，继续刻画梅花的"琼苞"。虽然不知道花苞有多少香气，但却展现出了无限意味。"香"乃梅花幽香，"几多"形容颇有零散稀少之意；"意"乃梅花高洁志趣，用"无限"形容更显无穷无尽，词人摈弃"几多香"而独取"无限意"，舍花香取花意，独辟蹊径，显示出梅花精神的高贵，此处以花喻人十分独到。而"不知"和"但见"的转承，于词意外加深意境，含苞梅花羞怯妩媚，似人似己。

　　上阕咏梅幽香婉转，下阕赏梅愁心不散。"道人憔悴春窗底，闷损阑干愁不倚"，"道人"乃词人自比，古时文人多学道，以"道人"自称，显谦逊委婉。春日时节，词人憔悴地坐在帘窗下，愁绪万千，连栏杆都不愿倚靠。"憔悴"直接绘出词人精神不振的外貌；"愁"字更言其内心的愁情；再有"闷"字做引，愁意更难排遣，憔悴更感苍凉。下阕两句，把"道人"彼时情境生动刻画出来。词人在此不咏梅而赏梅，旁逸斜出，更换主体对象，越发突显主人公的情绪，聚景于人，为下文抒情做好了铺垫。

　　咏梅赏梅以遣岁月，本也算雅事一桩，但李清照又道："要来小酌便来休，未必明朝风不起。"这是千古名句，为后世广为传颂，意为：要是想小酌两杯，那就赶快去吧，不要等到明天，也许就要刮风了。"休"是且罢的意思，随性间徒有且珍惜之味；"要来"接续"便来"，表面看来是催人及时行乐，不要犹豫，究其内里，含珍惜时光、珍惜生命的寓意。"风不起"恰为"风起"之境，"未必"领起，尽含难以预料、难以琢磨。整两句语词朴实，但内蕴丰富，尽劝众人莫要虚度时光，否则极可能错失良机、蹉跎岁月。

　　清代朱彝尊《静志居诗话》说"咏物词最难工，而梅尤不易"，而此词结拍二句"皆得此花之神"。这篇词春景中含怨含愁，琼苞梅中似羞似忧，岁月逝去似影似幻，"要来""便来"，莫要空等"风起"，徒留遗恨。

一剪梅

李清照

　　红藕香残玉簟①秋。轻解罗裳②，独上兰舟。云中谁寄锦书来？雁字回时，月满西楼。

　　花自飘零水自流。一种相思，两处闲愁。此情无计可消除，才下眉头，却上心头。

【注释】

①玉簟（diàn）：像玉一样精致光滑的竹席。②裳（cháng）：古人穿的下衣，泛指衣服。

【赏析】

以成婚和南渡为界，李清照的生活呈现出三种迥异的状态，由此亦可将易安词分为三个阶段，分别表达了不同的情感和心境。婚前，少女李清照尽情释放着自然的天性，词风清丽活泼，娇俏可爱；婚后至南渡前，少妇李清照沉溺于爱情之中，诸多作品皆是从爱情中的喜怒哀乐、悲欢离合铺开，有甜蜜亦有幽怨，风格细腻真切，最能显其婉约词风；南渡之后，词人遭遇国破家亡的不幸，长期过着流离失所、颠沛坎坷的生活，作品风格更显深沉凝重，沉郁凄婉，多表达失望和愤慨之意。

《一剪梅》是李清照中期作品，也是她的代表作之一，结句"才下眉头，却上心头"更是千古名句，几乎家喻户晓。这首词写于婚后，赵明诚远行，李清照独居家中已久，思夫心切，所以移情入景，通过对景色的细致描写，表达相思之情和深厚爱意。

上阕中，开篇交代时节，"红藕香残玉簟秋"，红色的藕花已经凋谢，如玉般光滑的竹席冰凉似水，秋色浓重，让词人不禁生发出愁绪。清代梁绍壬说这七字"便有吞梅嚼雪，不食人间烟火气象"，并非过誉。由萧索秋意引发的离情别绪倾泻而出，让人无所适从，词人索性"轻解罗裳，独上兰舟"，她决定外出游玩聊以解闷，连侍女也没带，一人去了湖边，因怕沾湿衣裙，于是轻轻解去绫罗外裳，任木兰舟载着自己在湖面飘荡。"独上"二字，巧逗离思，暗示出丈夫不在身边的境况。关于"兰舟"，有人认为是床榻之意，有人则认为是用木兰树干制成的舟船，据全词意境以及后文"花自飘零水自流"一句，此处当取后者。

前文蓄势，奠出孤独愁苦的情绪，显见词人对丈夫十分思念。但她并未直言相思，而是宕开去说，反言丈夫思念自己，"云中谁寄锦书来？雁字回时，月满西楼"，等到天黑月满，李清照独上西楼，回雁穿云破月，传来几声长鸣，不知是替谁传递书信，替谁寄托相思。"谁"字有明知故问之意，指的自然是丈夫赵明诚。此处表面写赵明诚思念自己，故而托鸿雁传书，实际也是在说自己思念对方，正翘首等待他的书信，由此可见两人感情之深，此意在下阕中更被词人加以深化。

过片"花自飘零水自流"一句既承上阕又启下文，既是即景又兼比兴。美好的年华如落花流水消逝，却不能与丈夫共度，真让人伤怀。"一种相思，两处闲愁"一句构思独特，她由自己推及对方，直言相思是双方面的，赵明诚也同样受着相思之苦，两人情爱之笃顿现，有默契十足、心心相印的况味。

"此情无计可消除，才下眉头，却上心头。"因离情逗起的感伤无处排遣，词人紧蹙的眉头刚刚舒展，思绪就涌上了心头，实是"黯然销魂者，唯别而已"。结拍三句最为人称道，"才下"、"却上"写出愁情挥之不去，词人黯然神伤的心理，以寻常语吐露出胸臆中的思夫情。清代王士禛《花草蒙拾》认为，"此情"三句是从范仲淹《御街行》中的"都来此事，眉间心上，无计相回避"一句脱胎而出，然"李特工耳"，指李清照造句更加工整凝练，浑然天成，情感也更细腻真挚，牵动人心。

把浓郁的离情化入对寻常生活、平淡景色的描写中，乃"运密入疏"的手法。上阕中并无明显字眼，却句句包孕离思，显得不落俗套；上阕坦言相思，又以独特的构思呈现出来，更见词人机杼之心。全词有情绪亦有情节，情感饱满，情节连贯，音律自然，朗朗上口，实是相思词中一首不可多得的佳作。

南歌子

吕本中

驿路侵斜月，溪桥度晓霜。短篱残菊一枝黄，正是乱山深处过重阳。

旅枕元无梦，寒更每自长。只言江左好风光，不道中原归思转凄凉。

【赏析】

北宋灭亡后，吕本中随宋室南渡，这首词即写于南渡之后，他流寓江左期间（江左泛指南宋半壁江山）。因此，此词与一般的羁旅词不同，不仅有思归之意，更有沉痛的家国之情。再加上"重阳"这一特殊的时令，更加深了思乡、思念故国的感情。

"驿路侵斜月，溪桥度晓霜"，写旅途所见情景。词人启程时，天还没亮，天边还挂着一轮斜月，洒下淡淡的光芒，照在驿路上，溪边的桥上落下一层晨霜。一个"度"字，表现出词人行进的动作。

"短篱残菊一枝黄，正是乱山深处过重阳"，词人路过一座农舍时，看到矮篱笆围住的院子里，有一支残菊正在绽放，这让他想起今日正是重阳佳节，本该与亲友推杯置盏、对酒赏菊，不料如今却在乱山深处度过，悲凉之况味由此可见。联系此词写作的背景，便知道词人除了思乡之外，更有一种有家不得归的亡国之恨隐含于字里行间，未曾说破。

下阕集中抒发羁旅之情和故国之思。"旅枕元无梦，寒更每自长"，上阕首句写清早启程，此处则在上阕基础上追忆前夜客宿旅舍的情景。旅途之中，常常难以成眠，睡不着，自然就不会做梦；也因睡不着，故而觉得长夜漫漫，备受煎熬。"寒"字点出羁旅生涯的凄寒，"每"字则说明这种夜不能寐的情况经常发生，更显出词人的孤单和愁苦。

原来词人身在北方时，十分向往江左的风光，然而如今人在江左了，却只觉得凄凉难堪。"只言江左好风光，不道中原归思转凄凉"一句，实为词人故国之思的强烈表达。中原的国土被金人占领，使行走于江左的词人每每念及于此，都心忧如焚，难以抑制对沦丧故土的深切思念。"只言"、"不道"之间的转折，十分婉转地表现出一种时日变迁的沧桑慨叹。

《南歌子》具有吕本中词作一贯的流畅风格，虽写家国之痛，沦亡之伤，但因是一步一步道出，故而显得自然晓畅，毫无滞涩沉郁气息。

蝶恋花

赵鼎

河中作

尽日东风吹绿树。向晚轻寒，数点催花雨。年少凄凉天付与，更堪春思萦离绪！
临水高楼携酒处。曾倚哀弦，歌断黄金缕。楼下水流何处去，凭栏目送苍烟暮。

【赏析】

赵鼎是宋代中兴名臣，在宋室南渡之后，曾因反对秦桧议和而与之进行激烈的较量，因高宗偏袒秦桧而遭罢相，贬谪岭南。后绝食而死，名臣气节至死仍存。然而，正是这样一位凛然刚硬的人，年轻时也写有如这首《蝶恋花》一般情思婉转的词作。

词题为"河中作"，赵鼎是解州人，而宋朝时期，解州隶属河中府（今山西省境内），可见此词是他在家乡时所作，当时他还没有考上进士，入京城做官。这首词写怀人之情，词笔婉约，情致缠绵。"尽日东风吹绿树。向晚轻寒，数点催花雨"三句，写词人故地重游所见之景。正值暮春时节，东风吹拂，绿树浓密，接近黄昏时，天气微凉，天空中飘下催落花瓣的细雨。词人此时尚且年少，但也难堪春愁，所以有"年少凄凉天付与，更堪春思萦离绪"的叹息。

虽是"年少"，却因"春思"和"离绪"而倍感"凄凉"，而这份"年少凄凉"还是"天付与"的，这就更进一步地点出了词人的多情和痴情。

上阕因时伤怀，下阕则因事感恨。"临水高楼携酒处。曾倚哀弦，歌断黄金缕"三句，具体描写"离绪"产生的来由。词人回忆起当时与那位女子告别时的场景，在临水高楼上，他们曾携酒饯别，女子调弦奏乐，唱尽一曲黄金缕，以为送别。古时有折柳赠别的习俗，此处的"黄金缕"即暗合此意。

当时的情景仍历历在目，然而词人如今重游高楼，同样的时节，同样的地点，人却杳无踪迹。"楼下水流何处去"，即表达了深深的时光流转、物是人非之叹。此外，问水流何处，其实是问人去何处，以"水流"比之，暗示出女子流落的命运，表达了词人对女子的关切。而且，词人满腔离恨，皆蕴涵于一去不复返的流水之中，恰似李煜名句所言："问君能有几多愁，恰似一江春水向东流"（《虞美人》）。

"凭栏目送苍烟暮"，结尾写词人倚栏远眺，只见水流不休，江天一色，暮霭沉落。所有的感情都蕴涵于最后的痴痴怅望之中，流露出悠然不尽之意。

点绛唇

赵鼎

春愁

香冷金炉，梦回鸳帐余香嫩。更无人问，一枕江南恨。

消瘦休文，顿觉春衫褪。清明近，杏花吹尽，薄暮东风紧。

【赏析】

赵鼎的春愁词与他年少时所作怀人词一样，婉约柔媚，但其中也暗含坚韧气质，可以说是这位刚劲凛然的南宋名相的人格在词作中的一种体现。

"香冷金炉，梦回鸳帐余香嫩"，描写出一幅午睡梦醒景象。词人梦回初醒时分，金炉里的燃香已经冷却，绣着鸳鸯的帐幕垂挂下来，房中弥漫着幽幽暗香，这种静谧突出了人的孤寂。

"更无人问"四字，进一步强化这种孤单寥落之感。"一枕江南恨"则暗示梦中情境。岑参的《春梦》诗中有"枕上片时春梦中，行尽江南数千里"之句，此处的"江南恨"，取其梦中追寻的意思。至于追寻的是什么，词人没有明示。从词句表层含义来看，似乎是怀人之思，但既然词人未曾落实词意，便可将这种"恨"看作一种普泛的人生感触，甚至也可以延伸至时代和家国之感。无论"恨"的实际内容是什么，词人的目的都只是为了渲染一种梦与醒之间的落差，以及愁绪的深重难解。

"消瘦休文，顿觉春衫褪"，"休文"是指南朝梁代才子沈约，因为多病，他常常憔悴瘦损，后人甚至以"沈腰"指代消瘦之意。此处词人谓自己如休文一般日渐消瘦，以至于身上的春衫都显得宽大了许多。"顿觉"二字，表现出词人消瘦速度之快，以及他惊觉这一事实时的感慨之情。

"清明近，杏花吹尽，薄暮东风紧"，这首词虽题为"春愁"，实际上直接言及春天景物的只有最末几句。"清明"、"杏花"、"东风"皆为典型的春景，且暗示时近春末，"吹尽"二字，暗含惜春伤春之意。眼看清明又近，杏花又被东风吹落，在这将残的春色里，词人独立黄昏薄暮之中，感受到东风吹来的凉意。他知道，在这吹得正紧的东风摧折之下，春色恐怕无法留住了，但他站立在黄昏暮色中，分明又不甘于春光的流逝和凋残，因此，这首婉约之作的坚韧风骨便于此处显露出来。

满江红

赵鼎

丁未九月南渡，泊舟仪真江口作。

惨结秋阴，西风送、霏霏雨湿。凄望眼，征鸿几字，暮投沙碛[①]。试问乡关何处是，水云浩荡迷南北。但一抹寒青有无中，遥山色。

天涯路，江上客。肠欲断，头应白。空骚首兴叹，暮年离拆。须信道消忧除是酒，奈酒行有尽情无极。便挽取长江入尊罍②，浇胸肊③。

【注释】

①碛（qì）：水中沙堆。罍（léi）：一种盛酒的容器。③肊（yì）：通"臆"。

【赏析】

赵鼎作这首《满江红》时，北宋已亡，而宋高宗赵构仓促即位后尚未南渡，故而这首词常被人看作南渡之后的南宋爱国词的先声。词序中所言"丁未九月南渡"是指赵鼎为宋高宗赵构南渡而充当先行，"丁未"是指靖康二年（1127 年），同年四月，宋徽宗、宋钦宗被俘，五月，赵构即位，改元建炎，九月，准备南渡事宜。赵鼎在渡江前夕，泊舟仪真江口时，写下了这首愤郁激昂的词作。

"惨结秋阴，西风送、霏霏雨湿"，"惨"字不仅描绘出秋天景色的萧索悲凉，更流露出词人对中原沦陷、北宋国运衰微的忧虑之情。在西风寒凉，阴雨霏霏的惨淡秋日里，远望江岸，只见"征鸿几字，暮投沙碛"。此处词人自比鸿雁，北雁南飞，正如自己此刻匆匆南渡，"暮投"一句，暗示出一种前路茫茫的感受。"凄望眼"三字，与前句"惨结秋阴"相同，表现出难堪承受的凄惨情怀。

"试问乡关何处是，水云浩荡迷南北"，这一句流露出深刻的家国沦亡之痛。从此不知乡关何处，既然偏安于南面半壁江山，那么，当以南国为家，可是，原本的家乡却再难回去，教人百般想念，难以忘怀。"迷南北"，实为词人茫然心情的真实写照。"但一抹寒青有无中，遥山色"，写词人回望故国，只见一抹迷离山色，若隐若现，其中既有留恋，也有不堪回望的痛楚。

上阕极言南渡旅途中风景和心境的凄惨，下阕则直抒胸臆，直言痛切之情。"天涯路，江上客"，点出当下漂泊处境。"肠欲断，头应白"则是因为"空骚首兴叹，暮年离拆"，不仅国都失守，君王遭擒，而且家室分离，相隔于南北。如此愁情满怀，"须信道消忧除是酒"，恐怕只能借酒来浇，然而，"奈酒行有尽情无极"，此恨无穷，连酒都无法消除分毫。"便挽取长江入尊罍，浇胸肊"，除非将长江的滚滚波涛挽入酒杯，这样或许能浇去一些郁积的愁苦和酸楚。

结句波澜壮阔，将身世家国之恨与滔滔江水融为一体，使人感受到词人胸中的慷慨激情如长江之磅礴气势，不可遏制，从而表现出词人高涨的爱国之情。

鹧鸪天

赵鼎

建康上元作

客路那知岁序移，忽惊春到小桃枝。天涯海角悲凉地，记得当年全盛时。

花弄影，月流辉，水精宫殿五云飞。分明一觉华胥梦①，回首东风泪满衣。

【注释】

①华胥（xū）梦：语出《列子·黄帝》，黄帝午睡入梦，梦中游华胥氏之国，这个国家崇尚自然，没有国君，人与人之间也没有利害冲突。此处以"华胥"比喻北宋全盛景象。

【赏析】

词题"建康上元作"，交代了时令和地点。"建康"是南宋都城，可见此词作于北宋灭亡，宋室南渡之后。"上元"即正月十五元宵佳节。在这首《鹧鸪天》中，词人以"上元"佳节为引，感时伤事，抒发了深沉的家国之情。

"客路那知岁序移，忽惊春到小桃枝"，词人起首即发出感叹，如今身在异地，竟不知时光节序转换得如此之快，等到惊觉时，春色早已催生了小桃枝上的花蕊。"小桃"是桃树的一个品种，在上元节前后开花，由此呼应词题中所言时令。不知不觉又是一年，而在过去的一年中，故土沦亡，自己四处漂泊，此时回望，真有"往事不堪回首"之恨。

词人此时身处都城建康，却怀着深深的羁旅悲凉情怀，这不仅是因为他离开了故乡，更因为他从此再难回到故乡。半壁江山已沦入他手，这个不容否认的事实逼得词人发出"天涯海角悲凉地"的忧凄之语。北宋汴京与南宋建康在地理位置上远远称不上"天涯海角"，但江山易主的剧变，以及战火延绵，有家不得归的事实，使词人感觉两者的距离有如天涯海角。

"记得当年全盛时"一句，是作者面对建康上元节时的凄凉景况而生出对过去的怀恋。"记得当年"，回忆北宋过往繁华。词人遥想当年，汴京的上元节是多么盛大热闹，"全盛时"三字，言辞精炼，感情激越，仿佛记忆中的繁华盛景正汹涌而来，喷薄而出。

下阕则具体讲述"全盛时"的景象，但词人却并不堆金砌玉，而是以"花弄影，月流辉，水精宫殿五云飞"这样清空虚渺的意象，暗示当时汴京城的旖旎风情。花影婀娜，月芒如水，宫殿晶莹剔透，飞云绚丽美好，如此美的景致，最终仍是被铁蹄踏碎，一梦成空，令人"回首泪满衣"。

末句"东风"呼应起首"小桃枝"，使词意密合。"分明一觉华胥梦"中"分明"二字，表现出词人梦醒后的清醒，以及意识到这种清醒之后的悲哀。词作开端"那知"、"忽惊"，即流露出如梦初醒的意味。及至一句"记得当年"，又使词人沉浸入过往的"梦境"之中。最后，又因意识到家国残破而从梦中惊醒，不由得泪湿衣襟，难以自已。可见，"梦"在这首词中包含有多层蕴意，既表示词人个人的感情归宿，也用以比喻国破家亡、繁华如梦的苍凉情怀。

洞仙歌

赵鼎

空山雨过，月色浮新酿。把盏无人共心赏。漫悲吟，独自拈断霜须。还就寝，秋入孤衾渐爽。

可怜窗外竹，不怕西风，一夜潇潇弄疏响。奈此九回肠，万斛清愁，人何处、邈如天样。纵陇水秦云阻归音，便不许时闲，梦中寻访？

【赏析】

赵鼎因与秦桧就主战主和一事进行争论较量，后失败遭贬岭南。山河未复，壮志未酬，却被贬至荒僻之所，不得伸展抱负，赵鼎心中的愤懑、幽怨可想而知。这首《洞仙歌》作于岭南贬所，其中既包含有词人对故国的深切思念，又表现出他难以释怀的怨愤之情。

"空山雨过，月色浮新酿"，描写出一幅雨后新月图：空山新雨，将秋天的夜色洗得更加干净清澈，此时，一轮明月爬上山头，遍洒银辉，词人手中端着酒杯，酒香沁人，杯中还浮着月影，让人忍不住想要痛饮一醉。然而"把盏无人共心赏"，这样美好的月夜，只有词人独自酌饮，这使他加倍意识到自己被贬的凄凉处境。

"漫悲吟，独自拈断霜须"，是承接"独酌"而来的"悲吟"。词人对月长吟，悲切难以自已，甚至拈断了几根花白的胡须，足见心中忧愤之深重。"霜须"点出自己年事已高的事实，胡须都已白了，还要身受贬谪异乡之苦，更兼国家复兴大业还未完成，朝廷又被秦桧把持，这些都加重了词人内心的忧虑和悲愁。

"还就寝，秋入孤衾渐爽"，独酌难堪，悲吟也无法消解愁绪，因而回去"就寝"。可是，秋凉阵阵，孤衾之中，寒意侵枕，词人夜不成寐，仍旧愁思萦怀，难以排遣。

"可怜窗外竹，不怕西风，一夜潇潇弄疏响"，下阕以此为发端，写词人长夜难眠时所闻所感。他躺在床上，听闻外面的竹子被秋夜的西风吹得潇潇作响。用"可怜"来形容竹子，实则表现了作者对这些"不怕西风"的竹子的激赏。作者在竹子身上寄寓着自己不畏困境、壮志弥坚的精神。

"奈此九回肠"用司马迁《报任安书》中"肠一日而九回"的说法，隐隐含有以司马迁自比的意味。"万斛清愁"，极言愁之多。"人何处、邈如天样"，心中所牵念的人远在天边，不得相见，此句暗示词人被朝廷冷落，贬斥至遥远荒僻之地的事实，以及他面对这一事实的愤慨和不甘。

因此词作的最后，他发出呼求："纵陇水秦云阻归音，便不许时闲，梦中寻访？""陇水"、"秦云"本是指环绕长安，阻人进出的障碍，此处用来比喻像秦桧那样的奸臣。即使进出朝廷的通道被秦桧这样的人阻挡，也不可能不许自己去梦里寻访归路吧？这一句既表达了词人对京城和朝廷的眷恋之情，也表现出他九死不悔、矢志不渝的忠诚之心。

鹧鸪天

向子諲

有怀京师上元，与韩叔夏司谏、王夏卿侍郎、曹仲谷少卿同赋。

紫禁烟花一万重，鳌山宫阙倚晴空。玉皇端拱彤云上，人物嬉游陆海中。

星转斗，驾回龙。五侯池馆醉春风。而今白发三千丈，愁对寒灯数点红。

【赏析】

南渡以后的向子諲，因主张抗金而得罪当朝权臣秦桧，遭贬归隐。其词作多写闲逸生活，表达自己对名利的淡泊，但也常常含有深沉的家国之痛。此词即作于归隐以后，序中所言"有怀京师上元"即表现出他对北宋繁华的怀念。

向子諲生活于两宋之交，从他对自己词集《酒边词》的编排中即可看出他的人生轨迹。《酒边词》分为"江南新词"和"江北旧词"前后两卷。南渡之后所作的词在前，北宋时期所作的词在后，这样的编排顺序，表现出词人抚今伤旧，以及对家国沦亡和自身遭际的深切慨叹。

词虽从音韵和结构上来看，是分为上下两阕的，但从此词所述内容来看，从上阕到下阕，文思一路倾泻而下，直到最末两句才有转折。前面七句，均写词人对北宋都城汴京上元节盛景的回忆。"紫禁烟花一万重。"紫禁城的烟花焰火照亮了整个夜空，"一万重"极言其多，用夸张的笔调描写出烟火在京城上空相互辉映的景象。"鳌山宫阙倚晴空"，花灯绵延堆叠，宫殿耸入云霄，映衬着清澈高朗的晴天。

"玉皇端拱彤云上，人物嬉游陆海中。"高贵的皇帝庄严地坐在高楼上，老百姓则嬉游于街巷之中，穿梭在灯山灯海里。这两句前后形成鲜明对比，写出天子与万民同乐的情形。

"星转斗，驾回龙。五侯池馆醉春风。"斗转星移，龙辇回宫，而上元灯会的热闹狂欢还远远没有结束。南宋孟元老写有《东京梦华录》，其中有很多关于北宋繁盛景象的记载。关于上元节盛况，书中有"宝骑骎骎，香轮辘辘，五陵年少，满路行歌，万户千门，笙簧未彻"的描写，足见豪奢权贵之家上元宴乐和游赏的兴致之高涨，气氛之热烈。

"而今白发三千丈，愁对寒灯数点红"，最后两句，用"而今"二字，使词中所述内容一下从热闹跌入冷清，词人的情感也由欢乐转为哀愁。李白诗中有"白发三千丈，缘愁似个长"的句子，此处词人借用，表达愁情之深长，虽一字未改，却浑如己出。今昔对比之下，令人愁肠百结：过去的京都何等热闹繁盛，如今朝廷偏安一隅，自己则被迫隐居荒僻之地，即使心怀愁苦，也只能独对寒灯，平添凄恻之意罢了。

这两句是全词的主旨所在，但词人却花了绝大多数篇幅来描写汴京上元景象，以极盛衬托极衰，以极乐衬托极苦，如此一来，即使不多言衰苦，也能将衰苦之意充分诠释。词人对过往繁华的眷恋，对今日孤凄的伤感，虽未言明，却真切可感。这正是此词最具特色的地方。

秦楼月

向子諲

芳菲歇，故园目断伤心切。伤心切，无边烟水，无穷山色。

可堪更近乾龙节，眼中泪尽空啼血。空啼血，子规声外，晓风残月。

【赏析】

陈廷焯《白雨斋词话》卷六论及南渡词时曾举赵鼎《满江红》词为例，认为"此类皆慷慨激昂，发欲上指，词境虽不高，然足以使懦夫有立志"。导致北宋灭亡、国土沦陷的"靖康之变"，使当时的文人志士扼腕写下一大批"慷慨激昂"的词作，这一类词，不注重艺术的雕琢，也没有深远的境界，而纯以表现激愤昂扬的心情为目的，具有十分鲜明的时代意义。向子諲的《秦楼月》即是其中一篇。

"芳菲歇，故园目断伤心切。"起首直点主题。"芳菲歇"三字，表现春日远去之景，看似是写眼前实景，实则是为了与下句所述"伤心"之情相契合。"故园目断"，写词人登高遥望北方故国，然而故国目断难见，故生出"伤心切"的悲痛情怀。连着两句"伤心切"，将痛失家国的感情描摹到极致，抒情直露，毫无曲转。

"无边烟水，无穷山色"，将无以为继的情感表达巧妙中断，转入景色描写。这是词人登高所见，承接"目断"而来，目断处，不见故国，只见无边无际的迷离烟水，以及无穷无尽的朦胧山色。这是对"伤心切"这一情感的丰富和补充，使其意境更加深远，词意更加厚重。

"可堪更近乾龙节，眼中泪尽空啼血。""可堪"即不能堪。"乾龙节"是指北宋钦宗赵恒的生日。据《宋史·礼志》记载："靖康元年四月十三日，太宰徐处仁等表请为乾龙节。"可以想象，往年乾龙节之时，群臣贺寿，君主赐宴，寿宴之上，君臣同乐，必定十分热闹。然而如今春日将逝，词人由"芳菲歇"想到"更近乾龙节"，因此登高远望故国，然而故国的江山早已易主，宋钦宗更是被金人掳走，生死未明，念及此，词人自然"伤心切"，难以自已了。

由此可见，"可堪"一句不仅引出下文，而且深化了上阕的词意。向子諲作为一位力主抗金的将领，曾亲自率领军民与金兵对战，他在潭州（今长沙市）守城时，奋勇抗敌，却兵败城破。联系他这些经历，再看"眼中泪尽空啼血"一句，便可深深感受到他难言的忧愤和沉痛。"泪尽"、"啼血"，皆是触目惊心的说法，而且还添一"空"字，不仅努力是徒劳，就连痛苦本身也是徒劳，更加深了家国难复的无力感。

"空啼血"重复上文语句，但内涵却发生了变化。从次句"子规声外，晓风残月"可知，此处"啼血"二字是用子规啼血的典故，来表达词人凄凉的亡国之思。"晓风残月"出自柳永名作《雨霖铃》中"今宵酒醒何处？杨柳岸，晓风残月"一句，暗指别愁之深，此处当特指词人的家国之思。末句将子规的鸣啼与"晓风残月"的景致并置在一起，营造出一种哀凄、寥落的词境，使情感在景色中得到了进一步的生发和延续，获得了丰厚的内蕴。

阮郎归

向子諲

绍兴乙卯大雪行鄱阳道中

江南江北雪漫漫。遥知易水寒。同云深处望三关。断肠山又山。

天可老，海能翻。消除此恨难。频闻遣使问平安。几时鸾辂还。

【赏析】

词题"绍兴乙卯大雪行鄱阳道中"，当指绍兴五年（公元 1135 年），词人在鄱阳（今江西省波阳县）旅途上雪中行进的情景。

"江南江北雪漫漫"，第一句即拈出"江南"和"江北"，使词境极其阔大，更兼漫天大雪，这就为全词营造了一种寒冷、广阔的基调，为后文的抒情奠定了基础。在茫茫雪地里独行，词人不禁产生"遥知易水寒"的感慨思怀。这一句源自战国荆轲赴秦之前告别国人的悲歌，"风萧萧兮易水寒"。易水在今河北省境内，在当时，属于金人的后方。词人对易水之寒的感知，暗示他对被金人掳走的徽钦二帝的怀念。"寒"字既是对二帝悲凉萧索处境的想象，也与前句"雪漫漫"相照应。

"同云深处望三关。""三关"是指淤口关、益津关（均在今河北省霸州市）、瓦桥关（今河北省雄县），此处与上句"易水"一样，均代指北方。词人怀念之余，不由得遥望北地，却只看见云沉雾绕，关山重重。因此有"断肠山又山"的悲伤之语。一重又一重的关山，挡住了词人远望的视线，怀思无可寄托，细细想来，这重重关山，也遮蔽了二帝的归来之路，回思之下，自然痛断肝肠。

言至"断肠"，情感已至极限，但下阕开端三句却继续将此沉痛之感敲入骨髓。"天可老，海能翻。消除此恨难。"前人云："天若有情天亦老"，言下之意是"天不老"。此处词人却直言"天可老，海能翻"，即使沧海桑田，天地变换，这番家国之恨、山河之痛、身世之感，也难以消除。此句以不可能之事作对比，极言恨之难消。

"频闻遣使问平安。几时鸾辂还"，结尾二句又作一转折，将恨意转化为痴情。词人作此词时，二帝中的徽宗已经驾崩，但因消息迟滞，词人并不知情。宋高宗曾数次遣使者赴金国询问二帝消息，因此词人以"频闻"二字来表现自己焦急的心情。"问平安"三字，似是关切，实则透露出一片悲凉之意。身为亡国之君，被敌人俘虏，二帝的处境可想而知，词人不可能不知道这一点，但他仍心存希望，问"几时鸾辂还"，"鸾"指马铃，"辂"是车上横木，此处的"鸾辂"指二帝车驾。词人痴痴盼望二帝的车辇归来，赤诚之心，天地可表。

短短的一首小令，将词人对二帝的怀念之情写得跌宕起伏，其中层层曲折辗转，无不形容得细腻可感，偏偏又无一字道破，深得词这一文体的婉约风致。

西江月

向子諲

政和间，余卜筑宛丘，手植众芎，自号芎林居士。建炎初，解六路漕事，中原俶扰，故庐不得返，卜居清江之五柳坊。绍兴癸丑，罢帅南海，即弃官不仕。乙卯起，以九江郡复转漕江东，入为户部侍郎。辞荣避谤，出守姑苏。到郡少日，请又力焉，诏可，且赐舟曰泛宅，送之以归。己未暮春，复还旧隐。时仲舅李公休亦辞春陵郡守致仕，喜赋是词。

五柳坊中烟翠，百花洲上云红。萧萧白发两衰翁，不与时人同梦。

抛掷麟符虎节，徜徉江月林风。世间万事转头空，个里如如不动。

【赏析】

向子諲晚年写了很多闲逸词，描写其归隐生活，但词中常常流露出家国之情和身世之感。这首《西江月》，一方面表现自己淡泊的心志，另一方面也反映了他对现实的不满。

词序中交代了他第二次辞官的经过，从中能感受到他归隐的决心和喜悦心情。"五柳坊中烟翠，百花洲上云红"，是对隐居之所的描写。"五柳坊"和"百花洲"是地名，当中有柳有花，柳以"烟翠"来形容，花以"云红"来渲染，更显柳树翠色如烟，花朵红艳娇美之景。地上柳绿花红，天空中则红云片片，交相辉映。此时，正值夕阳斜下之际，村落里处处余晖笼罩，沉静而美好。

"萧萧白发两衰翁，不与时人同梦"二句，由写景转入写人。"萧萧"原指冷落，此处指头发花白。词人叹息自己年岁已老，更叹息自己被无情的现实所困，蹉跎了青春年华。"两衰翁"，其中之一是词人自己，另一人则是序中所说"辞春陵郡守致仕"的仲舅李公休。"不与时人同梦"，暗指二人辞官归隐，不问世俗之事。"时人"，应当有具体所指，即朝廷中误国的权臣，如秦桧一类反对抗金主张的官员。

"抛掷麟符虎节，徜徉江月林风"，进一步写自己隐居的志向。"麟符"、"虎节"，皆为调兵遣将的信物，一般由君主亲自授予，得到信物的人，表示大受荣宠。然而词人却道出"抛掷"二字，可见他对名利的看淡和放下。"徜徉江月林风"，何等洒脱。此句在景致上和第一、二句暗合。一、二句写暮色，此句则写晚景。江上之月，明朗高洁；林中之风，清新逸气。这两种景物正是词人品行情操的象征。

"世间万事转头空"，"万事"亦如上文"时人"一样，当有确指。此处特指词人所经历的仕途坎坷，"转头空"犹言烟消云散。这句话表现出词人看透权势地位之后的淡泊心境。"个里如如不动"，"个里"意为此中，即心中。"如如不动"是佛家术语，源于《金刚经》，指一种圆融而不凝滞的境界。这句话意在表明词人不论世事如何变动，"我自岿然不动"的大隐之境。

明月逐人来

李持正

星河明淡，春来深浅。红莲正、满城开遍。禁街行乐，暗尘香拂面。皓月随人近远。

天半鳌山，光动凤楼两观。东风静、珠帘不卷。玉辇将归，云外闻弦管。认得宫花影转。

【赏析】

北宋时期，上元节的夜市和赏灯会是都城汴京的一大胜景，隆重无比，热闹非凡，当时许多词人都写过咏上元佳节的词作。李持正这首《明月逐人来》即是其中一首。此词写汴京上元灯节的盛况，曾因其笔意新巧而博得苏轼赞赏。

"星河明淡，春来深浅。"一写天空，一写季候。上元节是农历正月十五日，月亮正圆，所以衬得星河"明淡"难辨；此时又是早春时节，春寒未去，因此春意"深浅"莫测。

交代完自然环境和气候特征之后，词人转而写灯。"红莲正、满城开遍。"出语精巧，"红莲"本指扎成莲花形状的灯，此处一语双关，词人将花灯遍布全城的景象比喻成红莲花满城开遍，极富美感。

"禁街行乐，暗尘香拂面。"这两句写灯会观赏者之众。京城的街道上，挤满了游乐玩赏的人，空气中飘浮着细细扬尘，尘中又夹杂着女子身上的熏香气息，拂面而来。

"皓月随人近远。"此句颇受苏轼激赏。实际上它是从苏味道《正月十五夜》诗中脱出，化用其中"明月逐人来"一句。但"随人近远"显得更细腻婉转，更突显出"皓月"追随行人的多情。

整个上阕，以描写夜空始，描写皓月终，词意回环。词人的视线从天上滑落人间，又从人间回到天上，最终将天上人间勾连起来，既表现出人间的热闹，又为这种热闹添上了脱尘绝俗的一笔，同时也使词境得到拓展。

"天半鳌山，光动凤楼两观。"下阕继续描写灯市的热闹景象，却是从君王的视角写出。皇上坐在高高的御楼上观赏灯景，看到堆叠得极高的鳌山灯景，将汴京的城楼宣德楼和此楼东西两座阙亭照得璀璨辉煌，流光溢彩。

"东风静、珠帘不卷。"这一句描写皇帝观灯时不卷珠帘的情景。皇帝不仅坐在高楼之上，而且还将帘子垂下，隔着帘幕观赏灯会，这自然与一般百姓兴高采烈赏灯的情形不同，显得端整、高雅、神秘。

"玉辇将归，云外闻弦管。"赏灯之后，皇帝乘玉辇回宫，这时，高楼上的乐师吹奏管弦，丝竹弦乐之声，高亢辽远，丝丝入扣，仿佛从云外传入耳中。"认得宫花影转"，描述臣子跟随皇帝回去的景象。"宫花"是指臣子帽上的簪花。在上元灯会中的灯光之下，这些宫花的花影跟随着大臣们的脚步而转动，一时间光影流转，华丽如锦绣。此处极言玉辇归去时的场面之盛。

与诸多借上元灯节抒发羁旅、离愁、家国之恨的词作不同，李持正此词专写习俗风物，其中关于北宋汴京元宵节风俗的描写，很有史料参考价值。

人月圆

李持正

小桃枝上春风早，初试薄罗衣。年年乐事，华灯竞处，人月圆时。
禁街箫鼓，寒轻夜永，纤手重携。更阑人散，千门笑语，声在帘帏。

【赏析】

北宋灭亡之后，很多南渡词人都写有回忆北宋都城汴京上元佳节盛况的词作，如向子諲《鹧鸪天》（紫禁烟花一万重），李清照《永遇乐》（落日熔金）等。他们站在回忆的角度写往昔盛景，往往会生出今不如昔、家国沦丧的痛感。而李持正的这首《人月圆》，则写于北宋未亡之时，故而对当时的繁盛热闹场景进行了生动直观的反映，再现了一幅北宋盛世图景。将此词与南渡词人的词进行对照，便能感受到盛衰之变带给人的影响。

"小桃枝上春风早，初试薄罗衣。"开篇二句点明时令和人对春意的感受。写上元节的词作中常出现"小桃"这一景物，因小桃是在上元前后开花，所以常被用来引出上元这一时节。小桃花开，风中已有了春日的暖意，因此词人初试春衫，一个"薄"字，点出轻快之意。

"年年乐事，华灯竞处，人月圆时。"这三句是对上元之夜概括性的描写，表现出词人逢此乐事时喜悦开怀的心情。圆月当空朗照，华灯争相斗艳，将整个京城装点得极为璀璨辉煌，街市上游人如织，在这热闹的气氛之中，又开始了一年一度的上元乐事。"人月圆"三字，暗含团圆之意，正符合上元佳节月圆人聚的美好寓意。

"禁街箫鼓，寒轻夜永，纤手重携。"上阕通过描绘灯市的情景，从视觉入手，极言元宵之盛。下阕开端却通过描写箫鼓沸腾，从听觉角度来突出上元节的热闹。就在这样醉人的环境里，词人与他所爱恋的美人重逢，携手漫游欢闹的人群里，享受美满的良宵。

"更阑人散，千门笑语，声在帘帏。"前一句说"人散"，似乎意味着夜已阑珊，欢乐也已落下帷幕，但后两句却写笑声从街头巷尾转移到了帘帏之内，其中自然也包括他与情人相聚的欢笑，如此一来，上元佳节的欢畅热闹不仅没有结束，反而被推向了另一个高潮。

浪淘沙

幼卿

目送楚云空，前事无踪。漫留遗恨锁眉峰。自是荷花开较晚，孤负东风。

客馆叹飘蓬，聚散匆匆。扬鞭那忍骤花骢。望断斜阳人不见，满袖啼红。

【赏析】

与一般借女子之口倾诉衷肠的文人词不同，这首《浪淘沙》因出自女子之手，且写的是作者少女时期一段终成遗恨的初恋，所以显得格外真挚沉婉。

据说，幼卿小时候与表兄感情很好，成年后，表兄曾来提亲，但幼卿父母以他未得功名为由拒绝，让女儿另嫁他人。此词即写她婚后和表兄在驿馆偶遇，随即匆匆而别的事，表达了她心中巨大的遗恨和痛苦。

"目送楚云空，前事无踪"，开篇即点出"前事"，说明作者与表兄的重逢，牵动了她的情思，引起了她对往事的回忆。当时她与表兄青梅竹马，两小无猜，说不尽的美好安宁。但"无踪"二字，又立刻将思绪拉回现实：她还来不及与他诉说相思，他便纵马远去，她只能茫然目送浮云渐渐飘散。回想往日的亲密，对比今日的隔绝，作者心中苦楚可想而知。

"漫留遗恨锁眉峰"，"遗恨"二字，直抒心怀。让女子黯然锁住眉峰的是关于过往欢乐的记忆，同时也是自己嫁作他人妇，不能与表兄厮守的事实。因此，自然生发出下一句感叹："自是荷花开较晚，孤负东风！"这句话的意思是说：荷花不肯在春天开放，而非要等到夏季才开，辜负了东风对它的一片深情，现在当然只能留下满腔"遗恨"。

作者以荷花自喻，暗恨自己辜负了表兄一片心意。当然，因为当时的女子需要遵从父母之命，无法自主选择婚姻，所以导致这场初恋无果的真正原因是幼卿父母。但她不可能直言自己对父母的怨责，所以只好以隐喻的手法来表达。

"客馆叹飘蓬，聚散匆匆"，这两句承接上阕所述，慨叹人生的"飘蓬"和聚散离合的"匆匆"。正因为"飘蓬"，所以两个人多年没有见面；也正因为"飘蓬"，所以竟不经意间在驿馆相遇了。然而，乍相见却转眼相别，聚也匆匆，散也匆匆，徒然在她心底掀起波澜，又突然留下憾恨。

"扬鞭那忍骤花骢"，是词句中最能打动人心的一幕。据《能改斋漫录》记载，宋徽宗宣和年间，有人题词于陕府驿壁云："幼卿少与表兄同砚席，雅有文字之好。未笄，兄欲缔姻。父母以兄未禄，难其请，遂适武弁公。明年，兄登甲科，职教洮房（今甘肃省临潭县），而良人统兵陕右，相与邂逅于此。兄鞭马，略不相顾，岂前憾未平耶？因作《浪淘沙》以寄情云。"

由此可见，"扬鞭"一句与"兄鞭马"这个细节相符，"略不相顾"，"前憾未平"这两句表现出幼卿表兄的心理状态。词中云"那忍"，是女子的怨语。她怪他不肯看她一眼就匆匆扬鞭而去，无情至极。但她心中其实很清楚，他对她怨恨未息，所以才狠鞭马儿，一方面是发泄心中怨气，另一方面则是催马儿快跑。可见，表兄并未对她忘情。唯其如此，她才更加心碎神伤。他们明明相爱却不能在一起，此次一别，不知何时才能再见，也不知能不能再见。退一步讲，即使再见了，也不过是重复着匆匆的聚散。此情此景，真令她难以自持了。

"望断斜阳人不见，满袖啼红"，末句与首句"目送楚云空"相照应，写她痴痴看着表兄的身影远去，消失在如血残阳中。"满袖啼红"不仅指女子此刻的情不自禁、潸然泪下，更包含了她今后的人生中不尽的思念与怅恨。这种感情或许一生都不会消失，所以，它所带来的遗憾和痛苦也将永远绵绵不绝。作者将自己亲身经历的婚姻和爱情悲剧娓娓写来，不作雕饰，而胜在真切，因此自能深入人心。

减字木兰花

蒋兴祖女

题雄州驿

朝云横度，辘辘车声如水去。白草黄沙，月照孤村三两家。
飞鸿过也，万结愁肠无昼夜。渐近燕山，回首乡关归路难。

【赏析】

靖康初年，蒋兴祖知开封阳武县（今河南省原阳县）。金兵侵犯京师时，从阳武取道，当时有人劝蒋兴祖逃走，他严词拒绝，道："吾世受国恩，当死于是。"后来他在抗金过程中战死，其女被金人掳走，途中题字于雄州（今河北雄县）驿中，讲述事情始末，并作《减字木兰花》词。

北宋灭亡之际，受山河沦亡、家国之痛的驱使，出现了一大批爱国词人，其中包括不少亲历变故的女词人，蒋兴祖女即其中一位。她们以女性特有的细腻敏感，写下一批表现战乱惨状、家国之哀的作品，具有鲜明的时代意义和历史价值。

这首《减字木兰花》写"回首乡关"的凄凉和哀痛，表现出一种沉痛的爱国情怀。因词作写于国破家亡的时刻，词人被掳走的途中，所以词中所描绘的画面极有现场感。

"朝云横度，辘辘车声如水去。"开篇即将金人掳掠大量妇女的情景表现出来。广袤苍凉的天空中，朝云在寒风中翻滚着。萧索的茫茫大地上，金兵驱赶着掳掠的妇女，迤逦而行。"辘辘"是对车轮之声的形容，"如水"则是对整个车队的描写。车马前行，恰似水流一般，没有尽头。这一路的车声，听在被掳妇女的耳中，只感觉到无止无尽的绝望。因此词人以"如水"来形容，其中也暗含有饮泣的意思。

"白草黄沙，月照孤村三两家"，是对沿途所见景象的描述。"月照"与上文"朝云"相照应，暗示时间的推移。一路行来，沿途的故土都已被金兵占领，目之所见，唯有一片黄沙，茫茫白草，孤村之中，只剩三两户人家，满目荒凉凄清。词人既忧戚于自身命运，又为家国之惨象而悲痛，两者实为一体。因此"飞鸿过也，万结愁肠无昼夜"的感叹就显得合情合理。

词人随车队一路北行，大雁却一路南飞，这一景象触动了她对自己失去自由之处境的"万结愁肠"，这四个字正是词人抒怀的核心。"无昼夜"说明她的"愁肠"并非一时半刻存在，而是不分昼夜地折磨着她。在这种折磨煎熬之下，词人道出的话语却只有平淡的一句"渐近燕山，回首乡关归路难"。

结笔处，收敛了上文流露出的愁苦心绪，文字变得平实朴素，但感情却更显真切。燕山，即燕山府（今北京市）。早在靖康之变以前，同知燕山府郭药师就已投降金国，使燕山成为金人的后方重镇。词人眼见车队即将到达燕山，知晓自己将沦为奴隶，从此以后回首故国，就再难归去了。这一句话中，蕴涵着深沉的家国之痛。正因为家国沦亡，她才会落入此种境地；也正因为国破家亡，她才无法再得自由。因此，末句对"乡关"的"回首"，饱含着她对故土的留恋，以及对家国命运的忧心。

忆王孙

李重元

春词

萋萋芳草忆王孙。柳外高楼空断魂。杜宇声声不忍闻。欲黄昏。雨打梨花深闭门。

【赏析】

由词中"芳草"、"柳"、"高楼"、"杜宇"、"黄昏"、"梨花"等意象来看，李重元这首《忆王孙》的确如词题所言一样，是一首描写春景、抒发春愁的词。无论词的主题还是他在词中所用意象，都是诗词中既老套，也常写常新的题材。但词人显然并不追求在前人基础上翻出新意，相反，他所选取的意象偏偏都是前人吟咏过无数遍的，如"萋萋芳草"，早在《楚辞·招隐士》中就出现过，后世诗词也用它来表达春愁和相思。"柳"这一意象也是如此，从《诗经》中的"杨柳依依"开始，就一直是送别和离愁的象征。

不过，这也正是此词的成功之处。因为，这些意象经过历代的积淀，早已成为具备丰富底蕴的文化符号，即使不着一字，也能让读者自行展开联想。而且，词人将这些意象巧妙地组合在一首词中，使它们相互生发，浑然交融，不见一点拼凑痕迹。

"萋萋芳草忆王孙"，开篇描绘了一个广阔的画面，平野上春草长得极盛，极目远眺之下，看不到思念的人，只看到芳草绵延直至天际，无端牵动人的愁思。"忆王孙"三字则直接点明相忆主题。这一句将春景与春愁结合起来写，造成一种情与景皆杳远渺茫的效果。

"柳外高楼空断魂"，将视线从地平线上收回，转至田间路头杨柳、柳外高楼。可见前一句的景色是主人公斜倚高楼所见。"空断魂"是对主人公心境的直接刻画。之所以断魂，或许是因为见柳而怀想起送别时刻，心魂欲折；或许是见到一望无际的春草而生起的愁苦心绪所致；又或者单单是倚楼这一举动所带来的伤感落寞。

"杜宇声声不忍闻"，就在这时，主人公听到杜鹃哀凄的叫声，这是从听觉上来渲染愁情。"欲黄昏。雨打梨花深闭门"，末尾二句点出"黄昏"这一时间，暗示主人公在高楼之上倚栏远望之久。接下来，场景从"高楼"转变至深院闺门。紧闭的院门，锁住了主人公的寂寞和凄清。

"雨打梨花"四字，从视觉上来看，是一枝梨花带雨，暗示闺中女子因思念泪湿红袖的模样；从听觉上来说，黄昏之后的雨滴，在深闺里的人听来，声声凄冷惊心；从雨所造成的后果来看，春雨之后，残花满地，既加重春愁，又暗示闺中人在思念中徒然煎熬，年华倏忽而逝的愁恨。

随着场景的变化、时间的推移，词情也层层叠加，愈推愈烈，愈积愈浓。这首词构思精巧，不以新奇取胜，也不靠辞藻的雕饰夺人眼球，却自有一段天然风韵。

小重山

吴淑姬

谢了荼蘼春事休。无多花片子，缀枝头。庭槐影碎被风揉。莺虽老，声尚带娇羞。

独自倚妆楼。一川烟草浪，衬云浮。不如归去下帘钩。心儿小，难着许多愁。

【赏析】

南宋黄昇曾评论吴淑姬的词："淑姬女流中黠慧者，有词五卷，佳处不减李易安。"这首《小重山》，很符合这一评价。此词抒发闺怨离愁，题材常见，写作手法上却处处翻新，将一个独守闺房的女子对远方情人的思念摹写得丰富细致。

词从庭院景致写起，再写女子登楼远望，将女子对青春将逝的哀叹，与对远人归来无望的愁苦结合起来进行叙述，较一般闺情词，对女子心理的描写要更为深入一些。

"谢了荼蘼春事休。无多花片子，缀枝头"，开篇写暮春之景。飞红、落絮，这是诗词中写暮春景色时常用的意象。此处吴淑姬便写落花，但她不写凋谢在地的落红，而写枝头上尚且残存的花，这样一来，便脱出了前人窠臼。先言"春事休"，表示春天确实过去了，但后句却又写"花缀枝头"，表明春天还未完全逝去，这样不仅使笔致显得摇曳，而且将春意将逝未逝的景色细致表现出来，同时也流露出惜春之意。

"庭槐影碎被风揉"，前人写暮春，多写风雨无情，此处写风，却用了一个"揉"字。风拂过槐树，使浓重的槐影变得细碎，这种描写很能见出女子特有的细腻心思。"莺虽老，声尚带娇羞"，写莺声虽老犹娇，这符合前文对时节将去未去的描写，同时也暗示女主人公年华的将逝未逝。此时的她虽不如少女时期那样明艳，但仍有娇羞的面容和神态。然而，毕竟已"谢了荼蘼春事休"，枝头残留的花瓣也终将凋谢，正如春色无计可留一样，青春的逝去也是无法挽回的。这种感慨直接引出了下阕的怀人。

"独自倚妆楼"为抒写相思设置了场景，并点出女子见春而生愁之后的行动。"一川烟草浪，衬云浮"两句，写女子倚楼所见。无边烟草，仿佛与浮动的白云一起延伸至天际。写烟草如"浪"，突出了风吹草摇的动态感。李煜有"离恨恰如春草，更行更远还生"的名句，将人的离恨随春草蔓延的情态写得极为入神。吴淑姬此句与李煜词境相似，都是用滚滚草浪比喻连绵不绝的愁思。

"不如归去下帘钩"，女子放下帘钩，想要遮挡住视线，不去看那连天的草浪。"不如"是难堪承受之后的无奈之举。这是从侧面写愁思深广。"心儿小，难着许多愁"，直言愁情。离愁如无边烟草，但"心儿"却很小，容纳不下，这就将"愁"的程度再度加深了。

鹧鸪天

聂胜琼

寄李之问

玉惨花愁出凤城。莲花楼下柳青青。尊前一唱《阳关》后，别个人人第五程。

寻好梦，梦难成。况谁知我此时情。枕前泪共帘前雨，隔个窗儿滴到明。

【赏析】

宋朝的歌伎，能得到美满归宿的人极少，聂胜琼不仅从良，而且成了士人李之问的小妾，这对于歌伎来说，已是很好的结局了。据《青泥莲花记》载，当时李之问与聂胜琼交往，李离开汴京后，聂作《鹧鸪天》词寄给他，后来被李之问的妻子看见，李妻因"喜其语句清健"，便亲自"出妆奁资夫取归"，足见此词的艺术魅力。

"玉惨花愁出凤城"，起句先写送别。"出凤城"是指李之问离开汴京的事。作者用"玉"与"花"比喻自己，用"惨"与"愁"来形容别离使她痛苦憔悴的情形，表现出她对李之问的深挚情意。

"莲花楼下柳青青"，"莲花楼"暗指楼中饯别，当时，楼下柳色青青，暗合离别氛围，牵动着作者的愁思。"尊前一唱《阳关》后，别个人人第五程"，"阳关曲"是当时流行的送别曲，源自唐代王维的诗《送元二使安西》："渭城朝雨浥轻尘，客舍青青柳色新。劝君更尽一杯酒，西出阳关无故人。"唱完这曲离别歌之后，眼前的人就要走了，"别个人人"是指送别那个人。之所以称"第五程"，是因为路程极其遥远，不止一程，而是有五程之远，极言离别情苦。

"寻好梦，梦难成"两句，写别后思念。既已与他别离，难以相见，便希望能在梦里追寻，谁知好梦难成。这一句暗示作者因相思彻夜难眠，末两句"枕前泪共帘前雨，隔个窗儿滴到明"，则揭示了难以入眠、难以成梦的客观原因。"况谁知我此时情"一句，直抒愁怀，将自己因夜雨滴阶的声音而倍觉孤凄的情状以幽怨的口吻诉出。室内的泪与室外的雨同时道来，使词境显得浑融深沉，更突出了人因离愁而苦的真挚情怀。

好事近

胡铨

富贵本无心，何事故乡轻别？空使猿惊鹤怨，误薜萝秋月。

囊锥刚要出头来，不道甚时节！欲驾巾车归去，有豺狼当辙！

【赏析】

南宋绍兴八年（公元1138年），词人因上书反对议和而遭到秦桧等人的迫害，被冠以"狂妄凶悖，鼓众劫持"的罪名，此后十年间先后徙配照州、新州等地。当时，士大夫们惧于秦桧的势力，多"畏罪箝口"，避于山林之间，而胡铨则不畏强暴，即使遭受迫害也不改气节，这首极具讥诮、讽刺意味的词作写于词人流放新州期间，充分表现了他强硬的个性。

"富贵本无心，何事故乡轻别"，词人自述他原本无心于富贵功名，不知为何竟离开家乡走上官场这条道路。"轻"乃轻率、任性的意思，包含着深切的自责和懊恼。

"空使猿惊鹤怨，误薜萝秋月"，词人弃家出仕，错过了薜萝秋月的山中美景，连猿、鹤也为他惊忧、怨怒。"猿惊鹤怨"借用了《北山移文》中的典故：南齐年间，原本隐居北山的周颙本，后来应召出仕，孔稚珪因而作《北山移文》，以山中草木兽禽的口吻责备他："帐空兮兮鹤怨，山人去兮晓猿惊。""薜萝"常沿山野林木或屋壁攀附而生，多用来指代隐者或高洁之士的居所。

"囊锥刚要出头来，不道甚时节"一句，词人以囊锥自喻，嘲讽自己看不清时势，在这种世道下居然硬要出头。"囊锥出头"在这里化用毛遂自荐的典故，此处指的却是十年前词人上书指斥秦桧之事。此句的感情全都维系在"刚"与"不道"上面。按照张相在《诗词曲语辞汇释》中的解释，"刚"是刚硬、直白的意思，"不道"的意思则是不想、不甚了解。词人当年正值年轻气盛、无所顾忌的年纪，因为不顾世道黑暗、抨击权贵，才落得如此下场。

"欲驾巾车归去，有豺狼当辙"，词人满怀悔恨，想如陶渊明那样"或命巾车，或掉孤舟"，不问世事，归隐田间，然而词人悲哀地发现，路上有豺狼当道，令自己想归而不得。"豺狼当辙"，也即豺狼当道，语出《东观汉纪·张纲传》："豺狼当道，安问狐狸"，"豺狼"在这里指首恶、权奸，词人以此比喻高居相位、把持朝政的秦桧，揭露了其党同伐异、迫害忠良的丑恶嘴脸。

这首词上阕展示了词人对出仕为官的懊恼以及对山中归隐生活的向往，再联系诗人被流放至南蛮荒夷之地的经历，读者或许会以为这是一首自伤身世、遥念家乡的作品。然而词人的感情不限于此，他表面上以埋怨、自责的口吻表达自己的悔恨，实际上却是在表达自己"宁赴东海而死"，也不愿"处小朝廷求活"的气节。

词人作此词后不久，一位官员认为其中文词过于讥讽，将词作收缴，一同交给当时的当道佞臣秦桧。秦桧读后大怒，当即命人把胡铨贬到吉阳军（今海南省崖县）。但是，奸臣的迫害越是残酷无情，作者的无畏与忠贞也就越是令人钦佩，难怪后来朱熹会十分欣赏胡铨，说"如胡邦衡（邦衡，胡铨字）之类，是怎样有气魄！做出那文字是甚豪壮"。

满江红

岳飞

怒发冲冠①，凭栏处、潇潇②雨歇。抬望眼，仰天长啸③，壮怀激烈。三十功名尘与土④，八千里路云和月⑤。莫等闲⑥、白了少年头，空悲切。

靖康耻⑦，犹未雪。臣子恨，何时灭！驾长车，踏破贺兰山⑧缺。壮志饥餐胡虏肉，笑谈渴饮匈奴血。待从头收拾旧山河，朝天阙⑨。

【注释】

①怒发冲冠：形容愤怒至极。②潇潇：形容雨势急而大。③长啸：大声呼喊。④三十功名尘与土：而立之年，建立了一些微不足道的功名。⑤八千里路云和月：形容自身南征北战的艰苦过程。⑥等闲：轻易，随随便便。⑦靖康耻：靖康之变。宋钦宗靖康二年（公元1127年），金兵攻陷汴京，虏走徽、钦二帝。⑧贺兰山：贺兰山脉位于宁夏回族自治区与内蒙古自治区交界处。⑨朝天阙：朝见皇帝。天阙，本指宫殿前的楼观，此处代指皇帝生活的地方。

【赏析】

在岳飞所有的词作中，这是最为世人熟识的一首，笔力雄厚，情感激荡，其中流露的抗敌御侮的决心和浓厚深沉的爱国情感，千百年来感染、激励无数中华儿女的爱国情怀。

开篇三句，人物形象鲜明，十分具有镜头感。潇潇秋雨初霁时，主人公怒发冲冠，独上高楼。此句用意隐晦，虽不明言词人究竟怒从何来，却借蔺相如的典故将其点化出来。战国时蔺相如因为赵国受到秦王的欺侮怒不可遏，而如今词人自己的郁闷难解也正是因为相似的境遇。

"抬望眼，仰天长啸，壮怀激烈"，词人独倚高楼，俯仰之间，乾坤六合尽入眼底，因而心旌摇动，情思动荡，禁不住仰天长啸，抒发自己的英雄壮怀，给人以"力拔山兮气盖世"的磅礴大气。

"三十功名尘与土，八千里路云和月"，短短十四个字，以极工整的对偶写出了岳飞将军戎马半生感慨：三十年间，逐名追利，谋建功勋，不过如飞扬的尘土般不堪一提；八千里路，奔波疆场，驱驰胡虏，幸有云月与人为伴。词人征战半生，功名卓著，绝"尘与土"可以比拟形容，词人之所以如此说，是为下文将要叙说的内容作铺垫。

"莫等闲、白了少年头，空悲切"，此句是历来为人称颂，词人似乎是在勉励他人，又像是在勉励自己：人生短促，如白云苍狗，三十年华已去，唯有珍惜余下时光，才能使自己不在白发暮年空留悲切。

从"靖康耻"到"何时灭"几句紧承上文而来，点明词人心中郁结所在：靖康之耻犹未雪灭，被掳走的徽钦二帝也尚未迎回，臣子心中自然抱恨无穷。也正因如此，词人才会在上阕故作勉励语。这两句音节短促，读来铿锵有力，可以想见词人作此语时激愤难平、目眦欲裂的情态。

"驾长车"以下两句，作者豪情迸发，誓言终有一日要踏平贺兰山脉，直捣黄龙，啗胡人的肉，饮匈奴之血。"饥餐"、"渴饮"一句，气势充沛，酣畅之极，表现了将军对胡虏逆贼的刻骨仇恨，而将军亲驾战车、左右厮杀的身影也凛凛若神明般摄入人魄。

最后三句，诗人目及北方，眼见山河异姓，残破凋零，乃发下豪愿，待重新整理山河后必协同中原父老齐来朝拜天子。此句读来令人心神鼓舞，其中蕴涵的胸襟胆识令闻者无不为之动容激荡。

然而，岳飞发未及白，金兵已自陷于困境，宋军本有机会一举灭掉金人军队。然而由于小人奸计，宋朝不战而降，岳飞也被以"莫须有"的罪名处死于风波亭。一代名将，就此陨落，千载以来，犹有余悲。

小重山

岳飞

昨夜寒蛩不住鸣。惊回千里梦，已三更。起来独自绕阶行。人悄悄，帘外月胧明。白首为功名。旧山松竹老，阻归程。欲将心事付瑶琴。知音少，弦断有谁听？

【赏析】

岳飞流传下来的词作虽然不多，但大都充满了爱国热情。这首《小重山》，是作者有感于抗金将领之间钩心斗角、相互猜忌的现实而作，满含深沉的知音难觅的伤感。

词的上阕写作者幽思深远的情状，化用了阮籍《咏怀》诗中"夜中不能寐，起坐弹鸣琴"的意境。

"昨夜寒蛩不住鸣"写景：夜半时分，寒气逼人，蟋蟀鸣叫的声音从窗外不停地传来。词人运用以动衬静的手法，"寒蛩"鸣叫之声越是响亮、持久，越显得夜色深沉、寂寥。

夜已三更，本已入睡的词人为蟋蟀声所扰，从梦境中惊醒过来。"千里"二字点出词人梦境的内容：词人虽身在此地，但梦境中却已飞越千里，在抗金前线与敌人奋力厮杀，词人深切的爱国情、深重的忧思可见一斑。

也因此词人惊醒后再无法入睡，"起来独自绕阶行"，希望借此排遣心中的愁绪。"绕"字运用得十分传神，词人一遍遍在台阶上来回行走的行为暴露了他虽然焦灼于现实却又无计可施的困境。"人悄悄，帘外月胧明"的凄清环境更突出了词人的寂寥，在这夜深人静的时刻陪伴词人的只有帘外那几抹朦胧的月光。

词的下阕写词人收复失地受阻，而心事又无人理解的苦闷，点出了忧思深重的原因。

"白首为功名。旧山松竹老，阻归程"，年岁已逝，空生白发，不仅功业无成，回乡的路途也迟迟不能开始，词人心中自是忧愁。"功名"在此处指抗金收复大业，而"阻归程"表面是指归家路上的山高水险、松竹丛生，实际却是因为赵构和秦桧等人贪生怕死、卖国求荣，对抗金之事百般阻挠，词人在此处隐晦地表达了他对当权者的不满。

从"欲将心事付瑶琴"至词尾，词人借用伯牙、子期二人的典故，表明自己虽然也想如俞伯牙那样借瑶琴声传达自己的心意，但却苦于没有子期那样的知音，纵使拨断琴弦，也无人能听懂自己的心声。

相比《满江红·怒发冲冠》的斗志昂扬、激越高亢，这首词表达的情绪更为低沉哀婉，在艺术手法上也多用曲笔，营造出一种深婉的词境。

满江红

岳飞

遥望中原，荒烟外、许多城郭。想当年，花遮柳护，凤楼龙阁。万岁山前珠翠绕，蓬壶殿里笙歌作。到而今、铁骑满效畿，风尘恶。

兵安在？膏锋锷。民安在？填沟壑。叹江山如故，千村寥落。何日请缨提锐旅，一鞭直渡清河洛。却归来、再续汉阳游，骑黄鹤。

【赏析】

绍兴四年（公元 1134 年），岳飞奉命带兵收复襄阳六州，作者北望中原，眼见山河凋敝，百姓生活于水深火热中，有感而发，写作此词，表明自己收复失地、恢复中原的决心。

岳飞此作在艺术手法上最大的特点是句式散文化，词的表现容量扩大，使其由专注于抒情转向叙事与议论。除此之外，层次分明也是这首词的特点之一。

上阕中，词人以今昔对比的形式分别展现眼前和记忆中的两幅画面，将金人的罪恶暴露无遗。原本花遮柳护、珠翠萦绕的汴都在金兵的蹂躏下早已退去繁华，遍地荒芜，而铁骑横行城中，引得人人自危。万岁山即艮岳，是徽宗政和七年征集民夫积土建成的一座假山，假山绵延数十里，内建有众多构思精巧的楼台池苑（词中提到的蓬壶即是其中之一），宋徽宗同时命人搜集了大量奇花异石置于其中，专供皇室游玩。"珠翠"、"笙歌"、"凤楼龙阁"，作者在此处铺砌了大量华词美藻，极力渲染了汴京遭劫前的歌舞升平和繁华绮丽，也由此衬托出金人统治下的荒凉、冷落。

下阕起自"兵安在"，终于"千村寥落"，词人眼见中原沦落于异族之手，禁不住升起疑问：大宋的军队和子民现在都去了哪里？答案是令人伤悲的，战士们早就因为连年不止的战争死在了兵锋之下，而百姓们无辜受难，死后被随便填埋在沟壑中。词人眼见江北遭铁蹄践踏，山河依旧却民不聊生，千村万户，一片寥落。

于是词人发出"请缨提锐旅"的呼吁，表示自己愿主动请缨，带领精兵，渡过黄河，一举肃清逆贼。"何日"将作者渴望早日恢复河山、拯救黎民于水火的迫切心情展露无遗，"一鞭直渡"在这里化用了《晋书·苻坚载记》中"投鞭断流"的典故，显示出词人对敌人的轻蔑、对战争必胜的信心。

最后，作者乐观地为我们描绘了一幅胜利后的画面：等到得胜归来日，将军一定会重游汉阳，再登黄鹤楼，只不过到那时，心情会大不一样，那种轻松愉悦的感受恐怕只有骑鹤飞升的神仙们才能体会。"骑黄鹤"三字在此处一语双关，即是实指登临黄鹤楼，也指乘鹤化仙的传说。

就结构而言，这首词以时间的演进为叙述线索，从"想当年"、"到而今"到"何日"再到"待归来"，层层递进，严谨有序。而就语言风格及思想内容来说，这是一首典型的豪放词，语言简约明快，感情激荡豪放，词人的爱国情意血脉贲张。

青玉案

黄公度

邻鸡不管离怀苦，又还是、催人去。回首高城音信阻。霜桥月馆，水村烟市，总是思君处。

裛①残别袖燕支雨，谩留得、愁千缕。欲倩归鸿分付与。鸿飞不住，倚阑无语，独立长天暮。

【注释】

①裛（yì）：沾湿的意思。

【赏析】

在南宋朝廷的主战派赵鼎与主和派秦桧的斗争中，黄公度与赵鼎关系要好，同时也遭到秦桧忌恨。黄公度泉州幕满后，被召赴临安上任，他本不愿去，但迫于君命而不得不去，这首词就是词人赶赴临安上职的途中所作。

因为词人并不愿自己去临安（当时的都城）那政治斗争险恶的地方，所以清晨听到邻家鸡叫，就像受人催促一般，感到十分厌烦。开篇的"邻鸡不管离怀苦，又还是、催人去"，表面上看起来是词人在责怪晨鸡不懂离人的痛苦，实则是在变相地表达词人的不忍。和直接说自己不愿离去的词句相比，这种迂回用笔的写法更具艺术表现力。

当词人启程，欲要回望不愿离开的地方和家人时，却发现"高城音信阻"，如此一去，今后取得联系可谓难矣。"霜桥月馆，水村烟市"为移步换景的写法。随着他继续赶路，沿途的风景不断变化，由开始的霜中、桥与月下之馆，逐渐转换成绕水而建、水雾环绕的村郭。"总是思君处"收尾上阕，暗示词人一路走来，从没有停止过对家中亲人的思念。其不舍、思念，通过景色的变化暗示，以景传情，细腻而婉转，让人感同身受。

下阕径承上阕意脉，将"总是思君处"中的"思"字层层演绎，写异地恋人的两地哀愁。"燕支雨"是女子溶有脂粉的泪水，"裛残别袖燕支雨，谩留得、愁千缕"即是词人回想，佳人送别时敛擦泪的情景。她啼哭着为词人送别，楚楚可怜的模样，让离人更加愁肠百转。

正当他愁绪难以释怀的时候，大雁飞过。古人云："鱼传尺素，飞鸿托书。"北雁南飞，不受"高城"阻隔，词人怀想，欲请鸿雁为南方佳人捎去音信，报个平安。怎奈"鸿雁不住"，自顾自地飞去，一点儿都不懂斯人情意。其实，词人责备"鸿飞不住"，不过是借责备飞鸿来释放心中怨意。

鸿雁无情，词人只得倚栏无语，"独立长天暮"，沉浸在思念中默默无言，望着眼前的天色慢慢变暗。景语作结，把词人深沉的思量寄寓景中，含而不露，意味深长。

整首词很好地运用了比兴寄托的手法，词人清晨时对于邻鸡的不满，其实也暗喻着对于朝廷上秦桧势力的不满，对于邻鸡的责备也流露出词人对于秦桧势力的怨恨。而其后对于鸿雁的责备，也同样出于此理。曲折笔意写来，婉而多讽，尽显风雅遗风，难怪乎陈廷焯赞其"气和音雅，得味外味，人品既高，词理亦胜。"

渔家傲引

洪适

子月水寒风又烈。巨鱼漏网成虚设。圉圉从它归丙穴。谋自拙。空归不管旁人说。

昨夜醉眠西浦月。今宵独钓南溪雪。妻子一船衣百结。长欢悦。不知人世多离别。

【赏析】

《渔家傲引》是洪适专门描写渔家生活的词，以此为题的词共有十二首，每首分咏一月，起自"正月东风初解冻"，终自"腊月行舟冰凿鳞"，合起来便是渔家一年十二个月的生活写照，本词是这组词中的第十一首。

首句点明时序，"子月"（即每年的农历十一月）时分，天寒地坼，北风凛冽，水也是寒冷彻骨。"水寒风又烈"在这里不仅是描写十一月的气候状况、天气特征，更是为下文描写渔人的艰辛生活作铺垫。因为即使在这种严寒的天气中，渔人还是要下水捕鱼，否则便无以为生。

令人悲叹的是，渔人顶风冒寒，等来的却是"巨鱼漏网成虚设"，这样一来，渔家的生活失去了着落。"成虚设"三字，语义双关，一是指网不住巨鱼的渔网形同虚设；二则是说渔民们指望通过捕一条大鱼改善窘迫生活的愿望，也如同"虚设"般无法实现了，也因为此，此三字读来令人心酸。

"圉圉从它归丙穴"一句，写巨鱼逃跑之状，将原本令人失望的事情写得充满情趣。"圉圉"一词，出自《孟子·万章上》"始舍之，圉圉焉；少则洋洋焉，攸然而逝"，表示受困而不得舒展的样子；"丙穴"出自左思《蜀都赋》"嘉鱼出于丙穴"，本是地名，在今陕西略阳县东南，因其处有鱼穴，常常被用来代指巨鱼所生活的深渊。这一句用得最好的是"从"字，写渔人虽心有不甘，却又无计可施，只得无可奈何地任从巨鱼摇头摆尾地游回到海底的深渊。

上阕最后两句主要描写渔人的心理活动，"谋自拙"是渔人对自己的埋怨，辛苦设下的圈套竟然连一条蠢笨的巨鱼都骗不过，只好空手而归。而"空归不管旁人说"则表现了渔人的豁达潇洒，虽然一无所获，却能将旁人的冷嘲热讽置之度外，毫不在意。

可以说，至此大部分文字主要是描写渔人艰辛生活的，词人所流露出的感情是悲悯和同情。而到了下阕，词人的笔锋却突地转向，开始描绘渔人生活中闲适惬意、令人欣羡的一面。

"昨夜醉眠西浦月"与"今宵独钓南溪雪"两句，对仗工整，"昨夜"对"今宵"，"西浦月"对"南溪雪"，时空迅速转换间，词人已将渔人无拘无束、自在惬意的生活展示在了读者面前。

下句"妻子一般衣百结"，以渔人妻儿破烂的穿着暗示他们生活的困窘，而"一般"两字，则表明这是当时渔民家庭生活的普遍状态，而非一家一户的个别写照。可以说，读完此句，联想到渔夫一家数口身着敝衣，在寒风冷月中互相依偎的场景，使人禁不住要为渔家的贫苦生活掬一把泪。

然而，词人意不在此，结尾两句诗人笔锋再转，侧重描写渔家生活虽然清贫，但却和乐融融的场景：他们不知人世间还有离别之事，自然也就可以长相欢悦，永不受离别之苦。"不知"二字，意味深重，暗藏词锋，实际上是在揭露当时的社会现实，像渔家这样"不知人世多离别"的其实是少之又少，人世间最多的正是离别，词人自己就是深知离别，因而才会对渔家生活如此羡慕。

相对于其他描写渔人的诗词而言，洪适的这首词作一反前人替渔人鸣苦的套数，将渔人当作带有避世隐居色彩的高人来写。不管是写其劳作的艰难、生活的困苦，还是随缘自适的豁达、天伦共享的欢乐，都十分切合渔人的身份。

霜天晓角

韩元吉

题采石蛾眉亭①

倚天②绝壁，直下江千尺。天际两蛾凝黛③，愁与恨④，几时极⑤！
暮潮风正急，酒阑闻塞笛⑥。试问谪仙⑦何处？青山外，远烟碧。

【注释】

①采石蛾眉亭：采石矶，安徽当涂西北牛渚山下突出于江中处。蛾眉亭建立在绝壁上。②倚天：一作"倚空"。③两蛾凝黛：这里词人是把长江两岸对峙的梁山比作美人的眉毛。④愁与恨：古美人的蛾眉在古代文人的笔下往往是含愁凝恨的样子。⑤极：穷尽，消失。⑥塞笛：戍边军队里吹奏的笛声。当时采石矶就是边防的军事重镇，虞允文曾在这个地方大败金兵。⑦谪仙：唐代浪漫主义诗人李白。晚年的李白住于当涂，并且死在这里。

【赏析】

据《京口唱和序》记载，韩元吉这首词可能作于隆兴二年（公元1164年）十一月他赴镇江途中经过采石矶时。表面上看，词人在吟咏山水，但联系此词写作的政治背景，就可以发现文字背后隐藏的作者对时局的深深感慨。

隆兴二年（公元1164年）十月，金人分兵渡过淮水，十一月侵入楚州、濠州、滁州，南宋朝野震动，上下一片求和声。但韩元吉反对议和，主张北伐抗金，不满于当时朝廷抵抗不力、节节败退，以至于割地求和的局面。

起句"倚天绝壁，直下江千尺"，大气磅礴，气势非凡。词人立于采石矶底，抬头仰视，只见悬崖峭壁，耸入云端，仿佛倚天而立一般。接下来，词人移动脚步，登上矶顶的蛾眉亭，纵目俯视，只觉千尺峭壁，飞悬而下，直入江渚。词人虽未明言，但视角转换极快，给人以雄奇壮阔、目眩神迷的感觉。

之后词人的目光移向远处，看到东、西两座天门山夹江而立，宛如"天际两蛾凝黛"。词人把它比作眉头微蹙、柳眉不展的美女，仿佛山峰含着无限忧愁。词人在这里运用了寓情于景的手法，远水含愁、近水带忧，所忧所愁，皆是诗人情感的外化。

"暮潮风正急，酒阑闻塞笛"，薄暮时分，风起潮涌，相互作势，风浪滔天；词人酒兴阑珊，隐约听到了若有若无的羌笛奏鸣声。"暮"字一则点明时间，二则暗示作者心境的苍凉。这一句的描写虚实兼备，风急潮涌，它既是词人眼前所见的实景，同时也是其心中悲愤苍凉的情感翻腾涌动的写照。而"塞笛"的声音，正表明词人的思绪早已跨山越水，飞到了抗金战场的前线。

"试问谪仙何处？青山外，远烟碧"，作者身处采石矶，很自然地想起了曾为此地写下不少名篇的"谪仙"李白。只不过，诗人早已经化作了青山之上缥缈的碧烟。此处，词人之所以对谪仙心生怀念，除了其无人能及的诗情文采之外，更是因为他与词人十分相似的经历：胸怀经纬，却无处施展。

韩元吉此作，艺术成就极高，元代吴师道将其评为历代题咏采石矶蛾眉亭词作中最为出色的一篇。此词词情含蕴不尽，在表现词人对山河美景热爱的同时，也含蓄委婉地将诗人的郁结、不平之气表现出来。

减字木兰花

朱淑真

春怨

独行独坐，独倡独酬还独卧。伫立伤神，无奈轻寒著摸人。

此情谁见，泪洗残妆无一半。愁病相仍，剔尽寒灯梦不成。

【赏析】

前人言"诗词者，物之不得其平而鸣者也"，朱淑真的词正是以低沉的格调表达出对社会的控诉，对生命意义的追求。

朱淑真的这首词有"独行独坐，独倡独酬还独卧"这样的妙语。五个"独"字连用，把一个孤苦伶仃、无依无靠的形象生动地展现出来。"行"、"坐"、"倡"、"酬"、"卧"，五个动词几近词人的所有生活动作，孤独寂寞充斥着词人的整个生活。

词人生活中的每个细节都能触及得到孤独，温暖的春天却使得词人有"轻寒"之感。词人孤独寂寞、空虚无聊，只好独自久久站立，或许回忆过去、或许遥想将来，所忆所想使得词人更加"伤神"。

曾有人说，朱淑真在年轻时和一位男子情投意合，不幸的是他们的结合与传统的婚姻观念相违背，最终生生地被父母拆散了，而她婚后生活又是不幸的。"三从四德、三纲五常"的传统观念，使得本可以获得幸福婚姻的朱淑真陷入极度的痛苦，她的才情与所处的环境格格不入，打碎了词人少女时期"若有知音见采，不辞遍唱阳春"的期许。

"无奈"二字，道尽了词人的无可奈何，同时也揭露出外部环境的残酷无情。"著摸"一词则用了拟人的手法,春风春意本该被词人期待与赞美,却引起了词人一丝"无奈"的惆怅之意。

"此情谁见",既承接上阕,概括出词人孤苦伶仃的生活情态与心境,又自然地引出下阕"泪洗残妆"、"剔尽寒灯"的画面。词人想到自己的伤心处,泪水不由地滚滚而落,以致"残妆无一半"。她本是个爱打扮、爱生活的人,但是如今"此情"没有人能够理解,也没有人可以诉说,亦没有人愿意倾听,只能任由"泪洗残妆"。

愁能伤身,病又生愁。词人因愁生病,又因病生愁,愁病交叠的困扰,才使得原本可以带来暖意的春天,在词人却寒意袭人、心绪烦乱。又因抑郁难平而无法入梦,所以只能在寂寥的夜里独自"剔尽寒灯",把灯芯挑了又挑正是对词人无聊内心的外现。"寒灯"带有孤冷之意,"剔尽"则有无聊之感,"剔尽寒灯"渲染出孤独寂寥、寒气逼人的氛围,同时也暗示出词人内心的孤寂。李煜也有"无奈夜长人不寐,数声和月到帘栊"的名句,但朱淑真此句在细腻程度上更胜一筹。

词题为"春怨",但是词中没有涉及一个"春"字,"轻寒"二字便是本该温暖的春天的变体;亦没有涉及一个"怨"字,"此情谁见"写没有人陪伴、没有人了解、没有人慰藉的处境,暗含怨意。这些都是可触可感的春意、怨意。

菩萨蛮

朱淑真

山亭水榭秋方半,凤帏寂寞无人伴。愁闷一番新,双蛾只旧颦。

起来临绣户,时有疏萤度。多谢月相怜,今宵不忍圆。

【赏析】

古来借月这一意象抒情的作品比比皆是,如张若虚《春江花月夜》:"春江潮水连海平,海上明月共潮生",李煜《虞美人》:"春花秋月何时了?往事知多少",张九龄《望月怀远》:"海上生明月,天涯共此时"。"人有悲欢离合,月有阴晴圆缺,此事古难全"(苏轼的《水调歌头》)是众所周知的道理,朱淑真的这首《菩萨蛮》却一反常情,以谢缺月抒发孤单情怀。

词作伊始,点明时间是"秋方半"。秋季方才过半,距寒冬尚远,正当景色秀美,"山亭水榭"的美景本可以被人赞叹不已,此处却丝毫不见欣喜之情。

词人紧接着解释原因,"凤帏寂寞无人伴"。风光虽好,但是孤身一人,寂寞无聊,无郎陪伴。如此境况,哪里还能有欣赏美景的心情,又怎不教人"愁闷"。"愁闷一番新,双蛾只旧颦"。"旧"的愁闷尚未排解,却又添新愁。如此愁上加愁,是因为此时的词人孤身一人,思念远方人。

看到"山亭水榭"的词人,双眉还是像原先一样蹙着,"旧颦"映射出了她平日里的精神面貌——在平日里原来她同样也是不苟言笑的。多愁善感的她望着"方半"的秋景,平添了新的惆怅。此处"新"与"旧"交相呼应,把一个终日愁眉不展的形象突显于读者眼前。

曾有李白因寂寞而"举杯邀月","花间一壶酒，独酌无相亲，举杯邀明月，对影成三人"（《月下独酌》）。与李白相似，此时的词人由于到了夜晚更觉寂寞难耐，无法安睡，只得"起来临绣户"，期盼思念的人归来。但事与愿违，只见"时有疏萤度"。

伫立在窗边，四周一片黑暗，除了一轮弯月，看到的只有"疏萤"，"疏"字更显孤独，"时有"时无。孤寂像这夜幕一样把词人整个笼罩了起来。"多谢月相怜，今宵不忍圆"是词人的自我安慰。她赋予残月人的感情，用残月"不忍圆"、"相怜"来慰藉自己内心的孤单苦闷。残缺的明月更易招致词人的孤独愁闷，本应予以埋怨，词人却"谢"残月。这种感谢，却越发表现出词人的孤单寂寞。

这首《菩萨蛮》以其细腻的语言、婉转的手法表现个人的内心世界，极具审美价值，尤其是"多谢月相怜，今宵不忍圆"两句，其妙无愧于魏仲恭在《朱淑真断肠诗词序》中的评价：其词"清新婉丽，蓄思含情，能道人意中事，同岂泛泛者所能及"。

生查子

姚宽

郎如陌上尘，妾似堤边絮。相见两悠扬，踪迹无寻处。
酒面扑春风，泪眼零秋雨。过了别离时，还解相思否？

【赏析】

古代民间有"痴心女子负心汉"之说，表现痴心女子在爱情中所处的弱势地位，而在文人雅士的文词中，表现这类题材的作品也不计其数，这首颇具民歌风味的小词就是其中之一。本作词意浅显，词境却饶有别趣。通篇多处设喻，鲜明地喻体形象十分生动地表现了女子浓得化不开的思念。

发端用明喻，把男主人公比作陌上的尘埃，把女主人公比作堤坝边的柳絮。尘埃扬扬，整日漂浮，柳絮随风飘飞，毫无目的，女子把自己和恋人比作这两种事物，暗示他们偶然间相见、相爱，又在转瞬间离别、分道扬镳。从而为下面的"相见两悠扬，踪迹无寻处"埋下伏笔。

尘埃与柳絮在悠扬的飘荡中相遇，分开后两者皆不知道风会把它们吹到哪里，于是再难寻觅彼此踪迹。"两悠扬"既点出相遇的偶然，又表现出二人相遇时的喜悦。"无寻处"是这场爱情最终的结果，而这一切本是冥冥中注定，女子只能为他们曾经相爱却终不能在一起的结局暗自嗟叹。

"酒面扑春风，泪眼零秋雨"用暗喻，罗列出喻体与本体，但并不用任何比喻词，委婉曲折地传达出这样的信息：女子饮过酒的脸色绯红，就好似春风扑面；而她泪眼蒙眬，仿佛点滴秋雨零落眼中。这样的琢句手法在文学理论上称之为"象外句"，能起到使词情含蓄、词境深婉的艺术效果。女子定是因为沉重的思念无法抒发，只得借酒浇愁，才有了"酒面"；而借酒浇愁的结果只得是愁上加愁，所以才会泪眼蒙眬。美丽的意象、轻盈的造句，女方对男方的思念却被表现得无比沉重。

和前三句的比喻手法不同，最后一句类似女子的心迹表白：刚别离的时候，也许双方都会因此而暂时痛苦，但时间久了，女子的思念与日俱增，却不知恋人的心意是否依旧。这种得不到回应问句，毫无顾忌地抒发自己对恋人的思念、对爱情的忠贞，以及她对未来的隐隐担忧，体现出女子内心的矛盾与挣扎。

踏莎行

洪迈

院落深沉，池塘寂静。帘钩卷上梨花影。宝筝拈得雁难寻①，篆香消尽山②空冷。钗凤斜敧，鬓蝉不整，残红立褪慵看镜。杜鹃啼月一声声，等闲又是三春尽。

【注释】

①宝筝拈得雁难寻：是指筝面上承弦的柱，整齐斜列好似大雁列队飞行。②山：这里指屏风上所绘的山峰。

【赏析】

洪迈以词盛名，非常懂得运用曲笔，从侧面、反面表现词旨，而这首描写怀人思妇的词在迂回运笔方面表现得十分明显。为写女子愁苦而写其情态慵懒，为写时光流逝而写春尽落寞，婉转作势，迂回传情，正是情测而益深，究之而益来。

开端三句写女子居住地四周的环境。院落深沉，异常安静；池塘一汪静水，毫无声息；帘幕半卷，花影疏斜。短短三句，句句写静，静得骇人。

"宝筝"两句写思妇的无聊心绪。"宝筝拈得雁难寻"写女子想通过弹筝来抒发心中的郁结，却发现久不弹筝，古筝的音高已经不准。古人称弦柱为"雁柱"，因为它们斜着排列的形状类似南飞雁阵。词人这里所说的"雁难寻"其实就是指雁柱不好调度、古筝音色不好校对的意思。

既然弹筝不成，女主人公败兴，只得冷眼看"篆香消尽山空冷"。篆香慢慢燃尽，屏风上的山好像也在与女子视线相撞的那一刻变冷了。其中的"冷"字含有双关意，既是在说屏风画作的色调偏冷，也是在说女子心境的凄冷。

下阕起笔先写女子妆容，"钗凤斜敧，鬓蝉不整，残红立褪慵看镜"是说她头上凤钗斜挂，蝉鬓凌乱不整，脸上的妆迹斑驳几乎褪尽，而她只是慵懒地照着镜子，好像并没有想要补妆的意愿。其中的"慵"形容其妆容憔悴，已是相思成疾，同时也暗示她心不在焉才致动作缓慢。

末句承应开头，转回写景。但是和开篇的静景相比，这里的景色好像有了生气。杜鹃啼血哀鸣，春意无情流逝。如此来看，所谓的"生气"其实是一种无法挽回的失去，反而更添寂寥。女子看着镜子，正暗自感伤韶华流逝时，窗外传来了杜鹃凄厉的叫声，一声接着一声，没有间断地撞击着她脆弱的心。

虽然词人只交代了女子此时此刻的情态，却能以小见大，让读者想见她一夜又一夜、一年复一年的惆怅，苦苦的煎熬似乎没有了尽头。

水调歌头

袁去华

定王台

雄跨洞庭野，楚望古湘州。何王台殿，危基百尺自西刘。尚想霓旌千骑，依约入云歌吹，屈指几经秋。叹息繁华地，兴废两悠悠。

登临处，乔木老，大江流。书生报国无地，空白九分头。一夜寒生关塞，万里云埋陵阙，耿耿恨难休。徒倚霜风里，落日伴人愁。

【赏析】

南宋藏书家陈振孙曾在自己编写的《直斋书录解题》中记载道，南宋词人、书法家张孝祥看过这首词后，击节赞赏，执笔成书，赠予袁去华，这首词的艺术价值可见一斑。

"雄跨洞庭野，楚望古湘州。何王台殿，危基百尺自西刘"，气势不凡，雄浑卓绝。"雄跨"一词，表现了定王台的雄奇地形。"危基百尺"则以夸张的手法写出了定王台的壮丽。词中所说的定王台，相传是汉景帝的儿子定王刘发为了能随时望见母亲唐姬的墓地而建，故址在今湖南长沙。

接下来三句以想象的手法接入历史的画面。想当年西汉国力强盛，定王台阁周围遍布如云铁骑，祭祀的音乐响彻云霄。然而，这些都已经是历史陈迹。"屈指几经秋"将作者的思绪从壮丽的历史收回到严酷的现实。

"叹息繁华地，兴废两悠悠。"定王台再壮丽，到作者登临的时，已经残破不堪。回想往昔的繁华，今日的颓墙败瓦，作者不禁慨然，感叹人事的兴衰废替。联系到作者所处的时代，当时的南宋政府偏安一隅，面对金国的威胁无力反击，将江北大好河山拱手相送，这也是引发作者喟叹的一个情绪基点。所以词中的兴替之感超越了普通诗文中抽象的今昔之悲，而具有深刻的现实意义。

"登临处，乔木老，大江流"三句点题，叙说登临之事。古人登高作赋，喜欢大肆铺陈的居多，但在这里，作者仅以极其简略的手法白描眼前所见：乔木老，大江流。作者并没有放纵自己的情绪，但这种沉默中却蕴涵着更加深沉的悲痛。

作者跟同时代的复国志士一样，满怀报国之心，但让人痛苦的是，"书生报国无地，空白九分头"。岁月蹉跎，功业未就，空白了少年头。"一夜寒生关塞，万里云埋陵阙，耿耿恨难休"，其中"关塞"是征战的偏远地段，"陵阙"是北宋宗庙祖坟所在，从前都是作者心底事，但现在离他越来越远了，"万里"一词，写出了这种虚无辽远的感觉。因为报国无门，作者永远不能在关塞为国尽忠，永远也无法收复北宋宗室的陵墓。这种无奈和遗憾，使他的"恨"意难休。

"徒倚霜风里，落日伴人愁。"报国无门，年华苍老，但又能如何，只能以一副独立寒秋、天涯孤影的悲凉画面结束。其中的"伴"字写尽词人的落寞和孤独，因为没有志同道合的人和他并肩作战，他只得和无情的夕阳相伴，在苍茫暮色中自怨自艾。

怀古伤今的今昔悲戚在古典诗词中是十分常见的题材。苏轼著名的《水调歌头·赤壁怀古》借三国旧事，感叹红颜白发，是为世人常道的千古佳作。但在无奈的是，生活在北宋全盛期的苏轼还可以有"一杯还酹江月"的洒脱，而到了南宋，感受到亡国威胁的南宋词人们，已经无法像苏轼一般旷达，于是，霜风和落日愁苦便成为南宋豪放词中的典型意象。

瑞鹤仙

袁去华

郊原初过雨，见败叶零乱，风定犹舞。斜阳挂深树，映浓愁浅黛，遥山媚妩。来时旧路，尚岩花、娇黄半吐。到而今唯有，溪边流水，见人如故。

无语。邮亭①深静，下马还寻，旧曾题处。无聊倦旅。伤离恨，最愁苦。纵收香②藏镜③，他年重到，人面桃花在否？念沉沉、小阁幽窗，有时梦去。

【注释】

①邮亭：古时供送信人和旅客歇息、食宿的地方。②收香：指晋时大臣贾充的女儿贾午把皇上御赐的西域奇香赠予韩寿的典故。③藏镜：指汉代秦嘉妻徐淑赠秦嘉明镜、秦嘉赋诗答谢的典故。

【赏析】

宋代城市繁荣，市民情感丰富，城中的勾栏瓦肆众多，歌伎、艺伎也不在少数。这些身世坎坷、色艺双馨的女子和多愁善感的文人墨客之间，往往会相互垂盼。所以在古典诗词中，专门有一类是写才子佳人的别离和别后仇怨的。袁去华的这首词表现的也是这个主题。

"郊原初过雨，见败叶零乱，风定犹舞"是说词人骑马赶路，在雨后的原野上，只见得败叶乱舞的萧瑟景象。如此开篇，一开始就将全词笼罩在一种怅然若失的氛围中。"斜阳挂深树，映浓愁浅黛，遥山媚妩"三句写景，雨后斜阳仿佛隐匿在森林中，其中"挂"字形象地写出了雨后斜阳的偏狭角度。"映浓愁浅黛"一句，则展现了雨后空气朦胧，远山的山形走势如空蒙的山水画，只有淡淡的墨痕，一个"愁"字，延续了首句定下的怅然幽怨基调。

从"来时旧路"到"见人如故"几句，暗示作者是旧地重游，而且必在此有不寻常的际遇与故事。当年来此，有娇花相迎；如今重来，鲜花已不见踪迹，唯有潺潺流水依旧淌个不停。

"无语"是一种情感的留白。作者对眼前的景色沉默以对，虽不加评置，却更能反映出他内心情海的翻滚涌动。"邮亭深静，下马还寻，旧曾题处。无聊倦旅"。"邮亭"是宋代建于驿路边供过路人居住的客舍。作者来到这个客舍，下马要寻找从前在这里题写的诗词。这些叙事性的细节无不在暗示，作者对此地难以忘情。

"伤离恨，最愁苦"句，是作者积蓄多时的情感爆发。原来他一直怅然若失的原因，是离愁别苦。"纵收香藏镜，他年重到，人面桃花在否？"化用唐人崔护"人面不知何处去，桃花依旧笑春风"的诗句，可以直解为：作者在此地曾有一位倾心的情人，但是今日旧地重游，佳人却不知所踪，看着她留给自己的香囊和镜子，思念之心愈切而怅然之心愈悲。

"念沉沉"到词尾，呼应"无聊倦旅"。"倦旅"不仅是指旅途的疲惫，更是指词人因失望而疲惫。重游旧地，不见佳人，失落的作者只得躺在旅馆中，被浓烈的愁绪包围着，在思念和无奈中沉沉睡去。

这首叙事风格明显的词，将词人热切的思恋、无法重逢的怅惘，融汇与雨后的疏淡风光中，让人怅叹良久，弥足回味。

剑器近

袁去华

夜来雨，赖①倩②得、东风吹住③。海棠正妖娆④处⑤，且留取。

悄庭户，试细听、莺啼燕语。分明共人愁绪。怕春去。

佳树，翠阴⑥初转午。重帘未卷，乍睡起、寂寞看风絮。偷弹⑦清泪寄烟波，见江头故人，为言憔悴如许。彩笺无数，去却⑧寒暄⑨，到了⑩浑无定据。断肠落日千山暮。

【注释】

①赖：有赖，依靠。②倩：请，托。③住：停息。④妖娆：形容景色异常美丽，娇艳。也写作"娇饶"。⑤处：时候。⑥翠阴：形容大树投下的浓重树影。苏轼《贺新郎》词："悄无人，桐阴转午，晚凉新淡。"⑦偷弹：形容女子暗自流泪。⑧去却：除去，省掉。⑨寒暄：人们见面时说的客套话。⑩到了：到了信尾。了，末了，快结束的地方。浑无定据：没有一点确切的消息。浑，完全。

【赏析】

挥之不去的愁绪是这首词所要表现的主题，其中的景色描摹，无论哀喜，也都是为表现此主题服务。

自唐李商隐写出名句"巴山夜雨涨秋池"后，夜雨成为中国古典诗词中代表愁绪的独特意象。起句"夜来雨"写深夜雨来，暗示浓浓愁绪也随雨之凉意袭人而来。"赖倩得、东风吹住。海棠正妖娆处，且留取"几句写的是雨后清晨，满地残红。这本是让人伤感的景象，但是作者将它诗意地想象：全靠东风将美丽的海棠花吹落，春色才得以留住。

从"悄庭户"至"怕春去"，写作者在雨后的早晨郁郁困于深居，百无聊赖，想着外面残红满地，又静静地聆听窗外的鸟叫，忽然产生一种奇怪的愁绪：害怕春天逝去。"怕春去"与上文感激东风吹住海棠的惜春情愫是一脉相承的。

"佳树，翠阴初转午"中的"初转午"，即是时近中午，这时的树影已经稍稍偏东了。"重帘未卷，乍睡起、寂寞看风絮"写作者接近正午才慵懒地起来，寂寞地看着窗外飞舞的柳絮。此情此景，恰似"春眠不觉晓，处处闻啼鸟，夜来风雨声，花落知多少"中的寂寞闲散。

经过前面的重重铺垫，至"偷弹清泪寄烟波，见江头故人，为言憔悴如许"句，作者的愁情已经积蓄得相当充分，点出了愁情的来源：远在烟波之外的江头故人。烟波阻隔，久无相见，容颜都憔悴苍老了。"彩笺无数。去却寒暄，到了浑无定据"，作者也曾寄去无数的信笺，发去无数的问候，但是都说不出心底最涌动的那些话语，所以"去却寒暄"。这种饮恨吞声的相思煎熬，让作者感觉到"断肠落日千山暮"般的凄凉。

本词尽得婉约词的曲折深远。乍看是写愁，实际是写相思，这种层次丰富的情感流露，增加了词句的韵味，一唱三叹，余韵悠长。

安公子

袁去华

弱柳丝千缕，嫩黄匀遍鸦啼处。寒入罗衣春尚浅，过一番风雨。问燕子来时，绿水桥边路。曾画楼、见个人人否。料静掩云窗，尘满哀弦危柱。

庾信愁如许。为谁都着眉端聚。独立东风弹泪眼，寄烟波东去。念永昼春闲，人倦如何度。闲傍枕、百啭黄鹂语。唤觉来厌厌，残照依然花坞。

【赏析】

春光烂漫的季节，最不堪离别，而词人偏偏在此时饱受相思苦悲。在"弱柳丝千缕，嫩黄匀遍鸦啼处"中，作者以精炼的词语写出初春的物象，柳为"弱柳"，黄为"嫩黄"，而且两种淡雅的色彩都是"匀遍"——均匀洒在景物上，融融春意可想而知。"寒入罗衣春尚浅"中的"浅"字呼应上文中渲染的景致特点，而"过一番风雨"则进一步点明具体时间。

经过这番春色的铺陈后，作者开始抒发远游怀人情思。"问燕子来时，绿水桥边路。曾画楼、见个人人否"。他看到燕子北归，不禁向那黑色的信差探问，在北归途中有没有见过一位佳人立于绿水桥边画楼上。"人人"是宋代对所爱之人的特有称呼。

"料静掩云窗，尘满哀弦危柱"是写画楼上的佳人怀念自己。佳人将满园春光关在窗外，无心观赏，欢乐的乐器因为长久不弹奏，积满烟尘。词人在此设想伊人的情状，是以相思之人对自己的怜惜反衬自己的思念深切。

"庾信"两句用典。庾信曾写《愁赋》中有"谁知一寸心，乃有万斛愁"一句，在此处，词人用典的用意在于说自己的愁情堪比庾信。"独立东风弹泪眼，寄烟波东去"想象奇特，作者念及远方佳人，独立东风中流下双行泪，还说要将这泪珠弹入烟波江浪中，让它随波东流远方，使远方的佳人知道他的相思苦。

"念永昼春闲，人倦如何度"，春日闲愁，让作者一反世人惜春的观点，觉得春日苦长，其中的"闲"不是悠闲，而是漫长、无聊。"闲傍枕、百啭黄鹂语。唤觉来厌厌，残照依然花坞。"他只能慵懒地枕卧在床，听着窗外百转莺啼，直到日已西斜，残照洒满春花。

回顾全词，可以发现此词写的是一整日不同时段的所思所见。"过一番风雨"是早晨所见；"念永昼春闲，人倦如何度"是白昼景；"残照依然花坞"则已是日落时分了。此中用意是表现作者整日都陷于相思苦恼中，无法自拔。

水调歌头

陆游

多景楼

江左占形胜，最数古徐州。连山如画，佳处缥缈著危楼①。鼓角临风悲壮，烽火连空明灭，往事忆孙刘②。千里曜戈甲，万灶宿貔貅③。

露沾草，风落木，岁方秋。使君④宏放，谈笑洗尽古今愁。不见襄阳登览，磨灭游人无数，遗恨黯难收。叔子独千载，名与汉江流。

【注释】

①危楼：高楼。②孙刘：三国时吴国的孙权和蜀国的刘备。③貔貅（pí xiū）：古书上记载的一种凶猛的野兽。此处指代军队。④使君：指当时的镇江知府方滋。

【赏析】

多景楼在今镇江北固山后峰甘露寺内，始建于唐代，因中唐李德裕"多景悬窗牖"诗句而得名。斯楼临江而建，若在楼上极目远眺，千里吴楚将尽收眼底，故宋人米芾诗曰"天下江山第一楼"，此七字匾额至今尚见于多景楼门首。而镇江又与三国吴蜀关系密切，尤其北固山甘露寺，相传为孙吴联姻之处，因此，陆游登楼并联想到三国事也属自然。

这是陆游唯一一篇吟咏三国旧事的作品。孝宗隆兴二年（公元1164年），词人时任镇江通判，陪同镇江知府方滋游宴北固山，即兴赋成此作。

上阕以"江左占形胜，最数古徐州"的大场面开篇。"江左"为旧时"江东"称谓，"古徐州"指镇江，起首即气势恢宏地点出了镇江的重要地理位置。同时，词人不言镇江，而曰"古徐州"，亦有怀古之意。东晋时王室南渡，曾以镇江为徐州治所，故后世称镇江为"南徐州"。词人在此将历史与现实相系，东晋与南宋皆是偏安江左，不思恢复失地，从中可窥陆游一生不变的复国之志。

"连山如画，佳处缥缈著危楼。"此两句将宏阔的视角移至多景楼。登高临远，极目吴楚，这占尽江左形胜之地，又下临滔滔江水，气势雄浑。在江水的声势之下，词人想起了当年三国孙吴联兵抗曹的战斗场面，于是便有"鼓角临风悲壮，烽火连空明灭，往事忆孙刘。千里曜戈甲，万灶宿貔貅"。"貔貅"，原意为一种猛兽，似虎，或曰似熊，此处代指联军兵士。这几句展开了战争的画幅，继上文的气势一贯而下，场面壮阔，声势磅礴。词人对孙权与刘备的敬佩倾溢而出，流于笔端的还有作者本身的壮志豪情。

下阕笔锋忽转，陆游用"露沾草，风落木，岁方秋"三个短句突显了秋日的萧条与局促，为后文写"愁"埋下伏笔，也为"使君宏放"的扬起抑下笔调。"使君宏放，谈笑洗尽古今愁。""使君"指方滋，"古今愁"中"古"是指下文引出的"襄阳登览"这一故事，"今"则意指眼前，即南宋偏安江东的现状。"谈笑洗尽"是写方滋携宾朋登楼的言笑场景，亦与后文引羊祜典故相关联。

"不见襄阳登览，磨灭游人无数，遗恨黯难收。叔子独千载，名与汉江流。""叔子"是西晋初年名将羊祜，此人镇守襄阳十年，常常登览岘山（位于湖北省襄阳市境内），作诗饮酒。十年间，他领军屯田、储粮，力主伐吴，虽未成功，却为灭吴做了大量准备工作。而且，羊祜为官清廉，政绩斐然，深受百姓爱戴，《晋书》本传曰："襄阳百姓于岘山祜平生游憩之所，建碑立庙，岁时飨祭焉。"词人在此处引这一旧人旧事，是想用羊祜的高洁人格来称赞方滋。宋人韩元吉《南涧甲乙稿》中有载：方滋其人，以荫人仕，历知秀、楚、静江、广、福、明、庐、镇江、鄂、建康、荆南、绍兴、平江等州军府，所至务尽其职，发奸撼伏，严而不苛，经理财赋，缓而不弛，颇著政绩。由此，以羊祜比方滋虽有溢美之嫌，却也实至名归。同时，此处还种下了词人北定中原的希望。

《水调歌头·多景楼》甫一问世，就博得了张孝祥的大加赞赏，他是与陆游同时期的著名词人，为本词题序，并"书而刻之崖石"。这是一篇吊古鉴今的佳作，把壮景、壮怀付诸一首壮歌，且心事多于景事，引人感慨喟叹。

南乡子

陆游

归梦寄吴①樯②，水驿③江程去路长。想见芳洲④初系缆，斜阳，烟树参差认武昌。愁鬓点新霜⑤，曾是朝衣染御香。重到故乡交旧少，凄凉，却恐他乡胜故乡。

【注释】

①吴：泛指南方。②樯：桅杆。此处泛指舟船。③驿：古时传送文书者休息、换马的处所。此处泛指行程。④芳洲：指鹦鹉洲，在武昌黄鹤楼东北的长江中。④霜：指白发。

【赏析】

从乾道六年（公元1170年）入蜀任夔州通判，眨眼八年光景过去，淳熙五年（公元1178年）春，词人陆游奉召归京。在离开成都之际，他作本词，以表达自己内心复杂的感受。

上阕写词人对归程图景的想象。"归梦寄吴樯"一句直言"归梦"，流露出迫切的心情。"吴樯"意象在陆游诗词作品中屡次出现，如"吴樯楚舵动归思，陇月巴云空复情"

（《秋思》），"楚柁吴樯又远游，浣花行乐梦西州"（《叙州》）两句，意指归吴的船只，把目的地嵌入对船只的称谓，更显其归吴心切。"水驿江程去路长"一句则言出路途遥远。但是词人仿佛看到了武昌城："想见芳洲初系缆，斜阳，烟树参差认武昌。"此乃作者的幻想：在一个傍晚，于烟波浩渺之处隐约可见树木参差，停船系缆，便是武昌了。他直言对归吴水程的憧憬，感情直白真挚。既有"水驿江程"的大环境，又有"芳洲"、"斜阳"、"烟树参差"的具体细节，画面开阔而唯美，词人归吴的心情之切跃然纸上。

下阕所表心境与上阕大相径庭。"愁鬓点新霜"，一则词人时年已经五十四岁，日渐苍老，故而"新霜"已点染于发间，再则，言发白主要也是为了衬托内心之"愁"。"曾是朝衣染御香"，"朝衣"指他曾为朝官，"染御香"三字真切地体现了词人身处京城的情状。"重到故乡交旧少，凄凉，却恐他乡胜故乡。"这三句即明写前面提到的"愁"字。

词人离京八年，在蜀地也历经坎坷。在夔州通判任上一年后，他又转至川陕宣抚使王炎帐下，任四川宣抚使司干办公事兼检法官，最后终于投身军旅。他觉得自己终于获得了一生中唯一接近目标的机会，此间亦写出如"草间鼠辈何劳碌，要挽天河洗洛嵩"一般豪情万丈的诗句。可惜好景不长，仅一年之后，即乾道八年（公元1172年），王炎被调回临安，词人也从前线退回后方，先后于蜀州、嘉州等地主政，但北进之策被束之高阁，愤懑不已。至淳熙三年（公元1176年），词人以"恃酒颓放"之名被劾免官，政治失意，孤苦漂泊，因此取"放翁"为号。

在这样的情形下受召归京，词人心中忐忑不难想象，思乡之情也理所当然。尾句中"却恐"二字旨趣横生，当词人随着自己的幻想乘船回到临安，却只见门巷依然，而故交零落，顿起"凄凉"之感。

近人俞陛云评析此词曰："入手处仅写舟行，已含有客中愁思。'斜阳'二句秀逸入画。继言满拟以还乡之乐，偿恋阙之怀，而门巷依然，故交零落，转不若寂寞他乡，尚无睹物怀人之感，乃透进一层写法。"词人上阕写喜，喜不自胜；下阕写悲，悲不堪言，既表达出归乡的迫切，也流露出对成都的留恋，如此悲喜交加糅合在一起，贴切地刻画出人物复杂的心境，也隐约透露出前途难卜的彷徨。

感皇恩

陆游

小阁倚秋空，下临江渚。漠漠孤云未成雨。数声新雁，回首杜陵何处。壮心空万里，人谁许①！

黄阁紫枢，筑坛开府。莫怕功名欠人做。如今熟计②，只有故乡归路。石帆山脚下，菱三亩。

【注释】

①许：赞许，同意。②熟计：反复思量，再三考虑。

【赏析】

本词当作于陆游受召归京以前。此时他客居蜀地日久，终日闲闷，以至于壮志难酬的感慨萦绕心头，又久在他乡，难免会生出思乡的情绪。两种情绪相互交织，渐渐催生了归隐之念。

"小阁倚秋空，下临江渚。""小阁"指崇丽阁，位于成都东门外锦江边的望江楼上，乃蜀中名胜。这两句点出时令是秋天，地点是江边，写词人登临江边小阁的场景，交代了全词的大环境。其中上句与周邦彦《感皇恩》"小阁倚晴空"句只差一字，两句一起又与王勃《滕王阁》"滕王高阁临江渚"取义如出一辙。这种填词方法被称为"夺胎换骨"，北宋黄庭坚对此法使用最为纯熟，陆游在此也不逊色，他把联想到的名篇佳句经过剪裁为己所用，正因用得精妙，不仅不会给人雷同之感，也不会有"掉书袋"的嫌疑，甚至有"点铁成金"、别具一格的优点。

"漠漠孤云未成雨"进一步描写环境。"漠漠"既有孤单、寂寞之意，又可解为烟雾弥漫的样子，将云气缭绕的江边景象呈现出来，给原本旷大的画幅增添了一丝沉郁。此时，词人听到几声雁鸣，于是有"数声新雁，回首杜陵何处"。"新燕"二字回扣首句提到的时间，大雁刚从北方飞来，说明正是秋天；"杜陵"代指长安，亦即是沦于金人之手的失地。听到雁鸣，词人不禁想到了北方失地，表达出他对故国、对抗金前线的牵挂。"壮心空万里，人谁许！"此处笔调急转，用反诘口吻道出词人怀才不遇的孤独悲凄。"万里"的广袤天空，与无人"许"的孤独形成鲜明对比，呼应前句中的"孤云未成雨"的深意，痛陈自己孤掌难鸣的际遇，抒发不遇的愤懑。

下阕以解嘲式的自我慰藉开启，饱含人生哲理。"黄阁紫枢，筑坛开府，莫怕功名欠人做。""黄阁"，汉代丞相、太尉和汉以后的三公官署为区别于天子，避用朱门，而将厅门涂成黄色，后以黄阁指宰相官署，此处代指宰相；"紫枢"，谓枢密使的官署，宋代官符为紫色，故称"紫枢"。"筑坛"用典，汉高祖刘邦拜韩信为将时，曾建筑坛台用来举行典礼；"开府"即指开设幕府、聘用僚属。这几句的意思是：国家大事自然有宰相、枢密使等文武大臣去操心，既然皇帝拜他们为官，他们理应为君分忧，这是理所应当的事情。话虽如此，但现实情况往往与之相反，很多官员往往空占官位却碌碌无为，有心报国者如词人自己却不能得志。词人用这样的反语，既是为了讽刺在其位不谋其政的当朝者，也是为了与自己的志向和遭遇形成对比。

"如今熟计，只有故乡归路。石帆山脚下，菱三亩。"在这样的情况下，词人不得不为自己的将来做打算。"只有故乡归路"语一出，表明他想要放弃仕途，"只有"二字有别无他选之意，道出无奈之情。最后两句是他对未来生活的设想，"石帆山"位于浙江山阴城东，因山上有帆形巨石而得名，指代词人的故乡。"菱三亩"是虚指，表明词人愿意归乡耕田锄地，享受田园生活的静美。

在理想与现实的巨大反差之下，词人决定回到家乡，去种三亩菱田，并以此为生。结尾勾勒出的乡村图景越清丽闲适，越能反衬出现实生活的坎坷不平，以反差之美道出词人的真实情怀。

好事近

陆游

秋晓上莲峰，高蹑倚天青壁。谁与放翁为伴？有天坛轻策。

铿然忽变赤龙飞，雷雨四山黑。谈笑做成丰岁，笑禅龛椰栗。

【赏析】

陆游作品里多次提及华山，应是因为"华山天下险"，令人神往。《好事近》便是一篇神游之作，与其屡屡表现的家国之思不同的是，这篇词作表达了为民谋福的愿望。

上阕写词人幻想的登山情形。"秋晓上莲峰，高蹑倚天青壁。""莲峰"，因其峰顶巨石状如莲花而得名，此处指出词人攀登的山峰。同时，"莲"的意象常见于佛教文化，与后文提及的"禅龛椰栗"相映成趣。前两句道明词人登莲花峰的时间是在秋天的早晨，而"倚天青壁"则形象地勾勒出莲花峰高耸入云、苍青一色的神韵，开阔了词文的意境，映照出词人旷达的胸襟。

"谁与放翁为伴？有天坛轻策。"本词中另一主角在此登场，即被词人称作伴侣的"天坛轻策"。"天坛"，在传说中是天神聚会之所，可见词人不仅仅是神游，更有神话色彩。在词人看来，取自"天坛"、由轻藤制成的拐杖，蕴涵着无穷神力，成为词人神游时的至宝。雕鞍尚配宝马，这拐杖既是神物，其拥有者的形象也被幻化得似人又似神，但词人的想象力远不止此。

下阕是词人由拐杖而生发的更加离奇的浪漫幻想。"铿然忽变赤龙飞，雷雨四山黑"两句化用晋人葛洪《神仙传》中关于费长房的典故。传说费长房乘着竹杖化作的青龙回到了魂牵梦系的家乡，在这里，词人将"天坛轻策"化而为龙，去施云布雨。"铿然"二字尤言巨响声中，"天坛轻策"化而为龙，为这一转化增添了神话色彩，同时也渲染了气氛——顷刻间阴云密布，电闪雷鸣，造就出神龙天降的应有条件。尤其"四山黑"三字，既是说阴云低垂，遮光蔽日般笼罩，同时也烘托出神龙出现时的神秘情境。

"谈笑做成丰岁，笑禅龛椰栗"紧承前两句，写千里沃野受到神龙布雨的润泽后，辛勤一年的农民终于获得了丰收，"谈笑"二字言其轻巧简单；相较于此，"禅龛椰栗"代指佛教徒用的拐杖，终日陪伴着僧众们诵经念佛，却是百无一用。这两句是词人对佛家、僧人的嘲笑，倘与词人生平志愿相联系，说他在暗讽朝廷偏安江左，不图恢复，也不为过。

神游之词是否能臻高妙，在于词人想象的张力。陆游词中意象雄奇，引人入胜，见其遣词造意的功力。

鹧鸪天

陆游

懒向青门学种瓜，只将渔钓送年华。双双新燕飞春岸，片片轻鸥落晚沙。
歌①缥缈，榔②呕哑③，酒如清露鲊④如花。逢人问道归何处，笑指船儿此是家。

【注释】

①歌：指渔歌。②榔：指划水的工具，通常安置于船尾。③呕哑：拟声词，形容声音嘈杂。④鲊（zhǎ）：指用红糟和食盐腌制的鱼。

【赏析】

上阕开篇用典，秦朝时，邵平得封东陵侯，秦二世而亡后，他便在长安青门之外隐居，以种瓜为生并以种瓜为乐，其瓜味道甘美，附近百姓纷纷前来购买，称其为"青门瓜"或"东陵瓜"。陆游用邵平的故事领起全篇，一则奠定了隐逸的基调，二来"青门种瓜"只作为陪衬，并不为词人所取，相较于邵平对旧国都的眷守，词人宁愿归乡隐居，由此突出"渔钓"的主题。"只将"二字则尤其突显"渔钓"为生活乐趣的唯一性，表现出词人对此中乐趣的钟情。"送年华"三字把词人坦然自信的姿态展现出来，在年华的流逝中，词人没有丝毫的忐忑不安，只是乐在其中。

"双双新燕飞春岸，片片轻鸥落晚沙"是对"渔钓"环境的描绘：一对对初归的燕子在湖水边齐齐掠过，自由自在地飞翔着，成群的沙鸥游弋于夕阳落照之中，而后栖落在沙洲上。词人所处的环境祥和、温暖、静谧，其心情的闲适畅快就不难想象了。

下阕对"渔钓"生活做了进一步的铺展。"歌缥缈，榔呕哑"，此两句为静态的视觉画面加入动态的听觉元素，令整篇作品显得更加生动，富于动感，令人仿佛能听到歌声与摇橹声夹杂一处合成的交响乐，此外应还有划水声的加入，更显场面之明快，景色之清丽，再者，骤然响起又连绵不绝的歌声，还能为全篇增添几分情趣。"酒如清露鲊如花"，该句流露出日常生活的气息，在游乐之外更见朴实。"酒"、"鲊"指饮食，此处具体为酒和下酒菜，值得深味的是，"酒"之意象往往包含丰富的文化含义，在此作中则隐藏着词人畅达豪放的情怀，而"鲊"这一下酒菜，乃作者辛勤劳作所得，以此佐餐，更显自得与惬意。至于将"酒"比作"清露"，把"鲊"比为"花"，则是借用"清露"与"花"的特质表现"酒"与"鲊"带给人的美学享受，"清露"澄澈甘冽，"花"既美且香，一言以蔽之，就是表达"渔钓"之乐，以及词人乐在其中，不疲于此的隐逸情趣。

"逢人问道归何处，笑指船儿此是家"两句宛若把画外音引入其中，路遇行人，对方与词人寒暄起来，笑问词人家在哪里。而词人则笑着回答："这艘船就是我的家啊。"此处用语通俗，如家常话一般，将词人以船为家的情致自然道出，其中"船儿"二字，突显亲切之意。

陆游一生中别号甚多，其中与"渔"相关者占其中多数，如"渔翁"、"钓叟"、"渔隐"等，另外他还曾以"烟艇"为其居室命名，从中可窥其对"渔隐"生活的情有独钟。作这首词时恰逢词人刚被罢官，归隐山阴镜湖边家乡，流露出其倾向于出世的人生态度。作品笔法清新，以写实为主，声情并茂地表现出"渔隐"生活的乐趣，同时表达了词人对这种生活的热爱。

鹧鸪天

陆游

家住苍烟落照间，丝毫尘事不相关。斟残玉瀣①行穿竹，卷罢黄庭②卧看山。贪啸傲，任衰残，不妨随处一开颜。元③知造物心肠别，老却英雄似等闲！

【注释】

①玉瀣（xiè）：美酒。②黄庭：道家经典著作。③元：同"原"。

【赏析】

宋孝宗隆兴元年（公元1163年），张浚主持抗金军事，陆游为主战派，向其表示庆贺。不料张浚渡江受挫，兵败而归，随后宋金议和。陆游则因"交结台谏，鼓唱是非，力说张浚用兵"的罪名，于乾道二年（公元1166年）被免官归乡，回到山阴乡里。在家乡赋闲的这段时间，陆游有三首《鹧鸪天》词流传于世，此乃其中之一。

上阕是词人对山居情况的描述。"苍烟落照"描绘的是日暮时分的山村景色，所谓"苍烟"可能是暮霭，也可能是炊烟，画面恬静柔美，缥缈如同仙境，家在此处，自与尘世相隔。词人如此直白道出，也有对尘世的厌恶情绪。这两句开篇，可见词人对自己的居所环境非常满意，尤其强调了与尘世的关系，可以看出他有意避世的主观意愿。

"斟残玉瀣行穿竹，卷罢黄庭卧看山。"这两句是对山居生活的细节描述。美酒是词人的良伴，无论何时何地，面临何种境遇遭际，在美好的时刻闲居，美酒便是消遣；苦恼时如羁旅异乡，美酒还能借以浇愁。在这里，词人饮罢玉瀣美酒，漫步穿行在竹林里，惬意而随性。后句提到的《黄庭经》是道家关于养生的著述，从侧面反映了词人的生活志趣。另据史料记载，陆游对中草药有一定的研究，在养生方面也颇有造诣。词人选取了两件日常小事，流露出对"尘世"的厌弃，并表明令他醉心的乃隐居的闲适生活。

下阕是对词人心理活动的刻画。"贪啸傲"，"啸"是一种独特的发泄方式，流行于魏晋，从中可窥词人所具有的魏晋风度；"傲"字指词人的神态情状，他睥睨一切俗物，无拘无束，从中隐约可见"阮籍猖狂"之态，应有词人自比"竹林七贤"的意思。"任衰残"即岁月不饶人，令人无可奈何，只好任由它去。词人流露出随遇而安的处世态度，若能如是，便无处不能自得，"不妨随处一开颜"。

词人虽言"开颜"，但他因不受重用而生的怨愤依然缭绕未去。所以词人的上述表达，恐怕只是聊以自慰。其愤根不平终于在收官处迸发出来——"元知造物心肠别，老却英雄似等闲"。原本以为大自然冥冥中的主宰该与凡人是有所区别的，不想竟是一样铁石心肠，只教英雄年华虚度、心力消磨而无动于衷，视若等闲！此处与"造物"相比较的，当指南宋朝廷，词人表达了对免官遭遇的不满，且被罢职的理由竟是"主战"，何等荒唐。

木兰花

陆游

立春日作

三年流落巴山道，破尽青衫尘满帽。身如西瀼渡头云，愁抵瞿塘关上草。
春盘春酒年年好，试戴银幡判醉倒。今朝一岁大家添，不是人间偏我老。

【赏析】

一年之计在于春，春天象征着新生与希望，"立春"节气为春天开始的标志，通常能带给人希望和欢乐。然而这篇写于立春之日的作品，却写陆游仕途坎坷、备受排挤、悲戚潦倒的处境，抒发报国无门、年华飞逝的哀叹。

开篇首句道出词人仕途的悲惨境遇。"三年流落巴山道"，由"巴山道"可知地点是巴蜀，巴蜀现指四川，古时巴蜀是中原政权的偏远一隅，不得志的臣子通常都被发配到此地为官。"流落"二字说明词人毫无走马上任的愉悦，心中反而充满漂泊流离之感。"三年"是泛指，当时词人在四川夔州任上只有一年多，由于自己的政治主张无法实现，郁郁不得志，倍感度日如年，如此一来，再加年头岁尾，故称流落巴蜀已经有"三年"之久。

"破尽青衫尘满帽"描绘出郁郁寡欢、形容憔悴、穷苦潦倒的落魄官员形象。"青衫"，宋代低阶官员的官服服色为青，喻指卑微官职，如欧阳修有诗云："嗟余身贱不敢荐，四十白发犹青衫。""破尽"与上文"流落"二字呼应。"破尽"与"尘满帽"虽是夸张的描写，但却将词人落魄潦倒的形象刻画地十分传神，更见"流落"之态。

"身如西瀼渡头云，愁抵瞿塘关上草。"这两句运用比喻，由外貌刻画至内心。西瀼渡头、瞿塘关上，是巴蜀两处具有代表性的地名，与"巴山道"相承接，再次明示地点，暗透出词人对这个"偏夷"之地的戚戚感。"身似浮云"的比喻用得极妙，既可理解为由于壮志难酬、日夜思量而至身形消瘦、轻似浮云，又可更深层地理解为词人抱负无处施展、情怀无处寄托的飘零无依。将愁思比春草，虽是老生常谈，但结合巴蜀景物与立春时节，却也将作者的愁苦抒发得恰如其分。

上阕情致悲苦，然而下阕却词境突变，描绘了立春的节日情状。"春盘春酒年年好"，每逢立春人们都会准备应节的食物与美酒，年年如是，语意中隐有迎接春天的欢喜之意，但从上阕的悲思愁苦接连读来，更透出"春草无情年年绿"的春恨。"试戴银幡判醉倒"，逢立春日，士大夫之家会剪彩为小幡，佩戴在头上以讨吉利，称为"银幡"。词人头戴银幡，举杯畅饮，他于立春欢宴中露出的情态十分突出，饮酒实为消愁，其恣意形骸的醉态中饱含无奈。

"今朝一岁大家添，不是人间偏我老"，这两句貌似酒醉之语，惹人发笑，实则是词人深感时光偷换、年华虚度，是政治生涯无望之时的强自宽慰和故作旷达。他心里的愁苦无法倾吐，只好强颜欢笑，以笑衬悲，更见悲戚。

钗头凤

陆游

红酥手，黄滕酒。满城春色宫墙柳。东风恶，欢情薄。一怀①愁绪，几年离索②。错，错，错。

春如旧，人空瘦。泪痕红浥③鲛绡透。桃花落，闲池阁。山盟虽在，锦书难托。莫，莫，莫！

【注释】

①一怀：满怀。②离索：离别，分散。③浥（yì）：沾湿。

【赏析】

陆游二十岁左右时，娶表妹唐琬为妻。妻子美丽多情，且通文能诗，他们夫妻二人琴瑟和鸣，感情笃厚。但是，陆游的母亲并不不喜欢这个儿媳，唐琬屡受责难。成婚两年之后，陆游受迫于母命，一封休书与爱妻仳离。后来，唐琬再嫁赵士程，而陆游亦再娶王氏女。几年之后，陆游于山阴禹迹寺南的沈园游玩，恰巧遇到相携游玩的唐琬和赵士程。这次邂逅，令陆唐两人都百感交集，但又苦不堪言。告别之后，赵士程与唐琬遣侍女把携带的酒肴给陆游送去了一份。后陆游在园壁上题此《钗头凤》，表达悲痛欲绝的心情。这是陆游现存词篇中最早的作品，体现了青年时期的这场爱情悲剧带给他的巨大创伤，其凄婉动人的本事更是被多番演绎，广泛流传于民间。

词上阕以"红酥手，黄滕酒。满城春色宫墙柳"开篇，一气贯下，韵脚紧紧相连，还原了词人与唐、赵二人邂逅于沈园的情景。"红酥手"谓女子之手红润而柔滑，当指唐琬之手；"黄藤酒"亦名"黄封酒"，用黄纸、黄绢封住坛口，此处用来指代与唐、赵二人遣侍女送来的菜肴。这三句饱含诸多意象，既写明事由，也道明地点，又以"宫墙柳"代指唐琬。这些意象色彩鲜明，有"红"有"黄"，更有隐藏的"柳"色，言尽春之烂漫。

但是在词人眼中，春色却并非明媚多姿的。"东风恶，欢情薄。"此六字点出悲剧氛围，并交代了悲剧成因。春风本是和煦的，送来温暖雨露的，表面看来并无"恶"意；但春风一旦变得狂暴，也可吹折花木，此处暗指陆游母亲无理干涉他和唐琬的婚姻。因为封建礼法的约束，词人不能明言对母亲的不满，只能借"春风"道出，也属巧妙。陆游与唐琬之间的"欢情"不能算"薄"，但在词人看来，不能长久地相守，空有点滴回忆，仍是卑弱而可怜的。他心里只剩"一怀愁绪，几年离索"，还有"错，错，错"的哀婉叹息。"错"字有两种解释，一则指其本意，是错误的意思；二则把"错莫"一词分开理解，上阕用"错"，下阕用"莫"，两者是叠韵连绵词，各取一字表达落寞忧伤的意味。

下阕转为唐琬的视角，代唐氏而言，是词人对唐氏回到赵府之后情形的设想。"春如旧，人空瘦。泪痕红浥鲛绡透"三句依然一气呵成，"浥"是沾湿的意思，"鲛绡"指手帕，借用了神话传说中南海"鲛人"潜于海底织纱的故事。春光依旧，人固然突然消瘦憔悴也于事无补，纵使终日以泪洗面，泪水湿透巾帕也改变不了现实。这三句流露出无可奈何的哀怨，既是唐琬的哀怨，也是陆游的哀怨。

"桃花落，闲池阁。山盟虽在，锦书难托。"前两句言春色匆匆褪去，亭台池阁尚在，但不足以寄情；后两句引前秦窦滔之妻苏蕙"织锦回文"的典故，传苏蕙所织之锦为璇玑图，其上文字为回文诗，旋转往复读之成文，以寄其思念丈夫的心意。在这篇词里，指纵有山盟海誓，也不过是无影无踪，不可兑现的空言。那么，还是不要再提了，于是"莫，莫，莫"的嗟叹自然而出。

据民间演绎，陆游此作为好事者抄录并广为传诵，终于传到唐琬眼前。她感念其情，心中又百味难陈，也曾和词一阕，表达悲苦之情：

世情薄，人情恶，雨送黄昏花易落。晓风干，泪痕残。欲笺心事，独语斜阑。难，难，难！

人成各，今非昨，病魂常似秋千索。角声寒，夜阑珊。怕人寻问，咽泪装欢。瞒，瞒，瞒！

陆游《钗头凤》一词被评为"无一字不天成"，唐琬和词亦有这个特点，盖因这两篇作品出于自己的经历，故而情感自然流露毫不矫饰，才能千百年来广为流传。

蝶恋花

陆游

桐叶晨飘蛩①夜语。旅思②秋光，黯黯长安③路。忽记横戈盘马处，散关清渭应如故。

江海轻舟今已具。一卷兵书，叹息无人付。早信此生终不遇，当年悔草④《长杨赋》。

【注释】

①蛩：指蟋蟀。②思：情绪。③长安：此处指代宋都临安。④草：起草，写作。

【赏析】

从抚今到思昔，继而回到现实，再回顾以往，全词以今昔交织的方式构成了一个回环往复的结构，把词人于淳熙五年（公元 1178 年）被召回京途中的所见所感写得意味深长。

"桐叶晨飘蛩夜语"即是路途所见的秋日景物，梧桐叶落，蟋蟀虫鸣。词人用"晨飘"和"夜语"把两者和谐地统一起来，既透露出从早到晚的奔波情状，也表现出了途中所见尽是秋意，顿生寂寥悲凉之感。于是，"旅思秋光"一句乃因景生情，在秋意渐浓的情景触动之下，一股黯然的"旅思"袭上心头。"黯黯长安路"一语双关，此"长安"既可以是抗金战事的前线，那么所表达的追思之意正与后两句的回忆相契合；也可以指周、秦、汉、唐的古都"长安"，此处便隐喻南宋都城临安，与词人的颠沛流离又紧密结合。不过，意有多重，情却唯一，"黯黯"写出了词人内心的忧郁不安。

"忽记横戈盘马处，散关清渭应如故。"这两句是对南郑戎马生涯的回顾。在归京途中，词人依然念念不忘抗金复国，此中对国运时局的牵挂，是他多首作品的灵魂。"散关"，即大散关，在今陕西；"清渭"指的是渭水，渭水流经长安附近，河流清澈见底。上述两地均位于南郑前线以北，在宋金交界的边境地带，便是词人"横戈盘马"之地。此处词人明说"忽记"，却又流露出魂牵梦系之感，"应如故"更表现出他对前线的担忧。

下阕则流露出世之意，但仍然因抗金报国大业难成而深感遗憾。

"江海轻舟"，即泛舟游览江海河川，暗含隐居的意思。"今已具"是说条件已经成熟。受召归京，词人胸中难免会生出重被启用，再图振兴的希望，于是"一卷兵书，叹息无人付"再次将愁绪与仕途联系起来。"一卷兵书"化用黄石公于下邳圯上传兵书给张良的典故，张良后辅佐刘邦建立汉朝，从中不难窥见词人的壮志。

"早信此生终不遇，当年悔草《长杨赋》。"《长杨赋》：昔日汉代文学家扬雄曾作《长杨赋》讽谏汉成帝，谴责他的荒淫奢侈。此处，词人以《长杨赋》指代自己曾向朝廷上疏献策之事。结尾两句看似平淡，似乎只是词人在无聊地发着牢骚，说自己早就该知道难得重用，当年就不应该抱着希望进言献策，看似在埋怨自己，实际上流露出的是对南宋朝廷的讽刺。

词中包含壮志难酬的忧愤，还有词人内心出世与入世的矛盾。他历经坎坷后方受召归京，早已生发的心灰意冷之念与复燃的救世复国之愿相互交织，令其心情十分沉郁，倾注于词作中，更显内涵厚重。

钗头凤

唐琬

世情薄，人情恶，雨送黄昏花易落。晓风干，泪痕残。欲笺心事，独语斜阑。难，难，难！

人成各，今非昨，病魂常似秋千索。角声寒，夜阑珊。怕人寻问，咽泪装欢。瞒，瞒，瞒！

【赏析】

唐琬为陆游的表妹，二人青梅竹马，情投意合，成人后结为连理。不过婚后的爱情并没有善果，因为陆母的干涉，陆游改娶他人，唐琬另嫁别夫，有情人难以白头偕老。两人分别后，在沈园偶遇。陆游感念旧情，在园壁上题了一首《钗头凤》聊以慰藉，而唐琬则以其女性特有的细腻感触，展示了自己被休弃后的复杂情感，权作对无奈爱情的追悼。

上阕词人以自喻方式诉说处境之难,心事难诉。下阕词人遥想当年,与今日的境况比较,更觉难过悲伤,孤枕难眠,无人体谅。相比较而言,下阕词对自己的现状进行了细致的描摹,在抒情方面更加直接。

词人开篇指斥"世情"和"人情","世情薄,人情恶"是词人在受尽人生的屈辱、折磨后,对世态人情的深刻体悟。"雨送黄昏花易落"一句,是词人的自比,她就像着风雨飘摇中的花朵一般,容易凋零,而风雨其实也是暗喻横在她和陆游之间的种种阻碍。

词人以雨中的花自比,以叶上雨暗喻辛酸泪,词境凄清,词情悲惨苦楚,烘衬唐婉和陆游分别后的如履薄冰的生活。她心事重重无人倾诉,只得"独语斜阑",把万般苦楚深深地埋在心里。

"晓风干、泪痕残",一句将词人的眼泪和昨夜的雨痕相对照。雨水经由晓风吹拂,已然不显湿润,但是词人的泪痕犹在,暗示她垂泪到天明的悲痛心情。"欲笺心事,独语斜阑"是说词人本想给陆游去一封信,可是铺开纸张,却又无从下笔,只得诉倚栏沉思独语:"难,难,难!"

连续三个"难"字连用,是唐婉内心千种愁恨、万种委屈的合力喷发。一来表现她写信寄书之难;二来表现她了断旧情之难,三来表现一个再嫁妇人的生活之难。如此难上加难,女主人公心中的愁苦可想而知。

"人成各,今非昨,病魂常似秋千索"三句在表现手法方面独具匠心。"人成各、今非昨"六个字,跨越两个时空,在今昔对比中烘衬出词人内心的痛苦。而"病魂常似秋千索"以飘荡的秋千比喻自己弱不禁风的病体,想象奇特,艺术感染力极强。

"角声寒,夜阑珊",是对自身苦境的描写。角声凄厉,横贯长空,夜色阑珊,寒气逼人。如此凄清的景致,是女子内心世界的一种外现。环境的有声,渲染词人内心的寂寞,夜色的寂寥,烘衬致使女子一夜难寐的痛楚。这样岑寂的夜晚本来人少,但词人还要说:"怕人寻问,咽泪装欢。"胸有千千苦,却不能为外人道,还得强颜欢笑,其心情之压抑、苦闷力透纸背。

"瞒,瞒,瞒"三字在结构上和上阕的"难,难,难"相对称,突出全词的整体感。在内容和精神内旨上来说,这三字中承载了太多的内容:无法挽回感情的无奈,继续强作笑颜的伪装,以及将真挚爱情深埋心底的忠贞不渝……无论怎么说,看是收尾的结尾,其实像长长的叹息一般,饱含徒劳的悲戚感。

和陆游的同名词相比,唐婉的这首词的景物描写很少,直抒胸臆很多,类似女子自哀自怜、低声哭泣的独语,有女性词作特有的细腻、哀婉,读来就像一抹凉纱落在心间,不由落泪。把它和陆游的原词合读,一段催人泪下的爱情故事跃映眼前。

蝶恋花

范成大

春涨一篙添水面。芳草鹅儿,绿满微风岸。画舫夷犹湾百转,横塘塔近依前远。

江国多寒农事晚。村北村南，谷雨才耕遍。秀麦连冈桑叶贱，看看尝面收新茧。

【赏析】

有宋一代，田园词非常稀少，名作更少。而范成大的词多为田园词，算是宋代特立独行的一位词人。这首词，便是范成大田园词的代表作。

"春涨一篙添水面"这一句不着一字地点出了水面行船的特定情景。作者在春日泛舟顺水游玩，心情格外舒畅，又见"芳草鹅儿，绿满微风岸"，更是喜上眉梢。芳草肥鹅，都是乡村的标志风光，而其中的"满"字，把春天的绿色写的极富盈感，十分生动地展现了春回大地、万物复苏的勃然生机。

"画舫夷犹湾百转，横塘塔近依前远"一句，写出了船上人的特殊视觉感受，"画舫夷犹"、"塔近依前远"传神地将游船进退弯转融入景致的物象中，是以静写动的神来之笔。

下阕词中，作者从所见景物中脱身出来，起笔写"江国多寒农事晚。村北村南，谷雨才耕遍"，简单记叙农事。江南的寒冬持续很长，农事很晚才开始，从村南到村北，直到谷雨时节才全部耕种完毕。这种平白如话的叙述，反映出作者对于农家生活的熟悉和热爱。"江国"指的是江南，其中"江国多寒"、"谷雨"等词汇，极富地域特色。

结尾两句中的"麦秀"指的是麦花，桑叶贱，指的是桑叶繁茂，价钱下降了。"面"指的是新收粮食做的面饼。这些都是作者对农家丰收场景的描述。下阕全文虽然没有一词描写农民们雀跃欣喜的场面，但通过满山的麦穗、繁茂的桑叶、新做的面饼、新收的蚕茧，读者完全能体会到农民们丰收的快乐。

对于词人而言，田园生活就像乌托邦，是逃离官场倾轧的理想栖息地。理想化的田园诗滥觞于陶渊明，极盛于唐朝诗坛，有唐一代，擅长写田园诗歌的诗人不可胜数。王维、孟浩然等人都留有传世的佳作。但到了宋代，由于商品经济的发达，市民生活渐渐成为诗词表达的主题和内容，而田园诗歌逐渐衰落。范成大算是宋代文人里少有的坚持写田园题材的词人。但是在他的田园词中呈现的农村生活，不再具有理想化的塑造，而是真正的耕作和丰收场景，这是宋代田园词和前代同题材作品的大不同。

鹧鸪天

范成大

嫩绿重重看得成，曲阑幽槛小红英。酴醿架上蜂儿闹，杨柳行间燕子轻。

春婉娩，客飘零，残花残酒片时清。一杯且买明朝事，送了斜阳月又升。

【赏析】

春天是一年之始，万物萌动，充满生机，素来被骚人墨客所吟咏。南宋著名词人范成大的这首词亦是写春的作品，但是并没有流入春之赞歌的俗套，而是在描绘绿柳轻扬、繁花盛开的春景中抒发了"身在异乡为异客"的漂泊感，年华易逝的惋惜。尽管如此，字里行间又透露着爽朗的豪情，使得词情沉重却不至沉闷，诚如陈廷焯在《白雨斋词话》中说的："石湖词音节最婉转，读稼轩词后读石湖词，令人心平气和。"

上阕对仗工整，从结构上来看，宛如一首盛赞春景的七言绝句，字句通俗易懂，意境却幽深有致，词风清新自然。

"嫩绿重重看得成"，首句一起就将人引到绿意深深浅浅、萌动勃发的景象中，先声夺人。第二句"曲阑幽槛小红英"继续引着读者的视线延伸：曲曲折折的亭廊延展到深处，绿意浓了，而且万绿丛中一点红，红英点点，丰富了画面色彩。其中的"幽"字，突出了环境的静。

三四句笔锋一转，从静到动，让这个画面更丰富，更具动感。蜜蜂在酴醾丛中嗡嗡飞舞，一派忙碌的景象顿时呈现在眼前。燕子掠过杨柳，轻盈活泼，黑色的燕子和绿色的烟柳相互辉映，春景圆满。

王淇的《春暮游小园》中有诗云："开到酴醾花事了。"暮春，什么花都开过了，这时酴醾才开花，由此可见，这幅春景虽然美好却已入暮，好景也不能长久了，为下阕埋下了伏笔。

下阕紧接上阕，"春婉娩"中的"婉娩"亦作"婉晚"，即迟暮。词人不禁慨叹，已经暮春了。独自漂流异乡的词人感叹人生易老，春尽愁多。为消解胸中伤春、自怜的情愫，词人把酒赏"残花"，以求"片时清"。然而酒醉之时或可求的片刻安慰，酒醒后愁绪不但没有消散却更浓了。"送了斜阳月又升"，此情此景无以消解，词人只好一杯又一杯，期盼在醉梦中忘却作客他乡的愁苦。

无论写景、叙事、抒情都透着词人沉着大气的性格，遣词用句也清新自然，正应了"婉转"和"心平气和"的评语。

霜天晓角

范成大

梅

晚晴风歇，一夜春威折。脉脉花疏天淡，云来去，数枝雪。

胜绝，愁亦绝。此情谁共说。唯有两行低雁，知人倚、画楼月。

【赏析】

在古代，有骨气的人尤为世所称道，文人咏物时也都会把自己仰慕的品格附加到植物身上，这些植物中最著名的就是"岁寒三友"。其中梅和竹、松虽气质相通，但因其拥有婀娜的身姿和清远的香气，更被世人看重。本词就是一首描写梅花的作品，词人在文中借梅花来抒发内心的怅惘与孤寂。

"晚晴风歇，一夜春威折"，点明词中时间为傍晚时分，阴了整日的天空放晴，乍暖还寒的春风也不那么料峭了。不用铺陈昔日的严寒，单一个"春威折"足可想象得到"折"之前的难熬。天放暖后，词人为读者呈现的是一幅绝美的画卷。

"脉脉花疏天淡，云来去，数枝雪"中的"脉脉"是含情想向他人透露心曲的样子，

"花疏"表明梅花此时开得并不热闹，只有零星点缀枝头而已。

梅花三四点，脉脉含情，淡淡微云的天空似乎也受到了感染，向人居高致敬。这些都是静态，"云来去，数枝雪"则将动态美体现了出来，更见云清枝松态。同时"云来去"照应了"天淡"，"数枝雪"照应了"花疏"，这些都是为"脉脉"而做的，使得全词浑然天成。

这些精致的景致"胜绝"天下，但紧接着"愁亦绝"则将行文重点由写景转到了抒情上，并且有了前面冠绝天下美景的衬托，此处的哀愁愈加横绝。"春威折"之前的景致与词人的心境是相通的，"折"之后赏美景述哀情也未尝不可。不光身外风光如何，但有一颗愁心在，都能勾出"愁亦绝"来。

"此情谁共说"，有愁说不出，充分体现了词人愁的程度，景越是"胜绝"，则心中的愁苦越是"亦绝"。"唯有两行低雁，知人倚、画楼月"，词人没有说愁的是什么。但从所选取的意象来看，很有可能是乡愁。"两行低雁"，此时应是南雁北飞时。大雁要回到自己的家乡，而独在异乡的作者却只能仰首眺望，却也只有那低飞的雁群才能见到明月夜倚着花楼的人，心中的悲苦自然愈发持重。

从时间上看这首词并不完整，前面料峭寒风尚在，这边却已南雁还乡了。故而下阕时间应是晚于上阕，但在意境上画楼人的孤独心境却与上面的花疏天淡互相调和，互相对应。景越含蓄，情越真挚。淡景里引出浓愁，良辰中带出寂寞。大浓浓于淡，百寂寂在美，此种手法，颇值得细细体味。

眼儿媚

范成大

萍乡道中乍晴，卧舆中困甚，小憩柳塘。

酣酣日脚紫烟浮，妍暖破轻裘。困人天色，醉人花气，午梦扶头。

春慵恰似春塘水，一片縠纹愁。溶溶泄泄，东风无力，欲皱还休。

【赏析】

同作者其他词不同，本词没有那么多沉重的思绪在其中。据范成大本人《骖鸾录》记载，乾道九年（公元1173年）闰正月末作者赴桂林上任途中过萍乡，当时大雨刚刚放晴，路长春困，词人在柳塘畔稍作休憩。嫩黄的柳叶抽出芽儿来，春塘又被甫才大雨灌满，在这样的环境下，词人不免词兴大发，因而作了这首词。

从记载来看，词人先是因为乏困，再紧接着才休息。所以这首词也是按照这么个顺序来的。"酣酣日脚紫烟浮，妍暖破轻裘"，阳光透过阴雨形成"日脚"，日脚"踏"出了水汽，出现了"紫烟浮"的优美景象。"酣酣"是用来形容色调之深。本词起拍就是一番生机盎然的景色。云脚低垂，水汽浮生，给人以光明温暖又有些潮湿的感觉。"酣酣"、"紫"则将初春"乍晴"时特有的色调交代了出来，颇具暖意。这种气温上的回升先是着"轻裘"的身子感觉到的。

这种天气容易使人心生倦怠，所以词人言道："困人天色，醉人花气，午梦扶头"，温暖的阳光，醉人的花香，更易困乏。"扶头"是一种酒，早在唐时白居易《早饮湖州酒寄崔使君》中就有："一榼扶头酒，泓澄泻玉壶"的记载，在这里也作喝醉一般的状态。"午梦扶头"是说受到"困人天色，醉人花气"的影响，词人昏昏欲睡。

"春慵恰似春塘水，一片縠纹愁"，紧接"午梦"来写，将春日的困倦比作是春塘中的水，这还不够，马上又用了一个比喻，"縠纹愁"那样微妙。一句之内连用比喻，而又十分形象妥帖，这足见词人笔力之深厚。紧接着"溶溶泄泄，东风无力，欲皱还休"，又是一翻新奇之景。东风无力，没有卷起大浪，只是吹皱了一塘春水。待细看时，却又风平浪静，令人无从捉摸，而春慵就像是这水一样，缠绵徘徊又难以消退，十分形象具体。

沈际飞评价本词道："字字软温，着其气息即醉。"（《草堂诗余别集》引）这既是夺天地造化之功，又是作者细腻描写之力。通篇只写一种困乏的感觉，这在古典诗词中是不常见的。

卜算子

游次公

风雨送人来，风雨留人住。草草杯盘话别离，风雨催人去。
泪眼不曾晴，眉黛愁还聚。明日相思莫上楼，楼上多风雨。

【赏析】

江淹《别赋》说："黯然销魂者，唯别而已矣！"这首离别词看似浅显直白，全篇似为不用典实的"大白话"，然而平实朴素的叙述下，深藏情人之间相见离别的悲欢。一句"风雨送人来，风雨留人住"领起全篇，风雨交加的恶劣环境，恋恋不舍的离愁伤人，为销魂的离别定下基调。

送人、留人本是主人公的动作和心理，但是词人迂回运笔，用拟人的手法写风雨送人、留人，艺术效果更具感染力。"风雨送人"是说男子不顾风雨，赶来和女子相聚，然而还没过多久，女子就得知男子一会儿还要远行，于是有"风雨留人"句，说的是女子依依惜别的心理。

连用两个"风雨"，一送，一留，节奏转换快，暗示两人相聚之短暂，从而反衬二人的离愁别绪。至此，词人笔锋陡然一转，写"草草杯盘话别离"。男主人公匆匆而来，匆匆小饮，却是要匆匆离去，苦酒下肚，男主人公不愿意却又不得不开口话别。女主人公刚刚喜悦的心情顿时化作一团云烟笼罩在心头，挥之不去。"风雨催人去"，她是多么恨这催情人离去的风雨，然而却无能为力，只能含着泪为他收拾行囊，送他上路。

"泪眼不曾晴，眉黛愁还聚。"眉黛，指眉。"晴"字一语双关，既写风雨未霁，又写男女主人公的心情就如无止无休的风雨，离别的泪水如雨一样不能停息。离别的愁绪爬上紧锁的眉头，无法散去，形象地描绘了男女主人公小聚之后再别的复杂情绪：依依不舍又无可奈何。

男主人公一步三回首，看到泪眼婆娑的她，深深叮嘱"明日相思莫上楼，楼上多风雨"。男主人公体贴地叮咛她："想我的时候，不要到楼上凝神远望，那里风大、雨大。"言语深处是男主人公对女主人公无尽的爱恋，唯恐她因过度的相思而伤了身体。

全篇四处写到风雨，以风雨起，以风雨结，首尾呼应，结构井然。所抒的情都跟自然界中的风雨紧密地连在一起，传神而感人。

八声甘州

王质

读诸葛武侯①传

过隆中。桑柘倚斜阳，禾黍战悲风。世若无徐庶，更无庞统，沉了英雄。本计东荆西益，观变取奇功。转②尽青天粟③，无路能通。

他日杂耕渭上，忽一星飞堕，万事成空。使一曹三马，云雨动蛟龙。看璀璨、出师一表，照乾坤、牛斗气常冲。千年后，锦城相吊，遇草堂翁。

【注释】

①诸葛武侯：即三国时期的诸葛亮。②转：转运。③粟：泛指粮食。

【赏析】

"隆中"在今湖北襄阳，是一代名相诸葛亮曾经生活过的地方，著名的《隆中对》就是在这里提出的。"桑柘倚斜阳，禾黍战悲风"这一对仗齐整的句子是说斜阳悲风今犹在，不见当年君臣来。在这日暮斜阳、年暮悲风的时候，来凭吊这么一位"出师未捷身先死"的奇人，悲壮气氛力透纸背。词人过诸葛亮躬耕地，怀先贤征讨故事，这三句破题。接下来的就是词人的追思、感触。

"世若无徐庶，更无庞统，沉了英雄"意思是说，如若不是徐庶、庞统等人的推荐，诸葛亮不免会湮没于历史当中。言外之意即是，蜀汉功臣的建功立业和徐庶这个"伯乐"的引荐有着千丝万缕的关系。"本计东荆西益，观变取奇功。转尽青天粟，无路能通"，这四句是对初出茅庐至六出祁山几乎诸葛亮一生的概括。东借荆州，西取益州，然后待机而动，直取宛洛与秦川。但由于荆州方面关羽的失策，导致被孙权所袭击，使得北伐军队只剩下了川陕一路可走，但这条路难比登青天，粮草辎重接济不上，所以无功而返在所难免。

"他日杂耕渭上，忽一星飞堕，万事成空"委婉表达诸葛亮的死亡。在他最后一次北伐时，由于粮草奇缺，只好下令部队在渭水之滨和当地农民一块儿耕作以谋长久。这是针对上面"无路能通"而做出的无奈之举，但这也为北伐的胜利带来了一丝曙光。不幸的是"一星飞堕，万事成空"，建兴十二年（公元234年）秋，诸葛亮不幸病逝五丈原，一切希望"忽"变成了失望。

"使一曹三马，云雨动蛟龙"指诸葛亮死后汉中无大将，再难靖王难，兴汉室，还旧都。而此时司马家族势力却急剧膨胀，经过三代经营，最终取代了曹魏，建立西晋政权。

虽然没有完成刘备死前遗愿，但诸葛亮一纸《出师表》却光耀千古。“看璀璨、出师一表，照乾坤、牛斗气常冲”。《出师表》中字字是忠，句句是泪，历来为仁人志士所推崇。“看璀璨”，极言出师一表的名世，纵千年后“锦城相吊，遇草堂翁”。直到此时还有人景仰他，这在历史上可能再没第二人能“堪伯仲间”了。“草堂翁”指的是杜甫，他游武侯祠时写的一首《蜀相》，道出了千古英雄的悲哀。千古诗圣为千古名相作此千古诗篇，这首诗的价值不啻任何人间至宝。

词人是宋人，杜甫是唐人，不同时期不同地方的人怀着同样的心情来膜拜诸葛孔明，都有着极为深刻的社会意义。杜甫时战乱不已，诗人渴望一个有诸葛亮般赤诚忠心又胆智卓越的人来营造一个安定的局势。而王质所希望的正是孔明所未完成的恨事，渴望南宋朝廷能有诸葛亮一样的大臣领导北伐成功。越是怀念就越说明南宋小朝廷的懦弱无能，也是对那些“直把杭州作汴州”的高层的鞭笞。

好事近

杨万里

月未到诚斋，先到万花川谷。不是诚斋无月，隔一庭修竹。

如今才是十三夜，月色已如玉。未是秋光奇艳，看十五十六。

【赏析】

这是一首描写月色的小词，通过比较写出了月的神与韵。

杨万里住的地方叫诚斋。“月未到诚斋，先到万花川谷”，未免有些遗憾，但到了自家的花园里（“万花川谷”）也是颇值得欣慰的事。更何况婵娟并非无情，事事常盈画溪。“不是诚斋无月，隔一庭修竹”，就是这庭修竹的遮挡月光才不见的。月下修竹，又是别有一番滋味。同时一轮圆月，朗照在万花川谷中，向前流逝，又疏散地洒在庭内，到诚斋这里，由于“横柯上蔽”，又成了晦暗的颜色。四句中，蕴涵三种境界，不着月光一字而媚态全出，非闲情逸致之人断不能写得如此脱俗。

下阕是上阕描写月色基础上的递进。“如今才是十三夜，月色已如玉”，还没到极致时就这么美了，那到了十五六日就更别具一种境界了。“未是秋光奇艳，看十五十六”，这句明显是以十三日的月亮衬托十五六日的月亮。两种月色遥相辉映，则更各得其妙了。虽未写圆月之态，不是不想写，确实是那种令人窒息的美无法用语言文字形容。有了本词的衬托，则读者自己可以设想那泓天上的月光泉泻在人间的壮美场景。

这正是杨万里独特的词风。作者将自己的主观情感尽可能地投射到景物上，想象力奇特，例如本词的“未到诚斋”、“先到万花川谷”，将月色比作一位姗姗来迟的少女。词人只看到月光照在了自家院落里，说明词人自得其乐，不愿同世俗为伍。花代表着高洁，竹代表着正直，书斋则是词人精神的觅归点，月光如玉也正是词人品格的真实写照。

故《宋诗钞·诚斋诗钞》中点评他的诗：“落尽皮毛，自出机杼”，是说他的诗风自然，不刻意描写，却能常取得别人意想不到的功效。也正因如此他的诗词才能在当时取得"今日诗坛谁是主，诚斋诗律正施行"（姜特立《谢杨诚斋惠长句》）的一家独霸地位。

昭君怨

杨万里

咏荷上雨

午梦扁舟花底，香满西湖烟水。急雨打蓬声，梦初惊。
却是池荷跳雨，散了真珠还聚。聚作水银窝，泛清波。

【赏析】

杨万里的词中有一种清新怡然的闲适感，而且他总是把闲适写得委婉曲折，别有风味，欲状其物而偏偏先言他物，似于花园中置一影壁，吊足胃口，步履一转则豁然开朗，千般风致尽收眼底。

本词题注为"咏荷上雨"，可见这是一首咏雨中荷的词作。词人从"午梦"起笔，暗设悬念，不禁让人想知道他梦中的所见。梦中，一叶扁舟流连于西湖上，湖中莲叶相接，亭亭而立，风致尽显。微风袭来时，清香满溢，却见一篷袅娜的荷花浅藏于深深浅浅绿叶中，那香气浸润在西湖的蒙蒙烟雨中，沁人心脾。词人沉浸在这一派宜人境中，飘然欲仙。突然好梦被"急雨打蓬声"惊醒，迷迷蒙蒙中还以为自己身在扁舟。这时才发现原来窗外风雨大作，斋中满塘翠荷在雨中奏起乐曲。

词人坐定，见雨珠如玉，在碧翠的荷叶上跳上跳下，"散了真珠还聚"。词人把打在荷叶上的雨珠比作真珠，别有韵致。而"聚作水银窝，泛清波"一句聚焦单独的一颗雨珠。词人见着它由诸多的水珠汇集，然后越变越大，最后，荷叶承受不了它的重量，任它落下。大雨珠滴入水中，泛起一阵清波，晶莹灵动。

杨万里写词，最讲"活法"，"透脱"，荷花、雨景本是平常事物，但词人细笔精工，俨然把花写得如娉婷少女，把水珠绘得如调皮灵童，品之有味且回味无穷，越读越觉得别有洞天

水调歌头

朱熹

隐括杜牧之齐山诗

江水浸云影，鸿雁欲南飞。携壶结客何处？空翠渺烟霏。尘世难逢一笑，况有紫萸黄菊，堪插满头归。风景今朝是，身世昔人非。

酬佳节，须酩酊，莫相违。人生如寄，何事辛苦怨斜晖。无尽今来古往，多少春花秋月，那更有危机。与问牛山客，何必独沾衣。

【赏析】

朱熹重阳节登高，眼见秋景，胸怀舒展畅快，顿生感慨，借杜牧诗《九日齐山登高》作此抒情词。朱熹在词中注入了自己独特的儒家哲学思想，一改原诗的消极情绪，推陈出新地化出了积极意义。

词人登上秋山后，倒影在江水中的无限秋景映入眼帘，却只落笔在"云影"二字，意境深远。此时仰头又见大雁欲飞向南方渡过寒冷的冬天。紧接着，词人自问"携壶结客何处"，答得却是"空翠渺烟霏"。语间似答非答，表明醉翁之意不在酒，而在那烟雾缭绕漫山碧翠中。

交代了时令、景致、人物，词人开始借机抒发人生感慨。他说尘世多俗事，营营扰扰，难得有畅心的片刻。但是今日不同，不但可以登山，还可以把紫萸、黄菊插满头，玩得尽兴了再回去。"风景今朝是，身世昔人非"壮阔抒怀，颇有几分及时行乐的意味。

"酬佳节，须酩酊，莫相违"，好似词人当面劝酒，要同行宾客趁着这良辰美景酩酊大醉一次，无须推辞，浪费美好光阴。"人生如寄，何事辛苦怨斜晖"一句，词人把人生在世比作寄生，既然它如白驹过隙倏忽而过，何苦对着落日余晖自伤自怜。

之后，词人的思绪穿越古今，词境顿然开阔。他想到古往今来，沧海桑田，有无数的春花开了又谢，亦有无数日的月亮盈了又缺。在词人看来这些都是大自然的恒定变化，也正是因为这种循环变化的存在，自然才有了源源不断的生机。"那更有危机"是说如果能够明白这样的道理，就不会再有危机感。

"与问牛山客，何必独沾衣"化用了春秋齐景公的典故。有一次，齐景公登牛山，北望国都临淄，流着泪说："若何滂滂去此而死乎！"流露出一种无法挽回逝去时间的伤感。朱熹反问"何必独沾衣"？人世无常，变幻难定，无人幸免，所以无须太执着。

杜牧在诗中的旷达是一种无可奈何的自慰，令人压抑。而一经朱熹化用之后，把自然与人生结合，成为积极面对人生的寄语。词人点石成金，以理性的思辨解读生活和自然，不失为大快人心。

如梦令

严蕊

道是梨花不是，道是杏花不是。白白与红红，别是东风情味。曾记，曾记。人在武陵微醉。

【赏析】

南宋周密《齐东野语》中有载，严蕊曾经和唐与正饮酒，唐与正"酒边尝命赋红白桃花，即成《如梦令》"。可见，这首小令是为咏物而作。

发端二句凌空而来，大有振聋发聩的感觉，细加玩味，虽明白如话，却决非一览无余。为写桃花，先说梨花、杏花不是桃花，桃花宛如姗姗来迟的女子，千呼万唤始出来。接下来说桃花"白白与红红"的颜色，暗指它风韵别具一格，既有梨花之白，又有杏花之红，白中带红，如佳人冰雪肌肤微露红晕，有娇羞之态。

"白白"、"红红"两组叠字，简练、传神，使人如亲眼看见红粉交错、繁花满枝的娇妍景致。"别是东风情味"中的"情味"本为人心所有，词人将其寄语桃花，表面上是说桃花似梨似杏，又非梨非杏，而且比起梨花、杏花，却更有别一番风味。而从精神内涵上来讲，亦是以物况人之笔，暗指自己洁身自好的精神品格。

最后三句，则径承此意，化用桃花源的典故，进一步说桃花的高风逸韵。《桃花源记》中有云："武陵人曾缘溪行，忘路之远近，忽逢桃花林，夹岸数百步，中无杂树，芳华鲜美，落英缤纷。"武陵源是陶渊明幻想的人间仙境，词人由眼前桃花想到武陵源的桃花，一下子升华了桃花的精神，从本质上区分了它和杏花、梨花。

词人所咏的桃花，为红白桃花，按照明李时珍《本草纲目·果部》中的记载，红白桃花，即一树分二色的桃花，和一般的桃花相比，更加美丽诱人。北宋邵雍曾诗"施朱施粉色具好，倾城倾国艳不同。疑是蕊宫双姊妹，一时携手嫁东风。"赞的就是这种桃花。和邵诗相比，严蕊的小词含蓄隽永，别有意趣。

卜算子

严蕊

不是爱风尘，似被前缘误。花落花开自有时，总赖东君主。
去也终须去，住也如何住！若得山花插满头，莫问奴归处。

【赏析】

按照宋朝的规定，官吏可以和官伎有来往，但不能生出私情，否则双方都要受到惩罚。严蕊曾经和知州唐与正有交往，后来唐与正官场失利，这件事情被他的政敌利用，结果严蕊被判入狱，受尽折磨。狱吏曾多次诱使她招供，但严蕊宁死不从。后来一名官吏怜惜她，让她作词自陈，于是就有了这首《卜算子》。

首句开门见山，为自己申诉。"不是爱风尘"却沦为风尘，词人的无可奈何喷薄而出。她把这种不幸归为"似被前缘误"，其中的"似"略带疑问语气，暗含宿命论的无助、自怜。

"花落花开自有时，总赖东君主"破除前面的疑问，把导致自己深陷囹圄的罪责归于"东君主"。"东君主"是司春的神灵，掌控花朵的命运。对于花朵而言，无论是开是谢，都只得被动接受。词人在这里以花自喻，以花开花落暗喻自己的朝夕祸福。虽然没有直接表达自己的不满、无奈，但字里行间的怨气依然表露无遗。

身陷囹圄的词人，深知自己的被动处境，认清了这点，心境反而透彻了，自言"去也终须去，住也如何住"，虽然听起来有些消极，其实她内心是一份光明磊落的淡然。

收笔两句是词人对未来的设想，她说："如果我获得释放，我会头戴山花离开这个是非之地。到时请你们不要问我要归向何处。"其中"山花"指代悠然自得的田园生活。

全句既表达了对美好生活的向往，同时也暗含对现实生活的厌倦、对个人原则的坚持。

这首牢狱自白词，情真意切，不卑不亢，充分表达了被侮辱被损害者的心声和气，外柔内刚的女子形象鲜活欲出。另外赋比结合，结构严谨，上阕要求释放，下阕渴望自由生活，语言明快犀利，牵动人心。

六州歌头

张孝祥

长淮望断，关塞莽然①平。征尘②暗，霜风劲，悄边声。黯销凝。追想当年事③，殆④天数，非人力；洙泗⑤上，弦歌⑥地，亦膻腥⑦。隔水毡乡，落日牛羊下，区脱纵横。看名王⑧宵猎，骑火一川明，笳鼓悲鸣，遣人惊。

念腰间箭，匣中剑，空埃蠹，竟何成！时易失，心徒壮，岁将零。渺神京。干羽方怀远，静烽燧，且休兵。冠盖使，纷驰骛，若为情！闻道中原遗老，常南望、翠葆霓旌。使行人到此，忠愤气填膺，有泪如倾。

【注释】

①莽然：草木丛生貌。②征尘：路上的尘土。③当年事：指靖康间金兵南侵灭北宋的事。④殆：大概、也许。⑤洙泗：古代鲁国的两条河，洙水和泗水，流经曲阜。此处代指中原地区。⑥弦歌：弹琴唱歌，此指礼乐教化。⑦膻腥：牛羊的气味。⑧名王：古代少数民族对贵族头领的称呼。

【赏析】

"长淮"为宋金绍兴议和之后划定的两国边境线。词人起笔就提到令人耻辱的边境线，引人注意，情感激烈悲壮。往昔繁华的淮河沿岸，如今纵眼望去，只是茫茫一片、荒无人烟。在这荒凉的国界上，征尘扑面，寒冷的风猛烈地刮着，周遭寂静如鬼。词人用"平"字形容莽原，用"暗"字形容尘土，用"劲"字形容霜风，然后又用"暗销凝"三字总括景物基调，如此层层演进，长淮附近的萧条、荒凉皆横陈纸上。

望着边境线的远方，词人黯然地陷入沉思，开始慢慢追忆痛心的往事。当初靖康之难，二帝被俘，宋向金屈辱求和，签订不平等的协议，词人猜想这一切大概都是因为上天的定数，而与人事无关。"殆"、"非"两个带有强烈感情词语的运用，道出词人的这种猜想不过是聊以自慰，其无可奈何可想而知。

"洙泗上，弦歌地，亦膻腥"三句，则是词人对故地现状的想象。洙、泗二水流经的山东，本是圣人布道的地方，而今却为金人占领，成了他们的领土。继而词人写到与自己有一水之隔的淮河北岸，"隔水毡乡，落日牛羊下，区脱纵横"，他想象着金人把曾经的农田变成牧场，放牧牛羊，建设"区脱"（胡人防敌的土室），其中"纵横"二字，极言其工事、防守之严密。之后"看名王宵猎，骑火一川明，笳鼓悲鸣，遣人惊"四句，则是在此基础上继续渲染金国的防备严密，从反面暗示本国国势可危。

词的下阕转为写能人志士有志报国却壮志难酬的苦衷，同时也是对南宋小朝廷偏安从"念腰间箭"一直到"岁将零"都是词人在感叹难以报国的悲痛。腰间的箭与匣中的剑都因为年久不被使用，而被蠹虫蚀坏。随着时光的流逝，健壮的年岁已经老迈，纵然壮心不已，白发老夫也难再有少年的精力坐镇杀敌、驰骋沙场。

从"渺神京"到"若为情"，为词人对于南宋偏安小朝廷的指控。神京路远，不但指空间上的远，也指时间上的远，可见词人心间隐隐的失望情绪。干，即盾；羽，为雉尾。《尚书》中记载，舜曾大修礼乐，使远方的苗族归顺，"舞干羽于两阶"。此处写干与羽难以再舞，暗讽南宋朝廷休兵求和、丧权辱国。

"闻道"到"有泪如倾"为最后一小节，写宋朝百姓殷切的希望落空与词人的悲愤心情。中原的父老乡亲日夜都盼望着南宋可以早日打败金国，收复失地，因此常常向南眺望，看是否有宋的官兵前来。"翠葆霓旌"指宋帝车驾。但他们的期盼最终不过竹篮打水一场空，"使行人到此，忠愤气填膺，有泪如倾。"

其中"有泪如倾"用夸张的手法，极言人们失望、悲愤的复杂情感。

词人来到这里，思及往事，念及此情，满腔义愤，却不能有所作为，不禁感怀伤心，空自涕泪。整首词声情并茂，壮怀激烈，沉郁亦顿挫，字字皆血泪，句句属惊心，不乏"国破山河在，城春草木深"的暮年悲切。

水调歌头

张孝祥

泛湘江

濯足夜滩急，晞发北风凉。吴山楚泽行遍，只欠到潇湘。买得扁舟归去，此事天公付我，六月下沧浪。蝉蜕尘埃外，蝶梦水云乡。

制荷衣，纫兰佩，把琼芳。湘妃起舞一笑，抚瑟奏清商。唤起九歌忠愤，拂拭三闾文字，还与日争光。莫遣儿辈觉，此乐未渠央。

【赏析】

诗人屈原的不朽诗篇与高洁品质历来为人们称颂。词人张孝祥的身世与诗人屈原有类似的地方，屈原曾因被谗而流放湘水流域，而张孝祥同样被谗落职，于流落期间曾泛舟湘江，感而作此词。此作不但化用了《楚辞》的一些语句与典故，也在其中由衷地赞赏了屈原高洁的情操，同时也寄托了词人自己因被逐而有的怨恨。

第一句中的"濯足"、"晞发"与"北风凉"出自三个不同篇章：《楚辞·渔父》："沧浪之水浊兮，可以濯吾足"；《楚辞·九歌·少司命》："与女沐兮咸池，晞女发兮阳之阿"；《诗经·邶风·北风》"北风其凉"，这三句其实是词人的想象词句。他想象着自己能够在清流急滩中洗净双脚，在北风中晾干头发，以此情景显示出其对高洁品格的向往之意。

"吴山"句写词人把自己的想象付诸行动，决定到现实中的湘江去，沿着屈原的脚步寻访一遍。词人买了一叶小舟，在六月的时候行往沧浪之水。

《史记·屈原贾生列传》有曰"蝉蜕于浊秽，以浮游尘埃之外，不获世之滋垢，皭然泥而不滓者也。"而《庄子·齐物论》有曰"昔者庄周梦为胡蝶，栩栩然胡蝶也。""蝉蜕尘埃外"是词人对于能够摆脱尘世、自由生活的向往，"蝶梦水云乡"即词人对于隐居生活，或者是庄子物我两忘境界的追求。

接着下阕词人化用"制芰荷以为衣兮，集芙蓉以为裳"、"纫秋兰以为佩"（《离骚》）和"瑶席兮玉瑱，盍将把兮琼芳（《楚辞·九歌·东皇太一》）"三句，说自己也要像屈子一般"制荷衣，纫兰佩，把琼芳"，然后他又幻想湘水之神翩然而至，抚着琴瑟奏出哀婉缠绵的音乐。

对于湘水之神的想象唤起了词人对于屈原（"三闾"即指屈原）的崇敬之情，在他看来，屈原的文笔可以"与日争光"，足见他对屈原的仰慕之深，以及对屈原不幸命运的同情之深。

"莫遣儿辈觉，此乐未渠央"化用王羲之的典故，《世说新语·言语》中有道："年在桑榆，自然至此，正赖丝竹陶写，恒恐儿辈觉，损欣乐之趣。"意思是诗人由想象回到现实，心中的欢乐还未结束，婉转而意深，其中暗含怨艾，供人品味。

水调歌头

张孝祥

金山观月

江山自雄丽，风露与高寒。寄声月姊，借我玉鉴此中看。幽壑鱼龙悲啸，倒影星辰摇动，海气夜漫漫。涌起白银阙，危驻紫金山。

表独立，飞霞佩，切云冠。漱冰濯雪，眇视万里一毫端。回首三山何处，闻道群仙笑我，要我欲俱还。挥手从此去，翳凤更骖鸾。

【赏析】

张孝祥曾在乾道三年（公元1167年）三月中旬乘船路过金山，登临山中寺院，被眼前壮美的景色吸引，写下这首词。词中他为自己在皎洁的月色下创造了一个现实与想象相互交叉的世界，虚实相生，充满了浪漫主义色彩。

首句写词人在金山上，俯瞰祖国江山，赞叹其雄美壮丽，感受着夜晚才有的风露寒凉，生出奇思异想："寄声月姊，借我玉鉴此中看。"他想问问天上的月亮，是否愿意借他光可鉴影的玉盘，好让自己从其中看清奇异的景色。

次句承接上句的"看"字，写词人在月光的清辉之下看到鱼龙悲啸在幽深的沟壑间，万千星辰倒影在水光之中，轻轻地摇晃，海上的雾气在夜晚中慢慢弥散。"涌起白银阙，危驻紫金山"中的"白银阙"，指金山寺，"紫金山"即为金山。词人的视角慢慢从水中转向山上，远看那金山仿佛是从水中涌出来的一般，令人在虚实之间难辨真假。

屈原《九歌·山鬼》中有"表独立兮山之上"的句子，张孝祥的"表独立"一句即从此处化用而来，塑造出词人在夜晚的山顶遗世独立、潇洒孑然的身姿。"切云"出自《楚辞·涉江》"冠切云之崔嵬"，为古代一种高冠的名称。"飞霞佩，切云冠"的意思是说词人想把天空中的飞霞摘下来作为自己的佩饰，把云朵揽过来作为自己的头冠。

经由这般细致打扮的词人，继续在想象的世界里游走，披着幽幽的月光犹如沉浸在冰雪的包围中，神清气爽。而"眇视万里一毫端"进一步烘托月光之亮，正是因为月亮把黑夜照得如白天般通明，才会让词人以为自己能看到千里之外的细微景物。这虽然是一种夸张的手法，但通过"藐视"一词已足见词人心怀的舒畅和环境的寥高悠远。

如此不同凡响的想象后，"回首三山何处，闻道群仙笑我，要我欲俱还"三句又把读者带入了一个仙境：众多仙人笑着招手唤他，邀他一起去那缥缈朦胧的仙山。"三山"，指传说中蓬莱、方丈、瀛洲三座仙山。词人心灵的愉悦转化为虚拟的物象，词境玄妙，令人神往。

结尾两句分别化用李白的"挥手自兹去，萧萧班马鸣"和韩愈的"远胜登仙去，飞鸾不暇骖"，意思是说词人在想象中的仙人的召唤下，愿意从此抛弃人世，挥手骖鸾远去仙山。"翳凤"指以凤羽做成的华盖；"骖鸾"为以鸾鸟驾车。其冷然之姿潇洒出尘，豪迈中满含奇气，可谓飘然欲仙。

全词起于实景，结于虚境，词中想象瑰丽、虚实相生，显示出词人的旷达胸怀。

水调歌头

张孝祥

闻采石矶战胜

雪洗虏尘静，风约楚云留。何人为写悲壮，吹角古城楼？湖海平生豪气，关塞如今风景，剪烛看吴钩。剩喜然犀处，骇浪与天浮。

忆当年，周与谢，富春秋。小乔初嫁，香囊未解，勋业故优游。赤壁矶头落照，肥水桥边衰草，渺渺唤人愁。我欲乘风去，击楫誓中流。

【赏析】

张孝祥是南宋时的爱国词人，而此首词又是他爱国词篇中的名作。绍兴三十一年（公元 1161 年）十一月，中书舍人、督视江淮军马府参谋军事虞允文率军在采石矶打败金主完颜亮，赢得宋室南渡以来难得的捷战。捷报传来，心系国家安危的张孝祥自是格外欣喜，但是由于他没能亲自参战，这份欣喜中还夹杂着遗憾。

词人开笔写大雪洗净了金兵侵略的尘埃，所有的厮杀暂时归于平静，而自己却滞留后方，不能上前线为国出力，"风约楚云留"用拟人手法把这种遗憾写得委婉有致，风云好像有感情一般，把自己留在了荆楚之地（当时作者正在宣城、芜湖两地周旋）。战胜后的喜悦和不能效力的痛苦在词人心中相交织，喜中含悲。这个时候不知道是何人在城角吹起了悲壮的号角声，那声音如同潮水倾泻（"何人为写悲壮"中的"写"，通"泻"）一般，声声入耳，敲打着词人的心。此处的"写"字，把不可触摸的声音物化，从侧面烘托出号角声的雄壮，同时也展现出词人苍郁的内心。

紧接着三句表达词人矛盾的心情："小儒不得参戎事，剩赋新诗续雅歌"（张孝祥《辛巳冬闻德音》）本有壮志豪情、想一试身手，却无缘杀敌，只得借助文字表达自己的希冀。他想到关塞之地仍然有待收复，不由得拿出刀剑，借着灯光仔细检查刀锋，这个细节动作的再现透露出了词人建功立业、为国杀敌的强烈愿望。

看着看着，思绪翩然，仿佛自己飞跃山河，来到了采石战场，"骇浪与天浮"句颇有苏轼"乱石穿空，惊涛拍岸，卷起千堆雪"中的气势，惊心动魄的阔大场面跃然纸上。通观上阕，想象奇特，词境雄壮，词人听到捷报后的亢奋、悲慨情绪溢于言表。

下阕"忆"字起笔，置换时空，写词人由采石之战引发的联想：赤壁之战与淝水之战。"周与谢，富春秋"，词人想到周瑜与谢玄建功立业时都正值年富力强的美好年华。言外之意是希望自己也能像当年的周瑜、谢玄一样大展宏图。

"小乔初嫁，香囊未解，勋业故优游"继续上面的话题，写周瑜和谢玄的骁勇、儒雅兼备，让人想起苏轼的那句"小乔初嫁了，雄姿英发"，刚柔交汇，意境别致。而其中的"优游"二字又把他们取得功勋的过程写得举重若轻，词人对他们的赞誉之高可想而知。

行文至此处词人转而写景："赤壁矶头落照，肥水桥边衰草，渺渺唤人愁"，词情生新。周瑜、谢玄纵横驰骋过的地方——赤壁矶头与淝水桥边——如今却笼罩在暗淡的夕阳之中，衰草连天，显得荒芜不堪，使人不得不哀愁喟叹。"渺渺"二字是形容景致凄凉，同时也是在暗示词人绵绵无绝期的愁绪。词人想到祖国大量的失地有待收复，而如同周瑜、谢玄那样的大将却是少之又少，不禁愁从中来，刚刚还兴奋的心情转眼间化为虚无。

但是词人并没有沉浸在忧伤的气氛中，而是发出了"我欲乘风去，击楫誓中流"的呼声，他愿意乘着风飞奔至前线，击楫中流，扫清中原的敌人。词情慷慨激昂，发聋振聩。

写作这首词时，词人正是血气方刚的年纪，词风受苏轼的影响很大，因此笔触所及的地方，都流露着刚健含婀娜的意趣。

木兰花慢

张孝祥

送归云去雁，淡寒采满溪楼。正佩解湘腰，钗孤楚鬓，鸾鉴分收。凝情望行处路，但疏烟远树织离忧。只有楼前流水，伴人清泪长流。

霜华夜永逼衾裯，唤谁护衣篝？念粉馆重来，芳尘未扫，争见嬉游！情知闷来殢酒，奈回肠不醉只添愁。脉脉无言竟日，断魂双鹜南州。

【赏析】

在金兵南下攻宋时，国内一片混乱，上至达官显贵，下至平民百姓，纷纷南渡，张孝祥也在其中。在这个过程中，他和一位李姓女子相识相恋，但之后词人却被迫另娶他人，不得不与李氏分离。这首词正是词人的别后相思之作。

上阕开篇以秋景寄托离情。那在云中归去的大雁，就如同离别的李氏已经远去，此时伫立在溪楼上的词人，望着满眼秋色，感觉到了淡淡的寒意，这寒意既是真实的初秋感觉，也是因离别而引起的内心感受。后三句追忆惜别：解佩分钗，相恋的两个人互赠信物，依依惜别。其中"鸾鉴分收"四字化用南朝徐德言和其妻破镜各留一半的情景，暗示破镜难再圆的悲剧结局。

"凝情望行处路，但疏烟远树织离忧"两句写词人在情人离开后所见所想。他静默地站立在原地，远望着吞没了情人背影的长路，被淡淡疏烟、树影笼罩。词人用"织"字形容烟影交错的景象，静态中表述出一种动态，离忧仿佛词人的内心一般绵软，让人不忍触碰。无法挽留情人的词人，只能看着那楼前默默长流的水，独品伤悲，静静地流泪。"伴人清泪长流"一句，把流水写得善解人意，这种移情入景的手法，表面写水多情，实际上是在影射词人为情所苦。

在此后，词人开始预想没了恋人陪伴的生活。以往秋深雾浓时，总有伊人为他打理衣服被衾，可如今再也不会有人记起这些了。"念粉馆重来"，词人旧地重游，昔日二人嬉闹的地方，如今尘埃满院，只剩下他一个人在她残留的香气中寻找记忆了。这里词人欲写苦情反写蜜事，以今日的"无"来反衬往昔的"有"，离别对比，用笔曲折，相思的苦痛如娓娓道来。

"情知"两句为词人以己之情揣度昔日恋人此时的心理，想象着她也和自己一样正被别愁深深困扰，只能借酒来浇愁。但"举杯消愁愁更愁"，酒喝得愈多，思念愈是千回百转，折磨词人。恋人所去之地浮山在江北，而张孝祥所居之地在东南，二人虽然彼此牵挂，却遥遥相隔不能在一起。所以词人"脉脉无言竟日"，看着双宿双飞的凫鸟黯然销魂，遥想"南州"（暗指李氏居住的地方）。

整首词有景有情，有现实有回忆，也有预想，笔触柔情细腻，直叙中亦有伤怀，平常而不流于呆板，婉转摇曳，情深款款。

木兰花慢

张孝祥

紫箫吹散后，恨燕子、只空楼。念壁月长亏，玉簪中断，覆水难收。青鸾送碧云句，道霞扃雾锁不堪忧。情与文梭共织，怨随宫叶同流。

人间天上两悠悠，暗泪洒灯篝。记谷口园林，当时驿舍，梦里曾游。银屏低闻笑语，但梦时冉冉醒时愁。拟把菱花一半，试寻高价皇州。

【赏析】

词人和李氏分别后，写了一系列的《木兰花慢》词，这是其中的第二首，创作时间稍晚于上一首。尽管如此，词人的相思愁绪并没有减少几分，反而像醇酒一般愈久愈浓，在收到李氏的来信后，这种愁绪更是一发不可收拾。

"紫箫"用典，化用春秋时期弄玉与萧史的故事。本来是一段浪漫的恋情，但"吹散后"三字让浪漫戛然而止。"恨燕子、只空楼"中融入的是燕子楼背后的爱情悲剧：关盼盼旧情难忘，在张愔死后，独居张愔为她修建的燕子楼中，十年不嫁。词人借这两段凄美的旧事，暗示自己对于李氏的念念不忘。

接着词人用"念"字引起三个排比，象征逝去的恋情难以挽回。月亮圆时短，缺时长，玉簪断而难连，覆水倒而难收。它们都是美好的事物，可一旦逝去都难以再回复原状。

"青鸾"句把李氏来信比作青鸾传书。信中叙说李氏孤独愁苦的生活，"霞肩雾锁"言环境凄凉无比，"不堪忧"以情语入景语，诉说双方的离愁别苦。"情与文梭共织，怨随宫叶同流"两句又把李氏的信和苏蕙织的回文锦字书、唐代宫女的红叶题诗相提并论，其中悱恻缠绵，含愁带悲，令人心痛。

下阕转而再忆两人往昔的美好时光。如今两人相距遥远，就如人间与天上般被分开，难以再有相见之日，双方只有独自对着烛灯洒泪。"记谷口园林"直到"醒时愁"为词人对初见相识的回忆，记得那天在谷口园林的客栈与李氏相遇，她在银屏的掩映下低语浅笑，令词人心动不已。分别后词人无数次在梦中造访那个旧客栈，重温往昔的温柔，醒来时发现不过是旧梦一场，愁上添愁。

尾句词人突然从刚刚的低回情绪中振作起来，他不相信两人从此永不能相见。"菱花一半"指的是徐德言与乐昌公主的故事，二人诀别时，各执半镜，相约在正月的时候在集市上卖镜，希望可以借机相见。词人也希望自己可以拿着与情人分别时的菱花镜，于茫茫人海中和李氏相遇，期待团圆。

词人通过大量的典故写自己的情事，词小义丰，婉转传神，不但能够曲折地表达出词人难以言传的相思情意，亦令意境迷离朦胧，摇曳生姿。

念奴娇

张孝祥

过洞庭

洞庭青草，近中秋、更无一点风色。玉鉴琼田三万顷，着我扁舟一叶。素月分辉，明河共影，表里俱澄澈。悠然心会，妙处难与君说。

应念岭表经年，孤光自照，肝胆皆冰雪。短发萧疏襟袖冷，稳泛沧溟空阔。尽吸西江，细斟北斗，万象为宾客。扣舷独啸，不知今夕何夕。

【赏析】

宋孝宗乾道二年（公元 1166 年），时任广南西路经略安抚使的张孝祥因遭谗而被降职，贬谪路上经过洞庭湖，看到洞庭湖壮阔的仲秋夜景，天人合一的宇宙意识被触发，挥笔写下来了这首饱含"前无古人后无来者"之历史忧思的词作。

开篇写平湖秋月的美景。洞庭湖边青草郁郁葱葱地长了茫茫一片，在这个接近中秋月圆的时候，本来就有些苍凉的景致因为没有一丝风的吹动，更显得静谧。皎洁的月光照耀着万顷良田，"三万顷"是夸张手法的虚指，极言景致的壮阔。词人在一叶扁舟上见到如此美景，感受到自己处在天地之间，虽然渺小却有着如鱼得水般的自在，心中舒坦至极。

"素月"句写月光、星光一同倒映在静谧的河面上，天地间一片空明透彻，让人有了然顿悟的感觉，但"悠然心会，妙处难与君说"。只可意会不可言传的妙处，从反面暗示词人所见之美妙和词人自身的赞叹不已。词人在此情此景中感受到极度的惬意与快意，并且完全陶醉在自我的世界中。洞庭夜景仿佛是一个可以洗涤人心灵的桃源，与外界纷扰的尘世完全隔绝，可使人暂忘忧愁。词人道"难与君说"，因为那是需要每个人用自己的心去亲自体会的，只有在把自身与大自然彻底融合后，才能得到这种超然的感受。

下阕词人回想自己的官场生活与在顿悟后产生的奇思异想。"岭表"为两广地区，是代指词人在那里的官场生活。"孤光自照，肝胆皆冰雪"是词人的心迹表白。仕途路上鱼龙混杂，但词人坚持不同流合污，并以冰雪暗喻自身之洁身自好。"短发"句写词人虽然现在已经头发稀疏，衣单体寒，但是能够在这片沧浪之海中找到安定和谐，感受到天地间壮阔空灵之美，也算是庆幸。

这时词人突发奇想，有了"尽吸"句，想象自己欲要吸进西江水，把天上的北斗都摘下当作自己的勺子，把天地万物都邀请而来做自己的宾客，与他们对斟对饮。这幅想象中的画面，气象阔达，从侧面衬托出词人旷达的胸襟，人与自然万物融合在一起，一切皆可与我同息同乐，传达出以"我"为主的宇宙意识。

就在词人的想象达到高潮时，他回到现实中，"扣舷独啸"，望着雄美的景象自问："不知今夕何夕"。词人看似进入了忘我的境界，实则是在说富贵荣辱不挂心，从而获得了心灵的洗涤与升华。

张孝祥此词有着苏轼的遗风，豪迈旷达，超尘出俗，令人神往。

探春令

赵长卿

笙歌间错华筵启，喜新春新岁。菜传纤手，青丝轻细。和气入、东风里。

幡儿胜儿都姑姊，戴得更忔戏。愿新春以后，吉吉利利，百事都如意。

【赏析】

赵长卿此作看似平平无奇，遣词多口语，结构无甚曲折回环的地方，词意也是一望可知，全无委婉含蓄的美感。宋人因此将赵长卿评做三流词人，而朱祖谋选编《宋词三百首》时更是没有收录赵长卿的任何一首词。然而，所谓大俗即是大雅，大雅即是大俗，雅俗之间，本就无什么绝对界限。短短五十二个字，赵长卿将新春佳节的欢乐气氛、宴饮场面的丰盛、姑娘稚子的欣喜以及词人的美好祝愿，都详尽地展现了出来，意蕴丰富，言有尽而意无穷。

上阕写新春宴饮的景象，其中笑语不断，场面热闹。"笙歌间错华筵启"，写丝竹奏响，华筵正式开始，"笙歌"、"华宴"等字眼，表明这并非普通人家的宴席。"喜新春新岁"，点明宴饮缘由，宴席乃是为庆贺新春而作，给词作渲染上一层喜气祥和的气氛。随后，词人开始具体描写穿插于宴席间的侍女以及布菜斟酒的场面，侍女们青丝柔曼，五指纤纤，将一道道美酒佳肴摆放到桌上。此等情景，令词人欣喜快意，直感到"和气入、东风里"。

下阕则写词人的美好祝愿。"幡儿胜儿都姑媂。戴得更忔戏"，这两句写席间姑娘们的穿戴，"幡儿"、"胜儿"一是旗帜，一是花胜，二者都是新年期间的装饰品，用彩帛剪制而成，既可以悬挂于窗前屋角，也可装饰于头上。"姑媂"、"忔戏"则是整齐的意思，这一句的意思是姑娘们鬓角戴着饰品，装扮得整整齐齐。笙歌美妙，宴席丰盛，家人和乐，词人有感而发，起身为大家祝酒，"愿新春以后，吉吉利利，百事都如意"，祝辞虽是平平常常的祝福语，却将词人心情的喜悦与愿望的殷切和盘托出。

词到了南宋，出现了平民化的倾向，甚至开始成长为一种新的应用文体，百姓结婚、生子、祝寿、拜年，都往往作词以纪念。赵长卿这首词，当属这一类型。

临江仙

赵长卿

暮春

过尽征鸿来尽燕，故园消息茫然。一春憔悴有谁怜？怀家寒夜，中酒落花天。
见说江头春浪渺，殷勤欲送归船。别来此处最萦牵。短篷南浦雨，疏柳断桥烟。

【赏析】

起首二句，作者把随着季节迁徙的鸿雁比作因为战争而颠沛流离的国人，向他们打探故土的消息。他巧妙地把鸿雁和消息同时寄于来客的这些个体，此种妙处在于连用了两个"尽"字展现此番景象：他心系家园，四处打探消息，可是问遍了很多人，却还是杳无音讯。表达了作者对故乡的强烈惦记之情。尽管自己也漂泊在外，却心系故土（北方被金兵侵占的家园），因对家乡的消息一无所知而感到无比惆怅。

到了第三句，就是作者的自我感叹了。春天原本应是万物复苏，充满希望的季节，可是在这山河破碎的大背景下，春天显得有些憔悴，这一切又很少得到他人的怜悯。作者身为宋朝的宗室，国灭，也等于家灭，所以这种愁绪不是一般人能理解的。春的憔悴实为自己的憔悴，既然无人理解，说明此情更难排解，思绪无法抚平。

四、五句融情于景，升华主题。在一个寒冷的夜里，作者独自举杯饮酒，心系北方故土。从前面推断，该词发生的时间应该是在初春，倒春寒这种候象在湿润的江南地区会表现得尤为明显，心是孤寂的，身是寒冷的，在这种内情外感交织作用下，诗人即使借助于酒也起不到丝毫取暖的效果，反而更加昏昏沉沉、黯然神伤。

下阕直接展现的是回家的情景。从前文不难发现，作者借助酒的作用，已经沉浸在这浓浓的思乡情绪中，无法自拔。当作者听说江上起了风浪，于是登上了归家的船。古人行船，风浪大为佳，"渺"原本指出渺小茫然，联系前后文，应理解为风浪大、烟波浩渺看不到边际的样子，因此，作者用了"殷勤"这个词，用拟人的手法赋予波浪生命，助兴于自然。可是要离开了，却又觉得难以割舍，难道回家不好吗？也不一定，作为皇室成员，也许他未必适应新的生活。

文人难免有万千思绪，这正如江南初春的绵绵雨水，滴落在人的心头。天气的寒冷尽管让作者不适，但是却又割舍不下，最后两句就是描写他看到的这种场景：诗人蜷缩在狭小的乌篷船里，春雨淅淅沥沥得落在篷上，两岸稀疏的柳树映入眼帘，断桥旁边升起了袅袅炊烟，仿佛是朋友在生火造饭留客。一幅新的不舍离愁又涌上心头。

阮郎归

赵长卿

客中见梅

年年为客遍天涯，梦迟归路赊。无端星月浸窗纱，一枝寒影斜。
肠未断，鬓先华。新来瘦转加。角声吹彻《小梅花》，夜长人忆家。

【赏析】

词的上阕，作者自述身为一个离乡客，年复一年的在外奔波，每晚都能梦见回家的路，可现实中的归乡路却遥不可及。夜半难寐的他，透过窗纱看夜空，只见星斗月光下，（梅）花的身影映立窗前。需注意的是，"赊"在此处作形容词用，遥远的意思。

根据上阕的描写可以知道作者把自己比作梅花。梅花在冬天开放，特征为傲寒留香，独自绽放，而此时作者因思乡而睡不着，满怀神伤地看到了梅花的孤影，正是在表明他的处境像梅花一样独立特别。寒冬腊月，别人都可以回家过年了，而他却依旧漂流在外。可见笔者真挚感情流露，借物比人，不言而喻。

在下阕里，"肠未断，鬓先华"，说明作者还没有到伤心欲绝的地步，两鬓却已经斑白。人在老去，身体正是在这种为沉重负担的羁缚下一天比一天衰弱，"新来"就是指新的一天到来。

"角声吹彻《小梅花》"，古有笛曲《大梅花》、《小梅花》，吹曲的时候，梅花掉落，更传递出神伤难堪的情绪，前文还在诉说梅花孤傲的挺立，而此时却已闻声陨落，突出了作者内心的矛盾。花瓣的没落，正是作者自己一天天老去却仍然无法归家的体现。

最后一句，"夜长人忆家"，词人直抒胸臆，描写自己长夜漫漫无心睡眠，慢慢地回忆起那一件件与家有关的事情。虽然文辞已经收尾，但余音绕梁，给人无尽遐想。

本词用梅花象征客居他乡的自己，他把梅花在寒夜里月光下的孤影比作漂泊在外的己身，又把梅花花瓣掉落的情景与自己的羁绊憔悴融为一体，一词双关、双管齐下，情景难以割舍，越发烘托出思乡、愁苦的主旨。尽管全词主调在于诉说苦闷，但词人高超的借景寓情的手法，却使得词风清新流畅。况且，梅花本身这种独立傲寒的形象，借用在游子身上，也默默地传递了一种不屈的精神，究其词中滋味，温婉绵长，耐人品寻。

更漏子

赵长卿

烛消红，窗送白，冷落一衾寒色。鸦唤起，马跐行，月来衣上明。

酒香唇，妆印臂，忆共人人①睡。魂蝶乱，梦鸾孤，知他睡也无？

【注释】

①人人：那人，人儿，对女子的昵称。

【赏析】

作者通过对自己旅途情景的描写和途中回忆伊人的思恋，表现了作者与伊人凄惨缠绵的感情。上阕描写作者告别旅店早晨上路的情景。"烛消红，窗送白，冷落一衾寒色。"意思是房间里的红蜡烛已经点完了，窗外透进晨曦的白色，照到了床上的被子，更加变得冷清了。"鸦唤起，马跐行，月来衣上明。"这三句是说窗外的乌鸦已经烦躁地乱叫了，早行的人们不得不起来，我也该披衣上马，开始一天的跋涉了。

作者对即将早行上路时的情景描写得非常细致真切，前三句中"消"，"送"、"落"三个动词的连用让词境极富动态。"冷落一衾寒色"是作者把自己的主观情绪与客观事情相结合后的触觉感受，反映出作者冷清、凄惨的心境。这三句是写作者在上路前的情景。

后三句中的"起"、"行"、"明"三词的连用，使词更具有层次感，读起来更加形象生动。只有先"起"才能有"行"，"明"字与前三句中的"早"相对应。"月来衣上明"突出了作者孤寂落寞的心情。一个人在马上独行，月光之下，越发显示出作者苦闷的心情。

通过上阕的描写，可以隐约看出作者心中的"事"，下阕正是通过作者这种隐秘的心事把心中的伊人倾诉了出来。

"酒香唇，妆印臂，忆共人人睡"意思是词人想起以前与伊人临寝前坐饮的情景：伊人樱唇上释放出酒的香味，在枕榻间的山盟海誓和伊人的妆痕，这些似乎还残留词人的面前、耳边。那时情意绵绵，现在却一个人孤身在外，如此今昔对此，将词人的孑然表现得愈发清晰可感。

收笔处，词人先问后答。意思是说自从和她分别后不知道她能否睡得安稳。即使她没有失眠，那么晚上做梦也肯定不会美满吧。"魂蝶乱"与"梦鸾孤"是互文，意思是梦魂像蝴蝶那样乱飞无绪，又像失去同伴的鸾鸟（凤凰）那样孤单凄凉，实际上是暗喻作者与情人分离后的心情。

该词通俗易懂，语言接近口语。细腻的表现手法展现出了作者浓厚的真挚感情，当前冷清凄惨的情景描写和往日情意绵绵的回忆形成了鲜明的对比，突出了让人感到伤感缠绵的气氛，表现了作者对情人深深的思恋。

瑞鹤仙

赵长卿

归宁都，因成，寄暖香诸院。

无言屈指也。算年年底事，长为旅也。凄惶受尽也。把良辰美景，总成虚也。自嗟叹也。这情怀、如何诉也。谩愁明怕暗，单栖独宿，怎生禁也。

闲也。有时昨镜，渐觉形容，日销减也。光阴换也。空辜负、少年也。念仙源深处，暖香小院，赢得群花怨也。是亏他，见了多教骂几句也。

【赏析】

题序中的"宁都"指现在的江西，"暖香"指青楼。由此可知该词主要是写词人对旧时好友的怀念，表达对时光流逝的无奈。

上阕主要写作者客居异乡，孤寂凄凉的处境。"无言屈指也。算年年底事，长为旅也。"这三句的意思是不知道该说什么了，自己孤独地客居异乡，年年都在外来忙碌，到底是为了什么。"无言屈指"突出作者自己不知道该说什么，"屈指"可见作者独居异乡度日如年的孤寂程度。"算"字承接出了作者的无言难耐。"长"字则言说出作者常年在外的事实。

"凄惶受尽也。把良辰美景，总成虚也。自嗟叹也。这情怀、如何诉也。"词人常年在外，凄惨孤寂却无处诉说，只得独自叹息，把良辰美景都虚度了。紧接着词人又说："谩愁明怕暗，单栖独宿，怎生禁也。"他害怕晚上的寂静，又愁白天的孤独，日日夜夜不得安宁，只有自己在外乡独宿，这样的孤寂难眠，怎么能承受得住呢？

下阕主要写词人怀念好友，"闲也"表面是写作者的闲暇，其实是引出下文。突出作者闲暇时光也很难熬。词人对着镜子看自己的样貌，"渐觉形容，日销减也。光阴换也。空辜负、少年也。"他常年在外忙碌，时光匆匆变迁，乍看自己的憔悴面庞，不觉有了辜负以前时光的黯然神伤。

接下来，词人陷入沉沉回忆中："念仙源深处，暖香小院，赢得群花怨也。"当年与人相聚时得到了众人的欢心，现在分别这么长时间了，恐怕连花也在埋怨他了。词人的这番移情，细腻而伤感，让读者不由动容。

"是亏他，见了多教骂几句也"句中，词人度他人心思，假想故友责怪他亏欠了美花，如果以后见了面，定让他们当面多骂自己几句。如此遐思，虽然表面上是怨恨，实则是怜惜、心疼和绵绵想念。其中真挚的感情，让读者潸然泪下。从词的表现手法来看，全词用平淡的语言，逐步表现出了作者与好友之间深厚的情谊。每句以"也"字结尾，既助于抒发情感，又增加了几分诙谐。作者用通俗易懂的语言把内心丰富的感情表现得如此饱满，平淡中有真切的感情，孤寂的处境更加说明了作者对昔日好友深深的怀念。

江城子

王炎

癸酉春社

清波渺渺日晖晖，柳依依，草离离。老大逢春，情绪有谁知？帘箔四垂庭院静，人独处，燕双飞。

怯寒未敢试春衣。踏青时，懒追随。野蔌山肴，村酿可从宜。不向花边拼一醉，花不语，笑人痴。

【赏析】

"春社"是古代人们为祈求丰收、祭祀土地的日子。周朝时使用甲日，汉朝以后，一般采用戊日。春社即立春后第五个戊日。《礼记·明堂位》里就描绘了春社的盛况："是故夏礿，秋尝，冬烝，春社，秋省而遂大蜡，天子之祭也。"如果只是单看"癸酉春社"四个字，会认为词里要描写春社的热闹喜庆之景，但通读全词却发现是作者在抒发春日里的惆怅和哀伤。

王炎生于公元1138年，而癸酉年则为宁宗嘉定六年（公元1213年），算来他已有七十五岁。"人生七十古来稀"，再美丽的春景，再热闹的祭祀也无法扫去此刻词人内心"老大逢春"的情绪。

"清波渺渺日晖晖，柳依依，草离离"一句里，作者用"渺渺"、"晖晖"、"离离"分别生动地写出了"清波"、"日"、"柳"、"草"各自的特点，呈现出辽远幽澹之景。此处的叠字应是化用寇准《江南春》中的"波渺渺，柳依依"一句，同时其表达的意境与李清照的"寻寻觅觅，冷冷清清，凄凄惨惨戚戚"颇为相似，只是稍逊一等，但仍然让人觉出凄迷、冷惨之感。

开篇从景物展开描写，似是闲笔，但这闲笔正奠定了整首词伤感孤寂的情调，衬托出作者丰富复杂的感情。正如李渔《窥词管见》里所说的"词虽不出情景二字，然二字亦分主客。情为主，景是客"。

接下来，词人由景物转入人情，"老大逢春，情绪有谁知？"词句间满是感叹年华老去的喟叹和孤寂一人的哀愁。此句当是全词的核心之句，进一步道出了他惆怅伤感的原因。"帘箔四垂庭院静，人独处，燕双飞"一句又进一步渲染这种情感。"帘箔四垂"表明已经很久没有人去触碰，显出了房闱之静，说明了作者不喜欢四处走动；静的不只是房闱，也有庭院。词人所处的环境到处是一片清静，而他此刻的内心更是清静而孤独。"人独处，燕双飞"，此句当是化用了"落花人独立，微雨燕双飞"句。在这"独"与"双"、"处"与"飞"、动与静的对比中可以强烈地感受到作者内心难以言表的孤独感。

南柯子

王炎

山冥云阴重，天寒雨意浓。数枝幽艳湿啼红。莫为惜花惆怅对东风。

蓑笠朝朝出，沟塍处处通。人间辛苦是三农。要得一犁水足望年丰。

【赏析】

王炎曾担任官位比较低的主簿、知县，正因如此，他才有机会贴近并体察下层劳动人民的生活。此词便是他对农村生活真实体察的反映。

上阕以景物之语言开端。"山冥云阴重，天寒雨意浓。"山色变得暗淡无光，天边彤云密布，一片阴霾；天气骤冷，细雨开始变得密集。此景带给人萧索、冷瑟之感。且这一"重"一"浓"准确地从视觉和触觉上勾勒出风雨欲来的情景，这是作者从远处刻画出一个"面"。接着他将着眼点落脚于一个"点"——"幽艳"，也就是娇艳的花朵。"数枝幽艳湿啼红"，这"幽艳"应是遭到风雨的摧残，只剩下"数枝"，所以"幽艳"不得不"啼红"。用一生动的比喻，刻画出娇花在不堪风雨欺凌之下的凋零模样，惹人怜悯。

"莫为惜花惆怅对东风。"词人在此并不想继续为这惨败之景感伤，而是劝告人们莫对着东风惆怅，因为在这风雨交加的图景下有着农人们忙碌的场景，此景更值得去关注、去欣赏、去赞叹。

下阕便转入人事，言简意赅地勾勒出一幅生动的情景，在惨淡之景中展现农人与自然的不懈斗争。

"蓑笠朝朝出，沟塍处处通。"农民们披戴蓑笠，风雨兼程，"朝朝出"，坚持不懈，从字里行间仿佛可以看到他们在纵横交错的"沟塍"间匆忙有序地穿行。正因如此，"人间辛苦是三农"的感叹更显得自然顺畅。"三农"，指"春耕"、"夏种"和"秋收"，这三个时节是农人们最为忙碌的时节。他们不惧恶劣天气，不辞辛苦地出来劳作，只为自己心中朴素的愿望——"要得一犁水足望年丰"。因此，也可看出农民们没有闲情去赏花、伤感，有的只是对劳动的执着和火热。这也与上阕相呼应，表达词人与劳动人民心心相通的思想感情。

宋词本多写小情蜜意，以风花雪月、闺情离怨为题材，温语款款，总带华丽绮靡。然而此词相较于大多数婉媚的词而言，更具深广而浓厚的意蕴，境界也显得更大。因为王炎所用之语明白晓畅，于寥寥数语中道出农人们真实的生活，以及他们真实的情感。尽管他只是个旁观者，没有做到身体力行，但同样将农人们的情感点滴写得细致入微，毫不做作，同时做到了情景相融，意趣昂然。

词人写农人的生活，洗去了乡野的俗气，多了份清丽的诗意，让人在为农人们的劳作辛勤喟叹时，又从他们质朴的辛勤中得到了美的享受，从中也可看到王炎关注农人的苦心。

菩萨蛮

辛弃疾

金陵赏心亭为叶丞相赋

青山欲共高人语，联翩万马来无数。烟雨却低回，望来终不来。

人言头上发，总向愁中白。拍手笑沙鸥，一身都是愁。

【赏析】

本词写于淳熙元年（公元 1174 年）初春。题中"叶丞相"即叶衡，时在建康任江东安抚使，辛弃疾为其部署，任江东安抚司参议官。"丞相"一词是后来才加上去的。据《宋史·叶衡传》所述，叶衡为官清廉，负才足智，理兵事甚悉，咸称得治兵之要，是一位颇负才干的主战派官员。这与词人一心恢复中原、渴望驰骋疆场的心理尤为契合。

辛弃疾生于北国，目睹沦陷于金人铁蹄下的赵宋河山；如今南归十二年，又长期奔忙于各地州府，甚至屡遭诽谤打击，恢复中原的大志一再受阻，壮志未酬却被迫闲居。词人临亭而立，远看魏魏青山，胸中思绪不免激荡，万般感慨。

开篇即运用拟人的手法，"青山欲共高人语，联翩万马来无数"。作者登临览胜，远眺重峦叠嶂，那魏峨的青山似乎按捺不住内心的迫切，好似万马奔腾般从远处踏尘驰来，要向高人倾吐心中藏匿已久的所思所想。一个"欲"字，赋予青山以人的性情，急切之姿清晰可见；"联翩万马来无数"短短几个字即描绘出一幅叠嶂奔驰、万马回旋的开阔图景，仿佛置身在疆场之中，灵山的飞动之势瞬间跃然纸上。

"烟雨却低回，望来终不来。"山间云雾蒸腾，烟气袅袅，盼望着一诉衷肠的青山似乎总也到不了眼前。词人无一字一句写愁，但落寞失望的思绪早已浸润在字里行间。

上阕中的高人即指叶衡，词人借由青山、烟雨向他吐露内心的情怀。辛弃疾渴望奔赴战场，恢复宋室河山，而现实却对他再三打击，高人叶衡是他的希望所在。他对高人的倾慕，也无疑体现了他热切盼望驰骋疆场，为之抛头颅洒热血的豪迈。而还我河山的胜利却始终如徘徊的青山和烟雨般久久不至，现实与梦想的巨大落差让作者内心愁绪弥漫，豪情渐渐淡去，空留悲戚。

下阕作者虽将婉转的愁绪化作揶揄沙鸥之诙谐，但还是集中写"愁"。"人言头上发，总向愁中白。拍手笑沙鸥，一身都是愁。"他望着通体雪白的沙鸥，回忆起人们总说头发是因为忧愁而变白，不禁拍手笑言：你这小小的沙鸥竟是世间最为烦忧的了。词末看似将渲染的愁情吹得烟消云散，其实却早已深入骨髓，无可解脱。此时的笔调愈是轻快，这种被呼唤起的愁思愈是如泼墨般浓重。

可以想见，词人忧国忧民，虽只逾而立之年，但两鬓或已斑白，面对着似乎"一身愁"却仍徜徉在自然间的沙鸥，两相对比，这是一种怎样强自解愁又不能解的郁结？那近在咫尺的青山踟蹰不前，那弥漫的烟雨徘徊不来，沙鸥栖水而居，却对万般烦忧浑然不觉，真正一身愁的其实正是他本人。

辛弃疾的描写情感多变，从最初动荡飞驰的豪迈之感到淡淡流露的失望之意，再到用诙谐的语调反向表达难以淡化的愁绪，百转千回，耐人寻味。作者在写作技巧上更是设喻巧妙，想象奇特，运用移情入景等艺术的手法，使全篇丰满立体。

太常引

辛弃疾

建康中秋夜，为吕叔潜①赋。
一轮秋影转金波，飞镜又重磨。把酒问姮娥：被白发欺人奈何？
乘风好去，长空万里，直下看山河。斫去桂婆娑，人道是清光更多。

【注释】

① 吕叔潜：字虬，余无可考，应为词人声气相应的朋友。

【赏析】

从词前小序可知本词作于淳熙元年（公元 1174 年）中秋夜，辛弃疾时任江东安抚司参议官，治所建康即今江苏南京。此时，词人正值壮年，似乎不应发出"被白发欺人奈何"的感叹。然而联系当时背景，辛弃疾已南归十二年，却始终未得到南宋朝廷的重用，面对中秋夜皎洁的明月，其内心的痛苦和愤懑无处发泄，只好倾泻在词里。

全篇充满浓厚的浪漫主义色彩。上阕词人巧妙地运用神话传说来表达时光虚度、一事无成的无可奈何；下阕则是词人对自己乘风奔月的想象，借以表达自己的强烈爱国情感。

"一轮秋影转金波，飞镜又重磨。"词的一二句写出中秋的明月皎洁。"金波"是词人运用比喻，把洁净的月光比作金波，撒向大地。"飞镜"则是对月亮的比喻，李白《把酒问月》里有"皎如飞镜临丹阙，绿烟灭尽清辉发"。高悬的月亮宛如一面刚刚打磨的铜镜，可见其清新与美好。一"转"一"磨"间，可见月亮升起之动态，突出月到中秋分外明的特点。

"把酒问姮娥：被白发欺人奈何？"这两句描写当时正在赏月的词人。面对中秋明月，他不由想起与它有关的神话传说：嫦娥奔月。"姮娥"，即嫦娥，月中女神，亦代指月亮。词人手持酒杯，遥问月宫中长生不老的嫦娥：被白发欺人奈何？借由这声对残酷现实的无奈呐喊，词人委婉表达出岁月蹉跎、壮志未酬的愤懑。

下阕开头三句亦有李白"长风破浪会有时，直挂云帆济沧海"之势。词人幻想自己有一双翅膀，可乘风而上，在长空万里处俯视祖国的万里河山。这里作者想要俯视的山河，不仅指南宋统治内的地区，还包括金人统治下的中原大片地区，从中体现出他时刻不忘收复中原的壮志。

"斫去桂婆娑，人道是清光更多。"词人不仅幻想自己飞上高空，更幻想着自己登上月亮，把那遮住月光的桂树砍倒，让人间获得更多的清澈月光，可见其襟怀之高阔。联系作者所处的时代背景，这两句具有深刻的韵味。周济《宋四家词选》说"桂婆娑"所指甚多，不止秦桧一人。周济认为"桂婆娑"指反对收复中原的投降派，这一理解虽颇有见地，但仍有不足之处。在词人的心中，这阻挡月光的婆娑桂影，不仅指朝廷内的投降派，更指北方的金人势力。他欲通过自己的努力，清除掉这些阻扰，恢复中原，还祖国河山一片光明。在此，词人的殷切爱国热情表露无遗。

对月抒怀是古今许多文人笔下永恒的主题，然要写得出彩却绝非易事。辛弃疾的这首《太常引》，气象、风格、艺术境界充满了神话传说的浪漫主义手法，写得豪情万丈、壮志凌云、异彩纷呈。词人心中的压抑和苦闷得以通过曲折和巧妙的方式表达出来，从中可见其驾驭文字的功力。

菩萨蛮

辛弃疾

书江西造口壁

郁孤台下清江水，中间多少行人泪。西北望长安，可怜无数山。

青山遮不住，毕竟东流去。江晚正愁余，山深闻鹧鸪。

【赏析】

辛弃疾在词中运用比兴手法，由眼前景转而抒发自己深切的爱国情怀，读来令人感慨不已。梁启超对此词有很高的评价："《菩萨蛮》如此大声镗鞳，未曾有也。"

宋高宗建炎三年（公元1129年），金兵大举南侵，软弱无能的南宋朝廷无力抵抗，只好一路南逃，最后高宗被迫浮舟海上，隆祐太后则一直逃到赣州才得以喘息。宋孝宗淳熙三年（公元1176年），作者途经造口（一名皂口），不由想起当年的逃难，中原至今仍未收复，顿时心中生起无限悲痛。

眼前的清江水勾起词人的怀旧情感。"郁孤台下清江水，中间多少行人泪。""郁孤台"和"清江水"具有独特的意象。一个"郁"字点出此时沉郁的气氛，"孤"字为这座高台增添无限的独立和巍巍之感。当作者看到沉郁孤立的高台，胸中不由生起一股激愤，以"郁孤台"三字作为整首词的开端也就不足为奇了。郁孤台下的"清江水"，不知汇集了多少行人的伤心泪。这其中"行人"的意蕴不必说，专指隆祐太后，当然也包括成千上万的逃亡百姓，还有此刻站在江边的词人。

"西北望长安，可怜无数山"形象描绘出作者此刻的心情。此处也暗合杜甫于夔州仰望长安之典故，"长安"在此指"汴京"。渴望早日收复中原的辛弃疾站在造口仰望汴京，可惜视线却被无数青山所阻挡，心中的苦闷与悲愤又能与谁说。

下阕作者即景抒情，把自己满腔的深情寄托在眼前的景色中。"青山遮不住，毕竟东流去。"无数的青山虽然可以遮挡住仰望长安的视线，但却无法阻挡江水向东流。赣江原是向北流，但为了直抒胸臆，作者在此也就不必拘泥。"毕竟"二字显示出心中的强烈情感，也表达其内心坚定的意愿。既喻指敌人的"青山"终究是"遮不住"的，也喻指祖国一方的江水终会向东流去。从中也可看出词人对收复中原抱有坚定的信心。

然而，作者仍不敢盲目乐观，此时心中也并不轻松。"江晚正愁余，山深闻鹧鸪"，"江晚"、"山深"营造出一个封闭的孤寂意境，烘托出词人此时的苦闷与惆怅。鹧鸪的声声啼叫，仿佛在提醒词人时刻谨记收复中原、还我故土的壮志。南宋朝廷的一味妥协退让，导致中原迟迟未能收复，词人心中愁苦万分，结尾这两句把他的悲凉和悲愤推向了极致。

整首词处处写景，作者心中的所思所想通过眼前的山山水水得以表达出来。一物一景显然都有寄托，但却又无法一一指实，可见作者巧妙的表达技法和高超的写作水平。

词人从大处着眼，小处落笔，语言简洁，内涵丰富，把自己对国事的担忧与悲愤表达得充分、透彻。卓人月在《词统》中给予此词很高的评价："忠愤之气，拂拂指端。"

满江红

辛弃疾

江行和杨济翁韵

过眼溪山，怪都似、旧时曾识。还记得、梦中行遍，江南江北。佳处径须携杖去，能消几两平生屐？笑尘劳、三十九年非，长为客。

吴楚地，东南坼。英雄事，曹刘敌。被西风吹尽，了无陈迹。楼观才成人已去，旌旗未卷头先白。叹人间、哀乐转相寻，今犹昔。

【赏析】

淳熙五年（公元 1178 年），辛弃疾由临安赶赴湖北，途中为杨济翁和周显先先生作下此词。当时，作者正离开扬州溯江而上，看见沿江途中所见的河流山川都是自己旧时曾游，不免发出怀忆惜游、痛惜年华的感慨。故而作词向老友抒怀。

词的上阕以景观情。开篇写"过眼溪山，怪都似、旧时相识。还记得、梦中行遍，江南江北。""过眼溪山"皆是"旧时相识"，只因词人南归之初就一直在吴楚一带为官，数十年间足迹几乎踏遍吴楚，对于这一带的风景极为熟悉。一山一水都是曾见过千百遍的"亲人"，所以他说"皆是旧相识"。

然而，既是"旧时相识"词人却又要说"怪都似"，当年易安居士的"物是人非事事休，未语泪先流"用在此情此景应是最为适宜：仕宦无常，细细算来告别此间山水已达十年之久，曾经的"旧相识"现在看来如同是梦中风景，模糊而不真切；所以，原本该是熟悉至极的景物，今日看在眼里却反而似是而非，让人不敢确信。词人在这里用一个"怪"字便将那种旧地重游、时光荏苒的恍惚感充分表达出来。

接着，作者由景写到情，由情来带动景。"还记得，梦中行遍，江南江北"，"梦中"一词虚实相生，人事恍惚之感透纸而出。这里的"梦中"既是恍惚如梦的迷茫，更是往事如烟、内心志向不得实现的无奈和焦躁。紧接着他又用了一个反问句——"佳处径须携杖去，能消几两平生屐"。《世说新语·雅量》记载阮孚好屐，说："未知一生当着几量（两）屐？"山川佳处常在险远之处，路远难至，所以才需要"携杖"而行，路险费屐，但是这些若是同访得名川的愉悦相比则都显得微不足道了。况且正如阮孚所说，人生短暂无常，认真想来，一人一生又能穿掉几双鞋？

"笑尘劳、三十九年非，长为客"。"尘劳"，佛语里比喻俗世缠身的烦恼，也泛指因为事物而劳累。作者在此是以一种自嘲、戏谑的口吻感叹自己虚度年华，至今一无所成。"长为客"三字，饱含忧愤。时年作者已年近四十，南归之日已久，但是细想起来，昔日里所发下的那些宏愿，竟无一件实现。眼见半生已然蹉跎，让人如何能不感慨一声：命运弄人。

紧接着作者将整首词的情感又推进一层。他把视线从山川地形转向对古代英雄事迹的追忆，情感也从个人的命运沉浮转到整个历史的兴败衰亡。

"吴楚地，东南坼。英雄事，曹刘敌"，前六字借用了杜甫的诗句"吴楚东南坼，乾坤日夜浮"，描画了一个苍茫广阔的环境；"英雄事，曹刘敌"写的乃是英雄人物的命运沉浮：当年的这些人和事是何等的煊赫风光，但是到如今也都不过是"被西风吹尽，了无陈迹"，情感由个人的不可捉摸上升到整个历史的无常变换，意境又是上升了一层。

下阕末几句，是词人由此生发出对人生的认识。"楼观才成人已去"承上怀古，苏轼《送郑户曹》中有云："楼成君已去，人事固多乖"，乃是说吴国基业始成，可惜孙权就匆匆离开了人世，"旌旗未卷头先白"实在是借孙权之事自哀。

词人作为南宋著名的将领，面临着外忧内患，也曾有满腹的雄心，可惜几十年来，空在这吴楚大地上虚度光阴。北伐之愿遥遥无期，自己却已经空自消磨生命，作者不由心生愤恨。最后作者无奈作结："叹人间、哀乐转相寻，今犹昔。"人生哀乐原本就是循环往复，古今相继，半点也不由人。这是辛弃疾对命运无常、人事多乖的感叹。

辛弃疾以写景起兴，借怀景而写人事，又借写人事而至写人生，虽结尾带些宿命论的色彩，但是通篇写得真挚而不失婉转，大气而不失精巧，情真意切。寥寥数语，便将词人对时光流逝、人生短暂、命运难测的无奈与无可奈何写得入木三分，读之令人动情。确有元好问所说"满心而发，肆口而成"的境界。

阮郎归

辛弃疾

耒阳道中为张处父推官赋

山前灯火欲黄昏，山头来去云。鹧鸪声里数家村，潇湘逢故人。

挥羽扇，整纶巾，少年鞍马尘。如今憔悴赋招魂，儒冠多误身。

【赏析】

渡淮南归后，辛弃疾由于其抗金主张一直未得到南宋朝廷的采纳，并遭到主和派的打击和排挤，只好长期闲居于江西上饶等地。在此影响下，他的词作大多抒写力主抗金、恢复中原的爱国热情，倾诉壮志未酬的愤懑。

淳熙三年（公元1176年），作者由江西调任京西转运判官，第二年又调任江陵知府兼湖北安抚使，辗转一段时间后，他又被调任湖南，可见其调任之频繁、身世之漂泊。这首词大约作于淳熙六年（公元1179年）或七年，此时他正担任湖南转运副使和安抚使。

词题中，"耒阳"即今湖南耒阳，张处父为辛弃疾好友，生平不详。推官是州郡的属官。这首词正是作者遇到友人，向他一诉衷肠时所作。

"山前灯火欲黄昏，山头来去云。"开篇不俗，一个"欲"字意蕴深刻。"欲黄昏"描绘出黄昏将至未至、夜幕将降未降的瞬间景象。"山前灯火"表明此时天色已近昏暗，山头的浮云飘飘然然，好似作者飘忽不定、频繁调任的遭遇。这两句既描绘出一幅黯然浮动的景象，也暗合词人此刻无法安定的心理状态。

"鹧鸪声里数家村，潇湘逢故人"在情感描写上有极大的反差，一悲一喜间更现作者的功力。"鹧鸪声"一向给人以悲凉之感。黄昏时分的山村，词人听到阵阵鹧鸪的叫声，心中不禁顿生悲凉；联想到自己的前途未卜，更觉得凄凉万分，此时的气氛是沉闷和凄苦的。"潇湘逢故人"，"潇湘"即潇水和湘水，在湖南零陵汇合之后称潇湘，这里作者用来指耒阳地区。"故人"即词题中的友人张处父。见到友人，词人不禁心生喜悦，此时的气氛是轻松和愉悦的。作者在此化用梁代柳恽的"洞庭有归客，潇湘逢故人"的诗句。

承接上阕，词人在下阕开始向友人倾诉心事、回忆往事。"挥羽扇，整纶巾，少年鞍马尘。"这三句既是作者的回忆，也包含历史典故。"挥羽扇，整纶巾"，词人借用三国时诸葛亮手挥羽扇、头戴纶巾指挥三军的典故，来比喻当年自己抗金时的英雄形象和潇洒风度。"少年鞍马尘"中，"少年"代指作者自己，在尘土飞扬的战场上挥斥方遒，这是何等的潇洒和气概。可如今，南归后却屡遭排挤，自己的抗金主张得不到采纳，又屡屡调任，生活飘忽不定。在今昔强烈的对比下，词人不禁心潮澎湃，感慨万千。

"如今憔悴赋招魂，儒冠多误身。"结尾处，作者发出疑问，自己之所以会落得这般田地，难道是因为自己是一介书生吗？这看似没有答案的疑问，实际上是词人在用自己充满血和泪的笔触，向软弱无能的南宋朝廷发出强烈的抗议，并控诉主和派对爱国主战派志士的迫害，表达其强烈的爱国情怀和对朝廷的不满。杜甫《奉赠韦左丞丈二十二韵》中有"纨绔不饿死，儒冠多误身"，辛弃疾在此即化用他的诗句，表达自己的不幸遭遇。

辛弃疾运用典故巧妙而自然，将对自然的描写与自己的心理状态密切结合起来，特别是结尾处的两句，更显作者感情的凄凉和悲怆，读来颇令人感动。

贺新郎

辛弃疾

陈同甫自东阳来过余，留十日。与之同游鹅湖，且会朱晦庵于紫溪，不至，飘然东归。既别之明日，余意中殊恋恋，复欲追路。至鹭鸶林，则雪深泥滑，不得前矣。独饮方村，怅然久之，颇恨挽留之不遂也。夜半投宿吴氏泉湖四望楼，闻邻笛悲甚，为赋《虞美人》以见意。又五日，同父书来索词，心所同然者如此，可发千里一笑。

把酒长亭说。看渊明、风流酷似，卧龙诸葛。何处飞来林间鹊，蹙踏松梢微雪。要破帽多添华发。剩水残山无态度，被疏梅料理成风月。两三雁，也萧瑟。

佳人重约还轻别。怅清江、天寒不渡，水深冰合。路断车轮生四角，此地行人销骨。问谁使、君来愁绝？铸就而今相思错，料当初、费尽人间铁。长夜笛，莫吹裂。

【赏析】

公元1178年，三十九岁的辛弃疾与陈亮（字同甫）相识，此后成为终身好友。二人始终主张抗金，恢复中原，而且一生都在为此而努力。朱熹虽然与他们在哲学观点上不同，但友谊却很深厚。公元1188年，陈亮从浙江来江西拜访辛弃疾，两人一起纵谈天下之事，共商抗金大计，极为投契。两人寄信朱熹让他来紫溪相见，但朱熹失约，未能前来，陈亮于是匆匆而去。次日，辛弃疾欲追回陈亮，挽留他多住几天，到鹭鸶林（在上饶东）因雪深泥滑不能再前进，只得作罢。于是，当日夜里，辛弃疾作此词，一则写二人友谊，二则抒发对陈亮的思念。

作者将这首《贺新郎》寄给陈亮后，二人后来又共唱和了五首同调《贺新郎》，成为千古佳话。在这五首词中，辛陈二人充分表达了立志恢复中原的气节和为国建功立业的抱负。词中的感情也非一般的离愁。

"把酒长亭说"是回忆二人在驿亭里饮酒话别的场面。"看渊明、风流酷似，卧龙诸葛"，这里作者将陈亮与陶潜和孔明作比，称赞他有陶渊明的超脱与儒雅，又有诸葛亮运筹帷幄的智慧，评价相当高。作者以英雄许人，亦以英雄自许。

"何处飞来林间鹊，蹙踏松梢微雪。要破帽多添华发"，这三句乍一看似乎如同横空飞来，与上文毫不相干。但联系上下文便知作者在此处乃是为了转移话题，将主题从个人转到家国天下。"破帽"乃是文人自许，"华发"则是表明二人都已近暮年。当时词人与陈亮都已年近五十，半生蹉跎，却仍壮志未酬、一事无成，怎能不感慨。

"剩水残山无态度，被疏梅料理成风月。两三雁，也萧瑟"这几句表面写冬日里天地凄凉，仅倚赖几朵梅花点缀风光，实际上是写南宋朝廷苟且偷安，最终只能落得个"剩水残山"。"疏梅"是作者自况，也是暗指抗金的义士们，可惜他们不过是三三两两，力量太过单薄，所以作者才会说"两三雁，也萧瑟"。

"佳人重约还轻别"，"佳人"当然是暗指陈亮。作者赞赏陈亮的"重约"，但又怨怪他的"轻别"，从侧面写出作者的依依不舍。"怅清江、天寒不渡，水深冰合"既是叙事，也是描写。作者当时追到鹭鸶林因为"天寒不渡，水深冰合"，所以才不得已怅恨而返。"路断车轮生四角，此地行人销骨"，这里接着上句继续描写当时的情景，雪深泥滑，车轮像长了角似地转动不了，所以只能留下作者自己在此为这离愁所苦。

末五句连用几个典故。先是用唐罗绍威的典故，借喻作者与友人分别是一个让人伤心的错误，用以说明彼此之间的相思，同时也暗寓着为国做前驱之想。"长夜笛，莫吹裂"写同友人分别后的长夜里的思念，几乎都要将这天地吹裂了。此处的长夜当不仅限于表明冬夜之漫长，还应暗指当时的时局。在这样一个英雄无用武之地的时代，如辛弃疾、陈亮这般的爱国志士不由发出无奈的感慨。

作者在词中表达于友人别后的深切思念，显示出二人之间深厚的友谊，同时抒发二人徒有抱负而不能施展的惺惺相惜。

贺新郎

辛弃疾

同甫见和再用韵答之

老大那堪说。似而今、元龙①臭味，孟公②瓜葛。我病君来高歌饮，惊散楼头飞雪。笑富贵千钧如发。硬语盘空谁来听？记当时、只有西窗月。重进酒，换鸣瑟。

事无两样人心别。问渠侬：神州毕竟，几番离合？汗血③盐车④无人顾，千里空收骏骨。正目断关河路绝。我最怜君中宵舞⑤，道"男儿到死心如铁"。看试手，补天裂。

【注释】

①元龙：三国时陈登的字。②孟公：陈遵字孟公。③汗血：古代一种骏马。④盐车：《战国策·楚策四》："夫骥之齿至矣，服盐车而上太行，蹄申膝折，尾湛胕溃，漉汁洒地，白汗交流，中阪迁延，负辕不能上。"⑤中宵舞：《晋书·祖逖传》："与司空刘琨俱为司州主簿，共被同寝。中夜，闻荒鸡鸣，蹴琨觉曰：'此非恶声也。'因起舞。"

【赏析】

这首词是辛弃疾同陈亮相和的五首词之二。上阕写友情，下阕抒发心中抱负。作者将叙事写景同直抒胸臆巧妙结合，用凌云之笔来抒发其慷慨激昂的情感，悲壮沉雄而又奋发扬厉。

开篇作者就将心中的激愤诉之笔端，万千思绪，倾泻而出。"老大那堪说"，直抒胸怀，"那堪"即不能。此时作者已年近五十，华发丛生，英雄暮年，却仍壮志难酬，光阴虚度，又有何可说？接着，"似而今、元龙臭味，孟公瓜葛"，"元龙"、"孟公"两人都姓陈，作者说自己与二者都有瓜葛，乃是作者以陈登、陈遵作比，借此来寓指自己与陈亮志气相投。

"我病君来高歌饮，惊散楼头飞雪。笑富贵千钧如发"，这三句是作者回忆与陈亮在鹅湖的那一次毕生难忘、流传千古的相会。当时词人虽在病中，但得知友人前来，便立即同其高歌痛饮，彻夜畅谈；二人还同游鹅湖，狂歌豪饮，尽抒心中志向。这几句乃是当初二人交谈时的实录。谈得兴起时，畅饮高歌之声竟然惊散了楼头的飞雪。

接下来两句，"硬语盘空"当是指作者心中的大抱负、大志向。此时的南宋朝廷，只是一味地妥协退让，无心抗敌，对这些爱国志士的抗金主张置若罔闻，所以作者等人的理想和抱负，也只有西窗之月来倾听了。但即便如此，作者和志同道合的陈亮谈话兴致仍旧不减，仍要"重进酒，换鸣瑟"。

"事无两样人心别"，这里作者将"事无两样"同"人心别"作对比，极其鲜明地刻画出南宋统治者忘却家国之耻，偏安一隅，苟且偷安的各种丑态，尽情抒发自己胸中的感慨和愤恨。词人愤懑发问："问渠侬：神州毕竟，几番离合？"他质问南宋统治者，这神州大地，历来山河有"几番离合"？山河一统，自古已然，可是现在的当政者却完全不思恢复中原，造成了现在神州大地分离的局面，这还有何面目去见历代先贤！这两句写得大义凛然、浩浩正气，足以使那些投降偷安的统治者无地自容。

"汗血盐车无人顾，千里空收骏骨"，这两句写得极愤懑、悲哀，是对统治者血的控诉。神州一统必然需要人才，可惜这些人才如同拉盐车的千里马一样，早已在当朝统治者的打压下奄奄一息。到那时，空去买取骏马的尸骨又有何用。一个"空"字，集中表达出作者心中的愤懑。

"正目断关河路绝"，词人触景生情，由大雪塞途联想到通向中原的道路久已断绝，悲怆情怀油然而生。但是他并未就此沉沦，而是"最怜君中宵舞，道'男儿到死心如铁'"，他仍然希望能够"看试手，补天裂"。其基调高昂，胸怀阔大，非常人可比。最后几句，将词的意境推向了高潮，具有极大的艺术感染力，不负稼轩词"英雄语"的美誉。

贺新郎

辛弃疾

用前韵送杜叔高

细把君诗说：恍余音、钧天浩荡，洞庭胶葛。千丈阴崖尘不到，惟有层冰积雪。乍一见、寒生毛发。自昔佳人多薄命，对古来、一片伤心月。金屋冷，夜调瑟。

去天尺五君家别。看乘空、鱼龙惨淡，风云开合。起望衣冠神州路，白日消残战骨。叹夷甫诸人清绝！夜半狂歌悲风起，听铮铮、阵马檐间铁。南共北，正分裂！

　　杜叔高，名斿，与辛弃疾、陈亮是志同道合的朋友。此词作于宋孝宗淳熙十六年（公元 1189 年）春，其时杜叔高正从浙江金华到江西上饶探访辛弃疾，临别之际辛即作此词赠予他。之所以"用前韵"，乃是因为作者前不久曾寄给陈亮一首同调词韵。

　　杜叔高之才气毋庸置疑，与词人相交甚笃的陈亮也曾专门作词称赞其才华。同词人一样，杜叔高也极力主张抗金，因而饱受主和派的猜忌。他虽有报国之心，可惜终究无用武之地，纵有再多的治国之策，也只能任由岁月消磨，纵容时光沉沦。相同的抱负、相似的境遇，使得辛、杜二人之间产生了深厚的情谊，从词中可见一斑。

　　"细把君诗说"，开篇点题，接着词人就开始对"杜诗"展开评论，由此也可见其对杜的看重。"恍余音、钧天浩荡，洞庭胶葛"，"钧天"指钧天广乐，古代传说中天上的音乐；"洞庭"、"胶葛"，都是形容广阔之意。此三句盛赞杜诗的意境神奇美妙，如同天上的仙乐一般，而其大气磅礴之处，令人仿佛置身于广阔旷远的宇宙之中，聆听九霄之上的乐工们的演奏；其余韵缭绕之处，动人心魂。

　　"千丈阴崖尘不到，惟有层冰积雪。乍一见、寒生毛发。"唐人李咸在《览友生古风》诗中有"一卷冰雪言，清泠泠心骨"，此处词人即是化用此意，用"千年阴崖"、"层冰积雪"来比喻杜诗风骨之清峻，品格之高洁。比喻新颖、想象独特，极富诗情画意。

　　"自昔佳人多薄命，对古来、一片伤心月"，苏轼有《薄命佳人》一诗曰"自古佳人多命薄，闭门春尽杨花落"，感叹美人道路多阻难，命途多舛。这里，词人显然是以美人代指才士，用美人见弃来比喻才士的无人赏识。"金屋冷，夜调瑟"是借汉武帝时陈皇后失宠一事，进一步渲染被弃的凄苦。

　　下阕首句"去天尺五君家别"介绍杜家家世，《三秦记》中有"城南韦杜，去天五尺"之说，是说长安杜氏本是强宗大族，但叔高一家却志不在此。下一句"看乘空、鱼龙惨淡，风云开合"，暗喻朝中群小趋炎附势，为谋权求利，而蝇营狗苟、汲汲于利的现状。"惨淡"乃是费心经营的意思，杜甫《送从弟赴河西判官》诗有"惨淡苦士志"的句子；"看"字透露出冷眼旁观之意，词人对朝中群小的愤恨透纸而出。

　　作者接着抒发自己对国事的慨叹："起望衣冠神州路，白日消残战骨。"起身回望神州，昔日衣冠相望的中原路上，如今只留累累白骨在逐渐消损，目之所及满是荒凉。如今，再也无处寻找这些勇士的身影。南宋诸官都只顾偏安享乐，苟且偷生，哪里还顾得上国仇家恨。"叹夷甫诸人清绝！""夷甫"，西晋宰相王衍，字夷甫，匈奴起兵侵犯西晋时，由于他清谈误国，丧失了很多国土。这一句是对南宋统治集团中那些空谈误国之辈的愤怒斥责。

　　"夜半狂歌悲风起，听铮铮、阵马檐间铁。"中原未复，愁思难眠，所以只好长歌当哭。"狂"字说明词人此时已是愤怒之极，状若疯狂。可是就算自己内心再愤慨又能如何，也只能长叹一声，任悲风呼啸。此时，听到屋檐下悬挂的铁马在风中发出的撞击声，恰似词人梦里的金戈铁马之音，现实与想象，两相对比之下更觉凄然。"南共北，正分裂！"结尾处，直接点明了词人如此悲愤、狂怒的原因，不改辛弃疾爱国词人之本色。

　　辛弃疾在上阕称赞杜叔高的诗才人品，下阕与之共勉国事，通篇不吝溢美之词，辛弃疾对杜叔高的欣赏，在这首词里得到充分的体现。

贺新郎

辛弃疾

赋琵琶

凤尾龙香拨，自开元霓裳曲罢，几番风月？最苦浔阳江头客，画舸亭亭待发。记出塞、黄云堆雪。马上离愁三万里，望昭阳宫殿孤鸿没，弦解语，恨难说。

辽阳驿使音尘绝，琐窗寒，轻拢慢撚，泪珠盈睫。推手含情还却手，一抹《梁州》哀彻。千古事，云飞烟灭。贺老定场无消息，想沉香亭北繁华歇。弹到此，为呜咽。

【赏析】

出身于官宦世家的辛弃疾自幼潜心读书，受到了良好的家庭教育，故而"六艺经传皆通习之"，且能"驰骋百家，搜罗万象"。他的博学多闻，表现在其词中，便是频繁的用典，有些几乎是句句用典，而且所用典故来源非常广泛，经史子集无所不取。本词为其中代表。

"凤尾龙香拨"，形容乐器的精美名贵；"自开元霓裳曲罢"，《霓裳羽衣曲》乃是唐朝盛极之时所作，此处作者是以唐天宝年间的繁盛，暗指宋初期时歌舞繁华的盛世。"几番风月"一句，一股人事变幻、世间沧桑之感油然而生。词一开篇，就借唐说宋，点出主旨，却又不露痕迹。

接着词人借用白居易《琵琶行》中所述之事。当日浔阳江头，迟暮的美人同落寞的文官共同谱出了这曲千古悲音。"浔阳江头客"，既指当年的白居易和琵琶女，也是今日的词人自己。"最苦"道出了词人此时内心的苦楚。

"画舸亭亭待发"出自郑文宝《柳枝词》"亭亭画舸系春潭"。当年白居易写作《琵琶行》时，被贬往江州任司马，而如今词人则是数十年一贬再贬，他以白居易当年的境遇自况，其同是"天涯沦落人"的感慨清晰可见。

随后，词人转写其家国情怀。"记出塞、黄云堆雪"，出塞一事当是用当年昭君出塞的典故。昭君出塞，乃是去国离家，但结合下句的"望昭阳宫殿孤鸿没"，不难看出，此句作者分明是别有怀抱，与当年昭君出塞时的去国怀乡之痛当又有所不同。联系词人所处的时代，这里恐怕是暗指当年"二帝蒙尘"的靖康之变。

在南宋，借用昭君出塞一事暗喻靖康之耻的并非辛弃疾一人，姜夔的《疏影》一词中有一句"昭君不惯胡沙远，但暗忆江南江北"，郑文焯在点评里就曾说到"伤二帝蒙尘，诸后妃相从北辕，沦落胡地，故以昭君托喻，发言哀断"。

"辽阳驿使音尘绝，琐窗寒，轻拢慢撚，泪珠盈睫"，此处写得颇为婉转多情，作者以一个闺中少妇的角度，写出对远戍辽阳的征人的思念。"推手"指琵琶，汉刘熙《释名·释乐器》："枇杷，本出于胡中，马上所鼓也。推手前曰枇，引手却曰杷，象其鼓时，因以为名也。""推手含情还却手，一抹《梁州》哀彻"，想要藉琵琶解闷，结果却越解越闷，越弹越是伤心。这正是"感时花溅泪，恨别鸟尽心"，人在落寞时，不论做什么都逃不过这"伤心"二字。《梁州》即《凉州》，是唐时所引进的胡地乐曲，其声哀怨，白居易有诗说"《霓裳》奏罢唱《梁州》，红袖斜翻翠黛愁"。而"哀恻"两字又加深了悲凉的意境。

"千古事，云飞烟灭。"作者露出少有的消极情绪，将千古事全都看透，似是对一切事都意兴阑珊。由此也可看出，词人对当时南宋境况的极度不满和无力回天的慨叹。

"贺老定场无消息，想沉香亭北繁华歇。""贺老"即贺怀智，开元、天宝间的琵琶高手，"贺老定场"是取元稹《连昌宫词》"夜半月高弦索鸣，贺老琵琶定场屋"之意，"无消息"指现在已经寻不见如"贺老"般的高手，当年繁华的"沉香亭北"如今也已冷落下来。作者用这两句同词之发端遥相呼应，再次强调当时的繁华已经过去。"弹到此，为呜咽"，到如今这些记忆只能徒惹人伤心罢了。

辛弃疾借唐玄宗年间有关琵琶和音乐的典故，抒写北宋沦亡之悲，讥讽南宋小朝廷耽于安乐。全词以弹琵琶为喻，事实上"弹"（谈）的是国家兴亡之曲。这首词的另一处艺术价值还在于，通过这首词显示出了辛词在豪放之外的另一风格，那就是俊美撩人。不论是"轻拢慢撚"的逼真形态，还是"泪珠盈睫"哀婉凄丽，又或者是"望昭阳宫殿孤鸿没"的意蕴深长，都写得"面目如花"，读来颇有韵致。

沁园春

辛弃疾

带湖新居将成

三径初成，鹤怨猿惊，稼轩未来。甚云山自许，平生意气；衣冠人笑，抵死尘埃。意倦须还，身闲贵早，岂为莼羹鲈脍哉？秋江上，看惊弦雁避，骇浪船回。

东冈更葺茅斋。好都把轩窗临水开。要小舟行钓，先应种柳；疏篱护竹，莫碍观梅。秋菊堪餐，春兰可佩，留待先生手自栽。沉吟久，怕君恩未许，此意徘徊。

【赏析】

带湖是一个狭长形的湖泊，位于信州（今江西省上饶市）城北一里开外的地方。淳熙八年（公元1181年）秋，辛弃疾的带湖新居即将落成，词人为其取名"稼轩"，并作为自己的名号。

力主抗金、收复中原，一直是辛弃疾的主张，但却始终得不到南宋统治集团的采纳。料想到自己在不久的将来可能要被贬斥，他不由思绪万千，万般踌躇，新居将成之时，遂作此词。

"三径初成，鹤怨猿惊，稼轩未来。""三径"的典故出自赵岐的《三辅决录·逃名》中：西汉末王莽弄权，兖州刺史"蒋诩归乡里，荆棘塞门，舍中有三径，不出，唯求仲、羊仲从之游。"从这以后，三径便成为归隐所居田园的代名词。自己隐居之所即将落成，词人不禁有些欣喜，但他并未直接流露出来，而是用"鹤怨猿惊，稼轩未来"来表达。孔稚在《北山移文》中提到："蕙帐空兮夜鹤怨，山人去兮晓猿惊。"辛弃疾在此用典故来假设因为自己没有早日归隐，而使得"鹤怨猿惊"，流露出其急切归隐的心情。

"甚云山自许，平生意气；衣冠人笑，抵死尘埃"。"尘埃"意指尘世，词人认为其志向不在仕宦，而在云山，既然如此，又何须在这尘世中为官，遭人耻笑呢？"意倦须还，身闲贵早，岂为莼羹鲈脍哉？"作者认为自己现在早已"意倦"，所以更要早日离开这个尔虞我诈的黑暗官场。"贵早"二字既呼应上文归乡的急切，也引出下文写词人内心的真实想法。"秋江上，看惊弦雁避，骇浪船回。"作为一位爱国志士，他之所以盼望早日归隐，不是因为想要享受安逸，而是因为他似乎预感到自己将遭受到他人的排挤和迫害，所以才想象大雁听到弦响、船儿遇到风浪一样避开，以躲避危险。

上阕主要写词人想要归隐的原因，下阕则继续围绕"新居将成"这一背景，对带湖新居的景象和词人未来的生活进行描写。

辛弃疾对于自己的这个新居装饰抱有很高的期许。"东冈更葺茅斋。好都把轩窗临水开。要小舟行钓，先应种柳；疏篱护竹，莫碍观梅。秋菊堪餐，春兰可佩，留待先生手自载。"要在东冈修葺一座茅顶书斋，窗子要临水而开；要先种上一些柳树，方便以后在水边垂钓；秋菊、春兰这些也都是必不可少的，但要留着"我"自己来栽培。词人对菊、兰这些植物的喜好，体现其与屈原一样具有不同流合污、坚守理想节操的高洁品性。

"沉吟久"足以表达出词人此刻内心的矛盾与挣扎。"怕君恩未许"，作为一个看透官场的人，辛弃疾固然想要归隐山林；可是作为一个怀着赤诚之心的爱国词人，他却又不忍看到自己的壮志未酬。因此，"此意徘徊"，词人在出世与入世之间矛盾着，徘徊着。

纵观全词，对心理的描写无处不在。上阕以景入情，透露了词人的思归情感；下阕则把写景作为叙事的铺垫或烘托，描绘词人对未来生活的设想。看似二者之间相对比较独立，但结尾的"沉吟久"含蓄而真实地表露出了他此刻内心的矛盾和挣扎。由此，也可看出作者内心对壮志未酬的不甘。一个时刻不忘复国、积极从政的爱国词人形象也更加鲜明地展现出来。

水龙吟

辛弃疾

甲辰岁寿韩南涧尚书

渡江天马南来，几人真是经纶手？长安父老，新亭风景，可怜依旧！夷甫诸人，神州沉陆，几曾回首！算平戎万里，功名本是，真儒事，公知否？

况有文章山斗，对桐阴、满庭清昼。当年堕地，而今试看，风云奔走。绿野风烟，平泉草木，东山歌酒。待他年，整顿乾坤事了，为先生寿。

【赏析】

宋孝宗淳熙八年（公元 1181 年）辛弃疾被弹劾，在上饶的带湖隐居，曾任吏部尚书的韩南涧（即韩元吉）致仕后也侨寓这里。两人因抗金雪耻的志趣相投而交往密切。时过三年，恰逢韩元吉六十七岁寿辰，于是辛弃疾填词以祝。词中言语挥洒自如，比古拟今，豪情激昂，既在评古视今中表达对国事的深切关注，又在称颂祝寿过程里对韩元吉寄予深厚希望。

开头两句，问句中的感叹语气使全词充满豪情，力透纸背。在全篇起首的这两句词中，辛弃疾对宋朝南渡以来的当政者的蔑视之意溢于言表，对治理国家而朝中无才的局面表示相当愤懑不满。其中，"渡江天马"是化用《晋书》的典故，借指宋高宗南渡。

"长安父老，新亭风景，可怜依旧！夷甫诸人，神州沉陆，几曾回首"转为议论抒情，承接开头，依次运用了"长安父老"、"新亭风景"、"神州沉陆"三则东晋典故比拟南宋之事。在中国历史上，受少数民族入侵而南渡的东晋和南宋，两个朝代的国情时局有相似之处。因此作者在词中借古人之意慨叹今日南渡偏安、山河破碎的局势，进而指责朝廷中大臣只知不切实务地谈论世事，却没有为抗金复国做出任何实际性的举动。典故用在词中，很是贴切。因为此六句是针对当时的世事，情绪较为低沉，笔调也显低平。

"算平戎万里，功名本是，真儒事，公知否？"抒发辛弃疾的豪情壮志，他认为吾辈的职责是抗金雪耻，建功扬名，这才是真正儒士该做的事情，并以此勉励具有同样志向的韩元吉，情绪渐转为振奋，笔调上扬。

下阕辛弃疾转入对韩元吉说的祝寿话。首先，作者以"文章山斗，对桐阴、满庭清昼"赞颂韩元吉的才干和光荣的家世。韩家为北宋望族，黄昇《花庵词选》曾称韩南涧"政事文章为一代冠冕"，并说他的文才可与韩愈比美。陈振孙《直斋书录解题》记韩元吉《桐阴旧话》十卷，则说"记其家旧事，以京师第门有梧木，故云"。梧桐垂阴，庭院清幽，可见韩元吉家世显赫。"况有文章山斗，对桐阴、满庭清昼"，作者在此巧妙化用他人之语对韩元吉的才干和家世进行称颂。

"而今试看，风云奔走"，辛弃疾对韩元吉今日在风云之际的政治上大显身手表示期待。继而用古代三个著名宰相寄情山水的佳话借喻韩元吉寓居上饶的志趣所在。他们四人都是处在政治舞台上失意而退居山林的境遇。而前代三名贤相均立过不朽的功勋，谢安淝水大破苻坚军，裴度平淮西吴元济之乱，李德裕平泽潞刘稹之乱。作者将韩元吉与此前三人的闲适潇洒风度相比，不无过誉，但文字上清新自然雅致，内容上惋惜其有志不得施展，笔调沉郁之中蕴涵高昂，却又使其对友人的勉励跃然纸上。

在结尾三句中，作者以他年"整顿乾坤事了"与韩元吉相互勉励，卒章见志，前后照应，爱国情怀贯穿祝寿词的全篇，犹如"前后贯串，神来气来，而中有山重水复，柳暗花明之致"（沈祥龙《论词随笔》）。而尤为难得的是，作者在对世事愤慨之余，并未失去雪耻的信念，这几句与霍去病"匈奴未灭，无以家为"极为相似，又与上阕"算平戎万里，功名本是，真儒事，公知否"，相互照应，令人读罢荡气回肠。

这是一首别开生面的祝寿词，如果说一般祝寿多用贺词，此词却一反常态，除了下阕几句略有赞颂之意，全篇其他都是借题发挥，化用典故抒发关心国事的愤懑，以及表达希望能有爱国志士出来挽救危机的期盼，布局颇具匠心。

整首词在议论中充满真挚的感情，起伏曲折的笔调中充满了"以天下为己任"的豪情壮志。文中多处运用典故却不突兀，在古今映衬下突显爱国热情和英雄惺惺相惜的深厚感情，实为豪放派的力作。

木兰花慢

辛弃疾

席上送张仲固帅兴元

汉中开汉业，问此地，是耶非？想剑指三秦，君王得意，一战东归。追亡事，今不见；但山川满目泪沾衣。落日胡尘未断，西风塞马空肥。

一编书是帝王师，小试去征西。更草草离筵，匆匆去路，愁满旌旗。君思我，回首处，正江涵秋影雁初飞。安得车轮四角，不堪带减腰围。

【赏析】

辛弃疾在词中将汉时与今日进行对比，写出志不得伸、不得重用的苦闷，同时还勉励友人上任后有所建树。张仲固，名坚，江苏镇江人，辛弃疾好友。宋孝宗淳熙七年（公元 1180 年），张仲固被任命为知兴元府兼利州东路安抚使。他卸任江西转运判官任后，从江西取道湖南，到陕西汉中赴任。当时，辛弃疾在湖南任知潭州兼荆湖南路安抚使。张仲固经过湖南时，作者设宴相送，这首词就是席间所作。

开篇词人即提到"汉中"，除了因为汉中是张仲固要去的地方之外，还因宋高宗即位之初，李纲等人就主张在此地建立行都，出击金军。作者满怀一腔报国之志，一生都渴望光复故土，洗去被金军侵略的耻辱，所以一提到汉中，他便自然地联想到汉朝基业的建立。"想剑指三秦，君王得意，一战东归"，遥想当年，刘邦率军从汉中出发，直指关中，相继击溃踞守关中的章邯、司马欣和董翳三员大将。这么耀眼的战果，除了有赖于刘邦高明的战略决策外，和汉初三杰的英勇善战也有很大关系。

"追亡事，今不见；但山川满目泪沾衣。落日胡尘未断，西风塞马空肥。"词人追忆刘邦充满荣光的战斗历程，无奈如今的朝堂却是一派文恬武嬉，国势衰微，萎靡不振。大好河山看似依旧，其实早已被金军的铁骑踏遍。看着敌骑在南宋的疆土上肆意驰骋，像词人这般怀有一腔报国之志的血性男儿，又岂能无动于衷。

下阕开头，作者在此提到张良受书为帝王师的故事，赞颂张仲固此次赴汉中只是小试牛刀。"更草草离筵，匆匆去路，愁满旌旗"，词人心中对友人的不舍随着分别时刻的临近而越来越深。"君思我，回首处，正江涵秋影雁初飞"，作者当时也已经接受改任知隆兴府，兼江南西路安抚使之命，很快就要去江西赴任。当张仲固抵达汉中，回首思念今日为他践行的人时，辛弃疾早已离开此地，到达南昌了。

"安得车轮四角，不堪带减腰围"，离别在即，词人满腹离愁无法化解，真希望车轮能在一夜之间生出四角，使张仲固因无法离开而多停留几日，可是这又怎么可能呢？分别之后，思念定会让作者变得更加消瘦。"车轮四角"取意陆龟蒙《古意》一诗："君心莫淡薄，妾意正栖托。愿得双车轮，一夜生四角。"

词中既饱含对友人的不舍，又隐隐有些因空怀一腔报国之志，毫无用武之地而产生的"怨"。词中的"山川满目泪沾衣"和"江涵秋影雁初飞"两句都是直接借用古人的原诗句。虽如此，整首词看上去却浑然天成，丝毫没有斧凿过的痕迹。

木兰花慢

辛弃疾

滁州送范倅①

老来情味减，对别酒，怯流年。况屈指中秋，十分好月，不照人圆。无情水都不管，共西风、只管送归船。秋晚莼鲈江上，夜深儿女灯前②。

征衫，便好去朝天，玉殿正思贤。想夜半承明，留教视草，却遣筹边。长安故人问我，道愁肠殢酒只依然。目断秋霄落雁，醉来时响空弦。

【注释】

① 范倅：即范昂，滁州通判。倅，通判的习称。乾道八年辛弃疾为滁州守。是年中秋，范倅去任。②黄庭坚《寄上叔父夷仲》诗："弓刀陌上望行色，儿女灯前语夜深。"

【赏析】

稼轩词词情豪放，即使是送别也不例外。这首送别词，作于宋孝宗乾道八年（公元1172年）。辛弃疾借送别友人范昂的机会，在激励他积极奋进的同时，又慷慨悲吟，一吐自己郁于心中的家国之思。全词基调豪放而悲凉，宣泄出作者心中的不平之气。

"老来情味减，对别酒，怯流年。"上阕前三句化用苏轼《江神子·冬景》中"对尊前，惜流年"的句意，但使人感觉比原文更加悲凉。词人正值壮年，却在开篇就提到"老来"二字，心情萧索可见一斑。辛弃疾在弱冠之年就"突骑渡江"，少年得志。率众南归之后，他本想建立一番扭转乾坤的大事业，不料竟沉沦下来，开始在宦海中浮沉、辗转。朝廷苟安，无心北伐，金军铁蹄踏碎南宋河山，热血男儿却报国无门。作者"对别酒，怯流年"实因害怕旌旗未展，自己双鬓就已斑白。前三句陡然起势，直抒胸臆，统领全篇。

接下来三句写中秋将至，友人却要远行。中秋节，月圆人不圆，独自对月的凄凉景象仿佛就在眼前。乾道八年，辛弃疾出任滁州知州，空怀一腔报国之志的他身处政治逆境，被大材小用，心情本就悲愤抑郁。而恰在此时，友人也要远行。友人离去之后，自己连一个可倾诉的人都没有了，内心萧索的情思自然就如冲破堤岸的洪水，喷薄奔涌而出。

"无情水都不管，共西风、只管送归船。""无情水"和"西风"，一语双关，既写友人离去的情景，又暗示是朝中恶势力逼得范氏被迫离任。作者将"水"和"西风"拟人化，用"都不管"和"只管"两个词道尽了它们的无情。"水"和"西风"只知道"送归船"，可是归船将去往何处？苍茫情感显露无遗。"秋晚莼鲈江上，夜深儿女灯前"这两句展现出一幅天伦之乐的和美图画。这两句应该是词人想象范昂归家时的情景，浑厚超然的意境油然而生。

下阕转入送别，"征衫，便好去朝天，玉殿正思贤"三句语调积极，前两句写友人入朝前的勤奋努力，第三句写朝廷求贤若渴。"想夜半承明，留教视草，却遣筹边。"承明庐是汉代朝官值宿的地方，在这里暗指宫廷。这三句极言朝廷对贤臣的恩遇，深夜在承明庐修改诏书，又奉命去筹划边事。君臣相得，共振邦国，这是词人的理想，若被朝廷重用，他定会竭股肱之力为朝廷效忠。

"长安故人问我，道愁肠殢酒只依然"是说：倘若友人到达京城后，遇到老朋友问起，就告诉他们，"我"仍然是每天借酒浇愁。此处词人从慷慨激昂又回到抑郁低沉的状态，报国无门的悲愤再次被牵出。"目断秋霄落雁，醉来时响空弦"，几经起伏、周折之后，至结尾处，忽然振拔。这两句化用《战国策》中"虚弓落病雁"的典故，词人在醉中举弓虚射，却惊落秋雁。满怀抱负只能在酒醉后发泄，一个满腔热血却毫无用武之地的英雄形象跃然纸上，豪雄而沉郁。

辛弃疾联想丰富，笔法跌宕起伏，感情犹如江上的波涛，时高时低，大起大落。全词除"老来情味减"一句实写之外，其余处处均为虚写，但是由于感情之实，所以，最终处处都能落到实处。

祝英台近

辛弃疾

晚春

宝钗分①，桃叶渡②，烟柳暗南浦③。怕上层楼，十日九风雨。断肠片片飞红，都无人管，更谁劝啼莺声住？

鬓边觑。试把花卜心期，才簪又重数。罗帐灯昏，哽咽梦中语：是他春带愁来，春归何处？却不解带将愁去。

【注释】

①宝钗分：梁陆罩《闺怨》："偏恨分钗时。"唐白居易《长恨歌》："钗留一股合一扇，钗擘黄金合分钿。"②桃叶渡：在南京秦淮河与青溪合流处。③南浦：泛指送别之处。《楚辞·九歌·河伯》："送美人兮南浦。"

【赏析】

这首《祝英台近·晚春》词丽情柔、缠绵悱恻，抒发闺中少妇惜春怀人的情怀，与辛弃疾以往的风格大不相同。此词的情调和作者的《摸鱼儿》（更能消几番风雨）比较相似。这　时期，辛弃疾饱受排挤，不被朝廷重用，满腔抱负难以实现，因而满腹怨言。黄蓼园在《蓼园词选》中认为此词必是辛弃疾"借闺怨以抒其志"的作品。

开篇三句中，"宝钗"是前人分别时留赠的信物；"桃叶渡"是送别之地；"烟柳暗南浦"描绘出一幅暮春时节、埠头烟柳迷蒙的景象。这三句巧妙化用前人的诗意，每句都是一个关于送别的典故。三句共同描绘出一幅暮春送别的凄凉图景，是少妇对送别时刻的追忆，表达其怅惘凄苦的心境。

"怕上层楼，十日九风雨。断肠片片飞红，都无人管，更谁劝啼莺声住？"自与恋人分别后，经历了横雨狂风，无可奈何花落去，没人能够管得住枝头花瓣，只能任片片落红纷飞。因为不忍心目睹这么凄清的场景，所以害怕登上高楼。江南三月，草长莺飞，而莺啼预示着春天就要离去了，有谁能劝止莺啼的声音，让春天再多停留一段时间呢？"都无人管"和"更谁劝"让主人公怨春怀人的情绪展露无遗。

下阕词人开始描摹女子的情态。"鬓边觑。试把花卜心期，才簪又重数。"一个"觑"字刻画出闺中女子的慵懒之态，生动而形象。落红纷飞，莺声不住，春天马上就要离去，心中的他何时才会归来？"觑"过之后，鬓边的花使她萌生了数花瓣卜归期的想法。明知这种做法无用，却还是一遍一遍地重复：认真地数过每一片花瓣后，把花重新戴到头上，很快又拔下来，再重新数一遍。在此，作者用白描的手法对主人公的动作进行了客观的描写，女子单调的重复动作表现出其痴情，令人觉得可笑的同时又不禁觉得心酸。

"罗帐灯昏"至"却不解带将愁去"几句取用李邴《洞仙歌》："归来了，装点离愁无数……蓦地和春带将归去"和赵彦端《鹊桥仙》："春愁原自逐春来，却不肯随春归去"之意。卜过归期之后，女子内心仍不能平静。作者巧妙地将主人公心中的痴情怨语托于梦呓，虽看似飘忽，却更显深重。少妇的责问极其无理，然而无端、无理的思虑往往发自内心无法自控的深情。因此，此处少妇满腹的怨语是她内心深情最真实的反映。

沈祥龙在《论词随笔》中说"词贵愈转愈深"，这首词就深得此法。全词纡曲递转，从南浦赠别、怨春归去，到花卜归期、哽咽梦呓，一波三折，新意迭出，越转越绮丽，越转越缠绵。从怨春到怀人，从占卜到梦呓，层层推进，全词无一"怨"字，却字字含"怨"，女主人公的一片痴情在百转千回之中被充分描摹出来。

青玉案

辛弃疾

东风夜放花千树。更吹落，星如雨。宝马雕车香满路。凤箫声动，玉壶光转，一夜鱼龙舞。

蛾儿雪柳黄金缕，笑语盈盈暗香去。众里寻他千百度，蓦然回首，那人却在，灯火阑珊处。

【赏析】

梁启超在《饮冰室评词》中评价这首词曰："自怜幽独，伤心人别有怀抱。"王国维则在《人间词话》中则说道："古今之成大事业、大学问者必经过三种境界：昨夜西风凋碧树，独上高楼，望尽天涯路；衣带渐宽终不悔，为伊消得人憔悴；众里寻他千百度，蓦然回首，那人却在，灯火阑珊处。"可见对其评价之高。

全篇营造和渲染出元宵节观灯的热闹气氛。上阕用夸张的手法描绘出灯火之盛和元宵节的盛况，反衬出下阕孤独凄凉的感伤。

"东风夜放花千树。更吹落，星如雨。"此二句的表现手法与岑参的"忽如一夜春风来，千树万树梨花开"颇为相似。东风吹放了夜晚的火树银花，更吹落了如雨般的彩星。"千树"显示出元宵灯节的热闹景象；"星如雨"则表现作者天马行空的想象，在他的笔下，东风不但可以吹落"树叶"、"花瓣"，还可以吹落冲上云霄的烟火。

接下来四句，词人紧接着对元宵节的盛景进行描写。"宝马"、"雕车"、"暗香"、"凤箫"、"玉壶"、"鱼龙舞"都起到渲染气氛的作用，从视觉、听觉、嗅觉等方面呈现出元宵灯节闹花灯的热闹场面，为下阕写"那人"的孤独凄凉起到反衬的铺垫作用。

下阕首两句"蛾儿雪柳黄金缕，笑语盈盈暗香去"，词人从上阕的写景转而写人。"蛾儿"、"雪柳"、"黄金缕"是元宵节时女子们头上佩戴的饰物，在此代指盛装出游的女子们。一群群盛装打扮的赏灯女子，花枝招展、笑意盈盈地从作者的眼前走过，衣袂飘飘，暗香浮动，可惜都不是他要找的人，内心不免有些失落。

"众里寻他千百度，蓦然回首，那人却在，灯火阑珊处。"在伤心之余，作者苦苦寻觅，蓦然回首，却发现"那人却在，灯火阑珊处"。原来苦苦找寻的人儿，就在那清冷处，仍未归去。此处充分体现词人此刻复杂的情感，其中包含了他多少不易说出的悲感和对人生的领悟、感动。

结尾处辛弃疾描绘出一个远离喧闹、甘于寂寞的女子形象，这其实只是他理想的一种寄托。这首词大约作于作者被罢官闲居之时，词中的女子暗含着他的影子，是他理想和人格的化身。

通观全词，上阕只是单纯描绘元宵佳节的盛况，似无独到之处，然而这正好是为下文的精彩之笔作足铺垫。辛弃疾通过描写置身于喧闹外的女子形象，表达自己政治失意、壮志未酬之下，甘愿独守寂寞、清高，也决不愿与世俗同流合污的高尚情操。

清平乐

辛弃疾

博山道中即事

柳边飞鞚①，露湿征衣重。宿鹭窥沙孤影动，应有鱼虾入梦。
一川明月疏星，浣纱人影娉婷②。笑背行人归去，门前稚子啼声。

【注释】

① 飞鞚：即纵马奔驰。鞚指马勒。② 娉婷：形容女子姿态轻盈美好。

【赏析】

辛弃疾一生创作众多，流传至今的大约有 629 首词，其中有 14 首是描绘农村的生活。词人南归之后，有很长一段时间闲居在上饶和铅山，淳朴的民风和清丽的山间景色，激发了他的创作灵感。这首《清平乐》就是他闲居上饶时所作的一首纪游小令。

词中，作者生动地描绘了自己在一次旅程中的所见所闻，语言淡朴，意境清新。上阕写景，描绘词人夜行柳岸所见到的景色。下阕写人，通过写一个浣纱少妇来呈现一幅灵动的画面。

"柳边飞鞚，露湿征衣重。宿鹭窥沙孤影动，应有鱼虾入梦。"作者骑着马儿沿着栽满绿杨的堤岸飞驰，柳枝上的晨露沾湿了衣衫。河滩旁，一只白鹭正在打盹，还不时窥视着沙滩，它的身影也随之晃动。看到这个富有情趣的画面，词人不禁设想：白鹭应该是在做着美梦，梦见了自己最爱吃的鱼虾吧。这虽然只是他的一番想象，但却又从现实情况出发，所以也可称得上是入情入理。

辛弃疾的描写动静相生、形神兼具。柳枝上的露水原为静止的，词人却通过"露湿征衣重"这一句来显示出它的动态美；白鹭宿眠在沙滩上，词人通过描写它的梦境来体现其动态，令人感受到词中的灵动和有趣，也可看出此时作者心情的愉悦和游兴之高。作者仅用几笔就勾画出一幅美丽的乡间夜色景象，显示出他对景物观察的细微和独到，读来便觉得生动而有趣。

"一川明月疏星，浣纱人影娉婷。""娉婷"形容女子姿态的轻盈和美好。疏星明月下，一位年轻的妇女来到溪边浣纱，她那曼妙的身影倒映在沙滩上。此二句描绘出少妇劳动时的愉悦场面。

"笑背行人归去，门前稚子啼声。"作为一个母亲，会时刻惦记着自己的孩子。所以当原本安静的村舍门前响起稚子的哭啼声时，在溪边浣纱的少妇就急忙起身往家里赶。在路上会碰到一些陌生的行人，而她也只是微笑着低下头，继而又匆匆往前走。词人在此描绘了一幅充满母爱的温馨画面，也为整首词增添了醇厚的生活情味。

况周颐说："词有淡远取神，只描取景物，而神致自在言外，此为高手。""高手"二字用在辛弃疾身上实不为过。这首词看似全篇都在写景，没有抒情之处，然而词人的情感早已融入每一个词句中。全词没有停留在对景物的描写上，而是把笔触深入到人们的内心，从中也体现出作者对清新亮丽的山间景色的喜爱和对淳朴民风的赞赏。

清平乐

辛弃疾

村居

茅檐低小，溪上青青草。醉里吴音相媚好，白发谁家翁媪。

大儿锄豆溪东，中儿正织鸡笼。最喜小儿无赖，溪头卧剥莲蓬。

【赏析】

本词题为"村居",是辛弃疾闲居上饶时所作。词中通过描写一个普通农家,呈现出一幅安静祥和的农村生活画面,作者的情趣也得以展现出来。

上阕通过写景来烘托气氛。"茅檐低小,溪上青青草"化用杜甫《绝句漫兴》中的"熟知茅斋绝低小,江上燕子故来频"。"茅檐"、"溪上"、"青草",这些极为常见的词语在作者笔下得以妙用,通过素描的手法展现农村春日里生机有趣的一面,同时也为下文的描写设下背景。

"醉里吴音相媚好,白发谁家翁媪。""吴音"即吴地的地方话,作者闲居的江西上饶,春秋时属于吴国;"媪"代指老年妇女。这两句运用倒装的句法,即未见其人,先闻其声。作者走近村舍边,听到一阵温柔婉媚的对话声,等走到他们面前时,才发现是一对长满白发的翁媪在用吴音娓娓地叙家常。"媚好"二字,写出这对翁媪的亲密无间和他们温暖、惬意的温馨生活。词人在这里所要描绘的并不仅仅是这对老年夫妻的生活,而是以他们为典型,表现农村老年夫妻生活的乐趣和幸福。

至此,作者描绘出一对翁媪温馨对话的悠然情景;下文则转入描写他们三个儿子的不同形象,通过白描的手法反映农村生活的各个有趣方面。

"大儿锄豆溪东,中儿正织鸡笼。"作为家里的主要劳力,大儿子正在溪头的豆地里锄草,年龄稍小的二儿子则在家里编织鸡笼。接下来,词人着力描写小儿的形象。"最喜小儿无赖,溪头卧剥莲蓬。""无赖"即顽皮之意,是对小儿的爱称。"最喜"表达出词人此刻的欢喜。"卧剥"二字生动传神地勾勒出小儿天真、顽皮的神态,同时也增强对前句"无赖"形象的描绘。

下阕短短四句,语言通俗易懂,却把三个人物的形象鲜明地刻画了出来,尤其是结尾的"卧",可谓画龙点睛,给全词增添了恰到好处的光辉,读来令人深切感受到其中的乐趣和欢快。

全词从内容到形式构成一个和谐、自然的艺术境界。词人通过对农村清新秀丽的环境描写和对浓厚的农村生活气息的描绘,字里行间都透露出他对这种平和安静生活的喜爱,客观上反映出对黑暗官场生活的厌恶。

清平乐

辛弃疾

独宿博山王氏庵

绕床饥鼠,蝙蝠翻灯舞。屋上松风吹急雨,破纸窗间自语。
平生塞北江南,归来华发苍颜。布被秋宵梦觉,眼前万里江山。

【赏析】

辛弃疾在继承和发展苏轼词风的基础上,形成了自身独特的豪放派风格。其词不但有豪放的一面，更兼具细腻、婉约、闲淡等风格。这首《清平乐》即体现了他风格多变的一面。从词调上看，此词近似田园派，又似归隐之作，表现了辛词的另一种风格。许昂霄认为其"有老骥伏枥之概"。

题中的博山，古名通元峰，由于其形状与庐山香炉峰相像，后改称博山，位于今江西永丰境内。作者闲居上饶时，曾多次到该地游玩并留下颇多的题咏，这首词便是其中之一。

词首四句写出词人独自夜宿博山王氏庵的所见所闻，呈现出一幅凄凉的景象，词人被迫归隐的无奈和悲凉一览无遗。

"绕床饥鼠，蝙蝠翻灯舞。屋上松风吹急雨，破纸窗间自语。"辛弃疾所宿的王氏庵，是一个许久无人居住的破屋。夜晚，屋内的饥鼠绕床而跑，蝙蝠围灯翻飞起舞。屋外则是风雨交加。松风吹送着急雨，连破裂的窗纸也发出了阵阵哀鸣。"自语"运用了拟人的手法，将风吹纸响赋予了生命，更突出了词人归隐的无奈和苦涩。

为了实现抗金的理想，作者平生都为了国事奔波在塞北江南，如今到了"华发苍颜"的年纪，居然被迫失意归来，心中的惆怅更与何人说？"平生"两句的描写展现了词人的生平奋斗的踪迹和抱负，与上阕的凄凉之景形成鲜明的对比。

"布被秋宵梦觉，眼前万里江山。"平生的经历，使作者即使身处陋室也心怀天下，所以半夜醒来，眼前所现的仍是万里河山！"眼前万里江山"一句与"平生塞北江南"相互呼应，把词人内心的激情与壮志表现出来，全词格调也为之一振，显示出他一贯的风格。正如陈廷焯在《白雨斋词话》中所说"稼轩有吞吐八荒之慨而机会不来……故词极豪雄而意极悲郁"，从中也可看出辛弃疾对文字的驾驭能力之高和对意境描写把握之准确。

虽全词寥寥数语，描绘出一幅萧瑟破败的风景画，衬托出词人时刻忧国忧民却难以实现抱负的凄苦心情。辛弃疾在闲居之时，仍不忘北伐大业，时刻惦记收复中原的大计，充分表现出他壮志未酬却仍不忘忧国忧民的爱国热情和激昂斗志。

清平乐

辛弃疾

检校山园，书所见。

连云松竹，万事从今足。拄杖东家分社肉，白酒床头初熟。

西风梨枣山园，儿童偷把长竿。莫遣旁人惊去，老夫静处闲看。

【赏析】

词序中的"山园"即辛弃疾闲居带湖时的居所，"检校"即查核之意。词中作者既无刻意雕琢，也没有运用典故，而是通过白描的手法，展现生动有趣的农村生活。

开篇描写作者闲居时所看到的农村生活景象，营造出一种宁静祥和的生活氛围，也表现他对闲居生活的满足。"连云松竹，万事从今足"描绘山园附近的景色。山园的四周生长着郁郁葱葱的松竹，在云雾的缭绕下，呈现出一幅舒适和谐生活画面。在这样的环境下闲居，作者不禁发出"万事从今足"的感慨，从中也可看出他此刻的心情是颇为轻松和愉悦的。

"挂杖东家分社肉，白酒床头初熟"是对"万事从今足"的补充描写，字里行间皆透露出闲居生活的乐趣和温馨。从前句所写，可见词人与邻里之间关系之融洽。"挂杖"表明年老，此时的词人大约已年过半百。"社"即祭祀土神的活动，《史记·陈丞相世家》中提到"里中社，平为宰，分肉甚均。"每到"社"日，就要分肉，所以有"分社肉"的说法。次句更增添此时的欢乐气氛。"白酒"在这里指田园佳酿，也可看出山园的富足。刚刚分到了社肉，又恰逢佳酿"初熟"，词人忍不住要美美地喝上一杯，好好惬意一番了。在古代，饮酒是高雅人士的一大嗜好，所以这一番描写既体现作者闲居时的惬意，也可看出他的闲情雅致。

下文词人开始"书所见"，从一个富有情趣的生活镜头入手，给整首词增添了浓浓的生活气息，表现出他闲适的心情。"西风梨枣山园，儿童偷把长竿。""梨枣山园"说明此时正值梨树和枣树果实累累的时节，一群儿童拿着长长的竹竿在偷偷地扑打树上的果实。这一番描写，既透露出作者对丰收的喜悦，也可看出他对这些顽童的细致观察。一个"偷"字极富意味，把顽童们偷打梨、枣，却又时刻担心被人发现的顽皮样写了出来。

"莫遣旁人惊去，老夫静处闲看。"显然，词人对顽童偷打梨、枣的这件事情是持宽容态度的，所以他才会"静处闲看"。杜甫在《又呈吴郎》中的"堂前扑枣任西邻，无食无儿一妇人"，表现出对"无食无儿一妇人"的仁慈之心；而辛弃疾在这首词中所体现的却是"万事从从今足"后的"闲"情，笔调也较为轻快。

辛弃疾在这首乡情词中描绘其闲居带湖时的闲适生活，这种基调在他的众多作品中是难得一见的。不过词中所表现出来的安定祥和的农村生活，只是局部地区的现象。在当时的时代背景下，绝大部分的劳动人民生活得并不是很幸福、愉快。不过，并不是说作者的创作脱离实际，而是因为他接触下层劳动人民的机会比较少，所以对他们生活的认识才会比较局限。

清平乐

辛弃疾

忆吴江赏木樨

少年痛饮，忆向吴江醒。明月团团高树影，十里水沉烟冷。

大都一点宫黄，人间直恁芬芳。怕是秋天风露，染教世界都香。

【赏析】

况周颐云："以性灵语咏物，以沉着之笔达出，斯为无上上乘。"此词正具有此特点。作者赋体咏物，有意淡化其个人痕迹，将物与性灵融为一体，用词简练，描写自然，不愧为词中之佳作。

这首词在四卷本《稼轩词》丙集中题下作"谢叔良惠木樨"。叔良，即余叔良，辛弃疾闲居上饶时，与其有唱和，《沁园春·答余叔良》云："我试评君，君定何如，玉川似之。"由此可知二人声气相应，这首词亦应为词人居上饶时所作。

题序中的吴江，即吴淞江，在今苏州南部，西接太湖。辛弃疾年轻时曾游吴江，《水调歌头·和王正之右司吴江观雪见寄》有"老子旧游处，回首梦耶非"，可见其对此地怀念颇深。大概当时吴江两岸，桂花正盛，所以词人此时咏桂花便不由"忆吴江"。"木樨"，亦作木犀，桂花别名，因其树木纹理如犀，故名。

上阕回忆往昔，由游踪引入桂花。"少年痛饮，忆向吴江醒。明月团团高树影，十里水沉烟冷。""痛饮"即尽情饮酒，"少年痛饮"与杜甫《赠李白》里的"痛饮狂歌空度日，飞扬跋扈为谁雄"有异曲同工之妙。"团团"即呈圆形，李白《古朗月行》中亦有同样的形容："小时不识月，呼作白玉盘。……仙人垂两足，桂树何团团"。"水沉"，沉香，香名。

少年时，词人曾于秋夜开怀畅饮，醉酒醒来，正对着潺潺流动的吴淞江。一轮明月高高悬挂，团团的桂树影子正映于其中央；江畔的桂树，飘散着十里花香，那浓郁的香味仿佛在燃烧着水沉。天上、江边、山岭此时都笼罩在这桂香桂影之中。

词人借自己一次酒醒后所见之桂影、所闻之桂香来描写桂花，挥洒自如，情调豪放，既描绘了一幅优美动人的画面，又刻画了词人少年时的意气风发。

"大都一点宫黄，人间直恁芬芳。怕是秋天风露，染教世界都香"，意脉不断，词人直奔主题，围绕桂花本身来进行描写。"宫黄"，古代宫中妇女以黄粉涂额，因此又称额黄，田艺蘅《留青日札》卷二十一："额上涂黄，汉宫妆也。"在此喻指桂花。"大都一点宫黄，人间直恁芬芳。"桂花体积虽小，香味却能飘满人间。词人由此猜测"怕是秋天风露，染教世界都香"，桂花之香，正是有赖于秋天风露的滋润。

下阕四句概括出桂花的三大特征：花小、色黄、香浓，但作者重点突出其香味，贴切而有韵味，又恰好与上阕歇拍相呼应。

辛弃疾有四首咏木樨之词作，另外三首为《西江月》（金粟如来）、《清平乐》（月明秋晓）、（东园向晓），皆为一般咏物，无寄托之意。但在这首词中，词人以"染教世界都香"来称赞桂花，似乎隐寓着他"达则兼济天下"的志向。

沁园春

辛弃疾

灵山^①齐庵赋，时筑偃湖未成。

叠嶂西驰，万马回旋，众山欲东。正惊湍直下，跳珠倒溅；小桥横截，缺月初弓。老合投闲，天教多事，检校长身十万松。吾庐小，在龙蛇影外，风雨声中。

争先见面重重，看爽气朝来三数峰。似谢家子弟，衣冠磊落；相如庭户，车骑雍容。我觉其间，雄深雅健，如对文章太史公。新堤路，问偃湖何日，烟水濛濛？

【注释】

① 灵山：属怀玉山支脉，位于江西上饶北部。灵山山峰众多，险峻秀美，甚是壮观。

【赏析】

在稼轩词中，辛弃疾塑造了许多山的形象，其笔下的山常常是峥嵘矫健，气势雄浑。这首《沁园春》是词人隐居期间所作，他期待偃湖早日竣工，自己能够悠游其间。

词人开篇即写灵山的雄壮之势犹如千军万马破空而来，西驰如飞，又突作回旋势，滚滚向东。"叠嶂"写出山的层次，"回旋"突出山的灵动。"正惊湍直下，跳珠倒溅；小桥横截，缺月初弓。"作者的目光从远景转向近景。瀑布奔腾流淌，一个"惊"字，突出词人震惊而欣喜的心情。雄伟的瀑布从山顶直泻而下，顿时水珠跳起，四处飞溅；一座小桥横跨在流泉之上，像一轮刚刚升起的弯月，妙曼可人。

在宏伟壮观的美景面前，词人顿生感慨，"老合投闲，天教多事，检校长身十万松"：我已经老了，正过着闲适安逸的生活，但老天爷又偏偏多事，让我来率领这十万棵高大的青松。面前挺拔的青松，在辛弃疾眼中仿佛当年英勇的战士，勾起了他对往事的回忆。作者此时已被朝廷闲置，无法实现其征战沙场，收复河山的壮志，所以只能寄情于树，委婉而风趣地抒发自己的郁闷。"吾庐小，在龙蛇影外，风雨声中。"作者继而安慰自己：我正兴建的这座屋子，就在摇曳斑驳的松影之外，可听风雨之声，位置绝佳。

下阕词人即以小屋为落脚点，从此望去："争先见面重重，看爽气朝来三数峰。"早上云雾渐渐散开，山峰争先恐后地出现在眼前，仿佛要争着和词人打招呼。"数"表现词人清早欣赏山峰时的神清气爽。"似谢家子弟，衣冠磊落；相如庭户，车骑雍容。""谢家子弟"，据《世说新语·言语》载，谢安问："子弟亦何豫人事，而正欲使其佳？谢玄答："譬如芝兰玉树，欲使其生于阶庭耳。"后用来指为人讲究举止风度，服饰端庄，落落大方。群山似洒脱的谢家子弟一般，俊秀飘逸；又如气度雍容的相如车队，气势不凡。

即使这样词人却还觉不够，"我觉其间，雄深雅健，如对文章太史公"。他更强调"雄深雅健"，认为太史公司马迁的文章才可称喻。以上几个抽象的比喻巧妙地勾勒出山的神韵，令人神往。"新堤路，问偃湖何日，烟水濛濛？"作者急切地追问：新的提路已经修好，偃湖什么时候才能修筑完成，使我能一赏这烟水濛濛的美景？

辛词大胆创新的风格在此词中得以体现。词人对山这一传统意象进行突破，将自己"欲比天高"之志投入其中，并运用比喻、拟人和夸张等写作手法，将山与人的精神气质相若的姿态呈现在读者面前，令人不禁赞叹。

喜迁莺

辛弃疾

赵晋臣敷文赋芙蓉词见寿，用韵为谢。

暑风凉月。爱亭亭无数，绿衣持节。掩冉如羞，参差似妒，拥出芙蓉花发。步衬潘娘①堪恨，貌比六郎②谁洁？添白鹭，晚晴时，公子佳人并列。

休说，搴木末；当日灵均，恨与君王别。心阻媒劳，交疏怨极，恩不甚兮轻绝。千古《离骚》文字，芳至今犹未歇。都休问，但千杯快饮，露荷翻叶。

【注释】

①潘娘：为南朝萧宝卷宠妃，后常以潘妃"步步生莲"的美态来描述美人的小脚。②六郎：为唐代武则天宠臣张昌宗，其"姿容如莲花"。

【赏析】

辛弃疾贯以史入诗，借史来抒发自身情感，这首《喜迁莺》以荷花入景，以历史人物入情，词中虽多抒发郁郁不得志的苦闷，然仍有辛弃疾豪放、洒脱之余韵。

宋宁宗年间，辛弃疾第二次被罢黜，赋闲于家。其时，同被罢黜的好友赵晋臣以芙蓉词恭贺辛弃疾生辰，辛弃疾以此词回谢。赵晋臣，名不迁，曾任敷文阁直学士，故称敷文。芙蓉，即荷花。

词之上阕以描写夏日荷花为主。"暑风凉月"一句点明此时正是荷花盛开的大好时节。"爱亭亭无数，绿衣持节。"荷塘里无数枝亭亭的荷花惹人爱怜，绿色的荷叶铺满水面，犹如侍者身着绿衣持节而立。"掩冉如羞，参差似妒，拥出芙蓉花发。"层层叠叠的荷叶中间，被簇拥着的荷花若隐若现，宛如羞涩的少女掩盖了面庞；水面上的荷花高高低低，风姿绰约，带着几分妒意，争奇斗艳。绿的叶，粉的花，夏日荷塘美丽如画。

"步衬潘娘堪恨，貌比六郎谁洁？"意思是：古人将妖艳的妃子和奸佞的臣子与荷花相提并论，实在是令人"堪恨"，作者以此来反衬并称赞荷花的品性高洁，并认为能与莲花相衬的只有高雅脱俗的白鹭。"添白鹭，晚晴时，公子佳人并列。"黄昏雨晴，白鹭如翩然的公子在水面上与佳人美荷相携而立，一动一静，给荷塘平添几分意趣。

下阕以"休说"开头，词人以屈原的诗词与经历暗喻自己的遭遇与郁愤。"搴木末"、"心阻媒劳"、"恩不甚兮轻绝"皆化用屈原《九歌·湘君》中的诗句，意为不要去树梢上采撷水中才有的芙蓉，这本就是不可能的。屈原聪灵而高洁，却被君王所驱逐；男女无爱，媒人再操劳也无用，交往不深且无心，终将会轻易离别。词人借此隐喻因楚王亲近小人，听信谗言，导致屈原空怀有远大的志向却难以实现。

"千古《离骚》文字，芳至今犹未歇。"作者感叹屈原有犹如荷花般优美的气节，《离骚》一词流芳千古，却不被君王所容。作者以史拟己，宛如时光倒转，他也与屈原一样不能得到君王赏识，空有学问却报国无门。结尾一句"都休问"转笔激昂：那么，就什么也别说了，"但千杯快饮，露荷翻叶"，就让我对着这荷花美景，一醉解千愁吧。

报国有志，请缨无门，使辛词多激荡着一股愤愤不平之气。此词虽为咏物词，但其中亦掺杂着辛弃疾对现实的无奈和自身遭遇的感慨。

永遇乐

辛弃疾

戏赋辛字，送茂嘉十二弟赴调。

烈日秋霜①，忠肝义胆，千载家谱。得姓何年，细参辛字，一笑君听取。艰辛做就，悲辛滋味，总是辛酸辛苦。更十分、向人辛辣，椒桂捣残堪吐。

世间应有，芳甘浓美，不到吾家门户。比着儿曹，镂镂却有，金印光垂组。付君此事，从今直上，休忆对床风雨。但赢得、靴纹绉面，记余戏语。

【注释】

①烈日秋霜：比喻为人刚毅正直，化用《新唐书·段秀实传赞》中："虽千五百岁，其英烈言言，如严霜烈日，可畏而仰哉。"

【赏析】

从词前小序中可知，辛弃疾的这首《永遇乐》是为送别其十二弟茂嘉所作。茂嘉是词人的堂弟，其事迹未详。赴调，指前往吏部听候迁调。宋朝时，地方官吏有规定的任期，期满后要进京听候重新调遣，而这次调遣如无例外则很可能会升官，所以词人用了一个"戏"字，表达其愉悦而不舍的心情。"戏赋辛字"，指借送茂嘉来轻松随意地议论一下辛门家事。

"烈日秋霜，忠肝义胆，千载家谱。"词人开篇即说辛家历代都是忠肝义胆、正直不阿的英烈。在捐出家谱后，"得姓何年，细参辛字，一笑君听取"，词人接着对族弟说："辛"这个姓氏从何而来的呢？容我细细参详，你且一笑听之。"一笑君听取"一句承上启下，引出下文的"戏赋辛字"。

接下来五句，辛弃疾认为：辛字意味着艰辛，也有悲辛之感，总是蕴涵着各种辛酸苦辣，所以姓辛的人总是性格刚烈、敢说敢言。"更十分"加强程度，"椒桂捣残堪吐"是夸张的说法。作者这里名为"戏"，实际上是道尽其为辛门之人的辛酸疾苦。身为英烈之后，他继承了祖先的品格，却无法如祖先一样报效朝廷，其心中悲愤可想而知。虽然诗词忌讳"同字相犯"，但此处的"辛"字经过辛弃疾的精雕细凿后不仅在音调上显得协调一致，在感情上亦有强化的作用。

下阕词人连用两句反语来激励茂嘉等辛家子孙。"世间应有，芳甘浓美，不到吾家门户。""芳甘浓美",喻荣华富贵。词人认为:世间纵有万般荣华,也轮不到我辛家。"比着儿曹,镇镇却有,金印光垂组。""儿曹"指儿辈;"金印光垂组",指高官厚禄之家。辛弃疾对族弟说:我们辛氏子孙比不得其他人,他们善于钻营,享高官厚禄,挂金佩玉。作者在此实际上是想告诉族弟:辛氏家门纵然清苦,也不会阿谀逢迎、追名逐利,要始终保持公正无私、洁身自好。

"付君此事,从今直上,休忆对床风雨。""对床风雨"出自唐韦应物《示全真元常》中"宁知风雨夜,复此对床眠"的诗句,后人用"风雨对床"来指久别重逢的兄弟或亲友,共处一室促膝交谈的喜悦。辛弃疾对族弟说:告诉你这些,希望你从今往后要更加努力发奋,不要因今日别离而伤感。

末两句,"靴纹绉面"出自欧阳修《归田录》卷二:"田元均为人宽厚长者,其在三司深厌于请者,虽不能从,然不欲峻拒之,每温言强笑以遣之。尝谓人曰:'作三司使数年,强笑多矣,直笑得面似靴皮。'。""但赢得"是反语,词人告诫其弟茂嘉为官之难,不免卑躬屈膝,笑脸逢迎,但不要因此而埋没人格,要记住今天的这番"戏语"。

辛弃疾这篇"戏言"甚是有趣,其幽默调侃的背后实际蕴涵着深刻的人生道理及对子孙的谆谆教诲。词人以乐写悲,以随意衬托严肃,出笔不凡。辛弃疾本是出将入相的天才,无奈报国无门,壮志难酬,只能泪洒宣纸,将胸中蕴藏的凛然杀气和磅礴之势,凝结成对辛门后辈的嘱托。

鹧鸪天

辛弃疾

有客慨然谈功名,因追忆少年时事,戏作。
壮岁旌旗拥万夫,锦襜突骑渡江初。燕兵夜娖①银胡䩮②,汉箭朝飞金仆姑。
追往事,叹今吾,春风不染白髭须。却将万字平戎策,换得东家种树书。

【注释】

①娖(chuò):整理之意。②胡䩮:装箭的箭筒。

【赏析】

辛弃疾出生之时,他的家乡山东就已处于金人的统治之下,而他从小就受到祖父辛赞的影响和熏陶,"以纾君父所不共戴天之愤"(《美芹十论》)成为其一生的理想和抱负。当踌躇满志的他慷慨南下时,现实却给了他沉重的打击,南宋朝廷并没有给他提供一个大力施展的舞台,所以辛弃疾是豪情难酬,不得其用。

从小序中可知,词人晚年闲居时,恰巧有客人谈起建功立业之事,引起他对过往的回忆,所以落笔写就本词。全词运用对比手法,感慨淋漓。上阕怀旧,追忆年轻时代的一段精彩经历,声情并茂,慷慨激昂;下阕感今,空有报国热情却无用武之地,只好闲居田园,词人内心的委屈和愤懑一览无遗。

宋高宗绍兴三十一年(公元1161年),金主完颜亮率兵大举南下,金室后方空虚,北方被占区的人民趁机纷纷起义。山东济南的农民耿京就组织了一支声势浩大的起义军，人数多达二十余万。素有爱国热情的辛弃疾此时也组织了一支起义队伍，人数达两千，隶耿京为掌书记。次年，辛弃疾奉表南归，高宗于建康召见，并授承务郎。在其完成使命回到海州时，听到耿京为叛徒张安国所杀，义军溃散。他便组织并率领五十名英勇义兵，直奔张安国驻地济州（治今山东巨野），出其不意擒拿张安国，并将其带回临安交给南宋朝廷明正国法。辛弃疾的这一英雄举动，使他名噪一时，"壮声英概，懦士为之兴起，圣天子一见三叹息"（洪迈《稼轩记》）。

上阕追忆的就是这件事，描写辛弃疾率领义军之盛况和擒拿叛徒时的紧张战斗情况。首句"壮岁旌旗拥万夫"即指辛弃疾年轻时举旗率众抗金的事，壮岁即年轻时，黄庭坚《送范德孺知庆州诗》有"春风旌旗拥万夫"句。"锦襜突骑渡江初"则描写擒拿张安国渡江南下，"锦襜突骑"即穿着锦绣短衣的快速骑兵。张孝祥《于湖词》中有《水调歌头》（凯歌上刘恭父）："少年荆楚剑客，突骑锦襜红。"

紧接着作者用色彩浓烈的笔墨描写擒拿张安国的过程："燕兵夜娖银胡䩮，汉箭朝飞金仆姑。"这两句描写辛弃疾率兵突破金兵防线，和金兵的激烈战斗。燕兵即金兵，娖，通"捉"。

"夜娖银胡䩮"一说，有头枕银胡䩮而细听之意；另有胡䩮为测听器的说法。唐杜佑《通典》载："令人枕空胡禄卧，有人马行三十里外，东西南北皆响见于胡禄中。名曰地听，则先防备。"两种说法都能说得通，但现在通常采用第一种说法。"汉箭朝飞金仆姑"指义军用箭射击金兵。金仆姑，古代有名的箭，见《左传·庄公十一年》。作者仅通过四句话即把一个英雄形象生动地刻画出来，写得如火如荼，绘声绘色，强劲有力。

下阕首三句中，"追往事"和"叹今吾"强烈的今昔对比，使作者感慨万分。辛弃疾南归后，情况并没有想象中的那么乐观。南宋朝廷不但没有奋力抗金，反而遣散义军，把他安置在一个地方助理小吏的官位上，使其空有一腔报国热情却无处施展。因此，无奈的词人发出"春风不染白髭须"的哀叹，春风能吹绿枯草，却不能使白须转黑，欧阳修有词句"好景能消光景，春风不染髭须"，当为异曲同工之妙。一"追"一"叹"中包含了太多的挫折和沧桑。

"却将万字平戎策，换得东家种树书。"自己空有一套抗金方略，却都付诸东流，既然如此，还不如换来种树书，还能有些用处。无奈的词句背后，透露出词人已至暮年却仍壮志未酬、只好终老山园的落寞与愤懑，其间的悲慨不禁使人扼腕不已。

此词谱写了一曲爱国英雄的暮年悲歌，陆游曾说"报国欲死无战场"，辛弃疾何尝不是这样。这首词通过短短的篇幅，深刻刻画出一个英勇抗敌却壮志未酬的悲壮英雄形象。

辛弃疾报国无门、遭受现实严酷打击的悲愤和怅恨都反映在他的词作中，使其词作在豪放之余又蕴涵一份壮志失志的悲壮沉郁。彭孙遹《金粟词话》曾评"激昂排宕，不可一世。"

千年调

辛弃疾

开山径得石壁，因名曰苍壁。事出望外，意天之所赐邪，喜而赋。

左手把青霓，右手挟明月。吾使丰隆前导，叫开阊阖。周游上下，径入寥天一。览玄圃，万斛泉，千丈石。

钧天广乐，燕我瑶之席。帝饮予觞甚乐，赐汝苍壁。嶙峋突兀，正在一丘壑。余马怀，仆夫悲，下恍惚。

【赏析】

此词为辛弃疾晚年闲居瓢泉时所作。长期的闲居和年龄的增长并没有消磨尽他抗金救国的意志，反而加深其壮志未酬的苦闷和愤慨，故辛弃疾常以寄情于物、托梦传情的方式抒发自己的抑郁。

词前小序提到：作者某天开山径时发现一块青翠的石壁，觉得此壁是上天所赐，遂根据其形象给它取名为"苍壁"。为了抒发得壁的欣喜，辛弃疾特写下此词。

词的上阕写登天与周游。"左手把青霓，右手挟明月。"作者左手把着青色的云彩，右手揽着皎洁的明月，飞翔在辽阔的天空中。"把"字和"挟"字将词人的得意形态刻画得栩栩如生。"吾使丰隆前导，叫开阊阖。""丰隆"亦作丰霳，是古代神话中的雷神，出自屈原《楚辞·离骚》中"吾令丰隆乘云兮，求宓妃之所在"；阊阖，指天门，屈原《楚辞·离骚》中写道："吾令帝阍开关兮，倚阊阖而望予"，屈原想进入天门，却遭到拒绝，就令雷神带其去找宓妃求助。此处辛弃疾却想象自己直接让雷神引路，进入天门，构思极为巧妙。

接下来的五句是对词人游太空所见的描写。"径入寥天一"，语出《庄子》"安排而去化，乃入于寥天一"。作者周游天宫，进入辽阔的宇宙，达到与天合为一体的状态；他见到了昆仑山顶神仙居处的奇花异石、仙山悬圃，观赏了水源滔滔的涌泉和直立千丈的仙石。

"钧天广乐"至"赐汝苍壁"几句，词人接着想象他在天宫中的情景：天上正在宴宾客，予我瑶池美酒，珍馐美味，我也能一享其乐；天帝与我对饮，众乐工奏起仙乐，天帝高兴之余遂赐我苍壁。"嶙峋突兀，正在一丘壑。"意思是：这块苍壁嶙峋突兀，在一丘壑之中。这里的丘壑，指作者的瓢泉居所。"余马怀，仆夫悲，下恍惚。"提及瓢泉，作者方觉离家已久，顿生想念，连他的马和随从都随之悲伤起来，作者遂向天庭辞别，回到人间。

作者由"天降苍壁"联想到"天降大任于斯"，而此大任就是为宋室收复山河，完成统一。然而此时词人却被迫闲居田园，难施抱负。苍壁象征着作者抗金救国的理想，此刻拾到它作者仿佛感到了希望，在此心境下，他想象自己在太空腾飞奔驰，一展豪情，然而最终他还是要回到人间，面对眼前无奈的现实。

全词具有强烈的浪漫主义色彩，作者将天马行空的想象和美妙生动的描写结合在一起，表达其自身的苦闷和对故土深厚的情感，使人为之动容。

西江月

辛弃疾

遣兴

醉里且贪欢笑，要愁那得功夫。近来始觉古人书，信着全无是处。

昨夜松边醉倒，问松"我醉何如"。只疑松动要来扶，以手推松曰："去！"

【赏析】

单从词题"遣兴"二字来看，这首小词是作者在即兴抒写自己悠闲的心情；但细细一品味，却发现并非如此。全词连用三个"醉"字，表达辛弃疾借酒买醉，醉中带着无限的悲愤、辛酸和无奈。

"醉里且贪欢笑，要愁那得功夫。近来始觉古人书，信着全无是处。"从词意上看，作者沉迷于醉酒中，无暇他顾，更没有工夫去发愁。不仅如此，他还认为古人之书"信着全无是处"。《孟子·尽心下》中有"尽信书，则不如无书"，认为不可尽信《尚书·武成》一篇的纪事。

然而，事实并非如此，词人一直力主抗金、收复中原，却始终未得到南宋朝廷的重用，内心的愁苦无以言表，所以他才会醉里贪欢，说出"要愁那得功夫"的反话。《尚书》中有"任贤勿贰"的至理名言，可是反观南宋朝廷现在的所作所为，和这一名言差距如此之大，所以词人才会发出"信着全无是处"的感慨，认为很多的"至理名言"放到实际生活，根本就行不通，所以不如不信。字里行间，透露出对南宋统治者的失望和慨叹。

下阕四句运用叙事性的散文句法。《汉书·龚胜传》中有"以手推（夏侯）常曰：'去'"的句子，辛弃疾在结尾处借用的就是这一句式，把醉酒后的情形和奇思妙想刻画得惟妙惟肖。

"昨夜松边醉倒，问松'我醉何如'"形象描绘出醉酒的神态，展现一个戏剧般的场面。大醉后的作者把松树看成有生命的事物，居然与它进行了一番对话，问松树"我醉何如"。醉眼蒙眬中，他甚至以为摇动的松树要来扶他，因而用手推开松树，并对松树大喝一声："去！"至此，一个醉态十足、活灵活现的词人形象顿时展现在我们面前。

坚持恢复中原一直是辛弃疾的主张，可惜却始终未得到南宋朝廷的采纳和重用，这也成了他生平最痛心的事情。被排挤免职后，闲居上饶的他无时不在为国事担忧。在这样的环境和心境下，他以诙谐的笔调写下这首小词，以宣泄内心的不满。

满江红

辛弃疾

点火樱桃，照一架、荼蘼如雪。春正好，见龙孙①穿破，紫苔苍壁。乳燕引雏飞力弱，流莺唤友娇声怯。问春归、不肯带愁归，肠千结。

层楼望，春山叠；家何在？烟波隔。把古今遗恨，向他谁说？蝴蝶不传千里梦，子规叫断三更月。听声声、枕上劝人归，归难得。

【注释】

①龙孙：竹笋的俗称，邓广铭《稼轩词编年笺注》引《笋谱杂说篇》："俗间呼笋为龙孙。"

【赏析】

本词以伤春思家的哀怨为中心，同时蕴涵着身世家国之悲，是一首政治抒情词。上阕词人触景生情，感伤春日的美好和短暂；下阕通过具体而细致的描写，表达出词人的春愁和春恨。

"点火樱桃，照一架、荼蘼如雪"，词的开篇，作者就用浓重的笔墨来描绘美丽的暮春景象：樱桃树上果实累累，一串串的樱桃如火焰般红艳；洁白如雪的荼蘼在竞相盛开，呈现出一幅"忽如一夜春风来，千树万树梨花开"的美景。一红一白相互映衬，把整个园林点缀得缤纷多彩，婀娜多姿，让人眼花缭乱。

"春正好"，简单的三个字却饱含深情，可见词人对春天美景的喜爱。"见龙孙穿破，紫苔苍壁"，在他看来，春天的好，就好在一片生机勃勃，好在万物争相生长。"龙孙"即竹笋，陆游有诗云："一夜四山雷雨起，满林无数长龙孙。"在长满青苔的土阶上，竹笋努力地探出头，蓬勃地向上生长，给人一种动态的感觉。词人的这一番描写，动静结合，呈现了一幅美丽的春日景色。

"乳燕引雏飞力弱，流莺唤友娇声怯"，乳燕带着雏燕，在天空中缓缓飞翔；流莺呼朋引伴，娇音中带着一丝怯弱。这本是一派欣欣向荣的景象，但一"弱"一"怯"间却透露出词人的伤春情怀。春日美好但却极为短暂，所以词人才会写出乳燕的无力飞翔和流莺的娇怯啼声。

春天总是能给人带来希望，如今春将逝去，岂不是意味着希望也将破灭？这一番描写实际上包含着作者的满腹心事。壮志未酬、抱负无法施展，又屡遭排挤和打击，眼前的这番暮春之景不禁牵动了词人内心的愁恨。因此，他发出了一串怨春之语，"问春归、不肯带愁归，肠千结"，他质问春天为何这么早就要离去，空留下这千愁万绪。"肠千结"，表达出词人内心繁乱不解的情绪。这三句与作者的名句"是他春带愁来，春归何处，却不解、带将愁去"有异曲同工之妙，只是这里语调更为急促，表达更为直截了当，情感宣泄更加强烈。

"层楼望，春山叠；家何在？烟波隔"点出词人的思乡情怀。他站在高楼上远眺，层层叠叠的山峦、似有似无的烟波隔断了他的视线，怎么望也望不见家的方向，内心的悲恨油然而生。"群山"、"烟波"在这里象征着词人在完成收复大业的道路上遇到的种种阻挠。

词人愁绪满怀，可是却无人述衷肠，知音难觅，由此，一个悲怆、孤独的英雄形象呈现在读者的面前。"古今遗恨"，在此偏重于指当今的遗恨，即丧失中原，山河不得统一的遗恨。词人的遗恨充满了浓厚的家国色彩，而非一般文人雅士的风花雪月之恨。

"蝴蝶不传千里梦，子规叫断三更月"化用于唐代诗人崔涂"蝴蝶梦中家万里，杜鹃枝上月三更"的诗句。"蝴蝶梦"出自庄周梦蝶的典故。《庄子》载，庄周梦见自己化为蝴蝶，后世文人便将做梦称为"蝴蝶梦"。蝴蝶不愿替自己传达思乡之梦，而声声叫着"不如归去"的子规更加深了作者心底的思乡情感，这两句词凄切地表达出他的思家念远之悲。

末两句中，"劝人归，归难得"运用顶真手法，文气连贯，同时，"声声"与上句的"子规叫断"相呼应，表达出词人内心的痛苦和悲伤。听着子规的声声啼叫，他不是不愿归去，而是不能归去。为何辛弃疾有家却不能归？总结起来有两个原因：一是山东济南的老家还处于金人的统治之下，南宋朝廷一直未收复中原，故他有家不能归；二是自己南下抗金、收复中原的壮志尚未实现，所以他无脸回去面对家乡父老。

结尾处的描写，感情真挚，有余音绕梁之感，同时也使人深刻感受到词人内心有家不能归的苦楚。身处险恶的社会环境，辛弃疾满腹愁绪，却无法言说，只好借描写大自然的山山水水来表达自己内心的真实情感。词中的描写饱含深情，打动人心。

满江红

辛弃疾

游清风峡，和赵晋臣敷文韵。

两峡嶄岩，问谁占、清风旧筑？更满眼、云来鸟去，涧红山绿。世上无人供笑傲，门前有客休迎肃。怕凄凉、无物伴君时，多栽竹。

风采妙，凝冰玉。诗句好，余膏馥。叹只今人物，一夔应足。人似秋鸿无定住，事如飞弹须圆熟。笑君侯，陪酒又陪歌，《阳春曲》。

【赏析】

赵晋臣为辛弃疾好友，自江西漕使之位被罢免后，他与辛弃疾同在铅山乡间赋闲。二人才情与命运颇多相似，同是天涯沦落人。此词正是辛弃疾和赵晋臣之作，词中多处借赞颂友人高洁品质，感怀自己报国无门、壮志难酬的苦痛。

由词序"游清风峡，和赵晋臣敷文韵"可见，描写清风峡的词句从属于写赵晋臣。开篇写清风峡险峻耸峙之势，借"清风旧筑"映照赵晋臣的盖世才情。"清风旧筑"，即清风洞，既是赵晋臣赋闲所居之地，又是北宋状元刘辉曾经读书的地方。刘辉是一代名相欧阳修亲自录取的状元，其旷世之才可想而知，词人言下之意，自是对赵晋臣的才能韬略大为嘉赏。

清风洞人迹罕至、景致绝佳，"云来鸟去，涧红山绿"，宛似人间仙境。既是高才不遇，留居仙境，又怎能与世俗同流合污。"世上无人供笑傲"又何妨，门前偶至的访客也不过是些庸才，不去相迎也罢。"怕凄凉、无物伴君时，多栽竹。"若是觉得孤寂凄凉，多栽些竹子相伴，远胜于与冥顽不化、趋炎附势的宵小之辈打交道。"玉碎不改其白，竹焚不改其节"，竹子的正直气节一向为中国文人所歌颂，苏轼更有"宁可食无肉，不可居无竹"之语。通过以上几句，词人高度盛赞了赵晋臣心意坚定、不肯苟同的气节。

词人在下阕以"风采妙，凝冰玉"六字正面歌颂友人的风度神采，以冰、玉的至清至洁比拟友人的高洁品质。赵晋臣不仅坚守德行，更有惊世文采，"诗句好，余膏馥"。《新唐书·杜甫传赞》有云："他人不足，甫乃厌余，残膏剩馥，沾丐后人。"辛弃疾以诗圣杜甫的诗作比附赵晋臣的文辞，既是对友人文才的肯定，更是以杜诗中浓郁的济世情怀比照友人情系天下、忧国忧民的拳拳之心。

"叹只今人物，一夔应足"引《韩非子·外储说》"如夔者一而足矣"的典故，将笔锋直指当道的权臣奸佞以及一干碌碌无为、只懂齐声附和的庸才。词人痛心疾首地慨叹盖世无两、德才兼备的济世之才反而壮志难酬、遭到贬谪。"人似秋鸿无定住，事如飞弹须圆熟。"在历尽劫波之后，词人似乎已经勘破明哲保身之道，无奈间似在规劝友人、更似在告诫自己学会圆滑处世的安身立命之术。然而细一分析，会发现二人又岂会不知这些官场的黑暗，他们只是不愿改变自己的志节，委曲求全，苟且偷安，谗言媚上罢了。

结尾三句，《阳春曲》用典，宋玉《对楚王问》云："客有歌于郢中者，其始曰《下里巴人》，国中属而和者数千人。……其为《阳春白雪》，国中属而和者不过数十人……是其曲弥高，其和弥寡。"此处《阳春曲》代指赵晋臣的原唱。词人取典故中曲高和寡之意，既夸赞友人的原唱，也是对自己这首和词的自谦，同时还道出自己和友人特立独行、不与世俗苟且的相同志向和遭际。作者最后以曲名收束全词，引人联想、耐人寻味。

世间不乏官场失意之人。词人与友人虽然落魄谪居，却在困厄中不改高远与达观，虽然深谙官场登龙术，却也不屑苟且为之，反以阳春白雪共勉，更显二人对道德操守的坚持。

永遇乐

辛弃疾

京口北固亭怀古

千古江山，英雄无觅、孙仲谋处。舞榭歌台，风流总被、雨打风吹去。斜阳草树，寻常巷陌，人道寄奴曾住。想当年，金戈铁马，气吞万里如虎。

元嘉草草，封狼居胥，赢得仓皇北顾。四十三年，望中犹记、烽火扬州路。可堪回首、佛狸祠下，一片神鸦社鼓。凭谁问，廉颇老矣，尚能饭否？

【赏析】

明代杨慎在《词品》中对《永遇乐·京口北固亭怀古》给予很高的评价："辛词当以京口北固亭怀古《永遇乐》为第一。"

宋宁宗开禧元年（公元1205年），辛弃疾以六十六岁的高龄担任镇江知府，这是他登上京口北固亭后触景生情写下的一首感怀词，悲愤忧虑的情感跃然纸上。

"千古江山，英雄无觅、孙仲谋处。舞榭歌台，风流总被、雨打风吹去。"登上京口北固亭的作者不由想起镇江的风流人物孙权。孙权凭借着仅有的江东之地，不仅成功抵御了北方的曹魏，还积极开疆拓土，最终形成了三国鼎立之势。可如今江山依旧，像孙仲谋这样的英雄人物却早已无处可寻。昔日繁华的歌舞台榭，英雄的风流事业也在历史风雨的洗练中消失殆尽。

"斜阳草树，寻常巷陌，人道寄奴曾住。想当年，金戈铁马，气吞万里如虎。""寄奴"是南朝宋武帝刘裕的小字。刘裕曾于势单力薄的情况下不断壮大队伍，并以京口为基地，起兵讨伐桓玄，最终平定叛乱，取代了东晋政权。对于这样的杰出人物，人们往往记忆深刻，因而传说中他的故居也就一直受到人们的瞻仰和追怀。

作者此时的思绪由眼前的历史遗迹转向对英雄事迹的感慨。"想当年"三字，让人不禁想起刘裕当年创下的辉煌事迹。他曾率领兵强马壮的北伐军，两度北伐，驰骋中原，收复了大片故土。孙权、刘裕这些振奋人心的事迹与此时南宋的萎靡形成了强大的反差，词人不由感慨万千。他在这里既是抒发自己的怀古情怀，也是表达出抗敌救国的心情。

下阕词人通过典故，以古鉴今，把自己的思想感情融入历史人物和事件中，表达了自己力主抗金、恢复中原的强烈愿望和雄心。

首先，作者用典影射现实。"元嘉草草，封狼居胥，赢得仓皇北顾。"元嘉年间，刘裕的儿子宋文帝刘义隆，好大喜功，在未做足准备的情况下就草草北伐中原，还曾想封坛祭天于狼居胥，以此纪念自己的全胜事迹。只可惜，不但没有收到预期的胜利，反而落得个惊慌败北、狼狈逃窜的下场。辛弃疾用这个典故，借以告诫南宋朝廷：要吸取刘宋北伐的教训，万事需慎重。他的这一番话不无道理。开禧二年（公元1206年），韩侂胄北伐战败，次年被诛，这正是"赢得仓皇北顾"的真实写照。

其次，词人由今忆昔。"四十三年，望中犹记、烽火扬州路。"从辛弃疾绍兴三十二年（公元1162）率众南归，到他写下这首词（公元1205年）时，正好是四十三年。站在京口北固亭北望的词人，不由想起当时自己在烽火弥漫的扬州以北地区抗金，南归后本以为能凭借国力，尽快收复中原，却不曾想南宋朝廷却一味软弱退让，自己也因此英雄无用武之地。壮志未酬、报国无门的悲愤，让作者百感交集，思绪万千。

"可堪回首、佛狸祠下，一片神鸦社鼓。"环顾四周，词人顿生往事不堪回首的感慨。佛狸祠位于长江北岸的瓜步山上，是北魏太武帝拓跋焘南侵时留下的痕迹。"烽火扬州"和"佛狸祠下"的今昔对比，形成了强烈的反差。曾经烽火弥漫的扬州一带，如今却是一片安定祥和的景象。神鸦鸣噪、社鼓喧闹，全然没有抗敌复国的气氛，作者的伤心和失望可想而知。

伤感之余，词人借廉颇自况，抒发自己无法实现壮志的怅然和感慨。据传廉颇虽老，但仍想为赵王贡献一己之力。为了表示自己仍有余力，廉颇在赵王使者面前吃了一斗米、十斤肉，并且还披甲上马。在这里，辛弃疾以廉颇自比，也正是想表达自己仍不服老，还想为国效力的决心和忠心。朝廷昏庸，软弱无能，自己空有一腔热情，却无力施展，一句"凭谁问"写出了作者此时壮志难酬而老无为的悲愤。

辛词多用典，此间却没有出现生硬现象，反而增添了词作的说服力和感染力，熔裁有方，浑然一体。词中既包含了辛弃疾抗敌复国的宏伟大志，也表达了他对恢复大业的深切担忧和为国效力的忠心，可谓怀古、忧世、抒志三者兼具。

汉宫春

辛弃疾

会稽蓬莱阁观雨

秦望山头，看乱云急雨，倒立江湖。不知云者为雨，雨者云乎。长空万里，被西风、变灭须臾。回首听、月明天籁，人间万窍号呼。

谁向若耶溪上，倩美人西去，麋鹿姑苏？至今故国人望，一舸归欤。岁月暮矣，问何不鼓瑟吹竽。君不见、王亭谢馆，冷烟寒树啼乌。

【赏析】

此词是辛弃疾于宋宁宗嘉泰三年（公元1203年）晚秋时节登蓬莱阁时所作。这一年夏天，辛弃疾被任命为知绍兴府兼浙东安抚使。会稽，即今浙江绍兴；秦望山，一名会稽山，在会稽东南四十里处。

开篇五句写作者登上秦望山头，俯瞰四周，见乌云密布，骤雨袭来。一"乱"一"急"生动表现出当时的天气状况，倒立江湖则比喻风雨之大，有翻江倒海之势。"长空万里，被西风、变灭须臾。"转眼间，广阔的天空中，云被风吹散了，雨停了。"回首听、月明天籁，人间万窍号呼。"词人回过头聆听大自然月明风起的音响。

上阕对自然景物的描写其实蕴涵着作者的观点：历史就如大自然般不断变化，阴晴圆缺，成败轮转，世事难料，如过眼浮云聚又散。不难看出，词人在此吸收了庄子的思想。"不知云者为雨，雨者云乎"、"回首听、月明天籁，人间万窍号呼"分别出自《庄子·天运》的"云者为雨乎？雨者为云乎？"和《庄子·齐物论》的"夫大块噫气，其名为风。是唯无作，作则万窍怒呺。"前一句意为"云层是为了降雨吗？降雨是为了云层吗？"后一句则为"大地吐出的气，名字叫风。风不发作则已，一旦发作整个大地上数不清的窍孔都怒吼起来。"

"谁向若耶溪上，倩美人西去，麋鹿姑苏？"作者问：是谁到若耶溪上将西施请去吴国，因而导致吴国灭亡呢？到今天，越国的百姓还盼望着他乘着船归来呢。"岁月暮矣，问何不鼓瑟吹竽。"一年的时光快要到尽头，何不击鼓弄瑟吹竽享乐一下？"君不见、王亭谢馆，冷烟寒树啼乌。"只可惜旧时王、谢的亭馆已经荒芜，只有乌鸦在冷烟寒树间啼叫，已无可行乐之处。

与上阕主写景不同，词之下阕开始承上说古道今，引用范蠡协助越王勾践将西施进献吴王，使越国终于灭了吴国的典故。作者以"谁向"提问，并未言明是范蠡，如此描写更加含蓄且引人思考。勾践灭吴后，范蠡功成身退，泛舟而去。而辛弃疾所欣赏的，正是范蠡的智谋和其一心报国的决心，作者也希望有朝一日能像范蠡一样光复南宋山河。

"君不见、王亭谢馆，冷烟寒树啼乌。""王亭"，指王羲之修禊过的会稽山阴之兰亭；"谢馆"指谢安会稽东山的别墅。在岁末将至之时，本应拨瑟弄弦及时行乐，词人却以"君不见、王亭谢馆，冷烟寒树啼乌"的反问，感慨眼前的荒芜和凄凉。

词人寓情于景，怀古伤今，含蓄表达其理想，即像范蠡一样在世事变幻、风云起伏中扭转局势，完成祖国的统一大业。然而人生短暂，壮志未酬，作者不免流露出现实的无奈和愤慨。

千年调

辛弃疾

蔗庵小阁名曰"厄言"，作此词以嘲之。

厄酒向人时，和气先倾倒。最要然然可可，万事称好。滑稽坐上，更对鸱夷笑。寒与热，总随人，甘国老。

少年使酒，出口人嫌拗。此个和合道理，近日方晓。学人言语，未会十会巧。看他们，得人怜，秦吉了。

【赏析】

辛弃疾一生仕途不顺，几起几落，此词是他第一次被罢免官职，赋闲在家时所作。词前小序中的"厄言"意为自然随意之言，语出《庄子·寓言》"厄言日出，和以天倪"。这里指友人郑汝谐（字舜举）居第蔗庵的阁楼名字，辛弃疾特作此词来小议一下。"嘲之"，有打趣、诙谐的意味。

开篇两句，"厄酒"即"杯酒"，《史记·项羽本纪》中"项王曰：'壮士，赐之厄酒。'"卮是一种酒器，空杯时呈仰着状态，灌满酒后变得倾斜，它没有一成不变的常态，如同说话没有主见或定见的人。辛弃疾将人比作酒器，形象生动地描绘出那些见风使舵、阿谀奉承之人的可笑姿态。一个"先"字将官场小人低眉顺目，争先恐后吹捧的动作充分表现出来。接下来两句，词人进一步从语言上进行描写官员们笑眯眯，点头哈腰，顺从统治者，凡事都说"好、好、好"的谄媚之态。

"滑稽坐上，更对鸱夷笑。""滑稽"是一种酒器，可旋转倒酒；"鸱夷"，指酒袋，因是用皮所制，所以可随意变形。在此"滑稽"和"鸱夷"皆是喻指擅长花言巧语、处事圆滑之人，一个扬扬得意地坐着，一个则笑脸相迎。这两句描绘出腐败官场上人们应酬中相互吹捧、言谈虚情假意的场面。"寒与热，总随人，甘国老。""甘国老"指甘草，在中药中甘草是以其特性调和其他药，所以别称"国老"，作者在此用来指那些没有原则，一味跟从，和稀泥的人。

下阕开头中的少年指词人自己。史书记载，辛弃疾二十二岁就在抗金前线冲阵杀敌，可称少年英雄，但因其为人正直，不善奉承而遭人排挤，正如其说的"出口人嫌拗"。"此个和合道理，近日方晓。学人言语，未会十会巧。"在官场中要顺从、虚伪才能讨得君主的欢心，这个道理，"我"现在才明白，但是要效仿这些人，"我"却正好不擅长。词人此处的自嘲和上文那些趋炎附势的小人形象形成鲜明对比，突出词人不与世俗同流合污、洁身自好的高尚品格。

结尾三句中，"秦吉"指鹦哥、八哥一类会学舌的鸟儿。作者以幽默的笔调调侃：看他们那些得宠的人，都是像学舌鸟一样会唯命是从，攀附权势。

辛弃疾用诙谐的口吻描述了一场"物"的狂欢，这些物都有着南宋官场得宠之人相似的特质：随人俯仰、圆滑虚伪、碌碌无为。当时南宋正处于山河破碎、民不聊生之时，可朝廷却只一味偏安，宠信小人。词人正是通过揭露当时朝廷官员的丑恶嘴脸来反衬自己的正直和有为，但正是因为这样，他才得不到重用，因而内心充满悲痛与不甘。

桂枝香

陈亮

桂枝香观木樨有感，寄吕郎中。

天高气肃，正月色分明，秋容新沐。桂子初收，三十六宫都足。不辞散落人间去，怕群花、自嫌凡俗。向他秋晚，唤回春意，几曾幽独！

是天上余香剩馥。怪一树香风，十里相续。坐对花旁，但见色浮金粟。芙蓉只解添愁思，况东篱、凄凉黄菊。入时太浅，背时太远，爱寻高躅。

【赏析】

词题中的"木樨"是秋天开放的一种桂花，花瓣很小，但花香浓郁。陈亮在词里借助木樨表达自己关于用世与出世问题的一些看法。"吕郎中"，指词人的友人吕祖谦。孝宗淳熙六年（公元1179年），吕祖谦任礼部郎官，后因病辞官归隐。他治学讲究"明理躬行"，反对空谈阴阳性命之说，与陈亮观点一致。吕祖谦归隐之后，陈亮曾去看望他，两人畅论时政，相谈甚欢。之后，陈亮作词一曲，托物言志，寄于吕郎中。

秋天的夜晚，天穹如洗，皓月当空。相传月中有桂树，此情此景不禁让人想到月中满树桂花的美景。开篇三句中的"天"、"月"都是为下文桂花"散落人间"作铺垫。"桂子初收，三十六宫都足"两句化用李贺《金铜仙人辞汉歌》中"画栏桂树悬秋香，三十六宫土花碧"的诗意，月中桂花盛放，天宫已经存放不下，暗指桂花已散落人间。

散落人间的桂花是天宫之花，凡俗的群花自是无法与之相比。"不辞"两句表面写花，实则是陈亮内心感情的吐露。他自视极高，以月中桂花自喻，表示愿意为人世出力，却又唯恐"群花"自惭形秽。不直指"群花"凡俗，却说"怕群花、自嫌凡俗"，视角巧妙，立意更进一层。

"向他秋晚，唤回春意，几曾幽独！"作者对自己的高洁心志作了更进一步的描述。我并非故作矜持、自甘幽居，之所以不在三春时节与百花齐放，而选择在这秋天的夜晚独自吐露芬芳，其实是为了唤回几分已经逝去的春意，让世人重新感觉到一丝明媚和温暖。这几句含义丰富，国势不昌，词人满腔热情似火，欲在危难时刻力挽狂澜，建立一番功业的愿望展露无遗。

下阕前三句承接上阕桂花"不辞散落人间"的意蕴。"怪"字用得非常巧妙，难怪"一树香风"可以"十里香续"，原来是天宫散落人间的余香。"坐对花旁，但见色浮金粟。"坐到花旁，闻其幽香，观其花色，种种秋花仿佛现于眼前。"坐对"二字神来之笔，显出无限的亲昵，仿佛人与花可以交流。

"芙蓉只解添愁思，况东篱、凄凉黄菊。"秋日，也是木芙蓉、菊花盛开的时节。可是杜甫"芙蓉小苑入边愁"的诗句却让我看到木芙蓉就满腹愁思。面对东篱菊花，想起陶渊明"采菊东篱下"的情景，词人内心只觉凄凉。木芙蓉、菊花都只会让秋意更浓，怎么能"唤回春意"呢？这几句表面看是对秋花作出评价，实际上还暗含对边关烽火的忧虑和对陶渊明归隐之举的不赞同。

末尾三句又回到桂花身上。词人感叹桂花易开易落，开在深秋，颜色素净。而他心志又过于高洁，喜欢追寻先贤的足迹，再次借桂花抒怀，自慨平生。这几句正言反出，无限悲愤和幽怨喷薄而出。

词人以花寄情，用浪漫主义手法写下此词。词中句句写花，但所咏心志却一目了然。整首词深得咏物神髓，毫不晦涩。桂花高标远致、心怀高洁，词人雅量高致、光明磊落，花中所隐之人呼之欲出。

念奴娇

陈亮

登多景楼

危楼还望，叹此意、今古几人曾会？鬼设神施，浑认作、天限南疆北界。一水横陈，连岗三面，做出争雄势。六朝何事，只成门户私计？

因笑王谢诸人，登高怀远，也学英雄涕。凭却长江，管不到、河洛腥膻无际。正好长驱，不须反顾，寻取中流誓。小儿破贼，势成宁问强对！

【赏析】

南宋王朝积贫积弱，金军铁蹄一路南下，陈亮力主抗金，反对议和，奈何朝廷苟安，他一腔报国之志无处释放。这首词，作者借古喻今，通过对六朝旧事的回顾，表达其北伐的主张。

多景楼位于镇江北固山甘露寺内，相传是刘备招亲的地方，被宋朝大书法家米芾誉为"天下江山第一楼"。它北临长江，视野非常开阔，是观景的极佳地点。

开篇两句大笔挥洒，凌空而起。登上高楼，极目四望，千百种复杂滋味在心底翻滚，作者感叹：自己的这番心意，古今又有几个人真正能够理解呢？"今古"点明此词借古喻今的主题。"此意"百感交集，在此并没有指明到底是什么样的心意，但通读全篇后，就不难理解作者的抗金意图。

"鬼设神施，浑认作、天限南疆北界。"眼前的天险鬼斧神工，不少人却把它当做划分南北疆界的自然屏障。"浑认作"三个字讽刺意味浓重，词人固然无法改变统治者的决定，能做的只是把内心的愤慨诉诸笔端。

"一水横陈，连岗三面，做出争雄势。六朝何事，只成门户私计？"镇江是当时宋金对峙的前沿，它的北面是波涛汹涌的长江，东、西、南三面都是连绵起伏的青山。这样的地理形势进可攻，退可守。陈亮认为如果把这样险要的地势作为北上争雄的凭借，北伐定能马到成功，而当时六朝统治者却偏安江左，这么做无非都是为了一己之利。此处借六朝旧事，讽刺南宋的统治者出于自私的打算，苟且偷安。"做出"一词，使山河仿佛有了生命，瞬间变得灵动。

下阕开头"因笑"二字承接上阕对六朝统治者偏安江左的批判。"王谢诸人"指东晋以王谢家族为代表的士大夫阶层。"也学英雄涕"一句尖刻、辛辣地讽刺、嘲笑这些人虽然也学英雄洒泪，感叹山河变异，却没有任何实际行动，只知道漫谈空论。词人在此鞭辟入里地讥讽南宋统治阶级中有些人只知道慷慨陈词，却不肯付诸行动，领兵北伐。

"凭却长江，管不到、河洛腥膻无际。"统治者们依仗长江天险，偏安一隅，哪里会顾及生活在被异族势力控制的中原地区，长期呻吟、辗转于金兵铁蹄之下的广大劳动人民呢？这两句，作者对统治者只顾一己私利的行为作了进一步的批判，"管不到"实为不想管。

"正好长驱，不须反顾，寻取中流誓。"这几句词情骤转，词人一扫前面的抑郁，变得豪迈朗爽。他认为凭借这样有利的地形，正好可以领兵北上，长驱直入，实在没有必要缩手缩脚、前怕狼后怕虎，而应该像祖逖那样统兵北伐，一举收复中原。

末两句，"小儿破贼"源于淝水之战中谢安之侄谢玄等大败苻坚大军的典故。陈亮认为南方既不缺可以领兵打仗的统帅，也不缺披坚执锐的猛士，朝廷无须过多顾虑对手的强大，应该像谢安一样对北伐充满信心。至此，他在开篇之初提出的"此意"即破敌复国之意，已经全部展露出来。全词收尾之处势如破竹。

词人把一腔豪情诉诸笔端，字里行间尽是爱国情感，全词慷慨豪放，大气磅礴。

贺新郎

陈亮

寄辛幼安，和见怀韵。

老去凭谁说？看几番、神奇臭腐，夏裘冬葛！父老长安今余几？后死无仇可雪。犹未燥、当时生发！二十五弦多少根，算世间、那有平分月！胡妇弄，汉宫瑟。

树犹如此堪重别！只使君、从来与我，话头多合。行矣置之无足问，谁换妍皮痴骨？但莫使伯牙弦绝！九转丹砂牢拾取，管精金只是寻常铁。龙共虎，应声裂。

【赏析】

陈亮和辛弃疾志同道合，感情甚笃，他们都是南宋前期著名的爱国词人。宋孝宗淳熙十五（公元 1188 年）年冬，陈亮、朱熹、辛弃疾三人相约在赣闽交界处的紫溪会面。辛弃疾辞官之后，闲居在江西上饶的带湖，去紫溪之前，陈亮先去拜访了他。之后，二人一同赶往紫溪，在紫溪等候几日之后，朱熹未至，陈亮只好返回浙江东阳。分别之后，辛弃疾作了一首《贺新郎》寄给陈亮，陈亮这首词就是答辛弃疾的。之后，二人又用同调同韵各作了两首词，互相唱和。

"老去凭谁说？"时光荏苒，转眼年事已高，回首身后，不但壮志未酬，甚至连一个能够畅谈天下大事的知音都没有，词人言语间的苍凉读来不禁使人心生感慨。"看几番、神奇臭腐，夏裘冬葛！"作者借《庄子·知北游》中"臭腐复化为神奇，神奇复化为臭腐"的句意和《淮南子》中"冬日之葛"、"夏日之裘"的反复变化，来控诉南宋朝廷的是非黑白不分。

"父老长安今余几？后死无仇可雪。"靖康之难已过了数十年，经历此事的中原遗老活到今天的早已所剩无几，如今在世的年轻一辈已经不知道要复仇雪耻了。这几句指责朝廷偏安江左数十年，不肯北上抗击金兵，人们逐渐淡化了恢复国土的强烈愿望。

接下来一句写经历过靖康之耻的父老先后辞世，而年轻人从婴儿时期就习惯了南北分离的状态，如今的人们已经逐渐丧失收复失地的雄心壮志。"二十五弦多少根，算世间、那有平分月！胡妇弄，汉宫瑟"几句重申广大中原地区被金军铁蹄踏破之恨。"二十五弦"之瑟和"平分"的圆月中都包含了关于分离的悲恨。"胡妇弄，汉宫瑟"是"多少恨"的一个具体可感的例证，作者借胡妇弹奏汉宫之瑟，来指故都沦亡的悲剧。一腔忧愤，满腹悲痛。

下阕首句化用《世说新语·言语》中"木犹如此，人何以堪"的句意，描写他与辛弃疾之间深厚真挚的友谊。"只使君、从来与我，话头多合"几句既是对"堪重别"原因的解释，又呼应开篇"老去凭谁说"一句，从正面表明辛弃疾是他唯一的知音。

"行矣置之无足问，谁换妍皮痴骨？"第一句是对辛弃疾的宽慰，陈亮此次东归之时，辛弃疾曾一路追赶，直到因雪深路滑无法前行才折返回来。"谁换妍皮痴骨"一句意为即使遭到世人的误解和鄙视，他们抗金复国的志向也不会改变。

"但莫使伯牙弦绝！"双方的友情因共同的志向而变得愈加可贵，作者借伯牙弹琴觅知音的典故，抒发对二人友谊永存的祝愿。"九转丹砂牢拾取，管精金只是寻常铁。"此处词人以"九转丹砂"与友人共勉，表达只要有恒心，经得起磨砺，救国大业定能成功，"寻常铁"百炼也能成"精金"。"龙共虎，应声裂。"全词以铿锵有力、掷地有声的六个字作结，戛然而止，胜利时刻的到来瞬间变得不可阻挡。

陈亮善于用典，与其他词作者不同的是，其用典的方式比较独特，为了表达感情，他用典一般不拘泥于原来的历史故事，而能灵活处理，只取其中一个有用的侧面。这使他的作品容量大大增加，同时也使得他的作品含义深刻，需反复揣摩，这首《贺新郎》就具有这样的特点。

贺新郎

陈亮

酬辛幼安，再用韵见寄。

离乱从头说，爱吾民、金缯不爱，蔓藤累葛。壮气尽消人脆好，冠盖阴山观雪。亏杀我、一星星发！涕出女吴成倒转，问鲁为齐弱何年月。丘也幸，由之瑟。

斩新换出旗麾别，把当时、一桩大义，拆开收合。据地一呼吾往矣，万里摇肢动骨。这话霸、只成痴绝！天地洪炉谁扇鞴？算于中、安得长坚铁！沘水破、关东裂。

【赏析】

淳熙十五年（公元 1188 年）冬，陈亮给好友辛弃疾作了一首《贺新郎》。之后，两人开始用此调互相唱和。这首词是继第一首之后不久写的。

上阕回顾宋朝的屈辱历史，分析国势衰微的原因，对统治者的卑躬屈膝进行批判。

"离乱从头说，爱吾民、金缯不爱，蔓藤累葛"几句中，作者有意提及人们已经忘却的往事，回忆自宋朝初始以来的屈辱外交。北宋真宗时期，为了换取和平，宋王朝与辽国签订"澶渊之盟"，每年向辽国进贡 10 万两白银和 20 万匹绢缯。到仁宗时期，每年进贡的白银变为 20 万两，绢缯变为 30 万匹。后来，辽亡金兴，宋王朝又开始向金纳贡。北宋朝廷的这种做法并没有换来和平，金军铁蹄一路南下，占领中原，宋王朝万般无奈之下只得南渡。

词人在此并没有对史实进行罗列，而是用"蔓藤累葛"四个字简单地映射这一段历史，对朝廷苟且偷安的罪责进行揭露。"爱吾民"三个字具有极强的讽刺意味，统治者明明是为了一己私利而偏安一隅，却把向敌国纳贡的屈辱行为说成是为了"爱吾民"。

在统治者一味投降的政策下，南宋之"壮气"消失殆尽，变得温顺脆弱，所以在面对金军的步步紧逼时，只有派汉使到金廷去求和。国势衰微，汉使在金廷本就饱受屈辱，他们的交涉自然也不可能取得任何胜利，只是陪金主到阴山打打猎，去观赏观赏北国的雪景而已。

"亏杀我、一星星发！涕出女吴成倒转，问鲁为齐弱何年月。"作者等白了头发，等到的却是这样不堪忍受的屈辱现实。他在此借用历史故事，正是为了表达其内心的愤慨。春秋时期，齐国的国君齐景公，由于畏惧处于南夷之地的吴国，忍痛把自己的女儿送去和亲；而鲁国也曾受强大齐国的欺负而不反抗，所以国势一天比一天衰弱。历史就像是一面镜子，今日统治者苟安，甘受凌辱，等待南宋王朝的将是什么样的结局，不得而知。

"问鲁为齐弱何年月"中，"问"不是疑问，而是质问。质问之后，词人重新振作，发出"丘也幸，由之瑟"的勇武之音。他认为，虽然现在举国都认为举兵北伐不是正确的决定，却幸好有你我这样的坚毅之人仍坚持不懈。

下阕，词人开始针对如何救国展开设想。"斩新换出旗麾别，把当时、一桩大义，拆开收合。"陈亮设想，如果由辛弃疾带兵北上，定会一举成功，出现"斩新换出旗麾别"的崭新局面。两人在上饶相会时可能就已经商议过这个设想，此时是重新提起当时分析的情景。"据地一呼吾往矣，万里摇肢动骨。"词人开始对投奔辛弃疾所带的抗金军队以后一展身手的情景进行设想，兴奋、期待溢于言表。

"这话霸、只成痴绝！"这一句语势一落千丈，作者残酷地指明这一切设想不过只是幻想而已，冷静中包含着无尽的痛苦和失望。一起一落之间，把一个满腔热血而又报国无门的末路英雄形象刻画出来。"天地洪炉谁扇鞴？算于中、安得长坚铁！"这两句是词人梦想幻灭之后的慨叹，人生犹如身处熔炉之中的铁，消熔殆尽不过是顷刻之间的事。"泚水破、关东裂"这六个字表达的是陈亮和辛弃疾的共同心声，他们二人都对英雄业绩充满向往和对胜利充满憧憬与渴望。

在这首词里，陈亮对朝廷苟且偷安，不肯举兵北伐，只一味拿金帛向敌国纳贡的行为进行批判，并尽情抒发郁于心中的愤懑和不满，其强烈的报国热情和爱国之心在词中显露无遗。

鹧鸪天

陈亮

怀王道甫

落魄行歌记昔游，心颜如许尚何求？心肝吐尽无馀事，口腹安然岂远谋！
才怕暑，又伤秋。天涯梦断有书不？大都眼孔新来浅，羞尔微官作计周。

【赏析】

王道甫即王自中，是陈亮少年时代的好朋友。据《宋史》记载，王自中"少负奇气，自立崖岸"，可是及第之后，由于长期官位卑微，他渐渐失去了热情，易节变志，开始随俗浮沉。这首词的语言较陈亮其他词作来说比较含蓄婉转，可是其中却有一股掩盖不住的刚直激愤之气。作者在这首词里，用委婉的语气对昔日好友进行了一番责问和讽刺，情深意切，语重心长。

"落魄行歌记昔游，心颜如许尚何求？"昔日从游之乐还历历在目，当时虽身处潦倒，但由于内心有恢复国土的强大信念支撑，二人意气风发，携手行歌。如今，年事已高，转眼头上已经有了星星点点的白发，年迈至此，还有什么可追求的呢？时光荏苒，转眼青春已逝，本来志同道合的两个人如今却在两条不同的路上越走越远。第二句看似是陈亮的自述，其实是认为昔日好友应该坚持自己的理想和信念，不应该随世俗浮沉。

多年来，陈亮披肝沥胆，尽心尽力地为复国之计而奔走。为了陈述救国大计屡次上书朝廷，虽然他的意见并没有被采用，但是由于已经把其心中所想说尽，所以也没有什么遗憾或者放不下的事情了。他认为，衣食温饱是很容易满足的，实在不需要为此作长远的计划。

据《宋史·陈亮传》记载，陈亮上书朝廷之后，皇帝准备赐官给他，他却笑着拒绝，说自己上书是为了江山社稷的百年之基，不是为了谋取官职。可见，作者确实心口如一。在此，他向王自中剖析自己的心情，看似自抒胸臆，其实是为了责问对方为何忘却旧志，变得如此看重功名利禄。

接下来，词人开始述说心中的思念。"才怕暑，又伤秋。天涯梦断有书不？"久未相见，转眼已经历了几番春秋，虽然双方少有书信来往，但相思相忆，友情并未因时间空间而淡漠。"大都眼孔新来浅，羡尔微官作计周。"词人说：为什么最近常常思念你呢？大约是因为我最近变得目光短浅了，开始羡慕起你虽然身居微职，但却擅长为自己谋划。

"大都眼孔新来浅，羡尔微官作计周"这两句具有极强的讽刺意味。作者在上阕已经表达过自己的想法，认为有志的大丈夫不应该过多考虑自身衣食温饱的问题，而应该为国事鞠躬尽瘁。在此，陈亮说羡慕王自中"微官作计周"，实际上是正话反说，讽刺好友忘记昔日理想，变得目光短浅，开始为一己私利而苦心经营谋划。这两句词所包含的感情非常复杂，词人既有对好友怀才不遇、长期身居微职的同情和不平，又有对他改志易节、背弃理想的责问和惋惜，爱恨交织。

陈亮这首词虽然也是怀念昔日好友的作品，但是却与古人通常所作的怀旧之词有很大的不同。他没有用称赞的口吻述说思念，却一反常态用嘲讽的语调对知心好友提出了批评意见，独具一格，不落俗套。

贺新郎

陈亮

怀辛幼安，用前韵。

话杀浑闲说！不成教、齐民也解，为伊为葛？樽酒相逢成二老，却忆去年风雪。新著了、几茎华发。百世寻人犹接踵，叹只今、两地三人月！写旧恨，向谁瑟？

男儿何用伤离别？况古来、几番际会，风从云合。千里情亲长晤对，妙体本心次骨。卧百尺高楼斗绝。天下适安耕且老，看买犁卖剑平家铁！壮士泪，肺肝裂！

【赏析】

陈亮和辛弃疾词风相近，都有悲壮雄浑的色彩，刘熙载在他的著作《艺概》中说："陈同甫与稼轩为友，其人才相若，词亦相似。"他们的笔调之所以相似，是由于二者有相同的处境和心绪。朝廷上下苟且偷安，渴望复国的爱国志士被朝廷视为异己，遭受打压；一味主张求和的误国者却被重用，得以升迁。对此，二人都非常悲愤，所以他们的作品里不免都会融入一些忧国哀时、报国无门之感。这首词是陈亮与辛弃疾自宋孝宗淳熙十五年（公元1188年）冬开始的同调唱和中的一首。

"话杀浑闲说。"去年相见之时，二人纵论天下大事。可是在国势岌岌可危、统治者一味苟安的情况之下，他们虽壮怀激烈、一心报国，却奈何一腔抱负无处施展，说得再多也不过是闲话罢了。开篇首句满心而发，其中包含的抑郁无奈一目了然。"不成教、齐民也解，为伊为葛。"像伊尹、诸葛亮那样的事业，平民百姓是没有办法完成的，说出来也只能是闲话而已。这两句慷慨悲凉，既有遭小人打击的悲愤，又有位卑无路报国的感慨。

"樽酒相逢成二老，却忆去年风雪。新著了、几茎华发。"举兵北伐的梦想无法实现，二人却日趋衰老，想到这些，愁绪和忧惧就萦绕心头。从去年风雪中抵掌纵论天下大事到现在，头顶已经新增了许多白发。年华渐老，恢复之事却还未能施行，英雄迟暮的悲哀呼之欲出。

接下来一句，词人极言相知是一件极难的事，认为百世遇一知己就如接踵而至一般。可是知己之人哪里是接踵可得的呢？"叹只今、两地三人月"化用李白"举杯邀明月，对影成三人"的诗意，抒发其对好友的思念。知己本就难得，词人有幸遇一知己，却奈何聚少离多，孤独、忧愤仍是无处倾诉，惆怅之感像一片烟雾，萦绕在他的周围。

下阕的描写一扫前文的阴霾之气，变得豁达雄壮。"男儿何用伤离别"如一柄利剑，刺破阴云，抑郁之感尽消。"况古来、几番际会，风从云合。"英雄豪杰志在四方，无须为离别而伤感，壮声英慨中隐隐透着情深意切。"千里情亲长晤对，妙本体心次骨。"由于情分亲厚，友人虽远在千里之外，也像每日相对一样，能理解我心中最深微的想法。距离无法隔断友情，词人的一腔切切深情在对友人的安慰之中尽显。

"卧百尺高楼斗绝。"陈亮在此提起陈登的故事，对故人的豪气进行嘉许，并对今人进行痛斥。"天下适安耕且老，看买犁卖剑平家铁！"现在天下太平，人人都过着安适的生活，词人也打算把刀剑之类的兵器拿去卖，买回一些锄梨之类的铁器，耕田送老。中原仍在金军铁蹄之下，天下哪里会有"适安"，所谓"适安"不过是"苟安"而已。"壮士泪，肺肝裂。"面对苟安的天下却无力改变，满腹报国之志无处实现，忠肝义胆之人怎么能不满腔忧愤、悲泪填膺？

根据"却忆去年风雪"一句可以推断出此词作于淳熙十六年（公元1189年）。隆兴和议已经过去26年，宋王朝国势变得越来越衰弱。因此，此词除了惜别和思念之外，还包含了词人深深的忧国忧民情怀，全篇慷慨忧郁，苍凉凄婉。

好事近

陈亮

咏梅

的皪两三枝，点破暮烟苍碧。好在屋檐斜入，傍玉奴^①吹笛。

月华如水过林塘，花阴弄苔石。欲向梦中飞蝶，恐幽香难觅。

【注释】

①玉奴：南朝齐东昏侯妃潘氏，小名玉儿，诗词中多称"玉奴"。有另一说法，"玉奴"为唐玄宗妃杨太真小名。《茶香室丛钞·玉奴》引明邝露《赤雅》云："杨妃井在容州云凌里。妃姓杨名玉奴，别字玉环，号太真。"

【赏析】

陈亮在此词里用寥寥数笔即勾勒出一幅世外桃源般的迷人景象：暮色苍茫，两三枝梅花默然绽放，散发出阵阵醉人的幽香。屋檐下，娴静的女子孤独地吹着笛子。梅花在冬春之际盛开，开放之时，由于天气还非常寒冷，万花都尚未开放。严寒中的两三枝寒梅，更能显出梅花独特的英姿，以及与严寒抗争的勇气。

"的皪两三枝，点破暮烟苍碧。"两三枝秀洁的梅花，在苍茫暮色的衬托之下显得格外醒目。没有花团锦簇的繁盛景象，只有两三枝虬劲而又花朵稀疏的梅枝。这是一种简约的美，梅花的高傲和秀洁在冷寂中得以被突显。"点破"二字用得极妙，在苍碧暮色的衬托之下，毫不繁艳的两三枝梅花自然显得更加风姿绰约，遗世独立。

梅花从屋檐之下斜入进来，陪伴着正在檐下吹笛的"玉奴"。这里的"玉奴"，泛指年轻貌美的女子。这两句明显融入了词人的主观感情，他赋予梅花以人的感情和灵性，使梅花介入人事，化无情之物为有情之物。本是娴静的女子在屋檐下的梅花旁吹笛，却被词人说成是梅花有意探入檐下，陪女子吹笛。在此，吹笛的"玉奴"成为梅花的陪衬，使得梅花的形象变得更加突出。

"月华如水过林塘，花阴弄苔石。"月光如水一般洒满大地，随着月亮缓缓升起，梅花的影子在水池边缓缓移动，仿佛在轻轻抚摸着水池边的苔石。这两句极力渲染夜色，描绘了一幅静谧而又优美的月夜图。此处既有承转作用，又为下句梦蝶创造了朦胧幽静的气氛。

清丽幽香的梅花和朦胧柔和的月光交织，亦真亦幻，让词人产生了追随庄周化蝶飞升的愿望。他希望在梦中化为蝴蝶，在梅花间飞舞，却又害怕化蝶之后无法再感受到梅花所独有的幽香气息。在此，陈亮用别出心裁的方式抒发出自己对梅花的喜爱。末两句虚实相交，或梦或醒，虽略显光怪陆离，却也将他的一腔心意表达得非常清楚。

"咏梅"是个十分常见的题材，历代诗词作家已经作过太多优秀的咏梅作品。所以，咏梅之时，如果不另辟蹊径，则很难写出新意。陈亮的这首词虽然写的也是梅花的高洁品质，表面上看似平淡无奇，但仔细品读后不难发现，他并没有步前人之尘，也没有落入俗套。整首词视角精妙独到，词人以新的方式写出了新的志趣，借梅花的高洁品质表达了自己至死不渝的志向。

贺新郎

刘过

老去相如倦。向文君、说似而今，怎生消遣？衣袂京尘曾染处，空有香红尚软①

料彼此、魂消肠断。一枕新凉眠客舍，听梧桐疏雨秋风颤。灯晕冷，记初见。

楼低不放珠帘卷。晚妆残，翠蛾狼藉，泪痕凝脸。人道愁来须殢酒^②，无奈愁深酒浅。但托意焦琴纨扇。莫鼓琵琶江上曲，怕获花枫叶俱凄怨。云万叠，寸心远。

【注释】

①香红尚软：苏轼《次韵蒋颖叔钱穆父从驾景灵宫》诗自注："前辈戏语，有'西湖风月，不如东华软红香土'。"为其所本。②殢（tì）酒：沉溺酒中。

【赏析】

宋光宗绍熙三年（公元1192年）秋，39岁的刘过在宁波参加牒试，又一次遭遇黜落。身处失意的他邂逅了一位年老色衰的商女。一个是落魄的文人，一个是身世飘零的歌楼商女，"同是天涯沦落人"，穷途邂逅，自然惺惺相惜，刘过提笔作此《贺新郎》相赠。

开篇起笔斩绝，词人将自己黯淡的心境和盘托出。"老去相如倦。向文君、说似而今，怎生消遣？"司马相如与卓文君终成眷属本是文坛佳话，此处，词人自比司马相如，将商女比为卓文君，其中的自嘲意味令人感慨。年华已逝，岁月渐老，作者历经半世挫折与艰辛，却依然功未成、名未就，心中的苦闷不知该如何排遣，只好向商女倾诉平生落魄的际遇。

"衣袂京尘曾染处，空有香红尚软。"词人在帝京奔走多年，留给他的却只有衣袂上的尘垢和身上的残红余香，至今仍一事无成。宋孝宗淳熙十三年（公元1186年），刘过离乡赴试，至今已近七年。七年间他"上皇帝之书，客诸侯之门"，虽努力奔走，却仍未求得一官半职。英雄失路，虽有心报国，却奈何无路请缨。满身尘垢却仍一事无成，他满身的残红余香其实哀艳凄绝。虽然希望在红巾翠袖中寻求安慰，可是他却未曾真正忘记过现实的痛苦。

词人和商女一个多年奔走仍一事无成，一个飘零半世仍孑然一身，生活给予他们的是无尽的失意和痛苦。这样的两个人四目相对之时，顿时魂销肠断。"一枕新凉眠客舍，听梧桐疏雨秋风颤。灯晕冷，记初见。"窗外，秋雨拍打着梧桐树叶；窗内，青灯随风摇曳，失意文人与沦落商女相濡以沫，无尽的哀伤像秋日里的冷风，扑面而来。

接下来四句，词人承接上阕，开始回忆他们初见时的场景。低矮的住所，珠帘未卷，女子一脸残妆，黛眉狼藉，满面泪痕。对于在风月场上卖笑的商女来说，妆容应该十分重要。可是初见之时，因与落魄的文人互相倾诉破碎的心声，有感于自己飘零的身世，她竟泪流满面，妆容狼藉。

"人道愁来须殢酒，无奈愁深酒浅。但托意焦琴纨扇。"人谓喝酒可以排解忧愁，无奈的是酒力太小，忧愁却太深。酒不能浇愁，词人只好转而从历史和哲学的角度寻求安慰。

"焦琴"、"纨扇"用典。据《后汉书》记载，"吴人有烧桐以爨者。邕闻火烈之声，知其为良木，因请而裁为琴，果有美音，其尾犹焦"。汉成帝时，贤德的班婕妤在赵飞燕姐妹入宫以后，被帝王冷落，退居长信宫。深宫寂寂，岁月悠悠，班婕妤借秋扇以自伤，写出"新裂齐纨素，皎洁如霜雪。裁作合欢扇，团圆似明月"的诗句。作者借"焦琴"、"纨扇"来表达自己奔走多年怀才不遇的愤慨。

"莫鼓琵琶江上曲，怕荻花枫叶俱凄怨"两句化用白居易《琵琶行》的诗意。江州司马与琵琶女的相遇，和词人与歌女的相遇，何其相似。此时，刘过无论是心境还是处境都与白居易极其相似，此处用典浑然天成。同是天涯沦落人，落魄之时的邂逅，词人与商女不由互生怜悯，感慨万千。

结尾两句意象深远，词人于凄凉冷寂中发出激昂之声。"云万叠，寸心远。"此处作者借层层叠叠的云山来抒发郁于心中的壮志，虽然遭遇坎坷，但他也不会放弃胸中匡复天下的理想。

刘过用沧桑的笔调写出哀怨、缠绵悱恻的情怀，读之不禁令人心生凄凉，联想到白居易的名作《琵琶行》。

贺新郎

刘过

弹铗西来路。记匆匆、经行数日，几番风雨。梦里寻秋秋不见，秋在平芜远渚。想雁信家山何处？万里西风吹客鬓，把菱花、自笑人憔悴。留不住，少年去。

男儿事业无凭据。记当年、击筑悲歌，酒酣箕踞。腰下光芒三尺剑，时解挑灯夜语；更忍对灯花弹泪？唤起杜陵风雨手，写江东渭北相思句。歌此恨，慰羁旅。

【赏析】

刘过力主举兵北伐，收复中原失地。奈何统治者苟且偷安，主和派手握重权，他不被赏识、重用，虽极力奔走，却始终未能得到一官半职。因此他只好浪迹江湖，此词即为他西游途中所作。全词挥洒自如，将作者胸中的不平之气一吐而尽。

开头三句开门见山，直接描写西行途中的情景："弹铗西来路。记匆匆、经行数日，几番风雨。"第一句用典。据《战国策·齐策》记载，战国时，孟尝君的门客冯谖因为嫌自己待遇差，三次弹铗而歌，孟尝君礼贤下士，每次都满足了他的要求。而如今的统治者昏庸无能，不辨忠奸，词人怀才不遇，有心报国却无路请缨，由于不被重用，他只能四处漂泊。开篇作者便借冯谖的故事，将自己壮志难酬的感慨表达出来。

"梦里寻秋秋不见，秋在平芜远渚"两句暗含词人对当今国事的担忧。国势衰微，山河支离破碎，北方大好河山落入金军铁蹄之下，作为一个热血志士，词人满是心酸和担忧。

接下来，作者由忧国转入思乡。他希望鸿雁能够传递书信，可是故乡却音讯全无。奔走多年，匡复中原、一统江山的理想依然遥不可及；回首处，故乡亲友竟也杳无音信，一事无成的漂泊游子一时感慨万千。"万里西风吹客鬓，把菱花、自笑人憔悴。留不住，少年去。"独在异乡本就容易产生飘零之感，更何况又恰好赶上凄凉、冷清的秋天，词人的思乡愁绪自是无法排解。时光荏苒，岁月如梭，美好的年华已一去不返，如今年时渐高，对镜自照，两鬓已经长出星星点点的白发。功未成、名未就，人却已垂垂老矣，这几句萧瑟之中又满含忧愤。

"男儿事业无凭据。"奔走多年，功名事业却仍像云烟一般虚幻，可见却不可得。想到如此坎坷的遭遇，词人心中自然泛起无限愁绪，于是他只好转而回忆年轻时的狂放生活。"记当年、击筑悲歌，酒酣箕踞。"这两句用典。据《史记·刺客列传》记载：送别荆轲之时，"高渐离击筑，荆轲和而歌"。而据《世说新语》记载，在司马昭的宴会上，不拘礼法的阮籍曾"箕踞啸歌，酣放自若"。此处刘过写到荆轲与高渐离之间的友情和阮籍的故事，是为了表达自己和友人之间的深厚情谊和年少时睥睨一切的狂放不羁。

"腰下光芒三尺剑，时解挑灯夜语；更忍对灯花弹泪？"尽管奔走半生仍一事无成，尽管梦想被冰冷的现实击得粉碎，明知壮志难酬，国势无可挽回，刘过却仍壮志不减。他时时抚摸腰下的宝剑，与朋友挑灯夜语，谈论国事，共谋匡复中原的策略，而不忍心对着灯花暗自神伤。

最后四句，词人转入对个人身世的感慨。"唤起杜陵风雨手，写江东渭北相思句。歌此恨，慰羁旅。"杜甫曾多次赋诗赠予李白。前两句，词人自比李白，希望得到杜甫那样可以理解和支持自己的知己。而最后两句，点明主旨，写出词人作此词的目的是为了发泄心中的忧愤，在羁旅途中安慰自己。

刘过屡试不第，空有报国之志却不得重用，终生潦倒江湖。然而可贵的是，如此落魄的际遇并没有让他放弃心中的理想，虽然历经风雨，他却始终怀着满腔热情，努力奔走于世间。

水龙吟

刘过

寄陆放翁

谪仙狂客何如？看来毕竟归田好。玉堂无此，三山海上，虚无缥缈。读罢《离骚》，酒香犹在，觉人间小。任菜花葵麦，刘郎去后，桃开处、春多少。

一夜雪迷兰棹。傍寒溪、欲寻安道。而今纵有，新诗《冰柱》，有知音否？想见鸾飞，如椽健笔，檄书亲草。算平生白傅风流，未可向、香山老。

【赏析】

词题中的"陆放翁"，即陆游，他比刘过大将近 30 岁，但是，匡复天下、一统江山的共同志向和爱国情怀却让他们成了忘年之交。这首赠答词即为陆游归隐山阴之后，刘过写给他的。

放翁性情豪放，不拘礼法。"谪仙狂客何如？"词人开篇即用狂放不羁的"谪仙"李白和"狂客"贺知章来比陆游，称赞他在诗词方面的才华。接着，作者便开始写陆游归隐生活的乐趣。"看来毕竟归田好。玉堂无此，三山海上，虚无缥缈。"看来还是归隐田园好，居官之乐、神仙之乐都无法与归田之乐相比。"玉堂"是翰林院的别称，在此泛指高级文学侍从供职之所；"三山"指仙境，作者认为海上的仙山虚无缥缈，自然无法与平实、淡雅的田园相比。

接下来三句具体描述归田之乐。归隐之后，放翁闲读诗书，长夜痛饮，自得其乐，将一切荣辱置之度外。忘掉世事的烦扰之后，"人间"便只剩下放翁能抓得住的快乐。

"任菜花葵麦，刘郎去后，桃开处、春多少"几句借用刘禹锡《再游玄都观》的诗意，但作者却又反其意而用之，从为人处世的态度方面对陆游归隐田园的乐趣进行描述。刘禹锡还朝之后，看到朝廷小人得势，感慨万千。而陆放翁自归隐之后，却不再关心世事，大有鲁迅"躲进小楼成一统，管他春夏与秋冬"的意思。看破世事之后的归隐是充满心酸和无奈的，陆游心中其实充满矛盾，他并非忘却心中的理想，只是由于不得重用，才不得不归隐田园。这几句词，其实暗含对昏庸无能、忠奸不辨的统治者的讽刺和嘲弄。

下阕开始，作者即表达对陆游的思慕和希望他重新出山为心中之理想再次奋斗的劝勉。"一夜雪迷兰棹。傍寒溪、欲寻安道。"词人自比王子猷，以戴安道喻陆游，表达对他的仰慕。据《世说新语》记载，王子猷隐居山阴，雪夜梦醒之后，望着四周皎然的雪景，心生彷徨，作下《招隐》一诗。他忽然想起身在剡县的好友戴安道，于是便连夜乘船去看他。此处作者除了表达对陆游的思慕外，还隐有请他出山的意思。

"而今纵有，新诗《冰柱》，有知音否？"作者借用韩愈奖掖后进刘叉的故事，表明自己虽有文才武略，却郁郁不得志，难以遇到"识马"的伯乐，只有放翁对自己青眼有加，惺惺相惜。面对这样一个对自己有知遇之恩的知己，刘过自然希望他再度出山，二人一同报国杀敌，建功立业，名垂青史。

"想见鸾飞，如椽健笔，檄书亲草。算平生白傅风流，未可向、香山老。"词人盛赞陆游既能写文采斐然的美妙诗词，又能写掷地有声的征召檄文。才人怜英雄，刘过认为兼具诗才将略的陆游应该挺身而出，力挽狂澜，而不应在田园之中看韶华流逝、岁月渐老，最终虚度此生。刘过并非没有看到朝廷苟且偷安，主和派手握重权，有志之士一心报国却无路请缨的现状，只是，虽然历经坎坷，一事无成，他却仍然无法忘记自己收复中原、一统江山的理想。这种明知前路艰险，却依然毫不畏惧的精神令人感动。

作者构思新奇，节奏深沉明快，笔力雄健之中却又隐隐透着俊逸之气。词中多处用典，但由于所用典故与陆游身份切合，情境又极其相似，因而在词中得到很好的融合，使全篇看上去浑然天成，毫不晦涩。

柳梢青

刘过

送卢梅坡

泛菊杯深，吹梅角远，同在京城。聚散匆匆，云边孤雁，水上浮萍。

教人怎不伤情？觉几度、魂飞梦惊。后夜相思，尘随马去，月逐舟行。

【赏析】

豪放词始于辛弃疾，作为辛派词人的代表，刘过的长调颇受稼轩词的影响，大都粗犷豪放，而大部分小令却保持了婉约词的基本特征。从这寥寥几首委婉含蓄的作品，可看出他刚毅外表下柔情的一面。

这首词是刘过为送别在京城结交的好友卢梅坡而作。整首词情深意切，婉转动人。鲁迅曾经说过"无情未必真豪杰，怜子如何不丈夫"，此词是对鲁迅这两句诗最好的诠释。

"泛菊杯深，吹梅角远，同在京城。"分别之时，词人回忆旧日同在京城之时与友人欢聚的情景。此处，词人选取两个极具代表性的场景，"泛菊杯深"化用陶渊明"秋菊有佳色，裛露掇其英。汎此忘忧物，远我遗世情"的诗意，描写重阳佳节，二人同饮菊花酒的情景；"吹梅角远"化用李清照"染柳烟浓，吹梅笛怨"的词句，描写春暖花开之时，二人携手踏青，同赏笛曲《梅花落》的情景。一个"深"、一个"远"分别形象地描述出二人饮酒时的酣畅淋漓和共赏悠远笛曲时的快乐心情。前三句仅用十二字就清楚地交代出聚会的时间、地点和情景，足见词人在遣词造句方面的造诣之深。

离别之时，词人与好友依依不舍，"聚散匆匆，云边孤雁，水上浮萍"。"聚散"二字承上启下，词人由前文的"聚"转入描写"散"。"云边孤雁，水上浮萍"两句哀婉动人，看似写景，实际暗含分别之后，二人均如云边的孤雁，无法找到可以理解自己的知己，又如水上浮萍一般，四处漂泊。相聚的时间如此短暂，转眼就要分别，前路渺茫，离别之后，再聚不知要等到何时，难以言表的复杂心情缠绕在词人心头，挥之不去。

"教人怎不伤情？觉几度、魂飞梦惊。"孤独的词人怎能不"伤情"？友人离去后，他失魂落魄，甚至辗转反侧，无法入眠。这三句词人自问自答，直说别后对卢梅坡的思念。"魂飞梦惊"四个字写出刘过的复杂心情：希望在梦中见到好友，又害怕梦醒时要再次面对离别。

至此，作者的满腹相思还未吐尽，又用"后夜相思，尘随马去，月逐舟行"三句进行深化。这三句化用苏味道《正月十五夜》中"暗尘随马去，明月逐上来"的句意和贺铸《惜双双》中"明月多情随柁尾"的句意，表达分别之后作者的心像马后的飞尘和天上的明月一样，仍紧紧追随着卢梅坡。

在此词里，刘过藏起"金戈铁马"、"誓斩楼兰"的英武之气，以委婉的笔触低低诉说着对朋友的相思。铁血之下的柔情更令人感动。

醉太平

刘过

情高意真，眉长鬓青。小楼明月调筝，写春风数声。
思君忆君，魂牵梦萦。翠销香减云屏，更那堪酒醒！

【赏析】

这首宛转有度的小令写的是闺中女子的相思忆别。词的上阕描述女子独自弹筝时的情景，下阕转入表达女子对情人的思念。

词人开篇即对女子的形象展开描述。"情高意真，眉长鬓青"两句从内心和外貌两个角度进行刻画，女子感情深挚，情意真切而且容貌非常美丽。词人仅着"眉长鬈青"四个字，便把主人公的主要特征描述了出来。古人以长眉为美，词人寥寥数笔便勾勒出一个眉毛修长、一头乌发的美丽女子形象。此处作者没有用绮丽的语言重笔描述，而仅用淡淡的笔势一扫而过，简洁清新，留给人无数的想象空间。

独自在小楼之上弹奏秦筝，明月如水一般洒在女子身上，筝声如春风一般，在空中飘荡，缭绕的清音令人陶醉。此处的"小楼"指女子的妆楼。"小楼"是唐宋诗词中常见的一种意象，由于频繁出现于诗词之中，它在读者心中逐渐幻化成一种诗意的象征。词人没有用繁复的比喻来形容筝声的美妙，而仅用"春风"一词便概括出女子所奏音乐的韵致。"写"字的表现力极强，既生动地描绘出筝声的美妙动听，又暗示出女子的冰清玉洁和蕙质兰心。

下阕词人笔势骤转，开始倾诉女子的寂寞相思。"思君忆君，魂牵梦萦。"女子回忆过去与情人相聚时的甜蜜，辗转反侧，难以成眠。好不容易入睡后，她的梦里也全是思念之人的身影。相思犹如缚在女子身上的茧，无法挣脱也无力挣脱。这两句用白描说法直写相思，语虽简练平淡，情却极为深邃悠远。读之，令人不禁为女子的一腔深情所感动。

"翠销香减云屏，更那堪酒醒。"自分别至今，已经过了很长时间，屋内画屏的颜色已经渐渐退去，暖香也已越来越少。为了排解心中的相思，女子曾借酒浇愁，可是奈何酒浅而情深，酒醉之时虽能暂时忘掉心中的寂寞和烦恼，可是酒醒之后，相思却会以更加猛烈的姿态重新袭来。"更那堪"三个字道尽女子心中无法排遣、无处安放且不堪承受的刻骨相思。

刘过在词中以白描的手法进行叙述和刻画，语言简洁平实，没有精心雕琢的痕迹，丝毫不见绮罗香泽之态，但这种质朴委婉的表达方式却自有一股感人至深的力量。

六州歌头

刘过

题岳鄂王庙

中兴诸将，谁是万人英？身草莽，人虽死，气填膺，尚如生。年少起河朔，弓两石，剑三尺，定襄汉，开虢洛，洗洞庭。北望帝京，狡兔依然在，良犬先烹。过旧时营垒，荆鄂有遗民。忆故将军，泪如倾。

说当年事，知恨苦：不奉诏，伪耶真？臣有罪，陛下圣，可鉴临，一片心。万古分茅土，终不到，旧奸臣。人世夜，白日照，忽开明。衮佩冕圭百拜，九泉下、荣感君恩。看年年三月，满地野花春，卤簿①迎神。

【注释】

① 卤簿：原为帝王出行时仪仗，汉以后，后妃、太子和大臣出行时皆有。

【赏析】

词题中的"岳鄂王",指南宋著名的抗金英雄岳飞。宋高宗时,岳飞被秦桧以"莫须有"的罪名陷害,后孝宗为其平反昭雪。宁宗嘉泰四年(公元 1204 年),岳飞被追封为鄂王,同年,刘过西游汉沔(今武汉市),途经岳飞庙,作此词凭吊他。整首词一气呵成,突出凭吊的主题。

开篇气势豪迈:"中兴诸将,谁是万人英?"词人以问句的形式盛赞岳飞为诸将之杰、万人之英。岳飞精忠报国,20 岁即投军杀敌,战功赫赫,为高宗中兴作出重要贡献。"身草莽,人虽死,气填膺,尚如生。"岳飞虽出身低微,并已经去世,但是他英勇报国的忠愤之气却未随之逝去,不灭的忠勇使他永存于人们心中。英雄长逝而英灵不灭,皆因他生前功绩太过耀眼。

接下来六句,词人开始回忆英雄生平。岳飞年轻时曾在黄河以北抗击金军,当时他臂力过人,浑身是胆,如西楚霸王项羽一般,"力拔山兮气盖世"。凭借忠肝义胆和一身神力,岳飞纵横沙场,屡立战功。绍兴四年(公元 1134 年),收复襄阳府等州郡;之后又先后收复虢州、洛京等大片失地。

"北望帝京,狡兔依然在,良犬先烹。"岳飞曾大败金军于距汴京仅四十五里的朱仙镇,彼时他"北望帝京",踌躇满志,正打算"直捣黄龙",朝廷却命他班师回朝,不仅错失了攻打金人老巢的最佳时机,他本人也被秦桧以"莫须有"的罪名陷害,最后在风波亭惨遭杀身之祸。英雄一心报国,却惨遭奸佞小人的陷害,作为一名正义之士,词人心中满是不平和愤恨。

岳飞虽去世多年,百姓却仍对其念念不忘。"过旧时营垒,荆鄂有遗民。忆故将军,泪如倾。"词人在荆鄂地区寻访岳飞当年率军驻扎过的地方,百姓忆及将军生平,无不泪倾如柱。

"说当年事,知恨苦"两句像是对英雄亡灵的倾诉,直说岳飞当年蒙受奇冤、惨遭陷害的事,认为岳飞一定是满腹怨恨和愁苦。词人在此流露出对岳飞的无比同情。"不奉诏,伪耶真"两句是词人对秦桧因岳飞"不奉召",而强加于他的"莫须有"罪名进行有力驳斥。"臣有罪,陛下圣,可鉴临,一片心。"词人认为:如果陛下圣明,肯定能鉴别臣子的一片丹心。正是因为陛下不肯明鉴,所以才造成了忠臣良将惨遭陷害的千古冤案。这几句是对宋高宗的微词。

"万古"三句中,"分茅土",即用茅草包社坛某方之土授受封者,以示其为某方王侯,为古代君主分封王侯的仪式。作者认为,千古万代,分封王侯之时,从来不会轮到昔日的奸佞之臣。这是词人对奸臣秦桧进行的嘲讽。岳飞被害 13 年后,秦桧去世。后岳飞被平反昭雪,追封鄂王称号,秦桧被夺去王爵,改谥谬丑,"骨朽人间骂未销"。这几句其实暗含对朝廷中主和派的警告。

"人世夜,白日照,忽开明。"过去昏庸无能、忠奸不辨的统治者当政时,人世间犹如沉沉黑夜,看不到一丝光明。如今,忠臣良将终于得到认可,天空犹如升起一轮明日,世间瞬间变得光明起来。这几句歌颂昔日孝宗为岳飞平反昭雪的举动,同时赞扬当今宁宗的追封行为。

词人想象英灵泉下有知,盛感君恩的情景:"衮佩冕圭百拜,九泉下、荣感君恩。"

九泉之下，岳飞身穿衮服，腰系珮玉，头戴冠冕，手持圭璧，叩拜君王，感其齐天之恩。"看年年三月，满地野花春，卤簿迎神。"百姓也因为英雄被认可而欢欣鼓舞。每年三月春暖花开之时，人们在鄂王庙前举行盛大的仪式，祭奠岳将军英灵。

从词意来判断，这首词应是作者在嘉泰四年（公元 1204 年）西游汉沔（今武汉市）时所作。虽为凭吊而作，作者在词中却暗含对当今统治者的期望，他希望宁宗皇帝能重整士气，举兵北伐，实现一统江山的愿望。

西江月

刘过

堂上谋臣尊俎①，边头将士干戈。天时地利与人和，"燕可伐欤？"曰："可"。今日楼台鼎鼐，明年带砺山河。大家齐唱《大风歌》，不日四方来贺。

【注释】

① 尊俎：分别是装酒和装肉的两种用具，常用于宴席。

【赏析】

韩侂胄是南宋著名权相，宋光宗绍熙五年（公元 1194 年），他和赵汝愚等人拥立宁宗赵扩即位。宁宗即位之后，韩侂胄又将赵汝愚排挤出朝廷，从此，他一人独揽南宋军政大权长达 13 年之久。他在任期间，光宗时被压抑排斥的许多主战派官员都再次被委以重任。辛弃疾也重新出山，任绍兴府兼浙东安抚使。

宋宁宗嘉泰四年（公元 1204 年），为了建功固宠，韩侂胄决议北上伐金。当时南宋军备松弛，人心涣散，这次北伐大败而归。在主和派长期手握重权，把持朝政的南宋王朝，这次北伐虽然失败，却依然具有重要的正面意义，它使民心振奋，主战派重拾信心，重新誓为朝廷效力。作为主战派一员的刘过，当时是韩侂胄的门客，这首词是他为了祝贺韩侂胄生日而作。全词语势豪壮，掷地有声，深得辛词精髓。

开头两句极言大好的形势，"堂上谋臣尊俎，边头将士干戈"。如今朝堂之上有善于谋略的贤臣，边疆有骁勇善战的将士。"天时地利与人和，'燕可伐欤？'曰：'可'。"此处化用《孟子·公孙丑下》中的句子"孟子曰：'天时不如地利，地利不如人和。'"和"沈同以其私问曰：'燕可伐欤？'孟子曰：'可。'"

南宋王朝占得天时、地利、人和，举兵北伐切实可行。对"人和"的强调既符合向韩侂胄祝寿的主题，又与前两句对贤臣良将的描述相一致。后两句借圣人之言，将当今朝廷举兵伐金和历史上的伐燕联系起来，语气铿锵有力，掷地有声，一问一答之间，作者对自己的力量给予充分肯定，对北伐的必胜信念展露无遗。当时朝堂上下自卑、畏敌的情绪明显，词人言辞间这种胜利在握的壮志豪情具有极大的鼓舞力量。

下阕开始，词人极力赞扬韩侂胄本人："今日楼台鼎鼐，明年带砺山河。"今日励精图治，努力富国强兵。明年带兵北伐，一举成功。鼎鼐，古代一种烹调器，旧时常用鼎鼐调味来比喻宰相的职责。"带砺山河"化用《史记》中"使河如带，泰山若厉，国以永宁，爱及苗裔"的句子。词人把韩侂胄比作汉高祖时的开国元勋，预祝他明年北伐成功，一举收复中原失地。此处虽有奉承之意，却丝毫不见阿谀之姿。

"大家齐唱《大风歌》，不日四方来贺。"据《史记·高祖本纪》记载，汉高祖刘邦在平定淮南王英布的叛乱之后，归来时经过沛县，设置酒宴，与父老乡亲畅饮，酒到酣时，刘邦站起来击筑伴奏，乘兴唱起《大风歌》："大风起兮云飞扬，威加海内兮归故乡，安得猛士兮守四方！"结尾两句铿锵有力，对于支离破碎的南宋江山、流离失所的南宋百姓和急于建功立业的韩侂胄来说，都是一种莫大的鼓舞。

此词气势豪壮、奔放，语言流利、随性。读之，既亲切明快又振奋人心。

小重山令

姜夔

赋潭州红梅

人绕湘皋月坠时。斜横花树小，浸愁漪。一春幽事有谁知？东风冷，香远茜裙归。　鸥去昔游非。遥怜花可可，梦依依。九疑云杳断魂啼。相思血，都沁绿筠枝。

【赏析】

咏物词即把客观事物作为其描绘对象，或生动刻画其形态，或借以抒发情感。张炎说："诗难于咏物，词为尤难。体认稍真，则拘而不畅；模写差远，则晦而不明。要须收纵联密，用事合题，一段意思全在结句，斯为绝妙。"（《词源》卷下）可见，咏物词要想做到曲尽物态、达其神韵、收放自如，绝非易事。姜夔的这首咏物词，咏物却不滞于物，极具空灵之感。

夏承焘先生在《姜白石词编年笺校行实考》中说道："白石客合肥，尝屡屡来往……两次离别皆在梅花时候，一为初春，其一疑在冬间。故集中咏梅之词亦如其咏柳，多与此情事有关。"这一首亦不例外。

从咏梅入手，即梅即人，亦情亦人，全词抒发作者的怀人情感，上写景，下写情，两相融合，情意深深。

词调下标明"赋潭州红梅"，恰切合咏物词中的"用事"限制。潭州（今湖南省长沙市）盛产红梅，有"潭州红"著称于世。"人绕湘皋月坠时"，首句的描写即奠定全词的悲哀基调，并点明地点、时间。词人在湘皋徘徊良久，不觉已是月坠时分。"湘皋"，即湘江岸边，点明梅花之所在。在古人的笔下，与情人约会的理想场所往往选在江滨河畔，如《诗经·周南·关雎》中"关关雎鸠，在河之洲"。湘江岸边，红梅掩映，充满诗情画意。

然而，词人却因久别不能重逢而感到万般愁苦，使人想起屈原的"步余马于兰皋兮，弛椒丘且焉止息"（《离骚》）。词人内心的徘徊、惆怅在首句即表现得非常清楚。"绕"字更突出他离别后的愁漪泛泛。

"斜横花树小，浸愁漪。""斜横"化用北宋林逋《山园小梅》里的"疏影横斜水清浅，暗香浮动月黄昏"诗句，描写梅影浸透在水中的姿态。这两句由人及梅，点明咏梅的主题，并运用了移情的手法。在词人的眼里，斜横的梅枝浸透在充满愁意的涟漪里，物物皆沾染了愁的色彩。"花树小"，一作"花自小"，写出梅枝的娇小可爱，亦描绘出潭州红梅的品貌。

"一春幽事有谁知？东风冷，香远茜裙归。"这三句写梅写人，流露出词人的离别相思之苦。梅的"一春幽事"有谁知晓呢？东风无情，吹落片片花瓣，花之香气早已消散，徒留下落花在树下盘旋。这里运用拟人的手法，写出梅花凋零的凄凉之景。"谁知"道出无限的哀怨；"茜裙"即绛红色的裙，裙子的摆动使人联想到梅花的凋落，亦使词人想到自己苦苦相思的情人。自己的这番心事无人能知，也无人能解，只好徘徊湘皋，似乎要从红梅上找寻伊人的情影。只可惜，伊人已去，徒留下词人在此黯然神伤。

"鸥去昔游非"，下阕开篇写词人在岸边徘徊，鸥鸟惊起。鸥鸟的叫声、飞行时翅膀发出的声音也使词人惊醒：原来之前的一切只是自己的幻觉，往昔的美好过往早已像鸥鸟一样飞走了。

词人的视线再次投向梅花。"可可"、"依依"，叠字的运用，描绘出梅花的娇小柔弱，亦可见词人的感情细腻。"遥怜"、"花可可"还与上阕的"香远"、"花树小"相照应，表现词作"联密"的韵致。

"九疑云杳断魂啼。相思血，都沁绿筠枝。"此处用典，似写竹，实写梅。传说舜在苍梧驾崩，他的两个妃子娥皇、女英悲痛不已，并追到苍梧，在其墓前日夜啼哭，泪滴于竹，斑斑如血。在词人看来，正是娥皇、女英的相思血泪染红了眼前的这片红梅。作者化用湘妃的典故，既切合梅花的所在——潭州，又借用湘妃对舜的相思来写出情人对自己的思念。从对方角度来描写相思，突显词人对情人的用心。全词到此为止，唯余想象。

姜夔的咏梅词意象万千，风采独特，这首《小重山令》历来尤为人们称道。从全词营造的"斜横"、"花树"、"愁漪"、"幽事"、"东风"、"茜裙"等意象来看，并未提到一个"梅"字，但纵观全词，却又处处是梅，词人用词的苦心经营尽在其中。

清新雅丽，凄婉工巧，为词的功法所在，为读者营造出一种含蓄、朦胧的美感。正如俞陛云在《唐五代两宋词选释》中所说的："感怀吊古，愁并毫端。其凄丽之致，颇似东山、淮海。"

江梅引

姜夔

人间离别易多时。见梅枝，忽相思。几度小窗幽梦手同携。今夜梦中无觅处，漫徘徊，寒侵被，尚未知。

湿红恨墨浅封题。宝筝空，无雁飞。俊游巷陌，算空有、古木斜晖。旧约扁舟，心事已成非。歌罢淮南春草赋，又萋萋。漂零客，泪满衣。

【赏析】

根据夏承焘先生《姜白石词编年笺校·行实考》里所说，姜夔20多岁时，在合肥曾与一位琵琶歌女相恋，但后来二人不幸分离，此后姜夔一直不能忘怀，先后写了近20首词来怀念这位女子。这首即是其中之一。

"人间离别易多时。见梅枝，忽相思。"上阕开篇即点出主题，词人见到梅枝就忍不住相思，只因姜夔与情人两次离别，且两次离别都在梅花开放之时。所以，他每见梅花都忍不住勾出相思的意味。

"几度小窗幽梦手同携"至"尚未知"几句，"几度"写情人入梦的频率之繁，词人曾经多次在梦中和情人相会于窗前；然而，"今夜梦中无觅处"，昔日梦境的美好和今日梦境的凄凉，两相对比，更是让他情难以堪，所以"漫徘徊，寒侵被，尚未知"。词人从这凄冷的梦中醒来，想到曾经的情人如今再不得见，不觉悲从中来。黯然销魂之际，就连寒气侵入了衾被都没有丝毫的感觉。

以上作者通过两种梦境的对比，美好与伤感，安慰与心伤，鸣内心难以言状的哀愁。原本虚无的梦境，也被他借来诉述对情人铭心刻骨的思念。

之后，词人进一步抒发对情人的思念。"湿红恨墨浅封题"用的是晏几道的词："泪弹不尽临窗滴，就砚旋研墨。渐写到别来，此情深处，红笺为无色。"泪水湿透了红笺，满含离恨的墨迹已变得模糊不清。其实这薄薄的一纸信笺，又如何能传达作者心中的无限哀思。

"宝筝空，无雁飞"，曾经情人素手弹奏宝筝，今日再也无法听见筝律；而那些和泪写成的相思，也没有殷勤的鸿雁为他传书。词人对情人的思念，只能这样年年岁岁深埋在心里。秦少游云："衡阳犹有雁传书，郴阳和雁无。"当与此处意境相同。

"俊游巷陌，算空有、古木斜晖。旧约扁舟，心事已成非"几句，用易安居士一句词即可解之——"物是人非事事休"。想到旧日里曾经携手同游过的街头巷陌，如今古树斜阳，物犹在，人已非。当年扁舟之上的约定如今看来都难以实现，真是"树犹如此，人何以堪"。"歌罢淮南春草赋，又萋萋"写出词人内心的惘怅迷离。"春草赋"指《楚辞》淮南小山赋春草之作："王孙游兮不归，春草生兮萋萋。""漂零客，泪满衣"，结尾总概全篇，直接抒情。

姜夔在30岁以后常怀漂泊之感，这也与他自身的身世有关，一生几乎居无定所，奔波之时亦多，故而每每觉得内心凄然。在这首词里，词人将自己的身世之叹同对情人思之不得的怅惘同写，更为撼人心脾。

鬲溪梅令

姜夔

丙辰冬，自无锡归，作此寓意。

好花不与殢香人。浪粼粼。又恐春风归去绿成阴。玉钿何处寻。

木兰双桨梦中云。小横陈。漫向孤山山下觅盈盈。翠禽啼一春。

【赏析】

姜夔一生漂泊无依，以诗人词客的身份游走江湖，但即使面对这般残酷的现实和困苦的生活，他也依然能保持高尚的人格和气节，从未泯灭自己的用世之心。由此，形成其清空刚健的词风，深刻的时代感和忧思伤感的情调也始终贯穿于姜夔的自度曲，如这首《鬲溪梅令》。

这是一首怀人之词，小序所称"寓意"即借梅怀人。梅花多在姜夔的怀人词中出现，如《江梅引》里"见梅枝，勿相思"，二词皆以梅为调，寓托相思。然与诸多怀人之词不同，此词中之境界乃是作者思念至极，用想象营造出如梦如幻的意境。

"好花不与殢香人。"好花即梅花，意指心中所思女子，词人则以殢香人自称。此句喻意好花不共惜花人，与《诗经·关雎》中"寤寐求之，求之不得"有着同样的含义。"浪粼粼"，短短三字，描绘出一片柔美的波光，既表达梅花所依的溪水碧浪粼粼，也展现了人花为水相隔的情景，其表达的意境与《诗经·蒹葭》中"所谓伊人，在水一方，溯洄从之，道阻且长"颇为相似。

"又恐春风归去绿成阴。玉钿何处寻"化用杜牧《叹花》诗："自恨寻芳到已迟，往年曾见未开时。如今风摆花狼藉，绿叶成阴子满枝"的语意，却又不露痕迹，可见姜夔词之妙处。好花可望却不可即，只怕重游花前，已是春风遍吹，绿叶成荫，好花无处寻觅。"又恐"二字，道出年年伤春伤别的无限伤感。"玉钿"原为女子的首饰，在此喻指梅花之芳姿。词之开篇以好花喻美人，此则用"玉钿"喻好花，可谓喻中有喻，显示出词人驾驭文字的功力。

上阕写花，实则写情，表达词人对如花之人思念而不得的忧虑，其中掺杂着对好花隔溪，可望而不可即的遗憾以及时光流逝，梅花凋零，无处寻觅的担忧。上阕这一境界，实为姜夔平生境遇之写照。

"木兰双桨梦中云。小横陈。"全词意境本为词人之想象，这两句则是想象中之想象，梦幻中之梦幻。词人幻想自己与朝思暮想的美人终得相逢，二人泛舟江上，恍若徜徉于云际。这番境界，既为作者梦寐之以求，也是其理想神采之意境。

"漫向孤山山下觅盈盈"一句，作者内心刻骨思念而不可得的痛苦煎熬一览无遗。"漫"字写尽好花终不可得的失落感。"盈盈"形容女子的仪态美好，如《古诗十九首》里的"盈盈楼上女，皎皎当窗牖"、王观《卜算子》里的"眉眼盈盈处"。运用叠词，既起到音节和谐的效果，也形象描绘出令人神往的花儿和人的妩媚动人。对花儿和美人的描绘愈是美妙，愈是强烈衬托出空向孤山寻觅好花，却终不可得的落寞和伤感。

结尾两句，词人由梦境跌回现实，抒发自己的失意心情。梦醒云散，美人之踪迹已无处可寻，即好花终不可得，惜花之人依然孑然而立。

下阕的木兰双桨喻意梦中美人，乃是作者平生理想之假托。而词中"浪粼粼"、"绿成阴"、"梦中云"、"翠禽"之场景，皆是词人以美景衬哀情，借以抒发心境。

姜夔的爱情词，通过"美人如花隔云端"的抒情，给人一种温馨高雅之感，此词亦是如此。但词中作者对花、对美人的描写，除了表达对恋人的思念，还有对明君的日夜期盼，侧面抒发他希望施展抱负、报国为民的爱国情怀。

忆王孙

姜夔

冷红叶叶下塘秋，长与行云共一舟。零落江南不自由。两绸缪，料得吟鸾夜夜愁。

【赏析】

《忆王孙》为词牌名，又名《豆叶黄》、《阑干万里心》。通常由 31 个字组成单调小令，亦有将单片重复做双调者，五平韵，句句用韵。姜夔的这首《忆王孙》与其他相同词牌的作品相比，要略胜一筹。作为一首描写羁旅漂泊的词作，词人并未将重点放在对漂泊的具体抒写上，而是通过抒发他内心的孤寂、伤感，将人引入一个更为幽微的境界，细致入微，感人至深。

此词描写词人由眼前之景，生出对身世和人生之感慨，并表达对远方情人的殷切思念。题下原有"鄱阳彭氏小楼作"为其序。鄱阳，即今江西鄱阳县，为词人之故乡。彭氏是宋代鄱阳世族，神宗时彭汝砺官至宝文阁直学士，家声显赫。作者秋日登上彭氏小楼，触景生情，遂写下此作。

词的前两句，写词人登楼之所见所感，不仅切合当时环境，而且构思奇特，可见其词具有"气体超妙"（陈廷焯《白雨斋词话》卷二）、"如野云孤飞，去留无迹"（张炎《词源》）之特色。

"冷红叶叶下塘秋"，起句点明此时的季节，并由写景引出下文。"冷红"，即枫叶。被秋霜染红的片片枫叶，在瑟瑟秋风中，纷纷飘落到些许冰凉的池塘里。"冷"字的运用，使全词笼罩着凄冷的气氛。姜夔在词作中多用"冷"字，如《踏莎行》"淮南皓月冷千山"、《暗香》"香冷入瑶席"等，并且常将自己的身世之感移情到这些创造的意象中，此处亦不例外。

"长与行云共一舟"，行云，多用来比喻漂泊不定的旅人，词人在此用来象征自己的身世，极为贴切。姜夔一生漂泊，泛舟江湖，天上的行云似乎也跟着他一起游动。这一番描写极为新颖。与以往的词作不同，词人没有直接说自己身如行云，而是说自己与行云"共一舟"，通过这一方式，直陈其漂泊之感。

接下来，词人点明其所处的地方，"零落江南不自由"。"不自由"有不由自主之意。姜夔的一生，仕途不顺，生活窘迫，寄人篱下，漂泊江湖，哪里才是他的安身立命之地呢？"不自由"的背后，透露出无尽的辛酸和悲凉。

结尾两句，词人由感喟身世，转写思念伊人。"绸缪"有缠绵之意，"两绸缪"即兼写男女双方，词人不仅表达出自己对情人的思念，更由此想到她也在深切思念着自己，足见其深挚的感情。"料得吟鸾夜夜愁"一句则从伊人的角度来写，词人认为她也因思念而夜不能寐。"料得"，可见这是词人的猜测。古时常以鸾凤来比喻夫妻，词人在此用"吟鸾"加上"料得"来表达内心的深情思念和对情人的绵绵情意。

此词以"冷景"写起，以"愁情"作结，词人将自己的身世飘零感和思人情感巧妙结合，使整首词显得韵味十足，富有情致。

鹧鸪天

姜夔

己酉之秋，苕溪记所见。

京洛风流绝代人，因何风絮落溪津？笼鞋浅出鸦头袜，知是凌波缥缈身。

红乍笑，绿长颦。与谁同度可怜春？鸳鸯独宿何曾惯，化作西楼一缕云。

【赏析】

宋孝宗淳熙十六年（公元1189年），姜夔在苕溪遇见一位流落此地的歌女，感于她出色的姿容和不幸的身世，又联想到自己半生漂泊零落的生活，不由生出"同是天涯沦落人"之感，遂写下这首词。

"京洛风流绝代人"，京洛，河南洛阳，这里代指南宋都城临安。上阕首句，词人就极力赞美这位歌女不凡的出身、超逸的品格和绝代的风姿。可是，就是这样风华绝代、一时绝色的女子却又"因何风絮落溪津"，恰如这风中的柳絮一样，身不由己地飘落到这苕溪的渡口来了？词人在此用风中无可依托的柳絮来比喻该女子，有着深厚的含义。他既是在说这个女子身不由己的身世，也是借此在诉说自己的不幸命运，其身世之感也掺杂其中。

接下来两句仍然是对这位女子的赞美。词人借用曹植《洛神赋》的典故，将这位女子形容为"体迅飞凫，飘忽若神；凌波微步，罗袜生尘"的洛水女神，可见仍然是在赞叹她的高洁、飘逸，有如仙人之姿。

下阕开头又是一个对比。将"笑"与"颦"对比，笑容只是一刹那，还是身在欢场不得不为之的勉强微笑；其实，只有终日紧锁着的眉头，才是美人内心情感的真实表达。

"与谁同度可怜春？"贺铸的"锦瑟年华与谁度"也是恰如这一问。这一句有两层意思：一是写这美好的春光，却无人共度，可怜这春色其实是在可怜孤独的自己；二是将春光比喻美人的青春年华，青春易逝，人生易老，可是到如今却仍然只身一人，伶仃孤苦，沦落天涯，这样的际遇怎能不让人感伤。

词的最后以作者的慨叹和想象作结。"鸳鸯独宿何曾惯，化作西楼一缕云"，他希望那些鸳鸯独宿的孤苦、往事追忆的伤痛，都能化作巫山之云雨，成全此生的这一段痴情。

整首词里，作者多处采用对比的描写方法：首句用女子出尘的姿容与现实中不幸的身世对比；下阕第一句，"笑"与"颦"是将欢乐的刹那同这永恒的哀愁对比，更让人怜惜；而词上阕极力赞美她的高洁、飘逸，这与下阕对她凄凉过往的描写也同样构成了对比。通过对比，更好地表达出词人对这位女子的同情，让人读之恻然。

鹧鸪天

姜夔

正月十一日观灯

巷陌风光纵赏时，笼纱未出马先嘶。白头居士无呵殿，只有乘肩小女随。
花满市，月侵衣，少年情事老来悲。沙河塘上春寒浅，看了游人缓缓归。

【赏析】

黄昇《中兴以来绝妙词选》卷六：白石道人，中兴诗家名流，词极精妙，不减清真乐府，其间高处，有美成所不能及。姜夔词主"清空"、"骚雅"，独树一帜，对后代词坛影响深远。他的词华丽典雅，好采用比兴寄托的手法，使得寓意总是若隐若现，表现情感合度适中，情感内容也是明显的雅士情感。但因姜夔一生漂泊江湖，生活清苦，靠人接济而生，故而其词作往往带有抒写身世之感慨。

这首词作于宋宁宗庆元三年（公元 1197 年），词题"正月十一日观灯"，指当时临安元宵节前试灯，称"预赏"。周密《武林旧事》卷二中记载，南宋时，"自去岁赏菊灯之后，迤逦试灯，谓之预赏。一入新正，灯火日盛"。观灯的热闹场景非但没有让词人感受到节日的欢乐，反而让他联想到自己的漂泊身世，故而心生凄凉。

"巷陌风光纵赏时，笼纱未出马先嘶。""笼纱"即灯笼。预赏花灯这一天，临安街到处张灯结彩，游人熙熙攘攘，呈现出一派热闹的景象。"笼纱未出马先嘶"，从侧面着笔，描写公子王孙赏灯的情景，营造出一种先声夺人的效果。据吴自牧《梦粱录》卷一"元宵"云："公子王孙，五陵年少，更以纱笼（即灯笼）喝道，将带佳人美女，遍地游赏。"可见词人对当时赏灯情景的描写，既符合历史真实，又做到高度概括，表达含蓄有味。

"白头居士无呵殿，只有乘肩小女随"，词人转而描写自己赏灯时的情景。"白头居士"，即作者自己。姜夔作此词时，年已四十三岁，却仍功名未立、寄人篱下，故以此自称。"呵殿"，古时官员出行，喝道于前者曰"呵"，后从者曰"殿"，谓前呼后拥也。"乘肩小女"当出自黄庭坚的《陈留市隐》"乘肩娇小女"诗句。公子王孙赏灯时，前呼后拥；而作者自己却只有一个朴素无华的小女相随。鲜明的对比下，写出热闹场景下词人的寂寥落寞。

下阕开头两句继续描绘赏灯时的盛况和美景，在明月、花灯的交相辉映下，词人的记忆闸门被打开了。"少年情事老来悲"，赏灯的盛况依旧，可昔日同游之人早已人各天涯，词人不禁"老来悲"。

词人三天之后又以同一词调作了一首词云："肥水东流无尽期……春未绿，鬓先丝。人间别久不成悲……"根据作者的身世和经历判断，"少年情事老来悲"、"人间别久不成悲"，他所悲的当是与合肥情侣久别未能得见也。词人将满市花灯的乐景与自己情事已非的哀情，进行对比描写，更衬托出他此时内心的凄凉和伤感。

"沙河塘上春寒浅，看了游人缓缓归。"沙河塘，位于钱塘县南五里，南宋定都临安后，此地即成为繁华地区。王庭珪《初至行在》诗云："行尽沙河塘上路，夜深灯火识升平。"此处写到"沙河塘"，可看作是对首句"巷陌风光"的具体化，同时起到呼应的作用。"看了"也与前面的"纵赏"相照应。夜深之时，春寒袭来，游人便缓缓归家。这样一幅凄凉的景象和"巷陌风光"的热闹景象形成强烈的对比，更加突出赏灯散场之时的冷清。

姜夔此词，以冷笔写热情，以乐景衬哀情。同时，在具体的描写和表达上，词人还多次运用对比和反衬，使其身世悲凉的感触和情人难觅的相思苦痛得以深切表达出来。整首词空灵含蓄，无限感慨，尽在其中。

鹧鸪天

姜夔

元夕有所梦

肥水东流无尽期，当初不合种相思。梦中未比丹青见，暗里忽惊山鸟啼。
春未绿，鬓先丝。人间别久不成悲。谁教岁岁红莲夜，两处沉吟各自知。

【赏析】

姜夔，号白石道人，与辛弃疾、吴文英是南宋词坛上三足鼎立的重要词人。他的词多写爱情，或自伤身世，词风清劲凄美，音调谐婉。词人所处的南宋时代，统治者不思进取，安于现状，无心复国。他作为有志之士也只能是有心无力，抱负无法施展，所以仕途坎坷。在这样的处境和背景下，词人的爱情路也并不平坦。夏承焘在《姜白石词编年笺校·合肥情事》中曾提到，词人年轻时曾与两位合肥女子相遇、相恋，最终却并未能厮守。在万般的遗憾和思念下，姜夔写下不少与合肥女子有关的词作，这首便是其中之一。

与一般情词的软媚缠绵不同，在这首怀念昔日情人的情词里，姜夔以自己清新、刚劲的笔触写出了刻骨铭心的相思和一腔柔情，使整首词别具特色。此词作于宋宁宗庆元三年（公元 1197 年）元夕之夜，词题为"元夕有所梦"。上阕分别从"相思"、"梦见"两个方面入手，写出对旧日恋情的悔恨、梦中无法看清情人面目的怨恨，表达出词人对这段感情的深深思念和伤感。

"肥水东流无尽期，当初不合种相思。"开篇以倒叙的方式，描绘词人梦醒后的怅惘。"肥水"源出合肥，点明这段情事的发源地。"肥水东流无尽期"既描绘出肥水东流之无有尽期，也表达出作者对情人无穷无尽的相思和离愁别恨。

正因如此，他才会说出"当初不合种相思"的悔恨之语。如果当初没有相恋，如今就不用饱受苦苦相思。"不合"词意强烈，看似作者悔不当初，实则表达出他对情人的深深相思和内心的痛苦。"种相思"三字意蕴十足。相思豆是恋人寄托相思、表达爱意的信物，词人由相思想到相思树，因而用了"种"字，既把抽象的相思形象化，也借以表达自己对情人的相思早已深深地种在内心，刻骨铭心、坚如磐石。

"梦中未比丹青见，暗里忽惊山鸟啼。"这两句即词题中的"有所梦"，词意也开始转入梦境。作者日有所思，夜有所梦，所以很自然地在梦中梦见了伊人的形象。只可惜，离别已久，伊人的形象恍惚不清，远不如画中人来得真切，这不禁让词人感到一丝的遗憾。可就连这样模糊不清的梦，都很快被山鸟的啼叫声惊破了，他不由从遗憾转为惆怅。

下阕词人继续抒发对情人的思念和对时光流逝的感慨。"春未绿，鬓先丝。"此时正是元夕，早春时节，草木尚绿，可是作者却早已两鬓斑白，这两句形成了鲜明的对比，反映出作者内心的无奈和苦楚。写这首词时，姜夔已四十多岁，仕途的艰难和羁旅的漂泊让他觉得身心俱疲，在这般情景下，词人才发出"人间别久不成悲"的感慨。"别久不成悲"的说法耐人寻味。别离只会给人带来伤悲，而词人之所以"不成悲"，是因为他长久以来的相思和苦痛早已深入骨髓，渐渐地反而显出些迟钝来。所以，"不成悲"的背后，隐藏着他内心深深的思念和悲痛。

"谁教岁岁红莲夜，两处沉吟各自知。"红莲夜即元宵灯节，灯节时点起的花灯即为红莲。此二句用设问的方式表达出作者内心强烈的哀伤。每年此时，红莲灯依旧亮起，可两人却天各一方，无法相见，怎能不叫人黯然神伤！整首词以今意丰富的这两句结尾，使其韵味显得悠长而浓厚。

姜夔通过对梦境的描写，抒发对情人的深深思念和对时光流逝的哀伤，透露出悠悠的哀愁。这番哀愁与李清照的"此情无计可消除，才下眉头，却上心头"颇有相似之处。

这首词语言精练，意境空灵蕴藉，可谓"意愈切而词愈微"、"感慨全在虚处"，充分体现了姜夔词的特色。陈廷焯《白雨斋词话》卷二中云："姜尧章词，清虚骚雅，每于伊郁中饶蕴藉，清真之劲敌，南宋一大家也。梦窗、玉田诸人，未易接武。"

踏莎行

姜夔

自沔东来，丁未元日至金陵，江上感梦而作。

燕燕轻盈，莺莺娇软。分明又向华胥见。夜长争得薄情知？春初早被相思染。

别后书辞，别时针线。离魂暗逐郎行远。淮南皓月冷千山，冥冥归去无人管。

【赏析】

姜夔的词调"清空峭拔"，犹如"野云孤飞，来去无迹"，然而这首爱情词却十分深挚，情真意切。全词以记梦的方式，表达内心的深情，在构思和描写技巧上都独具一格，读来让人耳目一新。

这首词作于淳熙十四年（1187年）元旦，作者从沔州（今汉阳）东前往湖州，途经金陵时在附近的江上舟中梦见昔日的恋人，有感而发，遂写下这首词。

姜夔的这位昔日恋人，是他在年轻时于合肥结识的一位女子。他曾为此写过好几首词。《长亭怨慢》中"韦郎去也，怎忘得，玉箫分付，第一是早早归来，怕红萼无人为主"的"玉箫"指的就是这位伊人。

上阕开篇即写梦，但却没有直接点破，而是通过"燕燕"、"莺莺"来描绘了一个美丽的伊人形象。燕燕、莺莺原为女子的名字，这里既用来代指伊人，也说明她是一位有着轻盈体态、娇柔谈吐和举止的女子。短短一句话，让人有如见其人、闻其声的感觉。从"分明又向华胥见"中，才发现这其实是词人在梦中与她相见的情境。"华胥"即华胥国，出自《列子》里载黄帝曾梦游华胥氏之国的故事。

"夜长争得薄情知？春初早被相思染。"词人继续描述梦中的情景。他设想伊人在和自己互诉衷肠：在这漫漫长夜里，你怎能体会我对你的思念呢？词人则感慨于此番相思比春天来得还要早。这其实是作者在自抒情怀，表达对恋人的深深思念。

下阕首两句写梦醒以后，词人睹物思人。"书辞"即恋人的书信，"针线"即恋人为自己缝制的衣服。如今物是人非，怎能不勾起他的感伤。"离魂暗逐郎行远"，他借用富有情调的倩女离魂的典故，设想自己思念的伊人也如倩女般，魂魄从躯体中脱离出来，一路追随自己。

"淮南皓月冷千山，冥冥归去无人管"，淮南的千山如此清冷，伊人的魂魄不远千里追随至此，却要黯然归去"无人管"，这是多么凄凉的情景，词人内心不免产生深深的愧疚。其对恋人的怜惜和深情，表现词人内心极其深厚的感情，字里行间洋溢着感人至深的情调。

这首词虽然短小，但却构思新巧，情致极深，抒写作者内心难以忘怀的深情，可谓"句中有余味，篇中有余意，善之善也"。王国维在《人间词话》（删稿）中说："白石之词，余所最善者，亦仅二语：'淮南皓月冷千山，冥冥归去无人管'。"对这首词给予了很高的评价。

杏花天影

姜夔

丙午之冬，发沔口。丁未正月二日，道金陵。北望淮楚，风日清淑，小舟挂席，容与波上。

绿丝低拂鸳鸯浦。想桃叶、当时唤渡。又将愁眼与春风，待去；倚兰桡，更少驻。

金陵路、莺吟燕舞。算潮水、知人最苦。满汀芳草不成归，日暮；更移舟，向甚处？

【赏析】

姜夔一生漂泊，居无定所，数十年离亲别友，因而他的词作既蕴涵漂泊无依之感，也带有对家园、恋人的刻骨思念和对友人的深切怀念。

这首词叙述舟船所生客愁。金陵秦淮河，江边绿柳拂岸，莺歌燕舞，送别的渡口，情侣双双对对，不禁触动词人的羁旅情怀，以及对恋人的深深思念，流露出前途茫茫的惆怅与无可奈何的感慨。

词前小序中交代了这首词的写作背景：丙午年冬，作者乘船从沔口出发。丁未年正月二日，路过金陵。他向北遥望淮、楚一带的地方，风日清而美丽。船上挂着帆，在水波上自由地漂浮着。

上阕，词人由景思人。首句"绿丝低拂鸳鸯浦"，托柳起兴。金陵多柳，南朝乐府《杨叛儿》就曾说道："暂出白门前，杨柳可藏乌。"合肥的巷陌亦多种柳树。江南的春天一向来得比较早，作者由眼前柳芽初绽之景想到垂垂绿丝的景象，而金陵距他心中日夜思念的合肥女子最近，不禁心生感伤。"想桃叶、当时唤渡"，感伤之余，词人联想到东晋时期王献之的爱妾桃叶唤渡的旧事，再加上小序中的"北望淮楚"，顿时生出岁月流逝、前朝往事如流水的感慨。

心中满腹愁绪的作者，连眼里所看到的尚未绽放的柳眼也增添了一份愁意。而今将于金陵解缆而去，距离合肥越来越远，即使可再见到柳眼，却难以重觅伊人，情势上的"待去"和行动上的"少驻"形成对比，形象刻画出词人心中的痴念和愁绪。

下阕写离情别苦："金陵路、莺吟燕舞。算潮水、知人最苦。"曾经繁华喧闹、莺吟燕舞的秦淮之地，如今早已湮没不闻。曾经沧海难为水，难逢伊人的愁苦，也只有潮水能知此刻他的"最苦"。一个"算"字更突出心中的无奈，"算"即"算唯有"，此刻也只有潮水在和自己交换着心声，怎能不令人感慨和悲苦。

"满汀芳草不成归，日暮；更移舟，向甚处？"词人以自问的方式说出内心的独白：天色已晚，然而心中却惘然不已，四顾徘徊，不知该身归何处。幽怨中又隐含诸多无奈，形象刻画出心中的痛楚。"芳草不成归"化用《楚辞·招隐士》中"王孙游兮不归，春草生兮萋萋"之意，把整首词的思念之苦、离乡之愁、漂泊之感推向了最高潮。

这首词委婉曲折，情深意切，清新自然，无半点尘俗之感。张炎称姜夔等数家之词"格调不俗，句法挺异，俱能特立清新之意，删削靡曼之词"（《词源》卷下）。

浣溪沙

姜夔

予女须①家沔之山阳，左白湖，右云梦，春水方生，浸数千里，冬寒沙露，衰草入云。丙午之秋，予与安甥或荡舟采菱，或举火置兔，或观鱼筌下；山行野吟，自适其适；凭虚怅望，因赋是阕。

着酒行行满袂风。草枯霜鹘落晴空。销魂都在夕阳中。

恨入四弦②人欲老，梦寻千驿意难通。当时何似莫匆匆。

【注释】

① 女须：即女嬃（xū），指姐姐。② 四弦：指琵琶。

【赏析】

姜夔的爱情词清丽哀婉，凄美动人。据传姜夔少年经过合肥时，遇见一对善弹琵琶的女子，互生情愫，引为知己。之后词人离开合肥，漂泊天涯，却一直无法忘记合肥女子，于是作了一系列的怀人词曲遥寄相思，此词便是其中之一。

词序中提到：姐姐家在汉阳山阳村，左右环湖，春天水涨之时，绵延千里；冬季湖水褪去，湖底荒草丛生，一望无际，甚是壮观。

此词是作于姜夔归家游玩之时。秋天时与家人荡舟采菱，猎捕野兔，下水捞鱼本应给词人带来欢乐，但实际并未如此。在这深秋时分，家庭之乐反而勾起了作者的愁绪，使他不禁深深思念起远方的佳人。

"着酒行行满袂风。"作者喝到微醺，匆匆行走于天地间，只觉瑟瑟秋风灌满衣袖，秋意甚浓。一眼望去，连天的枯草中一只鹰正从晴空中飞落下来。夕阳的余晖洒下一片金黄，投射到荒原之上，并逐渐向远方弥漫，眼前此景令词人的忧伤亦随之蔓延。"销魂都在夕阳中"一句将作者的愁绪表现得无穷无尽。黄昏将近，夕阳西下，想到要独自面对漫漫黑夜，姜夔故感无限忧伤。

此情此景下，词人很自然地思念起远方的情人。"恨入四弦人欲老，梦寻千驿意难通"写想象中的情人。前句写佳人将相思苦痛融入琵琶的演奏中，在年复一年的音节变换之中，渐渐老去；后句写伊人在梦中寻遍大江南北，却难以与词人重逢。梦中相逢即困难重重，又何况现实中。"当时何似莫匆匆"，词人回想起当初分离之时，匆匆道别，从此漂泊天涯，再无缘相见，追悔、痛恨、惆怅交织心间。结句感叹，是作者对年少轻狂、时光无回的恨语，也是对自己身世飘零的感怀。

此词所采用的秋草、苍鹰、夕阳和琵琶等意象都带有凄凉、清冷的感觉。词人巧妙地将秋日景物与相思情感合二为一，使得悲凉情意与表意的清冷物象水乳交融，了无痕迹，深刻表现出其怀念旧人的忧伤心境。

浣溪沙

姜夔

辛亥正月二十四日，发合肥。

钗燕笼云晚不忺，拟将裙带系郎船。别离滋味又今年。

杨柳夜寒犹自舞，鸳鸯风急不成眠。些儿闲事莫萦牵。

【赏析】

这首道别词将姜夔对情人的爱慕、思念和难舍难离融合于其凄美的笔调之中，用情之深，感人肺腑。

绍熙二年（公元1191年）正月二十四日，词人正欲离开合肥，却与相恋的合肥女子依依不舍，遂作下此词，以抒其怀。

开篇词人便从女子的角度描写出一幅离别的画面：离别在即，黄昏中，女子缓缓地对镜梳妆。她盘起云鬓，再慢慢插上一支精美的珠钗，仿佛这样可以留住时间，怎奈再精心的装饰也掩盖不住其脸上的离愁忧伤。"钗燕笼云晚不忺"，"钗燕"，钗上之燕状镶饰物，传说有吉祥之意；"笼云"，指女子的云鬓；"忺"，有不悦之意。

既然缓慢地梳妆也不能留住情人，她只好"拟将裙带系郎船"。此句将女子的依依不舍又推进一步：女子想用裙带将情郎出行之船系住，不让他离去。这样明知不可为而为之的行为表现出女子的天真单纯，惹人爱怜，同时也突出她对爱情的执着和期盼。"别离滋味又今年"一句直抒胸臆，暗示二人已饱受离别之苦，此时又一次面对分离，更添痛苦滋味。

下阕词人描写自身的情景。"杨柳夜寒犹自舞，鸳鸯风急不成眠。"在漫漫寒夜中，窗外的风刮着杨柳枝沙沙作响，摇摆不停；水面上的鸳鸯也因风急而不能入眠。"些儿闲事莫萦牵。"最后词人安慰情人：不要被这些寻常小事困扰，意即劝女子不要因离别而太过悲伤。此处词人是托物言志。"闲事"其实不闲，鸳鸯指有情人；风扰树枝阻止鸳鸯入眠喻指离别。下阕写离别阻碍着词人与情人诉相思，使他们痛苦不成眠，但就算如此，词人还是希望情人珍重，照顾好自己。结句表现出作者对情人的关怀和怜惜，亦流露出其内心深深的哀伤。

最痛不过伤离别，姜夔的离别之痛并未直接抒写，而是在对情人的描写和自己对情人安慰的行为中反衬出来，因而显得深沉悠远，绵绵不绝。词人善于采用他人的口吻或行为来揭示自身的内在情怀，使词变得凄婉动人，更加充分地表达出其情感，这也是其词作的一大特点。

浣溪沙

姜夔

丙辰岁不尽五日，吴松作。
雁怯重云不肯啼，画船愁过石塘西。打头风浪恶禁持。
春浦渐生迎棹绿，小梅应长亚门枝。一年灯火要人归。

【赏析】

姜夔少年丧父，曾随姐生活。自青年时期起，他就往返羁滞于江淮湖杭之间，因其为人清高，不慕功名，故生活困顿，一生飘零。受特殊的人生机遇影响，姜夔的词作往往渗透着凄清孤苦，流露出对友情、爱情和亲情的向往。

宋宁宗庆元二年（公元 1196 年）除夕前五日，姜夔归家过年时途经吴松，一时感慨，写下此词。

词的上阕写归途之景，作者将其回家前的复杂心理融入对沿途景物的感受之中，令人玩味。"雁怯重云不肯啼"，大雁无声，穿过厚厚的云彩，直向南方飞去。一个"怯"字，突出大雁归家的急切。起句写大雁因为害怕啼叫影响飞行，不能早日回到南方，所以不肯啼叫。

"画船愁过石塘西。打头风浪恶禁持。"词人乘着画舫急切归家，过石塘西时他担心会有狂风恶浪迎面而来，阻碍前行。作者的"愁"与大雁的"怯"形成呼应。首句的"怯"突出词人如雁儿一般急于归家的心情，而此处的"愁"则是将作者担心不能顺利归家的愁绪生动地描写出来，衔接巧妙。

风浪的汹涌愈发坚定了作者期盼归家的决心，他索性扬帆而上，终见"春浦渐生迎棹绿，小梅应长亚门枝"。春浦，指春日的水滨，亦指春江；棹，即船桨。经过一段险途后，词人乘坐的小船终于进入一片平缓的水域。荡桨慢行，两岸春光从眼前掠过，作者顿感神清气爽。"渐"字突出行船而过时景色呈现出来的远近层次，极富动感。

"小梅应长亚门枝"，词人归家，看见门前小梅已经长得快和门一样高了，顿时发觉离家已久，如今终于归来，亲切之感油然而生。归家的温暖气氛深深感染了作者，"一年灯火要人归"是他由衷的感叹：每年除夕守岁的灯光，始终萦绕在游子的心中，既让他们牵挂家人，也照亮其归家之路。飘零之苦与归家之乐形成强烈的对比，表达出词人浓浓的思乡情感。

此词峰回路转，跌宕起伏，将一个游子归家的喜悦富有层次地表现出来，情意真挚，意境深远。对于一生漂泊的姜夔来说，家可能是一个可望而不可即的地方，片刻的温暖，已是极大的安慰。新年过去，词人要面对的，终究还是离愁别绪。

暗香疏影

姜夔

辛亥之冬，予载雪诣石湖。止既月，授简索句，且征新声，作此两曲。石湖把玩不已，使工伎肄习之，音节谐婉，乃名之曰《暗香》、《疏影》。

旧时月色，算几番照我，梅边吹笛？唤起玉人，不管清寒与攀摘。何逊而今渐老，都忘却、春风词笔。但怪得、竹外疏花，香冷入瑶席。

江国，正寂寂。叹寄与路遥，夜雪初积。翠尊易泣，红萼无言耿相忆。长记曾携手处，千树压、西湖寒碧。又片片吹尽也，几时见得？

——暗香

苔枝缀玉，有翠禽小小，枝上同宿。客里相逢，篱角黄昏，无言自倚修竹。昭君不惯胡沙远，但暗忆、江南江北；想佩环、月夜归来，化作此花幽独。

犹记深宫旧事，那人正睡里，飞近蛾绿。莫似春风，不管盈盈，早与安排金屋。还教一片随波去，又却怨、玉龙哀曲。等恁时、重觅幽香，已入小窗横幅。

——疏影

【赏析】

姜夔词前往往有小序，或是记录作者自己当时的心绪变化，或是讲述作词缘起，大抵不离词中内容。这两首词前的小序，即为记录词人作词缘由。

姜夔妙通音律，对音韵有着自己独特的见解，常常自度新曲，作新声，然后谱曲演唱，往往传唱一时。从这两首词也可看出词人在音律方面的造诣。姜夔对宋初诗人林逋《山园小梅》中的"疏影横斜水清浅，暗香浮动月黄昏"两句颇为欣赏，于是摘取其中句首两字，作为自己自度曲咏梅词的调名。

这两首词历来被人们称为精绝之作，分析来看，不外乎有以下两个方面的优点。

首先，这两首词咏物言情都自然灵动，不拘任何之一。物与情在词人的笔下得到完美的融合。姜夔真正达到了咏物词"不即不离"的效果。虽然词中使用了许多与梅有关的典故，也化用不少前人咏梅的诗句，如"唤起玉人，不管清寒与攀摘"就暗用"驿寄梅花"的典故；"竹外疏花，香冷入瑶席"则化用苏东坡《和秦太虚梅花》诗"竹外一枝斜更好"之意，但是，却并不使人感到仅咏一物的单调，而是在咏物的同时，又贯穿另外一条感情的线索。两条线索融合得浑然无际，咏物与抒情之间结合无间。

其次，这两首词的语言风格充分体现了姜夔词"清空"的特点。"清空"的概念，自南宋词学家张炎提出以后，就常常作为评词的一个重要标准。"清空"的主要优点就是抒情性较强，抒情线索非常明确，且感情描写显得流动空灵，不凝滞，不晦涩；在语言上则比较古朴自然，风格上超逸峭拔，不庸俗，不做作。姜夔的这两首词都非常突出地体现了这一特点。

如《疏影》一词，上阕"苔枝缀玉，有翠禽小小，枝上同宿"，以写梅花的动人故事为开始，接着就把梅花比作寂寞的美人，"客里相逢，篱角黄昏，无言自倚修竹"。然后，"昭君不惯胡沙远，但暗忆、江南江北"这三句则是将梅花比作美人昭君，暗喻其高洁之志。再以"想佩环、月夜归来，化作此花幽独"一句作最后的定语，确认这梅花就是美人所幻化的这一事实。下阕又是从一个美丽故事写起，然后逐步地深化梅花这一凄美的形象，到最后写无可挽留的悲哀，花落人去，无限惆怅和凄婉的感情。

两首词的整个词句之间的过渡，丝毫不见斧凿痕迹。全词无一句不写梅花，但又无一句不暗写美人，用美人的神态、风韵来烘托梅花出尘的品格情操。作者神思空灵，如同"野云孤飞，去留无际"。

两首词，《暗香》通过咏梅写今昔感慨，《疏影》则接连铺排五个典故，用五位女性人物来比喻映衬梅花，将梅花人格化。惋惜留恋之伤感，袅袅不绝。姜夔这两首词历来极为人所称道，作为其"自立新意"的代表作品之一，其新意就在于，他完全打破了前人的一些习惯写法，通过摄取事物的神理从而创造出多线条、多层次又极富立体感的艺术境界，并塑造出灵性化、人格化的艺术形象。作者这种描写方法取代了单线的、平面的传统方法。

这两篇词的主旨也历来是众人猜测揣摩的对象。关于它的言外寄托，历来说法纷纷。有劝阻范成大归隐、感慨国事、怀念合肥旧人等各种说法，此处不一一细究。当然这些说法到现在都已难以辨认真伪，毕竟读者非姜夔本人。所以，各种说法也都不过是见仁见智，只须言之成理，都可说通。不管怎样，只需尽情体会它的含混、朦胧之美即可。

惜红衣

姜夔

吴兴号水晶宫，荷花盛丽。陈简斋云："今年何以报君恩，一路荷花相送到青墩。"亦可见矣。丁未之夏，予游千岩，数往来红香中，自度此曲，以无射宫歌之。

簟枕邀凉，琴书换日，睡余无力。细洒冰泉，并刀破甘碧。墙头唤酒，谁问讯、城南诗客。岑寂。高柳晚蝉，说西风消息。

虹梁水陌。鱼浪吹香，红衣半狼藉。维舟试望故国。眇天北。可惜渚边沙外，不共美人游历。问甚时同赋，三十六陂秋色。

【赏析】

词前小序中写道："吴兴号水晶宫，荷花盛丽。"吴兴，即今浙江湖州，是一个秀美的江南水乡，被称为水晶宫。吴兴荷花盛开时，景色明艳动人，陈简斋曾赋诗赞之，可见其景之美。陈简斋即宋代诗人陈与义。丁未夏天，词人到吴兴千岩游玩，往来于荷花之中，有感而发，便自己谱曲作词，曲属无射宫调。

开篇即写"簟枕邀凉，琴书换日，睡余无力"，簟枕指凉席。词人用凉席凉枕消暑纳凉，以抚琴读书消磨时光；睡后瞌睡仍然挥之不去，浑身疲乏无力。"邀"和"换"将时序变化，夏天已至的感受写得极有动感。词人不直接描写夏景，而是以夏天特有的凉席凉枕来描写，显得含蓄而真切。"细洒冰泉，并刀破甘碧。"甘碧泛指夏天香甜鲜碧的瓜果；并刀，指并州所产之刀。在炎炎夏日，以冷冽的清泉细细清洗，用锋利的并刀切开香甜鲜碧的瓜果，此为趣也。结合开篇三句，仿佛看到作者夏季午后醒来，睡意还未全消，只能以瓜果解暑，排解淡淡寂寥的情景。

"墙头唤酒，谁问讯、城南诗客。"城南诗客指杜甫，杜甫诗云："远林暑气薄，公子过我游。贫居类村坞，僻近城南楼。旁舍颇淳朴，所须亦易求。隔屋唤西家，借问有酒不？"（《夏日李公见访》）作者亦效仿杜甫透过墙头，问道：借问邻家可有酒，款待这借居城南的诗客？怎奈无人回应，顿显冷漠和寂静。"高柳晚蝉，说西风消息。"高高柳树上，晚蝉在鸣叫，仿佛要告诉人们秋风将至的消息。夏尽秋至，词人的孤独萧瑟之感油然而生。

下阕"虹梁水陌"，词人先描写夏天清幽秀美的景色。桥梁似彩虹般横卧在水面上，水边小径蜿蜒曲折。"鱼浪吹香，红衣半狼藉。"红衣指荷花。这两句写鱼儿在水中嬉戏，引起水面清波荡漾，红荷凋零，荷衣凋敝。"鱼"的欢腾活泼和"荷花"残败凋零形成鲜明对比。"维舟试望故国"，词人系舟登上岸，遥望北方故国，只感渺茫寥廓。当时中原已经被金兵占领，所以称之为故国。遥望这一动作，实际寄托着词人对人事变幻的感慨和对故土的深切怀念。

词末四句作者则将其内心的情感直接抒发出来。"可惜渚边沙外"至"三十六陂秋色"，作者写道：可惜不能与美人一起游历这水乡美景，不知何时才能共赏咏眼前广阔水面上的秋荷。渚边沙外，形容江南水乡的美景。三十六，谓其多也；陂，意为池泊。"可惜"两句，写出美人在天一涯，词人难与其相会，流露出惋惜和怀人情感。"问甚时"更是突出词人与美人的相逢遥遥无期，足见其内心的哀伤。

此词空灵含蓄，立意幽远。词人将其怀人情感融入夏末景色之中，通过"怜荷"再一点一点慢慢释放，自然真切，引人入胜，体现了姜夔词作清新婉约之特点。

卷三　元曲鉴赏

元好问

元好问（公元 1190～1257 年），字裕之，号遗山，太原秀容（今山西省忻州市）人。金宣宗时期进士，任尚书省左司员外郎等职，金亡后隐居。在金元相交时期颇有名望，被时人称为"元才子"。著有《遗山集》，编有《中州集》《壬辰杂编》等。今存小令 9 首。

〔黄钟〕人月圆·卜居外家东园①

重冈已隔红尘断，村落更年丰。移居要就：窗中远岫，舍后长松。
十年种木，一年种谷，都付儿童。老夫惟有：醒来明月，醉后清风。
玄都观里桃千树，花落水空流。凭②君莫问：清泾浊渭③，去马来牛。
谢公扶病，羊昙挥涕，一醉都休。古今几度：生存华屋，零落山丘。

【注释】

①卜居：选择定居之地。外家：母亲的娘家。②凭：请。③清泾浊渭：泾、渭皆水名，在陕西高陵县境汇合，泾水清，渭水浊。

【赏析】

元好问是金朝人，这两首曲子写于金朝灭亡之后，因而曲意在闲适悠然中见沉重哀痛，在醉狂逍遥中流露出忧愁愤慨。在作者 25 岁时，蒙古兵已然攻破他的故乡忻州，当时他被迫仓皇出逃，此是家破；自此在外辗转 20 余年，再次归乡时，天下已改朝换代，此为国亡。家破国亡之情在归乡的作者心头激荡，促使他写下大量这样忧愤的诗句，如《东园晚眺》诗中的："旧家人物今谁在？清镜功名岁又残"即蕴涵着一种今昔对比之下的沧桑之痛。

然而，在作《人月圆》曲子时，元好问却一改其诗作中直抒胸臆的写作手法，将沉痛的心绪隐藏在"窗中远岫，舍后长松""醒来明月，醉后清风"这样的山水美景和隐居情趣之下，既显别致精巧，也表现出这两首曲子的词化特征。元好问所处时期，尚是散曲创作兴起的初期，当时词曲之间的界限还不明显，后世那种俚俗显豁的散曲风格还未成型，因此，此时的散曲常常带有表意含蓄、蕴藉深邃等词作特色。

曲名"卜居外家东园"中的"卜居"是选择住处的意思，曲子内容是写作者开辟隐居之所的过程。开篇"重冈已隔红尘断，村落更年丰"，描述出作者所在"村落"的位置和年景。"隔"与"断"两个字，隐隐透露出一股寂静、萧条的气息。所谓"红尘"，不仅是指尘世的热闹，更借指金亡元兴的现实。元好问在金朝灭亡后一直隐居不仕，可见是他自己将这种现实推拒于"重冈"之外的。

从"年丰"到"远岫""长松"，作者都在铺垫隐居环境的丰足和陶然的情趣。"十年种木，一年种谷，都付儿童"则明确点出自己隐居之后的闲适和无所事事。作者将"种木""种谷"之类的农活都交给"儿童"去做，自己则与"明月""清风"相伴。

一"醒"一"醉"，迎面清风，眼中明月，这种醉酒隐居的生涯，似乎颇有陶渊明《饮酒》诗中"采菊东篱下，悠然见南山"超凡脱俗的色彩，但也有"此中有真意，欲辩已忘言"一句的含蓄不尽。清风明月是作者隐居生涯中仅剩的消遣和寄托，"惟"字看似洒脱，实则暗含着满心的苦涩与无奈。

从文字上来看，第一首清新浅白，而第二首因频频用典则显得隐晦。第一句"玄都观里桃千树"即借用唐代诗人刘禹锡《戏赠看花诸君子》中的诗句。刘禹锡作此诗时，刚刚由被贬之地返京，见京城玄都观赏花盛景，心中颇多慨叹，因而以"戏赠"暗示自己对贬黜生涯的不平之意。14 年后，刘禹锡还写下一首《再游玄都观》，作为上一首诗的续篇。诗中，他以"桃花净尽菜花开"来描述京城物是人非的景象。而在元好问的曲子里，则以一句"花落水空流"接续"桃千树"的盛况，更显沉痛哀戚。

水流花落这一春残景象，原本就有着深厚的心理和文化积淀，如南唐李煜《虞美人》词中写"问君能有几多愁，恰似一江春水向东流"，其中便蕴涵着深刻的亡国痛楚和人生悲慨。元好问此句也暗含此意。接下来"凭君莫问"几句，则将前文所暗示的兴亡之思化入"清泾浊渭，去马来牛"的纷杂混沌之中。作者劝世人莫去探寻那些是非与兴亡的根由，因为不堪问，问来问去，只不过徒增忧戚。

"谢公扶病，羊昙挥涕，一醉都休"连用两个典故。"谢公"指东晋宰相谢安，他晚年被迫离京，去地方出仕，后来回京时，早已病痛缠身，不久便一病不起，溘然长逝。"羊昙"是谢安的外甥，只因谢安生前曾在京城的西州门说过"吾病殆不起乎"，所以自谢安死后，羊昙便不忍再过此门。一次，他酒醉误闯，思及对自己恩重如山的舅父，悲

痛不已，念诵曹植的诗句，"挥涕"而返。元好问借这两个典故，指代自己返乡之时年纪的衰老，以及对生母、亲友亡佚的悼怀。

种种愁绪，只有在"醉"中才会稍解。"一醉都休"是对现实的逃避，但这种逃避又建立在深切体认的基础上，因而才带来了曲子结尾处的慨叹："生存华屋，零落山丘。"这两句正是羊昙在怀念谢安时所念诵的曹植诗句，由此可见作者文脉的细密和绵延不断。将"生存"与"零落"放在一起，将"华屋"与"山丘"进行对比，突出了一种生死两茫茫的无常感受，结合元好问所处时代的离乱氛围，使这首小令容纳了巨大而深刻的人生和社会内涵。

〔双调〕骤雨打新荷

绿叶阴浓，遍池亭水阁，偏趁凉多。海榴初绽，朵朵蹙红罗。乳燕雏莺弄语，有高柳鸣蝉相和。骤雨过，琼珠乱撒，打遍新荷。

人生百年有几，念良辰美景，休放虚过。穷通前定，何用苦张罗。命友邀宾玩赏，对芳樽浅酌低歌。且酩酊，任他两轮日月，来往如梭。

【赏析】

早期的散曲与词类似，只因配上了北曲宫调，所以逐渐与词区别开来。《四库全书总目提要》中说："自宋赵彦肃以句字配协律吕，遂有曲谱。至元代，如《骤雨打新荷》之类，则愈出愈新。"显然是将元好问此曲当做了元代散曲的开山之作。

"骤雨打新荷"原本并非调名，只因曲中"骤雨过，琼珠乱撒，打遍新荷"三句广为传唱，人们便以"骤雨打新荷"来称呼此曲，原曲调名"小圣乐"反而为人忘却。

诗词中描写夏日，多写其凉，很少细致铺叙天气的炎热。元好问这首曲子亦是如此。首句"绿叶阴浓"即展现出夏日特有的景象：树木碧绿、茂密，在地上投下浓重的阴影。"遍池亭水阁"则进一步点出"绿阴"所在地的环境，以池水、亭台构筑了一个幽静阴凉的避暑去处。对环境和景物的描写，最终都归入一句"偏趁凉多"，"凉"字既表明时令，也暗示出主人公盛夏纳凉的惬意感受。

"海榴初绽，朵朵蹙红罗"，在"绿阴"之后，再写"海榴"，在视觉上给人以鲜明

感，更显出夏日园林草木的蓬勃生机。"乳燕雏莺弄语，有高柳鸣蝉相和"二句，由视觉描写转入听觉描写。乳燕、雏莺、鸣蝉的声音此起彼伏，相互附和，为静景增添了不少活泼生动的情趣。

接下来的一场阵雨来得突然，仿佛在炎热的夏意中注入一丝凉意，沁人心脾，而且使池水、亭台、绿叶、红罗组成的景色变得湿润鲜亮，更兼之以雨打荷叶的热闹声音，别具风味，因此，"骤雨过"三句，可称得上是这段景语的点睛之笔，其中流露出的生活情趣和勃勃生气，令人击节赞赏，故能数百年流传不衰。

这首曲子的结构与词体相近，属于上曲写景、下曲抒情的模式。由"人生百年有几"开始，从景物描写转入人生感慨的抒发，看似突兀，实则有脉络可循。作者眼见园中好景，自然容易生起美景难留、人生短暂的慨叹，所以他说"念良辰美景，休放虚过"，正值好景之时，千万不可放过。作者通过这三句，表达了生命倏忽、及时行乐的思想。

"穷通前定，何用苦张罗"两句，则有一种看透命运起伏的出尘色彩。既然命里的穷困与通达都早已注定，又何必花费一生的时间苦苦奔忙？不如"命友邀宾玩赏，对芳樽浅酌低歌"，流连于美景、美酒，忘却身外烦恼。最后，作者用"且酩酊，任他两轮日月，来往如梭"收尾，描述了一种于时光中借酒浇愁、任由自己沉醉麻木的心理。

传统的士子文人，在无法实现自身抱负的情况下，多倾向于这种生活态度。尤其是宋元之交的文人，在动荡的社会环境下，往往难以把握理想和自身命运，因此常表现出愤怨无奈、玩世不羁等精神状态。元好问此曲，所抒感慨的内容虽然陈旧，但与上曲精彩纷呈的景物描写结合起来看，却于陈旧中迸发出新意，格外地撼人心魄。

杨 果

杨果（公元1197～1269年），字正卿，号西庵，祁州蒲阴（今河北省安国市）人。金亡之前，曾任偃师令，为官清正干练。后入元，官至参知政事。擅长作乐府诗，结集为《西庵集》。贯云石曾在《阳春白雪序》中以"平熟"二字论其曲。现存小令11首，套数5套。

〔越调〕小桃红

碧湖湖上柳阴阴，人影澄波浸。常记年时对花饮。到如今，西风吹断回文锦①。美他一对，鸳鸯飞去，残梦蓼②花深。

【注释】

①回文锦：前秦窦滔的妻子苏蕙，因窦滔被流放到远方，思念至深，故织锦作回文

《璇玑图》诗，赠给窦滔。后人以"回文锦"代指思妇寄给远方夫君的表情述怀之物。②蓼（liǎo）：植物名，多生于水边。

【赏析】

雅俗结合，文白共用，是散曲发展早期的特色。这首《小桃红》即充分体现了这一点。此曲的前半部分以景物描写切入，进而引出回忆，具有词的结构特点；且文字上注重锤炼，委婉低回，很有词的韵味；后半部分的"羡他一对，鸳鸯飞去"等语，则显得俗白，更接近曲的情调。

"碧湖湖上柳阴阴"，首句描写湖水的澄澈、宁静，短短七字中，就有"湖"与"阴"两个字重复使用，在音节上造成一种回环的效果，显得余韵悠长。这一手法的运用，既使景物染上一种寂寥感，也为下文的回忆做好了情绪上的铺垫。

"常记"二字直接引出回忆，"常"字点出回忆的频繁，从侧面暗示出主人公对往昔的怀念之深。"年时对花饮"包含两层含义：一方面，可以理解为主人公曾面对花好月圆的良辰美景，畅怀醉饮；另一方面，则可以认为主人公曾有一位如花美眷，两人曾经在一起对饮。无论侧重于哪一种含义，都能看出这位男子对往昔美好时光的留恋。

然而，回忆至此仓促结束，"到如今"三字，使整首曲子转入冰冷的现实。"西风吹断回文锦"一句内蕴深沉，表意十分婉转。"回文锦"用前秦窦滔与苏惠的故事，点出主人公与他所思念的人之间的关系，同时也暗示两人分隔两地的现状。"吹断"则说明二人不仅因地理上的遥远无法相见，而且还无法互通书信。再联系"回文锦"这一典故的内容（苏惠因给丈夫窦滔寄回文锦书，换来丈夫的回心转意），便知道"西风吹断"的不仅是音信，更是主人公与情人之间的爱恋。

这样难以言表的伤痛，不能直接倾诉，所以作者选择了隐约曲折的方式来言说，将一种失去所爱的隐痛描写得深婉悱恻。最后男子发出这样的慨叹："羡他一对，鸳鸯飞去，残梦蓼花深。""鸳鸯"本就是美好爱情的象征，"一对"则更直白地表现出男主人公的惆怅心理。他之所以羡慕成双成对的鸳鸯，是因为自己失去了爱情，处于强烈的孤独之中。

"残梦"既是鸳鸯在蓼花深处所做的梦，也是主人公自己期盼的美梦，可是他连做梦也无法圆满。虽然艳羡鸳鸯，但现实的孤独仍无从改变，所以只能在蓼花深处聊寄愁思。这三句用词浅白，表达的情感却深沉，有一种如泣如诉、百转千回的哀婉气息。

〔越调〕小桃红

玉箫声断凤凰楼①，憔悴人别后。留得啼痕满罗袖。去来休②，楼前风景浑依旧③。当初只恨，无情烟柳，不解系行舟。

【注释】

①凤凰楼：对女子居楼的美称。②休：句末助词。③浑：全然。

【赏析】

杨果的散曲，很有婉约词的情致。这一首《小桃红》，所写内容也是婉约词中常见的离别题材，且从女子角度写来，具有一种缠绵婉转的情感特色。明代朱权在其著作《太和正音谱》中评价杨果的曲"如花柳芳妍"，正是突出了其曲作文字华美的词化特征。

首句"玉箫声断凤凰楼"，可看做写实，但联系其中暗含的典故，更能体味作者用此句作为开篇的深意。据东汉刘向《列仙传》记载，秦穆公时期，有一位名叫萧史的人，擅长吹箫，其箫声甚至能将孔雀、白鹤等吸引过来。当时，秦穆公的女儿弄玉也喜欢吹箫，她爱上了萧史，并与他结为夫妇。秦穆公为此建造了凤凰楼给他们居住。婚后，二人每日吹箫，数年之后，竟吹得声如凤鸣，将凤凰都吸引了过来。夫妇二人后来皆随凤凰而去。

"玉箫声断"即指此事，其中隐含着"人去楼空"的惆怅意味。"凤凰楼"指代女子闺楼，而曲中的女主人公并未如弄玉一般，与丈夫一起随凤凰仙去，从"憔悴人别后"一句即可看出，"玉箫声"其实是指代女子的心上人。"留得"紧接"别后"二字，文字上衔接得很细密，情感上则造成一种回环和转折。人既已离去，留下来的只是女子的空守、苦盼，以及"啼痕满罗袖"。作者没有直接写女子如何想念，而是通过袖上泪痕这个细节，将她的黯然神伤，以及难以自制的思念和孤独表现出来。

"去来休，楼前风景浑依旧"，这两句以人的"去来"与"风景"的"依旧"进行对比，这就使"离别"的主题得到了深化。风景不解人心，不管人间如何生离死别，它都只是一如既往地存在着，所以才使古往今来许多人发出"物是人非"的沉重慨叹。这首曲子中的女主人公也不例外。楼前浑然不变的景色，使她一次又一次地忆起离别之前和离别之时的情形，不断重温着令人伤心的往事。

女子记起心上人当初离开时，江岸边的"无情烟柳"兀自苍翠，却不懂得伸出青青枝条，留住远行人的脚步。一个"恨"字，点出女主人公的怨情和无奈。她不说恨自己留不住情人，只将这种悔恨托付于"烟柳"。这一方面是因为青翠如初的烟柳引起了她的离愁；另一方面，将人的心思投射于"无情"之物，也是古典诗词中常用的手法。

〔越调〕小桃红

满城烟水月微茫，人倚兰舟唱。常记相逢若耶①上，隔三湘，碧云望断空惆怅。美人笑道，莲花相似，情短藕丝长。

【注释】

①若耶：会稽（今浙江省绍兴市）若耶山下的一条小溪，传说是西施浣纱的地方，因而又称浣沙溪。

【赏析】

杨果擅长作乐府诗，他所作的散曲也常有乐府民歌风味。这首曲前半部分以男子的口吻写离愁、相思，后半部分却引出女子的对答，并以此收尾。这种形式具有鲜明的民歌色彩。作者将男女主人公各自的感情集中在短短一曲小令中来表达，使得整首曲子带有极大的跳跃感，并具有丰富的内涵和意蕴。

作者一开篇，便描绘出一幅虚渺、神秘、美好的画面，为男主人公的回忆和思念做好铺垫。"满城烟水月微茫，人倚兰舟唱"，在一个烟水迷蒙、月色清淡的夜晚，男子看到一位女子在兰舟上斜斜倚靠，低声轻唱，歌声在月夜中听起来十分美妙。这一场景勾起了他的回忆："常记相逢若耶上"，他记起与她初遇时，也是在水边。作者没有再详细描述二人相遇的情景，只以"若耶"二字暗示女子的美貌。在男主人公的记忆中，他心爱的女子有着如西施一般的倾城之貌。这正应了那句话，"情人眼里出西施"，由此可见男子对女子的爱恋之深。

因此，接下来的"隔三湘，碧云望断空惆怅"，自然接续了男子的深情，进一步点出他与女子分离之后的"惆怅"。"隔三湘"，说明二人相距遥远，"碧云望断"则暗示出二人音信不通，男子的相思无处寄托，也无从传递，只能空望天上的碧云，惆怅感伤。

如果说前半部分对男子情意的描述显得精致、婉约，具有文人含蓄委婉的表意特征；那么，后半部分对女子的描写则显得鲜活、生动，更倾向于民间率直活泼的传情特点。这种文字风格上的差异也隐隐透露出两人身份上的差异。从女子所说的话"莲花相似，情短藕丝长"中可以看出，作者十分注重吸取民间语言特色，运用比喻、拟人、谐音、双关等手法，形象地传达出女子对爱情的坚定和忠贞，也暗含她对男子的怀疑和嘲讽。

"莲花"既可看做女子的自喻，也可取"怜花"的谐音，用来形容男子对爱情的态度。女主人公一方面将自己比作莲花，清净不染，她的爱情也如莲花般高洁、干净。另一方面，则认为男子对待这份爱情，就像"怜花"一般：花盛开时，倾尽爱意；花凋零时，却扭头不顾。男子的情意是如此短暂，女子的爱却如"藕丝"一般，绵长不绝。

女主人公的嘲笑与男主人公的深情形成了一种矛盾的对比，而这场爱情的真相，作者并未给出，这就给读者留下了想象的余地，也为整首曲子注入了丰富的审美意趣。

〔越调〕小桃红

采莲人和采莲歌，柳外轻舟过。不管鸳鸯梦惊破，夜如何？有人独上江楼卧。伤心莫唱，南朝旧曲，司马泪痕多。

【赏析】

杨果作《小桃红》共 11 首，其中有 3 首题作《采莲女》，其内容与南朝乐府《采莲曲》有千丝万缕的联系。在这些散曲中，"采莲女"这一形象多用来生发各种情感要素。如"满城烟水月微茫"一曲，"采莲女"是作为女主人公出现的，而在这首曲子中，"采莲人""采莲歌"则是作者目之所见、耳之所闻，并起到为下文兴亡之叹铺垫、渲染气氛的作用。

"采莲人和采莲歌，柳外轻舟过"，开篇描绘一群采莲女荡着轻舟，在夜色中缓缓行经"柳外"，水声潺潺，桨橹咿呀，清脆的唱和声此起彼伏，在寂静的夜里传得很远，显得极为悠长。"独上江楼卧"的作者正做着美好的"鸳鸯梦"，却因为这些动静而使梦被"惊破"，继而发出"夜如何"的疑问。此处采用倒装句式，将"鸳鸯梦惊破"与采莲人荡舟而过的景象直接相接，使采莲人的欢声笑语与作者独卧的寂寥、梦醒的冷清形成鲜明对比，加倍凸显作者心情的哀苦和悲愁。另外，倒装手法的运用也造成语句的跌宕起伏，避免了平铺直叙。

"夜如何"这一问别有意味。这个夜晚对采莲人来说，只是无数平常夜晚中的一个，但对作者来说，却因采莲轻舟的惊动，而牵引出无数思绪。曲中并未直言这些思绪是什么，但从末三句"伤心莫唱，南朝旧曲，司马泪痕多"可知，这些思绪是难以直言的。

"南朝旧曲"是南朝陈后主所作《后庭花》曲，曲调绮靡哀婉，被后人视作亡国之音的代表，因而，作者此处说"莫唱"，便带有一种隐痛。杨果曾在金朝为官，亲身经历金朝灭亡，因而回忆故国时难免生出亡国的痛楚，进而产生对历史兴亡的慨叹。从"采莲歌"联想到"南朝旧曲"，由乐曲联想到哀音，作者的思绪经历了很大的跨越，但这种跨越却产生了很丰富的审美效应，使曲作的思想容量变得更大。

白居易在他的名作《琵琶行》中，写他因歌女的一曲琵琶演奏而泪湿衣襟，只因那支琵琶曲触动了他"同是天涯沦落人"的内心隐痛。此处，杨果引用"江州司马青衫湿"的典故，也是为了抒发一种"沦落"、飘零的痛感。故国已亡，身世难料，前路漫漫，亡国的悲哀与个人命运的凄凉交织在一起，而这一切思绪又都包含于"南朝旧曲"四字当中，因而显得格外含蓄深婉，沉痛感人。

〔越调〕 小桃红

采莲湖上棹船回，风约湘裙翠。一曲琵琶数行泪，望君归，芙蓉开尽无消息。晚凉多少，红鸳白鹭，何处不双飞。

【赏析】

诗词曲赋之中，以离别相思为主题的作品数不胜数，而且多从女子的角度入手。杨果这首《小桃红》也是如此，但在前人基础上多有创新，且文笔细腻，用语清新，感情真挚，将女主人公的一腔思念和复杂心绪写得十分生动。

首先，作者为女主人公的相思设置了一个很美的场景："采莲湖上"，她正准备"棹船回"，而此时"风约湘裙翠"，风吹过来，湖上泛起水纹，荷叶随风摇曳，她身上那条与碧绿的湖水同样颜色的翠裙也被风吹得轻扬起来。在这样静谧、安宁、美好的环境里，女子却百无聊赖，不愿过多停留，她摇着桨橹，调转船头，准备归去。

"一曲琵琶数行泪"一句，看似突兀，实则与后两句"望君归，芙蓉开尽无消息"形成一组整体的意象。女主人公在"采莲湖"中，触目所见，只有一片凋零殆尽的残荷，这使她意识到此时已是深秋了，"芙蓉"早已"开尽"，可是远方的人仍旧"无消息"。

"望君归"三字直接点明主题，也表明她从"芙蓉"还未盛开时便已经在等待远行人归来，然而，直到"芙蓉开尽"了也仍旧盼不回他的身影。"一曲琵琶"并非特指，而是泛指她在等待的时日里纾解相思的方式。弹琵琶本是为了转移思念的情绪，谁知带来了更沉重的愁绪，以致她落下"数行泪"。

独自一人弹着琵琶的女主人公，正如白居易笔下的"琵琶女"一般，独守寂寞，命运飘零，前途难料，只能在一首如泣如诉的乐曲中寄托心绪。在"望君归"的过程中，女主人公想必不止一次地担心远人抛弃她，从此一去不复返，同时也不止一次地悔恨过当初为何要放他远走高飞。这种复杂的心情，作者并未用笔墨传达，但字里行间尽已流露。

"晚凉多少，红鸳白鹭，何处不双飞"，末三句又回到"采莲湖上"这一具体场景中，描述女主人公所见之景，并已此作结，将无尽的情感融入景物之中。"红鸳白鹭"与碧绿的湖水所构成的色彩对比，使整幅景色极具画面感。以鸟的"双飞"来衬托人的孤独，这一手法并非杨果首创，但他以反问语调写来，却别具韵味，将人的孤独，以及对这种孤独的悲凉体验推进了一层。"何处不双飞"，即说明成双成对的"红鸳白鹭"触目皆是，这就意味着女主人公触目所及，皆生离恨，从而将"恨别""相思"的主题刻画得更加深入。

〔仙吕〕赏花时

秋水粼粼古岸苍，萧索疏篱偎短冈。山色日微茫，黄花绽也，妆点马蹄香。

〔胜葫芦〕见一簇人家入屏帐，竹篱折补苔墙。破设设柴门上张着破网。几间茅屋，一竿风旆，摇曳挂长江。

〔赚尾〕晚风林，萧萧响，一弄儿①凄凉旅况。见壁指一似桑榆侵着道旁，草桥崩柱摧梁。唱道向、红蓼滩头，见个黑足吕②的渔翁鬓似霜。靠着那驼腰拗桩，瘿累③垂脖项，一钩香饵钓斜阳。

【注释】

①一弄儿：一股脑儿。②黑足吕：即"黑"，足吕为语助词。③瘿（yǐng）累：瘤块。

【赏析】

套曲因其篇幅较长，因此较一般诗词和散曲有更大的空间进行铺陈、渲染和雕饰。这首《赏花时》套曲写羁旅途中所产生的乡愁，却只字不提家乡景况，整首曲子只有一处直言内心感受："一弄儿凄凉旅况"，其余篇幅都用来叙写客旅途中所见景物，从侧面表现出旅途的孤寂和对温暖乡情的怀念。

第一支曲子从大的环境入手，先后交代时序、地点、人物。"秋水粼粼古岸苍，萧索疏篱偎短冈"，写景阔大苍茫。深秋时节，江岸一派荒凉，波光粼粼的秋水一望无垠，岸边的小山冈脚下，围着一圈疏落的篱笆。"山色日微茫，黄花绽也，妆点马蹄香。"作者此时骑着马遥望日渐邈远的山色，鼻端闻到马蹄踩踏野花传来的清香。

一幅冷寂、苍凉，然而不失宁静的画面跃然纸上，其中隐隐传达出客旅他乡的主人公内心的寂寥。在接下来的《胜葫芦》一曲中，作者的视线转入细处。"见一簇人家入屏帐"两句，从对山水的描写转入对"人家"的描述。"一簇"说明"人家"不止一户，而是好多户人家连在一起，形成一个小小的村落。"竹篱折补苔墙"和"破设设柴门上张着破网"两句流露出浓厚的生活气息：村落周围的土墙破败坍塌，被人用几根竹篱支撑着，简陋的柴门上挂着破烂的渔网。对这些平常细节的留意，充分说明作者对"家"，以及"家"所代表的安稳生活的想念。

"几间茅屋，一竿风旆，摇曳挂长江"，岸边茅屋几间，酒旗一竿，迎风招展，仿佛在辽阔的江面上摇曳。这三句一改前几句的平实，用精致的语言营造出一种疏阔、淡雅的景物风致。这一宁静如世外桃源般的村庄，让作者心生向往，同时也勾起了他心底的乡愁。

《赚尾》一曲，起首即用"晚风林，萧萧响"，渲染出萧瑟孤寂的氛围。作者听到晚风吹过树林的声音，这种单调的声音加倍地放大了他的孤单，让他不禁感叹客旅的滋味竟如此凄凉。"见壁"二句写旅舍外的风景。那些桑树、榆树生长得太过茂盛，已侵占了道路的两旁；破败的小桥，不仅桥柱断了，连桥面都缺了一大块。无人打理的草木，年久失修的小桥，无不透露出一股荒凉气息。

从"唱道向"到结尾的"一钩香饵钓斜阳"，写的是作者信步走向江边滩头所见的情景。"唱道"即"正是"。在长满红蓼的滩头，有一位面目黝黑、满头银发的渔翁，正靠着一根系船的木桩垂钓。曲中对这位渔翁的描写十分细致，写他的面貌、他的"驼腰"、他脖颈上的"瘿累"，这种不放过任何细节的笔法，显得从容，游刃有余，正是由套曲的篇幅特点所决定的。

这位渔翁不是唐代张志和《渔父》词中"斜风细雨不须归"、出尘脱俗的渔父形象，而是普普通通的捕鱼人。但末句"一钩香饵钓斜阳"所包含的雅致、拔俗气息，却在这位平凡的渔翁身上增添了一种洒脱、自在的生活情趣，令人心生向往。作者在异乡所见到的这一场景，既安慰了他旅途的凄凉，又引发了更深的愁绪。整首曲子尽管极尽铺陈，却对关键的情感不着一词，只让读者从详尽的景物描写中去体会，这正是此曲的妙处和用心所在。

〔仙吕〕翠裙腰

莺穿细柳翻金翅，迁上最高枝。海棠零乱飘阶址，坠胭脂。共谁同唱送春词。

〔金盏儿〕减容姿，瘦腰肢，绣床尘满慵针指。眉懒画，粉羞施，憔悴死。无尽闲愁将甚比，恰如梅子雨丝丝。

〔绿窗愁〕有客持书至，还喜却嗟咨。未委归期约几时，先拆破鸳鸯字。原来则是卖弄他风流浪子：夸翰墨，显文词，枉用了身心空费了纸。

〔赚尾〕总虚脾，无实事，乔问候的言辞怎使。复别了花笺重作念，偏自家少负你相思。唱道再展放重读，读罢也无言暗切齿。沉吟了数次，骂你个负心贼堪恨，把一封寄来的书都扯做纸条儿。

【赏析】

曲与诗、词一样，都包含写景、抒情等内容，也都讲究情境的营造，但曲的篇幅和风格特点决定了它能有更多空间塑造人物、讲述故事。所谓"曲中有戏"，即明确指出了曲与诗词的根本差异。杨果的《翠裙腰》套曲，写女子的相思，以及她对男子的怨恨之情，但并未局限于"写景""抒情"的范畴，而是叙述了一个充满喜剧色彩的故事，以此来突出主人公的性格和心理变化。

第一支曲子写景。"莺穿细柳翻金翅，迁上最高枝。海棠零乱飘阶址，坠胭脂"，莺飞，花谢，很明显此处描写的是暮春景色。作者通过对莺儿"迁上"、海棠"飘坠"的动态描写，突出女主人公的孤寂和落寞。末尾一句"共谁同唱送春词"，既有送春、留春、惜春之意，又以"共谁""同唱"的字眼点出了相思的主题。

正因为无人可以共同赏春，所以女主人公才会"减容姿，瘦腰肢，绣床尘满慵针指"，"减""瘦""慵"三字，将一种慵懒、憔悴、恹恹的情态描绘得如在眼前。接下来的"眉懒画，粉羞施，憔悴死"三句，则进一步写女主人公的愁苦。女为悦己者容，但眼前既无人欣赏，那么，黛眉不必画，脂粉也不必施，只任自己憔悴。一个"死"字，将这种心绪写至极端。"无尽闲愁将甚比，恰如梅子雨丝丝"，如果要用一件事物来形容这无尽的闲愁，只有梅雨季节的纷纷细雨堪比一二。那丝丝绵绵的不尽雨滴，正如心中的愁思一般，无法斩断。

至此，景物描写和情感的抒发已被作者寥寥数语写到极致。从第三支曲子《绿窗愁》开始，曲中加入了情节的起伏变化。正在女主人公暗自怀愁的时刻，"有客持书至"，这一情境的转折带动了主人公情绪的变化："还喜却嗟咨"，"喜"的是心心念念的人儿终于寄来了书信，"嗟咨"的则是"未委归期约几时"。书信中并未言及归期，而是通篇"卖弄他风流浪子"。女主人公面对满纸"夸翰墨，显文词"的言辞，一下子就看出了这位"风流浪子"的虚情假意。书信的内容并未打动满腔思念的女主人公，反而让她发出"枉用了身心空费了纸"的指责。

"总虚脾，无实事，乔问候的言辞怎使"，承接上文，是女子内心愤然的一种发泄。男子的虚伪与女子对爱情的诚挚形成鲜明对比，这种对比既是使女子发怒的原因，也使她不由自主地"复别了花笺重作念"，将已经读完的信重新拿起来看，怕自己误解了他。然而，"唱道再展放重读"的结果却是"无言暗切齿"。女子"沉吟了数次"，终于开口"骂你个负心贼堪恨"，最后"把一封寄来的书都扯做纸条儿"。

从"有客持书至"到女子将书信"扯做纸条儿"，整首曲子的情节十分完整，其中对女主人公的心理描写更是细腻曲折，引人入胜，好比主人公演绎的一出独角戏，将女子身处爱情时的精明、决绝、痴情等种种矛盾心绪描述得很到位，富于生活气息。

商 衢

商衢，字正叔，一作政叔。曹州济阴（今山东省曹县）人。先祖本姓殷，因避宋宣帝赵弘殷讳，改姓商。与元好问交谊颇厚。元好问《曹南商氏千秋录》说他"滑稽豪侠，有古人风"。

〔中吕〕喜春来

清香引客眠花市，艳色迷人殢酒卮①。东风舞困瘦腰肢。犹未止，零落暮春时。

【注释】

①殢（tì）：迷溺。酒卮（zhī）：有脚的酒杯。

【赏析】

商衢写有《月照庭·问花》套曲，《喜春来》便是从这支套曲中摘出来的曲调。因其属于套曲里的精华部分，且摘出来也能独立成篇，故能传唱一时。在套曲中，作者曾问花："为谁开？为谁落？何苦孜孜？"这首曲子即是花的回答。

"清香引客眠花市，艳色迷人殢酒卮"，起首两句对仗工整。"清香"与"艳色"相对，其中暗含花朵从初开到盛放的过程。在春天刚刚来到时，花儿散发清香，引得赏花的人流连其中，乐而忘返。春浓时节，花儿绽放得正盛，那些对花饮酒的人几乎要醉溺其中，迷不复醒。一"引"一"迷"，从侧面表现花朵盛极的美丽。

"东风舞困瘦腰肢"，不露痕迹地绘出盛极必衰的生命轨迹。这时的花儿，已在东风的摧折下"瘦"了"腰肢"，但却变得更加娇弱，惹人怜爱。"犹未止"道出花儿的天真。在慵懒的暖风中，它仍然自顾自地明媚着，盛开着，似乎忘记了接下来必将到来的结局。然而，终于到了"零落暮春时"，在这里，作者并未多花笔墨渲染花的不幸命运，而是用简单的"零落"二字，宣告了花儿一生的终结，这个转折来得突兀，读起来令人猝不及防，既显得决绝，又合情合理，正因如此，它在读者心上造成的震撼就更加强烈。

此时回过头再看作者的提问，"为谁开？为谁落"的说法就显得别具深意，作者对春的怜惜，以及对时光流逝、美好不再的感伤便尽数包含其中了。这首小令以简洁利落的语言、白描的手法，描述出花的一生，同时表现惜春叹春的主题，使极短的文字具备了极大的容量，显示出作者不凡的构思和文采。

杜仁杰

杜仁杰（公元 1201～1283 年，一说 1197～1282 年），字仲梁，号止轩。原名之元，字善夫，济南长清（今山东省）人。金朝末期，出仕隐居，不问世事，只与友人诗篇唱和往来。入元后，据不受征，得到元好问赏识。有《善夫先生集》传世。今存小令 1 首，套数 4 套。

〔般涉调〕耍孩儿·庄家不识构阑

风调雨顺民安乐，都不似俺庄家快活。桑蚕五谷十分收，官司无甚差科。当村许下还心愿，来到城中买些纸火。正打街头过，见吊个花碌碌纸榜，不似那答儿闹穰穰①人多。

〔六煞〕见一个人手撑着椽做的门，高声的叫"请、请"，道"迟来的满了无处停坐"。说道"前截儿院本《调风月》，背后么末敷演《刘耍和》"。高声叫"赶散易得，难得的妆哈②"。

〔五煞〕要了二百钱放过咱，入得门上个木坡，见层层叠叠团圞③坐。抬头觑是个钟楼模样，往下觑却是人旋窝。见几个妇女向台儿上坐，又不是迎神赛社，不住的擂鼓筛锣。

〔四煞〕一个女孩儿转了几遭，不多时引出一伙。中间里一个央人货。裹着枚皂头巾顶门上插一管笔，满脸石灰更着些黑道儿抹。知他待是如何过？浑身上下，则穿领花布直裰④。

〔三煞〕念了会诗共词，说了会赋与歌。无差错。唇天口地无高下，巧语花言记许多。临绝末，道了低头撮脚，爨⑤罢将么拨。

〔二煞〕一个妆做张太公，他改做小二哥。行、行、行，说向城中过。见个年少的妇女向帘儿下立，那老子用意铺谋待取做老婆。教小二哥相说合，但要的豆谷米麦，问甚布绢纱罗。

〔一煞〕教太公往前挪不敢往后挪，抬左脚不敢抬右脚。翻来覆去由他一个。太公心下实焦燥，把一个皮棒槌则一下打做两半个。我则道脑袋天灵破，则道兴词告状，划地⑥大笑呵呵。

〔尾〕则被一胞尿，爆的我没奈何，刚捱刚忍更待看些儿个，枉被这驴颓笑杀我。

【注释】

①闹穰穰（ráng）：热闹的样子。②妆哈：一作"妆合"，捧场、喝彩。③团圞（luán）：环绕。④直裰（duō）：长袍。⑤爨（cuàn）：正式开演前的小段歌舞或滑稽表演。⑥划（chàn）地：平白无故地，一下子。

【赏析】

杜仁杰这支《耍孩儿》套曲，题名为"庄家不识构阑（即勾栏）"，六个字点明了人物、地点、事件，其中"不识"二字更是贯穿全篇的中心。作者通过描述一个庄家人进城，并在勾栏观看演出时的所见所闻，制造出一种陌生化、戏谑化的喜剧效果，使整支套曲充满了生动活泼的生活气息，也在客观上展现出了当时剧场演出的真实情景，为后代留下了鲜活的第一手资料。

第一支曲子叙述庄家人进城的理由和初见勾栏的情景，借用农人的本色语言，从"风调雨顺"到"桑蚕五谷十分收"，从"还心愿"到"买些纸火"，纯从"庄家"的角度道来，为下文的勾栏见闻做好了铺垫。

在见识不广的庄家人看来，勾栏前的演出广告，只是"花碌碌纸榜"；热闹的围观景况，也不过是不明缘由的"闹穰穰人多"；而勾栏招徕生意的举动，也只是"一个人手撑着椽做的门，高声的叫'请、请'。作者并未直接描述庄家人的心理，但通过这些俚俗的文字和滑稽的描写，却细致地展现出这位农夫紧张、茫然、新奇、兴奋的心情。

听到勾栏把门人介绍剧目，且高声强调"赶散易得，难得的妆哈"，平时赶个场、凑个热闹的机会很多，但真正的正班演出却很难得，于是庄家人交钱进场。"入得门上个木坡"以下四句，写他进场以后所见。舞台在整个剧场的正中央，四周环绕着观众。台上坐着几个女演员，但庄家人并不清楚，只觉得是"几个妇女向台儿上坐"，听到开场之前喧闹的锣鼓声，他也觉得很奇怪，"又不是迎神赛社"，为什么"不住的擂鼓筛锣"？作者对这位庄家人的心理把握得十分到位，"迎神赛社"的说法也符合人物身份。

开场锣鼓过后，便是正式演出之前的小段开场表演："一个女孩儿转了几遭，不多时引出一伙。"接下来重点描写负责滑稽表演的小丑：他头上裹着黑色头巾，脑袋上插着一支毛笔一样的东西，满脸像抹了石灰一样，白得吓人，又抹了几道黑炭，身上穿着一件花布的袍子。庄家人看到台上的人这身打扮，只觉得他是个"央人货"，即害人精，但又忍不住替他担忧："知他待是如何过？"

台上的演员又是念诗词，又是说赋歌，"唇天口地"，"巧语花言"，最后终于"低头撮脚"下了台。从《二煞》开始，进入正式表演。戏曲演出的内容是《调风月》，一个演员扮作张太公，与小二哥走在街上，边走边说。张太公见到一个女子站在帘下，想要她当老婆，便要小二哥替他撮合。结果反遭小二哥的逗弄："但要的豆谷米麦，问甚布绢纱罗。""教太公往前挪不敢往后挪，抬左脚不敢抬右脚。翻来覆去由他一个"三句，形象地说明了张太公被小二哥调弄的样子。

最后，张太公恼羞成怒，将手中的皮棒槌打折了。庄家人看到这里，以为"脑袋天灵破，则道兴词告状"，正在惊恐之际，却听到台上人"大笑呵呵"。这种反差读来令人发笑，农夫虽然"不识勾栏"，连台上的剧情都看不懂，却也看得兴起，就连"被一胞尿，爆的我没奈何"，也打算"刚捱刚忍更待看些儿个"，谁知台上一笑，他便再也忍不住了，于是不由得笑骂："枉被这驴颓笑杀我。"

作者充分利用套曲的篇幅，用生动的乡俗俚语进行铺叙，刻画了一个纯朴、憨实的农人形象，并对勾栏的舞台表演进行了细致的描绘，展示出戏曲观赏者的心理状态，自然而不失生趣，滑稽而不失本色。

王和卿

王和卿，生卒年不详，约与关汉卿同时。大名（今属河北省）人。《辍耕录》谓其"与关汉卿友，常以讥谑加之"。钟嗣成《录鬼簿》列其于前辈名公，但各本称呼不同，天一阁本称"王和卿学士"，孟称舜本称"敞人"。散曲风格滑稽佻达。《全元散曲》录其小令21首，套数2套。

〔仙吕〕醉中天·咏大蝴蝶

挣破庄周梦，两翅驾东风。三百座名园、一采一个空。谁道风流种，唬杀寻芳的蜜蜂。轻轻飞动，把卖花人搧①过桥东。

【注释】

①搧：同"扇"。

【赏析】

据说在元世祖时期，大都（今北京市）出现了一只硕大的蝴蝶，蔚为奇观。王和卿于是作此曲，风行一时。当时有学者认为，这首《醉中天·咏大蝴蝶》曲是对关汉卿的戏谑之作，作者通过夸张的笔法描写"大蝴蝶"横行花丛，暗讽关汉卿风流不羁的寻芳生涯。这一说法不无道理，但若拘泥于此，便会大大降低这首散曲的内涵。

"大蝴蝶"这一意象，其重点在于一个"大"字，为了突出这点，作者极尽夸饰，使这只"大蝴蝶"的存在超出了常识的范畴，从而引发人们的疑虑和思考。

"挣破庄周梦"，开篇用"庄周梦蝶"的典故。这不是一只普通的蝴蝶，而是从庄周的梦境里脱身而出的蝴蝶，这就给它披上了一层虚幻的色彩，为下文的荒诞描写埋下了伏笔。庄周梦见自己化身蝴蝶，但仍没有挣脱"梦"的范围，但这只大蝴蝶却一口气"挣破"了梦境，这种亮相方式既显利落，也很有气势。"两翅驾东风"极言蝴蝶的翅膀之大，好似能驱风而行，一飞冲天。

乘此气势，只见它飞到之处，"三百座名园、一采一个空"。"三百座"形容它采花之广，"空"则表现出大蝴蝶的贪婪。采花本是蜜蜂的工作，但这只大蝴蝶不仅抢了蜜蜂的地盘，还将它们唬跑，不愧为"风流种"。而卖花人也成了蝴蝶打压的目标，它"轻轻飞动"，只轻轻扇了扇翅膀，便"把卖花人搧过桥东"。这里既进一步刻画出大蝴蝶的"大"，也突出了它的霸道。

曲子题名为"咏大蝴蝶"，当为咏物托寓的作品。"大蝴蝶"可视作当时权要豪门的一种比拟，它在"采花"一事上的贪心、专横，正是当时贵族们对女子、金钱、权势的霸占和贪婪的写照。作者用语肆无忌惮，造势豪放不羁，虽粗野，却胜在自然随性，这也正是曲这一文体的精髓所在。

〔仙吕〕一半儿·题情

书来和泪怕开缄，又不归来空再三。这样病儿谁惯耽！越恁瘦岩岩，一半儿增添一半儿减。

将来书信手拈着，灯下恣恣观觑了。两三行字真带草。提起来越心焦，一半儿丝挦一半儿烧①。

别来宽褪缕金衣，粉悴烟憔减玉肌。泪点儿只除衫袖知。盼佳期，一半儿才干一半儿湿。

【注释】

①挦（xián）：扯。

【赏析】

王和卿写曲，笔法恣肆夸张，但遣词造句中又透露出一份爽利秀逸，别具风味。这3首《题情》均写女子的离愁别恨，用语浅白清丽，而又起伏顿挫，各自展现出不同的情感深度和力度。

"书来和泪怕开缄"一首，从女主人公与情人分离之后的心理状态入手，细致描绘了其心绪的矛盾和变化。起首写"书来"，对于深受离别之苦的人来说，有书信寄来本应是一件令人欣喜的事，但女主人公却"和泪怕开缄"，因为她害怕"又不归来空再三"，害怕书信里提及的归期再次落空，害怕不断地在希望和失望之中挣扎。"这样病儿谁惯耽"，长此以往被相思折磨，谁受得了？"谁惯耽"三字，饱含着长久以来积累的酸楚。

因相思而消瘦，是诗词中惯用的形容，在此处作者却写出了新意。末两句，写女主人公耽于相思之病，以至于"瘦岩岩"，但添了"越恁"二字，便流露出一股"衣带渐宽终不悔"（柳永《蝶恋花》）的韧性。女子相信这份爱情的坚贞不渝，所以无论如何消瘦，都始终不曾放弃等待。

"一半儿增添一半儿减"，"增"的是身体的消瘦，"减"的则是思念的痛苦。而痛苦之所以消减，正是因为女主人公心中有那样一份无怨无悔的信念，这份信念给了她抚慰，促使她更加勇敢地面对离恨和孤单的处境，但同时，她也害怕自己的等待得不到回报。至此，在"一半儿""一半儿"的矛盾中，作者将女主人公心绪的曲折处、深微处，全部展现在读者面前，使"离情"这一主题得到了纵深的挖掘。

与第一首侧重于心理描写不同，"将来书信手拈着"一首注重于传达情绪的转变。同样是"书来"，前一首写女主人公"怕开缄"的矛盾心理，这一首却写她"信手拈着"，这个动作，体现出她的倦怠和心不在焉。女主人公此刻的思绪不知飞向了何方，因此显得有些心绪不宁，但她仍旧将书信在"灯下恣恣观觑了"，希望能从中看到一些远行人的消息。

谁知信中"两三行字真带草"，令她"心焦"。"两三行"说明信还未读完，因为信

中的字实在太过潦草，让人看也看不清，读也读不懂。"心焦"的理由既是"字草"，也是由过度思念、过度盼望而生的失落和焦躁。在这种心绪的支使下，女主人公不由得将信纸"一半儿丝捋一半儿烧"，一半儿撕了，一半儿烧掉。这里两个"一半儿"，恰切地表现出女子烦乱的情绪。

第三支曲子以"盼佳期"为中心，摒弃一切烘托、侧面描写、移情、比兴等手法，直接铺写女主人公的情态。"别来宽褪缕金衣，粉悴烟憔减玉肌"，将第一首曲子中"瘦岩岩"的说法具体化，从衣宽、面容、神色、身瘦等方面，细致入微地描摹出女子清减憔悴的神态。

"泪点儿只除衫袖知"，既写人因思念而落泪的苦楚，又写出无人可依靠、无人可安慰的孤独。"盼佳期，一半儿才干一半儿湿"，眼中的泪干了又湿，极言"盼"的绝望和无止尽，与李清照"此情无计可消除，才下眉头，却上心头"（《一剪梅》）的意境颇为近似。"一半儿"三字的连用，适于表达复杂、细腻、相互矛盾的心情，这3首散曲的成功，便是得益于作者高度凝练的语言，以及对这三个字的贴切运用。

〔双调〕拨不断·大鱼

胜神鳌，夯风涛，脊梁上轻负着蓬莱岛。万里夕阳锦背高，翻身犹恨东洋小。太公怎钓？

【赏析】

与王和卿的名曲《醉中天·咏大蝴蝶》一样，这首《拨不断·大鱼》的出彩之处也在于其毫无顾忌、极富想象力的夸张笔调。王和卿擅长夸"大"，善于营造磅礴气象，如在《醉中天》里用"两翅驾东风"来写"大蝴蝶"之"大"，令人闻之瞠目。而在此曲中，作者为了极言"大鱼"之"大"，开篇即以"胜神鳌，夯风涛"的奇思妙想奠定了雄壮的基调。

"神鳌"是古代神话故事中的生物。据记载，在渤海之东的海域上，漂浮着包括蓬莱在内的五座仙山，仙山下面，有15只天帝分派的神鳌轮流扛鼎，以防仙山随波涛沉浮流失。神鳌的力量之大，由此可见。作者将"大鱼"与"神鳌"对比，却用了一个"胜"字。神鳌负蓬莱，尚且需要轮班，而大鱼竟能"轻负"于"脊梁上"，其中差距显而易见。

拥有如此神力的鱼，身形必然十分庞大。接下来的"万里夕阳锦背高"一句，便描绘出一个令人称奇的场景：在万里夕阳铺洒的平坦大地上，只能见到大鱼华丽斑斓的脊背，它的头尾，人的双目难以企及，足见其身躯之长。"翻身犹恨东洋小"，这可说是神来一笔，进一步写其体形之大。"东洋"已经很大，这条大鱼却嫌太窄，连翻身都很难，作者的想象力可以说已臻于极致。

曲子末尾，作者收敛了狂放恣肆的想象，以一句"太公怎钓"结尾，举重若轻，使整首曲子气韵生动。"太公"即姜太公，此处用"姜太公钓鱼"的典故，由鱼反溯至姜太公，通过"怎钓"的反问，从侧面烘托大鱼的非同寻常。连用直钩钓鱼的姜太公都束手无策，言下之意，这条大鱼真是令人难以想象、难以企及的存在。

不过"神鳌"的力量究竟如何，"蓬莱岛"究竟有多大，"东洋"究竟有多广阔，这些都没有确实的答案，因此，与之相对的"大鱼"之"大"也处于虚实之间。也正因为如此，"大鱼"的形象便具备了一种无所拘束的任意和洒脱，可看做当时文人精神世界的折射。

盍西村

盍西村，盱眙（今属江苏省）人。钟嗣成《录鬼簿》中有"前辈名公乐章传于世者"，其中列"盍士常学士"，可能即指盍西村。今存散曲小令117首，套数1套。

〔越调〕小桃红·江岸水灯

万家灯火闹春桥，十里光相照，舞凤翔鸾势绝妙。可怜宵，波间涌出蓬莱岛。香烟乱飘，笙歌喧闹，飞上玉楼腰。

【赏析】

江西临川（今抚州市临江区）景色优美，盍西村就此地的景象写了八首小令，分别是《东城早春》《西园秋暮》《江岸水灯》《金堤风柳》《客船晚烟》《戍楼残霞》《市桥月色》《莲塘雨声》，总称为"临川八景"。本篇是其中的第三首，咏唱了临川元宵节热烈欢快、多彩迷离的节日景象。

元宵节的夜晚，万家灯火通明，彩桥上人群熙攘，分外热闹，十里江堤上，灯光连绵璀璨。彩凤红鸾似的灯笼，好似在起舞欢跳，说不尽的美轮美奂，人间佳妙。在这叫人流连的元宵夜，一艘艘灯船仿佛踏着烟波登上了蓬莱仙岛。辉煌焰火燃起飞烟，呈现的是视觉的美好，笙歌和鸣声调高扬，带来的是听觉的热闹。那美妙的烟光与音响和在一起，飞上了高楼，飘向了云空，与祥云一起缭绕。通篇景色描写引人入胜，让人感觉仿佛进入了如幻如梦的世界。

元宵节是西汉时期起源的民间节日，每当此节，华夏民族普天同庆。夜晚来临时，人们张灯结彩，燃放焰火，灯火璀璨，绚烂多姿，这一向是被文人墨客赞誉的佳景，古诗文中也留下无数描写元宵节的佳篇。

这篇散曲起句就大肆渲染元宵之夜的盛况，"万家灯火"四字，把佳节来临、灯火辉煌、万民同乐的宏丽场景一下子展现出来，同时也使"春桥"这一特殊的景点得以凸显。之后迎面而来的是"春桥"两边的十里长堤，堤上的灯光与水中灯船连绵相照，让人联想起灯光与水波相映的场景，定是潋滟荡漾，十足的好光景。

悬挂着的、手提着的各式各样的灯笼摇摆着、晃动着，如鸾飞凤舞，让人的心随之摇曳，觉得奇妙已极。至此，诗人不由赞叹："可怜宵！"仿佛是蓬莱仙境来到了人间，又仿佛是人们登上了海上仙山，茫茫江面上若隐若现着仙山琼阁，这美妙的夜景让人幻惑迷离，飘然若仙。作者以虚托实，以幻写真，把夜间灯光摇曳，焰火与水雾相接的情景展现得淋漓尽致。

"香烟乱飘"三句，风儿轻飘，香烟缭绕，笙歌悠扬，仙乐齐发，人声相随，一起飞上华丽的楼宇，飞上云空，羽化而登仙。此情此景，让人进一步感受到元宵夜的魅惑，宛如此夜是与神仙同欢，是天赐的福缘。小令以朦胧之笔写朦胧之夜，短短几句写出一个欢快迷人宛如仙境的元宵佳景，朴实清淡中展现幽美，读来如身临其境。

〔越调〕小桃红·客船晚烟

绿云冉冉锁清湾，香彻东西岸。官课今年九分办，厮追攀，渡头买得新鱼雁。杯盘不干，欢欣无限，忘了大家难。

【赏析】

本篇是盍西村"临川八景"小令中的第五首，吟咏的是薄暮客船依傍江岸，人们把酒言欢的江湾晚景。曲中不但写出了晚天的别样风光，更把乘流来往的名利客稍有闲暇并及时行乐的心态刻画得活灵活现。

首句"绿云冉冉锁清湾"，描绘出一派朦胧景色。在古人的笔下，"绿云"通常是用来指枝叶繁茂的树丛，或者形容美丽女子的发髻。此句中的"冉冉"是慢慢地，"锁"是笼罩、遮蔽，下句"香彻东西岸"也是动态的描写。由此，前面两句应当是说："繁茂而浓郁的绿树枝头，冉冉蒸腾起轻柔的烟雾，慢慢地把整个清澈的江湾笼罩，绿树丛中散发出的花草清香，逐渐溢满东西两岸。"

此处对暑热季节里江岸蒸发的潮湿水气形成的晚雾光景的描写，既是静态的水墨画，又是动态的布雾图。大幕拉开，一幅林木浓绿葱茏、烟雾缭绕、香气散播的黄昏江景图展现在人们眼前，静谧中又带点忧伤，引人无限怀思。下一句"官课今年九分办"，是说官家今年的税收只按着九成来征办。此句妙在并没有直叙江湾中的船只以及船中的商旅客，但却把往来的客船运舟晚间停泊江湾的现实场景交代得透出纸外。

紧接着"厮追攀，渡头买得新鱼雁"，写船只前前后后停靠在渡口，岸上的人也纷纷赶来，人们集聚在这里置办鱼雁佳肴，享受江晚的清凉和夏夜的消闲。"杯盘不干，欢欣无限"，鱼虾野味已经准备充足，于是一桌桌丰盛美餐摆满一条条客船，杯盘填得满满的，吃尽了再添，喝光了再斟，杯盘里始终不减，大家尽情把酒言欢。通俗浅白的两句，把江晚船中人们欢饮的场景描绘得真切动人。

　　然而结尾一句，"忘了大家难"，透过表面的狂欢，道出了人们深深的苦涩。夜泊的欢乐只是暂时的，人们只是用醉酒来强迫自己"忘了难"，曙光再现时，又要为生存奔波。"大家难"，难在何处，作者没有说，只让读者去联想。或许是终年船上的风雨飘摇，或许是官税压得喘不过气来，总之每人都有自己的一份艰难困苦。

　　这篇《客船晚烟》，文面既没有直写客船，又没有露出晚烟，但通过"绿云"封江、渡头设宴这两组独具匠心的描绘，把"客船晚烟"这一临川当地特殊的风土人情写得静中有动，生动鲜活。整首曲子透过欢快热闹的场景，揭示了百姓点滴欢欣背后所掩藏着的无比辛酸。

〔越调〕小桃红·杂咏

　　杏花开候不曾晴，败尽游人兴。红雪飞来满芳径，问春莺，春莺无语风方定。小蛮有情，夜凉人静，唱彻醉翁亭。

【赏析】

　　盍西村的《小桃红·杂咏》组曲共八首，这首是其中之一。在这篇小令中，诗人轻轻吟唱春花在雨中谢落的红芳娇艳，弹出了一曲芳华易逝的惜春之歌。

　　"杏花开候不曾晴，败尽游人兴"，从满腹怨尤着笔：正是杏花开放的季节，却阴雨连绵一直不开晴。春日的杏花最是娇艳无比，想到那"红杏枝头春意闹"的光景，作者本不愿放过踏春赏花的时机。然而在淫雨霏霏中，再美丽的花儿也难让人生出兴致，因而作者直抒恨意："败尽游人兴。"

　　心境已是坏极，但细雨中杏花瓣随风飘洒，宛如漫天飘雪，这番极具美感的瑰丽光景，着实让人惊艳。至此小令意趣上扬，给满怀的愁绪蒙上了一层喜色。

　　"红雪飞来满芳径"一句，当是受唐代白居易"红雪压枝柯"诗句的影响。迎着扑面而来的杏花，"红雪"自然是描绘此时红瓣飘飞之景最恰当的语言，更兼以"飞来满芳径"，铺满一地红芳，画面的绚烂更胜白居易的"红雪压枝"，可谓别开生面。"问春莺，春莺无语风方定"，又转入人、鸟、风的互动：扫尽游人兴致后却又给出满眼红芳的欣悦，人们对春的心意难以猜测，便去问黄鹂，黄鹂却默默无语不给答案，而此时"风方定"，风给出了回应。拟人的笔调生动活泼，使人骤忘伤春之情。

　　但接下来作者提笔再叙游兴时，却使整首小令的感情基调骤然转入深沉的愁情。"小蛮有情"，小蛮可以当作实有其人的歌女，也可以认为是虚拟的少女。春日的少女自然有情，唱出的亦是情意满满的歌，但听在伤春人的耳里便会增添几多愁绪。

　　"醉翁亭"是借喻欧阳修的"醉翁"之意。欧阳修任滁州知州时自号"醉翁"，并建山亭，以"醉翁亭"命名，其《醉翁亭记》中"苍颜白发，颓乎其中者，太守醉也"，是对自己的人生写照。盍西村在此引"醉翁亭"入曲，显然是比喻自己也是一"醉翁"。

　　春日淫雨连绵，杏花飘零之景，"不识愁滋味"的少年人感知的是春天的美好，吟咏的是"为赋新词强说愁"；醉翁亭里的人年纪老大，已经"识尽愁滋味"，感发的是对春花被雨打风吹去的叹惋和伤情，最终也只能在小蛮的歌声中叹息春花的凋零，伤感自己韶华的易逝。全篇凝结内心的情绪于曲中，横生伤春之意，语句直露而意趣婉转。

〔越调〕小桃红·杂咏

　　海棠开过到蔷薇，春色无多味。争奈新来越憔悴。教他谁？小环也似知人意。疏帘卷起，重门不闭，要看燕双飞。

【赏析】

　　盍西村的《小桃红·杂咏》小令多直接描写景色，写自身见闻和感受。但"海棠开过到蔷薇"一首，却是其中的一个特例。在这首小令中，作者从女子的角度着笔，写她日常生活中的感伤、怨苦的情绪，直而不露，浅而不俗。

　　"海棠"一句，点明时令。"开过""到"则暗含时令的细微变化。从海棠初绽到盛放，再到蔷薇的吐蕊，春色在这个过程中匆匆流逝，教人挽留不及。女主人公因而发出"春色无多味"的感慨。等到蔷薇盛开，春天就已进入了尾声，美好的时日已然不多，这自然容易引发人的愁绪和感伤。"春色无多"是主人公面对的现实，而"味"字则带上了她的主观情绪。由此，一位在暮春之中百无聊赖、愁绪满怀的女子形象就活现于读者眼前了。

　　"争奈新来越憔悴"，写女子为春愁所困的情状。不仅"憔悴"，而且是"新来越憔悴"，此时曲中尚未道出"憔悴"的缘由，但由"争奈"二字可知，这种日渐消瘦的现状并非主人公所愿，相反，她心中有许多无奈和苦楚，无法倾诉，也无处排解。末尾三句"疏帘卷起，重门不闭，要看燕双飞"，既揭示了女主人公"憔悴"的理由，也提示出她心中隐秘的愿望。

　　之所以"要看燕双飞"，是因为她期盼自己能如燕子一般，与心中的人儿成双成对。而如今，那个人儿不在身边，所以她才会"新来越憔悴"。但这种愿望是不能说出口的，正当她叹息"教他谁"时，她的丫鬟便如知晓人意一般，卷起了疏帘，打开了重门。

　　作者没有再赘述女主人公见到"燕双飞"之后的心情，整首曲子便在这种情境下戛然而止，引人遐思。以浅近的语言表达曲折深婉、耐人寻味的情感，正是盍西村此曲的最大特色。

〔越调〕小桃红·杂咏

　　绿杨堤畔蓼花洲，可爱溪山秀。烟水茫茫晚凉后，捕鱼舟，冲开万顷玻璃皱。乱云不收，残霞妆就，一片洞庭秋。

【赏析】

　　"绿杨堤畔蓼花洲"，首句即推展出一幅岸边美景图。长堤上绿杨掩映，水堤交界之处是一望无际的蓼花洲，一边是岸堤，一边是水洲，一边是绿杨，一边是红蓼，色彩耀眼，绚丽多姿。次句"可爱溪山秀"，又将镜头拉远，在视线所及的尽头处，是秀美的溪山。

近处是堤洲，远处是青山，这一幅两两相对的美景图，引人生发更佳的兴致。在对堤、洲、山的景致进行铺叙后，曲中又展开新的画面："烟水茫茫晚凉后。""烟水茫茫"展现的是水面宏阔的景象，"晚凉"交代的是时辰。在夕阳西下、暮色将临之际，一派浩阔的湖水笼罩在淡淡的烟雾里。景象由之前堤、洲、山的陆景，转入茫茫一片的水景；情绪则由"红""绿""秀"所带来的欣悦感，转入"烟水茫茫"所带来的惆怅感。

"捕鱼舟，冲开万顷玻璃皱。"万顷宁静的水域，一叶捕鱼扁舟飘来，将玻璃一样的水面冲皱。这是先静后动的画面，本是深沉宁静，使人感觉寂寥的大片水景，突然被一叶小舟割破，仿佛铮然有声。此句与宋代张孝祥"玉鉴琼田三万顷，著我扁舟一叶"（《念奴娇·过洞庭》）的词句有异曲同工之妙，其中妙处，也正如张孝祥在词中所言："悠然心会，妙处难与君说。"

苍茫的晚湖使人惆怅，捕鱼的小舟冲破了平静的湖水，趁夜劳作的渔人充满活力，诗人的情绪也随之上扬。"乱云不收，残霞妆就"，目光从水面收回，投向天空，只见在夕阳的余晖之下，乱云丝卷，残霞似锦，高天美景更是绚丽无比，令人遐思赞叹。末尾一句"一片洞庭秋"收束全篇，概括了之前所描述的景观，点明全篇主题：洞庭湖之秋，字里行间流露出作者对洞庭美景的欣赏和赞叹。

从青青堤柳写到烂漫花洲，再写到苍茫远山；从茫茫湖水写到渔舟冲浪，再写到乱云飞度，晚天残霞。全篇动静结合，相映成趣，如梦如幻，如诗如画。小令虽短，却包罗甚广，洞庭之秋的百般情调跃然纸上。

〔越调〕**小桃红·杂咏**

淡烟微雨锁横塘①，且看无风浪。一叶轻舟任飘荡，芰荷香②，渔歌虽美休高唱。些儿晚凉，金沙滩上，多有睡鸳鸯。

【注释】

①横塘：江苏苏州吴中区西南地名，南京秦淮河堤南也称横塘。诗词中常用"横塘"泛指江南水乡的旖旎风景。②芰（jì）：菱。

【赏析】

在盍西村《小桃红·杂咏》的组曲中，这一首吟咏的是淡烟微雨中江南水乡的旖旎风光，笔触饱含生活情趣，使人陶醉。

小令为人们描绘了三幅美丽的江南风景画。

第一幅："淡烟微雨锁横塘，且看无风浪。"这两句把人带进沾衣欲湿的微雨蒙蒙中。在作者笔下，这处水乡，池清波明，宁静无风，溟濛细雨忽来，氤氲笼罩塘上，那是沁人肝脾的柔，是酥人肌肤的暖，是醉人心智的媚，自有道不尽的万种风情。这一幅画充满了沉静的美。

第二幅："一叶轻舟任飘荡，芰荷香，渔歌虽美休高唱。"一叶小舟驶来，虽是静悄悄的，但已经打破了这里的沉寂，何况船的尾翼上还拖着长长的波纹。小舟入水处的菱叶与荷花被波流冲荡，摇摆着，仿佛抖落身上的奇香飘散开去，弥漫整个塘畔。舟人唱着歌子，悠扬悦耳，更使这里变得热闹。可游人更喜欢微雨横塘的宁静，埋怨舟人唱歌的声音太高。轻舟的游荡、芰荷的飘香、舟子的高歌，无一不是动态的描摹，然而又都是美的画卷，合在一处，便可想象出江南水乡柳绿荷红、莲舟荡漾、少男少女互相酬唱吴歌的美好场景。

第三幅："些儿晚凉，金沙滩上，多有睡鸳鸯。"时间移到了晚上，雨已散去，舟已停岸，人已回家，水塘又归于寂静。稍许的凉爽，反增温馨，只见那岸边金色的沙滩上，一对对的鸳鸯相拥而眠，做着它们自己的美梦。这又是一幅静态的画卷，而且美不胜收。

曲中所描绘的景色让人感觉不是在作文，而是在绘画。作者次第描绘水乡的烟雨，雾笼的明塘，漂游的轻舟，摇曳的芰荷，欢欣的渔人，相拥的鸳鸯，给读者带来的仿佛不是诉诸心灵的文字艺术，而是诉诸视觉的画面艺术。

商 挺

商挺（公元 1209～1288 年），字孟卿，或作梦卿，曹州济阴（今山东省菏泽市）人，晚年自号左山老人。元初时任行台幕官，官至枢密副使。擅长隶书，长于山水墨竹画。诗、曲作品多佚失。《全元散曲》存其小令 19 首。

〔双调〕潘妃曲

带月披星担惊怕，久立纱窗下。等候他。蓦听得门外地皮儿踏，则道是冤家，原来风动茶架。

【赏析】

在商挺流传于世的 19 首《潘妃曲》中，有 15 首是描写青年男女幽会的作品。这首《带月披星担惊怕》生动地描绘了一个少女在与情人幽会时独自等候的心理状态。

在一个星月满天的夜晚，少女与心爱的人约会。她来到约会地点，心怦怦跳着，既怕被爹娘发现，又因即将见到情郎而紧张害羞。但思念的迫切又支撑着她久久地站在纱窗下等候，不肯离开。在急切的企盼和焦灼的等待中，她凝神谛听着远处的动静。此时，门外传来"地皮儿踏"的声音，是心上人来了吗？她心中既狂喜又紧张。然而脚步声沉寂，心上人没有出现。少女禁不住向外察视：原来不是情郎的脚步，而是风吹动荼架发出的触地声。

此曲的突出特点是善于描绘特殊情状，制造别致的气氛。先是"带月披星担惊怕"，描绘的是星月在天、清幽冷寂的夜，这种担惊受怕的环境氛围使幽会的场景逼真而动人。之后"久立纱窗下"一句，又塑造出少女痴立的静态形象，表现出空气的沉滞和环境的寂静。

下文的"蓦听得门外地皮儿踏"更是巧妙，少女蓦然听得脚步，心上人已临近，似乎马上就将登场。等了这么久终于等到，这种氛围吊起了读者的胃口，让人想要看看来人是什么模样。谁知最后才知道，这竟是个错觉，"原来风动荼架"，满心的渴望和期盼都落了空，气氛一下子由紧张变得松弛。

从"带月披星"到"久立"，到"蓦听得"，种种情状表现了少女难以抑制的思情。正是痴盼的袭扰才使她对声音失去了正确的判断，将本与脚步声相去甚远的风吹花架声当作了情人。本是约会将成，结果空喜一场，少女的怨艾可想而知，令读者也为之惋惜。

元稹《莺莺传》中有诗道："待月西厢下，迎风户半开。拂墙花影动，疑是玉人来。"该曲中少女将花架声误做情人的脚步声，正与上述情境相似，具有十分逼真的生活气息。

〔双调〕潘妃曲

闷酒将来刚刚咽，欲饮先浇奠。频祝愿，普天下厮爱早团圆。谢神天，教俺也频频的勤相见。

【赏析】

商挺在这首小令中，写一名女子借喝闷酒来抒发对爱情的心愿。全篇表述了三层内容：

首先是饮前奠酒。女子思情切切，却又难以与情人相见，因而独自把盏，欲借酒消愁，"闷酒将来刚刚咽"，从字意理解，"刚刚咽"是已经咽下，便与下句"欲饮先浇奠"相矛盾。因而"刚刚咽"可以理解为举杯到唇边欲饮先尝，尚未尽饮之际，此时主人公忽然念头一转，以酒浇地，祈求神明的护佑。将饮还休的描写，细腻地表现了主人公对爱情的小心呵护，连置酒解闷时也会先想到要祈愿神灵。

第二层内容是祝愿。主人公先是由己推人，从自己思念的辛苦，联想到世上该有多少人同样受着这苦的煎熬，因而她一次次默默祷告，祝愿天下相亲相爱的人早日喜结连理，相守生活。"普天下心厮爱早团圆"，虽是从主人公的角度表述出来，实质反映出的是诗人自己的思想。《西厢记》里有一句"愿普天下有情的都成了眷属"的曲词，后来演化成"愿天下有情人终成眷属"的普世名言。本曲此句与《西厢记》之句如出一辙，它表达的是遭受礼教禁锢的人的共同心声，同时也表现出"先天下之忧而忧，后天下之乐而乐"的先人后己思想。

第三层内容则转入对自己的祝愿。主人公在为普天下人"频祝愿"之后，方"谢神天"为自己祈祷，她祈求神灵保佑"教俺也频频的勤相见。"前面对天下有情人祝愿的是"早团圆"，即能够厮守在一起生活；轮到自己时，却仅仅祝愿"勤相见"，言下之意，她似乎认为自己无法与情人"团圆"。其原因究竟是她与情郎之间存在不可逾越的障碍还是什么，读者不得而知。无论这是作者有意为之，抑或仅是为架构曲韵所作的文字调和，都能给人丰富多义的阅读体验。

曲中愿"普天下心厮爱早团圆"的理想，在散曲作家，显示出思想立意的高远；在女主人公，则增添了她的可敬可爱。主人公把对普世的祝愿排在对自己的祝愿之前，这也是作者的用心之处。这首小令用语浅白俚俗，却蕴涵着一种共通的、能够超越时空的爱情理想，因而增加了整首曲子的艺术魅力。

〔双调〕潘妃曲

肠断关山传情字，无限伤春事。因他憔悴死，只怕傍人问着时。口儿里强推辞，怎瞒得唐裙祬①。

【注释】

①唐裙：一种裙幅较多的长裙。祬（zhǐ）：裙间的折裥。

【赏析】

古人经常用"断肠"一词来表达男女思恋之苦，因为没有什么比相思更折磨人。首起"肠断"二字，即为整个曲子涂上悲情色彩。这首《潘妃曲》小令把女子思念恋人的苦楚描绘得哀怨凄婉，感人至深。一、二句写女主人公思念的人儿远在一道道关山之外，她想寄出传情表意的音书却无法实现，只能日思夜想，肝肠寸断，饱尝无限伤情凄苦。由此，一个斜倚窗前、手托香腮、眉头紧锁的女性形象便展现在读者眼前。

三、四句描述主人公的痛苦。长久的相思，不通音信的折磨，使她面容憔悴，形体消瘦到了极点，但她仍然摆脱不了这种思念，以至于担忧自己"因他憔悴死"。然而死亡已经不可怕，可怕的是"傍人问着时"。此处看似随意一笔，却蕴涵深意：一是主人公思念情人羸弱到将死去，却又怕别人知道，显然两人不是共同生活的夫妻，他们的关系见不得邻里甚至家人；二是主人公顾忌人格、脸面、自尊，身体可毁，却不愿毁了自己和家人的名誉；三则反映出那个时代礼教枷锁的沉重。不必用"愁肠儿九转百结结结欲断，泪珠儿千行万点点点通红"（王尔烈《忆真妃》）来描绘她的苦，只用"只怕傍人问着时"一句，其中饱含的苦就胜过了千言万语。

"口儿里强推辞，怎瞒得唐裙祬"，对别人的发现她一再推说掩饰，怕与关山外的那个人扯上关系，但她也知道，身上的衣装怎么也遮盖不住自己的形销骨立，裙腰裥褶日渐宽松，又得缝紧一层，瘦损腰围的底细终将暴露出来。憋在心里说不出的相思苦，在这里又加深了一步。

在简短的六句里，小令呈现了三处转折：想对远方那人"传情字"，却因做不到只得"无限伤春"，这是一转；为他"憔悴死"，却又"只怕傍人问"，又一转；"口儿里强推辞"，却瞒不了裙里的瘦，是又一转。这种跌宕起伏的描写，无疑大大增强了此曲的感染力。

〔双调〕潘妃曲

一点青灯人千里。锦字凭谁寄？雁来稀。花落东君也憔悴。投至望君回。滴尽多少关山泪。

【赏析】

起首"一点青灯人千里"，寥寥七字，包含的故事和情感容量却颇大。首先，由"人千里"三字可看出"离别"的主题；其次，离别的双方是一人远离，一人居留；再次，从"一点青灯"可知整首曲子是从居留者的角度来写的，抒发的也是居留者的思念之情；最后，"千里"极言二人相距之远，而"一点"又暗示独居者的寂寞，离愁别恨尽在其中。

沉浸于愁苦和思念之中，青灯下的人忍不住发问："锦字凭谁寄？""锦字"二字，以简省的笔墨交代出离别双方的关系。前秦苏惠曾织成回文锦书，寄给丈夫窦滔，以述真情，后人便以"回文锦""锦字"等代称思妇寄给远方夫君的信物。可见，此曲描述的是夫妻之间的离别。"凭谁寄"即意味着无人可寄，因为"雁来稀"，寄书的大雁稀少，无从凭寄。

二人相隔遥远，又音信难通，独对青灯的妻子自然越发孤寂痛苦。"花落"一句，同样于简洁的文字中包含着丰富意蕴。"东君也憔悴"，以春光的流逝喻离别的伤感，其中暗含女主人公对年华易逝的慨叹。"花落"既是实景，也喻示女子青春的陨落，更指向离别的时日之久，以及相见之日的遥遥无期。对女主人公而言，等待是痛苦的，这不仅是因为她必须忍耐一个人的孤凄，也不仅是因为归期的不可知，更是因为她一生最美好的时光正一点一滴在等待中虚耗。这样一来，作者对于离情的刻画便已相当深入。

"投至望君回。滴尽多少关山泪"，女主人公将眼光投向未来，设想二人相见之日到来之前，她还将流下多少眼泪。"多少"二字，既说明与重见之日相隔的时日之长，也体现出女子思念之深，这份思念不会随着时日的推移而变淡，也不会因为与夫君隔着重重"关山"而消散。"关山"与首句"千里"相呼应，使整首小令首尾相连，结构完整，空间和时间的阻隔也被巧妙地融为一体，读来浑然如一，不落痕迹。

刘秉忠

刘秉忠（公元 1216～1274 年），原名侃，做官后更名为秉忠，字仲晦，号藏春散人。原籍瑞州（今江西省高安市），曾祖时迁移至邢州（今河北省邢台市）。金亡后，任邢台节度府令史，后出家，隐居武安山，更名子聪。后来受到元世祖的赏识，官至太保，参领中书省事。有《藏春散人集》问世。今存小令 12 首。

〔南吕〕干荷叶

干荷叶，色苍苍，老柄风摇荡。减了清香，越添黄。都因昨夜一场霜，寂寞在秋江上。

干荷叶，色无多，不奈风霜锉。贴秋波，倒枝柯。宫娃齐唱采莲歌，梦里繁华过。

南高峰，北高峰，惨淡烟霞洞。宋高宗，一场空。吴山依旧酒旗风，两度江南梦。

【赏析】

刘秉忠的《干荷叶》共八首，可看做托物言志之作。"干荷叶"这一意象，有凋零残败之感，而结合作者历经兴亡的人生遭际，可知其中隐喻着他对繁华凋零、世事无常的感慨。刘秉忠原为金朝人，金亡后出家为僧，后来随侍在元世祖身边，成为元朝开国功臣，官至太保，但始终保持着出家人的生活习惯。作为金朝遗民，他并未如元好问一般隐居不仕，因此曲中也没有那种强烈的兴亡之悲，亡国之痛，而是能从一种更超拔的角度看待历史和人生。

此处节选的 3 首曲子分别为《干荷叶》的第一、第四、第五首。开篇"干荷叶，色苍苍，老柄风摇荡"，写荷叶干了，色泽苍青，叶柄也尽显老态，通过三方面的描绘，将深秋荷叶苍老凋残的模样形容得十分细致。"减了清香，越添黄"两句，则从嗅觉入手，更进一步凸显荷的老残。"都因昨夜一场霜"，既减去了芬芳，又使得原本

泛青的叶片转为枯黄。此处的"霜"喻指人生、世道的风霜，而荷叶的苍老则暗示着人青春年华的流逝以及世间繁华的凋零。

"寂寞在秋江上"一句中，作者将自己的感受投射到荷叶身上。荷叶本身是感觉不到寂寞的，但因为作者触景生情，使得那些残败的荷叶仿佛也有了人的感情。"寂寞"二字，实为这首曲子的词眼。

第二首"干荷叶，色无多"，写荷叶最终的归宿。在前一首曲子中，荷叶虽老，但"老柄"仍在风中"摇荡"，但此时它却已经"贴秋波，倒枝柯"，因"不奈风霜锉"，它的枝叶终于颓然倒下，浮在水面上，由此走向生命的终点。但作者意犹未止，以"宫娃齐唱采莲歌，梦里繁华过"两句，道出了作者由生命终结一事所引发的深刻哲思。

那是在"干荷叶"翠嫩欲滴的青春年代：荷叶密密麻麻地连成一片；荷花出水，纤尘不染；莲蓬多得数也数不清，采莲船来往穿梭，采莲人齐声和歌，欢声笑语伴着水声，真是热闹非凡。然而，这样的繁盛，只能在梦里重现了。如今想来，生也好，死也好，所有的年华都不过恍若一梦。这里的"梦里繁华"，既可以理解为繁华已经逝去，无法挽回；也可以理解为人世所有繁华皆为梦境。

第三首曲子中的"南高峰，北高峰，惨淡烟霞洞"，是由荷叶联想到南宋都城杭州。荷称得上是杭州的一道景观，因而这种联想也是十分合理的。"宋高宗"一句，与前文的"南高峰，北高峰"一脉相连。前两个"高"字指代杭州这个地方，后一个"高"字则指代坐拥杭州城的人。"一场空"三字，既与前一曲的"梦里繁华"遥相呼应，又暗指南宋一朝的旖旎繁盛，以及这些繁盛最终成空的历史事实。

唐代杜牧游江南时，曾写下"水村山郭酒旗风"的诗句，面对南朝遗物，慨叹历史兴亡。此处刘秉忠写下"吴山依旧酒旗风"的句子，显然对杜诗有所化用。"依旧"二字，隐约含有一种物是人非的沧桑之痛。南朝与南宋一样，也是偏安于江南的朝代，因此曲的末尾，作者叹息"两度江南梦"，那些繁华的过往，终归消逝了，在历史的长河中，一切兴亡盛衰都化为一场梦。在南宋即将灭亡的前夕，刘秉忠写下此曲，也可算作对前朝旧事的薄祭。

徐　琰

徐琰（约公元 1220~1301 年），字子方，号容斋，东平（今属山东省）人，少有文才。元世祖至元初年受人推荐入朝任太常寺，后出为陕西行省郎中。至元二十三年（公元 1286 年）为岭北湖南道提刑按察使，后迁江南浙西肃政廉访使，召拜学士承旨。文名显于当时，著有《爱兰轩诗集》。明朱权的《太和正音谱》将其列于"词林英杰"一百五十人之中。

〔双调〕 蟾宫曲·晓起

恨无端报晓何忙。唤却金乌，飞上扶桑。正好欢娱，不防分散，渐觉凄凉。好良宵添数刻争甚短长？喜时节闰①一更差甚阴阳？惊却鸳鸯，拆散鸾凰。犹恋香衾，懒下牙床②。

【注释】

①闰：在正常的时间中再增加时间。②牙床：象牙床。

【赏析】

一对相恋的男女在日起东方、早晨来临时难舍难分的亲密缠绵情景，在徐琰笔下，显得大胆直接，生趣盎然。

一个"恨"字当头，领起全篇。恨的是"无端报晓何忙"，早晨来临本是再正常不过，但主人公却是恨意陡升。"没来由是谁急忙把白天送将来"，怨艾的口吻形象地传达出主人公的心理状态。下两句中的"金乌"代指太阳，"扶桑"是传说中东方栖居太阳的神树，作者以艺术化的手法描绘了太阳的东升，也隐含着主人公讳言早上来临之意。

前三句一连串的"报晓""忙""唤""飞上"等动作，赋予了光阴以人格，它急急忙忙地催促人们起床，给人送来光明，不想却引来了这一对恋人的嫌恶。这种写法趣味十足，显示了徐琰写作手法的活泼灵动。接下来主人公诉起了苦："正好欢娱，不防分散，渐觉凄凉。"浓情蜜意，两相欢洽，意趣正浓，但春宵苦短，日光东照，不能再耽延，心中自然生出许多惆怅。

更高明的是下一组对仗："好良宵添数刻争甚短长？喜时节闰一更差甚阴阳？"主人公对"光阴"大加埋怨："这么美好的暖夜你应给我们添上数刻，何必非要与凡人计较时间短长？恩爱的好时光你该为我们增加一更天，何必恪守阴阳时序送来太阳催人起床？"这种近乎任性的恳求，既充满怨艾，又满含无奈，绝妙地表现出恋人之间依依不舍的情境。

"惊却鸳鸯，拆散鸾凰"，写交颈相恋的鸳鸯，依依不舍的鸾凰，被硬生生地惊扰拆散，暗示二人所处现状。末尾两句"犹恋香衾，懒下牙床"，写最终不得不起床的矛盾心情，尽管时间催人，但主人公还是留恋着那香香的锦被和精美的牙床。

白　朴

白朴（公元 1226～1306 年后），字仁甫、太素，号兰谷先生。陕州（今山西省河曲县）人。后居真定（今河北省正定县）。其父白华在金朝为官，官至枢密院判官。金亡时，其亲为蒙古军所掠，白朴得元好问救助，幸免于难。入元后，不肯出仕，浪迹山水。曾寓居金陵（今江苏南京）；晚年回到北方。与关汉卿、马致远、郑光祖并称为"元曲四大家"。其杂剧、散曲作品以绮丽婉约见长，所作杂剧今知有16种。现存《墙头马上》《梧桐雨》《东墙记》3种，主题皆为爱情。《流红叶》《箭射双雕》2种，各存曲词1折。另有词集《天籁集》。有小令37首，套数4套。

〔中吕〕喜春来·题情

笑将红袖遮银烛，不放才郎夜看书。相偎相抱取欢娱。止不过赶应举，不及第待何如！

【赏析】

古来科举考试是士人晋身的重要阶梯，对于出生于贫寒之家的读书人来说，就更是命运交关的重大人生课题。历代民间不断演绎着"朝为田舍郎，暮登天子堂"的一步登天的故事。不舍昼夜刻苦用功成了读书人的天职，"头悬梁，锥刺股"的教育典范鼓舞着学子们，文学作品中也很少见有把儿女情长摆在求取功名之上。这首《题情》偏偏要打破传统，把男女情爱的重要性置于读书赶考之前。

科考的日期已经逐渐迫近，勉力学习的才子更觉时间不足，夜里也借着烛光苦读。可是姑娘却羞笑着抬起红袖把那照明的银烛遮掩住，打断"才郎"读书，纠缠他放下书本。姑娘或许是久看情郎爱意渐炽禁不住要他停止，也许是埋怨心上人为读书赶考而冷落自己，总之是羞答答施施然遮烛阻止了夜读。然而这还不算，姑娘竟挨上前"相偎相抱取欢娱"，曲词直白而大胆。至此作者见好就收，笔尖一转，让姑娘道出了"止不过赶应举，不及第待何如"的话语。于此佳期，人生重大的追求在姑娘心里已经微不足道，应举赶考怎比得上我俩的欢情，就算考不上那功名又有什么了不起！

这首小令有姊妹篇："百忙里铰甚鞋儿样？寂寞罗帏冷篆香。向前搂定可憎娘。止不过赶嫁妆，便误了又何妨！""题情"小作也求个珠联璧合，可见作者的风趣。

白朴终生未做官，将功名利禄看得很淡，因此在描写男女爱情的曲篇里自然流露出轻蔑应举赶考的心思。曲中姑娘的逻辑很简单：赶考没有什么了不得？考不上也无所谓。两个人相爱比什么都重要，与其辛苦去博取功名不如趁此美好时光尽情地相爱。这种想法可以说渗透了白朴本人的思想情感。

小令以一"笑"、一"遮"、一"偎"一"抱"，把一个娇憨、顽皮，而又多情、感性的少女形象展现出来，虽用语直接，但丝毫不显颓靡，倒给人清新可爱之感，显示了作者不凡的笔力。

〔仙吕〕寄生草·饮

长醉后方何碍，不醒时有甚思？糟腌两个功名字，醅渰千古兴亡事①，曲埋万丈虹霓志。不达时皆笑屈原非，但知音尽说陶潜是。

【注释】

①醅滪（pēi yǎn）：酒。

【赏析】

以"饮"为题，说明要讲的是饮酒之事。正文部分可据文意分为三个小段落，每段、每句都紧扣"酒"题。开篇写"长醉后方何碍，不醒时有甚思"，"长醉""不醒"是饮酒之态，先写饮酒至于长醉不醒，可以无"思"无"碍"，说明作者写饮酒，是要写"醉"，而写"醉"的缘由就在"糟腌两个功名字，醅滪千古兴亡事，曲埋万丈虹霓志"这三句当中。

"糟腌""醅滪""曲埋"都扣"酒"题，以"酒"写"功名""兴亡""虹霓志"，说明这些世俗功利之念是白朴竭力想要摆脱，或正深陷其中而不可自拔的对象。对世俗功利之事爱恨难分导致的痛苦，正是他要"醉"的原因。长醉不醒之后，方能"无甚思"。当然，这里的"思"，也不是泛指思想，而是专指"功名""兴亡"和"虹霓志"。

"不达时皆笑屈原非，但知音尽说陶潜是。"作者厌恶功利世俗事务、宁可长醉不醒的情感倾向，在最后两句中体现得最为明显。最后两句虽然不着一个"酒"字，也没有描摹饮酒的词汇或物象，仅有两个典故与酒相关，却最能诠释这首小曲中的"酒"意。"不达时皆笑屈原非"，取屈原《渔父》中"众人皆醉我独醒"的典故，说屈原是不醉而独醒之人；"但知音尽说陶潜是"，则用陶潜的典故，陶潜有大量的饮酒诗，是古今隐逸诗人之宗。

白朴拿陶潜和屈原做对比，一个长醉，一个独醒。而"不达"与"知音"都指他自己那样厌倦世俗事务之人。笑屈原非，说陶潜是，立场十分明了。

散曲本是民间游戏之作，白朴的这首《寄生草》用的也是游戏的口吻——长醉之后，功名利禄都不过是糟腌、曲埋。但是，在游戏玩笑的背后，却埋藏了作者深沉的无奈和悲痛。细细品来，"长醉后方何碍，不醒时有甚思"尽是无奈。长醉不醒，是为了无"甚思"，反过来说，作者效仿陶潜饮酒，也不过是为了避免这"甚思"。

功名、志向、兴亡之思，之所以会让一个本当以天下为己任的读书人避之唯恐不及，其中有着深刻的社会历史原因和作者个人情感、知识层面的原因。单从这首曲子中的抒情言辞来看，作者似乎决心与这些功名利禄决绝。但如果真有了这样的决心，心中就不会有"醉后方何碍"的不平。可见，虽然"知音尽说陶潜是"，但在作者的心中，实际上也与陶潜一样，没有真正放下尘世的执念。

这种"士"与"隐""醒"与"醉"的矛盾带给士人的痛苦与纠结，在白朴之前已经被诗人们吟咏、讨论了上千年。屈原决定不与世人同流合污，他的诗篇悲壮而绮丽；陶潜虽然隐居田园，但国事天下事仍不能忘怀，他的诗篇隽永而深沉。同样的主题被白朴写成散曲，也因为其内心情感的真挚和表达的强烈而显得感人至深。

〔仙吕〕醉中天·佳人脸上黑痣

疑是杨妃在，怎脱马嵬灾？曾与明皇捧砚来，美脸风流杀。巨奈挥毫李白，觑着娇态，洒松烟点破桃腮。

【赏析】

　　像《佳人脸上黑痣》这样的题名，在文人作品中很少见。因为题名过于直露，很容易写成浅薄轻俗的文字。白朴的这首散曲写美人，不但敢于用这样的题名，而且还利用题名、题材的特点，最大限度地表现出散曲灵动、通俗却又可以咀嚼回味的特点。

　　曲子描写的对象自然不是杨妃，而是作者在酒席宴中看到的一个美人。但曲子的开头"疑是杨妃在，怎脱马嵬灾"，却不从具体的背景入手、也不从正面描写美人情态，而是直接将她比喻成杨妃。这种写法，看似不合散曲娓娓道来的程式，却顺利地传达了白朴看到美人时"惊为天人"的直感，一语惊人。

　　杨妃即杨玉环，是古代著名的美女，唐明皇李隆基的宠妃。天宝十五载（公元756年），安禄山叛军攻陷潼关，李隆基携杨贵妃逃离长安，至马嵬坡时，受到军队胁迫，杀死了杨玉环。在这里，作者看到美人，为其杨贵妃般的美丽容貌所震撼，以至于怀疑她是如何度过马嵬坡之难、来到酒宴之中的，由此他完全陷入了杨贵妃捧砚、李白赋诗的历史联想中。

　　"曾与明皇捧砚来，美脸风流杀"，写贵妃捧砚的场景和贵妃的美丽。传说李白在唐明皇殿前作诗时，曾享受过贵妃捧墨、力士脱靴的高等待遇。这里说的"与明皇捧砚"，实际上就是指杨贵妃奉明皇之命、为李白捧砚的典故。这一句将读者们带入了君臣共席、极尽奢华的场景想象中。再写"美脸风流杀"，突出杨贵妃的美貌是这幅宫廷燕乐图中最浓墨重彩的一笔。写容貌用"风流"，不但写出容颜，还摹出了神态。

　　"叵奈挥毫李白，觑着娇态，洒松烟点破桃腮"，末三句是点题之笔。承接上两句贵妃为李白捧墨的场景，说完杨贵妃的"风流"后，继续叙述李白的反应：挥毫的李白，看着杨贵妃娇羞美艳之态，不禁出神，误将手中墨毫点在了杨贵妃桃红娇嫩的香腮之上——原来，佳人脸上本无黑痣，黑痣是诗人用松烟点染而成。

　　佳人娇媚，脸上有黑痣，本是煞风景的事，但这黑痣若是诗仙手中松烟造成，则反而形成了美人、才子互相映衬的艺术效果。读者跟随作者的想象行进至此，不觉也被作者巧妙的笔法带入了这个浪漫、浓艳的诗意空间。题中的谜团在末句终于被解开，白朴描写的黑痣，不是真实的黑痣，他描写的佳人，甚至都不是真实世界中的佳人。曲子的主人公、那位极似杨贵妃的"佳人"，虽然只在开篇出现一次，但此后对杨贵妃的描写都实实在在地被赋予了这位佳人。

　　在这首散曲中，白朴没有完全遵守散曲平白直叙的艺术特点，而是引用大家耳熟能详的典故，以虚写实。短短七句曲词，却虚实交错，一头一尾的棒喝埋伏，更是语出惊人。这些细腻巧妙的创作手法，共同构成了这首散曲结构简练而精致、意象朦胧、色彩丰富的艺术特点。

〔中吕〕阳春曲·知几

　　知荣知辱牢缄口，谁是谁非暗点头。诗书丛里且淹留。闲袖手，贫煞也风流。

【赏析】

《阳春曲·知几》是白朴明志述怀之作。曲中没有多余的意象、叙述，甚至没有明显的抒情、言志的迹象。整首曲子给人的感觉就是诗人"闲袖手"之时的不经意之作。然而，文章言胸中之不平——既然有此文思，胸中自然有不平，这种不平，化作情志，从这首曲中流露出来。

"知荣知辱牢缄口，谁是谁非暗点头"，写作者的人生态度。荣辱自知即可，要牢牢把住口风，不可向外胡言；是非胸中明了，暗自斟酌为上，不要随意宣扬。荣辱是非，是人们随时会在心中加以褒贬的东西，作者开头就强调不要将自己对荣辱是非的态度表白于外，而应该内敛自持。这是对口风不严、好言人是非者的警戒，亦是白朴自身生活经验的流露。大概他吃过"缄口"不严的亏，或是看过这样的例子，因此会有这般感慨。

"诗书丛里且淹留。闲袖手，贫煞也风流"三句是承接上文而来。上文讲荣辱是非应当了然于胸，且不可随意外露，是作者处世态度的表现。这里说"诗书丛里且淹留"，淹留于诗书学问之中，不问世事，是对自己赞同的生活方式的描述，与前文体现出的内敛守弱的处世倾向相一致。"闲袖手，贫煞也风流"则是对这种生活方式的赞扬：闲来袖手而观天下，虽然十分清贫，却也风流不羁，有放荡逍遥之趣。

乍看来，这首小曲表达的是淡雅清远的生活情趣，与政教无关。但实际上，白朴这首明志述怀之作，正体现出了包括他在内的元代知识分子的矛盾心理。

在元代，蒙古人掌握了最高统治权，汉族知识分子的社会地位由南宋时的上流阶层一落而至社会的底层。不要说政教的抱负，就连基本的生活也难以保障。在这种情况下，许多有志的文人开始对儒家教义和自身的政治前途产生怀疑。他们觉得自己报国平天下的理想在这样的政教环境下无法实现，就走向了道家清静无为、明哲保身的那一端。白朴的这首曲子，就是文人转向道家生活态度过程中的内心感受。

实际上，历朝历代的文人儒士在自身面临困境、又不愿意放弃政教和人格理想时，都会产生类似的想法。在元代，由于政教环境空前恶劣，文人们大都在夹缝中求生存，这种倾向也就成为一种社会现象在文人阶层中蔓延开来。

有的文人干脆放弃了自己的理想，成为梨园中的英雄，风流阵里的先锋。有的文人不愿放弃理想，却又进路无门，于是他们暂且搁下了儒家"向前进"的教诲，转而"独善其身"，这时他们就会向道家靠拢，认可"闲袖手"的生活态度，并在这里完成他们政教理想另一层意义上的"实现"。白朴自然属于后者。

所以"牢缄口""暗点头"要表达的，是不能不"牢缄口""暗点头"的无奈；而"诗书丛里且淹留""闲袖手"的风流，又掺杂了诸多无奈的哀怨在其中。

〔中吕〕阳春曲·知几

张良辞汉全身计，范蠡归湖远害机。乐山乐水总相宜。君细推，今古几人知。

【赏析】

"张良辞汉全身计"是白朴四首一组《阳春曲·知几》组曲的第四首，也是最后一首曲子。它的中心意思与"知荣知辱牢缄口"一曲大致相当，也是陈述、表达自身远离世俗和归隐山水田园的愿望与情志。

"张良""范蠡"二句用汉代名相张良和战国时期越国名相范蠡的典故。张良和范蠡是历史上功成身退的典范，司马迁《史记·越王勾践世家》有"飞鸟尽，良弓藏；狡兔死，走狗烹"的说法，用以形容君主一旦功成，就会压制、甚至杀害功臣的道理。汉高祖刘邦杀韩信，越王勾践杀文种，都是血腥的例证。而同时代的张良与范蠡，则明了此中奥妙，选择了退隐以保全自己的道路。白朴在这里举这两个例子，用来支持他回归山水、远离尘世的理想。

"乐山乐水总相宜"，承上文而言。《论语》有"仁者乐山，智者乐水"的说法。乐山乐水，就是纵情山水，远离尘世。只要远离世俗之务，则山水之间，无论何者，总是相宜。"君细推，今古几人知"，是一句反问。张良辞汉、范蠡归湖，都是乐山乐水，也都有好的结果，留下了美丽的传说，成为人们向往的对象。但世人虽然都知道这种生活的好处，却没有几个人能真正了解天数、抛弃尘世浮华。

最后一句反问，也是白朴的自问。他看似遨游在"闲袖手""乐山乐水"的超然境界中，实际上内心十分痛苦。因为他并不是五蕴皆空的世外高人。相反，他是一个"知荣知辱牢缄口，谁是谁非暗点头"的人，是一个深谙人际交往、利害关系，却又担心在名利场中失去自我的儒者。他的"乐山乐水"，绝非"乘兴而来，兴尽而归"的风流之乐，而是无可奈何的沉痛无奈之"乐"。

张良、范蠡的退隐是因为他们"知几"，也就是知晓天命，并能欣然接受。白朴羡慕他们，既才华横溢，可以辅佐君王平定天下；又乐天知命，放得下荣华富贵、一世英名，退隐山林、游湖入道。一句"今古几人知"，已经暗暗透出他心中的郁气——他无法像张良、范蠡那样举重若轻，置名利于事外。

作者没有立下张良、范蠡那样的功业，而在元代的政治社会背景下，汉族文人想建立那样的功名简直难于登天。由此他想到，像张、范那样建立了大功业的人，最终都要抛弃功名以自保，自己既然上进无望，何不仿效他们的大度？由这种心态衍生出的山水之乐，既不同于真隐士的山水之乐，也不同于张、范隐退后的山水之乐。而是接近陶潜的林泉之隐，是绝不"相宜"的哀恸之"乐"，是下层文人不得志之后的权宜之策、藏身之所。

〔中吕〕阳春曲·题情

轻拈斑管书心事。细析银笺写恨词，可怜不惯害相思。则被个肯字儿，迤逗我许多时①。

【注释】

①迤（yǐ）逗：耽搁。

【赏析】

"相思"题材，从《诗经》开始就是文人墨客们最喜欢表现的题材之一。爱情的巨大感染力，使得它自始至终都是艺术家们最大的灵感来源。白朴在这里写"相思"，着力于少女被恋爱滋润的内心，以女子为第一视角。曲中用俗语方言，题材、手法都是典型的散曲特色。他考察女子思念情人的情感，对其中的微妙变化有所察觉，并在这几句文辞中表现了出来。

"轻拈斑管书心事。细析银笺写恨词"，女子的无限相思，丝丝扣扣，萦绕于心。于是"轻拈斑管""细析银笺"，来"书心事""写恨词"。这两句曲词运用了互文的手法。"斑管"指毛笔，"银笺"指女子用的细白的信纸。"轻拈斑管""细析银笺"，描述女子轻轻地拈起毛笔，细细地铺开精致的信纸，准备写信的样子。"书心事""写恨词"是承"拈斑管""析银笺"而来，讲的是信的内容。"拈""细"在描写女子写信场面的同时，画出了主人公的纤纤媚态，也控制住了曲词行进的缓缓节奏。

"可怜不惯害相思"，像是女子的自怜、感叹，又像是作者对女子的同情、感慨。恋爱本是美好的事情，但美人却心事重重，无奈之至，甚至要书写"恨词"，原来都是为了这无穷无尽的相思之苦。"不惯"是不常的意思，这是女子的意气之言。这里明写女子的相思成疾，是全曲紧要处。

"则被个肯字儿，迤逗我许多时"，是女子吐露衷肠之语："都是因为你口中的一个'肯'字儿，让我白白等了这么久。""肯"是男子应诺之语，在这里，可以看成是女子与情人的山盟海誓。"迤逗"是说男子虽然应诺，却久久不来相会，空空地令人烦恼。"迤逗我许多时"，仍是意气之言，因为相思之苦的折磨，女主人公抱怨对方的无情无义，这也是人之常情。

作者写女子自怨"可怜"，并解释了她执笔而书的"恨"意；写女子抱怨情人的"肯字儿"和"迤逗"，又解释了其自怜的原因。简单的两次继承关系，构成了这首散曲对相思女子内心微妙变化的把握。白朴要写的是女子的相思之苦，但他着笔于相思之苦的笔墨不多，反而主要写女子因相思之苦而生的怨艾之情。这是将女子作为第一人称来叙述、抒情的原因，也是这首曲子的特别之处。

白朴写相思相会之情的散曲有六首题名《题情》的《阳春曲》，其中前3首写相思，后3首写相会。它们的结构与前面题名为《知几》的《阳春曲》类似，表达的是同一个主题，曲意可以相互阐发。

〔中吕〕阳春曲·题情

从来好事天生俭，自古瓜儿苦后甜。奶娘催逼紧拘钳，甚是严，越间阻越情忺。

【赏析】

与"轻拈斑管书心事"一曲不同，这首《阳春曲·题情》写的是女子与情人相会时的烦恼与快乐。白朴依然坚持将女子作为第一视角叙述者，且在曲中运用了当时的俗语谚语，塑造了一个内心泼辣大方、一心向往自由美好爱情的女子形象。

"从来好事天生俭，自古瓜儿苦后甜"是从谚语俗语化用而来。"好事多磨""先苦后甜"在元代就是家喻户晓的俗语，并一直延续至今。白朴在这里运用这两句俗语入曲词，一方面迎合了散曲创作求简明通俗的规律，一方面在模拟主人公口吻的同时，又刻画出了主人公与情人相会的欢快心情。以这样两句开头，使这首曲子的情感基调不再是哀怨阴郁，而是活泼、富有生机。

"奶娘催逼紧拘钳，甚是严"，是说奶娘催逼、拘钳女主人公的自由，不让她自由地与情人欢会。"奶娘"当是女主人公的监护人，在这里，这个形象更倾向于一个符号，成为女主人公奔向爱情的阻碍。所谓的"催逼紧拘钳"，亦未严明究竟"催逼"何事，"拘钳"了些什么。但读者都能领会其对女主人公所向往的爱情的阻碍作用。从曲意发展的节奏上来看，这两句词是曲意向高潮推进前的一个低谷，有蓄势的作用。

"越间阻越情炊"，奶娘越是严格地管束，间隔、阻碍他们的情感，女主人公向往情人的思绪心情就越发强烈。这是女子面对爱情时勇敢而不羁的自我表白。一方面，这句话经过前面几句的酝酿、回环，终于喷薄而出，使全曲对爱情和欢会的表达达到了高潮。另一方面，这句话仍然是女儿家语气，没有因其大胆的表达而显得粗野、低俗。由此，一个家庭管教严厉，却又向往自由与爱情的女子形象就在这简单几句的曲词中塑造完成。

一个知书达理的小姐，因为初识恋爱的滋味，变得敢于在内心反抗那些陈规墨矩，她纯洁无瑕，家世书香，又不沉闷乏味，敢于因为爱情而挑战权威。外表柔弱而内心坚强。这应当是每一个男性心中理想的女性形象。

爱情点燃了女主人公火热的内心，也点燃了作者的创作灵感。爱情题材之所以能够成为艺术家最大的灵感来源，很大程度上是因为它不仅象征着男女之情的欢悦，还象征着自由、个性和人格的绽放。它不仅是人与人之间最纯洁的感情，同时还是人们面对现实时积极向上的力量来源。

白朴在这首曲子中描写的女子，因为爱情而发出如此有力且直白的表白，不同于那些风花雪月、小溪潺潺式的爱情主人公的描写，这一人物形象体现出一种特殊的艺术感染力。在对爱情的体味之中延伸出来的对自由的向往和积极向上的态度，也正是这类形象的超凡魅力之所在。

〔越调〕天净沙·春

春山暖日和风，阑干楼阁帘栊。杨柳秋千院中。啼莺舞燕，小桥流水飞红。

【赏析】

白朴共有四首《越调·天净沙》，分别题名《春》《夏》《秋》《冬》。这一首是其中之一，从不同的角度、用不同的视野描绘了暖春时的景色，营造出了暖春特有的自然韵味，境界轻柔，颇有宋代婉约词派写景的味道。

"春山暖日和风"一句，总体上勾勒出春时晴丝和煦的景象。春山青绿，暖日融融，和风煦煦。于清丽中藏有沉迷于这种春日美景中的熏熏醉意。这一句不是具体的写景，而是从意境和色彩上奠定了全曲写春的基调。读罢词句，春之气息扑面而来，一下子就把读者带入了作者希望营造的氛围中。

"阑干楼阁帘栊"，写的是亭台楼阁帘幕之状。这一句，笔触从对春景的泛泛描绘聚焦到了比较具体的事物上。凡写春景的题材，亭台楼阁、闺房、秋千院落因与闺阁女子、春闺怨艾相关，所以都是常用的意象。

"杨柳秋千院中"继承上文而来，又与上文有一种并列的关系。作者先看到了"阑干楼阁帘栊"，又将目光移到了"杨柳秋千院中"。从艺术效果的表现和画境的营造上来讲，"阑干楼阁帘栊"和"杨柳秋千院中"共同构成了这首小曲的中心场景，其艺术效果与汤显祖《牡丹亭》中"袅情丝吹来闲庭院，摇漾春如线"十分相似。从首句到这两句，曲意发生了由大到小，由宽泛而成形的趋势变化。

"啼莺舞燕，小桥流水飞红"又从"楼阁""秋千院"的风景中跳脱出来，回到了春日的大自然。映入眼帘的是婉转歌唱的黄莺和翩翩起舞的燕子。举目望去，则有小桥流水，泠泠不绝，有时还有几片落花，飞入草丛，点缀这烂漫的春色。曲意发展到这里，经历了三个阶段："春山暖日和风"的总写阶段，"阑干楼阁帘栊"和"杨柳秋千院中"的发展阶段和"啼莺舞燕，小桥流水飞红"的收尾阶段。

这首曲子的每一句词，都紧紧扣住了"春"的主题。作者把栏杆楼阁、杨柳秋千庭院作为展开，这些意象将"春山暖日和风"具体化了。后者好比是渲染全曲的色彩，前者好比是渐渐清晰的轮廓。栏杆楼阁一句，似无"春"字，但它紧承"暖日和风"而来，可以说是将春、暖、和这三个色彩型的词汇意义带进了后面的诗句。正因为有了这样的过度，"秋千院"中的"杨柳"才更加春意盎然。

楼阁、杨柳是自然春色，又不纠缠在"春"字上，这使得全词的表达直至行进到"啼莺舞燕"时，既没有断了"春"意，又显示出了从"院"内到"院"外、从静到动的转折，不显平淡。"杨柳秋千"的意象是静中之动，是画境中的活泼之处；"啼莺舞燕"的意象则是动中有静，写的是莺燕的活泼，却又衬托出了"春山暖日和风"的背景。最后以"小桥流水飞红"结尾，是点染成画之笔，抹平了前文的种种动静对比。

〔越调〕天净沙·夏

云收雨过波添，楼高水冷瓜甜，绿树阴垂画檐。纱厨藤簟，玉人罗扇轻缣。

【赏析】

白朴写有两首《天净沙·夏》，此为其中一首，写夏日午后、阵雨方休时的种种情态。曲词的进度层层推入，细腻的描绘透露出了盛夏雨后的清爽的气息。

"云收雨过波添"，入笔写雨后的状况，乌云散去，水流更急、更浊了。"楼高水冷瓜甜"由景色的白描中加入了人生活的痕迹。高楼与"云收"实为相应之句。云收之后，天高气爽，因此写"楼高"，更使得凉爽的夏日午后多了一份秋意。"水冷瓜甜"，是普通人家生活的景象，夏日把西瓜浸在凉爽的净水中，冰镇之后以解暑热。平实的描写，使得这番再平凡不过的景象成为夏日场景中富有生命力的一部分，这全得益于作者对意象的精心选择。

"绿树阴垂画檐"，与上句是同一境界，写绿树的阴处照映在有雕画的屋檐上。这句对夏日景物的捕捉颇得陶渊明《归园田居》"榆柳荫后檐"诗句的神韵。夏日之物生长繁茂，生机益然，绿树浓密，树荫遮蔽住房屋墙壁，这是易于观察到，而且适合表达这个季节特点的景貌。

上面两句都触及人境，又与自然景物勾连不尽，同"云收雨过波添"句共同构成了曲词要表达的夏日生活的背景。到了"纱厨藤簟"，开始直接描写"高楼"之内的景物。纱帐藤席，正是写人的前兆。果然，曲子的主人公出现了，那是一位女子，"玉人罗扇轻缣"，在纱帐之中，藤席以上，手持罗扇，享受这宜人的夏日清凉时光。"罗扇"，《杖扇新录》载"以素罗为之，形如满月"，是常与富家女子一同出现的意象。"罗扇轻缣"，描写扇子如轻丝般柔顺清爽。

写"玉人"，与全曲平静、清爽的基调相一致。"玉人"手上的"罗扇"，也只是写其"轻缣"，仿佛它的存在只是这宜人夏日中的一个装饰，与扇风避暑全无瓜葛。此处写夏日，不写其炎热难耐、酷暑难熬，而是选取了夏日雨后的一幅场景，与"夏"字给人们带来的炎热印象两相对比，标以"夏"题的清爽洁净的生活场景就带给了人们更深刻的感受。

白朴的《天净沙·春》写春天温暖合宜的氛围，为了写出春日的特点，学习了画家的笔法，用了不少色彩性的词语。而在这首写夏的曲子里，作者别出心裁，选取了雨后的场景写夏日中难得的凉爽。为了达到素雅、干净的艺术效果，作者特意回避了许多色彩性的描绘，用笔干净利落，简洁明了。

唯一被强调的色彩就是一个"绿"字，譬如"绿树阴""纱厨""藤簟""轻缣"，都是翠绿、素净的意象。这样使用色彩，避免了由色彩观感引起的嘈杂，还充分地发挥了"绿"这一颜色的特质，加强了全曲意象简洁、流畅的特点。

〔越调〕天净沙·秋

孤村落日残霞，轻烟老树寒鸦，一点飞鸿影下。青山绿水，白草红叶黄花。

【赏析】

以《天净沙》的曲牌写秋，人们自然会想到马致远的《秋思》。其实，元代散曲中以《天净沙》写秋是时尚，如有一篇不知名者所作《天净沙》写秋者，曲曰："平沙细草斑斑，曲溪流水潺潺，塞上清秋早寒。一声新雁，黄云红叶青山。"白朴的这首曲子即与这首《天净沙》在意境、笔法上都很相似。

"孤村落日残霞，轻烟老树寒鸦"，写的是秋寒时郊野村落的景致。孤零零的一个村落，傍水而居，在落日残霞的照映下，飘散出缕缕青烟。村旁的老树，只剩下苍寒的枝丫。看着这苍凉的景色，还时不时可以听见几只乌鸦啼鸣。头两句像一幅画卷渐渐拉开，并从视觉、听觉两方面传达了秋季乡村悲寒的景致。

"一点飞鸿影下"为这幅静谧的图画添上了一些"色彩"。这里的色彩并不是指颜色的观感，而是在一片沉寂中加入了"动"的元素。飞鸿拂过天际，而且是孤单的"一点"。这样的意象既承接了前两句的悲凉、枯寂，又使整幅画面活动了起来。在前两句中，因为"孤村""老树""寒鸦"意象的作用，"残霞"的红失去了颜色，"轻烟"的飘散动感也凝结成了一个静止的物象。而"一点飞鸿"的倒影，则盘活了上文所有的景物，使得这幅秋景图画有了些许生气，也为下文做好铺垫。

后两句"青山绿水，白草红叶黄花"，在意境上有了变化。前面讲过，"孤村"抹消了"落日残霞"的色彩，"老树寒鸦"凝固了"轻烟"动感。这两句则正相反，"青山绿水"强调的是色彩的鲜艳实感，"白草红叶黄花"则进一步用白、红、黄三种具体的颜色丰富了色彩的多样性。如果说前三句是秋之哀景，那么这两句就是秋之乐情。

"红叶黄花"是秋天的一般景致，无甚可称道处，但"白草"与前文"青山绿水"的对比则凸显出了作者眼中景色的特殊之处："白草"是枯草在落日残阳下的视觉效果。既有"青山绿水"，又有"老树""白草"；既有"孤村""轻烟"，又有"落日残霞"。"寒鸦""飞鸿"只能给人们留下苍白的印象，却又有"红叶黄花"丰富了读者的感官。这些意象在作者的对比、构图中一一呈现，终于成为一幅色彩丰富、极具秋季特色的图画。

白朴的《天净沙·秋》，只有"孤村""轻烟"的梦幻境界，少了些许马致远"小桥流水人家"的温柔和美；只抓住"白草红叶黄花"这样真实美丽的景色，并用白描的手法尽力表现出了秋日色彩的美，而没有像马致远"断肠人在天涯"那样把强烈的个人情感变成曲子的主角。这种忠实再现环境的写法，与"平沙细草斑斑""黄云红叶青山"的秋景很有异曲同工之妙。很难说这种写法与马致远孰高孰低，但对自然现象的再现，无疑也倾注了作者由自然景物引发的、最真挚的感情和认识。

〔越调〕天净沙·冬

一声画角谯门，半庭新月黄昏，雪里山前水滨。竹篱茅舍，淡烟衰草孤村。

【赏析】

《天净沙·秋》写了"落日残霞"的黄昏景象，这一首《冬》则选取的是一日之中日落未尽、月儿放出之时，一月之中新月荧荧之际，是极富梦幻、模糊色彩的时候。从手法上看，这首《冬》与上首《秋》一样，都是描摹当时季节的景物，表现的是冬季城郊村落的苍凉之象。

"一声画角谯门"，开头就用一声角鸣将读者带进了黄昏晦暗的情景中。"画角谯门"是指城门边以警戒的望楼，"一声"写出了画角吹鸣的声音。历代诗人常用画角声写黄昏时谯门望楼的孤立景象，这里沿用这种写法，以城门昏暗模糊的轮廓，加上悠远的角鸣，描画冬季城郊的苍凉景象，唤起人们孤寂的情感体验。

"半庭新月黄昏"，上句有暗写时序的作用，这一句则表明时间是新月之日的黄昏。"半庭新月"会让人想到庭院中树影摇曳、新月当空的静谧夜色，"黄昏"的加入，又将读者的联想拉到余霞未尽、新月已出的黄昏时候，在这两种光影结构中摇摆、模糊效果，连同前文"画角谯门"的晦暗色彩，为读者营造了一个如梦如幻、幽暝不定的艺术境界。

前两句致力于通过时序及其景物的描写创造意境，"雪里山前水滨"，则拓宽了意象的空间，并且明显扣住了"冬"题。新月黄昏，余霞明灭，角声悠悠，城墙暗影，远远地都在水边山前和皑皑的白雪之中。曲词的境界明显被拉大，从谯门庭院的小意象写到山前水滨的大背景，这种结构在心理上给人一种压迫感，使曲词在点明"冬"题、拓宽郊景的同时，也保持了前两句营造的晦暗氛围。

"竹篱茅舍，淡烟衰草孤村"是视线在空间上的继续延伸，在山前水边的大背景下，还有这般农家景象。因为"雪"字在上句已经点了"冬"题，这两句对山村冬景的描写不再是隐约不定，而是直写其荒芜颓败。"竹篱茅舍"，点明在写村落，"淡烟衰草孤村"都是颓败之象，"淡""衰""孤"都是凄冷之词，用在这里修饰主体，最终确定了这首曲子的情感基调。

白朴的这首曲子写冬景，是通过景色的白描，先写轮廓，再添加、完善色彩，最后形成一幅完整的图画，而不是先奠定基调和大关系，再进行细致刻画。这种写法使得读者可以在阅读曲词时经历一个情感与心境变化发展的过程。白朴在这首散曲中要表达的是冬季时万物凋零，人的心情也随之凄怆悲惶的心理状态。与写秋一样，他并没有刻意带入某种特定情感的迹象，但其情感倾向仍可以通过阅读作品感知到。

胡祗遹

胡祗遹（公元 1227～1293 年），字绍开（一作绍闻），号紫山。磁州武安（今属河北省）人。曾任应奉翰林文字兼太常博士。因忤逆权贵，被贬为太原路治中，提举铁冶。与当时艺人（朱帘秀等）有交往，并互赠散曲小令。著有《紫山先生大全集》。《全元散曲》录存其小令 11 首。

〔仙吕〕一半儿

败荷减翠菊添黄，梨叶翻红梧叶苍。绣被不禁昨夜凉。酿秋光，一半儿西风一半儿霜。

【赏析】

古人描写秋景的诗文词曲千篇万种，每个人都有不同的观察角度和写法。本曲站在独特的视角来写秋景，读来颇为别致。

"败荷减翠菊添黄，梨叶翻红梧叶苍"，开头即用自然界四种花草树木的变化来总括秋天的到来。荷花残败了，本是鲜翠的荷叶消减了往日的容光；而应季的菊花舒展了腰身，急忙开放出金黄的花朵；梨树的叶子从油绿渐渐变成了红色；梧桐的树叶也由从前的碧翠染上了苍黄。作者精心选择几种具有代表性的植物，短短两句把它们此季的情态生动刻画出来，暗示了秋日的到来。

在诸花木出场的过程中，作者细腻地勾画物象的变化：荷花败而减翠，菊花盛而添黄，一衰一盛，一亏一盈，两相映衬，别有意味；"梨叶"和"梧叶"本是同样的绿色，而此时却一个翻红，一个苍黄，给人以鲜明的视觉印象。如此写来，不仅写出了季候变化的动态感，又描绘出了红、白、黄、绿相间的斑斓秋景图。

接着把人物纳入了秋景之中，用人的体验更深一层表现秋凉的来临。"绣被不禁昨夜凉"，昨天夜里寒凉进到房中，绣被已经抵挡不住凉意的侵袭。从"绣被"来看，这该是一名孤眠女子，因独眠无伴而禁不住寒凉。此处将女子带进一笔，用以增补节令的凄清感。

秋的色彩已经被涂抹得很浓重，继而又用"酿秋光"三字提出问题：究竟是什么造就了秋光？一个"酿"字，显示出大自然的造化之功，用语生动而有力。"一半儿西风一半儿霜"是对这一问题的回答：一半儿是漫空侵至的西风，一半儿是铺地而来的轻霜。正是这两种自然的力量送来了秋凉。

胡祗遹写有四首《一半儿》小令，分别写春夏秋冬四种季节，这四首小令中，每一首的尾句都很有意思。写春的是"一半儿因风一半儿雨"；写夏的是"一半儿阴一半儿晴"；写秋的是"一半儿西风一半儿霜"；写冬的是"一半儿温和一半儿冷"，作者将民歌、方言、俗语融为一体，较好地体现了散曲洒脱、率真的艺术特色。

〔中吕〕阳春曲·春景

残花酝酿蜂儿蜜，细雨调和燕子泥。绿窗春睡觉来迟。谁唤起，窗外晓莺啼。

【赏析】

元曲大家关汉卿在他有名的杂剧《诈妮子调风月》第二折中写道，"你又不是'残花酝酿蜂儿蜜，细雨调和燕子泥'"，引用的正是胡祗遹《阳春曲·春景》中的一句。由此可见，这两句在当时就被人欣赏和喜爱，广为流传。之所以如此，原因有三：

一是它的对仗十分工整。"残"与"细"都是形容词；"雨"和"花"均是自然中的事物；"酝酿"与"调和"皆为两个动词组成的复合词；"蜂"与"燕"又都属小动物；"儿"与"子"虽在句中是词缀，但两字作为名词又都有幼小子息的意义；"蜜"和"泥"在本曲语境中都是可以掺和搅拌的腻物。元散曲虽有"逢偶必对"的说法，但本句对得如此天衣无缝，实是难得。

二是它造就了一种拟人的意境。第一句是"残花"酝酿了"蜂儿蜜"，第二句是"细雨"调和了"燕子泥"。"残花"和"细雨"两种自然事物被赋予了人格，它们以细腻的"酝酿""调和"手法制造出蜂儿香甜的"蜜"和燕子垒窝的"泥"。

三是它勾画了一幅繁忙跃动的春景图。"残花"凋落是在动，"细雨"飘零也是动态；"酝酿"是动，"调和"是动；"蜂儿"采花、"燕子"衔泥，更是翻飞而动。纳入画面的事物不多，却造成了热闹、欢快的繁忙场面。而且，"蜂儿"见花残赶紧酿蜜，"燕儿"趁雨落急忙衔泥，花、雨、蜂、燕各得其所。"花残"不使人心酸，"雨落"不使人郁闷，整个画面表现出万物逢时应季而动的和谐感。

在极其精美的对文后，一句"绿窗春睡觉来迟"，转出了绿窗高卧的闲适情景。在蜂忙燕舞的祥和中，主人公午睡醒来，问"谁唤起"，又自答"窗外晓莺啼"。它的意境与诸葛亮"大梦谁先觉，平生我自知，草堂春睡足，窗外日迟迟"相近，还可以看成是孟浩然"春眠不觉晓，处处闻啼鸟"诗句的化用。不过，睁开睡眼，先是怪罪"谁唤起"，然后又把窗内的人与窗外的晓莺联系起来，增加了主人公与自然、与啼莺的互动，引出了春天的欢悦况味，显得更有波折，更富情趣。

〔双调〕沉醉东风

月底花间酒壶，水边林下茅庐。避虎狼，盟鸥鹭，是个识字的渔夫。蓑笠纶竿钓今古，一任他斜风细雨。

【赏析】

这篇《沉醉东风》小令，生动洒脱地描写了隐逸生活的安闲自在，反映出胡祗遹对官场纷争的厌倦以及对大自然的向往。

"月底花间酒壶，水边林下茅庐"，短短十二个字，把安闲隐逸的生活描绘得十分诱人。花前月下常常是男女幽会的美妙场所，可此处，美好的月下花间，却只有一个酒壶与人相伴。作者单将三个名词并置，却将月下独酌、对花醉饮的惬意感贴切地传达出来。而"水边林下茅庐"分明就是隐逸生活的真实写照。山峦俊秀，川谷幽深，清溪蜿蜒，泉水叮当，水边林下结庐而居，这几乎是神仙过的日子。"南阳诸葛庐""西蜀子云亭"也不过如此，作者吟出此句之时，恐怕也在幻想自己身处其间的情景。

在对仗上，这两句也别具韵致："月底"与"水边"，都是自然界的佳境；"花间"与"林下"，都是人们向往的好去处；而"酒壶"和"茅庐"看似不相称，但都是向往隐逸生活的文人最为喜爱的事物，两相对偶，别具深意。这组对文，字义通俗，音节押韵，带有不羁的谐趣，正符合散曲洒脱、率真的特点。

"避虎狼，盟鸥鹭，是个识字的渔夫"三句，直抒胸臆。作者久在官场，看惯了仕途险恶，"避虎狼"的字面含义是回避虎狼，但其隐喻含义则是避开虎狼一样的权臣恶吏，流露出他对官场纷争的深深厌恶。而"盟鸥鹭"的意思是与鸥鹭相盟结交，表现的是甘愿投身山林与禽鸟为伍，与自然同气的心情。作者毫不讳言自己愿做一名识字的渔夫，并认为退逸山林，老于渔樵才是他理想的生活。

"蓑笠纶竿钓今古，一任他斜风细雨"，末尾两句的境界更为洒脱，意味也极其深长。作者设想自己身披蓑笠，竹竿长线，静静立于水边垂钓，眼睛紧盯水面的鱼漂，任由斜风袭身，飞雨落面。古今多少世事沧桑，尽在这种出世的闲适中淡淡咀嚼品味。清纳兰性德有《渔父》词"收却纶竿落照红，秋风宁为剪芙蓉"，与此句有相近的意味，多少也受到了它的启发。

〔双调〕沉醉东风·赠妓朱帘秀

锦织江边翠竹，绒穿海上明珠。月淡时，风清处，都隔断落红尘土。一片闲云任卷舒，挂尽朝云暮雨。

【赏析】

从题名"赠妓朱帘秀"可知，这首小令是胡祗遹写给青楼女子朱帘秀的。朱帘秀是中国元初著名的青楼艺人，夏庭芝的《青楼集》道她："姿容姝丽，杂剧为当今独步，驾头、花旦、软末泥等，悉造其妙，名公文士颇推重之。"关汉卿形容她："十里扬州风物妍，出落着神仙。"可见她在当时的声名之盛。

朱帘秀不仅是一位艺人，而且是一名才女，她现今存世的作品有小令一首、套数一套。她的曲作语言流转自然，传情执着纯真。如"怕双双燕子，两两莺俦，对对时相守"，"舞场何处系离愁？欲传尺素仗谁修？把相思一笔都勾，见凄凉芳草增上万千愁"，都显示了不凡的才气，怪不得当时的明公文士对她都爱慕有加，与之唱和酬答。

赠人之作，不宜露骨地褒扬，含蓄委婉更显清新感人。本篇采取切合姓名、一语双关的咏物手法描绘这位女艺人，表现了作者较高的艺术功力。朱帘秀，也作珠帘秀，芳名的字义可解为朱红秀美的垂帘、珍珠串起的红帘。于是胡祗遹由"珠帘秀"三个字生发开来作"锦织江边翠竹"，"锦织"暗含锦绣帘幕，"江边翠竹"不仅透着清秀之气，而且品高，以此暗喻了她的秀美清高。"绒穿海上明珠"，绒线串起海中的明珠就是珍贵的珠帘，不但与她的名字相契合，并且暗喻了她的耀眼才艺。

"月淡时，风清处"，写她所处的环境。朱帘秀虽是著名演员，但同时也是沦落风尘的妓女，作品里不能回避这个问题。但诗人别具匠心，本是迷尘扑面、浊气翻涌的青楼环境，却用月淡、风清来形容，这是赞她出淤泥而能濯污。"都隔断落红尘土"，一方面写出了帘幕能够隔绝阻断外界的实用特性；另一方面又暗示她品佳格高，虽处风尘但能隔断"红尘土"。

"一片闲云任卷舒，挂尽朝云暮雨"，是对唐代王勃《滕王阁序》中"画栋朝飞南浦云，珠帘暮卷西山雨"句子的化用。将一挂珠帘形容得如天上的彩云一样柔美，悬在天上遮挡风雨，极具丰神。此处明里赞颂珠帘的美，但是暗中却是惋惜她沦落风尘"任卷舒"的不幸命运。战国宋玉在《高唐赋序》中叙述楚怀王梦中与巫山女子欢合，"且为朝云，暮为行雨，朝朝暮暮，阳台之下"。因而后来"朝云暮雨"便有了男女欢好之意。此处一语双关，或许也存有劝诫之意。

王 恽

王恽（公元1228～1304年），字仲谋，别号秋涧，卫川汲县（今属河南省）人。中统、大德年间，官至翰林学士，嘉议大夫。善作文，也工诗词。有《秋涧先生大全文集》100卷，其中《秋涧乐府》4卷专收其词曲作品，今存小令41首。

〔正宫〕黑漆弩·游金山寺并序

邻曲子严伯昌，尝以《黑漆弩》侑酒①。省郎仲先谓余曰："词虽佳，曲名似未雅。若就以'江南烟雨'目之何如？"予曰："昔东坡作《念奴》曲，后人爱之，易其名为'酹江月'②，其谁曰不然？"仲先因请余效颦，遂追赋《游金山寺》一阕，倚其声而歌之。昔汉儒家畜声伎，唐人例有音学，而今之乐府，用力多而难为工。纵使有成，未免笔墨劝淫为侠耳。渠辈年少气锐，渊源正学，不致费日力于此也③。其词曰：

苍波万顷孤岑蠹，是一片水面上天竺。金鳌头满咽三杯，吸尽江山浓绿。蛟龙虑恐下燃犀，风起浪翻如屋。任夕阳归棹纵横，待偿我平生不足。

【注释】

①侑（yòu）酒：为饮酒助兴。②酹（lèi）江月：苏轼名作《念奴娇·赤壁怀古》词，末句为"一尊还酹江月"，故后人亦以《酹江月》为《念奴娇》词牌的别名。③日力：光阴。

【赏析】

《游金山寺》以雄浑的笔触描写了金山之地山、水、寺的纷呈姿彩，绘出了一幅宏丽的山水美景图。

"苍波万顷孤岑蠹"，首句即重笔描述山水的壮观：一座耸直的孤山蠹立在万顷苍波中央，这一特别的壮丽景观是由特殊的地理环境造成的。原来的金山在长江之中，经历岁月泥沙的淤积而渐渐接近南岸，直到清康熙年间才与南岸接连。作者填曲时，金山尚在水中央，因而第二句描绘水中的山仍写"是一片水面上天竺"。

"天竺"是杭州灵隐山南的天竺寺，这里代指金山寺。该寺殿阁楼台接连层层覆盖山体，一向有"金山寺裹山"的说法，此处描述的"水面上天竺"即是在远处看金山。"金鳌头满咽三杯，吸尽江山浓绿。"金山又名金鳌山，因此这里将金山比喻成一只巨大的金鳌，伸头逆向倾来的大江，满满地吞咽江水，把江山之间的绿色美景尽纳入腹中。宋代张孝祥《念奴娇·过洞庭》有"尽挹西江，细斟北斗"，是放言自己尽舀西江水，装进北斗大杯里细细品尝；而本曲说的是金山以长江为杯，几口之间喝下的是一片江山，气魄之大让人惊叹。

王恽的本意是游金山寺，此时却被阔江峻山吸引，无意入寺。在远观山、水、寺之后，他开始乘舟巡江遨游。只见高高的金山倒映在水面，遮蔽了阳光，江水显得黝黑深沉，神秘莫测。忽然江风吹来，波涛涌起，浪峰上下翻落，令人心惊。由此他产生了奇特的联想："蛟龙虑恐下燃犀，风起浪翻如屋"，一定是因为水底的蛟龙担心游人点燃犀角向龙宫窥探，才兴风作浪吓退游人。金山旁江水翻涌的雄浑景观，借由这一神奇的想象形象地展现出来。

远观近赏，景象雄浑奇妙，诗人游兴难尽，因而流连不返："任夕阳归棹纵横，待偿我平生不足。"眼见夕阳西下，众舟纷纷离去，他却任由船只在斜晖里随意飘荡，尽享这放纵山水的畅快，补偿自己生活中的缺憾。

王恽在写这首曲子时加了序言，大意是说：他的邻居严伯昌，在喝酒时常让人唱《黑漆弩》曲以助兴。他的好友仲先认为"黑漆弩"这个曲名不雅，因曲中有"睡煞江南烟雨"句，因此建议将曲名改作"江南烟雨"。作者深以为然。还举出苏轼作《念奴娇》曲，后人为之改名《酹江月》的例子来说明。仲先便请他也填一曲《黑漆弩》，于是他便写下这首《游金山寺》。序中还表示，现今的曲子往往穷尽雕琢反而陷于柔靡，而自己赞赏的则是"渊源正学"。他这首《游金山寺》即是别开生面的尝试，因此写得浓墨重彩，劲健刚放，气势豪壮，显然与当时流行的风格不同。

〔正宫〕双鸳鸯·柳圈辞

问春工①，二分空，流水桃花飏晓风②。欲送春愁何处去，一环清影到湘东。

【注释】

①春工：春神的杰作，指春光。②飏（yáng）：同"扬"。

【赏析】

在古代，春秋两季人们常在水边举行祭祀，渐成习俗。元代杨允孚的《春日》诗中有"脱圈窈窕意如何？罗绮香风漾绿波"佳句，杨允孚解释：春来"三月三"时节，滦京（元上都，今内蒙古自治区锡林郭勒盟）的仕女用柳枝编成绣圈，争着抛入流水中，象征着一年的不祥随水远去。王恽这首《柳圈辞》就是以当时仕女向流水抛掷柳圈祈福为背景。

从人们投圈祈福的风俗中，作者联想到春光的易逝。开头两句"问春工，二分空"，一问一答，简洁而干净。诗人问春神春光流逝有几许，春神回答，十分春光已耗去二分。下句"流水桃花飏晓风"是对春光流逝的具体描述。芬芳的桃花在晓风的吹拂中飘扬零落，浮在水波上随流水长逝而去，大有"流水落花春去也"的意味。

在春日享受温存美丽的同时总想把春留住，但在"无计留春住"的无奈之下，便会产生"好景不长"的伤感，这是人之常情。作者给春天预设了十分的总量，此时桃花开而渐败，虽然春才褪去了二分，但时光如流水一样易逝，春去三分、四分……很快十分的总量就会消耗殆尽，念及此，他不由生出无限惆怅。

每年三月三日，人们如期举办祭祀，年年岁岁重复如此，明年的今日很快就会到来，联想到这一点，王恽不禁由一春而叹人生苦短。愁情浓烈地涌上心头，他多想如人们抛柳祛除不祥一样急用流水将烦恼洗刷干净。

之所以乍见桃花飘落便生发春愁，更主要的原因是触景伤情，被环境影响了情绪。仕女们拥在河边争先恐后抛掷柳条绣圈，这些柳圈一个个随着水流慢慢漾远，就如时光般悠悠一去不复返。见此情景，诗人忍不住发出"欲送春愁何处去，一环清影到湘东"的感叹。无名上涌的春愁需要排遣，但是遣送到什么地方去呢？唯愿愁绪搭乘上这些柳圈，随着流水淌出潇湘。

王恽写的几首《柳圈辞》小令都是以抛掷柳圈祛灾为背景，另一首就这一风俗的交代更是清晰："暖烟飘，绿杨桥，旋结柔圈折细条。都把发春闲懊恼，碧波深处一时抛。"但本首写得清新柔美，怨而不露，旖旎婉曲，风味雅致，十分耐人品嚼。

〔越调〕平湖乐

采菱人语隔秋烟，波静如横练。入手风光莫流转，共留连。画船一笑春风面。江山信美，终非吾土，问何日是归年？

【赏析】

曲牌"平湖乐",又名"小桃红"。在早期元曲创作中,文人多以"小桃红"曲牌写江南水乡风情,因而有了"平湖乐"的别名。此曲在叙写水乡风情的过程中抒写思乡之情,一喜一悲,亦欢亦愁,味道特别。

地点是江南水乡,季节是丰收秋日,时间是出工的早晨,环境是烟笼雾锁。小令开始就以"采菱人语隔秋烟,波静如横练"两句,描绘出一幕令人心折的场景。"采菱人语"是写女子采菱的欢声笑语。但她们劳作的热闹场面却隔着烟雾,让人看不清辨不明,从而对雾帘背后的情景生出好奇。

不过,由"人语"可以猜想出:菱角、莲蓬正处于收获季节,姑娘们早早来到湖塘,划着小舟驶进清涟。晨雾遮住了她们美丽的身影,但掩不住她们快乐的笑语喧哗。而这笑闹的人语让"秋烟"外面的人急于一见。"入手风光莫流转。"姑娘们在绿草清涟中欢欢喜喜采菱的场面胜过任何胜景,于是作者有了"共留连"的想法:希望这近在咫尺的风光不会溜走,能供人流连观赏。最终,他乘着船冲破烟雾见到了她们,"画船一笑春风面",如愿以偿地领略了姑娘们美丽的面庞,迷人的笑靥。

江南水乡风光的明媚、人情的旖旎在小令中被描绘得令人陶醉。但醉翁之意不在酒,埋藏在腹中的隐忧始终侵扰着他的心,越是享受着他乡的美景就越怀念自己的家园。"江山信美,终非吾土,问何日是归年?"此处风景的确好得不能再好,可它毕竟不是家乡,而哪一天才是回乡的日子呢?末三句直接借用前人的诗句,王粲《登楼赋》有"虽信美而非吾土兮,曾何足以少留"的句子,杜甫有"问何日是归年"的诗句,王恽将两人的佳句糅合起来,收归己用,恰切地表达出自己的思乡之情。

作为一曲秋日怀乡之作,小令并未借秋天万物萧条的景色来咏叹愁情,而是以水乡女子清涟采菱的美好场景作陪衬,在快意中突涌惆怅,大起中实现大落,产生的是冷水浇面、醍醐灌顶的效果。

〔越调〕平湖乐·尧庙①秋社

社坛烟淡散林鸦,把酒观多稼。霹雳弦声斗高下,笑喧哗,壤歌亭②外山如画。朝来致有,西山爽气,不羡日夕佳。

【注释】

①尧庙:在山西临汾境内汾水东。②壤歌亭:尧庙中的建筑名。

【赏析】

社祭是中国古代上下层社会都十分重视的重要祭祀活动,祭祀的是土地神,目的是祈望年年丰收。一般春秋两季都要祭祀,秋社在立秋后进行。活动内容是向社神敬献供品,开展隆重的仪式,同时也进行赛社、演剧、歌舞、聚饮之类的娱乐。此曲是王恽出任平阳路总管府判官时所作。曲中对当地尧庙社日活动祭神庆丰收的欢乐场景做了描写,活现了当地的民风民俗,并寄予了作者祈望百姓生活和美的理想。

"社坛烟淡散林鸦,把酒观多稼",首二句以抒情的手法描绘自己参加祭祀活动的情形：祭祀进行一整天之后，祭献活动已经结束，烟雾渐已淡去，乌鸦也已开始归巢，然而娱神的活动才刚刚开始。作者手持着酒杯，坐看人们庆祝丰收、敬祭社神的欢乐景象，心中无比惬意。"烟淡散林鸦"所写景色看似凄清，实则背面是社祭晚间更加热闹的社戏、歌舞和酒会，烟消鸦归反而起到了衬托欢庆的作用。"霹雳弦声斗高下，笑喧哗"二句，写欢乐的人们载歌载舞的场景，琴声、歌声和笑语喧哗声响成一片，赛、演、歌、舞、饮加在一起的喜庆活动显得无比热闹快活。

极其热烈的场面引起欢快的情绪，但此时作者神思逸远，想到的却是整个民间生活是否安宁满足。"壤歌亭外山如画"一句意义深刻。根据晋皇甫谧的《帝王世纪》，帝尧时有老人击壤（一种履形的木制戏具）而歌，后人便以"壤歌"作为尧时清平安宁的象征，后代为纪念帝尧，建造了"壤歌亭"。此句是说，尧庙壤歌亭外古朴的山野风光美丽如画。以尧庙为背景，表现对当前天下稳定太平、百姓能够安宁的肯定，以及对民间乡野生活的满意。

末尾三句化用警句作结：《世说新语·简傲》中有"西山朝来致有爽气"，在此被化用为"朝来致有，西山爽气"，用来形容尧庙周围山景及空气的清爽宜人，同时承接前面尧庙"壤歌亭"句，隐含着政令从宽，予民宁和的主张。陶渊明《饮酒》诗有："山气日西佳，飞鸟相与还"的句子，旨在抒写隐居之乐，此处"不羡日夕佳"的意思是：如能做到予民宽政，使民和乐，也就不必羡慕陶渊明"山气日夕佳"的归隐生活了。

此曲数处用典，且遣词求雅，意蕴含蓄，但整体仍不失通俗朴实的本色。而且表现了关注百姓生活、不逃避现实、愿承担为民谋福之责的积极入世精神，思想立意很高。

卢　挚

卢挚（约公元 1235～1300 年，或公元 1243～1315 年），字处道，一字莘老，号疏斋，涿州（今河北省）人。至元进士，官至翰林学士承旨。诗文与刘因、姚燧齐名，有"刘卢""姚卢"之称。与白朴、马致远、朱帘秀均有交往。贯云石《阳春白雪序》称其曲"媚妩，如仙女寻春，自然笑傲"。今人有《卢疏斋集辑存》。现存小令 120 首。

〔双调〕水仙子·西湖

湖山佳处那些儿，恰到轻寒微雨时。东风懒倦催春事。嗔垂杨袅绿丝，海棠花偷抹胭脂。任吴岫①眉尖恨，厌钱塘江上词。是个炉色的西施。

【注释】

①吴岫（xiù）：指吴山，在西湖东南。岫，峰峦。

【赏析】

据元散曲家刘时中《水仙操序》载，民间原有《水仙子》西湖四时词，但西湖虽美，四时词却"恨其不能佳"。卢挚有感于此而精琢重作了西湖四时词，并打趣定了咏西湖的例规："其约首句韵以'儿'字，'时'字为之次，'西施'二字为句绝。然后一洗而空之。"后来散曲家马致远、刘时中、张可久等人均来了兴致，都照此例规作了响应。

作为吟咏西湖春天的小曲，作者十分自然地道出了首句："湖山佳处那些儿。"其实这句带有设问的意味，第二句可看做是作答："恰到轻寒微雨时。"西湖水光潋滟，湖周垂杨绕堤，花树纷纭，然而美景不仅于此，湖外的青山也是构成西湖美景的重要部分。因而首句问的是"湖山佳处"，回答的是"轻寒微雨"时节最美。

接下来说"东风"，曲中不说它应季的暖意，也不说它吹时的徐缓，而是把它拟人化，说它懒怠管那"催春"的闲事，既喻示了春风的存在，又把春风的温软展现出来，生动而富有情趣。"嗔垂杨裊绿丝，海棠花偷抹胭脂。"裊裊绿丝随风舞摆的垂杨在这里受到了人的嗔怪；海棠花也不敢公然炫耀自己的美而偷偷把花瓣抹成胭脂色。尽管它们都不敢张扬自己的美色，但它们又都已经进入到绚美的西湖图景中，因此客观上突出了垂杨和海棠纷呈的姿彩。

"任吴岫眉尖恨，厌钱塘江上词"，吴山隐没在淡淡烟雨中，只是露出峰尖，犹如美人在蹙眉；钱塘江被水雾遮掩，听不见歌女亦幻亦真的献唱。宋人笔记载，进士司马槱梦美人献唱《蝶恋花》："妾本钱塘江上住，花落花开，不管流年度。燕子衔将春色去，纱窗一阵黄昏雨。"后司马槱任职杭州，美人梦中必来，方知她是南齐名妓苏小小的鬼魂。烟锁山岫，钱塘美人的西湖胜景及传说在此一一展现，一个"任"字，加一个"厌"字，把山水描绘得慵懒，把姑苏美女描绘得羞涩，增添了无限的柔美和魅惑。其中暗含着双关之意：有人干预它（她）们自由自在地展示自己的真面目。

末句点出了其中的原因："是个妒色的西施。"原来是美女西施不愿它（她）们一一出来展示美色。苏轼有"欲把西湖比西子，淡妆浓抹总相宜"的诗句，作者由此生发，把东风、垂杨、海棠、山岫都拟人化了，又暗中拉进了美人苏小小，让它（她）们共同装点西湖的秀色。最后还让绝色美女西施与她们亦猜、亦忌、亦妒，一同炫色媲美，把一个春日的西湖描绘得缤纷而妖娆。

〔黄钟〕节节高·题洞庭鹿角庙壁

雨晴云散，满江明月。风微浪息，扁舟一叶。半夜心，三生梦，万里别，闷倚篷窗睡些。

【赏析】

"题洞庭鹿角庙壁"点明了这首《节节高》小令的写作地点。鹿角是洞庭湖滨的一座小镇。元成宗大德年间，卢挚被贬往湖南岭北道出任肃政廉访使。在途经洞庭湖畔的鹿角镇时，突遇风雨大作，湖面上惊涛怒号，卢挚触景生情，感怀于自己的身世遭遇，心中满是惆怅。所幸天色稍晚以后，阴雨天气逐渐平息，目睹这前后一阴一晴的变化，诗人感慨万分，遂提笔写成这首小令。

"雨晴云散，满江明月。风微浪息，扁舟一叶。"起首描写风雨过后的湖面景色：天上是拨云见月，而水上则是满江月华，流金溢彩，此时，晚风习习，一望无垠的八百里洞庭湖面上只有诗人的一叶扁舟。宋代张孝祥曾有《念奴娇·过洞庭》云"洞庭青草，近中秋，更无一点风色，玉鉴琼田三万顷，著我扁舟一叶"，意境便与此近似。

小令在前四句交代了情景与环境，接下来便转向抒情。"半夜心"形容夜深人静之时诗人油然而生的离情别绪。"三生"是佛教用语，意指人的前生、今生与来生。"三生梦"则是化用了唐代高僧圆观的典故。相传圆观在圆寂之前，曾与友人李源许下来生之约，定于12年后重会于杭州天竺寺三生石。卢挚在此引用这个典故，意在表达今日一别，自己与友人（或恋人）恐将此生不复有重逢机会，只能托以来生再约。

三生轮回的说法充满宿命之感，诗人因遭遇坎坷，不禁由此生联想到前生，思索自己的上辈子到底是何种下场，才会历经这辈子的因果轮回。古代文人常以前人自比，如白居易就曾在《赠张处士山人》诗中以巢父、许由等隐士自许道："世说三生如不谬；共疑巢、许是前身"。卢挚在小令中虽然没有明确提出其自比对象，但是在其另外一首作品《蟾宫曲·长沙怀古》中，曾以同样被贬湖南的屈原、贾谊自况。可见这里的"三生梦"对他而言，充满了百般无奈与苍凉。

万里一别，挥别的不仅是友人与恋人，更是一去不复返的美好时光与一腔忠诚的报国之志，原来人生的际遇就像今晚遭遇的这场暴风雨一样，阴晴难捉，瞬间万变。思绪至此，诗人悲从中来，只能"闷倚篷窗睡些"，希望在梦乡中暂且忘却一切烦忧，求得片刻的安宁。然而，内心刚刚经历了一番波折的诗人，此刻又怎能平静心绪安然入梦呢？更何况是客居在外，漂泊舟中，漫漫长夜恐怕只能辗转反侧。

此曲虽然短小，却深刻表现了三组不同的对比：天上的皎月与诗人心情的阴霾，湖面的宁静与诗人心中的波折，以及从前的欢聚与如今的离别。这三组对比分别从不同的角度与维度，将一个被贬诗人的痛苦形象刻画得更为立体，也因此丰富了这首抒情小令的内涵，使其意蕴更为深远。

伯　颜

伯颜（公元 1237～1295 年），生长于西亚的伊儿汗国，因入朝奏事，被元世祖留用。至元十一年（公元 1274 年）任中书左丞相，领兵攻宋。十三年攻陷临安（杭州），俘谢太后、恭帝等而返。《全元散曲》录存其小令 1 首。

〔中吕〕喜春来

金鱼玉带罗襕扣，皂盖朱幡列五侯①。山河判断在俺笔尖头。得意秋，分破②帝王忧。

【注释】

①皂盖朱幡（fān）：黑色车盖红色旗帜，高官出行的仪仗。五侯：指公、侯、伯、子、男五等诸侯爵位。②分破：元人口语，分减、减少。

【赏析】

元末明初学者叶子奇《草木子》里有记："伯颜丞相与张九（张弘范，排行第九）元帅，席上各作一《喜春来》词。伯颜云：'金鱼玉带罗襴扣，皂盖朱幡列五侯，山河判断在俺笔尖头。得意秋，分破帝王忧。'张云：'金装宝剑藏龙口，玉带红绒挂虎头。绿杨影里骤骅骝。得意秋，名满凤凰楼。'帅才相量，各言其志。"《草木子》里虽多为传说、野史，但从二人灭南宋、统山河的功业来看，这段史话却也颇为可信。

这篇曲子首句连用"金鱼""玉带""罗襴扣"三种佩饰，体现了人物穿戴修饰的华贵，从侧面反映出官位品阶之高；第二句又连用"皂盖""朱幡""列五侯"，凸显人物出行之时高车大旗、前呼后拥的气势，展现出不凡的威仪和隆盛的地位。

在元代，"金鱼""玉带""罗襴""皂盖""朱幡"，只限于品级很高的朝臣穿戴使用。伯颜作为左丞相兼大元帅，能够配给使用这些东西绝不为过。史书记载伯颜死后被追封为淮安王，元代并无封侯制度，"列五侯"的说法是泛指伯颜的权高位重。

"山河判断在俺笔尖头"一句，可以说是豪气干云。乾坤尽在掌握之中，山河操控在笔尖之下，不可一世的心情跃然纸上。伯颜一向以深略善断著称，身为丞相自然可以指点江山，因而这种说法是与他的身份相贴合的。而与他一同开国的张弘范是带兵大将，善于骑射，因而在《喜春来》词中对应的是"绿杨影里骤骅骝"，与张的身份也很贴合。作者最后用"得意秋，分破帝王忧"作结，此时正是他建功立业的得意之秋，立志要为帝王治理天下，分忧解难，也是情理之中。

曲子仅仅五句三十一字，道出一名取得卓越功业的权臣骄矜自喜的真实内心，气势雍容而豪迈，在元代散曲中，别开生面，独树一帜，堪为佳作。

赵 岩

赵岩，字鲁瞻，宋丞相赵葵后裔。长沙（今属湖南省）人，居溧阳（今属江苏省）。好饮酒，传说醉后可赋诗百篇。一生潦倒不得志，最终因醉病卒。今存小令1首。

〔中吕〕喜春来过普天乐

琉璃殿暖香浮细，翡翠帘深卷燕迟，夕阳芳草小亭西。间纳履，见十二个粉蝶儿飞。一个恋花心，一个挽春意。一个翩翩粉翅，一个乱点罗衣。一个掠草飞，一个穿帘戏。一个赶过杨花西园里睡，一个与游人步步相随。一个拍散晚烟，一个贪欢嫩蕊，那一个与祝英台梦里为期。

【赏析】

据史书记载，赵岩乃宋代丞相赵葵之后，其一生仕途坎坷，终不得志，常郁郁寡欢，饮酒消愁。但这首与友人饮酒作赋时的即景之作，曲风活泼俏皮，逗趣诙谐，于美酒飘香与暖暖春意的交融之中，流露出作者对春的赞美和对自然的热爱。

"琉璃殿暖香浮细，翡翠帘深卷燕迟"，首句描绘了饮酒作赋时的室内环境。在琉璃瓦装饰的大殿之中，焚香袅袅，罗幕低垂，既显富贵奢华，又不失静谧悠然。"夕阳芳草小亭西"，此句移步换景，视线移至屋外，见夕阳的余晖铺洒在园亭西侧的芳草地上，胸中即涌动着一股暮春午后的惬意之感。

正是这种环境和气氛使然，作者方心情舒缓，带着一种愉悦的心境捕捉到了这幅"十二粉蝶戏舞图"。"间纳履，见十二个粉蝶儿飞"，作者于微醺俯仰之时意外发现了本曲的"主角"——十二个粉蝶儿。作者以其细致入微的观察力和独特的审美角度，勾画出十二只蝴蝶翩翩起舞，流连于暖春之中的奇景。

曲子的后半部分将镜头推进，画面放大，细致地刻画了十二只蝴蝶轻灵飞舞时的姿态。"一个恋花心，一个搀春意"，粉蝶儿忙于在花间采蜜，"恋""搀"二字运用拟人手法，形象地表现出作者对于春天深深的眷恋，以及愿与春天时刻相伴的惜春之情；"一个翩翻粉翅，一个乱点罗衣"，直观展现出蝴蝶翩翩然的曼妙舞姿，及其轻柔可人的媚态；"一个掠草飞，一个穿帘戏"，"掠""穿"两个动词用得极好，生动地描绘出蝴蝶一时高一时低、时而快速穿梭、时而翩然慢舞的灵动感。

紧接着，"一个赶过杨花西园里睡，一个与游人步步相随"，再次用拟人手法，描写蝴蝶与杨花追逐嬉戏，最终赶超杨花，飞舞在前，在西园中小憩，抑或追随游人，呈现出一幅人蝶相依为友、共赏春色的和谐画面，将蝶描写得与人一样有情有灵性；"一个拍散晚烟，一个贪欢嫩蕊，那一个与祝英台梦里为期"，进一步刻画出蝴蝶贪欢嬉戏时俏皮可爱之态，结尾处巧用梁祝化蝶的美丽传说，使作者心中对春的渴望及对自然和生命的热爱之情得到升华。

至此，诗人运用明暗结合的手法将这十二粉蝶以十二种不同样态刻画得清丽鲜明，极富奇思创意。十二粉蝶与盎然春意的交相辉映，好似一幅"十二粉蝶戏舞图"。曲的后半部分连用十一次"一个"，使曲子结构更加工整对称，曲风更加明快动感，内容更加富有韵味。

陈草庵

陈草庵，生卒年不详，名英，字彦卿，号草庵。析津（今北京市）人。《录鬼簿》列其于前辈名公，称"陈草庵中丞"。《全元散曲》录存其小令26首。

〔中吕〕山坡羊

愁眉紧皱，仙方可救：刘伶对向亲传授。满怀忧，一时愁，锦封未拆香先透，物换不如人世有。朝，也媚酒。昏，也媚酒。

【赏析】

以"愁眉紧皱"开篇，顿时让人诧异是谁人、因何事愁眉紧锁，先就牵动了读者的心。接下一句更奇，"仙方可救"，只有病入膏肓的人才会祈求仙药，愁情之人难道没得救了么？紧接着再添一句，"刘伶对向亲传授。"作者说："寻觅仙方其实不难，刘伶曾经面对面传授给我。"

刘伶是西晋"竹林七贤"之一，以嗜酒如命、放浪形骸闻名于世。他经常乘坐鹿驾的车子，手提壶酒，命仆人执锹跟随，嘱咐说："我醉死在哪儿就把我埋在哪儿。"他还常常裸身在房内，客人来访，如加讥讽，他便说："天地是我的房，房是我的衣裤，您怎么钻进到我的裤裆里？"民间还流传着刘伶喝了杜康造的酒一醉三年的传说，杜康是夏朝人，晋朝的刘伶向两千多年前的杜康讨酒喝醉，分明是把他当作仙人了。因而曲中说是由刘伶传授了仙方。

三、四句"满怀忧，一时愁"，是重复提示愁情难解。首句是愁在眉头，此处是愁在心头，重提愁情是为了引出下文，揭示在刘伶那里所讨妙药的真相。满腹的忧怨，一时的烦愁，人逢此时该当如何？"锦封未拆香先透，物换不如人世有"就回答了这个问题。酒坛子的封口还没拆开，酒香就已经弥漫开来，只要捧起酒坛，那股醉人的香气就已经使人忘记了一切忧怨烦愁。世间无数外物都在不断地变换消逝，有什么能比得上大杯浓酒在手呢？这两句不但回答了酒是解愁的仙方，而且把酒说成是世间头等重要的大事，万物皆不及。最后，"朝，也媚酒。昏，也媚酒"道出了朝朝暮暮都要喝酒，一杯在手别无所求的殷切理想。

从曲中"愁眉紧皱""满怀忧，一时愁"连篇的忧愁看，作者也许真的是命途受创，愁事袭身，因酒能忘忧，便想"一醉解千愁"，希冀整日沉湎在醉乡中。他的文笔非常高超：此曲字字雕琢，而又游刃自然，不露痕迹；构思精巧，意象跳荡，但语势如行云流水；长句短句句句押韵，一气呵成，读来畅达，引人入胜。

〔中吕〕山坡羊

江山如画，茅檐低厦，妇蚕缫婢织红奴耕稼①。务桑麻，捕鱼虾。渔樵见了无别话，三国鼎分牛继马。兴，休羡他。亡，休羡他。

【注释】

①蚕缫（sāo）：养蚕与抽收茧丝。织红：纺织与缝纫刺绣。

【赏析】

本曲是陈草庵《山坡羊》作品的第二十首，曲中表现了一种愤世嫉俗的思想情绪。

开句"江山如画"借用苏轼《念奴娇·赤壁怀古》中的句子，勾勒出一幅山水美景图。然而苏轼夸耀的是"一时多少豪杰"，陈草庵说的则是"茅檐低厦"的破落。

江山风物虽好，但茅草屋却又矮又凋敝，所处的环境不乏艰苦。接下来写农家的生活：妇女养蚕抽茧收丝，婢女纺织缝纫刺绣，家奴耕种庄稼收获谷物，不是"务桑麻"，就是"捕鱼虾"。一家人各有各的分工，男耕女织操持农作，农闲时候捕捉鱼虾。

其实这该是十分和美的田园生活。但下文开始出现了转折："渔樵见了无别话"，本来农家生活，乡里乡亲来往，邻里相聚把酒话桑麻再正常不过，这里却说见了渔父、樵夫无话可说。接着，又脱口说出一句："三国鼎分牛继马。"奇兀一笔，另有别意。"三国鼎分"指东汉覆亡后魏、蜀、吴三足鼎立的分裂局面；"牛继马"指以牛家的后人继承司马氏的皇权，曲中之意至此已彰显：大汉王朝何等隆盛，却被三家瓜分，西晋司马家族何等显赫，到头来被以牛换马。如此重大的更迭在历史中也属平常，人生不过如此，何必费这心思与渔父、樵夫搭话。

由此看来，男耕女织的生活并不是本曲所要夸扬歌颂的，作者想表达的不过是淡看人生、苦闷避世的消极心绪。曲子最后结句为："兴，休羡他。亡，休羡他。"这更是明确道出了不管是非兴亡，不愿过问世事的厌世思想。

这支小令虽对田园生活做了描述，但其中对"茅檐低厦"的叙写，以及对国家更替、兴盛衰亡的想法，充分显示了作者对世俗生活的厌恶和对现实社会的不满。陈草庵的生平未见史书确记，元钟嗣成的《录鬼簿》称他为"陈草庵中丞"，孙楷第的《元曲家考略》说他曾任宣抚。他写的曲子大多数都是愤世嫉俗之作，至于其中理由，不得而知。

〔中吕〕山坡羊

伏低伏弱，装呆装落，是非犹自来着莫。任从他，待如何。天公尚有妨农过，蚕怕雨寒苗怕火。阴，也是错；晴，也是错。

【赏析】

这首小令为元朝曲作家陈草庵的代表作，其以笑中带泪的手法入木三分地刻画了当时社会的黑暗和百姓生活的疾苦，饱含了作者强烈的愤世嫉俗之感。

"伏低伏弱，装呆装落"，首句生动地描绘了一个装傻扮痴的智者形象，他迫于无奈而放下自尊，向比自己地位低、势力弱的人俯首帖耳，两个"装"字连用，体现出一种"人在屋檐下，不得不低头"的无奈和凄凉。后一句"是非犹自来着莫"道出一种虽隐忍却仍难逃避是非缠身的多蹇命运。此句以写实手法向人们展示了当时的社会中人们动辄得咎、进退维谷的生活惨状。

"任从他，待如何"，此句看似是陈草庵思想豁然开朗，准备以宽广的胸襟去面对这黑暗的社会，却从侧面烘托出他无力反抗压迫势力的悲恸心情。在元朝，汉人是深受歧视的，作者陈草庵身为汉人，曾任元朝宣抚、左丞之职，他在官场的处境可想而知。因此这两句既包含着一种不谙自身命运结局的无助，也包含着走投无路的作者对这黑暗世界的极力痛斥。

"天公尚有妨农过，蚕怕雨寒苗怕火。"老天爷尚且有扰乱农时之罪，桑蚕性喜温，不服雨水，禾苗性喜阴，恐畏骄阳，春夏交汇之际，天公降雨则损了桑蚕，放晴则有碍禾苗，是谓"阴，也是错；晴，也是错"。调侃手法在尾句的运用，进一步讽喻了社会的黑暗和人世的惨淡。最后一句从侧面喻示了这暗世中的人饱受压迫，举步维艰的辛酸悲凉。欲加之罪，何患无辞，无论多么谦卑，如何避世隐忍，终逃不过"横也是死，竖也是死"的凄惨下场。

此曲不失为一部深刻反映社会现实的情景实录，作者以自嘲的口吻，于谈笑风生间倾吐进退维谷的满腹凄苦，勾勒出自己为官过程中受人排挤时进退两难的矛盾心境。

〔中吕〕山坡羊

晨鸡初叫，昏鸦争噪，那个不去红尘闹。路遥遥，水迢迢，功名尽在长安道。今日少年明日老。山，依旧好；人，憔悴了。

【赏析】

当时的元朝是蒙古人统治的天下，科举考试制度异常严苛，求取功名的人数远少于唐宋时期，汉人、南人入仕则更是难上加难，即便考取了功名，也多半是在官场上备受歧视，遭人排挤。就是在这样的入仕难、做官亦难的非常时期，仍有许多人不惜一切地追求功名利禄，促成了当时社会的一股浑浊之风。陈草庵以其独特的视角，刻画出当时社会功利小人的百态，同时也讽刺了这个充斥着追名逐利歪风的黑暗社会。

"晨鸡初叫，昏鸦争噪。那个不去红尘闹。"从清晨鸡叫伊始，到傍晚乌鸦还巢，没有一个人不在名利场上疲于奔命。此句从时间角度描绘出这些热衷功名者每日从早到晚、不眠不休追名逐利的情形。"初"字写实，突出时间极早，"噪"字则暗讽追名逐利之风盛行，官场混沌不堪的情景。反问句中的"红尘"代表污浊混乱的官场，一个"闹"字的映衬，入木三分地刻画出世人不甘落后，对名利趋之若鹜的丑态。

"路遥遥，水迢迢，功名尽在长安道。"世人不顾山高水长，跋山涉水地奔往京城长安，只为一朝求取功名。在京城长安，到处都充满着求取功利之人的身影。此句中"遥遥""迢迢"叠字用法甚好，且一语双关，从空间角度道出了京城官场路途之遥远，也从侧面暗示了求取利禄过程的艰辛。"今日少年明日老。"今日意气风发的少年郎，他日也会过气变老。此句意在表现人生苦短，劝诫人们不要以有限的生命去追求遥不可及的虚名。

"山，依旧好；人，憔悴了。"青山苍翠依然，可人早已韶华不再，容颜更改。作者通过自然永存与人生苦短的鲜明对比，促人猛醒，发人深省。在以往的诗词中也常出现讽刺追名逐利之风的作品，但陈草庵的这首小令，文字俗白，意味隽永，在此类作品中可以说独树一帜。

关汉卿

关汉卿，号已斋叟。约生于金末，卒于元成宗大德年间。大都（今北京市）人。《析津志》谓其为燕人，并说他"生而倜傥。博学能文，滑稽多智，蕴藉风流，为一时之冠"。《元史类编》卷三十六谓其为解州（今山西省解县）人。《录鬼簿》说他曾任太医院尹。邾经《青楼集》序中说他是"金迪民，入元不仕"。关汉卿一生主要在大都从事戏曲创作，晚年到过杭州，熟谙戏曲表演艺术。与杨显之、王和卿、朱帘秀等人交往甚密。与郑光祖、白朴、马致远并称"元曲四大家"。所作杂剧有60余种。其戏曲作品，大多反映社会现实，表现人民的苦难和反抗精神。人物性格鲜明，曲词本色，对元杂剧繁荣发展影响很大。现存《窦娥冤》《救风尘》《金线池》《谢天香》《调风月》《望江亭》《单刀会》《蝴蝶梦》《玉镜台》《拜月亭》《绯衣梦》《西蜀梦》《哭存孝》13种；《哭香囊》《春衫记》《孟良盗骨》3种仅存残曲。另《鲁斋郎》《陈母教子》《五侯宴》《裴度还带》《单鞭夺槊》《西厢记》（第五幕）6种，作者尚无定论。散曲作品现存套数10余套，小令50余首。

〔仙吕〕一半儿·题情

云鬟雾鬓胜堆鸦，浅露金莲簌绛纱，不比等闲墙外花。骂你个俏冤家，一半儿难当一半儿耍。

碧纱窗外静无人，跪在床前忙要亲。骂了个负心回转身。虽是我话儿嗔，一半儿推辞一半儿肯。

银台灯灭篆烟残，独入罗帏淹泪眼，乍孤眠好教人情兴懒。薄设设被儿单，一半儿温和一半儿寒。

多情多绪小冤家，迤逗得人来憔悴煞，说来的话先瞒过咱。怎知他，一半儿真实一半儿假。

【赏析】

《仙吕》宫调对平仄的要求极为严格，而这套组曲的曲牌又是极具特色的"一半儿"，尾句"一半儿"三个字的位置固定，所以在创作过程中花费的心思更多。关汉卿的这一作品写青年男女的爱情发展过程，读起来朗朗上口，其中前两首的赞誉最盛，被近人吴梅称之为元代乐曲的典范。

第一支小令写的是两人初次见面的情形。前三句主要描写青年女子之美，从头至脚，从妆扮到衣着都有所提及。首句"云鬟雾鬓胜堆鸦"接连用了三个词语赞美青年女子如锦缎一样的乌发，形象的比喻让人生出一丝好奇，想要窥探秀发主人的模样。"浅露金莲簌绛纱"则是描写这位女子走动之时的姿态：裙子下微微露出"金莲"，走路时衣服摩擦发出簌簌的声响，婀娜多姿。"不比等闲墙外花"是青年男子看到女子样貌之后的感叹，暗示这女子不仅姿态婀娜，样貌惊为天人，更是大家闺秀，而非人人采撷的路边野花。

"骂你个俏冤家，一半儿难当一半儿耍。"兴许是身份上的差别打消了男子的求爱之心，男子心中暗自骂对方一声"冤家"，却立刻又醒悟她不可能成为自己的"冤家"，因此道"一半儿难当一半儿耍"，认为自己的想法不过是自我安慰的玩笑话。心仪对方，却不知如何能抱得美人归的少年心绪被作者用简单的笔触恰到好处地描绘出来。

"碧纱窗外静无人"一曲描写的是女儿心态，即面对少年莽撞行为时女子心情的变化。"碧纱窗外静无人，跪在床前忙要亲。"难以忘记女子样貌的少年，夜半溜进女子的闺房，跪在少女的床帐外祈求对方与他亲近。"跪"字道出少年心中的愧疚。"骂了个负心回转身"，从女子的角度说明少年的愧疚是因为"负心"。少女看着莽撞的少年，联想到少年之前做的一些恼人的事情，又气又羞，忍不住开口"骂"他，背过身去不理他。

"虽是我话儿嗔，一半儿推辞一半儿肯。"其实少女嘴硬心软，虽然嗔怪对方，却早已原谅并倾心对方，因此最终半推半就地答应了少年的恳求。至此，少女矛盾的心境表露无遗：既有女子特有的羞怯，又有她对爱情的大胆和执着。

相较于前两首对甜蜜恋情的描绘，第三曲和第四曲侧重于写分别之后少女对男子的思念和怨恨，带有些许闺怨的气息。"银台灯灭篆烟残，独入罗帏淹泪眼，乍孤眠好教人情兴懒。"空荡荡的房间，烛台灯火渐渐熄灭，夜深人静，女主人公孤枕难眠，一个人坐在床上回想以前的甜蜜，两行清泪从脸颊滑过。"薄设设被儿单，一半儿温和一半儿寒。"身上薄薄的被子显得格外宽大，贴着她的一侧是温热的，另一侧却寒冷如冰。

"多情多绪小冤家，迤逗得人来憔悴煞，说来的话先瞒过咱。"女子的心思百转，思及那个多情的"冤家"，责怪对方巧语花言哄骗了自己，让她因思念变得憔悴。"怎知他，一半儿真实一半儿假。"少女回忆起过去的那些情话，才发现无法分辨哪句是真，哪句是假。

以相见之喜作为开篇，以女主人孤灯哀怨的心里话作为结束，整套组曲用词大胆，毫无顾忌，但又有细腻的心理描写，将人物千回百转的心思直白写来，情感色彩浓烈，趣味十足。

〔南吕〕四块玉·别情

自送别，心难舍，一点相思几时绝。凭阑袖拂杨花雪。溪又斜，山又遮，人去也。

【赏析】

在诸多种题材中，关汉卿很擅长描写男女离别。这首《四块玉·别情》如题所言，描写的正是男女别离之后相思难舍的心情。

"自送别，心难舍，一点相思几时绝。"直白的言语，暗藏的情绪却很汹涌。因为难舍难分的心情一直持续良久，未曾平静。虽然只有"一点相思"，却绵长而难以了断。"凭阑袖拂杨花雪"这一句写的是女主人公独倚栏杆的身影：宽大的衣袖被高处的寒风吹拂得不停在空中翻飞，满树杨花被风吹落，好似下起小雪。"杨花雪"三字有两解：可以是飞雪似落花，也可以是落花似飞雪。

"溪又斜，山又遮，人去也。"这三句是女主人公别后凭栏远眺所见。她望着恋人离去的方向，发现溪水和山峦挡住了视线，她心中牵挂的人的身影早已烟消云散。同时，此处也可以作别离场景解，这三句是写女主人公心上人的身影先消失在山溪尽头，又进入大山之中，渐行渐远，直至再也看不见。这种"一句多义"的现象如同小说的开放性结局，正是曲子设计精妙之处。不同的读者可以运用自己的想象填补刻意留白的重要位置，让作品具有启发性和多义性，增加阅读的趣味。

语言上，这首曲子并没有难以理解的生僻词汇，但韵味十足，雅俗共赏。结构上，从主人公叙离别愁绪到独自凭栏怀念故人，情节完整，画面感强。音韵上，读起来朗朗上口，余味悠扬。末尾更别具匠心地用虚字入韵，显示出关汉卿高超的散曲写作技法。

〔南吕〕四块玉·闲适

适意行，安心坐。渴时饮饥时餐醉时歌，困来时就向莎茵卧。日月长，天地阔，闲快活。

【赏析】

元代的知识分子，在饱受现实打击的情况下，因无力施展抱负而意志消沉，流露出看破名利、向往归隐生活、当下享乐的思想意识。这也可以说是在大的时代背景的影响下所产生的一种共同思想潮流。关汉卿四首《四块玉·闲适》小令即体现出这一潮流特点。在同一时期，其他文人墨客也或多或少流露出相同的意图。如写出"风云变古今，日月搬兴废，为功名"的卢挚，写"知荣知辱牢缄口，谁是谁非暗点头，诗书丛里且淹留"的白朴，以及写"种春风二顷田，远红尘千丈波，倒大来闪快活"的马致远等。

作为四首《闲适》小令中的第一首，此曲表达了关汉卿对名利的轻视和远离纷争、回归田园的向往。"适意行，安心坐"，这是作者提出的生活原则，他希望自己能行坐由心，无愧天地，不用仰人鼻息，也不用受功利思想的趋势，做每件事都发乎自己的本愿。

"渴时饮饥时餐醉时歌"一句有不同的断句方式，既可以按照《太和正音谱》看作"渴时饮呵醉时歌"的七字句，也可以依照《九宫大成曲》分为："渴时饮，醉时歌"两个三字句。这里选用的是《太平乐府》的版本，视九个字为一整体。这九个字进一步表达了作者顺应自然、随心作为的思想，加上后面的"困来时就向莎茵卧"，正好涵盖了文人生活的各个方面。

觉得口渴就喝水，觉得肚子饿就吃饭，喝酒喝醉了就放声高歌，困意来袭就躺在"莎茵"（即褥子）上睡觉，这样闲适的生活正是关汉卿所追求向往的。然而这也说明他所处的环境正好与之相反，正因为他生活在"密匝匝蚁排兵，乱纷纷蜂酿蜜，急攘攘蝇争血"（马致远《夜行船》）的世界，所以才向往安稳宁静的生活。

"日月长，天地阔，闲快活"承接上文的"醉时歌"而来，引用施存《云笈七签》中的典故："常悬一壶，如五升器大，变化为天地，中有日月如世间，夜宿其内，自号壶天，人谓曰壶公。"这三句意即只有喝醉后才觉得自己身处能够闲适生活的地方，由此可见当时环境的黑暗。这首小令乍看言语轻快，描绘的生活快意闲适，然而细品过后才察觉其中包含着一种深沉的自嘲和消极情绪。

〔南吕〕四块玉·闲适

旧酒投，新醅泼，老瓦盆边笑呵呵。共山僧野叟闲吟和。他出一对鸡，我出一个鹅，闲快活。

【赏析】

相较于《闲适》第一首着重表达关汉卿的生活信条和对闲适生活的向往，这首小令则写实地描写了诗人与亲朋好友把酒言欢的画面。

"旧酒投，新醅泼，老瓦盆边笑呵呵"，三五好友围坐在瓦盆边，煮酒谈天，笑容满面。其中"投"应做"酘"，指的是酿酒过程中将饭投入曲液的过程。前两句分别指代两种不同的酒，在这里用来强调酒宴的酣畅场面。

"共山僧野叟闲吟和。"瓦盆边与作者一同饮酒的是山间的僧人、田间的智叟，大家聚在一起行酒令，兴致高昂时就赋诗一首。"他出一对鸡，我出一个鹅，闲快活。"众人相聚，菜色虽是每人带一样，并不精致，但气氛融洽好不快活。

这场即兴发起的小宴会，碟盘酒器并不名贵，菜肴也不是精心制作，既没有繁文缛节的礼节，也没有妙语笙歌的舞女，赴宴的也非酸腐的儒生和绫罗锦缎满身的王公大臣，只不过三两山僧野叟相聚，自备下酒菜，其乐融融地饮酒赋诗。鲜明形象的描绘，加上似信手拈来的口语化语言，让小令极富生活气息，朴实自然。这样的宴会，正是委身田园、山野的人才能享受到的逍遥自在生活的一部分。

〔南吕〕四块玉·闲适

意马收，心猿锁。跳出红尘恶风波，槐阴午梦谁惊破。离了利名场，钻入安乐窝，闲快活。

【赏析】

《四块玉·闲适》组曲的前两首，都通俗易懂，大量运用朴实的口语化语言，而这支小令作为《闲适》的第三首，则显示出关汉卿浓厚的文学底蕴。

"意马收，心猿锁。"小令开篇就化用《维摩经·香积佛品》中的"难化之人，性如猿猴，故以若干种法，制御其心，乃可调伏"的典故，这也就是人们所熟识的成语"心猿意马"的来源。人一旦被名利所诱，就如同脱缰野马、暴躁的顽猴，只有牢牢拴住、锁住才能维系平静的心态。这两句是说作者渴望能够摆脱名利的引诱，守住本性，维持平和闲适的心境。

"跳出红尘恶风波，槐阴午梦谁惊破"，作者决心跳脱出俗世之中纷乱的争斗，从"槐阴午梦"中清醒过来。"槐阴午梦"指的是"南柯梦"的典故，出自唐传奇《南柯太守传》，书生淳于棼喝醉后在槐树树荫下酣然入睡，发现自己来到大槐安国，官拜南柯太守，20年来享尽富贵荣华，醒来后却发现不过是一场美梦。这一典故还见于明代汤显祖的《南柯记》，旨在点明功名利禄不过是半张纸，富贵荣华只是空梦，告诫世人不要太过执着。

于是作者有了"离了利名场，钻入安乐窝，闲快活"的想法，认为远离名利场，进入"安乐窝"，生活才会安逸快活。整首曲子的主旨看起来是逃避官场俗世、钩心斗角的人事纷争，消极避世，实际上却是对腐朽社会现状的控诉。

参透功名利禄，挣脱名利的牢笼，隐居山野，过自由自在的生活。这一避世逍遥的方法并非关汉卿首创，古时的范蠡、严陵、陶渊明、陈抟等人，都在隐逸中寻找到了真正的自由。相较于屈原、马援等人力图以一己之力力挽狂澜的做法，元代文人更倾向于能"会作山中相，不管人间事"。当然他们做出这样的选择，与元代大一统之后蒙古贵族在政治、文化、科举、刑罚上的举措密不可分。故而关汉卿在经历坎坷挫折和挣扎之后，自然而然流露出急流勇退，远离官场是非的想法。

〔南吕〕四块玉·闲适

南亩耕，东山卧，世态人情经历多。闲将往事思量过。贤的是他，愚的是我，争什么！

【赏析】

承接前一首小令，在《四块玉·闲适》组曲的最后一首中，关汉卿着重倾诉选择避世的苦衷，着重讽刺朝廷选拔人才时贤愚不辨的事实。

"南亩耕，东山卧，世态人情经历多。"开篇列举作者心中推崇的隐逸名士陶渊明和谢安。"南亩耕"指的是弃官归来的陶渊明，因其在《归园田居》诗中写有"开荒南野际，守拙归园田"两句，故有此言。"东山卧"指代谢安，年少时谢安曾出任太子少傅等显赫官位，后归隐会稽东山，与王羲之等名士游戏山水间，吟咏赋诗作文。关汉卿列举二人的目的在于说明自己归隐的理由同这两位名士相同，都是在历经世态人情之后，出于对现实的清醒认识而作出的选择。

"闲将往事思量过。贤的是他，愚的是我，争什么！"结尾四句话一气呵成，承接前文，先说明归隐的选择并非赌气之举，而是几经思量得出的结论。再通过回顾往事，指出自己所处的时代善恶不分，贤愚难辨，人情淡薄。由此，得出不必与那些贪恋名利满身铜臭之人争辩计较的结论。与其与他们争"贤"，不如以"愚"自居，不计长短，自在生活。

对于关汉卿而言，无论别人将他当作风流名士还是贩夫走卒，他都不放在心上。虽然他看破红尘，渴望清净的生活，但是他仍对自己所处的时代愤懑不平，结尾"贤""愚"的说法，体现出一种激愤之情。故意说自己"愚"，实际上是讽刺那些自认为"贤"的人。"争什么"三字看似旷达，实则慷慨激昂，充分衬托出关汉卿身为文人的傲骨，和"众人皆醉我独醒"的精神状态。

从最初对隐居的向往，到最后倾诉选择隐居生活的缘由，这一套《闲适》组曲内容完整，结构安排巧妙，情绪也由平静转向激昂愤懑的抒发，每首小令的末尾几句皆是自我调侃之语，表现出关汉卿阔达的胸襟，以及不得不进行自我安慰的无奈心情。

〔商调〕梧叶儿·别情

别离易，相见难，何处锁雕鞍。春将去，人未还，这其间，殃及煞愁眉泪眼。

【赏析】

关汉卿描写男女离别愁绪时，特别擅长对女子的心理活动进行精细刻画。这首曲子用语大胆朴实却真切动人，巧妙地截取主人公生活的一个侧面，却细致入微地表达出女主人公心中的思绪。

"别离易，相见难，何处锁雕鞍"，前三句字里行间流露出女主人公心中的悔意。柳永《定风波》词中说："早知恁地，悔当初，不把雕鞍锁。"此处化用柳词，传达出女主人公"悔教夫婿觅封侯"（王昌龄《闺怨》）的心情。她既因"相见时难别亦难"（李商隐《无题》）而恨自己当初没有锁住他的"雕鞍"，也怀疑他的"雕鞍"在"何处锁"，担心他被人"锁"了别处。

"春将去，人未还"六个字足以见出女主人公心中的哀怨。春天都过去了，心中期盼的人却仍旧没有归来。"这其间，殃及煞愁眉泪眼"，一个"煞"字把思念中愁眉苦脸默默流泪的女子形象勾勒出来。前后两句连接顺畅，用语平常，没有一丝矫揉造作之意。怪不得周德清在《中原音韵·作词十法》中赞道"'这其间'三字，承上接下，了无瑕疵。'殃及煞'三字，俊哉语也。"

小令虽写女子别离伤怀之情，却有别于其他诗人、词人笔法。关汉卿没有写"青山隔送行，疏林不做美，淡烟暮霭相遮蔽"（《西厢记·草桥惊梦》）这样的送行场面，也没写"执手相看泪眼，更无语凝咽"（柳永《雨霖铃》）的难舍情景，他只将女子心中的悔意和深深的埋怨，以及心中难以搁置的思念简笔道出，将复杂多变的女子心思，将她对别离之人的爱意、恨意、怨念，一一呈现，立意之巧，令人赞叹。

在曲调的选取上，关汉卿也花尽心思，恰到好处地选择适合表达哀怨之情的"商调"，让百转千回的心思更加富有感染力，引起读者共鸣，这也是元曲较诗词而言特有的韵味。所以明代王世贞在《曲藻》中称这首小令为"情中悄语"的典范。

〔双调〕 沉醉东风

咫尺的天南地北，霎时间月缺花飞。手执着饯行杯，眼阁着别离泪。刚道得声"保重将息"，痛煞煞教人舍不得。"好去者望前程万里！"

【赏析】

在这首《沉醉东风》中，关汉卿选择前人诗词中经常出现的话别情形为主要内容，利用散曲"曲中有戏"的特点，声情并茂地还原并演绎了有情人饯别的场景。

"咫尺的天南地北，霎时间月缺花飞。"开篇两句借自然现象表达心中情感。两个人顷刻之间就将劳燕分飞，所以连花也为之凋落，月也为之残缺。当然，此处的"月缺花飞"并不一定是眼前的实景，而很有可能是主人公心中所想。

"手执着饯行杯，眼阁着别离泪。"离别的薄酒在手中微微颤动，眼中的泪珠已抑制不住地滑落。这两句直接指出饯别的主题，描写送别时女子的神态。那泪珠正是女子不舍的最佳证明。

有了饯别的画面，自然少不了离别赠言，于是有了接下来的嘱托。"刚道得声'保重将息'，痛煞煞教人舍不得。'好去者望前程万里！'"在柳永笔下难以诉说的离别之语，在关汉卿的笔下变作了声声嘱托。无声有无声的好，有声却有有声的妙，两者难较高下。

送别的女子只不过道一声珍重，便已心痛得无法言语。她眼见泪珠儿连线落的心上人匆匆上路，生怕让对方更加难过，也怕自己因眷恋而迈不动离去的步伐。因此忙补上一句"好去者望前程万里"，让浓郁的离别愁绪淡上几分。关汉卿的构思好就好在让原本落入俗套的嘱托，因为中间的一次打断，而变得意味深长。虽不直接言情，情意却丝毫不减。

长亭饯别的场景到这里已经曲终人散了，谁也不知晓曲终的女子究竟是独自徘徊于分别之地，还是抹干了泪转身离去。这种戛然而止的送别场景诱发了读者无穷的想象力。

〔双调〕 沉醉东风

忧则忧鸾孤凤单，愁则愁月缺花残。为则为俏冤家，害则害谁曾惯？瘦则瘦不似今番，恨则恨孤帏绣衾寒，怕则怕黄昏到晚。

【赏析】

王国维在《人间词话》中说："境非独谓景物也，喜怒哀乐亦人心中之一境界。"关汉卿此曲写女子离别后的心境、情绪，即如王国维所言，纯从人的心理描写挖掘，以塑造人物形象，抒发深层情感。

"忧则忧鸾孤凤单，愁则愁月缺花残。"以女子的忧愁开篇，运用比喻的手法将无形的思绪形象化，奠定了整首曲子的感情基调。"鸾"和"凤"通常用来比喻夫妇，古人称赞夫妻和睦情感笃厚，常常用"鸾凤和鸣"一词。"月"和"花"是两种常见的景物，也是古人赋予情感最多的两种意象。开篇两句写女子一人独坐在空闺之中，抬眼看到天上明月、枝丫上的花朵，联想到昔日月圆花好，与有情人相依偎的美好回忆，一下子忧愁满心，但又暗中期许情郎归来，到时候月会重圆，花会再开，不再是如今形单影只的情形。

"为则为俏冤家，害则害谁曾惯？"昔日的爱意如今变成了怨念的源头，俊俏的心上人害她忍受这样的煎熬。"冤家"多为情人之间彼此的昵称，用在这里更为合适，鲜明传达出女子心中的怨念。一个"曾"字，说明女主人公是第一次品尝相思的苦楚，因而更显得难以忍受，心中的怨念也因爱意浓郁而更加不可抑制。

"瘦则瘦不似今番"，从对女子心理活动的描写转到外在的表现上，也就是前四句所言思绪直接作用在女子身上的结果。形容饱受相思之苦的人，既有李清照"人比黄花瘦"的佳句，又有柳永"衣带渐宽终不悔，为伊消得人憔悴"的妙语。而关汉卿描写这种寝食难安导致的消瘦，更强调这种消瘦"不似今番"，承接上文的"曾"字，说明这样长久的别离前所未有。消瘦的女子也因此生出了怕和恨，有了"恨则恨孤帏绣衾寒，怕则怕黄昏到晚"的体悟，不愿意一个人面对冷清空荡的床帏，独坐至天明。

七句均由"×则×"的句式组成，重复堆叠，对仗工整，描写角度全面，程度上层层递进，至末句达到高潮，把饱受相思之苦的女子心态描写得细腻真实，所用词汇通俗易懂，所表达的情感却缠绵悱恻。

〔双调〕 碧玉箫

笑语喧哗，墙内甚人家？度柳穿花，院后那娇娃。媚孜孜整绛纱，颤巍巍插翠花。可喜煞，巧笔难描画。他，困倚在秋千架。

【赏析】

"笑语喧哗，墙内甚人家？"一串少女的笑闹声从朱红的院墙里随风飘出，墙外行路的少年被"笑语喧哗"搅扰得神魂颠倒，不免发出问话："墙内甚人家？"作者设置了一个墙外耳闻院内女孩儿欢笑却张望难见的场景，让人联想起苏轼的《蝶恋花》词："墙里秋千墙外道。墙外行人，墙里佳人笑。笑渐不闻声渐悄，多情却被无情恼。"

借用苏词，作者化出了别样的意境：墙内的笑语是放肆的喧哗，而墙外的人却是偷偷在心里猜测。他在高墙大院外，不敢对院内的美女"多情"。外面人无缘见到女子的容颜，作者却很快让她抛头露面：只见"院后那娇娃"穿过杨柳树林和百花丛，款款而来。"度柳穿花"表现的是她行走的动作，以柔柳和艳花衬托，让人想到少女的身形像杨柳一样袅袅婷婷，面容如鲜花一样千娇百媚。"娇娃"的容颜之美不用精刻细画已经显而易见。

少女似乎对自己拥有的芳姿沾沾自喜，独自穿花过柳后开始顾影自怜。先把红色的纱裙用手细细整理，接着又在云鬓上插戴翠绿的饰花。整理纱裙的动作是"媚孜孜"的，插戴翠花的手法是"颤巍巍"的，让人产生各种联想：是众人喧哗嬉闹弄乱了衣裙发鬟特地到这里整理？或是女伴们的调笑引起她春心萌动躲到此处自赏芳容？还是被人告知情郎即将到来因而私下弄姿？

"可喜煞，巧笔难描画。"她已经可爱至极，作者已没有办法描画。最后只好道一句："他，困倚在秋千架。""困倚"着的美女显现出无比的娇憨和天真，更令人怜爱心醉。

作者是赞美女子的高手，先是声音入耳，人掩在高墙深院，神秘感牵动人心；再是红花绿柳丛中少女出场，把她衬托得曼妙动人；然后写她羞涩慵懒的神情和动作，由此增添了无限的媚惑；最后是困倚秋千的姿态，更显迷人。"巧笔难描画"只是虚言，这位可爱娇羞的少女已经让人读之不忘。

〔双调〕碧玉箫

秋景堪题，红叶满山溪；松径偏宜，黄菊绕东篱。正清樽斟泼醅，有白衣劝酒杯。官品极，到底成何济！归，学取他渊明醉。

【赏析】

关汉卿游山踏秋时，看着秋日山间秀丽的景色，诗兴大发，就着美酒抒发心中的感叹，歌颂纯净美好的自然景色，也反讽现实社会的污浊不堪，写下这曲《碧玉箫》。

"秋景堪题，红叶满山溪；松径偏宜，黄菊绕东篱"，开篇四句，徐徐展开一幅秋景图：山间红叶漫山遍野，犹如傍晚天上的云霞，飘零的落叶落满溪流，山间小路两侧碧翠的苍松参差站立，遥遥望去，远处秋菊傲人，迎霜绽放。这样的美景让关汉卿想到无数前人对秋日的赞美，从"东篱"二字可以推断其中不乏陶渊明的身影。

陶渊明写"松"，是"凌霜珍异类，卓然见高枝"，写"菊"则是"采菊东篱下，悠然见南山"。关汉卿也承继了陶渊明写"秋"的欣然笔调，撇开秋日的萧瑟景象，用壮美的笔触强调秋景中的生机勃勃。红叶火红，可以题诗，山溪缓缓流淌，味道甘甜，松树苍碧挺拔，菊花花团锦簇。所有景色在他的笔下都极具乐观豪情。四句短句，层次分明，利用总分结构，让秋日山景图有声有色，景物活灵活现。

"正清樽斟泼醅，有白衣劝酒杯。"美景需以美酒佐配。诗人面对此景，不由得开怀畅饮，虽然只是农家自酿的酒水，却也让人甘之如饴。"白衣"即"布衣"，指的是未出仕为官之人。色彩斑斓的秋景图中，几位布衣书生白衣翩翩，聚在一起谈笑风生，手持酒杯开怀痛饮。

"官品极，到底成何济！归，学取他渊明醉。"末尾四句笔锋急转，由单纯的描景变作对现实的抨击。就算位居高官又能怎样？还是无济于事，无法改变现状，不如学陶渊明归隐田园，眼不见心不烦，日日与美酒为伴。畅饮之后，诗人乘着酒兴直言功名的不济，抒发对归隐的向往。整首曲子音律和谐，极具韵味。作者由踏秋见闻生发开来，将归隐之志写得豪情万丈，体现出作者旷达自适的情怀。

高文秀

高文秀，东平（今属山东）人。所作杂剧今知有 32 部，数量上仅次于关汉卿，时人称之为"小汉卿"。剧作以"水浒戏"为多。现存《双献功》《襄阳会》《遇上皇》《谇范叔》4 种，《周瑜谒鲁肃》仅存曲词 1 折，亦有散曲传世。

须贾大夫谇范叔第一折

〔油葫芦〕自古书生多薄命，端的可便成事的少，你看几人平步蹑云霄。便读得十年书，也只受的十年暴，便晓得十分事也抵不得十分饱。至如俺学到老，越着俺穷到老。想诗书不是防身宝，划地着俺白屋教儿曹。

〔天下乐〕他每只是些趓①避当差影身草。自古来文章，可便将人都误了。劝今人休将前辈学。学下庄斩虎的入虎穴，学吕望钓鱼的近池沼，学太康放鹰鹘②拿燕雀。

〔哪吒令〕我论着那斩虎的，则不如去斩蛟；钓鱼的，则不如去钓鳌；放鹰的，则不如去放雕。调大谎往上趱③，抱粗腿向前跳，倒能勾禄重官高。

〔鹊踏枝〕但有些个好穿着、好靴脚，出来的苫④眼铺眉，一个个纳胯那腰，说谎的今时可便使着。天那则俺这诚实的管老死蓬蒿。

〔寄生草〕本待要寻知契、谒故交，见十家九家门关了。起三阵五阵檐风哨，有千片万片梨花落。但得个一顷半顷洛阳田，谁待想七月八月长安道。

【注释】

①趓（duǒ）：同"躲"。②鹘（gǔ）：鸟名。③趱（zǎn）：催促，催逼。④苫（shàn）：遮盖。

【赏析】

出生东平的高文秀有"小汉卿"的美誉，他年辈晚于关汉卿，据钟嗣成《录鬼簿》记载，高文秀早卒，一生创作不多，共有杂剧 32 部，现存 5 部。《须贾大夫谇范叔》，又名《谇范叔》，是作者在《史记·范雎蔡泽列传》的基础上创作出来的。剧中重要的情节都能在《史记》中寻到对应章节。故事主要叙述战国时期著名辩士范雎的亲身经历，讲述昔日名不见经传的范雎怎样忍受食草之辱、死里逃生，从魏国到秦国成为一代名相之事。

范雎本为魏国须贾门下谋士，陪同须贾出使齐国。出访期间，他辩才出众，深受齐大夫邹衍赏识，须贾心生嫉妒，便以范雎私通齐国的借口，向丞相魏齐告密。结果，范雎被冠以"私通他国"的罪名，遭到毒打。后来他逃到秦国，化名张禄，凭借自身才能成为秦国丞相。须贾奉旨远去秦国祝贺新丞相上任，途中遇到化妆为贫民的范雎，兴起同情心，赠送棉袍给范雎。到了丞相府，须贾看见席上新丞相即是昔日的范雎，大为惊愕。范雎顾念须贾赠衣之情，再加上各国使臣的游说，只让须贾尝昔日食草之辱，最终饶他性命，任其归国。

此处节选的第一折五支曲子是范雎出席齐国大夫邹衍宴会时所唱。五首曲词以《油葫芦》的"书生命薄"为开端，《天下乐》《哪吒令》《鹊踏枝》的"学习前人无用论"为主要内容，最后用《寄生草》的"归隐之意"收尾。五首曲子虽然并非同一曲牌，但浑似一个整体，密不可分。

"自古书生多薄命，端的可便成事的少，你看几人平步跋云霄。"《油葫芦》开篇，高文秀借范雎直抒胸臆，表达对书生难成大事、虚度光阴的感慨。句子的"端的"意为"确实"，"可便"两字为衬词并无实意。这三句话主要是说自古以来书生寒窗苦读十余载，能够平步青云、成就大事的人寥寥无几。

接下来杂剧作家借范雎之口通过论证读书与温饱的关系，从另一个角度证明读书人命薄。"读得十年书，也只受的十年暴，便晓得十分事也抵不得十分饱。"读得十年诗书，所知晓的道理并不能够充饥保暖，读多少年书就虚度了多少年的光阴。所以他说："至如俺学到老，越着俺穷到老。"这两句话有夸张的意味，此时出使齐国的范雎，其年龄并未达到耄耋之年，之所以这样说，是为了进一步强调自己的观点。曲子的最后两句更显凄凉，范雎感慨百无一用是书生，读书不能防身，更不能赚得宝物流传后世，只能给后世留下穷徒四壁的草屋。

论述书生无用后，作者又指出对于书生而言最要不得的就是效仿前人，并用3首曲子来证明自己的观点。

《天下乐》一曲提出了"劝今人休将前辈学"的中心论点，用"学卞庄斩虎的入虎穴，学吕望钓鱼的近池沼，学太康放鹰鹊拿燕雀"，列举了三位著名人物——卞庄子、太公望和太康的经历。卞庄子为鲁国的大夫，齐国人畏惧他一次捕捉两只老虎的威名，不敢侵占鲁国。太公望为西周的开朝功臣，相传他隐居之时在渭水垂钓，后被周武王寻到。太康为夏的国君，善于放鹰捕捉燕雀。

《哪吒令》承接前文末三句，进一步阐述学古人无用。在高文秀看来，学卞庄子杀虎不如下河斩蛟，学太公望钓鱼不如改去钓鳖，学太康放鹰不如改去放雕。他认为跟随别人的脚步，不过是邯郸学步，根本无法如前人一样脱颖而出。

一开始范雎还提到一群人，"他每只是些趸避当差影身草。自古来文章，可便将人都误了"。他们不过是一些用来躲避当差之人的影身草，自古以来用习学文章，误导世人。范雎并没有在《天下乐》中详细描述他们究竟是什么样的人，而是留有悬念交由后文刻画其嘴脸。在《哪吒令》中为这群人塑像，以"调大谎往上趋，抱粗腿向前跳，倒能勾禄重官高"三句道出所谓的他们不过是扯谎附会，靠这些手段攀爬到高官厚禄之位。又在《鹊踏枝》中揭露这群人的嘴脸，说他们"但有些个好穿着、好靴脚，出来的苦眼铺眉，一个个纳胯那腰。"

抑郁不得志的范雎感慨："说谎的今时可便使着，天那则俺这诚实的管老死蓬蒿。"没有真才实学，凭借逢迎获得高官的人不计其数，像他范雎这样的老实人只能如野草一样自生自灭。

《寄生草》中，前程无望的范雎歌尽世态炎凉，哀叹自己唯有隐居牧野之中，依靠种田度日。他为了能够从仕，忍受着风吹日晒雨淋雪寒之苦，四处拜访亲朋好友吃了无数闭门羹，最后终于不敢再奢望从仕，只希望能有一亩三分田躬亲耕种，维持温饱。

曲子内容为范雎深感自己怀才不遇的埋怨之言。这样的桥段在《史记》之中并无提及，为作者增添的内容。结合高文秀的生平，不难发现这些言语代表了他的心声。元代官员选拔制度不完善，科举取士屡被中断。高文秀经历"不得登科"的遭遇，怀才不遇的经历与范雎相似。元代流传着"八娼九儒十丐"的说法，儒生的地位与娼妓和乞丐相同。高文秀借由范雎之口，控诉自己生活的时代，以及统治者对儒生的漠视，抒发自己的怨艾。

这五首曲子更为后文范雎与众不同的人生道路埋下伏笔，使情节产生强烈的对比和冲突。心生退意的范雎，在魏国受辱死里逃生后，成为显赫一时的丞相。这样的对比，让戏剧冲突更强烈，前后截然相反的想法，赢得观众的喜爱。曲子用词十分口语化，如"天那则俺这诚实的管老死蓬蒿"，运用大量比拟，让叙事更加形象生动，每字每句都自然流畅，尽显角色本色。

黑旋风双献功第一折

〔哨遍〕可便道恭敬不如从命，今日里奉着哥哥令。若有人将哥哥厮欺负，我和他两白日便见那簸箕星。则我这两条臂拦关扶碑；则我这两只手可敢便直钩缺丁。理会的山儿性，我从来个路见不平，爱与人当道撅坑。我喝一喝骨都都海波腾，撼一撼赤力力山岳崩。但恼着我黑脸的爹爹，和他做场的歹斗，翻过来落可便吊盘的煎饼。

【赏析】

水浒戏是高文秀创作的重要组成部分，相传他创作八种水浒戏，如今只传下这部《黑旋风双献功》（简称《双献功》）。黑旋风李逵是水浒中个性突出的人物之一，他艺高胆大，率直忠诚。高文秀的《双献功》充分展示了李逵的疾恶如仇、忠肝义胆，与康进之的《李逵负荆》并称为"黑旋风杂剧"双璧。如此赞誉也显现出世人对此剧的肯定。

杂剧缘起于李逵护送孙孔目（孙荣）夫妻赴泰安神州烧香还愿一事。途中孙孔目继室郭念儿与白衙内逃跑，孙孔目遂将白衙内告上公堂。谁知白衙内早已买通泰安府衙的官吏，最后孙孔目反被判死罪。李逵知晓此事，假扮庄家后生，救出孙孔目，又扮成送酒的衙役，杀死奸夫淫妇，回梁山报功。所谓的"双献功"，一是指李逵救出被诬告的孙孔目，二是他杀死白衙内和郭念儿为孙孔目报仇。

此处选取的《哨遍》为第一折开篇《正宫·端正好》套曲中的一支，曲词充分表现出李逵艺高胆大、疾恶如仇的个性，展现了他的英雄气概。听说宋江好友孙荣上梁山求助，一向钦佩哥哥的李逵立刻以项上人头作保，立下军令状护送孙荣夫妇去泰安烧香还愿。这首《哨遍》唱出李逵完成任务的决心。

李逵唱道："恭敬不如从命，现在领了哥哥的命令。倘若谁欺负哥哥，我让他白日里见那扫把星。力大无穷的我，可是疾恶如仇的个性，向来路见不平拔刀相助，喜欢拼个你死我活。我的两声大喝连大海也会卷起骇然大浪，赤手空拳捶一锤山冈，山都会崩塌。倘若惹恼了我，定然少不了一番恶斗，小心我将那不开眼的人像煎饼一样翻来翻去。"

高文秀在创作这首曲子时采用白描的手法，尽显"本色自然"的特点。为了符合黑旋风的人物性格，他使用大量北方方言俗语，如"簸箕星""直钓缺丁""吊盘的煎饼"等；为表达李逵路见不平、草莽英雄本色，他还巧妙运用"衬字"冲破曲词对字句的束缚，让节奏变得明快、急促，更像是李逵脱口而出的言语。曲词中还运用大量夸张的言语，"两条臂拦关扶碑""两只手可敢便直钓缺丁"来形容李逵的力大如神，运用象声词"骨都都、赤力力"道出李逵的神勇。

在杂剧中，为表现李逵的个性，高文秀借用属于《般涉调》的《哨遍》，用慷慨激昂的曲调恰到好处地表现出李逵为自己敬爱的哥哥分忧解难的激动之情，更显其"本色自然"的特点。

黑旋风双献功第二折

〔赚煞尾〕我也不用一条枪，也不用三尺铁，则俺这壮士怒目前见血。东岳庙磕塔的相逢无话说，把那厮滴溜扑马上活挟。他若是与时节，万事无些；不与呵，山儿待放些劣撒。恼起我这草坡前倒拖牛的性格，强逼我这些敌官军勇烈，我把那厮脊梁骨，各支支生撅①做两三截。

【注释】

①撅（juē）：同"绝"，折断，断绝。

【赏析】

《黑旋风双献功》第一折写李逵领命听宋江言语，扮作庄家后生护送孙孔目与妻子郭念儿。这一折则写郭念儿与白衙内逃跑，孙孔目归来发现妻子不见踪影，借店小二之口得知妻子与白衙内私通逃跑。愤怒的李逵听闻这件事，恨不得活撕了奸夫淫妇，急忙追出去。孙孔目阻挠不了李逵，自己前往官衙状告衙内拐跑他妻子。

《赚煞尾》这曲着重体现李逵疾恶如仇的个性，也显现出他对官府的蔑视。在剧中为下文去官府探监用计营救孙孔目埋下伏笔。

"我也不用一条枪，也不用三尺铁，则俺这壮士怒目前见血"与前文中"我今日改换了山寨的丑名，我打扮做个庄家后生"的言语相呼应，李逵改名换姓，假扮成庄稼汉，自然不能随身携带武器。而孙孔目阻拦李逵时曾说："兄弟你休去。你这一去，则是你独自一个，他那里人手极多，你手里又无兵器，则怕你近不得他。"于是李逵行前以此言语安抚孙孔目，宽慰对方不必担忧。开篇三句李逵喊道，他就算手无寸铁，也能打得白衙内当场毙命，言语之间足见其剽悍英勇。

"东岳庙磕塔的相逢无话说，把那厮滴溜扑马上活挟。"李逵边追赶白衙内，边考虑见到他时如何惩戒对方。高文秀活灵活现地将李逵脑海中的想象展现在观众面前。随着他的描述，观众脑海中也同时勾勒出李逵不发一言，怒气冲冲在东岳庙前逮到白衙内和郭念儿，并将白衙内活活从马上拖下来的画面。句中的"磕塔"写出了李逵行动的迅速、"滴溜扑"更是给画面配上声音，让场景更加真实化。

"他若是与时节，万事无些；不与呵，山儿待放会劣撒。"李逵进一步设想逮住白衙内逼迫他还妻时对方的反应，并设计了自己的应对方法：如果白衙内是个识时务的人，顺应了他的要求，那这件事就此了之，他也不再做纠缠。倘若对方不同意，那就得好好地教训他一番。区别于人们熟知的《水浒传》中莽撞遇事不思考的形象，高氏笔下的李逵智勇双全，遇事懂得权衡利弊。

末四句再度强调李逵的悍勇刚烈，诠释前一句的"劣撒"性格，把李逵脑海中的想象场景写了出来，让人如临其境。"恼起我这草坡前倒拖牛的性格，强逼我这些敌官军勇烈"，高文秀以"草坡前倒拖牛"形容李逵脾气的执拗，又用"敌官军勇烈"点出他梁山好汉的身份，强调他不畏官府的英勇，最后用"我把那厮脊梁骨，各支支生撅做两三截"收尾，大快人心地写出李逵惩恶除恶的结局：他把作恶多端的白衙内抓起来，折断其脊椎骨为民除害。

高文秀笔下的李逵栩栩如生，威武刚烈，有勇有谋。在人物性格塑造上，他巧妙运用剧中情节凸显主人公李逵的个性：如他对宋江言听计从，对白衙内疾恶如仇，巧设计改头换面救孙荣，扮小厮送酒杀奸夫淫妇等，这些情节丰富了人物形象，让整部戏剧更具艺术感染力。

好酒赵元遇上皇第二折

〔南吕·一枝本〕荡着风把柳絮迎，冒着雪把梨花拂。雪遮得千树老，风剪得万枝枯。这般风雪程途，雪迷了天涯路。风又紧，雪又扑。恰便似枚鋻①筛扬，恰便似捋绵扯絮。

〔梁州第七〕假若韩退之蓝关外不前骏马，孟浩然灞陵桥不肯骑驴，冻的我战兢兢手脚难停住。更那堪天寒日短，旷野消疏，关山寂寞，风雪交杂。浑身上单夹衣服，舞东风乱糁②珍珠。抬起头似出窟顽蛇，缩着肩似水淹老鼠，躬着腰人样虾蛆。几时到帝都？刮天刮地狂风鼓，谁曾受这番苦？见三四金鞍拴在老桑树，多敢是国戚皇族。

（云）来到这酒店。……打二百钱酒来。……酒也！连日不见你，谁想今日在这里又相会，好美哉也！（唱）

〔牧羊关〕见酒后忙参拜，饮酒后再取覆。共这酒故人今日完聚。酒呵则道永不相逢，不想今番重聚。为酒上遭风雪，为酒上践程途。这酒浸头和你重相遇，酒爹爹安乐否？

【注释】

①枚（qiān）：挖土的一种工具。鋻（jiǎn）：泼，倾倒。②糁（sǎn）：散落。

【赏析】

好酒者一向是中国戏剧舞台上常见的人物形象，如《贵妃醉酒》《醉打金枝》《大闹天宫》等。正因为"水为地险，酒为人险"，醉后之人往往吐露心声，展现出与情形之时全然不同的姿态，酒才会如此深受剧作家的喜爱。《好酒赵元遇上皇》，高文秀以赵元好酒的趣谈为本事，演绎出一则"酒趣"十足的喜剧。

故事中的赵元好酒贪杯，家道落魄，时常遭到妻子和岳丈的打骂。他的妻子嫌贫爱富，与臧府尹私通。臧府尹后来让赵元送文书进京，并设计让他延误时日，因此获罪。离不开酒的赵元在送公文途中，进入一家酒馆，为三个未带足酒资的酒友慷慨解囊。谁知受他恩惠的恰好是微服私访的宋太祖，宋太祖见识到赵元的良善和仗义，兴起结交之心。两人结为异姓兄弟，宋太祖又在赵元臂上留书，使得进京的赵元不仅逃脱了延误文书的罪责，而且得以加官晋爵。最后，他却因为放不下对酒的钟爱，辞官回到酒坛边。

赵元因为嗜酒被妻子嫌弃，才遭遇无妄之灾，又因为喝酒巧遇宋太祖，才免去牢狱之灾，还因祸得福成为高官，最后还是因为嗜酒，让他选择离开官场做一个逍遥自在的酒客。酒是剧中一条清晰的脉络，串起了所有情节。

本篇为《好酒赵元遇上皇》节选的第二折，讲赵元行走在路上，偶遇风雪便去酒馆喝酒，吟唱出这三首曲子。

《南吕·一枝本》的曲子是对前文人物对白的丰富和扩充。高文秀融合前人咏雪的名篇，创作出描绘风雪之势的佳作。"荡着风把柳絮迎"化用谢道韫的咏雪短句"未若柳絮因风起"，将纷纷扬扬的大雪比作空中飞舞的柳絮，以春景写雪景。"冒着雪把梨花拂"更是将岑参"忽如一夜春风来，千树万树梨花开"的意境活用，将空中的雪花比作被风拂落的洁白梨花。

三、四句写雪势之大，树上覆盖着皑皑白雪，寒风过处枯枝随风摇曳。"这般风雪程途，雪迷了天涯路。"赵元顶风冒雪行进的身影似乎就在眼前。"风又紧，雪又扑。恰便似枕撼筛扬，恰便似捍绵扯絮。"雪依着风势，好像漏筛扬箕一样纷纷扬扬。大片大片的雪花如同被风撕裂的棉絮，洋洋洒洒落下。

《梁州第七》描绘行人的姿态，曲子以典故开篇，描述赵元雪中行进步履维艰的模样。"假若韩退之蓝关外不前骏马，孟浩然灞陵桥不肯骑驴。"前一句取韩愈的典故，韩愈左迁蓝关途中遇到大雪，骏马停滞不前，遂言"雪拥蓝关马不前"名句；后一句则是出自"灞桥寻客"的典故，说诗人孟浩然在风雪中骑着毛驴向霸陵桥西侧寻访梅花。

下面又用"更那堪"三个字统领后文，以四字断句形容赵元行走时艰苦的环境，又用一连串的比喻"出窟顽蛇""水淹老鼠""人样虾蛆"，完善人物顶风冒雪衣着单薄的形象，写出赵元的狼狈。最后，作者描写主人公的感叹，何时能如期到帝都，自己为何受这样的辛苦。此时的赵元远远瞧着远处酒家门口拴着三头高头骏马，待他走进看见上面金灿灿的马鞍，感慨不知是哪个富贵人家如此雪天还出行。

赵元走进酒馆避雪，看到久违的美酒心生欢喜，不由自主地叫上美酒，情真意切地唤道："酒也！连日不见你，谁想今日在这里又相会，好美哉也！"这句话一下子就把赵元对美酒的喜爱之情显露出来。接下来，作者以《牧羊关》将赵元对酒的亲切之意活现出来。他以略带贬义的"酒浸头"自称，又呼酒作"爹爹"，显得滑稽可笑，让原本被疾风骤雪渲染得沉重的气氛也轻松了不少。他举着杯中美酒，不忍喝下肚去，絮絮叨叨地说着自身遭遇，表述着对酒的思念之情，感叹自己为酒惹祸，才会在这风雪中日夜兼程。

作者写他尚未饮酒已先醉的情形，写他口中念念不忘"酒爹爹"，自嘲"酒浸头"，将他对酒的喜爱写得形象具体。高文秀用两首曲词重墨渲染风雪势大，以及赵元行路的艰难，正是为了把他喝酒前后美滋滋的神态烘托得更为可笑，丰富这个滑稽意味十足的人物形象。

保成公径赴渑池会第四折

〔雁儿落〕旗开云影飘，炮响雷霆噪。弓开秋月圆，箭发流星落。

〔得胜令〕霎时间尸首积山高，鲜血滚波涛。觅子寻爷叫，呼兄唤弟号。俺将帅雄骁，恰便似撞雾天边鹘。他军马奔逃，恰便似飘风云外鹤。

【赏析】

《保成公径赴渑池会》又名《渑池会》，描写战国时期赵国丞相蔺相如两次出使秦国，并与赵国大将廉颇和好如初的故事。高文秀将蔺相如完璧归赵、渑池相会和负荆请罪三个重要事件，巧妙地串在一起，写成一部内容丰富的四折一楔杂剧。剧作情节虽然复杂，但重点突出，曲词和宾白均属上乘。

在一、二、三折中，高文秀借蔺相如渑池会上机智过人、秦国大殿上舌灿莲花的情节，树立其不畏强权、时刻为大局着想的形象；又在第四折中描写蔺相如对廉颇的避让，道出蔺氏容人的胸襟。

此处节选的曲子承接"廉颇负荆请罪"之后。剧中描述的时间背景为，秦军攻打赵国时，和好如初的蔺相如和廉颇二人联合制敌，大败秦军。这两首曲子为战争之时蔺相如压阵所唱，曲子再现了激烈的战争场面，写出赵国将领的骁勇善战，从侧面烘托出蔺相如和廉颇两人对赵国安危的重要性。

《雁儿落》抒写赵军的英勇。只见迎风飘扬的帅旗，在空中飞舞。随着令旗的挥动，万炮齐鸣，声若雷霆。赵军战士一个个骁勇善战，拉弓似满月，射箭落如雨，仿佛流星划过天际，射中远处的敌人。

《得胜令》描写赵军旗开得胜后，战场的惨烈情况。尸首堆积成山，血流成河，哀号惨叫连连，到处是此起彼伏的寻亲觅子声。正当此时，赵军的将领乘胜追击，骁勇的模样好像冲破云雾的雄鹰。秦军落荒而逃，就像闻声惊慌失措飞起的鹤。

高文秀并未对战争场面做过多的渲染，而是用最朴实无华的言语抒写最惊心动魄的场景。曲子对仗工整，恪守散曲的音律字句要求。《雁儿落》采用"连璧对"，不仅字词相对，且平仄相对。《得胜令》则采用"扇面对"的对仗格式，隔句对仗。从这两首曲子中，足见高文秀的遣词造句功底。

赵军凯旋后，廉颇和蔺相如互推功绩。高文秀借描述两人在殿堂上避功的行为，凸显廉颇的知错能改，将此画面与之前廉颇蔺相如针锋相对的情景作鲜明对比，也深化了蔺相如以大局为重的胸襟。这出历史剧以蔺相如和秦昭公以及他与廉颇的关系为线索，交织推动情节的发展，在戏剧冲突中凸显蔺相如的容人胸怀和过人才智。

郑廷玉

郑廷玉，彰德（今河南省安阳市）人。生平事迹不详。所作杂剧22种。现存《看钱奴》《后庭花》《楚昭公》《忍字记》《金凤钗》5种。

看钱奴买冤家债主第二折

〔滚绣球〕我这里急急的研了墨浓，便待要轻轻的下了笔划。呀！儿也，这是我不得已无如之奈。可着我斑管难抬。这孩儿性情乖，是他娘肠肚摘下来。今日将俺这子父情可都撇在九霄云外，则俺这三口儿生扢①扎两处分开。做娘的伤心惨惨刀剜腹，做爹的滴血簌簌泪满腮，恰便是郭巨般活把儿埋。

〔倘秀才〕俺儿也差着一个字千般的见责。那员外伸着五个指十分的便捆，打的他连耳通红半壁腮。说又不敢高声语，哭又不敢放声来，他则是偷将那泪揩。

〔滚绣球〕也曾有三年乳十月胎，似珍珠掌上抬。甚工夫养得他偌大，须不是半路里拾的婴孩。我虽是穷秀才，他觑人忒小哉。那些个公平买卖，量这一贯钞值甚钱财。他道我贪他香饵终吞钓，我则道留下青山怕没柴。拼的个搠笔巡街。

〔倘秀才〕如今这有钱的度量呵，做不的三江也那四海，便受用呵多不到十年五载。我骂你个勒掯②穷民的狠员外，或是有人家典段匹，或是有人家当环钗，你则待加一倍放解。

〔塞鸿秋〕快离了他这公孙弘东阁门桯外。再休想汉孔融北海开尊府。多谢你范尧夫肯付身中麦。（带云）那员外呵，（唱）怎不学庞居士预放来生债。他他他则待掐破我三思台，他他他可便攧破我天灵盖，走走走早跳出了齐孙膑这一座连环寨。

〔随煞〕别人家便当的一周年，下架容赎解。（带云）这员外呵！（唱）他巴到那五个月，还钱本利该，纳了利从头儿再取索，还了钱文书上厮混赖。似这等无仁义愚浊的却有财，偏着俺有德行聪明的嚼斋③菜。这八个字穷通怎的排，则除非天打算日头儿轮到来。发背疔疮是你这富汉的灾，禁口伤寒着你这有钱的害。有一日贼打劫火烧了您院宅，有一日人连累抄没了旧钱债，恁时节合着锅无钱买米柴，忍饥饿街头做乞丐。这才是你家破人亡见天败。你还这等苦克瞒心骂我来，直待要犯了法遭了刑，你可便恁时节改！（同旦儿下）

【注释】

①扢（gǔ）：取。②掯（kèn）：卡、按。③斋（jī）：细、碎。

【赏析】

郑廷玉在元代杂剧创作中享有盛名，在钟嗣成《录鬼簿》中名次仅低于关汉卿和高文秀。他的作品题材丰富，涵盖社会百态。无论是王亲贵胄，还是贩夫走卒，都在其杂剧作品中有所表现。他尤其擅长讽刺手法，常能在剧中入木三分地揭示社会的丑恶现象。

《看钱奴买冤家债主》这出讽刺喜剧，脱胎于晋干宝《搜神记》中"张车子"的传奇故事。在剧中，郑廷玉塑造了贾仁这个极具代表性的吝啬鬼形象，并以夸张讽刺的手法揭露了他为富不仁、奸诈狡猾的本色。

无赖贾仁因缘际会下得到周荣祖的家财，一夜暴富。周荣祖一家却因此沦为乞丐。成为富翁的贾仁依旧悭吝成性，因为膝下无儿无女，他便廉价买来周荣祖之子，收为养子。后来，贾仁染病身亡，养子长寿继承财产。几经周折之后，周荣祖一家终于团聚，待他们验查财物时，才发现原来这些财产都是自己的家财。此处的六首曲子节选自杂剧的第二折，为贫困潦倒的周荣祖被迫卖子时的唱词。

时值寒冬，穷困潦倒的周荣祖夫妇不忍儿子受苦，又实在无心照料，无奈之下决心将儿子卖给良善之家，以求一条活路。风雪交加之日，门馆先生陈德甫说和，让周荣祖将亲儿长寿卖给贾仁。《滚绣球》为周荣祖狠下心书写卖儿文书时所唱，曲词表现出走投无路的他卖掉亲儿时的痛苦和内心的煎熬。

郑廷玉用字表现力极强，"急急的"和"轻轻的"两个词反映出周荣祖迫切想摆脱困境的心焦和立下文书卖亲儿的不忍，在这样的矛盾煎熬之中，周荣祖"斑管难抬"，无力下笔，心中满是对儿子的愧疚之情。他眼前浮现出儿子聪颖的模样，回忆起这个小生命在他和妻子的殷勤期盼下降临人世时的情景，怀念着过去一家三口的和美生活。

此时此刻，他为了活下去，不得不选择卖掉自己的骨血。一旦写下这文书，便会骨肉分离，他与孩子便不知何时才能再见。因此，他写下的字字句句都如同利刃在割他的血肉。曲子最后，周荣祖自比为"二十四孝"故事中为养母而埋子的郭巨，这使得他的卖儿之举更显无奈，让人心生同情。

周荣祖的儿子长寿被卖给贾仁后，不肯改姓贾，为此，这个聪颖早慧的孩子遭受了贾仁的毒打。此时周荣祖夫妻并没有远去，看着儿子不改口，不还嘴，默默擦泪忍受毒打的模样，他心如刀割，唱出一曲《敞秀才》，表达自己对儿子的心疼和对他寄人篱下的担忧。

《滚绣球》中，千思万想放心不下亲儿的周荣祖指责贾仁虐待自己儿子的行为："好歹也是我捧在手心的儿子，含辛茹苦养大，你半路捡来却不懂得珍惜，我儿子不过是不改口，你就毒打他一番。这根本不是什么公平交易，你不过是看我家贫，急需用钱，才以此为饵，白白抢走我的儿子。"饱读诗书的周荣祖想起了"留得青山在，不愁没柴烧"的古训，决心把儿子要回来。他暗下决心，哪怕自己终日在街上乞讨，食不饱衣不暖，也要一家人生活在一起。

天色渐晚，心有悔意的周荣祖欲带着儿子离去。陈德甫将这一切看在眼里，好说歹说说服贾仁多拿一贯钱出来，自己又添了两贯凑给周荣祖。贾仁不情不愿地掏出钱，让周荣祖留下了儿子。收下钱的周荣祖谢过善心的陈先生，心中对贾仁的小气残忍行径十分不齿。接下来的3首曲子中，作者层层递进叙述周荣祖对贾仁的恨意。

"如今这有钱的"三句，写周荣祖对贾仁的诅咒。在他看来，刻薄小气的贾仁享受不了多久富贵。接下来"我骂"几句，是周荣祖的泄愤之语。他咒骂这个尖酸刻薄的吸血鬼，勒索威逼百姓，贪得无厌。有人典当钗环、衣物，贾仁就把赎当的价格提高一倍。作者借周荣祖之口，列举这些具体事例，便是为了刻画出贾仁悭吝刻薄的性格。

《塞鸿秋》中，周荣祖同贾仁发生正面冲突，险些挨打。这首曲子列举历史上公孙弘、孔融、范尧夫、石曼卿等人慷慨解囊、乐于助人的事迹，与贾仁形成鲜明对比。这种对比造成了一种强烈的讽刺效果。贾仁听到周荣祖的冷嘲热讽，气急败坏地动手打他。"他他他则待揢破我三思台，他他他可便撅破我天灵盖，走走走早跳出了齐孙膑这一座连环寨"三句，描写周荣祖面对贾仁的暴行时的愤恨和无奈。他有口难言，有理难辨，只好落荒而逃。

离开后的周荣祖愤愤不平，心潮澎湃，说出来的言语愈发难听，诅咒愈发狠毒。他发出"似这等无仁义愚浊的却有财，偏着俺有德行聪明的嚼齑菜"的感慨，指出世道的颠倒，表达心中的苦闷。他希望苍天有眼，让贾仁这样的小人"发背疗疮""禁口伤寒"，被贼人打劫火烧宅院，受他人连累没收家财，也尝一尝无米下锅、挨饿受冻乞讨的滋味。作者通过《随煞》这段唱词，描绘出周荣祖言辞激烈、咬牙切齿的模样，传达出自己对为富不仁者的憎恶。

这一折雪中卖子的场景，通过大量的科白勾勒出贾仁的刻薄吝啬，他想不花一文买别人家的儿子的行为，让人觉得又可气又可笑。这一戏剧效果与周荣祖夫妻骨肉分离的悲伤形成了鲜明的对比。整出戏曲刻骨入髓地塑造了一个损人利己、贪得无厌的守财奴形象，作者借贾仁这一个别形象，用夸张讽刺的笔法，犀利泼辣的语言，畅快淋漓地揭示了整个统治阶级贪婪吝啬的本质。

楚昭公疏者下船第一折

〔寄生草〕从来道要得千军易，偏求一将难。闲时故把忠臣慢，差时不听忠臣谏，危时却要忠臣干。谁当这借吴雪恨伍将军，我则索求那扶周摄政姬公旦。

〔幺〕你须想着归期急，休言他去路艰。止不过船临古渡垂杨岸，路逢峻岭滩头涧，小可如君骑赢马连云栈。你休辞山遥水远路三千，我专等你坚甲利刃那兵十万。

【赏析】

《楚昭公疏者下船》简称《楚昭公》，分为四折，讲述春秋时期楚国伍子胥因父兄被奸人所害，愤然投奔吴国的故事。伍子胥到吴国后，借丢失宝剑一事，劝说吴王出兵攻打楚国。在吴楚之战中，楚昭公不敌，携弟芈旋及妻儿乘船逃难。谁知途中遭遇风浪，昭公只好忍痛舍弃发妻和亲儿，与亲弟一同逃生。后楚国大臣申包胥到秦国搬来援兵，帮助楚昭公复国，又寻回被龙神所救的昭公妻儿，使一家人得以团聚。

第一折交代楚昭公逃亡的前情。相传吴王阖闾有三把心爱的宝剑：鱼肠、纯钩（又作纯钩）和湛卢。一日，吴王发现湛卢不知去向，经探寻得知宝剑被楚昭公获得。吴王几次三番派人前往楚国，试图用金币换回宝剑，都被楚昭公拒绝。郑廷玉在这一折中用大量笔墨描写吴王如何下决心攻打楚国：多次被拒绝的吴王怒火中烧，命众臣献计。这时，与楚国有隙的伍子胥趁机鼓动，最终说动吴王发兵。面对强兵兵临城下的危机状况，惊慌失措的楚昭公听从大夫申包胥的请求，准其去秦国求援。此处选取的两首曲词，便是楚昭公对申包胥的嘱托之言。

《寄生草》表达楚昭公的悔过之意。开篇化用"千军易得，良将难求"的俗语，强调情况的危急。吴国四十万大军压境，文有伍子胥，武有孙武，而楚国上下竟然没有良将能与之匹敌。接着，作者又以"闲时故把忠臣慢，差时不听忠臣谏，危时却要忠臣干"的言语，表现出楚昭公心中的懊恼：他责备自己怠慢忠臣、行有偏差之时又不听忠臣的劝谏，遇到危机却要依靠忠臣以身犯险，前往他国求救。这三句话实际上也是郑廷玉对历史上无数忠臣遭遇的感叹。

"谁当这借吴雪恨伍将军，我则索求那扶周摄政姬公旦"，最后两句诉说楚昭公求才若渴的焦急心情。他发出感慨，唯有如匡扶周朝的周公一样的人物，才能够抵挡报仇雪恨的伍子胥。而从第三折中"兄弟，不争你下水呵，（唱）着谁人买马招军，重与俺扬威耀武"的言语来看，这里的"周摄政姬公旦"实际上代指楚昭公之弟芊旋。

《幺》一曲为楚昭公对申包胥所言。"你须想着归期急，休言他去路艰。"他嘱托申包胥别惧怕路途险恶，要记得尽早归来。此句中的"路艰"两字，引领接下来三句的详述。"止不过船临古渡垂杨岸，路逢峻岭滩头涧险，小可如君骑羸马连云栈"三句话涵盖了楚昭公设想到的一切险阻。路途的艰辛远不止古渡行船，也必会经过崇山峻岭这样险恶的环境，以及狭窄得只能供一人骑瘦马行走的栈道。最后楚昭王表达了自己对申包胥的信任，相信对方能够早日借得精兵归来。

曲词以抒情见长，将人物真切的感受表达出来，使楚昭公的形象有血有肉，富于立体感，充分体现了郑廷玉刻画人物心理的功力。《楚昭公》围绕兄弟情谊远胜于父子、夫妻的观念展开，虽然思想境界不高，但创作手法纯熟，语言上也显现出本色朴实的特色。

布袋和尚忍字记第二折

〔南吕·一枝花〕恰才那花溪飞燕莺，可又早莲浦观鹅鸭。不甫能菊天飞塞雁，可又早梅岭噪寒鸦。我想这四季韶华，拈指春回头夏，我将这利名心都毕罢。我如今硬顿开玉锁金枷，我可便牢拴定心猿意马。

【赏析】

《布袋和尚忍字记》为元代著名剧作家郑廷玉仅存的五种杂剧之一，讲述弥勒尊者化身布袋和尚度化悭吝财主刘均佐的故事。刘均佐为汴梁财主，吝啬成性。一年冬天，他在大雪中救起一位名叫刘均佑的落魄秀才，并与他结拜为兄弟，托他看管家财。

半年后，刘均佐生日宴上，化身为布袋和尚的弥勒佛来到刘均佐处，欲度他出家，但刘均佐不肯。如此，布袋和尚便在刘均佐的手心写下"忍"字后离开。不久，一位名刘九儿的乞丐来到刘家讨债，与刘均佐发生争执。其间，刘均佐竟失手将刘九儿打死。正当刘均佐忙慌之际，布袋和尚救活了刘九儿。事后，布袋和尚再次劝说刘均佐出家。刘均佐经刘九儿一事后虽心动，但仍不舍凡俗，于是便在自家花园中结庵修行。

布袋和尚为度刘均佐彻底了断尘缘，便施法幻出一境，让刘均佐见到其妻与刘均佑之间的不义之事。刘均佐盛怒中低头看见手心中布袋和尚写下的"忍"字，心灰意冷下，同意随布袋和尚出家。

只是出家才刚刚三月，刘均佐便忍不住又开始想念家中妻儿。布袋和尚见他尘缘难断，便放他回家。下山后的刘均佐发现山中三月，人间已过百年。这时，布袋和尚出现，指出刘均佐本是宾头卢罗汉，因动凡心被佛祖罚下界来。一番开示后，刘均佐终于省悟人生如梦，觉悟得成正果，复为罗汉。

本篇所选《南吕·一枝花》出自《布袋和尚忍字记》第二折。该折剧情即是刘均佐经刘九儿一事后于后园结庵修行，布袋和尚幻化刘妻不忠一境，刘均佐心冷随布袋和尚出家。

在第二折的十二支唱曲中，郑廷玉通过一系列唱词表现了刘均佐的凡心私欲。在本折开场的《南吕·一枝花》中，刘均佐就唱道："恰才那花溪飞燕莺，可又早莲浦观鹅鸭。不甫能菊天飞塞雁，可又早梅岭噪寒鸦。"他满眼尽是凡俗景，可见尽管已结庵修行，但他仍心有挂碍。他的私心之重，弃欲之难也能从其后的唱词中得见一斑，他唱道："我如今硬顿开玉锁金枷，我可便牢拴定心猿意马。"

可见，此时刘均佐修行全然是被迫，他只是因为布袋和尚帮他化解刘九儿一劫才不得以为之。如果他当真了却凡心，也不会因为听说妻子与义弟刘均佑"每日饮酒做伴"时，会动嗔念，持刀在手几欲杀人。虽然刘均佐因此决心进山修行，但仍是被迫而为，因此也才有后来三月下山的情景。

本篇所选的这支曲词也可窥见郑廷玉杂剧的语言特色：俗语入剧，民歌风味浓厚，朴实自然。他的曲词也往往能够与人物的身份性格契合，且能够很好地营造戏剧氛围，并反映社会现实。

《布袋和尚忍字记》作为一出具有教化意义的剧目，其中贯穿着佛教四大皆空的理念，宣扬佛教因缘果报的世界观。尽管这是一出以教化为目的的戏剧，但因郑廷玉将教化寓于看似荒诞的情节中，因此其说教意味大减而趣味性增加，从而达到寓教于乐的效果。

姚燧

姚燧（公元 1238～1313 年），字端甫，号牧庵。原籍营州柳城（今辽宁省朝阳市），迁居河南洛阳。少时父母双亡，为伯父姚枢抚养长大。大德五年（公元 1301 年），出为江东廉访使。后历官翰林学士承旨，集贤大学士等职。文章与虞集并称。散曲婉丽，语言浅白流畅，与卢挚并称"姚卢"。清人辑有《牧庵集》。

〔正宫〕黑漆弩·吴子寿席上赋

丁亥中秋邅观堂对月，客有歌《黑漆弩》者。余嫌其与月不相涉，故改赋，呈雪崖使君。

青冥风露乘鸾女，似怪我白发如许。问姮娥不嫁空留，好在朱颜千古。

〔幺〕笑停云老子人豪①，过信少陵诗语。更何消斫桂婆娑，早已有吴刚挥斧。

【注释】

①停云老子：南宋大词人辛弃疾于铅山居所筑停云堂，自称"停云老"。

【赏析】

此曲序云"丁亥中秋邅观堂对月"，说明这是姚燧在元世祖至元二十四年（公元1287年）的丁亥年中秋节聚会时所写。席中，因嫌别人写的曲子与月联系不紧，故而姚燧自己动手写了一篇《黑漆弩》，以供切磋赏乐。

"青冥风露乘鸾女"，第一句先写月中仙子。唐《异闻录》载，唐玄宗与申天师游于月中，见到十余名素衣仙子乘白鸾而来，在桂树环绕的广庭中聚舞。由此后来人们就想象月中住有乘鸾的仙女。王安石的《题画扇》诗便写道："玉斧修成宝月团，月中仍有女乘鸾。青冥风露非人世，鬓乱钗斜特地寒。"

作者似乎是在"青冥风露"中追随玄宗进入了月宫，而且仙子"似怪我白发如许"。照此看来，他与仙子该是旧相识，不然怎知他从前少年黑发，而今又奇怪他变化成白发。作者把自身投入月中，神游蟾宫，且在仙女诧异他老去头白时仍惦记着孤寂的嫦娥嫁没嫁人："问姮娥不嫁空留。"仙女们却回答："她不嫁也不关旁人事，好在她青春千古不变。"

见到了月中仙子，关心地问起嫦娥，却遭到仙子的奚落："嫦娥容颜千古，而你已白头。"然而作者心胸宽广，并不因此失落，而是转了心思："笑停云老子人豪，过信少陵诗语。"杜甫诗有"斫却月中桂，清光应更多"，意思是如若把遮光的桂树砍没了，月便会更明亮；辛弃疾因这句诗而写下"斫去桂婆娑，人道是清光更多"的词句。

作者又生发奇想，调侃性子爽直的"停云老"辛弃疾，竟然相信了"少陵野老"杜甫关于"桂除月更亮"的说法，真是傻得可爱。之后又对辛、杜两人说："更何消斫桂婆娑，早已有吴刚挥斧。"意思是叫二人不必担心那月上婆娑的桂树没人砍，因为早已有吴刚挥着斧头在一遍又一遍地砍伐。

曲子赞美皎洁的月，但避开了月亮碧海青天孤悬冥空的凄清，而是通过有关月的种种传说、典故以及诗词作品，把月的世界写得充满了美人、美景和美丽联想，给月增添了无穷魅力。虽然句句表现出对月的热爱和赞美，却通篇没见一个"月"字，足见姚燧高超的艺术功力。

〔中吕〕满庭芳

天风海涛，昔人曾此，酒圣诗豪。我到此闲登眺，日远天高。山接水茫茫渺渺，水连天隐隐迢迢。供吟啸，功名事了，不待老僧招。

【赏析】

江南风光，秀丽旖旎，古往今来有多少文人墨客汇聚于此，饮酒赋诗，畅抒情怀。在这波澜浩荡的江南山水图中，姚燧登高望远，以开阔的视野向人呈现了豪迈壮阔的视觉盛宴。在这种豪迈壮阔之中，也流露出他抑郁的心境和旷达的真性情。

"天风海涛"四字置于开篇，描绘出一幅骇浪滔天、清风凛凛的壮丽画面。"昔人曾此，酒圣诗豪"，在以海风呼啸、滚滚浪涛为背景的高楼之上，曾有多少文人雅士，迁客骚人集聚在此，酒壮豪情，吟诗即兴。"我到此闲登眺，日远天高"，作者本人也不例外，他亦曾登高于此，悠然远眺，欣赏天高日远、水天浩荡的壮丽景色。此句中"日远天高"四字看似写景，实则一语双关，既描绘出景色的邈远壮阔，又道出作者意欲以身报国，却仕途多塞的残酷现实，饱含绵延无绝的忧伤。

"山接水茫茫渺渺，水连天隐隐迢迢。"山水相连之中，白茫茫一片，波涛浩渺；水天相接之处，浩浩荡荡，路远迢迢。其中"接""连"二字用法甚佳，动词的点缀赋予这波澜壮阔的景象以动感、明丽的色彩。"茫茫渺渺""隐隐迢迢"叠字的使用不仅使曲调更加朗朗上口，同时也衬托出作者因仕途目标尚远而郁结惆怅的复杂心情。

"供吟啸，功名事了，不待老僧招。"末句宕开一笔，面对眼前这番壮丽之景，作者只能把酒即兴，吟啸赋诗，待官场之事了清以后，无须老僧召唤，自己便会放下一切名利荣辱，归隐田园。以这种超脱释然的态度去面对人生，这对于已经年逾花甲却又仕途坎坷、终不得志的作者来说，可以说是一种必然的归宿。

作为姚燧登高释怀的一首抒志之作，此曲风格清丽豪迈，给人一种开阔豁达之感。在以歌颂爱情为题居多、曲风甜腻温婉的元代前期，这种豪放曲风更显得别具一格，匠心独运。

〔中吕〕普天乐

浙江秋，吴山夜。愁随潮去，恨与山叠。塞雁来，芙蓉谢。冷雨青灯读书舍，怕离别又早离别。今宵醉也，明朝去也，宁奈些些。

【赏析】

姚燧出身名门，历任翰林学士、集贤大学士、太子少傅等职，是当世名儒，文章宗师。他学习韩愈、欧阳修的风格，并尊崇唐代大文学家、书法家李邕。《元史》评姚燧："然颇恃才，轻视赵孟頫、元明善辈。"其散曲风格婉丽，语言通俗流畅，与卢挚并称"姚卢"，在散曲发展史上有一定的影响。

这是一首写离别送行的小令，是姚燧的代表作品之一，在当时就颇有名。前八句写离愁别恨。开头两句同很多以送别为主题的诗词一样，用以交代大概的时间和地点。"浙江"指新安江流经杭州入海一段，也叫钱塘江。秋天多潮，以壮观著称。"吴山"在杭州西湖东南，左瞰钱塘江，右临西湖。钱塘江美丽的清秋，吴山月明的夜晚，这是诗人和友人送别的场景。

"愁随潮去,恨与山叠"写愁如钱塘江潮,无有终期;恨似吴山峰峦,重重叠叠。这一动一静的描写,道出诗人的离愁别恨排山倒海,无从排遣。"塞雁来,芙蓉谢",大雁从塞北飞来南方过冬,荷花在萧瑟的秋风里凋谢。感物候之变迁,伤韶光之易逝,更增别离之苦。心苦景凄,情怨境冷。"冷雨青灯读书舍,怕离别又早离别",屋外下着冰冷的雨,青灯映照着读书舍,害怕离别偏又这么早离别。一"冷"一"青"的冷感和冷色衬托出书舍凄凉悲伤的氛围。这部分大篇幅描写离别的伤感。

"今宵醉也,明朝去也,宁奈些些",最后三句,诗人安慰行者,同时也自我宽解:"今宵与你同饮同醉,明朝你将离去,还是暂时把离愁放下吧。"既然离愁无从避免,不如珍惜眼前相处的时光,畅快痛饮,相与一醉。"宁耐"指忍耐,"些些"即一些儿,为元人口语。"宁奈些些",这最后一笔,似压实纵,体现诗人与友人感情之真挚。

此曲文笔细腻,写离愁别绪令人愁肠百转,悲从中来。结尾三句更显放达本色。周德清在《中原音韵》中赞此曲"造句、音律、对偶、平仄皆好"。

〔中吕〕醉高歌·感怀

十年燕月歌声,几点吴霜鬓影。西风吹起鲈鱼兴,已在桑榆暮景。

【赏析】

大德五年(公元 1301 年),姚燧出任江东廉访使,当时他已年逾花甲,几经宦海风波,辗转于北方、南方,历尽风霜雨雪,悲欢离合。垂垂老矣的诗人,早已厌倦了这种宦游生活,由此写下这曲《醉高歌·感怀》,表达自己渴望归乡的心情。

"十年燕月歌声,几点吴霜鬓影","十年"指多年,并非实数。"燕月歌声"则是形容作者在京城大都担任翰林学士等职之时经常歌舞作乐的生活。"吴霜鬓影"化用李贺《还自会稽吟》中的"吴霜点归鬓,身与塘蒲晚"诗句。曲首两句写自己的经历和现状:六十多岁出任江东廉访使,经几年吴地风霜,两鬓已然像霜雪一样斑白。

后面两句则透露出诗人想辞官还乡的心愿。"西风吹起鲈鱼兴"一句借用晋朝张翰见秋风起思家的故事。张翰为西晋文学家,性格放纵不拘,时人比之为阮籍,号"江东步兵"。齐王执政时期,张被征召为大司马东曹掾,见祸乱方兴,以秋风起时思念故乡吴郡的菰菜、莼羹、鲈鱼为由辞官归乡。

张翰不贪恋名爵,毅然辞官归乡。诗人由此想到自己是洛阳人,却久在吴地为官,现在已是桑榆暮年,不如早早归隐还乡。"桑榆暮景"比喻一个人的晚年。《后汉书·冯异传》:"失之东隅,收之桑榆。"东隅,指日出处;桑榆,指日落处。"暮景"即晚景。唐刘禹锡诗:"莫道桑榆晚,为霞尚满天。"这两句写的是眼前景,化用张翰"莼鲈之思"的故事,抒发自己厌官思归的情怀。

〔中吕〕醉高歌·感怀

岸边烟柳苍苍,江上寒波漾漾。《阳关》旧曲低低唱,只恐行人断肠。

【赏析】

从"岸边""江上"，"《阳关》""行人断肠"这些词语中可以看出，这是一首送别小令，写的是一个送别的场景。

江岸送别，总是让人想到李白《黄鹤楼送孟浩然之广陵》中那句"故人西辞黄鹤楼，烟花三月下扬州"，不同于后者的波澜壮阔，此曲细腻哀婉。开篇一句"岸边烟柳苍苍"，通过满目烟柳的情境，渲染出浓厚的离愁别绪。"江上寒波漾漾"，友人的离去，让诗人觉得江上波纹都清冷了许多。柳树、江水都是极平常的景，古人却又恰恰常将其和羁愁别恨联结在一起，于是这些平常的景物便传达出黯然销魂的感情调子。

《阳关》即《阳关三叠》，又名《渭城曲》，最为人熟知的便是诗中那句"劝君更尽一杯酒，西出阳关无故人"，古人的离别不同于现代，交通的不通畅，通信的落后，使得"一转身就是一辈子"这种情形常有发生。《阳关》此曲低唱的效果，无疑是将细柔的愁丝加入了沉甸甸的重量，更显离别之时的情深义重。

前三句似乎早已道尽此情此景，最后一句"只恐行人断肠"看似赘余，其实不然，行人此去，愁可断肠，然而感觉到"恐"的人却是送行人。离别诚然令人惆怅，送行的人也往往担心更多，而此曲恰恰描述的是行人欲走未走之时，无疑将这种"恐""愁"在时间上无限延伸，使离愁别绪产生绵绵不绝之感。小令语言精练直白，笔调舒缓，情感沉郁，一幅江岸送别图宛若天成，跃然纸上。

〔中吕〕醉高歌·感怀

十年书剑长吁，一曲琵琶暗许。月明江上别溢浦，愁听兰州夜雨。

【赏析】

《琵琶行》讲的是白居易贬官到江州，一次去江边送客，碰到一位琵琶女。听了她绝妙的演奏以后，引起诗人的思想共鸣，心有所感，便作一首《琵琶行》送给她，其中有"同是天涯沦落人，相逢何必曾相识"之句。

《琵琶行》的故事在姚燧所处的时代，已经从"同是天涯沦落人"这类惺惺相惜的故事，发展到马致远的杂剧《青衫泪》中白居易与琵琶女二人相知相恋相守的爱情故事。这一演变也让人们对姚燧此曲中"琵琶暗许"四字生出些许猜测。

"十年书剑长吁，一曲琵琶暗许"，书剑指作者的仕途，"十年"就是多年的意思。多年宦海沉浮，此刻作者恍惚间觉得自己进入《琵琶行》的场景中，可是，"莫辞更坐弹一曲，为君翻作琵琶行"的琵琶女又在何方呢？白居易尚有琵琶女与之"相逢"，姚燧却感叹无人可共"天涯"。白居易当年作《琵琶行》时，已是难解的惆怅，两相比较，姚燧的感慨更加令人动容。

"月明江上别溢浦，愁听兰舟夜雨。""溢浦"恰就是《琵琶行》诗序中的"溢浦口"，白居易当年被贬江西，作者此时也恰好拜官江西，一个是江边送客，一个江边作别，时间空间都与白居易当年何其相类，二人心境恐怕也相差不远。不过沦落的白居易尚有一曲琵琶可听，与友人话别的姚燧却只能在小小兰舟中，听着淅淅沥沥的夜雨，忧闷伤怀。

诗人提及白居易与琵琶歌女故事中"相遇暗许"的情节，其中是否包含他对自身往事的感慨，这一点不得而知。多年仕途蹭蹬，着实让诗人唏嘘不已，感慨万千。泛舟江上，听着一夜愁雨，让心头的愁思抒发一些，稍作排解，也是他唯一能做的。此曲咏古抒怀，含而不露，千古流传的一曲《琵琶行》，倒成了衬托它的"绿叶"。

〔中吕〕阳春曲

笔头风月时时过，眼底儿曹渐渐多。有人问我事如何，人海阔，无日不风波。

【赏析】

姚燧一生有着历居显要、高官厚禄的生活经历。但宦海沉浮，他也体验过仕途风波的变幻莫测。在这首小令中，诗人面对元代社会上层内部倾轧的现实，慨叹为人处世之艰难。

"笔头风月时时过，眼底儿曹渐渐多"，随着笔下的风花雪月一年一年地消逝，跟前的儿女子孙也一个一个多了起来。时光荏苒，转眼间诗人已到暮年，儿孙满堂。"风月"即清风明月，指美好的景色和时光。"儿曹"在这里指儿孙们，后辈们。这两句是明显的对句，无论从词性、句子的结构，还是平仄搭配上看都对仗工整，而且构思巧妙，前句从多说到少，后句从少说到多。

前面两句以平常的口吻、简单的文字描绘了一幅宁静、恬淡的生活景象，实际上是为后面的"无日不风波"做铺垫。平静的背后潜藏着跌宕起伏的"风波"，这种情绪上的反差，正是作者别出心裁的设计。

"有人问我事如何"一句以设问引起转折，问的是仕途的命运，家事的前途，从上面对时光流逝的感慨转为对广阔人生的思考。最后两句"人海阔，无日不风波"是对设问句的回答，同时也是他对一生仕途生活的总结。人海茫茫，社会广阔，人事纷争，无时无刻不是在各种"惊涛骇浪"中颠簸，随时可能身陷危机，这一略显消极的总结体现出作者对现实的不满之情。

〔越调〕凭阑人

马上墙头瞥见他，眼角眉间拖逗咱。论文章他爱咱，睹妖娆咱爱他。

【赏析】

"马上墙头"出自白居易《井底引银瓶》诗："妾弄青梅凭短墙，君骑白马傍垂杨。墙头马上遥相顾，一见知君即断肠。"与姚燧同时代的白朴所作杂剧《墙头马上》便是源于此。古代少女养在深闺，自由恋爱不易，因此"墙头马上"的情形才让人充满遐想。

这一情景让人心领神会，而"瞥"在这里用得恰到好处，"瞥见"不仅符合特定的情境，也符合才子佳人初遇时的心理。墙头马上，闺中少女让才子见到，才子若冒冒失失盯着未出阁的少女，便显得无礼。在这种情况下，只瞥一眼，双方"眼角眉间"相交那一刹那，佳人丢掉羞怯"拖逗咱"，这更能让人感觉到爱情的甜蜜。此时，爱情的火花迸发，情根便已深种。

"论文章他爱咱，睹妖娆咱爱他。"自古以来，"才子佳人"总是在诗词中出现，词尚含蓄，使得故事总带有一层朦胧和含蓄。而曲尚直率，因此采用了率直的白话，对爱情本身作出了大方的诠释。爱情原本就不是必须遮掩的事，无须忸怩作态。既然上天安排二人相遇，那么，"你爱我文章，我爱你妖娆"便足够了。

那个时代，"万般皆下品，唯有读书高"，才子对自己的魅力自然毫不怀疑。才子的自信，对爱情的坦白，在曲中表现得很到位。才子的直白也毫无轻薄之意，反倒是落落大方。整首曲子，也因为才子形象的丰满而更具感染力。

前两句描绘了一幅才子佳人墙头马上戏剧性的惊鸿一瞥，后两句心理描写迅速将人带入才子佳人的美妙爱情之中，曲中人物鲜活生动，打动人心。在浩如烟海的"才子佳人"诗词中，这首小令无疑别具一格。

〔越调〕凭阑人

两处相思无计留，君上孤舟妾倚楼，这些兰叶舟，怎载如许愁？

【赏析】

"凭阑人"一般指独自凭栏的人，古语中的"阑"通"栏"，意为"栏杆"。此曲并无标题，但作为曲牌名，"凭阑人"隐喻题意，正好符合了早期的词牌与内容有紧密联系的古意。姚燧这首《凭阑人》，即写闺中少妇离愁别恨，语言清丽，古朴自然，无半点雕琢之感。

命运将少妇和自己的情人分隔两地，纵然相思亦无可奈何，只能发出"两处相思无计留"的悲叹。"两处相思"是离别后的想象，"无计留"是对分离百般无奈的哀叹。简单的一句话，却深刻地表达出这对被命运分开的恋人心中强烈的痛苦。"君上孤舟妾倚楼"，情人乘舟远去，自己却独自倚楼眺望，这是分别时的景象。曲首这两句写尽离愁之深重，二人情意之缠绵。

"这些兰叶舟，怎载如许愁"两句是写情人对少妇的无限思念，这么一只兰木小舟又怎么载得动这许多忧愁？"这些"即这般、这么。"兰叶舟"即兰木小舟，是对轻舟、小舟的一种美称。结尾这两句巧妙化用李清照《武陵春》之"只恐双溪蚱蜢舟，载不动许多愁"，把少妇无形的相思离愁具体形象化。小令写得曲折有致，吸取前人诗词营养，以极简的语言表达了丰富的情感，同时在其中积淀了丰厚的文化底蕴。

〔越调〕凭阑人·寄征衣

欲寄君衣君不还，不寄君衣君又寒。寄与不寄间，妾身千万难。

【赏析】

古人一旦离别便很难再见，但是在乱世有征戍，在盛世有徭役，古代男子出门远行又往往不能携带家眷，"思妇"这一群体因此出现。自己的丈夫被迫离开家乡，远离自己，这对很多留守家中的妇女来说是很大的打击。她们对远在异乡的征夫游子的思念日益深重，而这就为思妇诗最初的产生提供了素材和依据。

《诗经》中的《卫风·伯兮》和《王风·君子于役》等，是先秦思妇诗的开端。思妇诗到唐朝已成为诗歌中独立的一种艺术题材，从内容上看，基本可分为三类：征人妻、商人妻和举子妻；从思想感情上看，有抒发在乱世中被迫妻离子散家破人亡的感慨的，也有间接表达诗人自己仕途坎坷、怀才不遇的。总体上，思妇诗多注重描写思念之苦和盼归之意。

小令截取了思妇替征夫寄衣这样一个极小的生活片段，几句白描，写她在"寄与不寄间"的思前想后、踌躇反复，最终以一个"难"字结尾。看似平白如话的语言，却写尽了闺中少妇思念征夫时千回百折的愁肠，了无痕迹，如神来之笔。

征夫游子，年久不归，妻子担心丈夫在外另结新欢。"欲寄君衣君不还，不寄君衣君又寒"两句将妻子的这种担忧和对丈夫的关切交织在一起。想寄去寒衣，但是担心他穿暖和了会不想着回家；不寄，又怕丈夫在外挨冻受寒。少妇犹豫不决，难以抉择。这两句语意上的反复，把少妇对丈夫既思念又担忧的微妙心理刻画得入木三分，惟妙惟肖。"寄与不寄间，妾身千万难"，彷徨在寄与不寄的矛盾中，思妇伤透脑筋，千难万难。"千万难"强调了她思念、关切和痛苦的复杂感情。

诗人以其丰富的生活积累，捕捉了思妇心理活动的每一个细节，并以巧妙的构思、简练的文字，表现妻子对丈夫的一往情深。卢挚在《论曲绝句》中评论此曲"熨帖温存，缠绵尽致"。

刘敏中

刘敏中（公元1243～1318年），字端甫，济南章丘（今属山东）人。至元以后，历任监察御史、陕西行台治书侍御史、集贤学士、河南省参知政事、淮西肃政廉访使、山东宣慰使、翰林学士承旨等职。后因病还归乡里。诗、词、文皆工，著有《中庵集》。今存小令2首。

〔正宫〕黑漆弩·村居遣兴

长巾阔领深村住，不识我唤作伧父。掩百沙翠竹柴门，听彻秋来夜雨。闲将得失思量，往事水流东去。便宜教画却凌烟，甚是功名了处？

【赏析】

刘敏中一生为官，有两次辞官的经历，一次是在元中期任监察御史时，因弹劾权奸桑哥未被受理，愤而辞职归家。后再起，官至翰林学士承旨，年近七旬时又因疾还乡。

刘敏中的散曲仅存 2 首，这首《村居遣兴》便是其一。

这首曲子充满忧愤之气，开首二句可以看出此时的作者已离开官场归隐山村，末二句透露出作者对追求功名者的鄙夷和嘲讽。当时的元武宗一直对刘敏中颇为看重，所以此曲当是作于他弹劾桑哥未果，辞职归乡时期。

前四句写作者归隐村居的生活片段。他戴着平民的便帽，穿着阔领的上衣，隐居在僻远的山村，不认识他的人以为他只是个鄙野的村夫，常讥嘲地唤其为"伧父"。没有人知道他是朝中命官，没有人称赞他正直的品格，没有人理解他孤伤的情怀，一股不平之气溢于言表。他无心观赏田园美景，于是关起柴门，不再看远处的白沙清江、翠绿疏竹。他心事重重，以致夜来难眠，听见外面绵绵的秋雨声，落寞凄凉之感更加深刻。

"闲将得失思量，往事水流东去"，是说闲暇时将平生的得与失思量一遍，往事像那东逝的流水般一去不回，一种无奈和痛惜之情充溢心头。最后抒情议论，"便宜教画却凌烟，甚是功名了处？"即便是把影像画到了凌烟阁上，那里就果真是功名了却之处吗？这后四句即是"遣兴"。奸相权佞虽然有本事把自己的画像刻在凌烟阁上，可是当真就能不朽吗？那就是功成名就的标志了吗？而诸如自己这样的忠臣，虽身在乡野，不为人知，但是一身正气，为国为民，又何须将功名篆刻？

作者将这两种人进行对比，更加突出了自己对争夺功名利禄的权奸的鄙夷。这其实也正是隐讽当时桑哥得到忽必烈准许刻下"颂德碑"一事，而作者对这样的"功臣"当然只有嘲讽和鄙视。

透过此曲，读者可以想象到作者当时的愤懑、抑郁和痛心。他虽辞官归隐，得以摆脱官场的是非，但是心知权奸当道，欺上瞒下，正邪不分，作为一个忠直之士，却无法惩奸除恶，反被陷害，心中的怒火自是难以压制，只能以此抒怀，表达心志。

《村居遣兴》透露出作者深深的无奈、孤寂和悲凉之情，但又不失凛然之风和傲然正气。笔调风格虽沉郁，却没有消极隐蔽之色，而是敢于强烈抒发心中的不平之声。结尾的一个反问句一反前六句的质朴平淡，语气刚硬，深沉隽永，值得回味。

庾天锡

庾天锡，字吉甫，一名天福，大都（今北京市）人。曾任中书省掾，除员外郎、中山府判。所作杂剧有《骂上元》《琵琶怨》等 15 种，皆散佚。善作散曲。《全元散曲》录存其小令 7 首，套曲 4 套。

〔双调〕雁儿落过得胜令

从他绿鬓斑，欹枕白石烂。回头红日晚，满目青山矸。翠立数峰寒，碧锁暮云间。媚景春前赏，晴岚雨后看。开颜，玉盏金波满。狼山，人生相会难。

【赏析】

庚天锡是一位非常善于创作散曲的作家，《全元散曲》中收录他的小令 7 首，套曲 4 套。贯云石在《阳春白雪》中品评元代乐府时，曾把他和关汉卿并论，足见其成就之高。

《雁儿落过得胜令》是一篇描写隐居生活的作品。作者通过描写山林美景的清新爽朗，描写友人入山相会的把酒尽兴，抒发了心中对大自然的热爱和对绝尘隐逸生活的坚定追求。

前两句对仗工整，"绿鬓"对"红日"，"斑"对"晚"，"白石"对"青山"，所写的皆是林中随眼可见之物，信手拈来，即是一幅胜景图画。在诗人笔下，即使乌黑的头发变得斑白，他也毫不在意，只是每日无忧地倾倚在光洁的白石上，日子久了，连石头都被枕烂。每日睡起，回头看日暮的夕阳泛着红光西沉而下；放眼远望，满眼都是洁白光亮的青山：这一片宁静安逸的景象使人向往，身处其中，便能乐在其中。

"翠立数峰寒，碧锁暮云间。媚景春前赏，晴岚雨后看"，这又是一组净化人心、使人神往的清新美景。一座座苍翠的山峰凌寒挺立，日暮的红云萦绕着山峰，更显其碧色青湛。这些峻峭的山峰也象征着作者特立独行的傲然品格。在这山林中，即使是春前尚寒时节，依旧能欣赏到春雨过后灿烂明媚的景色；雨后天晴，霞光明朗，天地都像被净化了一般，空气里弥漫着清新的气息。作者虽在写美景，实是写乐事，这是只有隐者才能欣赏到和感受到的快乐。

面对这样生机绚烂的景色，人人"开颜"，玉盏金杯斟满美酒，在这幽静的狼山上，能与好友相会，开怀畅饮，是多么难得。也只有在这样逸静的环境中，才可能拥有这份快乐。

庚天锡在朝时曾任中书省掾，除员外郎和中山府判，对官场的纷争早就深有体会，心生厌倦，所以他宁愿归隐山林，对一切都不再强求，顺乎自然，和其本心，尽兴山水田园，享受恬淡宁静的生活。作为对自己隐逸心志的表达，庚天锡这首曲子作得十分工整，前面皆五字一句，整齐押韵；最后两整句先由二字起句，再以五字相接，显得顿挫有致。内容也极富自然隐逸之趣，格调清新高雅，意境开拓高远。

刘 因

刘因（公元 1249～1293 年），元代著名理学家、诗人，字梦吉，号静修。3 岁识字，6 岁能诗，10 岁能文，落笔惊人。年仅 20 岁，便显才华出众，家贫教授生徒，皆有成就。他的诗、曲富于哲理，存世有诗文集。

〔黄钟〕人月圆

　　茫茫大块洪炉里，何物不寒灰。古今多少，荒烟废垒，老树遗台。太行如砺，黄河如带，等是尘埃。不须更叹：花开花落，春去春来。

【赏析】

　　天地苍茫，寒风瑟瑟，刘因登上前人留下的荒颓台垒。举目望去，山峦与河流显得悠远而渺茫，四野呈现出一派荒凉凄景。悲怆落寞的情绪涌上心头，由此吟出了这一首登临之作。

　　"茫茫大块洪炉里，何物不寒灰"，或许是入眼的苍凉使然，开篇发出了深沉的、遥接古今的叹息。在造物主的巨大冶炉里，茫茫大地间，万物尽都翻滚波涌其中，山川、河流、城堡、战垒，一切事物都随光阴流转、变迁，直至最后毁灭。从眼前的景物联想到无垠的空间，再扩展到无限的时间，诗人浮想联翩，发出了"何物不寒灰"的叹惋，带给读者杳渺深沉的忧思。紧接着又从当下登台的时间、眼前目睹的事物无限延展开去，深思古往今来，历史兴亡。"古今多少，荒烟废垒，老树遗台。"世事变迁，有多少为戍守或战斗修筑的堡垒和高台，都随着时光的流逝而废弃，与它们相伴的只有垂垂老树和四野荒烟。这种苍凉的情绪，也从侧面印证了作者所见景象的荒败，以及人间战乱纷争所造成的恶劣后果。

　　之后他又把目所见、心所思拉回到眼前："太行如砺，黄河如带，等是尘埃。"此处是化用"带砺山河"这一成语的含义来形容事物的渺小。这个成语出自司马迁《史记·高祖功臣侯者年表》，其中记载封爵时的誓词是："使河如带，泰山若砺，国以永宁，爰及苗裔。"意思是黄河像衣带一样不断缺，泰山像磨刀石一样坚固，国家便仍然平安宁和，被封爵者的子孙仍然可以封爵受禄。后来就用"带砺山河"来比喻时间久远，任何动荡也不会变心。

　　面对登临而见的太行山与黄河，诗人借用这一典故表达的意思是：在时空之中一切都不会永恒不灭，再巨大的物体在宇宙中也显得渺小，都将消磨流逝化作尘埃。最后他劝诫人们："不须更叹：花开花落，春去春来。"花开花落，春去春来，对比宇宙之大，该有多么渺小和短暂。既然如此，就不必多愁善感，为一时所见的衰败景象或为一次人生挫折而哀伤。

　　从年久无修的废弃台垒进行引申，刘因怀思辽阔悠远，理性开悟世事，教人淡看人生。通篇呈现的是苍凉沉郁之情，兴寄的是浩渺苍茫之感，堪与陈子昂的《登幽州台歌》媲美。

马致远

马致远（约公元1250～约1323年），号东篱（一说字千里），大都（今北京市）人。曾任江浙行省务官（一作江浙省务提举），晚年隐退。所作杂剧今知有15种，作品多写神仙道化，有"马神仙"之称。曲词豪放洒脱。与关汉卿、郑光祖、白朴并称"元曲四大家"。现存《汉宫秋》《岳阳楼》《荐福碑》《任风子》《陈抟高卧》《青衫泪》及与艺人李时中、花李郎、红字李二合写的《黄粱梦》7种，《误入桃源》仅存残曲。一说南戏《牧羊记》是他所作。其散曲成就尤为突出，有辑本《东篱乐府》，存小令百余首，套数23套。周德清《中原音韵》谓中散套《夜行船·秋思》"万中无一"；所作小令《天净沙·秋思》则有"秋思之祖"之称。

〔南吕〕四块玉·紫芝路

雁北飞，人北望，抛闪煞明妃也汉君王。小单于把盏呀剌剌唱。青草畔有收酪牛，黑河边有扇尾羊。他只是思故乡。

【赏析】

《四块玉·紫芝路》写的是王昭君在塞外思乡的故事。历代咏叹昭君的诗、词篇章无数，用汗牛充栋这个词来形容也不为过，但这首小令所选取的视角却十分新颖别致。

"雁北飞，人北望，抛闪煞明妃也汉君王。小单于把盏呀剌剌唱"，曲子的前四句描绘了昭君与匈奴呼韩邪单于一忧一喜的情绪对比：四野茫茫，牛羊成群，春天的草原开始焕发生机。游牧的大帐前，"雁北飞，人北望"，昭君秀眉紧锁，仰头向南张望，思念远方家乡的亲人。一群大雁从南边列阵飞来，昭君的目光随着雁群缓缓掠过长空直向北去，期冀雁群捎来家人的信息。随后，雁群隐没于极北天际，思乡的愁绪却再添一缕。

同样是在大帐前，"小单于把盏呀剌剌唱"，呼韩邪单于与部属正举杯畅饮。酒至半酣，他欢天喜地唱起歌来，并且在曲子间不断插进"呀剌剌"的呼吼，显得兴奋至极。部属们随着他一同发出吼声，粗豪的声音响遍辽阔的草原。

公元前三十三年，匈奴呼韩邪单于来到长安要求和亲，美丽的昭君被选中，汉元帝挑选吉日让呼韩邪单于和昭君在长安成亲。单于谢恩时，元帝看到昭君美丽又大方，感到后悔，但又不能食言。后来，昭君便千里迢迢赴匈奴成为呼韩邪单于的阏氏（匈奴皇后）。陌生、原始、粗野的生活使她极不适应，因而时常怀念故乡。前四句即抒写了昭君的思乡之情，表现出她内心的无限痛苦，而"小单于"面对痛苦的昭君却毫不在意，反而得意忘形地举杯畅饮欢唱。

如此对比，表现出作者对昭君的极大同情，以及对单于的鄙视和憎恶。此曲最后三句直抒昭君身处异域时对家乡的思念："青草畔有收酪牛，黑河边有扇尾羊。他只是思故乡。"青青的草原不缺乏高产的奶牛，黑河边上放牧着大尾的绵羊——匈奴的居地虽也别有一派风光，昭君却无心欣赏，只是一味思念故乡。

与其他咏叹昭君的作品不同，马致远此曲是从昭君与呼韩邪单于日常生活表现和思想情感表现入手，从人性的角度挖掘主人公的内心世界。末尾一句"他只是思故乡"，引起读者对当年昭君的塞外生活的无限联想，由此对这位独自离乡的女子产生深深的同情。

〔南吕〕四块玉·天台路

采药童，乘鸾客，怨感刘郎下天台。春风再到人何在？桃花又不见开。命薄的穷秀才，谁教你回去来。

【赏析】

关于马致远的生平，确知的内容十分有限，文献记载也甚少，但从其作品中，大致可以了解他的一些经历。他在《四块玉·叹世》中曾有言道"佐国心，拿云手"，表明马致远早年时期曾颇有抱负。他曾有过"二十年漂泊生涯"，而这二十年里又"世事饱谙多"。这样的经历给了他丰富的社会体验和复杂的思想感受，这些体验和情感便自然而然地体现在他的散曲创作中。在他现存的散曲里有一组《四块玉》，共 10 首，皆为怀古伤今之作，其中寄托着他的羁旅游宦之情。这首《天台路》便是其中第一首。

曲中所讲述的刘郎入天台的故事最早记载于南朝宋刘义庆的《幽明录》，后见于《太平御览》和《太平广记》。传说东汉明帝时期，刘晨和阮肇二人上山采药，遇到两位仙女，遂与之结为夫妇。半年后，二人思乡心切，仙女苦留不住，只好指点他们归回之路，可二人回去后发现——"乡邑零落，已十世矣"。

马致远引用刘晨入天台事编写了这首小令，意在表达他对自由神仙世界的羡慕和向往。"采药童，乘鸾客，怨感刘郎下天台"三句简述了刘晨采药遇仙女，并与仙女结合，但因思乡而返回凡间一事。简短的叙述中饱含着作者对刘晨有幸得去仙处的羡慕，以及对他不珍惜机会，留恋污浊凡尘的鄙夷。下一句"春风再到人何在？桃花又不见开"是对刘晨返回人间后的凄凉落寞心境的描述。最后一句"命薄的穷秀才，谁教你回去来"以反问结尾，曲意深沉，加重了情感力度，表达了马致远对刘晨此举的嘲讽，也透出了他心中的激愤。

魏晋南北朝时期，各朝政权纷争不断、战乱频繁，社会动荡不安，人们渴望过上幸福安定的生活，但又求而不得，只能将这种愿望寄托在文字中，因此文学作品中出现了许多诸如"刘晨入天台"这样的故事。马致远写作此曲亦是为了寄托自己的怀抱，他在曲中采用对比手法，形象鲜明地展现了天上和人间的差距，并借旧事达今情，表达了自己对现实人世的厌恶和对桃花源般仙境生活的向往之情。小令语调诙谐，却掩藏不住作者内心对现实的强烈不满和胸中的抑郁悲切。

〔南吕〕四块玉·浔阳江

送客时，秋江冷。商女琵琶断肠声。可知道司马和愁听。月又明，酒又醒，客乍醒。

【赏析】

马致远的 10 首《四块玉》有一个共同特点：借追思历史往事来述说自己的经历和抒发个人感受。这首《浔阳江》也不例外。自白居易的《琵琶行》问世以后，历代文人再过浔阳江（《琵琶行》中有"浔阳江头夜送客"的诗句时），便总会不由自主地想起那位曾被贬为江州司马的诗人白居易。马致远在羁旅失意时恰好路过浔阳江，因此触物生情，怀念起当年一度被贬谪的白居易，遂写下此曲。

"送客时，秋江冷。商女琵琶断肠声"，这三句是对白居易《琵琶行》所述之事的概括。《琵琶行》讲述诗人在浔阳江送别友人时，遇到了一位技艺高超、身世凄凉的琵琶女，诗人把这位琵琶女视为自己的同命知己，并发出"同是天涯沦落人，相逢何必曾相识"的感叹。这部作品是白居易在被贬到江州的第二年所作，诗中作者借琵琶女的遭遇写自己无处实现的抱负和宦海沉浮的失意。

而此时的马致远与彼时的白居易，无论遭际、心境，都有相似之处。因此"可知道司马和愁听"一句，便是马致远将自身经历与白居易的经历重叠起来的表现。"和愁"的"愁"，即来源于他 20 年的羁旅他乡，仕途不顺。

"月又明，酒又醒，客乍醒"是小令的结笔，主人、客人都从微醉的酒意中乍醒，回到了现实。"醒"字意味深长，此时，作者想要表达的不仅是从酒醉中醒来，更是从多年来在官场的迷失中醒来，从多年坎坷的人生经历中醒悟。

瑟瑟的秋风，凄冷的明月，江滨送客，把酒离别，此景此情，令作者无限伤感，也令读者深感凄寒。这首小令叙事虽简短，表达的情感却真切动人，既表达出马致远个人的伤感失落，也道出了整个时代下层文人的共同心理状态。

〔南吕〕四块玉·马嵬坡

睡海棠，春将晚，恨不得明皇掌中看。霓裳便是中原患。不因这玉环，引起那禄山，怎知蜀道难！

【赏析】

马致远在曲中将叙事、议论、抒情三种手法融于 36 个字中，字字生动，句句有力，将他对历史的看法及对现实不便言明的愤恨，展现得十分到位。他的 10 首《四块玉》中，每一首都包含一个历史故事或神话传说。这首《马嵬坡》所用的便是唐玄宗在马嵬坡赐死杨玉环这一史实。当时，唐玄宗因过于迷恋杨贵妃而荒废朝政，致使安史之乱爆发。后来潼关失守，他携杨贵妃仓皇逃离长安，在抵达马嵬坡时，六军不发，禁军将领陈玄礼等人要求唐玄宗处死杨贵妃，才肯保护皇上继续逃难。唐玄宗无奈之下将杨贵妃缢死，葬在马嵬坡下。

"睡海棠，春将晚，恨不得明皇掌中看"一句中用"睡海棠"比喻杨贵妃，凸显了杨妃的娇柔美艳，妩媚婀娜。"春将晚"点明这是暮春时节的海棠，因此更显其珍贵。这样娇艳、珍贵的女子，引得唐明皇爱不释手，将她视为掌上明珠。

唐明皇懂音律，杨贵妃善舞，二人合作的《霓裳羽衣曲》更是世人皆知。但是这优美的《霓裳》却无辜地成为"中原患"。因为杨玉环整日用美色引诱皇上，而且恃宠生娇，也因为唐玄宗本人的荒淫无度，使得他日日与妃子寻欢作乐，荒废朝政，置国家安危和黎民百姓于不顾，结果让乱臣贼子安禄山得了可乘之机，引起安史之乱，这才有了至蜀避难的举动。因此作者道："不因这玉环，引起那禄山，怎知蜀道难！"

唐明皇与杨贵妃感情至深，杨妃死后，唐明皇日日怀念，不能自已。二人之间的爱情曾一度成为文人争相描写的对象（如白居易的著名诗篇《长恨歌》）。马致远的这首《马嵬坡》亦是借李杨的故事来总结历史教训，抒发情感。历史上，人们总是将引起安史之乱和导致唐朝走向衰亡的责任归于杨贵妃，但事实上，唐玄宗李隆基才应当承担不可推卸的重大责任。马致远在这首曲中，表面上亦是如前人般批判杨玉环红颜祸水，但是心中却很明晰祸源来自于皇帝，但是自古以来的忠君思想不得打破，所以只能旁敲侧击，暗暗讽刺。

〔南吕〕四块玉·洞庭湖

画不成，西施女，他本倾城却倾吴。高哉范蠡乘舟去，那里是泛五湖？若纶竿不钓鱼，便索他学楚大夫。

【赏析】

中国古代文学中，将"洞庭湖"作为母题的作品有许多，例如唐人孟浩然的《望洞庭湖赠张丞相》便是其中的名篇。孟浩然西游长安时写下此诗赠给当时的丞相张九龄，希望得到张的赏识和录用。诗中既表达了作者渴求赏识、为官入仕的心情，写法又甚为含蓄温婉。

马致远的这曲《洞庭湖》同样采用了"洞庭湖"作为母题，但是意境与心情则与孟浩然正好相反。洞庭湖，亦称太湖或五湖，一直受到文人墨客的青睐，这不仅是因为它有着秀美的景致，还因为它有着浓郁的历史文化色彩。

曲之首句"画不成，西施女，她本倾城却倾吴"，描述吴越征战时，吴国在会稽大败越国的故事。当时，越国大夫范蠡奉越王勾践之命，寻得美女西施，进献吴王夫差。这个"画不成"的倾城"西施女"令吴王大悦，遂命罢停战。"她本倾城却倾吴"，前一个"倾"字是赞西施难描难画的绝世美貌，而后一个"倾"字则暗含作者对吴王贪恋美色的丑态的嘲讽。两"倾"连用，一褒一贬，实为巧妙。

吴王因迷恋西施，荒误朝政，听信谗言；而越王勾践却趁此机会积聚力量，重整兵甲，最终一举灭掉吴国。越王复国后，身为功臣的范蠡选择"乘舟去"。因为范蠡知道勾践是一个猜忌心重，可共难而不肯同甘之人。范蠡尽朋友之谊，告诫辅佐越王复国的同僚大夫文种，希望他能看清局势，趁早辞官隐退，然而文种不听，执意留下。无奈之下，范蠡只好带着西施泛游五湖而去。一个"高哉"，赞扬了范蠡不恋名利、功成身退的高明和逍遥，也体现出作者自身的高洁情怀。

范蠡表面逍遥，背后却暗自承受着遗憾与心酸。越国失利时，他忍辱负重，尽心协力地辅佐勾践，为其出谋划策，赴汤蹈火，甚至献出了西施，但在越王得势后，自己为了躲避主子谋害竟不得不流落江湖，"那里是泛五湖"这个强有力的反问，是作者为范蠡道出的无奈。

随后，作者又道出一个假设："若纶竿不钓鱼，便索他学楚大夫。"这里的"楚大夫"便指文种，文种是楚国人，因此称楚大夫。范蠡泛五湖，并非闲情雅致，只因他若不归隐渔樵，就会同文种一般，受到勾践的毒害。一个反问，一个假设，道出范蠡离越归隐的真正原因，深刻地揭示了越王勾践的残酷无情、以怨报德的品性。

马致远在曲中表面是赞扬功臣范蠡不慕名利、毅然归隐的明智与高洁，实则是对自身艰难处境的暗示，通过写"古事"来达"今情"，以抒发对统治者的强烈怨愤和不满。

〔南吕〕四块玉·巫山庙

暮雨迎，朝云送，暮雨朝云去无踪。襄王谩说阳台梦。云来也是空，雨来也是空，怎揾十二峰。

【赏析】

全篇只有七句话，却始终不脱离"雨""云""空"三字，加上其他词语的渲染描写，共同烘托出了一种神秘空灵之感。"暮雨迎，朝云送，暮雨朝云去无踪"三句，描绘了这样一幅图画——暮色降临时分，云雨如相互迎接一般飘逸而来，又如相互送别般翩然离去，无影无踪。这种意境令人感到缥缈、虚幻。

"襄王谩说阳台梦"，引用了宋玉《高唐赋》中襄王梦中遇巫山神女的典故。据《高唐赋》所记，襄王在高唐游历时，因困倦而"昼寝"，睡梦中见到一个女子，她自称是巫山的仙女，得知襄王来高唐，特来相见，并"愿荐枕席"。于是襄王与这位巫山神女共度了欢夜良宵。仙女离开时对襄王说："妾在巫山之阳，高丘之阻，旦为朝云，暮为行雨，朝朝暮暮，阳台之下。"襄王醒来后对梦中的神女念念不忘，遂为她立庙，庙的名字就叫作"朝云"。后来"巫山云雨"成了男女情爱的代名词，也常用以讽刺君王的风流荒淫。

"云来也是空，雨来也是空，怎揾十二峰"，这三句意境十分苍茫。表面字义是说云雨都是稍纵即逝之物，无论如何也无法度过高高的巫山十二峰，但深层意蕴玄虚灵动，可有多种解释。根据襄王梦遇神女的典故来讲，这句话似有借古讽今的意味；若根据作者本人的遭际来看，这句话则可看做马致远对人生聚散无常的感叹，字里行间透露出一种悲伤无奈的意味。

〔南吕〕四块玉·叹世

两鬓皤，中年过，图甚区区苦张罗？人间宠辱都参破。种春风二顷田，远红尘千丈波，倒大来闲快活。

带野花，携村酒，烦恼如何到心头。谁能跃马常食肉？二顷田，一具牛，饱后休。

佐国心，拿云手，命里无时莫刚求。随时过遣休生受。几叶绵，一片绸，暖后休。

【赏析】

与杂剧相比，马致远的散曲创作较少浸染道家风气，而是更贴近生活，注重描写个人心境和遭遇。马致远生于元世祖忽必烈执政时期，青年时期积极入世，热衷功名，但生不逢时，仕途并不显达。他自感怀才不遇，壮志难酬，晚年时退隐山林，以诗酒自娱。

《两鬓皤》《带野花》《佐国心》三部作品都是马致远晚年所作，虽写作时间不同，但内容大体相近。"两鬓皤，中年过，图甚区区苦张罗？"首三句，作者感叹自己打拼了半世，历尽漂泊之苦，到如今人生过半，可谓"人间宠辱都参破"，对曾经所追求的一切都已看淡。时间流逝，生命垂老，当年的壮志亦在岁月中消磨殆尽。对那些所谓的荣辱、得失都已释然，唯愿远离这些红尘是非，隐退在乡间，春种秋收，过寻常农家生活，"倒大来闲快活"，对他来说，这才是人生的一大快活。

"带野花，携村酒"，假若能够这样惬意而随性地生活，曾经的"烦恼"自然就不会"到心头"。所以作者不想再去插足那些纷纷扰扰，而是选择"二顷田，一具牛，饱后休"这样闲适的生活。经过二十几年的宦海浮沉，漂泊之苦，如今的作者已失去了当年的豪情激越，只能劝慰自己"命里无时莫刚求"。

《叹世》令读者从中领会到作者老之将至，对功名大业都已失去热情的中年心境：他此时只愿从宁静恬适的生活中求得精神上的满足。这3首曲子篇幅短小，但意味深长，既表现了马致远的达观和超脱，其中充满了老庄思想清静无为的一面；又暗含了他对现实的不满和人生过半之时内心的沉郁悲凉。

不忽木

不忽木（公元1254～1300年），一作不忽麻，或不忽卜，又作博果密。名时用，字用臣，西域康里人。历任提刑按察、参议中书、吏工刑部尚书等职，至元二十七年（公元1290年）拜翰林学士承旨知制诰，兼修国史。今存套数1套。

〔仙吕〕点绛唇·辞朝

宁可身卧糟丘，赛强如命悬君手。寻几个知心友，乐以忘忧，愿作林泉叟。

〔混江龙〕布袍宽袖，乐然何处谒王侯。但樽中有酒，身外无愁。数着残棋江月晓，一声长啸海门秋。山间深住，林下隐居，清泉濯足。强如闲事萦心，淡生涯一味谁参透。草衣木食，胜如肥马轻裘。

〔油葫芦〕虽住在洗耳溪边不饮牛，贫自守。乐闲身翻作抱官囚，布袍宽褪拿云手，玉箫占断谈天口。吹箫仿伍员，弃瓢学许由。野云不断深山岫，谁肯官路里半途休。

〔天下乐〕明放着伏事君王不到头，休休，难措手。游鱼儿见食不见钩，都只为半纸功名一笔勾，急回头两鬓秋。

〔哪吒令〕谁待似落花般莺朋燕友，谁待似转灯般龙争虎斗。你看这迅指间乌飞兔走，假若名利成，至如田园就，都是些去马来牛。

〔鹊踏枝〕臣则待醉江楼，卧山丘。一任教谈笑虚名，小子封侯。臣向这仕路上为官倦首，枉尘埋了锦带吴钩。

〔寄生草〕但得黄鸡嫩，白酒熟，一任教疏篱墙缺茅庵漏。则要窗明炕暖蒲团厚，问甚身寒腹饱麻衣旧。饮仙家水酒两三瓯①，强如看翰林风月三千首。

〔村里迓鼓〕臣离了九重宫阙，来到这八方宇宙。寻几个诗朋酒友，向尘世外消磨白昼。臣则待领着紫猿，携白鹿，跨苍虬②。观着山色，听着水声，饮着玉瓯，倒大来省气力如诚惶顿首。

〔元和令〕臣向山林得自由，比朝市内不生受。玉堂金马间琼楼，控珠帘十二钩。臣向草庵门外见瀛洲，看白云天尽头。

〔上马娇〕但得个月满身，酒满瓯，则待雄饮醉时休。紫箫吹断三更后，畅好是休，孤鹤唳③一声秋。

〔游四门〕世间闲事挂心头，唯酒可忘忧。非是微臣常恋酒，叹古今荣辱，看兴亡成败，则待一醉解千愁。

〔后庭花〕拣溪山好处游，向仙家酒旋篘④。会三岛十洲客，强如宴公卿万户侯。不索你问缘由，把玄关泄漏。这箫声世间无，天上有，非微臣说强口。酒葫芦挂树头，打鱼船缆渡口。

〔柳叶儿〕则待看山明水秀，不恋您市曹中物穰人稠。想高官重职难消受，学耕耨⑤，种田畴，倒大来无虑无忧。

〔赚尾〕既把世情疏，感谢君恩厚，臣怕饮的是黄封御酒。竹杖芒鞋任意留，拣溪山好处追游。就着这晓云收，冷落了深秋，饮遍金山月满舟。那其间潮来的正悠，船开在当溜，卧吹箫管到扬州。

【注释】

①瓯（ōu）：杯。②虬（qiú）：古代传说中有角的小龙。③唳（lì）：鹤、雁的高亢鸣叫。④篘（chōu）：一种竹制的滤酒器具。⑤耨（nòu）：锄草。

【赏析】

在《鹊踏枝》一曲中，作者道："臣则待醉江楼，卧山丘。一任教谈笑虚名，小子封侯。"杜甫《复愁》诗中有云"闾阎听小子，谈笑觅封侯"，喻成名的容易和虚幻。此处作者化用，意在表明自己对"虚名"的不屑。"醉江楼，卧山丘"代表的是典型的名士生活，作者向往着这种"领着紫猿，携白鹿，跨苍虬。观着山色，听着水声，饮着玉瓯"的生活，因此自然会将世间名利看得轻贱。

"糟丘"是指酿酒留下的糟滓，"身卧糟丘"即指沉醉于酒中。"命"不是指性命，而是指官职。因官位均由君主所命，故有此说。但"命悬君手"的说法，未尝没有"伴君如伴虎"的担忧之意。"悬"字便很明显地道出了为官之险。"乐以忘忧"四字，点出了辞官退隐的原因：为了求乐，也为了忘忧。"乐"的是能够做一个"林泉叟"，"有几个知心友"；"忧"的则是"闲事萦心"，"半纸功名一笔勾，急回头两鬓秋"，"物穰人稠"，"高官重职难消受"。

从《混江龙》到《哪吒令》，作者多处用典，寄寓自己对功名的蔑视和对清净的隐居生活的向往。如"虽住在洗耳溪边不饮牛"，即用许由与巢父的典故。许由是尧舜时期著名的隐士，他拒绝尧帝的禅位，隐居箕山，后来尧帝任命他为九州长，他为了表示自己对这些世俗之言的厌恶，便到颍水之滨洗耳。当时还有一位隐士叫巢父，和许由是好友，他见许由洗耳的举动，觉得他是故作清高，沽名钓誉，因此不愿让自己的牛犊去喝许由洗耳的水。作者以巢父自比，表示自己的归隐志向以及高洁的情操。

"吹箫仿伍员，弃瓢学许由"，伍员清贫，靠吹箫乞讨度日，这里作者说"仿伍员"，意即学习伍员安于贫穷的心志；"弃瓢"之说则来源于一个故事：巢父曾经赠瓢给许由，给他作取水之用。许由将瓢挂在树上，但是瓢常被风吹得呜呜作响，许由便将瓢丢弃到山下。"学许由"自然不是学习他"弃瓢"，而是学其清净。

《柳叶儿》一曲中，"则待看山明水秀"，"学耕耨，种田畴"几句所描述的隐居情境，不同于仙人式的超尘绝俗，而是近似于陶渊明式的归隐生活，具有鲜活朴实的田园气息。这首《点绛唇》套曲篇幅很长，但通篇都围绕"辞官归隐"的主题展开，用语工整，用典贴切，且多用对比手法，"仕"与"隐"的反复比较构成了整首套曲的主体部分。作者用第一人称"臣"反复陈说自己退隐的心志，并处处将"山林"的自由与"朝市"的桎梏进行对比，鲜明地传达出内心的价值取向。

赵孟頫

赵孟頫（公元 1254～1322 年），字子昂，号松雪道人、水精宫道人，湖州（今浙江省吴兴）人。宋末时，为真州司户参军；入元后曾担任刑部主事，后官至翰林学士承旨，封魏国公，谥文敏。赵孟頫工于书法，擅长作画，通晓音律，且能诗文。《全元散曲》录存共小令 2 首。

〔仙吕〕后庭花

清溪一叶舟，芙蓉两岸秋。采菱谁家女，歌声起暮鸥。乱云愁，满头风雨，戴荷叶归去休。

【赏析】

赵孟頫是宋王室宗室，是秦王赵德芳的后代。宋亡之后，他居家力学，不仅创作了诸多优秀的散曲作品，在书、画方面也造诣精深，其文、书、画，人称"三绝"。赵孟頫善于将这三者的优点融合在一起，并极力体现在散曲创作中，这一首《后庭花》曲词清馨灵秀，可谓"曲中有画"。

语言清新唯美，形象细致生动，是这首《后庭花》的典型特点，作者勾勒出了一幅明快活泼的水乡女子采菱图，图中景美、人秀、情逸，格外动人。虽为元代散曲，却有盛唐诗味，本曲历来被认为是元代田园小令中的佳作。

"清溪一叶舟，芙蓉两岸秋"，作者以极简省的笔墨勾勒出纯美的水乡景致——清澈的溪水上波光粼粼，涟漪圈圈，一叶扁舟载着美丽的采菱女缓缓荡来，清风徐徐，采菱女如芙蓉花一样娇艳。两岸荷叶田田，繁密茂盛，在淡淡的秋意中别具风姿。这两句动静结合，以动衬静，营造出一派清幽恬静的景致，是谓"景美"。

"采菱谁家女，歌声起暮鸥"，女主人公一出场，便给整幅画面平添了几分生气和活力。美丽的采菱女一边采菱一边放歌，展现出迷人的风采。歌声飞入荷花丛中，惊起了日暮归巢的鸥鸟。暮色本应是极为宁静的，可是采菱女动听的歌声打破了静谧的氛围，并赋予此景生动明快的气息，是谓"人秀"。

结尾句"乱云愁，满头风雨，戴荷叶归去休"，奈何"乱云"至，风雨欲来，采菱少女却不慌不忙，从容地摘下一片荷叶戴在头上遮挡，乘舟归去。如此形状，是谓"情逸"。

《采菱曲》出现得较早，且代代不歇，《楚辞》中已有相关记载，到南北朝时期，乐府民歌大兴，模仿之风兴盛，出现了数十首与采菱相关的诗曲，仅鲍照一人便作有七首。采菱曲历经不同朝代，文体更换，但仍然不时有佳作出现，赵孟頫这篇作品就是其中极为难得的清新隽永之作，而且"仙侣"宫调清新绵邈，婉约秀丽，用以谱唱采菱歌极为适合。

王实甫

王实甫，生卒年不详，一说名德信，元朝大都（今北京人）。其杂剧创作活动主要集中于元成宗元贞、大德年间，保存并流传至今的杂剧包括《西厢记》《破窑记》《丽春堂》，另《芙蓉亭》《贩茶船》各存 1 折曲词。散曲今存小令 1 首，套数 3 套（其中之一为残套）。其《西厢记》影响广泛，美誉度极高，被誉为"天下夺魁"之作。

〔中吕〕十二月过尧民歌·别情

自别后遥山隐隐，更那堪远水粼粼。见杨柳飞绵滚滚，对桃花醉脸醺醺①。透内阁②香风阵阵，掩重门暮雨纷纷。怕黄昏忽地又黄昏，不销魂怎地不销魂。新啼痕压旧啼痕，断肠人忆断肠人。今春，香肌瘦几分？搂带③宽三寸。

【注释】

①醉脸醺醺：指桃花绯红，犹如酒醉的脸色。②内阁：闺房。③搂带：即"缕带"，也就是丝绦制作的腰带。

【赏析】

王实甫的《别情》由《十二月》和《尧民歌》两首小令组成，细腻地刻画了闺中女子对远走他乡的爱人的思念，曲子韵律和谐，语言优美，哀婉动人。

作者由景入手，描写女子睹物伤情的心绪。"自别后遥山隐隐，更那堪远水粼粼。"自从与心爱之人分别之后，女主人公每天无精打采、心事重重。思念心切时，她遥望远山，希望能见到对方归来的身影，可是，缭绕不绝的云雾遮挡了视线；俯身看流水，明净清澈，不停地奔流而去，却带不去相思的情意。

春天到来，纷飞的柳絮勾起女主人公绵绵的思绪，桃花绯红，犹如美人痴醉时脸上的红晕。"对桃花"一句化用唐代诗人崔护"去年今日此门中，人面桃花相映红"的语意，表现了女主人公正是青春貌美、风韵袭人的年纪，在这美好的年纪，又值最美的春光，却无人相守相伴，更能突出人物对爱人的深切思念。

闺阁中不时飘来香风阵阵，而重重门扉深掩，直到黄昏也不见爱人归来，只有纷纷暮雨击打重门。女子身居闺阁，日夜期盼，却一次又一次失望，不见爱人来，只有冷雨无情击打门扉的声音传来。这样凄凉的景象更加能衬托出女子内心的寂寞悲苦。

前六句借景抒情，由远及近逐层展开，把女子内心的情感一点点透露出来。其中"隐隐""粼粼""滚滚""醺醺""阵阵""纷纷"几个叠词，既能表现出女主人公情思的缠绵无尽，又有状形、状声、状色的不同作用，使意境更为深邃，也使语句兼具音乐的美感。

后六句直抒胸臆。黄昏之景极易触发人的孤独寂寞之感，因此说"怕黄昏"。可是奈何黄昏总是重复来到，女主人公备受煎熬，索性劝自己不要为情变得痴傻，可是却又无法做到，只能日日以泪洗面，以新的泪痕掩盖旧的泪痕。想到心上人也是每日这样地思念自己，因此说"断肠人忆断肠人"。女子为情悲愁到了极点，几近断肠，想要摆脱这种境况，却又身不由己。

这个春日，在这样的相思之苦中纠结挣扎，女子已不知消瘦了多少，只觉得衣带又宽余许多。"三寸"之说自然并非实指，作者以夸张的手法写出了女主人公为爱人"消得人憔悴"而"衣带渐宽"的事实，其情可感，其坚贞令人钦佩。

一位含情脉脉、寂寞孤独的闺怨女子形象在这首散曲中被塑造出来，情致哀怨，如泣如诉，令人不禁感叹"欢乐趣，离别苦"，"黯然销魂者，唯别而已矣"。

〔商调〕集贤宾·退隐

拈苍鬓笑擎冬夜酒，人事远老怀幽。志难酬知机的王粲，梦无凭见景的庄周。免饥寒桑麻愿足，毕婚嫁儿女心休。百年期六分干到手，数干支周遍又从头。笑频因酒醉，烛换为诗留。

〔逍遥乐〕江梅并瘦，槛竹同清，岩松共久，无愿何求？笑时人鹤背扬州！明月清风老致优，对绿水青山依旧。曲肱北牖，舒啸东皋，放眼西楼。

〔金菊香〕想着那红尘黄阁昔年羞，到如今白发青衫此地游。乐桑榆酹诗共酒，酒侣诗俦，诗潦倒酒风流。

〔醋葫芦〕到春来日迟迟兰蕙芳，暖溶溶红绿稠，闹春光莺燕语啾啾。自焚香下帘清坐久，闲把那丝桐一奏，涤尘襟消尽了古今愁。

〔幺〕到夏来锁松阴竹坞亭，载荷香柳岸舟。有鲜鱼鲜藕客堪留，放白鹤远邀云外叟。展楸枰消磨长昼，较亏成一笑两查收。

〔幺〕到秋来醉丹霞树饱霜，绽金钱篱菊秋，半山残照挂城头，老菱香蟹肥堪佐酒。正值着登高时候，染霜毫乘醉赋归休。

〔幺〕到冬来搅清酣鸡语繁，漾茅檐日影稠，压梅梢晴雪带花留。倚蒲团唤童重荡酒，看万里冰绡染就，有王维妙手总难酬。

〔梧叶儿〕退一步乾坤大，饶一着万事休，怕狼虎恶图谋。遇事休开口，逢人只点头，见香饵莫吞钩，高抄起经纶大手。

〔后庭花〕住一间蔽风霜茅草丘，穿一领卧苔莎粗布裘，捏几首写怀抱歪诗句，吃几杯放心胸村醪酒，这潇洒傲王侯。且喜的身登身登中寿，有微资堪赡赒，有亭园堪纵游。保天和自养修，放形骸任自由。把尘缘一笔勾，再休题名利友。

〔青哥儿〕呀！闲处叹蜂喧蜂喧蚁斗，静中笑蝶讪蝶讪莺羞，你便有快马，难熬我这钝烷头。见如今蔬果初熟，浊酒新篘，豆粥香浮，大叫高讴，睁着眼张着口尽胡诌，这快活谁能够！

〔尾声〕醉时节盘陀石上眠，饱时节婆娑松下走，困时节布衲里睡鼾鼾。偶乘闲细将玄奥剖，把至理一星星参透，却原来括乾坤物我总浮沤。

【赏析】

《集贤宾·退隐》是王实甫留存下来的为数不多的散套。这篇作品在文学史上的地位和价值，可与"元曲四大家"之首关汉卿的《一枝花·不伏老》并驾齐驱。在曲中，王实甫自述身世，自抒情怀，表现了退避官场、归隐田园的豁达怀抱和高洁指向。这篇散套由11支曲子构成。

开篇曲子可视为整首散套的"诗序"，交代了时间和作者的家世背景。此时作者已步入晚年，儿女的婚姻大事都已完成，再没有什么可担忧挂念的事了。人到暮年，万事已休，对许多名利事都不再看重，作者只愿自在逍遥地与山林为伴，平平静静地享受隐逸生活的乐趣。

像梅花一样挺拔而有风韵，像竹子一样坚韧清高，像松柏一样长青不朽，作者直言，若能做到这些，便再无他愿了，人生于世，再无所求。《逍遥乐》一曲是作者的独白，表现了高洁的情怀，他以"岁寒三友"为榜样，要效仿它们塑造自立自强的傲骨。与自己志向形成对比的，是时人对驾鹤扬州、飞升成仙的向往，这种想法多么可笑，多么令人感到羞耻。作者只愿与清风明月相伴终生，看绿水青山到老。弯曲手臂便可以为枕，在水边的高地便可以纵情长啸，舒展胸怀，放眼望去，月满西楼。只有有涵养、懂气节、重修养的人，才能从这样的美景里得到乐趣，作者自认为自己正是这样的人。

在第三支曲子《金菊香》中，通过今昔对比，作者回想当年身处官场时的情态，不由得感到羞愧，如今能够放下名利地位，保持本色地在大自然中闲游，白发青衫，把酒吟诗，垂老之年亦能与众隐士一起放浪诗酒，一醉方休，再无拘束，再无虚情。这种生活比过去要好上千倍万倍！

其后，作者以雅致精巧的构思，在《醋葫芦》与三个《幺》这四支曲子里，分别描写春、夏、秋、冬的景象，再配以"花中四君子"兰、竹、菊、梅和"四大雅器"琴、棋、书、画，搭配和谐，用意巧妙，描述了作者一年四季安逸闲适、恬淡高雅的隐逸生活，令人心生向往。"四君子"与"四雅器"分别代表文人志士的高洁情趣，二者并用，八事合一，更是对真隐士的由衷赞美，表明作者虽身在乡野，但高雅的心志不变。

春日里，他沐浴着暖融融的阳光，嗅着清幽兰香，耳闻莺歌燕语，看绿茵红花，于帘幕下静坐焚香，偶有情致，有可以弹拨梧桐木制成的古琴，万古情愁都能在此时消散殆尽。

夏季炎热，作者便躲进有松柏遮阴、素竹消暑的亭子里，或是泛舟采莲，闻荷香四溢，品味着鲜鱼鲜藕，观赏着白云白鹤，铺开棋盘，与老友对弈消磨时光，尽兴享乐。

秋天里，丹霞白霜、金菊夕阳都令人陶醉，荷塘里的菱角已经熟透，蟹子正是香肥，再饮上一盏美酒，真是令人倍感愉悦！秋天正是登高远望的好时节，看那霜染红林的美景，咏赋几篇，尽兴方休。

到了冬天，闲来时候，惊扰栖息的家鸡，听几声鸡鸣。天放晴时，看那枝头的梅花上残留的玉雪，雪与花相互映衬，更显晶莹。作者悠闲地倚在蒲团上召唤童仆温酒，眺望眼前银装素裹的世界，只觉得心旷神怡，整座树林如同被丝织的薄绸装点，恐怕连王维都难以画出这样的美景。

畅诉过隐逸生活的美妙后，作者自然转到对现实的描写，《梧叶儿》这支曲子主要是作者对黑暗社会现实的揭露。在这支曲里，作者表示：只有退让才能令天地宽广，遇事宽容对方才能平息事端，每天担惊受怕，为了不遭恶人陷害，遇事不敢多言，逢人只是礼节性地点头示意，见到"香饵"也要提防小心，怕背后就有钩线。这样提心吊胆的生活，周围都是虚情假意的人，又怎么能遇到真心知己？恰应了首支曲子中那句"志难酬知机的王粲，梦无凭见景的庄周"，表达了作者对现实的强烈批判。

第九支曲子《后庭花》转回对隐逸生活的描述。作者对物质生活的要求非常简单：有一间能避风霜的茅草屋就已足够，能穿着粗布衣服便会知足，闲来能吟唱几首抒情写意的小诗，能喝几杯自酿的浊酒，这样的潇洒生活已胜过王侯将相数十倍了。何况作者年过六十，已算得上是高寿，还有微薄的收入可以周济穷苦的亲友，有亭园可以纵情游赏，能够保养身心、修炼正气，可以放浪形骸、自由自在，把红尘凡事都一笔勾销，不再提昔日名利之事。作者远离官场，回归自然的心志在这支曲子里表现得尤为突出。

《青哥儿》中，作者以局外人的视角，悠闲地观看世间百态，发现世人为了名利，像蜂蚁一般争斗不休，像蝴蝶黄莺一样相互毁谤。人与人之间的相处方式，让超凡脱俗的世外高人都不由得讶然。对比来看，"你便有快马，难熬我这钝炕头"，作者觉得多数人的生活就好像骑着快马奔驰般劳累，而自己的生活轻松简单，每日可以闲适地坐在热热乎乎的炕头上，一"快"一"钝"形成鲜明的对比，却表现出作者对自在生活的由衷热爱。他可以采摘院子里初熟的蔬菜瓜果，把自酿的浊酒过滤，熬一锅豆香四溢的浓粥，兴致来时便放声高歌，胡诌笑语几句也没人来管束，这样的快活有谁能比？

在最后一支曲子《尾声》里，作者塑造出了一个对人生和宇宙尽皆释然的隐者形象——醉了就随便倚在一个坑洼不平的石头上睡一觉，酒足饭饱后就在翠柏松林中闲逛，若是困了就裹在粗布衣袍中美美地酣睡。偶尔闲暇时，仔细思索那宇宙玄黄的奥秘，把人生的大道理一点点参悟，不由得发出人生苦短、世事无常的感慨，天地万物都如那漂在海面上的水泡，或浮或沉，变幻不定。正因作者看透了这些，所以不再如俗世之人那样注重名利，他摆脱桎梏，归隐山林，享受着闲适自然、随遇而安的生活，以求得到身心的解脱，保持真正的自我，得到生命的升华。

这组套曲，成功地塑造了王实甫"众人皆醉我独醒"的智者形象，表明其不与世俗同流合污的姿态。王实甫的《西厢记》以语言华美著称，并享有"诗剧"美誉，而这散套中虽也有华美的词句，但整体文风自然，感情质朴，塑造出的洁身自好的隐士形象能够给人以心灵的启迪，足以见出作者文笔的高超。

崔莺莺待月西厢记第一本第一折（一）

〔油葫芦〕九曲风涛何处显，则除是此地偏。这河带齐梁，分秦晋，临幽燕。雪浪拍长空，天际秋云卷；竹索缆浮桥，水上苍龙偃。东西溃九州，南北串百川。归舟紧紧如何见？却便似弩箭乍离弦。

〔天下乐〕只疑是银河落九天；渊泉，云外悬，入东洋不离此径穿。滋洛阳千种花，润梁园万顷田，也曾泛浮槎到日月边。

【赏析】

《西厢记》全名为《崔莺莺待月西厢记》，取材于唐代元稹的传奇《会真记》，主要讲述了有胆有识而又多情多义的书生张珙（张生），因一次偶然机会遇到崔莺莺，一见生情，历经波折并最终与佳人结为连理的故事。这两首曲词选自《西厢记》全剧的第一本第一折，此时书生张珙尚未与崔莺莺邂逅，他独自羁旅异乡，在黄河岸边的蒲州城（今山西省永济市）勒马停驻，面对黄河的滚滚波涛，内心也不禁泛起千层波浪，继而慷慨陈歌以咏赞黄河的雄伟壮丽，抒发出自己的满志踌躇。

《油葫芦》首句为"九曲风涛何处显，则除是此地偏"，总写黄河的流势，以设问的句式说明蒲州城边一段河流是黄河最为旷阔奇险的所在。古语云"黄河有九曲"，意在描绘黄河的蜿蜒曲折有"九曲"之多。而河流弯曲处必有急水，黄河多弯，其水流之湍急不难想见，曲中用"风涛"一词，正是以"风"字来形容河水的激荡就如同被狂风席卷一般。"偏"字是宋元两代的市井口语，含有"突出"之意，也就是说，在作者笔下的张珙眼中，黄河"九曲"之最就在蒲州城了。

第二句写黄河的流经范围，其路径像带子般连接齐梁（今山东省、山西省）二地，从与幽燕（今河北省）接壤的河南一路南下，就像是幽燕的隘口似的，并将秦、晋（今陕西、山西省）两地分在东西两边，黄河之长以及其路径的曲折可见一斑。接下来写黄河的水势，作者借张生之口叹道：那激起的万卷白浪就如漫天的大雪，仿佛能够直抵苍穹，又像是天边的白云在翻滚，而水上用竹索勾连的浮桥则成了跃出水波的一只巨龙，这一幕情景令人不得不感叹黄河的浩瀚："东西溃九州，南北串百川。"河中的小舟行驶也十分急速，就像刚刚离弦的弩箭一般。

唐代诗人李白曾为黄河写下"君不见黄河之水天下来，奔流到海不复返"的千古绝唱，《天下乐》一曲的首句就化用此名句，黄河由地势较高的西部奔泻而下，气势逼人，令人不禁怀疑此水是从九天之上降下的恩赐。黄河就像云边高悬的一潭天外深泉，在蒲州城倾倒水波，源源不断，径直向东边的大海流去。第二支曲的首句既写出了黄河的流势和气势，又运用飞扬的想象，引发了人们对黄河的无限遐想。

作者赞美了黄河的气势之后，又宕开一笔，进一步展开联想：黄河确实是上天的恩赐，它不仅滋润了洛阳的花卉，还灌溉了梁地的万顷农田。黄河既有雄性的伟力，又有维护和繁衍生命的母性，不愧为华夏的母亲河。借张生之口，作者意犹未尽地讲述了一个悠久的传说，据称，汉代出使西域、不辱使命的张骞就曾泛舟黄河，并顺水流直抵九天之上、日月之边！可以说，黄河不仅造就了中原的富饶，还引发了人们崇高而瑰丽的美学想象。

这两支曲子虽然是剧中角色的唱词，但对戏剧的情节并没有推进作用，只是人物情怀、心境的一种抒发，可以被视为两首相辅相成的、用以歌颂黄河的抒情短诗。在艺术上，两支曲子的最大特征就是远景与近景、虚景与实景的结合，先总写黄河的流势和路径，并围绕黄河展开各种联想和想象，这是远景和虚景；写黄河波浪的激荡，是眼下的即景，这是近景和实景。这两首曲子对黄河的描绘和咏叹，做到了在整体中见出局部，形象且全面，可谓以黄河为题的典范佳作。

崔莺莺待月西厢记第一本第一折（二）

〔元和令〕颠不刺的见了万千，似这般可喜娘的庞儿罕曾见。则着人眼花撩乱口难言，魂灵儿飞在半天。他那里尽人调戏，躲着香肩，只将花笑拈。

〔上马娇〕这的是兜率宫，休猜做了离恨天。呀，谁想着寺里遇神仙！我见他宜嗔宜喜春风面，偏、宜贴翠花钿。

〔胜葫芦〕则见他宫样眉儿新月偃，斜侵入鬓云边。未语人前先腼腆，樱桃红绽，玉粳白露，半响恰方言。

〔幺〕恰便似呖呖莺声花外啭，行一步可人怜。解舞腰肢娇又软，千般袅娜，万般旖旎，似垂柳晚风前。

〔后庭花〕若不是衬残红，芳径软，怎显得步香尘底样儿浅。且休题眼角儿留情处，则这脚踪儿将心事传。慢俄延，投至到栊门儿前面，刚那了一步远。刚刚的打个照面，风魔了张解元。似神仙归洞天，空余下杨柳烟，只闻得鸟雀喧。

〔柳叶儿〕呀，门掩着梨花深院，粉墙儿高似青天。恨天，天不与人行方便，好着我难消遣，端的是怎留连。小姐呵，则被你兀的不引了人意马心猿？

〔寄生草〕兰麝香仍在，佩环声渐远。东风摇曳垂杨线，游丝牵惹桃花片，珠帘掩映芙蓉面。你道是河中开府相公家，我道是南海水月观音现。

〔赚煞〕饿眼望将穿，馋口涎空咽，空着我透骨髓相思病染，怎当他临去秋波那一转！休道是小生，便是铁石人也意惹情牵。近庭轩，花柳争妍，日午当庭塔影圆。春光在眼前，争奈玉人不见，将一座梵王宫疑是武陵源。

【赏析】

在《西厢记》第一本第一折中，讲述了男主人公张生和女主人公崔莺莺的初次相遇。彼时，崔莺莺为父服丧、寓居普救寺内，但不曾想到在这冷落的深院中，竟会遇到一位风度翩翩的书生。莺莺先是感到惊讶，继而一颗渴望爱情的心被激荡起圈圈涟漪。这八首曲词即选自这一折。在后世流传下来的一些《西厢记》版本中，第一折被题名为"惊艳"，说的正是莺莺初遇张生，惊讶之余流露出的美艳神态。这次邂逅不仅令莺莺感到意外，张生也为莺莺的青春美貌所倾倒，内心对爱情的向往也被唤醒。

张生本要赴京赶考，普救寺只是他途经之地，但为了追求莺莺，张生竟然顾不得自己的应举之路，可见莺莺确有令人痴迷之处，其相貌神态之美可想而知。这八首曲词就是王实甫以张生的视角，对莺莺的美貌所进行的描绘，并透露了张生为少女痴迷的心绪。虽然只是两人初次相遇，但作者确实有必要极写莺莺之美貌，并充分表现张生对莺莺非常痴迷的表情和心境，只有这样，张生为了莺莺中止赶考这般"任性"的行为才合人情事理。

《元和令》开篇便是："颠不刺的见了万千，似这般可喜娘的庞儿罕曾见。""颠不刺"指代美玉，此处借指美女，张生虽然见过万千美人，但莺莺绝对是万里挑一，是张生"罕曾见"的，所以面对莺莺，张生不禁感到"人眼花撩乱口难言"，自己的魂儿都"飞在半天"。这显然是夸张的说法，却清楚地表现出张生见到莺莺后的惊艳。"他那里尽人调戏"，这是说莺莺之美，是那种只可远观而不容猥亵的美，张生只能远远地看着莺莺"只将花笑拈"。这首曲词既写出莺莺之美，又写出张生的心理状态，这种方式也被《上马娇》一曲沿用。

"这的是兜率宫，休猜做了离恨天。呀，谁想着寺里遇神仙"，张生没想到在寺院中竟能见到像下凡仙女一样的佳人，不禁发出惊叹。此处依然是在写张生的心理，包含着两个典故，其一是"兜率宫"，其二是"离恨天"，前者是指天界的净土，借指普救寺，而后者本为佛经中的一重世界，在文学作品中，常用来比喻男女抱恨、长期不得相见。王实甫用这一段曲词，清晰地表明了张生对莺莺的迷恋，以及渴望与佳人相守的心态，张生希望自己在普救寺与莺莺的相遇不要成为惊鸿一瞥的绝唱，他不想与这位美人在此次相遇后就再难相见。在这一曲中，可见张生内心的爱意已经变得十分热烈。

《上马娇》中后两个短句是以张生所见，表现崔莺莺的温柔与妩媚。"我见他宜嗔宜喜春风面"，这是说莺莺不论是生气还是喜悦，都面如春风，这是从正面描写莺莺。从侧面来看，"偏、宜贴翠花钿"，莺莺妩媚娇美，最适宜佩戴"翠花钿"这样精美的饰品。

前两首是张生从远处观察崔莺莺，对莺莺的美的描绘是整体性的，也是朦胧的；接下来的《胜葫芦》一曲则是近观，更为具体详尽地描绘了莺莺的容貌：眉毛如两轮"新月偃"，新月刀似的眉宇斜入了"鬓云边"，未说话时，莺莺神情羞涩，举止腼腆，小嘴如"樱桃红绽"，皓齿如"玉粳白露"。

之前描绘的是莺莺"未语"时的神态，等俏丽腼腆的崔莺莺终于开口说话，"半响恰方言"，那么，她的声音怎样呢？王实甫在《幺》曲首句给出了答案："恰便似呖呖莺声花外啭。"名为莺莺的少女，她的声音也如莺鸟一般婉转动听。莺莺不仅开口了，并开始走动，其行走时的姿态"行一步可人怜"，莺莺每走一步都让人怜惜，这是因为她"解舞腰肢娇又软"，姿态上是"千般袅娜，万般旖旎"，万种风情尽在不言之中，就像是一株迎着晚风摇曳的垂柳。

《后庭花》继续写莺莺走路时的身姿。"若不是衬残红，芳径软，怎显得步香尘底样儿浅"，在鲜花映衬的小径上，莺莺的步子又轻又软，在地上留下的踪迹是那么的浅。莺莺为什么走得那么慢呢？"且休题眼角儿留情处，则这脚踪儿将心事传"，这两句道出了张生的心思，在他看来，定是因为莺莺对自己也生出了爱恋之心，故而才不忍那么快地离开，故意将脚步放慢，莺莺的目光里含着情意，流露出少女的心事。

莺莺走得虽慢，但终究走到了"枕门儿前面"，就要离开了。"刚刚的打个照面，风魔了张解元"，这是张生的自白，他不忍心莺莺离去，因为他已经为自己的心上人"风魔"了。在张生看来，莺莺的离开就"似神仙归洞天"，"空余下杨柳烟，只闻得鸟雀喧"，没有莺莺的花园依然美丽，却因少了佳人显得十分孤寂。已经"风魔"了的张生见莺莺离开，内心也如这花园一般空空落落的，只余下怨恨和失望。接下来的《柳叶儿》一曲，王实甫写出了人物的真实心理，并通过张生的自诉抒发出来。

"呀，门掩着梨花深院，粉墙儿高似青天"，张生抱怨起了园门和粉墙，因为是它们将自己与莺莺隔开了。"恨天，天不与人行方便，好着我难消遣，端的是怎留连"，继而，张生又开始诅咒苍天，因为老天没有安排莺莺多做停留。"小姐呵，则被你兀的不引了人意马心猿"，最后，张生带着爱意和无奈埋怨起了已经离开的莺莺，怨佳人把自己的心绪扰乱。

莺莺走了，张生无法冒昧跟随，只能侧耳倾听，听着心上人的脚步越来越远，这是《寄生草》一曲的开端。"兰麝香仍在，佩环声渐远"，张生觉得园中的馨香之中残留着莺莺的香气，莺莺腰间的佩环所发出的声响渐渐地远了。"东风摇曳垂杨线，游丝牵惹桃花片，珠帘掩映芙蓉面"，这是景语，更是情语，摇曳的柳枝正像是莺莺的腰肢，看着柳条，张生心生出了对莺莺的无尽思念。"游丝"一语双关，既指柳丝，也因"丝"与"思"音同，借指张生的思念，柳丝惹动了飘落的桃花，张生也牵挂着桃花般的莺莺，张生还想起了莺莺那娇中含羞的脸庞，就像是"芙蓉面"被"珠帘掩映"。张生不由得感叹道："莺莺啊，人们说你是河中开府相公家的女儿，而我说你是南海的水月观音的当世身。"表达了张生对莺莺热烈的迷恋和赞美。

最后一曲《赚煞》极力抒写张生对莺莺的感情。这种感情交织了热烈、痴迷和浓得化不开的思念。"饿眼望将穿，馋口涎空咽，空着我透骨髓相思病染"，对爱情渴望至极的书生就像一个饥饿的人，他自白道：自己已经染上相思之疾，并已病入膏肓，深入骨髓。张生感慨，就算是一个"铁石人"也会对莺莺动情，何况是一个常人！后六个短句不再直接表现张生的情绪，而是转写庭院中的景致，并移情入景，写出了张生如梦初醒的恍惚心绪。"近庭轩，花柳争妍，日午当庭塔影圆"，百花争艳，一轮正午的日头照出了佛塔的影子。"春光在眼前，争奈玉人不见，将一座梵王宫疑是武陵源"，春色正浓，可是庭院之中的美人却不见了，张生不禁怀疑了起来，普救寺这样的一座"梵王宫"莫非是"武陵源"，而自己则是误入桃源却再也难寻胜景的武陵渔人。

第一折中，男女主人公一登场，王实甫便以这八支曲子将两人的形象和心性清晰刻画出来：张生至情至性，为了美丽的佳人怦然心动，并陷入"风魔"；莺莺美丽腼腆，虽顾盼留情却又有大家闺秀的矜持羞涩，将情意深藏在内心里。这八支曲子以张生之口，从不同角度形象地描写了莺莺的容貌、姿态和气质，并以浓郁的春景来衬托莺莺的美和张生的情浓。在春天这万物复苏的时节，两颗年轻的心对爱情的渴望也已悄然萌生。

崔莺莺待月西厢记第一本第二折

〔耍孩儿〕当初那巫山远隔如天样，听说罢又在巫山那厢。业身躯虽是立在回廊，魂灵儿已在他行。本待要安排心事传幽客，我只怕漏泄春光与乃堂。夫人怕女孩儿春心荡，怪黄莺儿作对，怨粉蝶儿成双。

〔二煞〕院宇深，枕簟凉，一灯孤影摇书幌。纵然酬得今生志，着甚支吾①此夜长。睡不着如翻掌，少可有一万声长吁短叹，五千遍捣枕捶床。

【注释】

①支吾：打发，挨过。

【赏析】

"张君瑞闹道场"是《西厢记》的第一本，在第一折"惊艳"中，男主人公张珙

（张生）与女主人公崔莺莺萍水相逢，初次相遇即对彼此萌生无限爱意，一场热恋即将轰轰烈烈地展开。张生决定向佳人表白爱慕之意，甚至决定为此搁置进京赶考的计划，可谓"情痴"。当时，崔莺莺一家正寓居普救寺，张生找理由向寺院住持借租了一间房，想寻找机会接近并追求莺莺，不求有幸与佳人促膝长谈，只愿在擦肩而过的瞬间能够以眼神传递心意。张生就怀着这样的心情在第二折"借厢"中登场。

为了能够接近心上人，张生将莺莺的贴身侍女红娘当作突破口，红娘也有意为他们牵线搭桥，却又碍于莺莺之母，即老夫人的严格要求。经由红娘之口，张生得知，老夫人恪守礼教，对于莺莺的管教十分严苛，甚至连女儿擅自离开房间都会严厉训斥。对于沉溺热恋和幻想之中的张生，红娘的一席话无异于一盆泼向烈火的冷水，张生这才清醒地意识到现实的困境：即便自己与莺莺两情相悦，但老夫人将成为两人相守终生的路上一道难以攻克的障碍。张生思量着这段情感的未来，不禁恻然。于是，作者王实甫便在此插入了这两支曲子，以表达张生的心境。

《耍孩儿》首句先表白追求佳人之难：那美丽的莺莺就像是巫山一般"远隔如天"，本以为一次邂逅可以成为一场恋爱的开端，却不曾想佳人的身影依然非常遥远。这是张生得知老夫人的严苛后自然涌现的心理状态，他难免对爱情的前景心存忧虑。接下来进一步述说其思念心上人的感情，虽然张生的身体"立在回廊"，但整个人的魂魄早已出窍，所有的心绪都飞到了莺莺的身旁。但幻想终归是幻想，现实是冰冷无情的，张生意识到如果自己把爱慕向莺莺倾诉，只怕会被老夫人知道，于是他不禁抱怨夫人的"怕""怪"和"怨"。

为了接近莺莺，张生便向寺院方丈借租房屋，《二煞》正是张生告别方丈之后的心曲。在孤独而冷寂的房间里，枕头是冰凉的，一盏孤灯投下摇晃的灯影，照在了书案上。张生却无心阅读，他躺在床上陷入苦思，想到自己纵使能够酬得壮志也是徒劳的，没有佳人相伴，夜晚是那么的长，让失眠的人难以消熬。辗转反侧的张生发出了"一万声长吁短叹"，并"捣枕捶床"五千遍之多，这种夸张的修辞手法，形象地表明了主人公的相思之苦。

对张生内心状态的抒写是两首曲词的共同内容，但两者在艺术特征上却有所差异。《耍孩儿》一曲是张生的独白，对莺莺的思念、对老夫人的抱怨、对恋爱之难的感慨，都以直截了当的抒情方式加以表达。《二煞》则有所不同，它精妙地使用了情景交融的方式，张生内心的孤寂投射到静夜的厢房，使房中的景物无不透露出寂寥之意，房间与夜晚的冷寂也加深了张生的思念之苦，夜的冰冷与人心的热烈形成鲜明的对比。王实甫的这两首作品，准确地传达了人物的内心世界，使张生那沉溺热恋而若狂若痴的形象跃然纸上。

崔莺莺待月西厢记第一本第三折

〔越调·斗鹌鹑〕玉宇无尘，银河泻影；月色横空，花阴满庭；罗袂生寒，芳心自警。侧着耳朵儿听，蹑着脚步儿行；悄悄冥冥，潜潜等等。

〔紫花儿序〕对着盏碧莹莹短檠灯①，倚着扇冷清清旧帏屏。灯儿又不明，梦儿又不成；窗儿外渐零零的风儿透疏棂，忒楞楞的纸条儿鸣；枕头儿上孤零，被窝儿里寂静。你便是铁石人，铁石人也动情。

【注释】

①短檠（qíng）灯：矮架的灯，指小灯。

【赏析】

这两支曲词是男主人公张生的唱词，选自《西厢记》第一本第三折。全剧第一本是张生与崔莺莺从邂逅到相恋的过程，经过第二折"借厢"，张生在崔莺莺一家寓居的普救寺借住了下来，虽然知晓了莺莺之母对女儿的严苛管教，了解了追求自主恋爱的艰难，但他并没有就此灰心，执着地等待着倾诉衷肠的时机。张生得知，莺莺每天夜里都会到寺中庭院去烧香祈祷，因而便来到院中，激动而忐忑地等待心上人的出现。《越调·斗鹌鹑》一曲是张生等待时的唱词，而《拙鲁速》是向莺莺表白后的心曲。

《越调·斗鹌鹑》写的是张生在庭院中等待莺莺时看到的景色，以及内心忐忑的心情。他举头仰望星空，"玉宇无尘，银河泻影"，夜空一尘不染，只有星河流泻着光影和银辉。"月色横空，花阴满庭"，先写月色无垠，恍若倾泻了整个天空；后写张生将视线收回，看满院花影缤纷。夜色清爽，又伴随着阵阵花香，此情此景之中，张生却没有一丝轻松和惬意，"罗袂生寒"，他感到身上的衣襟在夜晚中已经变得冰冷了，便不禁想起莺莺。"芳心自警"，想必莺莺也该对自己的心意有所感应，马上就会出来相见了吧。最后"侧着耳朵儿听，蹑着脚步儿行；悄悄冥冥，潜潜等等"几句，写张生侧耳听着花园里的动静，暂时还没有声音，他不禁蹑手蹑脚地在院中徘徊，心情十分地紧张，又带着几分期待之意。

莺莺终究来了，为了试探莺莺的心意，张生躲在了角落，他效仿汉代才子司马相如向心上人求爱所作的《凤求凰》，开始为佳人高声吟诗。令张生喜出望外的是，听闻情歌的莺莺随即应和了一首，情迷的书生再也无法压抑奔涌的心绪，来到莺莺面前，红娘却将准备相迎的莺莺拦在了庭院之外。

等待是那样的漫长，相遇却是这样的短暂，回到房中的张生由于难以消解的相思之苦，又一次开始辗转反侧，难以成眠。正是在这样的心情下，张生吟唱出《拙鲁速》。"对着盏碧莹莹短檠灯，倚着扇冷清清旧帏屏"，面对着一盏绿莹莹的小灯，张生倚着一扇旧帏屏，而帏屏与院中的夜晚一样是冷冷清清的。"灯儿又不明，梦儿又不成"，灯光已经暗了下来，有心事的人却久久难以进入梦乡。"窗儿外渐零零的风儿透疏棂，忒楞楞的纸条儿鸣"，阵阵冷风在窗外吹着，窗纸被吹得"楞楞"响动。

冷寂的难眠之夜，"枕头儿上孤零，被窝儿里寂静"，这是躺在床上的张生的切肤感受，表现出他内心的苦闷和孤独。张生不禁叹息起来，对心上人发出了一声无奈的抱怨："你便是铁石人，铁石人也动情。"

景中有情、景中有人是这两首曲的最大特点。在一定的景物里，总是会融入观景人的心绪。《越调·斗鹌鹑》一曲写夜色和花影，清冷而芬芳的氛围之中，始终贯穿着张生的心情：有期待，有紧张，也有焦虑。夜晚的孤冷与张生内心炙热的情感形成鲜明的对比。《拙鲁速》写到了张生厢房中的灯影、帏屏，以及窗外的风声，灯影是孤独的，帏屏是陈旧而清冷的，它们和风声一起营造了寂寞氛围，身处其中的张生在失眠中难以纾解内心无限的烦闷。这两首曲词是情景交融的佳作，将男主人公对心上人的心意展露无遗。

崔莺莺待月西厢记第二本第一折

〔混江龙〕落红成阵，风飘万点正愁人。池塘梦晓，阑槛辞春；蝶粉轻沾飞絮雪，燕泥香惹落花尘。系春心情短柳丝长，隔花阴人远天涯近。香消了六朝金粉，清减了三楚精神。

【赏析】

根据《西厢记》的剧情，崔莺莺的父亲去世，崔氏一家扶灵归葬，在普救寺中做佛事以超度亡灵。本来佛寺是六根清净、修身养性的场所，而作者王实甫竟在第一本中就安排崔、张二人在这清净地相遇并彼此萌生爱意，甚至在寺中幽会，供奉菩萨的庄严圣地成了培育爱情之花的园圃。父亲的棺材还在佛堂上，莺莺却与张生生出了一桩风流韵事，春意盎然的事件发生在灰暗肃穆的场景中，这本身就存在强烈的矛盾，是对封建礼教的无情嘲弄。

在剧中，莺莺是带着青春的苦闷上场的，她的苦闷源自一颗年轻的心对真挚爱情的向往。然而在与张生相遇之前，莺莺却已因父母之命、媒妁之言与他人定下了婚约。莺莺的内心是忧虑的，她担心不自由的婚姻会毁掉自己后半生的幸福，正在这个时候，张生出现了，莺莺在佛堂与他相遇便一见倾心。后来，在僧众为亡父做法事时，莺莺竟然不禁失神地望向在场的张生，仔细观察他的一举一动。莺莺爱上了张生，对他的思念愈来愈浓，《混江龙》一曲正是这种心境的写照和抒发。

前六句写春天的景致。"落红成阵，风飘万点正愁人"，落花缤纷，在风中洋洋洒洒，惹人忧愁，在败落的春景之中，站立着一个伤春的观景人，一个"愁"字奠定了整首曲词的情感基调。美好的春天就如梦一般，而在暮春时节，"池塘梦晓"，池塘没有了春意，"阑槛辞春"，"阑槛"上的春色也渐渐散去了。作者借莺莺之口吟花，表达主人公内心的愁绪。如果没有风的吹拂，莺莺眼前看到的无疑都是静物，接下来两个短句将笔触转向蝴蝶和燕子，"蝶粉轻沾飞絮雪，燕泥香惹落花尘"，飞絮和香泥被带走了，就像是青春的易逝。

后四句写伤春人的愁绪。"系春心情短柳丝长"中，"春心"一语双关，既指代莺莺的惜春之情，又表明了她渴望自由爱情的"春心"；"柳丝长"中的"丝"与"思"谐音，写莺莺对张生的思念如同柳丝一般的长。"隔花阴人远天涯近"一句写莺莺的内心感受，虽然她和张生只隔着一丛花影的距离，但在他们之间无形的阻碍却太多了，因而近在咫尺却又远如天涯。最后，"香消了六朝金粉，清减了三楚精神"，"六朝"和"三楚"没有实意，只是指金粉香消、精神清减，这是形容伤春又伤情的莺莺内心的无力与无奈。

"池塘梦晓，阑槛辞春"一句，本无生命的池塘和阑槛在王实甫的笔下有了生命力，池塘能够做梦复醒，阑槛也可以与春天辞别，这种拟人的手法，将人的愁绪投射到春景之上，莺莺的心情在风景中弥散开来。"系春心情短柳丝长，隔花阴人远天涯近"两句里，创作者运用双关、谐音和夸张的方式，虽是写柳丝和花影，却将莺莺内心的相思一一诉说出来。整首曲子是剧中人物的内心独白，表达了人物伤情又伤春的心思，具有震撼人心的艺术魅力。

崔莺莺待月西厢记第二本楔子

〔正宫·端正好〕不念法华经，不礼梁皇忏，彪①了僧伽帽，袒下我这偏衫。杀人心逗起英雄胆，两只手将乌龙尾钢椽揝②。

〔叨叨令〕浮沙羹，宽片粉添些杂糁，酸黄齑③、烂豆腐休调啖，万余斤黑面从教暗，我将这五千人做一顿馒头馅。是必休误了也么哥！休误了也么哥！包残余肉把青盐蘸。

〔滚绣球〕我经文也不会谈，逃禅也懒去参；戒刀头近新来钢蘸，铁棒上无半星儿土渍尘缄。别的都僧不僧、俗不俗，女不女、男不男，只会斋得饱也则向那僧房中胡浧④，那里怕焚烧了兜率伽蓝。则为那善文能武人千里，凭着这济困扶危书一缄，有勇无惭。

【注释】
①彪：同"丢"。②揝（zuàn）：同"攒"，抓，握。③齑（jī）：捣碎的姜、蒜、韭菜等。④胡浧（yān）：痴傻。

【赏析】
《西厢记》第二本中，另一个人物孙飞虎出场，他是镇守河桥的贼人首领，见崔莺莺年轻貌美，便想入非非，打算掳走莺莺。莺莺当然不同意，孙飞虎的态度则十分蛮横，带领五千兵马围困普救寺，声称如果三日之内不送出莺莺，就放火将寺院夷为平地。为了解围，张生当即给他的旧友白马将军写下一封求救信，但是，谁能冲出包围去送信就成了一个新的难题。危机迫在眉睫，寺院中一个叫惠明的僧人挺身而出，决意帮助张生送信，这就是《西厢记》中一个至关重要的情节——"惠明下书"。这三首曲词就是杂剧中惠明的唱段，王实甫为惠明创作的作品，充分塑造出他见义勇为的侠士形象。

《正宫·端正好》一曲是惠明的自白。惠明一出场就显得与众不同，他并不做僧人日常的修习和功课，"不念法华经，不礼梁皇忏"，也不恪守不杀生的佛门戒律，竟然"杀人心逗起英雄胆，两只手将乌龙尾钢椽揝"，拿起武器，内心生起了诛杀恶人的"英雄胆"。

僧人惠明是一位有胆有识、性情豪迈的侠士，《叨叨令》将其形象塑造得更为丰满。"浮沙羹，宽片粉添些杂糁，酸黄齑、烂豆腐休调啖，万余斤黑面从教暗"，浮沙羹、宽片粉、酸黄齑、烂豆腐，这些都是寺院僧人的寻常饮食，惠明决意留下它们暂且不吃，以便将"这五千人做一顿馒头馅"，并"包残余肉把青盐蘸"。"五千人"指代孙飞虎的人马，惠明发出豪言壮语，想要马上就冲杀出去，因而他反复咏叹："休误了也么哥！"

"也么哥"是口语虚词，没有实意，用于感叹句，以调节音节。

惠明为什么不同于一般吃斋念佛的僧人，他又为何会在千钧一发之际舍命相助？读者不禁心存疑问，剧中人物张生也大惑不解。《滚绣球》一曲则回答了这个问题。惠明自白道：作为一个僧人，自己"经文也不会谈，逃禅也懒去参"，而一直醉心武艺，这是因为在他看来一般的僧人是"僧不僧、俗不俗，女不女、男不男"的怪胎，他们平素"只会斋得饱也则向那僧房中胡渰"，并不在乎普救寺是否会被焚毁。惠明在曲词的最后，进一步表明了自己见义勇为、救危济困的决心："则为那善文能武人千里，凭着这济困扶危书一缄，有勇无惭。"

这三首曲词十分符合武僧惠明的精神气质。为了淋漓尽致地展现出他的豪爽和英气，王实甫主要运用了两种手段：第一，直抒胸臆。对于自己的"英雄胆"和"杀人心"，对于其他僧人的鄙夷，惠明的表达是直截了当的，或以豪言作壮语，或以辛辣为讽刺，语言生动有力，充分展示了一个壮士的心理状态。第二，大量使用动词，增加人物的感染力。以《正宫·端正好》为例，王实甫为惠明创作的曲词里，连用念、礼、祖、撺等多个动词，动作性很强，虽是人物唱词，却非常适合舞台表演，可以令读者更真切地感受到人物的气质和神态。

崔莺莺待月西厢记第二本第四折

〔小桃红〕人间看波，玉容深锁绣帏中，怕有人搬弄。想嫦娥，西没东生有谁共？怨天公，裴航不作游仙梦。这云似我罗帏数重，只恐怕嫦娥心动，因此上围住广寒宫。

〔天净沙〕莫不是步摇得宝髻玲珑？莫不是裙拖得环佩叮玲？莫不是铁马儿檐前骤风？莫不是金钩双控，吉丁当敲响帘栊？

〔调笑令〕莫不是梵王宫，夜撞钟？莫不是疏竹潇潇曲槛中？莫不是牙尺剪刀声相送？莫不是漏声长滴响壶铜？潜身再听在墙角东，原来是近西厢理结丝桐。

〔秃厮儿〕其声壮，似铁骑刀枪冗冗；其声幽，似落花流水溶溶；其声高，似风清月朗鹤唳空；其声低，似听儿女语，小窗中，喁喁。

【赏析】

这四首曲词选自《西厢记》第二本第四折。当张生和崔莺莺彼此萌生爱意时，不料当地贼人之首孙飞虎看中了莺莺的美貌，想要掳其作为压寨夫人。孙飞虎带着手下围困了莺莺落脚的普救寺。危难之时，莺莺之母老夫人对众人许诺：如果谁能解围，就会将女儿许配给他。张生挺身而出，写下求救信给自己的旧友白马将军，后者率众前来，击退孙飞虎及其随众。张生欣喜，以为可以顺理成章地迎娶莺莺，不料老夫人变卦，只许一对有情人以兄妹相称。

突如其来的变故对张生的打击十分沉重，极度苦闷中的穷书生希望红娘能够向莺莺表达自己的思念之情。红娘想出一个计策，她让张生在月夜为莺莺弹琴，以琴声传情。这四首曲词是莺莺的唱段，分别表明了她在听到琴声前后的心绪。

其中的《小桃红》是莺莺在听到琴声之前的唱段。因老夫人赖婚，莺莺心有苦闷和不满，《小桃红》正是这种心境的抒发。"人间看波，玉容深锁绣帏中，怕有人搬弄"，这是莺莺对自己生活的概括：一颗年轻而渴望爱情的心被囚禁在闺房里，难以舒展和满足。莺莺不禁想到幽闭在月宫的独居者嫦娥，"西没东生有谁共"，没有人能够体会嫦娥的心境，这既是莺莺为嫦娥的处境而惋惜，同样又是自怜自惜之语。莺莺想到张生，不禁开始抱怨天公的安排，怨天公没有让她和张生像传说中的"裴航"一样共同入梦遨游仙地。"这云似我罗帏数重"，恍若"罗帏"的云幕暗喻老夫人对这对知心人的阻拦，表达了批判之意。

正在莺莺顾影自怜、长吁短叹时，张生的琴声飘来，立刻就抓住了莺莺的心。张生此刻尚不能完全确认莺莺对自己的真实感情，按照与红娘定下的计划，他只好以琴声试探莺莺的内心，并表达相思。毫不知情的莺莺起初无法真切辨别出窗外的琴声，不禁徘徊四顾，想要找出声音的来源，于是她就发出了一连串的疑问，即为《天净沙》一曲的内容。

"莫不是步摇得宝髻玲珑"，声音听不真切，难道是自己走路太快而摇响了发饰？"莫不是裙拖得环佩叮"，是因为裙子摩挲带响了身上的佩环？"莫不是铁马儿檐前骤风"，是风吹动了屋檐下的铁铃铛？"莫不是金钩双控，吉丁当敲响帘栊"，是钩挂门帘和窗帘的金钩子在碰撞门窗？全都不是。于是在接下来的《调笑令》一曲中，莺莺继续发出四次追问。

"莫不是梵王宫，夜撞钟"，是寺庙中的钟声？"莫不是疏竹潇潇曲槛中"，是风吹竹林发出的声响？"莫不是牙尺剪刀声相送"，是象牙尺子碰到了剪刀？"莫不是漏声长滴响壶铜"，是铜滴漏的报时声？仍然不是。最后，莺莺"潜身再听在墙角东"，终于听清了声音的所在，"原来是近西厢理结丝桐"，原来是有人在西厢房的边上弹琴。《天净沙》和《调笑令》是莺莺的追问，也是王实甫对琴声的描摹，作者写出了琴声节奏和声调的高低起伏，虽然略带夸张，但其中的想象力也飞扬且开阔。最后一曲《秃厮儿》进一步描绘了琴声的悦耳动听。

莺莺确认了声音即琴声，不再追问，而是开始仔细辨别音乐之妙。作者在《秃厮儿》中从声音的"壮""幽""高""低"四个方面，分别描写了琴声的不同情状："其声壮，似铁骑刀枪冗冗"，琴声之壮，如金戈铁马；"其声幽，似落花流水溶溶"，琴声之幽，如落花流水；"其声高，似风清月朗鹤唳空"，琴声之高，如风声鹤唳；"其声低，似听儿女语，小窗中，喁喁"，琴声之低，如喃喃情语。

莺莺品味到了张生琴声的不同境界，也意味着她已经体会到了张生的情意。这四首曲词在全剧情节的推进中发挥了关键性的作用，在弹琴、听琴后，一对有情人的心贴得更近了，在其后的剧情里，他们许下了海枯石烂、两情不渝的誓言。尤其后三首曲词，以精妙的比喻对琴声进行了描绘，是古代诗词中描写音乐的典范。

李文蔚

李文蔚，生卒年不详，字号不详，真定（今河北省正定县）人。曾任江州路瑞昌县尹。为元代戏曲家，和白朴交往颇深。李文蔚创作的杂剧今知有12种，保存至今的是《燕青博鱼》《圯桥进履》《蒋神灵应》3种。

同乐院燕青博鱼第一折

〔大石调·六国朝〕我揣巴些残汤剩水，打叠起浪酒闲茶。我着些气呵暖我这冻拳头，再着些唾揩光我这冷鼻凹。瘦的来我这身子儿没个麻稭大，兀的不消磨了我刺绣的青黛和这硃砂。眼见的穷活路，觅不出衣和饭，怕不道酷寒亭把我来冻饿杀。全不见那昏惨惨云遮了银汉，则听的渐零零雪糁①琼沙，我我我，待跐着个鞋底儿去拣那浅中行，先绰的这棒头来向深处插。

〔喜秋风〕我与你便吁吁叫，我与你便磨磨擦。我为甚将这脚尖儿细细踏。我怕只怕这路儿有些步步滑，将那前街后巷我便如盘卦，刚才个渐渐里呵的我这手温和，可又早切切里冻的我这脚麻辣。

〔归塞北〕天那，您不肯道是相赍发②，专与俺这穷汉做冤家。这雪呵他如柳絮不添我身上絮，似梨花却变做了眼前花。则我这挂杖冻难拿。

〔雁过南楼〕我是一个混海龙摧鳞去甲，我是一只爬山虎也啰奈削爪敲牙。往常时我习武艺学兵法，到如今半筹也不纳，则我这拿云手怕不待寻觅那等瞎生涯。我能舞剑偏不能疙蹉蹉敲象板，会轮枪偏不会支楞楞拨琵琶，着甚度年华。

【注释】

①糁（sǎn）：散粒、碎粒。②赍（jī）发：照顾、帮助。

【赏析】

水泊梁山农民起义，是发生于北宋年间的真实历史事件，如宋江等起义军领袖和将领也确有其人，但在民间传说里，有关水泊梁山的故事远比史实更加绚烂多姿。从宋末开始，水浒英雄的往事就被说书人津津乐道。到了明代，这些事迹经过文学家施耐庵的整理加工，成为流传后世、影响深远的《水浒传》。在元代，以水浒英雄的故事为主要内容的杂剧作品也不在少数，李文蔚的《同乐院燕青博鱼》（简称《燕青博鱼》）就是其中的杰出代表。

燕青是梁山泊的重要将领之一，《燕青博鱼》一剧即以他为主人公。整本杂剧的大概情节是：燕青因为违反了梁山的纪律，被处以杖刑。他不堪受辱，急火攻心导致双目失明，下山后到了汴梁，遭到当地权豪杨衙内的毒打。幸而一个叫燕顺的人路过，以高超的针灸治好了燕青的目盲。燕青对其感激不尽，两人结为兄弟。燕顺有位兄长名叫燕和，其妻王腊梅与毒打过燕青的杨衙内私通，此事被燕顺知晓，告知其兄，而燕和却无动于衷。气恼之下，燕顺离家出走，后来上了梁山。

到了清明时分，燕和携妻子王腊梅到同乐院欣赏春色，正赶上燕青在卖鱼，燕青与燕和玩起了博鱼游戏，二人相识。此时，杨衙内也来到了同乐院意欲与王腊梅幽会偷情，这惹怒了燕青，于是燕青痛打了杨衙内。燕和因感于燕青的义勇之行，便与其结为兄弟，并邀请燕青到家中居住。八月十五月圆之夜，杨衙内再一次私会王腊梅，被燕青发现，他与燕和捉奸未遂，反被杨衙内陷害入狱，两人越狱逃跑，正巧燕顺下山营救，他们合力将淫妇奸夫擒获，并押解到了梁山。

全剧第一折中，双目失明的燕青因身无分文，被店小二赶出旅店，昔日的英雄流落街头，饥寒交迫之际，不禁大作感叹，这四首曲词正是燕青的内心独白。第一曲《大石调·六国朝》表现了燕青沿街乞讨的悲凉景象。"我揣巴些残汤剩水，打叠起浪酒闲茶"，这是写燕青的饥饿，"揣巴"表示期盼，"打叠"则指收拾。燕青被赶出旅馆，巴望着能够得到一些残羹冷饭来充饥。"我着些气呵暖我这冻拳头，再着些唾揩光我这冷鼻凹"，这是写燕青所感受到的寒冷，他只能哈一口气来缓解被冻僵的双手，只能用唾沫抹去鼻子上的凝霜。

燕青衣食无着，忍受着难以形容的悲凉和艰辛，整个人都被压垮了。"瘦的来我身子儿没个麻稽大，兀的不消磨了我刺绣的青黛和这硃砂"，这是写燕青显露病态的消瘦，他瘦如麻秆子，身上的刺青也因消瘦后皮肤松缩而变得模糊难辨。"眼见的穷活路，觅不出衣和饭，怕不道酷寒亭把我来冻饿杀"，这是写燕青内心的愁闷，一个双眼失明的人，在寒冷的冬日上街乞讨，却又一无所获，没有食物果腹，没有衣物遮寒，更没有居所安身，燕青不禁感慨：自己恐怕将要被冻死、饿死在这大街上了吧。

走投无路，燕青只能仰天长叹，"全不见那昏惨惨云遮了银汉，则听的淅零零雪糁琼沙"，"全不见"是因为他已经失明，只能凭借想象在头脑中构建那黑云遮住银河的惨淡景象，通过双耳辨别落雪的声息。"我我我，待踮着个鞋底儿去拣那浅中行，先绰的这棒头来向深处插"，连续三个"我"，是在模拟因寒冷而打战所造成的话不连贯的情形，一个失明的人在风雪中自然寸步难行，每走一步都要先伸出一只脚试探前路，继而再将手杖插入雪地。

《大石调·六国朝》整首曲词细致地描摹了燕青饥寒交迫的悲凉惨状，因情感真切而催人泪下。接下来的《喜秋风》着重表现天气的寒冷。"我与你便吁吁叫，我与你便磨磨擦"，燕青因寒冷而瑟瑟发抖，一边用双手"磨磨擦"来取暖，一边发出"吁吁"的叹息。"我为甚将这脚尖儿细细踏。我怕只怕这路儿有些步步滑，将那前街后巷我便如盘卦"，进一步描写盲人在雪中行路的艰难，燕青每走一步都要"细细踏"，唯恐陷入厚的积雪或在结冰的地上滑倒。为了求生，虽然寸步难行，他也只能在前街后巷不停徘徊，结果却是"刚才个渐渐里呵的我这手温和，可又早切切里冻的我这脚麻辣"。

第三曲《归塞北》写燕青内心的怨愤。"天那，您不肯道是相赏发，专与俺这穷汉做冤家"，一开口，燕青先怨老天不公正，专门与自己这样一个落魄人作对。"这雪呵他如柳絮不添我身上絮，似梨花却变做了眼前花。则我这拄杖冻难拿"，接下来燕青又开始怨恨飘雪：雪如柳絮，却化不成能避寒的棉絮；雪如梨花，扑击在脸上却只能带来寒冷。寒冷又是那么冷酷，竟将可怜的在风雪中独行的人的手都冻僵了，僵硬到难以握住手杖。

最后的《雁过南楼》，燕青追忆起往昔峥嵘岁月，再想到如今的惨状，不禁叹息涕零。“我是一个混海龙摧鳞去甲，我是一只爬山虎也啰奈削爪敲牙”，这是说燕青英雄落难的情形就像蛟龙失去鳞甲、爬山虎失去敲山的利爪，这两个比喻尽显燕青内心的无可奈何和郁郁不平。“往常时我习武艺学兵法，到如今半筹也不纳，则我这拿云手怕不待寻觅那等瞎生涯”，这是写燕青的一身武艺失去了用武之地，他虽然落难却仍有一颗英雄之心，不愿“寻觅那等瞎生涯”，仍然一心想着施展抱负。

通过燕青这四段表白内心的唱词，可见他是一个宁可饿死不愿失节的铁血英雄，但现实的催逼以及死亡的阴影，都让这个落难的英雄不得不感慨叹息，他在最后禁不住追问：“我能舞剑偏不能疙蹅蹅敲象板，会轮枪偏不会支楞楞拨琵琶，着甚度年华？”“疙蹅蹅”和“支楞楞”都是拟声词，分别模拟敲打象板和弹拨琵琶的声音。燕青自问：自己只会挥刀弄剑，没有学过可以用来卖艺的打象板和弹琵琶，这是不是虚度了自己的年华呢？这既是疑问，更是自嘲，透露出燕青心中沉重的无奈。

四支曲词声情并茂，是燕青在饥寒交迫的境地里对人生的感叹。《大石调·六国朝》兼写饥饿和寒冷，《喜秋风》着重写寒冷，《归塞北》表达怨愤，而《雁过南楼》则写落难英雄追昔抚今时的无尽感叹，各有侧重地叙写了英雄燕青在落魄时的悲惨境遇，以及其内心的真实状态，它们互相联系成为一个整体，在跌宕起伏中又有所变化，为后文中燕顺雪中送炭的出场做好铺垫，渲染了气氛，作者匠心可见一斑。

张子房圯桥进履第二折

〔牧羊关〕你着我待忍来如何忍，他看承的我如小哉，不由我嗔忿忿气夯破我这胸怀。我仿学那豫让般忠孝无嗔，我似那廉颇般避车路，我索与你躬身儿下阶。（云）张良也，你是个看书的人，岂不闻圣人云：“老者安之，少者怀之，朋友信之？此乃为人之所作也。（唱）古人言敬老幼，恤孤困。这一个老先生敢是那教训我的祖师来。想着我离故邦受辛苦言难尽，张良也你正是成人的可也不自在。

〔尾声〕罢、罢、罢，我则索用工夫看彻了黄公策，我与你无明夜时时的温故知新不放怀。谢尊师，承顾爱，教训咱，意无歹。漫天机，我将做谜也似猜。想当初报韩仇，命运乖，则我这尽忠心意长在。那时节离家乡，躲避灾。至下邳，有谁睬。我今日遇神师，得术册，（云）若是我投于任贤之处，若委用我呵，（唱）你看我辅皇朝，定边塞，保乾坤，整世界，展江山，平四海；则我胸中学，腹内才，辨风云，知气色。我若是作臣僚，为元帅，掌军权，在阃外，抚黔黎，定蛮貊，逞英雄，显气概，播声名，传万载。遂了我这平生志，拂满面尘埃，恁时节才识这晓经纶安宇宙这一个困穷儒也一个少年客。

【赏析】

这两支曲选自李文蔚所作杂剧《张子房圯桥进履》第二折，以《史记·留侯世家》

所载张良"圯桥进履"一事为蓝本，讲述张良在下邳遇黄石公得奇书《素书》一事。

张良本为战国秦时人。秦王灭韩后，张良曾设计刺杀秦王，但计划失败，他便背井离乡，隐于下邳。张良在《尾声》中唱道："想当初报韩仇，命运乖，则我这尽忠心意长在。那时节离家乡，躲避灾。至下邳，有谁睬。"指的便是这段经历。

"我今日遇神师，得术册"指第二折中，张良遇黄石公得《素书》一事。在剧中，作者李文蔚对"圯桥进履"的情节发展进行了适度的夸张改写，将原本就身份神秘的"黄石公"塑造得更具传奇色彩，增加了戏剧的观赏价值。

在李文蔚笔下，张良得遇黄石公是受太白金星指点，特地来到下邳寻师。仙人黄石公也是奉天帝之命下界，在圯桥等候张良。

剧中写道，张良经仙人指点来到圯桥，见桥上有一丰神老者。他一见张良便脱下鞋，撇于桥下，让张良拾起后帮他穿上。张良见状心中不快，本篇所选的《牧羊关》表现的即是他当时的感受："你着我待忍来如何忍，他看承的我如小哉，不由我嗔忿忿气夯破我这胸怀。"

尽管张良"忿忿气夯破胸怀"，但他忍住胸中不平，以先贤言行劝解自己："我仿学那豫让般忠孝无嗔，我似那廉颇般避车路，我索与你躬身儿下阶。……古人言敬老幼，恤孤困。"这段唱词体现了中国儒家思想谦虚宽怀、尊老敬贤的观念。因此也是整出戏剧的精华之所在，全剧的思想性在这一段唱词中得到了升华。

一番自我宽慰后，张良依老人之言帮他穿上了鞋。老人见张良有礼，便约他五日后桥上再见，到时收他为徒，授其安身立命、建业显功之术。

不料，五日后张良依约定时辰到圯桥时，老者早已久候多时。他一见张良就责备，同时约定五日后再来。又过了五日，张良来到桥上时，老者又比他早到。老者再次责备了他，并警告说："我欲授你安邦定国之法，但你两次都迟到。五日后再来，若再迟到，二罪并罚。"

又到了约定日期，张良三更天便在桥上等候。这一次他没有迟到，老者见张良比自己早到，十分高兴，便授其《素书》。这老者便是黄石公。

得到黄石公传授的《素书》后，张良十分高兴，决心"索用工夫看彻了黄公策，我与你无明夜时时的温故知新不放怀"。自此，张良苦心研读，终有所成。他将《素书》中所得经世治用之理用于辅佐刘邦，建功立业。当真做到了他在本折《尾声》中所唱："你看我辅皇朝，定边塞，保乾坤，整世界，展江山，平四海；则我胸中学，腹内才，辨风云，知气色。我若是作臣僚，为元帅，掌军权，在阃外，抚黔黎，定蛮貊，逞英雄，显气概，播声名，传万载。"

这一段唱词运用了大量三字句，形成排比对仗，气势宏大，情感豪迈，十分符合人物当下的情绪与性格特点。

《张子房圯桥进履》共有四折一楔子。第二折是全剧的核心，除此之外，第一、三、四皆与"圯桥进履"主题不符。第一折所演为"乔仙唤虎救张良"，第三、四折皆为张良助韩信巧计擒申阳、陆贾。全剧结构松紧，情节冗长。这或是由于"圯桥进履"的情节不足以支撑起一出完整的戏剧，因此才有了第一折类似"暖场"的开篇与后两折补戏。